J.D. Robb
Teure Rache

Autorin

J.D. Robb ist das Pseudonym der international höchst erfolgreichen Autorin Nora Roberts. Nora Roberts wurde 1950 in Maryland geboren und veröffentlichte 1981 ihren ersten Roman. Inzwischen zählt sie zu den meistgelesenen Autorinnen der Welt: Ihre Bücher haben eine weltweite Gesamtauflage von 500 Millionen Exemplaren überschritten. Auch in Deutschland erobern ihre Bücher und Hörbücher regelmäßig die Bestsellerlisten. Nora Roberts hat zwei erwachsene Söhne und lebt mit ihrem Ehemann in Maryland.

Von J.D. Robb bereits erschienen (Auswahl)

Blutige Verehrung · Sein teuflisches Herz · Eiskalte Nähe · Im Licht des Todes · Der liebevolle Mörder · Geliebt von einem Feind · So tödlich wie die Liebe · Das Böse im Herzen · Zum Tod verführt · Aus süßer Berechnung · Verführerische Täuschung · Tödlicher Ruhm

J. D. Robb

Teure Rache

Roman

Deutsch von Uta Hege

blanvalet

Die Originalausgabe erschien 2018 unter dem Titel
»Leverage in Death« bei St. Martin's Press, New York.
Dieser Roman ist im Dezember 2023 bei Weltbild erschienen.

MIX
Papier | Fördert
gute Waldnutzung
FSC® C014496

Penguin Random House Verlagsgruppe FSC® N001967

1. Auflage 2024

Published by arrangement with Eleanor Wilder
Dieses Werk wurde vermittelt durch die Literarische Agentur
Thomas Schlück GmbH, 30161 Hannover.

Neumarkter Straße 28, 81673 München
Redaktion: Renate Kirtschig
Umschlaggestaltung: © www.buerosued.de
Umschlagmotiv: © Cate McRae / Arcangel Images;
www.buerosued.de
BSt · Herstellung: sam
Satz: Buch-Werkstatt GmbH, Bad Aibling
Druck und Bindung: GGP Media GmbH, Pößneck
Printed in Germany
ISBN 978-3-7341-1325-3
www.blanvalet.de

Ich wüsste kein Bedürfnis in der Kindheit,
das so stark wäre wie das nach väterlichem Schutz.

Sigmund Freud

Nichts ist einem Spieler heilig.

Jacques Saurin

1

Du sollst nicht töten.

Obwohl Paul nicht wirklich religiös war, gingen ihm diese Worte, als er das Foyer betrat und dort das laute Klicken seiner Schuhe auf dem blank polierten Marmorboden hörte, nicht mehr aus dem Kopf.

Wie jeden Wochentag in den vergangenen elf Jahren – abzüglich der Urlaubs- und der Krankheitstage – wies er sich am Eingang mit dem Ausweis seines Unternehmens aus.

Ebenfalls wie immer nickte Wachmann Stu ihm freundlich zu. »Schon wieder Montag, Mr. Rogan.«

»Stimmt«, murmelte Paul, bevor er genau wie jeden Montagmorgen durch die Eingangshalle Richtung Fahrstuhl ging.

Stu sah ihm grinsend hinterher, denn es sah aus, als hätte Mr. Rogan dieses Wochenende richtig einen draufgemacht und sich noch nicht davon erholt.

Zusammen mit einer Handvoll anderer Führungskräfte, Sekretärinnen, Sekretären, Assistentinnen und Assistenten stieg Paul Rogan in den Lift. Ein durchtrainierter Mann in einem Nadelstreifenanzug, einem weißen Hemd und einem blau-roten Schlips mit Chevron-Muster, der wie gewöhnlich ordentlich geknotet war.

Obwohl er einen Kaschmirmantel trug, wurde ihm kalt, als er die Stimme durch den Knopf in seinem Ohr vernahm.

Cecily und Melody.

Die Stimme wiederholte unablässig diese beiden Namen und übertönte fast die andere Stimme, die in seinem Innern sprach.

Du sollst nicht töten. Sollst nicht töten.

Doch er hatte keine andere Wahl.

In der zweiunddreißigsten Etage – Führungsebene Quantum – stieg er widerstrebend aus. Hinter dem geschwungenen Empfangstisch schimmerte das Logo seiner Firma an der Wand. Die Telefone und Computer klingelten und piepsten schon, doch die bequemen Sessel für Besucher waren um diese Zeit noch leer. Durch die getönten, bodentiefen Fenster hinter diesen Sesseln konnte man New York mit seiner ganz besonderen Skyline und den Himmel sehen.

Der Himmel war an diesem Morgen leuchtend blau und ungewöhnlich klar. Das konnte doch nicht sein.

Entschlossen wandte er sich ab und ging, ohne die gewohnten Worte mit dem Trio am Empfang zu wechseln, auf die zweiteilige Glastür zu.

Sie öffnete sich automatisch und zerriss das Logo in zwei Teile. So war es auch ihm selbst ergangen.

Cecily und Melody.

Du sollst nicht töten.

Er ging an den Schreibtischen der Assistentinnen und Assistenten und an verschiedenen Büros vorbei. Es war erst kurz vor neun, aber die Frauen in den maßgeschneiderten Kostümen und die Männer in den teuren Anzügen klappten schon ihre Aktenkoffer auf und gingen, während sie an ihren heißen Kaffees nippten, die darin enthaltenen Berichte durch.

Sein eigener Assistent sprang auf. So jung, so aufgeweckt und ernsthaft, ging es Rogan durch den Kopf. Genauso wie er selber mal gewesen war.

»Guten Morgen, Mr. Rogan«, grüßte der junge Mann ihn. »Ich habe Ihr Tablet für die Konferenz um neun schon auf den neuesten Stand gebracht. Es liegt auf Ihrem Tisch und falls Sie einige der Updates noch mal mit mir durchgehen wollen …«

»Nicht nötig. Stellen Sie bis dahin auch keine Anrufe durch.«

Er ging in sein Büro und Rudy runzelte die Stirn, als er das *Klick* des Türschlosses vernahm, doch vor dem großen Meeting brauchte der Boss wahrscheinlich einfach einen Augenblick für sich.

In seinem Büro blieb Rogan vor dem Schreibtisch stehen, er bettelte die Stimme an, doch sie blieb völlig ruhig und kalt. Als er plötzlich eine andere verzweifelte, verschreckte Stimme hörte, rannen Tränen über sein Gesicht.

Zitternd zog er seinen Mantel aus und starrte durch die Glaswand des von ihm so hart erarbeiteten Eckbüros den blauen Himmel an.

Vor elf Jahren hatte er als kleiner Angestellter hier bei Quantum angefangen und an diesem Tag im Februar 2061 würde alles enden, denn die Stimme ließ ihm keine andere Wahl.

Er ergab sich in sein Schicksal, tat, was ihm die Stimme sagte, und klappte den Aktenkoffer auf.

Um 8.56 Uhr machte er sich wieder auf den Weg und abermals sprang Rudy auf.

»Mr. Rogan, haben Sie sich die Anmerkungen zu Ms. Karson auf dem Tablet angesehen? Ein paar private Infos, falls Sie noch ein bisschen mit ihr plaudern wollen.«

»In Ordnung, Rudy.« Er blieb vor dem Schreibtisch stehen und blickte in das junge, ernsthafte Gesicht. »Sie machen einen wirklich guten Job und waren ein Gewinn für mich und Quantum Air.«

»Danke.« Rudy strahlte. »Heute ist ein großer Tag.«

»Oh ja.«

Er spürte das Gewicht des Tages, als er weiter in den Konferenzraum ging. »Bitte hör auf«, murmelte er, aber sein Herz schlug weiter wie eine geballte Faust in seiner Brust.

Auf den Monitoren an den Wänden des Besprechungszimmers prangte abermals das Silberlogo des Konzerns und durch die Fenster waren der blaue Himmel, Wolkenkratzer und der Fluss zu sehen.

Auf dem langen, blank polierten Tisch standen Silberteller voll Gebäck und frischem Obst, Krüge mit stillem und spritzigem Mineralwasser und Porzellantassen für Tee oder Kaffee.

Vertreter von EconoLift – ein Mann und eine Frau – saßen bereits am Tisch und gingen irgendetwas auf ihren Tablets durch. Genauso machten es die beiden Quantum-Mitarbeiter, die den beiden gegenübersaßen, und die Anwälte und Buchhalter der beiden Unternehmen.

»Es muss doch anders gehen«, flüsterte er und Sandy

Plank, die Vizepräsidentin seiner Firma, sah ihn fragend an.

Doch Rogan hörte nur ein ruhiges, kaltes *Nein* in seinem Kopf.

Punkt neun gingen die Türen noch einmal auf und Derrick Pearson, Präsident von Quantum Air, betrat den Raum. Sein schwarzer Anzug und die silberne Krawatte passten ausgezeichnet zu den dichten, grau melierten schwarzen Haaren, die sein Markenzeichen waren.

An seiner Seite ging die Präsidentin von Econo, Willimina Karson, die ein rotes Kleid zu einer kurzen Jacke trug und in den hochhackigen Stiefeln fast so groß wie Pearson war.

Die beiden waren ein beeindruckendes Paar und eilig standen alle, die schon um den Tisch versammelt waren, auf.

»Guten Morgen, allerseits. Jetzt holen wir noch Chicago, New LA, Atlanta, Rom, Paris und London mit ins Boot.« Passend zu der Löwenmähne, die er hatte, klang auch Pearsons Stimme wie das Brüllen eines Löwen, aber Rogan hörte weiter nur die Stimme, die in seinem Kopf inzwischen immer schärfer klang, und danach lautes Schreien.

Er taumelte auf Derrick zu und weniger verärgert als verwundert, weil er in seiner Rede unterbrochen wurde, legte der die Hand auf Karsons Arm. »Willimina, Sie kennen Paul ja schon. Paul Rogan, Leiter unserer Marketingabteilung.«

»Derrick … mir bleibt keine andere Wahl. Es tut mir leid.«

Etwas in seiner Stimme und in seinem Blick ließ Karson einen Schritt nach hinten machen, aber Pearson machte einen Schritt nach vorn und packte diesmal Rogans Arm. »Geht's Ihnen gut?«

»Es tut mir leid. Es tut mir furchtbar leid.«

Rudy, der mit dem von Paul vergessenen Tablet angelaufen kam, hatte die Tür des Raumes fast erreicht, bevor die Explosion sie aus den Angeln riss.

Lieutenant Eve Dallas stand inmitten des Gemetzels und versuchte, den Gestank von Blut, verbranntem Fleisch, Erbrochenem und Urin, der ihr entgegenschlug, zu ignorieren. Der Teppichboden war vom Wasser aus den Sprinklern aufgeweicht und quietschte unter ihren eingesprühten Schuhen. Auch ihre Hände waren versiegelt, jetzt stemmte sie sie in die Hüften und sah sich im Konferenzraum um.

Die Explosion hatte die Türen, den Riesenmonitor, den Tisch, die Stühle und die Menschen durch die Gegend fliegen lassen – und verbrannt.

Auch in dem dicken Teppich war ein großes schwarzes Loch und die Wände und der Boden waren mit Blut, mit Hirnmasse und anderen Körperflüssigkeiten getränkt.

Die Chefin des Kampfmittelräumdiensts, Lieutenant Lisbeth Salazar, stand neben Eve.

»Elf Tote, neun Verletzte. Auch der Attentäter lebt nicht mehr. Wir sammeln erst einmal die Überreste ein …«

Sie blickte zu dem Team der SpuSi-Spürhunde, das den Raum durchkämmte.

»Aber wir haben ein paar Zeugen, die noch rechtzeitig in Deckung gehen konnten, und die haben ausgesagt, Paul Rogan, Chef der Marketingabteilung, hätte nur Sekunden vor der Explosion die Jacke aufgemacht und ihnen den Bombengürtel, den er darunter trug, gezeigt. Den Schäden nach war dieser Gürtel entweder für eine kurze Reichweite gedacht oder er hat nicht so gezündet, wie er hätte zünden sollen. Wir gehen bisher von einer Reichweite von vier, fünf Metern aus.«

»Das heißt, es hätte noch viel schlimmer kommen können.«

»Auf jeden Fall.« Mit ihren flammend grünen Augen und einer Haut wie schwarzer Tee war Lisbeth eine imposante Frau, die sicherlich mit gutem Grund zur Leiterin des Räumkommandos aufgestiegen war. »Zum Glück hatte der Kerl dem Tisch und somit auch dem Raum den Rücken zugekehrt. Er hatte sich der Tür und Derrick Pearson, Präsident von Quantum, zugewandt, weswegen Pearson und die Leute, die im vorderen Bereich des Tisches waren, mit ihm zusammen in die Luft gegangen sind. Wobei wahrscheinlich einige nicht durch die Explosion als solche, sondern durch die Holzsplitter, die wie Schrapnelle durch die Gegend flogen, umgekommen sind.« Sie sah sich im Raum um.

»Wir haben den ganzen Raum durchsucht und wir durchsuchen noch das ganze Haus, aber ich gehe davon aus, dass es nur diese eine Bombe und nur diesen einen Attentäter gab.«

Eve blickte auf das Holz und das Metall, das in den Wänden steckte, und auf die Risse in der Wand aus Glas. Die schlimmsten Schäden aber gab es im Umkreis von vier Metern um die Stelle, wo die Bombe hochgegangen war.

»Wie hat er diesen Sprengstoffgürtel ins Gebäude reingekriegt?«

»In seiner Aktentasche, die mit Blei verkleidet ist. Er ist einfach durch die Sicherheitskontrollen durchgegangen, wie jeden Tag, doch schließlich hat er hier auch fast zwölf Jahre lang gearbeitet. Weswegen hätte die Security ihn also extra noch durchleuchten sollen? Ich habe ihn schon überprüft. Er ist nicht vorbestraft, seit vierzehn Jahren verheiratet und Vater einer achtjährigen Tochter.«

»Wo sind die Frau und Tochter jetzt?«

»Ich habe einen Streifenwagen losgeschickt, der sie zu Hause abholen soll. Natürlich haben der Pathologe und Sie selbst das letzte Wort, Dallas, aber für mich ist das hier Mord. Um Terrorismus geht es dabei nicht. Vielleicht ist er ja einfach ausgeflippt, wer weiß? Angeblich ging es heute Morgen hier um einen großen Deal, den er vielleicht auf diese Weise verhindern wollte. Wir gucken uns die Einzelteile an und sagen Ihnen dann, was für eine Art von Bombe er verwendet hat.«

Eve trug den langen Ledermantel, in dem ihre schlanke, hochgewachsene Gestalt besonders vorteilhaft zur Geltung kam. Noch einmal sah sie sich aus ihren wachen braunen Augen um und dabei fielen ihr die kurzen braunen Haare in das kantige Gesicht mit der Vertiefung in der Mitte ihres Kinns.

»Sie machen Ihre Arbeit und ich mache meine, dann sehen wir ja, wohin das führt.«

»Das klingt nach einem guten Plan«, erklärte Salazar und nahm den Anruf, der auf ihrem Smartphone einging, an.

»Lieutenant, Frau und Tochter sind nicht in der Schule, wo die Kleine hingeht und die Mutter Konrektorin ist. Cecily Greenspan hat nur eine kurze Textnachricht geschickt, dass ihre Tochter Melody sich nicht gut fühlt. Sie müssten also eigentlich zu Hause sein, aber sie gehen nicht ans Telefon.«

Als Salazar die Brauen hochzog, nickte Eve zum Zeichen, dass sie besser selbst noch kurz mit dem Beamten sprach.

»Ich gebe Ihnen Lieutenant Dallas, die Ermittlungsleiterin«, erklärte sie und drückte Eve das Smartphone in die Hand.

»Fahren Sie zum Wohnhaus der Familie und wenn Ihnen niemand aufmacht, gehen Sie rein.«

»Warum sollen sie dort reingehen?«, erkundigte sich Salazar, als sie ihr Telefon zurückbekam.

»Wir haben elf Tote, neun Verletzte und jetzt auch noch Frau und Tochter unseres Attentäters, die verschwunden sind. Ich finde, das ist Grund genug. Am besten machen Sie mit Ihrer Arbeit weiter und ich fange jetzt mit meiner an.«

Eve ging zur Tür und rief nach ihrer Partnerin.

In rosa Cowboystiefeln stürzte Peabody durch die zerstörte Tür.

»Behandeln Sie den Fall als Mord, solange wir nicht wissen, dass es etwas anderes ist. Der Attentäter, ein Paul Rogan, hat die Explosion nicht überlebt. Überprüfen Sie den Mann. Ein Streifenwagen fährt bereits zu seinem Haus und sucht nach seiner Frau und Tochter, die nicht dort sind, wo sie heute Morgen sein sollten.«

»Er war ein liebevoller Ehemann und Vater«, meinte

Peabody und atmete geräuschvoll aus, als sie den Konferenzraum sah. »Das hat zumindest eins der Opfer ausgesagt. Eine gewisse Sandy Plank, Vizedirektorin einer anderen Abteilung, die nur leicht verwundet worden ist. Ihrer Beschreibung nach war Rogan fleißig, clever und loyal und hoffnungslos in seine Frau und in sein Kind vernarrt.«

»Wobei loyale Mitarbeiter ihre Bosse und Kollegen eigentlich nicht in die Luft jagen«, bemerkte Eve.

»Das stimmt. Sie ist vollkommen durch den Wind – ich meine, Plank. Sie meint, er hätte nicht gut ausgesehen und vor sich hingemurmelt. Etwas wie *es muss doch auch anders gehen.* Und als sein Boss und Willimina Karson – Präsidentin von EconoLift – zu diesem Meeting kamen, ging Rogan direkt auf sie zu. Plank meint, sie hätte ihn im Blick behalten, denn er hätte krank gewirkt. Dann hat er gesagt, er hätte keine andere Wahl und es täte ihm leid, sich weinend seine Anzugjacke aufgeknöpft und *bumm.*«

»Überprüfen Sie den Mann und finden heraus, worum es bei diesem Meeting ging. Finden Sie Einzelheiten heraus. Weiß jemand, wo sein Büro ist?«

»Den Gang runter links, dann rechts die zweite Tür. Salazar hat einen ihrer Leute dort postiert.«

»Okay.« Eve wandte sich zum Gehen, blieb dann aber noch einmal stehen. »Der verstorbene Pearson war der Chef des Ladens hier. Erkundigen Sie sich, wer seinen Job jetzt übernimmt.«

Sie stapfte los, wies sich bei dem Beamten, der die Tür bewachte, aus, betrat den Raum und sah sich um.

Als Direktor einer eigenen Abteilung hatte er ein Eckbüro mit großen Fenstern, einem Kühlschrank für Getränke sowie einem hochmodernen AutoChef gehabt. Seit Freitagnachmittag um 16.22 Uhr, als jemand dem Kühlschrank eine Dose Ginger Ale entnommen hatte, hatte niemand mehr etwas bestellt.

Von seinem Platz hinter dem Schreibtisch aus waren gleichzeitig die Fenster und die Tür zu sehen. Ein ordentlicher Schreibtischsessel, zwei stabile und bequeme Clubsessel aus glattem braunem Leder, ein marineblaues Sofa und ein langer Tisch. An den in einem hellen Braun gestrichenen Wänden waren Bilder mit Bezug zum Fliegen aufgehängt.

Sie stellten die Entwicklung von den ersten wackeligen Kisten, in die Eve beim besten Willen niemals eingestiegen wäre, bis hin zu den aktuellen eleganten Shuttles dar. Auch auf der Kinderzeichnung, die danebenhing, war in leuchtenden Primärfarben ein Flugzeug abgebildet, das in einem von einer runden gelben Sonne angestrahlten leuchtend blauen Himmel voll weißer Wattewölkchen flog.

Das Bild war sorgsam von der Künstlerin mit MELODY signiert.

Die Tochter. Er war also ganz eindeutig ein Familienmensch gewesen und er hatte die gerahmte Zeichnung seines Kindes seinem Schreibtisch direkt gegenüber an die Wand des Büros gehängt.

Neben einem hochmodernen Computer stand auf seinem Schreibtisch ein eindeutig selbst gemachter, bunt bemalter Becher, der von einem Kind gebastelte Papierblumen enthielt. Eve nahm den Becher in die Hand und schaute sich die Unterseite an.

HAPPY BIRTHDAY, DADDY,
ALLES LIEBE,
MELODY
18. JANUAR 2061

Daneben stand ein Triptychon mit den Bildern einer attraktiven Frau von Ende dreißig, eines kleinen Mädchens, das mit seinen wilden toffeefarbenen Locken, den hellgrünen Augen und dem breiten Lächeln mit der Zahnlücke, wo es seine ersten Milchzähne verloren hatte, mindestens so hübsch wie seine Mutter war, sowie desselben Mädchens, wie es zwischen dieser Frau und Rogan stand.

Das Foto in der Mitte sprach von einer attraktiven, glücklichen Familie, in der alle liebevoll und freundlich miteinander umgegangen waren.

Von möglichen Problemen an der Heimatfront war darauf nichts zu erkennen.

Eve setzte sich in Rogans Schreibtischsessel und fuhr den Computer hoch.

Der Monitor sprang an, doch da ihr das erforderliche Passwort fehlte, zog sie erst einmal die Schubladen des Schreibtischs auf und fand dort neben dem üblichen Bürokram ein paar Unterlagen, mehrere Disketten sowie einen elektronischen Kalender, der sich ohne Passwort öffnen ließ.

- *ECONO!* Meeting/Unterschrift* 9.00 Uhr. Letzte Präsentation und Vorführung des neuen Logos. Vermassel es nicht!
- 11.30 Uhr Cupcakes und Champagner für das Dankeschön an die Abteilung. Rundschreiben an alle we-

gen Treffen (Überraschungsparty) um 16.15 Uhr. Kurze Rede vorbereiten.
- Persönliche Boni für Rudy und Kimmi für den super Job, den sie gemacht haben.
- 18.00 Uhr nach Hause – Blumen für meine wunderbaren Mädels! Tu bloß so, als hättest du nicht mitbekommen, dass sie schon seit einer Woche von nichts anderem reden, als dass du zur Feier des Vertrags von ihnen zum Essen eingeladen wirst.
- Nach dem Essen das seit einer Ewigkeit verschobene Dragon-Spear-Turnier mit Mel. Dann bringst du Mel ins Bett und zeigst der wunderschönen Mutter deiner Tochter, wie sehr du sie liebst und immer noch begehrst.
- Und dann hol endlich den versäumten Schlaf der letzten Wochen nach!

Eve lehnte sich zurück und blickte durch das Fenster auf die Skyline von New York. Paul hatte sich beruflich und privat auf diesen Tag gefreut. Weswegen also hatte er dann plötzlich seinen Laden und sich selbst in die Luft gejagt?

Sie blätterte ein wenig vor und las sich weitere private und berufliche Termine, die er in den nächsten Tagen wahrnehmen wollte, durch. Dann ging sie rückwärts und erkannte, dass die letzten Wochen mit diversen Marketingkampagnen und mit Planungs- und mit Strategiebesprechungen vollgepackt gewesen waren. Er hatte derart viel zu tun gehabt, dass er nicht rechtzeitig zum Abendessen mit den beiden wunderbaren Mädels und zum Tanzkurs mit der attraktiven Gattin heimgekommen war.

Er war deshalb mitunter leicht frustriert gewesen, aber weder deprimiert noch wütend und bisher wies nichts auf den Erwerb von Sprengstoff oder seine Fähigkeit zum Basteln eines Sprengstoffgürtels hin.

»Es passt ganz einfach nicht«, murmelte Eve und sah sich abermals die Fotos auf dem Schreibtisch an. »Du passt ganz einfach nicht.«

Als sie ihr Smartphone aus der Tasche zog, erschien nach zweimaligem Klopfen ihre Partnerin.

»Wahrscheinlich wird die Leitung dieses Unternehmens jetzt auf Pearsons Sohn und Tochter übergehen. Der Sohn war heute früh in London und die Tochter war in Rom. Sie beide sind inzwischen auf dem Weg hierher. Und was Paul Rogan angeht …«

»Der war sicher ein vollkommen unbeschriebenes Blatt.«

»Genau. Bisher weist nichts auf irgendwelche finanziellen Schwierigkeiten hin. Genauso wenig hat er sich für Politik oder für Sprengstoff interessiert. Er war dem Unternehmen gegenüber stets loyal. Er hat sich hochgearbeitet und seit drei Jahren hat er die Marketingabteilung unter sich. Bei der Frau sieht es nicht anders aus. Mit Ausnahme einer Anzeige, die vor inzwischen fünfzehn Jahren mal gegen sie erstattet worden ist. Sie soll damals auf einen Typ losgegangen sein, der später selbst wegen der Misshandlung seiner Frau und seiner Tochter vor Gericht gestanden hat.«

»Okay, ich glaube nicht, dass das hier eine Rolle spielt.« Bevor Eve weitersprechen konnte, klingelte ihr Smartphone und sie nahm den Anruf an.

»Lieutenant, Officers Gregg und Vols. Wir sind in Rogans Haus. Greenspan, die Ehefrau, war dort in einem Raum im Keller eingesperrt. Sie war gefesselt und sieht ziemlich übel zugerichtet aus. Das Kind ist abgesehen von ein paar Abschürfungen und blauen Flecken unverletzt. Wir haben einen Rettungswagen für die Frau bestellt. Sie und das Kind haben uns erzählt, dass sie zu Hause überfallen worden sind.«

»Das passt. Sichern Sie den Tatort und falls Greenspan sich im Krankenhaus behandeln lassen muss, fährt einer mit, der andere bleibt im Haus. Ich mache mich gleich auf den Weg.«

Sie legte auf und wandte sich an ihre Partnerin. »Geben Sie Salazar Bescheid und rufen Sie die elektronischen Ermittler an. Sie sollen Rogans elektronische Geräte hier aus dem Büro und auch bei ihm zu Hause einsammeln und einer von den Leuten soll sich die Alarmanlage dort ansehen. Ich werde das Büro versiegeln und ein Team der SpuSi schicken, das sich hier noch einmal genauer umsehen soll. Und jetzt los. Wir treffen uns bei meinem Wagen.«

Sie packte den Kalender ein und rief bei einem ihrer Detectives auf der Wache an.

»Moin, Lieutenant«, grüßte Baxter sie.

»Sind Sie und Trueheart gerade frei?«

»Wir haben nichts Wichtiges zu tun. Was gibt's?«

»Ich brauche Sie bei Quantum Air. Melden Sie sich dort bei Lieutenant Salazar.«

»Wegen des Bombenattentats.«

Eilig trat sie in den Flur und versiegelte die Tür.

»Bringen Sie zwei Beamte mit. Peabody hat angefangen, die Aussagen der Zeugen aufzunehmen. Fahren Sie damit fort. Sprechen Sie mit allen, auch mit dem Putztrupp, der hier sauber macht. Zwei von den hohen Tieren, die Kinder des verstorbenen Chefs, sind auf dem Weg. Ich will, so schnell es geht, mit ihnen sprechen.«

»Alles klar. Wie viele Tote gibt es?«

»Bisher elf. Und neun Verletzte.«

»Hätte noch viel schlimmer kommen können. Ich kontaktiere Salazar, damit sie weiß, dass wir uns auf den Weg machen. Sind Sie noch dort?«

»Ich mache mich jetzt auf den Weg zu einem zweiten Tatort. Einzelheiten kriegen Sie, sobald ich selbst mehr weiß.«

Es hätte noch viel schlimmer kommen können, gingen ihr Baxters Worte durch den Kopf. Aus Erfahrung wusste sie, wenn Dinge schlimmer kommen konnten, taten sie das für gewöhnlich auch.

Sie kam vor Peabody bei ihrem Wagen an und kaum dass die Partnerin an ihrer Seite saß, schoss sie in einem Tempo aus der Tiefgarage auf die Straße, die die arme Frau an ihrer Seite angsterfüllt den Griff über der Tür umklammern ließ.

»Salazar hat gesagt, es passt.« Bei jedem Schwenk riss Peabody die dunkelbraunen Augen auf und kniff sie, um den Aufprall, der sich ganz bestimmt nicht mehr vermeiden ließe, nicht auch noch zu sehen, eilig zu. »Weshalb hätte jemand bei den Rogans einbrechen und seine Frau und Tochter mit dem Tod bedrohen sollen, damit er sich später selbst umbringt?«

»Wahrscheinlich hat ihm irgendwer gesagt, dass er am Montag diesen Sprengstoffgürtel auf der Arbeit tragen und ihn dann um neun bei diesem Meeting zünden soll, wenn seinen wunderbaren Mädels nichts passieren soll.«

»Seinen wunderbaren Mädels?«

»So hat Rogan seine Frau und Tochter genannt. In seinem Kalender im Büro. Ich weiß nicht, weshalb er, weshalb bei diesem Meeting, weshalb hier in dieser Firma und warum auf diese Art, aber nur so ergibt es einen Sinn.«

»Laut Zeugenaussagen war er vor diesem Meeting noch ein paar Minuten ganz allein in seinem Büro Da hätte er doch Hilfe holen können.«

»Ich gehe davon aus, dass er verkabelt war. Er sollte hören, wie seine Frau geschlagen wird und wie das Kind nach seinem Daddy weint.«

»Das wäre unvorstellbar grausam.«

»Gibt es irgendwas, wozu der Mensch nicht fähig ist? Warum der Typ vom Marketing? Sie brauchten jemanden, der nicht nur töten würde, sondern auch bereit war, selbst zu sterben, wenn er nur auf diese Art das Leben seiner Frau und Tochter retten kann. Doch woher wussten sie, dass er bereit war, sogar diesen Schritt zu gehen? Wir müssen mehr über den Deal erfahren, um den es heute Morgen ging. Hat jemand wegen dieses Abkommens einen unschuldigen Mann und dessen Frau und Kind als Waffe eingesetzt?«

»Ich fliege regelmäßig mit Econo«, meinte Peabody. »Das heißt, ich bin damit geflogen, bevor meine tolle Partnerin mich die privaten Shuttles ihres tollen Ehemannes Roarke benutzen lassen hat.«

Eve hatte selber Econo genutzt, bevor sie Roarke begegnet war. Die Flüge waren erschwinglich, weil sie alles andere als komfortabel waren, aber vielleicht war auch Roarke einmal damit geflogen, ehe er zu einem der mit Abstand reichsten Menschen auf der Welt und Eigentümer einer ganzen Reihe eigener Fluglinien geworden war.

Am besten spräche sie ihn mal auf dieses Thema an. Falls jemand außerhalb von Quantum und Econo Einzelheiten der geplanten Übereinkunft kannte, dann ganz sicher er.

Sie stellte ihr Gefährt hinter dem Rettungswagen ab. Da er in der zweiten Reihe parkte, hallten sowieso schon laute Flüche und Gehupe durch die Luft.

Sie öffnete die Tür, um auszusteigen, und der Taxifahrer, der sie beinah überfahren hätte, streckte seinen Kopf durchs Fenster und schrie wütend: »Bist du lebensmüde, Mädchen?«

»Lieutenant Mädchen«, korrigierte sie mit einem Lächeln, das so kalt war wie der Wind, der ihr entgegenblies. »Und wenn Sie selbst nicht lebensmüde sind, gewinnen Sie am besten Land.«

Er streckte seinen Mittelfinger aus und manövrierte seinen Wagen vorsichtig um sie herum.

»Nicht weit von hier wohnen Louise und Charles«, bemerkte Peabody.

»Ich weiß.« Tatsächlich war das elegante Haus, in dem die Ärztin und der frühere Callboy lebten, fußläufig erreichbar und Eve stellte anerkennend fest: »Die Gegend hier ist wirklich nett.«

Gediegen, ziemlich ruhig und sicherer als die meisten anderen Gegenden der Stadt.

Wie praktisch alle Häuser lag auch das der Rogans leicht zurückgesetzt und Eve ging durch den winterlichen, aber ordentlichen Garten bis zu einer kurzen Treppe und dort weiter bis zur blau gestrichenen Tür, die nicht ganz gerade in den Angeln hing.

Es war ein dreistöckiges Haus und in der unteren Etage waren die Fenster mit wahrscheinlich effizienten, aber gleichzeitig auch hübschen Schutzgittern versehen. Hinter allen Fenstern war der Sichtschutz geschlossen, außer in der oberen Etage, wo eine Scheibe eingeschlagen worden war. Wahrscheinlich mit dem rot-orangefarbenen Ball, den Eve inmitten all der Scherben auf dem Rasen liegen sah.

Auch Peabody betrachtete den Ball, bevor sie ihren Blick zurück zum Fenster wandern ließ. »Ich nehme an, das ist der Jupiter.«

Eve wich den Scherben aus und sah sich auf dem Weg zur Haustür die Alarmanlage an. »Das ist eins von Roarkes Systemen, also ist es gut. Handleser, Stimmerkennung, grundsolide Schlösser und Alarme und dazu noch Kameras.«

Die Tür ging auf und einer der Beamten, die das Haus gesichert hatten, nahm sie in Empfang. »Officer Vols, Lieutenant.«

»Erstatten Sie Bericht.«

»Ma'am. Officer Gregg und ich haben geklingelt und geklopft, als wir hier angekommen sind. Die Haustür war gesichert und es hieß, es wäre gerade niemand da. Bevor wir versucht haben, das Schloss zu knacken, ist Gregg einmal um das ganze Haus gegangen. Sehen Sie den Ball da vorne? Den Planeten Jupiter?«

»Ich wusste es«, freute sich Peabody, bevor der kalte Blick der Partnerin sie traf.

»Tja nun, der hätte Gregg beinah am Kopf erwischt. Und das Kind, dem es gelungen war, damit die Fensterscheibe einzuwerfen, fing laut an zu schreien. Also hat Gregg gerufen, dass wir von der Polizei wären und ihr helfen wollen. Da hat sie zurückgeschrien, dass sie in ihrem Zimmer eingeschlossen ist.«

»Wir haben die Tür nicht aufgekriegt, deswegen haben wir am Schluss den Rammbock eingesetzt.«

»Gab es daraufhin Alarm?«

»Nein, Ma'am, gab es nicht. Die Anlage war ausgeschaltet, aber statt sie uns genauer anzusehen, sind wir erst mal raufgegangen und haben nach dem Kind geguckt – das sich echt gut gehalten hat. Die Kleine hat gesagt, sie hätten ihrer Mutter wehgetan und sie dann weggebracht. Genau wie ihren Dad. Dann haben wir jemanden im Keller gegen eins der Rohre schlagen hören. Also sind wir runtergelaufen, wo die Mutter saß. Sie hatten sie geschlagen, gefesselt und in einen Kellerraum gesetzt.«

»Bei ihrem Anblick ist das Kind in Tränen ausgebrochen«, stellte er mit ausdrucksloser Stimme fest, doch die Gefühle waren ihm deutlich anzusehen. »Sie dachte, diese Kerle hätten ihre Mutter umgebracht. Der Mutter und der Tochter nach waren es zwei Männer, die anscheinend in der Nacht zum Samstag hier bei ihnen eingebrochen sind. Nach Aussage der Frau haben sie zuerst den Ehemann betäubt und dann sie selbst aus dem Bett gezogen, sie gefesselt und geschlagen und danach das Kind ins Schlafzimmer geschleift. Sie haben die Tochter ebenfalls gefesselt und erst dann den Vater aufgeweckt.«

»Konnten sie die Angreifer beschreiben?«

»Anscheinend hatten sie Kapuzen und dazu noch weiße Masken auf. Außerdem trugen sie Handschuhe. Den Stimmen und der Statur nach waren es beides Männer, aber die Gesichter, Haare oder Augen haben sie nicht gesehen. Wir haben sie nicht zu sehr bedrängt, Lieutenant. Die Mutter musste erst einmal behandelt werden und die Kleine hält sich, wie ich bereits sagte, wirklich tapfer, aber trotzdem ist sie ziemlich durch den Wind. Wir haben Greenspan bisher nichts von ihrem Mann gesagt. Natürlich haben sie selbst und das Kind nach ihm gefragt, aber wir wollten Ihnen nicht vorgreifen.«

»Okay. Bleiben Sie beide weiter hier. Ich lasse einen elektronischen Ermittler kommen, der sich die Alarmanlage angucken und die elektronischen Geräte aufs Revier holen soll. Wo haben Sie die beiden hingesetzt?«

»Ins Wohnzimmer, das geht nach hinten raus. Gregg passt dort auf sie auf.«

Die beiden Sanitäter kamen mit ihren Rucksäcken nach vorn. »Sie weigert sich, mit uns ins Krankenhaus zu fahren«, erklärte einer von den beiden. »Die Frau. Das Kind hat kaum was abbekommen, aber die Frau gehört ins Krankenhaus.«

»Was hat sie denn genau?«

»Eine Gehirnerschütterung, eine gebrochene Nase und zwei angeknackste Rippen, eine Nierenquetschung, ein verstauchtes Handgelenk und tiefe Schürfwunden an beiden Handgelenken und den Knöcheln, dort, wo sie gefesselt war, Hämatome im Gesicht sowie am Oberkörper und dazu ist sie stark dehydriert.«

»Wir werden sehen, ob wir sie dazu bringen, ins Krankenhaus zu fahren.«

Der andere Sanitäter schüttelte den Kopf. »Ich glaube nicht, dass sie sich dazu überreden lassen wird. Sie wollte nicht mal ein Beruhigungsmittel nehmen, also haben wir sie erst einmal nur stabilisiert, aber sie muss auf jeden Fall ins Krankenhaus.«

»In Ordnung«, sagte Eve und sah den beiden auf dem Weg zum Rettungswagen hinterher.

»Sie will auf alle Fälle in der Nähe ihres Kindes bleiben«, meinte Vols. »Genauso wie das Kind bei ihr. Was man den beiden nicht verdenken kann.«

»Das kann wahrscheinlich jeder nachvollziehen. Gute Arbeit, Officer.«

Eve nickte dem Beamten zu und ging mit Peabody nach hinten durch, um einer Frau und einem Kind zu sagen, dass der Ehemann und Vater nicht mehr wiederkommen würde, weil der Preis für ihrer beider Leben seines und die Leben von zehn anderen gewesen waren.

2

Die Kleine saß mit leeren Augen neben Cecily auf einem breiten Sofa, das mit seinem großen roten Blütenmuster einer Blumenwiese glich. Das violette Sweatshirt, das sie über einer schlabberigen Baumwollhose und zu dicken rosa Strümpfen trug, griff die Verfärbung ihrer Handgelenke auf, ihre Mutter hatte schützend einen Arm um sie gelegt.

Cecilys Stirn und Wangen waren mit blauen Flecken übersät und Eve nahm eine Schwellung sowie eine schwärzliche Verfärbung um den Eisbeutel auf ihrem linken Auge wahr.

Die Haut rund um das nicht verbundene rechte Auge war gelb-violett verfärbt und ihre Handgelenke waren bandagiert.

Als sie sich bewegte, machte ihre Miene deutlich, dass sie unter großen Schmerzen litt.

»Ms. Greenspan, ich bin Lieutenant Dallas und das hier ist meine Partnerin, Detective Peabody. Wir haben ein paar Fragen, die wir Ihnen aber gerne auch in einem Gesundheitszentrum Ihrer Wahl stellen können, denn die Sanitäter haben uns gesagt, am besten führen Sie zur weiterführenden Behandlung in ein Krankenhaus.«

»Die Sanitäter haben uns bereits hier behandelt und

wir wollen hier nicht weg.« Sie sah auf ihre Tochter und mit einem stummen Nicken schmiegte sich das Kind noch enger an sie. »Bisher hat niemand uns gesagt, was mit meinem Mann und mit dem Vater meiner Tochter los ist. Also, wo ist Paul?«

Obwohl es dadurch nicht leichter wurde, setzte sich auch Eve, weil sie so mit ihr auf Augenhöhe war. »Leider muss ich Ihnen mitteilen, dass er nicht mehr lebt. Es tut uns furchtbar leid.«

Das Mädchen starrte sie mit großen Augen an, vergrub dann das Gesicht an der mütterlichen Brust und fing an, wie ein verletztes Tier zu heulen.

Cecily schlang den Arm um sie und wurde derart blass, dass ihr Gesicht nur noch aus blauen Flecken zu bestehen schien.

»Sind Sie sich sicher? Sind Sie sicher? Sind Sie …«

»Ja. Es tut mir leid, aber wir sind uns sicher.«

»Kann ich Ihnen etwas aus der Küche holen? Wasser oder einen Tee? Und können wir jemanden für Sie anrufen?«, erkundigte sich Peabody.

»Was ist passiert? Was haben sie ihm angetan?«

»Detective Peabody kann mit der Kleinen in ein anderes Zimmer gehen«, bot Eve der Mutter an, doch Melody bedachte sie mit einem bitterbösen Blick.

»Ich bleibe hier bei meiner Mom. Die Männer haben mich gezwungen, sie allein zu lassen und sie haben ihr und Daddy immer weiter wehgetan. Ich lasse meine Mom ganz sicher nicht allein. Sie haben ihn gezwungen, etwas Schreckliches zu tun. Sie haben ihn gezwungen, denn sie haben Mom geschlagen und gesagt, auch mir täten sie schlimme Dinge an. Einer von den beiden hat so fest an meinem Haar gerissen, dass ich schreien musste, obwohl ich es nicht wollte, habe ich geschrien, denn es hat furchtbar wehgetan. Dann hat er gesagt, er würde mich mit seinem Messer schneiden, wenn mein Daddy nicht tut, was er sagt.«

»Schon gut, Melly. Schon gut, Baby.«

»Sie haben Daddy umgebracht und er hat nichts getan. Auch Mom hat nichts getan, trotzdem haben sie ihr wehgetan.«

»Und du hast auch nichts falsch gemacht«, erklärte Eve. »Haben sie dir noch auf andere Weise als durch Ziehen an deinen Haaren wehgetan?«

»Sie haben meine Handgelenke und die Füße fest mit Plastikband umwickelt. Das hat wehgetan. Als der eine Daddy mitgenommen hat, kam der andere rein und ... hat die Bänder etwas gelockert. Aber er hat gesagt, wenn ich nicht in den Hörer schreien würde, dass Daddy mir helfen soll, brächte er meine Mutter um.«

»Oh, Melly, Schatz.«

»Ich musste in den Hörer schreien. Ich hatte keine andere Wahl. Ich konnte Daddy weinen hören. Er hat geweint, aber gesagt, es würde alles gut. Aber es ist nicht gut geworden, denn sie haben Daddy umgebracht.«

»Erzählen Sie uns, was passiert ist«, wandte Eve sich abermals der Mutter zu. »Und zwar von Anfang an.«

»Ich hörte Melly schreien. Wir lagen alle schon im Bett. Ich weiß zwar nicht, wie spät es war, doch es war Freitagnacht. Auf jeden Fall war es nach Mitternacht, denn da sind Paul und ich ins Bett gegangen. Ich hörte Melly schreien und als ich aufstehen wollte, um nach ihr zu gucken, traf mich der erste Schlag.«

Sie griff sich ins Gesicht.

»Ich bin gestürzt und als der Kerl mir meine Arme mit den Kabelbindern auf dem Rücken festgebunden hat, habe ich nach Paul geschrien. Aber der Kerl hat mich zurück zum Bett gezerrt, mich abermals geschlagen und mich an den Bettpfosten gefesselt. Paul schlief zu dem Zeitpunkt immer noch. Erst habe ich mich gewundert, dass er von dem Lärm nicht aufgewacht ist, aber tatsächlich haben sie ihm etwas gespritzt. Das heißt, dass er bewusstlos war. Dann tauchte der andere Kerl mit Melly auf und fesselte sie an den Stuhl.« Sie stöhnte.

»Ich haben ihnen gesagt, sie könnten alles haben, was sie wollten, und sie angebettelt, meinem Baby nichts zu tun. Aber sie haben nichts gesagt. Dann haben sie Paul zu dem anderen Stuhl gezerrt, dort festgebunden und mit einer zweiten Spritze wieder aufgeweckt. Er hat versucht, sich loszureißen, aber …«

»Sie haben Mom noch mal geschlagen. Sie haben ihr immer wieder wehgetan.«

»Jetzt geht's mir wieder gut, Melly. Es ist vorbei. Sie haben mir wehgetan und uns damit gedroht, auch Melly wehzutun. Als Paul sie verflucht, bedroht und angefleht hat, mich und Melly zu verschonen, haben sie gelacht. Sie haben nur gelacht. Dann hat sich einer neben mich aufs Bett gesetzt und mich … berührt.«

Ihr Blick verriet, worum es bei den Berührungen gegangen war.

»Er hat gesagt, es würde noch viel schlimmer werden, und gefragt, ob Paul nicht seine Frau und seine Tochter retten will. Er hat gefragt, ob er uns schützen will. Ob er alles täte, damit uns kein Leid geschieht.

Natürlich hat Paul Ja gesagt. Er hat gesagt, er würde alles tun.«

»Dann haben sie mich mitgenommen, obwohl Mom und Dad sie angebettelt haben, dass ich weiterhin in ihrer Nähe bleiben darf«, griff Melody den Faden auf. »Einer von den beiden hat mich aus dem Schlafzimmer getragen und der andere hat mich mit so einem Plastikding ans Bett gefesselt, damit ich nicht aufstehen kann. Ich hatte Angst und habe laut nach Daddy und nach Mom geschrien, aber der Mann, der mich in meinem Zimmer eingesperrt hat, hat gesagt, es würde alles gut. Er hat gesagt, ich bräuchte keine Angst zu haben, doch ich sollte aufhören, nach Mom und Dad zu schreien. Also habe ich aufgehört. Er wollte, dass ich aufhöre, deswegen habe ich nicht mehr geschrien.«

»Das war sehr klug und du warst wirklich mutig«, meinte Peabody.

»Trotzdem haben sie Daddy umgebracht.«

»Dein Dad hat uns gerettet«, raunte die Mutter ihr zu und küsste sie aufs Haar. »Der Mann, der auf dem Bett saß, hat zu Paul gesagt, er müsste etwas tun, wenn er uns retten will. Nur eine Sache, wenn sie uns in Ruhe lassen sollen. Wenn er nicht täte, was sie sagen, würden sie mir weiter wehtun … würden mich missbrauchen und als Nächstes käme unsere Tochter dran. Wenn er sich dann weiter weigern würde, würden sie uns umbringen, ihn zuletzt, damit er zusehen könnte, wie erst seine Frau und danach seine Tochter stirbt. Sie sprachen andauernd von seiner Frau und seiner Tochter, zumindest der Kerl, der bei mir auf dem Bett gesessen hat.«

»Was sollte er denn tun?«

»Er sollte töten. Sollte töten, wenn er Leben retten will. Die Leben seiner Frau und seiner Tochter würden ihm doch sicher mehr bedeuten als die Leben irgendwelcher anderen Leute, oder nicht? Paul hat gesagt, er würde tun, was sie verlangen, aber das war gelogen und das wussten sie. Der Mann, der auf dem Bett saß, meinte, vielleicht bräuchte er mehr Zeit und vielleicht müssten sie ihn überreden, ihre Wünsche zu erfüllen. Dann hat er mir geraten, meinen Ehemann davon zu überzeugen, dass er mich und meine Tochter retten soll, danach haben sie uns allein gelassen, wobei ich nicht weiß, wie lange wir alleine waren.«

»Sie haben Sie und Ihren Ehemann im Schlafzimmer allein gelassen?«

»Ja. Paul hat versucht, sich zu befreien. Ich auch. Er hat die ganze Zeit gefragt, ob ich in Ordnung bin, und mir gesagt, er fände einen Weg. Wir haben uns gesagt, dass wir uns lieben, und er hat geschworen, er ließe niemals zu, dass Melly etwas passiert.«

Cecily erschauerte und rang nach Luft. »Ich glaube, sie hatten einen Rekorder irgendwo im Schlafzimmer versteckt, denn als der eine von den beiden wiederkam, hat er sich über uns lustig gemacht.«

»So ging es immer weiter. Dieser Typ kam immer wieder rein und hat mich geschlagen oder irgendwo berührt. Dann haben sie etwas getan, weswegen Melody nach uns geschrien hat. Sie haben Paul gefragt, ob er wirklich alles tun würde, um uns zu retten. So ging es über Stunden. Es hat einfach nicht mehr aufgehört. Schließlich haben sie mich aus dem Schlafzimmer gezerrt. Ich habe mich gewehrt, aber einer von den beiden hat mich derart fest geschlagen, dass ich ohnmächtig geworden bin. Sie haben mich in einen Kellerraum gesperrt und eine Kamera dort aufgestellt. Ich glaube, damit Paul mich sehen sollte, eingesperrt und frierend, verletzt und voller Angst. Ich hatte solche Angst. Ich habe sie danach nicht mehr gesehen. Auch Paul habe ich nicht noch mal gesehen.«

Jetzt strömten Tränen wie ein Fluss der Trauer über ihr Gesicht, sie wiegte ihre Tochter in den Armen und strich ihr sanft über das Haar.

»Ich war allein dort unten, bis die Polizei gekommen ist. Jetzt weiß ich, dass mein Mann getan hat, was die beiden verlangt haben. Er hat getan, was sie verlangt haben, damit sie uns nichts tun. Sie haben einen guten Menschen, einen guten Ehemann und Vater so lange gefoltert, bis ihm keine andere Wahl mehr blieb.«

Sie legte eine Hand unter das Kinn der Tochter und hob deren Kopf, bis sie ihr in die Augen sah. »Das darfst du nie vergessen, Melody. Egal, was Dad getan hat, und egal, was andere über ihn erzählen, er hat dich mehr als alles andere geliebt. Er hat getan, wozu die Männer ihn gezwungen haben, um uns zu beschützen.«

»Sie haben ihn gezwungen, eine Bombe anzuziehen.«

Die Mutter fuhr zusammen, als hätte ihr die Tochter einen Schlag verpasst. »Was? Woher weißt du …«

»Ms. Greenspan«, sagte Eve und fragte Melody: »Du hast gesehen, wie er den Sprengstoffgürtel angezogen hat?«

»Nein, aber ich habe diese Männer reden hören. Ich habe so getan, als ob ich schlafen würde, als der eine in mein Zimmer kam. In meinem Zimmer war es dunkel und ich habe so getan, als ob ich schlafen würde, dann kam auch noch der andere an die Tür. Sie, das heißt, der Mann, der Mom geschlagen hat, er hat gesagt, dass Daddy diesen Bombengürtel tragen würde, denn jetzt hätte er ihn fast so weit.«

»Kannst du dich noch an etwas anderes erinnern, was die beiden gesagt haben?«

»Sie haben sich ganz leise unterhalten, aber irgendwie klangen sie auch aufgeregt. Ich weiß nicht, wie ich es beschreiben soll.«

»Du machst das wirklich gut. Fällt dir sonst noch etwas ein?«

»Sie haben gesagt, bald fängt das fette Leben an.«

»Das fette Leben?«

»Ja. Sie haben gesagt, um neun Uhr fängt das fette Leben an. Und der, der meistens in mein Zimmer kam, trat an mein Bett und hat mich angestupst. Ich habe mich herumgerollt und so getan, als ob ich weiterschlafen würde, und er hat gesagt, er wäre froh, dass ich auf diese Art nicht mitbekommen würde, was passiert. Dann hat der andere gesagt ...«

Sie blickte ängstlich ihre Mutter an. »Er hat das böse Wort mit f gesagt. Das böse Wort mit f und dann *die Kleine*. Danach sind sie wieder rausgegangen. Dann muss ich wirklich eingeschlafen sein, denn plötzlich war es draußen wieder hell. Der Mann, der meistens zu mir kam, kam wieder rein und hat mich Pipi machen lassen. Was mir furchtbar peinlich war. Später hat er mir wieder diese Plastikdinger um die Handgelenke zugezogen und gesagt, dass ich wieder ins Bett gehen soll. Aber dann bekam er eine Nachricht auf dem Smartphone, wurde furchtbar aufgeregt und sagte noch mal dieses böse Wort, aber nicht wütend, sondern aufgeregt, ging wieder raus und schloss die Tür von außen ab.«

Das Mädchen atmete tief durch. »Er kam nicht noch mal zurück. Dann wurde alles still. Ich wäre beinah wieder eingeschlafen oder vielleicht bin ich wirklich eingeschlafen, aber dann sah ich, dass er mir meine Füße nicht wieder zusammengebunden hatte und dass ich auch nicht ans Bett gefesselt war. Er war so aufgeregt wegen des Anrufs, dass er es vielleicht vergessen hat. Also habe ich versucht, aus meinem Zimmer herauszukommen, aber die Tür war abgesperrt und auch die Fenster habe ich nicht aufgekriegt. Ich habe laut geschrien, aber niemand konnte mich draußen hören. Ich sah, wie Mr. Benson gegenüber aus dem Haus gegangen ist, und habe laut geschrien und versucht, das Fenster aufzukriegen, doch er hat nicht hochgeguckt. Schließlich sah ich die Polizei. Sie kamen an die Tür, aber niemand hat ihnen aufgemacht. Da habe ich das Sonnensystem, das in der Ecke steht, gesehen, und mir den Jupiter geschnappt. Er war so schwer, dass ich ihn erst mal habe fallen lassen, aber dann habe ich das Ding mit voller Wucht geworfen und die Fensterscheibe ging kaputt. Dann habe ich geschrien und endlich kam die Polizei herein.«

»Das war echt schlau«, erklärte Eve. »Das hast du wirklich toll gemacht.«

»Aber mein Daddy …«

»Deine Mom war in dem Kellerraum gefangen. Sie hat gefroren, sie war verletzt und hatte Angst. Sie konnte keine Hilfe holen, aber du konntest es und du hast es getan. Jetzt würde es uns helfen, wenn du mit Detective

Peabody rauf in dein Zimmer gehen und ihr zeigen würdest, wie du diesen Ball geworfen hast.«

»Aber ich will Mom nicht alleine lassen.«

»Keine Angst. Ich bleibe in der Zeit bei deiner Mom.«

»Mein Daddy wollte diese Bombe nicht anziehen.«

»Ich weiß. Doch jetzt würde er wollen, dass du uns hilfst, und zwar so gut du kannst.«

»Na los, Melly.« Die Mutter küsste abermals ihr Haar. »Dein Daddy wäre stolz auf dich.«

»Nehmen Sie Mom nicht mit.«

»Ganz sicher nicht«, versprach Eve ihr und wartete, bis Peabody zusammen mit dem Mädchen aus dem Raum gegangen war. Falls irgendwer noch etwas aus dem Kind herausbekäme, dann die Partnerin.

»Ms. …«

»Ich bräuchte einen kurzen Augenblick für mich. Ich hätte vielleicht doch gern einen Tee.«

»Na klar.«

Eve sah ihr hinterher, als sie mit vorsichtigen, steifen Schritten in die Küche ging.

»Ich wurde auch schon häufiger zusammengeschlagen und ich hasse Krankenhäuser, aber manchmal braucht man sie.«

»Ich kann und werde Melly nicht alleine lassen, doch hier können wir nicht bleiben, das ist mir bewusst. Wir werden hier nicht länger leben können nach allem, was geschehen ist.« Die Mutter brach in hemmungsloses Schluchzen aus. »Natürlich ist es nur ein Haus, aber es war auch unser Heim. Das haben sie zerstört. Sie haben meinen Ehemann, den Vater meines Babys, umgebracht und unser Heim zerstört.«

Sie kämpfte gegen ihre Tränen an und fuhr sich mit den Händen durchs Gesicht. »Ich muss mit meiner Mutter sprechen. Sie und mein Stiefvater leben in New Rochelle. Wir können bei ihnen wohnen, bis wir wissen, wie es weitergehen soll. Und wenn sich meine Mom um Melly kümmert, gehe ich zum Arzt.«

»Wir lassen Sie zu Ihrer Mutter bringen, wenn Sie wollen.«

Nickend drückte Cecily am AutoChef den Knopf für den Tee. »Ich muss nach vorne sehen. Ich muss vor allem anderen an Melly denken. Paul … ich habe keine Ahnung, wie ich ohne ihn an meiner Seite weitermachen soll, aber darüber kann ich jetzt nicht nachdenken. Ich kann erst mal gar nicht nachdenken.«

»Können Sie mir die Männer, die hier eingebrochen sind, beschreiben?«

»Sie waren ganz in Schwarz gekleidet mit Kapuzen, dünnen schwarzen Handschuhen und weiß leuchtenden Masken im Gesicht. Die Masken hatten Schlitze für die Augen, die Gesichter waren nicht zu sehen.«

»Größe, Gewicht, Statur?«

»Sie waren weder groß noch klein. Mein Mann ist eins achtzig groß, sie waren ungefähr so groß wie er. Und fit. Nicht übertrieben muskulös, aber auf alle Fälle fit. Wobei der eine etwas schlanker als der andere war. Der Kerl, der mich geschlagen hat, war muskulöser. Ich …«

»Fahren Sie fort.«

»Ich kann es nicht beschwören, aber mir kam es so vor, als hätte es ihm Spaß gemacht, mir wehzutun und zu beobachten, wie Paul auf die Misshandlungen reagiert. Dem anderen nicht – oder zumindest nicht so sehr. Er hat mich auch geschlagen, aber niemals mit der Faust und mir kam es so vor, als würde er das eigentlich nur tun, weil der andere zugesehen hat.«

Die Tasse und die Untertasse, die sie in der Hand hielt, fingen an zu klappern, als Detective Callendar den Raum betrat.

»Dies ist Detective Callendar, eine unserer elektronischen Ermittlerinnen«, erklärte Eve. »Wir müssen uns die elektronischen Geräte im Haus ansehen. Hatte Ihr Mann ein Arbeitszimmer hier?«

»Ja. Im ersten Stock, direkt gegenüber unserem Schlafzimmer. Ich kann es Ihnen zeigen.«

»Danke, aber das finden wir wahrscheinlich auch allein. Wir hätten gern Ihre Erlaubnis, uns die elektronischen Geräte, die Alarmanlage und die Telefone anzusehen und sie gegebenenfalls mit aufs Revier zu nehmen, um sie uns dort noch genauer anzuschauen.«

»Meinetwegen nehmen Sie alles mit.«

Eve trat zu Callendar. »Überprüfen Sie als Erstes die Alarmanlage und nehmen Sie sich dann das Arbeitszimmer vor.«

»Okay.«

»Ms. Greenspan, was ist mit den Stimmen der beiden Männer? Hatten sie einen Akzent, wie war ihr Satzbau und haben sie Umgangs- oder Hochsprache benutzt?«

»Sie haben die meiste Zeit geflüstert.«

»Alles klar.« Eve sagte sich, am besten schlüge sie erst einmal eine andere Richtung ein, und fragte: »Kam Ihr Mann gut mit der Arbeit klar? War er glücklich in dem Unternehmen und mit seinem Job?«

»Oh ja, er hat die Arbeit dort geliebt. Er hat sich

krummgelegt, aber die Arbeit hat ihm Spaß gemacht. Er war der Chef der Marketingabteilung und die Leute dort waren für ihn Familie.«

Sie ging zurück zur Couch und nahm genauso steif und vorsichtig, wie sie gelaufen war, wieder Platz. »Bitte, Lieutenant, bitte sagen Sie mir, was passiert ist. Bitte sagen Sie mir, wozu Paul von diesen Kerlen gezwungen worden ist.«

»Wissen Sie etwas von dem Meeting heute Vormittag?«

»Sie wollten mit Econo zusammengehen. Eine größere Kampagne hatte Paul seit Jahren nicht mehr. Sie haben Monate gebraucht, bis sie die Zustimmung zu diesem Deal bekamen und um ihn dann tatsächlich durchzuziehen. Er und sein Team haben sich um das Marketing für die Expansion gekümmert. Aber was hat das mit dem Überfall auf uns zu tun?«

»Ihr Mann ist heute früh mit einem Sprengstoffgürtel um den Bauch bei diesem Meeting aufgetaucht.«

»Oh Gott, oh Gott. Wie viele Leute hat er umgebracht? Wie viele Leute sind jetzt tot?«

»Elf. Und neun wurden verletzt.«

Sie stellte ihre Tasse auf den Tisch, warf sich die Hände vors Gesicht und brach in lautes Schluchzen aus. »Sie haben ihn zum Mörder gemacht. Haben meinen Paul zum Mörder werden lassen. Aber warum haben sie das getan? Weswegen hätten sie ihn zwingen sollen, so etwas zu tun?«

»Hatte er Feinde?«

»Nein, nein, nein.«

»Wie stand er zu diesem Zusammenschluss?«

»Er … am Anfang war er alles andere als angetan. Quantum bietet teure Luxusflüge an, aber Econo ist als Billigfluglinie bekannt. Doch Derrick – Derrick Pearson – wollte diese Expansion und ihm hat die Idee gefallen, auch auf anderen Leveln im Geschäft zu sein. Und Econo fliegt jede Menge Ziele an. Am Schluss war Paul dabei und hat die Arbeit, die er dafür leisten musste, als Herausforderung gesehen. Er ist ein echter Quantum-Mann, Lieutenant. Er war Derrick und dem Unternehmen gegenüber stets loyal.«

Sie riss die Augen auf. »Was ist mit Derrick? Geht's ihm gut?«

»Es tut mir leid.«

»Mein Gott, Paul hat ihn praktisch als Ersatzvater gesehen.«

Sie packte Eve am Arm, wobei das Zittern ihrer Finger nicht zu übersehen war. »Ich schwöre Ihnen bei meinem Leben, Paul hat ihn geliebt. Geliebt, bewundert, respektiert. Und Paul war nie gewalttätig. Oh Gott, mein Gott, was ist mit Rozilyn, Derricks Frau? Sie sind seit beinah vierzig Jahren verheiratet. Was wird sie tun? Wie soll's jetzt für sie weitergehen?«

»Ist Ihnen jemand in der Nähe Ihres Hauses aufgefallen, der nicht hierhergehört? Hat Paul vielleicht von irgendwem gesprochen, bei dem ihm aus welchem Grund auch immer unbehaglich war?«

»Nein. Das hat er nicht. Er hat vor allem in den letzten Wochen ständig Überstunden eingelegt. Er musste die Kampagne fertigkriegen, deshalb war er öfter abgelenkt und müde, aber gleichzeitig auch aufgeregt. Am Ende hatte er's geschafft und heute war der große Tag.

Als er Freitagnacht endlich ins Bett kam, haben wir noch kurz gekuschelt und er hat versprochen, dass wir, wenn der Deal über die Bühne wäre, übers Wochenende mit der Kleinen wegfahren, und zwar, wohin ich will. Und dann ist er mit einem Lächeln eingeschlafen. Doch dann ... waren plötzlich diese Männer hier.«

Sie schluckte. »Sie waren plötzlich hier und nichts wird mehr wie vorher sein.«

»Wer kennt den Code Ihrer Alarmanlage?«

»Paul, ich selbst und Melody. Und Iris. Iris Kelly, die seit neun Jahren Mellys Nanny ist. Wir haben sie angeheuert, als ich schwanger war. Sie ist für uns Familie.«

»Ich brauche die Kontaktdaten von dieser Iris.«

»Ja, natürlich, aber Iris hätte unseren Code niemals verraten und sie hat nie im Leben etwas mit diesem Überfall zu tun. Oh Gott, ich muss ihr sagen, was passiert ist. Muss ihr das von Paul erzählen.«

»Dann hat sie also an den Wochenenden frei und kommt auch montags nicht?«

»Seit ihrer Hochzeit letztes Jahr und seitdem Melly ganztags in der Schule ist, kommt sie normalerweise nur noch Dienstag, Mittwoch, Donnerstag. Lieutenant, wir haben Iris unsere Tochter anvertraut. Das ist, als hätten wir jemandem unsere Leben anvertraut.«

»Und sonst hat niemand diesen Code?«

»Den haben nur ... das heißt, es tut mir leid. Natürlich haben auch meine Mutter und mein Stiefvater den Code. Pauls Eltern leben in Sedona, deshalb ... oh mein Gott. Pauls Eltern. Ich muss ...«

»Die Benachrichtigung seiner Eltern übernehmen wir. Wie oft verändern Sie den Zugangscode?«

»Vielleicht einmal im Jahr. Bisher gab es hier niemals irgendwelchen Ärger. Bisher ist hier nie etwas passiert, das heißt, bis … Paul. Ich will ihn sehen.«

Die Dinge, die noch von ihm übrig sind, sollte niemand sehen, dachte Eve. »Ich gebe Ihnen die Telefonnummer des Pathologen, aber vorher gehen Sie bitte noch mit einem unserer Beamten rauf, kontaktieren Ihre Mutter und packen die Sachen, die Sie selbst und Ihre Tochter brauchen, ein. Dann bringen wir Sie nach New Rochelle. Ich bräuchte bitte eine Nummer, unter der ich Sie erreichen kann.«

»Was werden Sie jetzt tun?«

»Ich mache meinen Job.«

»Mein Mann ist kein Mörder, Lieutenant.«

»Nein, er war ein Opfer und die Mörder sind die Männer, die hier eingebrochen sind. Deswegen werde ich jetzt meine Arbeit machen, um die Kerle zu erwischen, die hier eingebrochen sind, um Sie zu schlagen, um Ihr Kind in Angst und Schrecken zu versetzen und um Ihren Mann zu zwingen, andere zu töten und mit ihnen zusammen in den Tod zu gehen.«

*

Eve spürte Callendar im Arbeitszimmer auf.

»Auf den ersten Blick kommt mir an den Gerätschaften nichts komisch vor«, erklärte die elektronische Ermittlerin ihr. »Vor allem in den letzten ein, zwei Monaten hat er dort jede Menge Kram von seiner Arbeit abgespeichert und daneben noch privates Zeug und ein paar ganz normale Mails. Anscheinend hat er zur Entspannung gerne Wortspiele gespielt. Wir sehen uns die Kiste trotzdem im Labor noch mal genauer an.«

»Was ist mit der Security?«

»Die ist echt gut.« Aus einer der zahlreichen Taschen ihrer leuchtend roten Cargohose zog die Elektronikfrau ein viereckiges Kaugummi. »Wollen Sie auch eins?«

»Nein.«

»Also, das System ist wirklich gut.« Sie wickelte das Kaugummi sorgfältig aus und steckte es sich in den Mund. »Das haben sie sich was kosten lassen, aber schließlich sollte es auch halten, was es versprochen hat. Und das hat es getan. Die Kerle haben das System nicht einfach so geknackt, sondern sich schon seit Monaten damit befasst.«

»Seit Monaten?«

»Natürlich sehen wir uns die Anlage noch mal genauer an, doch auf den ersten Blick sieht es so aus, als hätte seit Dezember irgendjemand immer wieder einmal zwischen zwei und drei Uhr nachts sein Glück daran versucht. Bei jedem Mal wurden die Aussetzer ein bisschen länger und sie drangen immer weiter vor. Wissen Sie, sie haben die Schichten nacheinander abgetragen, bis sie irgendwann beim Kern des Ganzen waren.«

Sie machte eine riesengroße rosa Blase und zog sie zurück in ihren Mund.

»Die Opfer haben den Code in diesem Zeitraum nicht verändert, also haben sich die Kerle einfach immer tiefer ins System gehackt. Es war unmöglich, einfach durchzuschlüpfen, also haben sie sich durchgekämpft. Für so was braucht man Zeit, Geduld, gewisse Fähigkeiten und vor allem eine wirklich gute Ausrüstung.«

»Das heißt, dass diese Leute und das Haus hier bereits im Dezember von den Kerlen ins Visier genommen worden sind«, schloss Eve. »Nur hat ihnen der Zugangscode zum Haus gefehlt und sie konnten das System nicht einfach auf die Schnelle lahmlegen.«

»Genau.«

»Und den Bewohnern sind die Störungen nicht aufgefallen?«

Callendar raufte sich das kurze, stachelige violette Haar. »Sie hätten ihnen auffallen können, nur haben sie anscheinend nicht genauer hingesehen. Das tun die Wenigsten. Man schaltet die Alarmanlage ein und denkt nicht mehr daran.«

»Nehmen Sie alles mit und sehen Sie sich die Geräte, auch die der Frau und Tochter, noch genauer an. Wer ist bei Quantum?«

»Feeney und McNab. Weil das hier schließlich eine große Sache ist. Da hat der Captain sich persönlich auf den Weg gemacht.«

Eve nickte. Wenn der Chef der elektronischen Ermittler selber vor Ort war, würde garantiert nichts übersehen.

»Packen Sie auch die Memowürfel ein. Ich sehe mir jetzt das Haus genauer an.«

»Okay. Wenn man sich die privaten Sachen von den Leuten ansieht, kriegt man ein Gefühl für die Person. Dieser Mann hat seinen Job geliebt, doch die Familie war für ihn auf jeden Fall die Nummer eins.«

Eve trat in den Flur und rief die SpuSi an. Sie sollten sich im ganzen Haus umschauen, doch vorher sähe sie sich selbst noch den Keller an.

Dort gab es einen großen Raum mit einem großen

Fernseher und einem Spielbereich mit ein paar Puzzles, etwas Spielzeug, einer Miniküche, einem kleinen Bad und einem großen Puppenhaus, das sie an ihre Patentochter Bella denken ließ.

Der Wartungsraum lag hinter einer dicken Tür, die von den Polizisten, die zuerst vor Ort gewesen waren, aufgebrochen worden war. Dort fanden sich die Eingeweide des Gebäudes, eine alte gusseiserne Spüle und verschiedene Rohre, an die Cecily den Blutspuren zufolge von den Tätern angekettet worden war. Kein Fenster, durch das wenigstens ein Hauch von Licht hereingefallen wäre, und so dicke Wände, dass kein Laut nach außen drang.

Eve stellte sich die arme Frau hier unten in der Dunkelheit und Kälte vor. Sie war eingesperrt gewesen und sie hatte nicht gewusst, was während dieser Zeit mit ihrem Mann und ihrem Kind geschah.

Die frischen Kratzspuren im Staub zeigten die Stelle, wo die Kamera gestanden hatte, damit Paul die ganze Zeit seine geschlagene, gefesselte, hilflose Frau hier unten sitzen sah.

Eve drehte sich zur Tür, als Peabody erschien.

»Die Kollegen von der Streife bringen die Frau und Tochter zu den Großeltern. Die beiden sind vollkommen fertig, Dallas. Greenspan reißt sich für das Kind zusammen, aber sicher wird es nicht mehr lange dauern, bis sie endgültig zusammenbricht.«

Wie Eve sah auch sie selbst sich in dem Keller um. »Mein Gott«, murmelte sie. »Ich kann beim besten Willen nicht verstehen, dass sie nicht längst zusammengebrochen ist.«

»Es ging ihnen speziell um diese Leute hier«, erklärte Eve. »Das heißt, sie kannten sie zumindest gut genug, um davon auszugehen, dass Paul Rogan diese Bombe zünden würde, wenn sich die Familie nur auf diese Weise retten ließ. Sie haben sie gestalkt und sich Callendar zufolge seit zwei Monaten in die Alarmanlage eingeklinkt, um hier ins Haus zu kommen, ohne dass es jemand merkt.«

Kopfschüttelnd ging sie wieder in den anderen Raum. »Falls es den Kerlen um den Firmenchef gegangen wäre, hätten sie die Zeit in Pearson investiert. All das, um dieses Meeting nachhaltig zu stören und zumindest einen Teil der Leute in dem Raum aus dem Verkehr zu ziehen? All das, damit es nicht zu dem Zusammenschluss der beiden Unternehmen kommt?«

Mit einem neuerlichen Kopfschütteln ging Eve zurück ins Erdgeschoss. »Sie hätten diesen Deal doch sicher auch auf andere, einfachere Art zum Scheitern bringen können. Haben Sie noch etwas aus der Kleinen rausgekriegt, Peabody?«

»Sie denkt, sie hätten vielleicht auch in ihrem Zimmer eine Kamera gehabt. Und hat gesagt, der Mann, der öfter bei ihr war, hätte ab und zu telefoniert und sie gezwungen zu sagen: ›Bitte, Daddy, hilf mir.‹«

»In sein Telefon. Sie haben das arme Schwein gezwungen, einen Knopf im Ohr zu tragen und zu hören, wie seine Tochter weint. Wahrscheinlich haben sie auch die Frau gefilmt. Ich wette, dass auch er einen Rekorder bei sich hatte, damit sie ihn sehen. Wenn er die Polizei gerufen oder sonst was unternommen hätte, hätten seine wunderbaren Mädels ihm die Ohren vollgeschrien.«

»Nach dem, was Melody erzählt hat, denke ich, der Typ, der bei dem Vater war, und nicht der Mann, der häufiger nach ihr geschaut hat, ist der Boss.«

Eve nahm die Treppe in den ersten Stock. »Aber warum haben sie die beiden leben lassen? Warum haben sie nicht auch die Frau und Tochter umgebracht, nachdem die Bombe hochgegangen war? Dann gäbe es jetzt keine Zeuginnen. Dann gäbe es jetzt niemanden mehr, der uns erzählen könnte, wie es abgelaufen ist.«

Sie ging ins Schlafzimmer und sah sich die zerwühlten Laken, die zerschnittenen Kabelbinder und die roten Flecken auf dem Boden und dem Stuhl, auf dem die Kerle Rogan festgebunden hatten, an.

»Wie gut haben sie das Haus vor Freitagnacht gekannt? Waren einer oder beide vorher schon einmal als Handwerker, als Lieferanten oder Gäste hier? Nicht unbedingt«, sinnierte sie und sah sich weiter um. »Sie haben zwei volle Tage hier verbracht, das heißt, sie hatten jede Menge Zeit, um sich umzuschauen. Aber sie haben nichts kaputtgemacht, sie haben keine Wertsachen geklaut und auch die elektronischen Geräte sind noch da. Und Cecily hat ihren Ehering getragen, keinen übertrieben dicken Klunker, aber locker ein paar Tausend wert. Aber der hat sie offenbar nicht interessiert.«

Wie nicht anders zu erwarten, hatte die Familie im Ankleidezimmer einen kleinen Safe.

»Auch dieses Ding haben sie bestimmt nicht aufgemacht.«

Sie selber aber öffnete den Safe und ihre Partnerin bemerkte: »Aber hallo, langsam haben Sie echt den Bogen raus.«

»Das können andere noch besser.« Wie ihr eigener Ehemann. »Vor allem hatte ich in diesem Fall die Zahlenkombination von Cecily. Wie ich schon vermutet habe, haben wir hier ein bisschen Bargeld, durchaus anständigen Schmuck, ein paar teure Uhren, Pässe und den anderen Kram, den man am besten sicher aufbewahrt.«

Sie schob die Tür des Safes zurück ins Schloss. »Anscheinend haben ein paar tausend Dollar sie nicht wirklich interessiert. Genauso wenig wie die Bilder und die elektronischen Geräte, die man mühelos hätte verhökern können, weil es ihnen um was anderes ging. Sie hatten ein bestimmtes Ziel und darauf haben sie sich konzentriert.«

Sie ging ins Bad und kam wieder zurück.

»Sie hatten ein bestimmtes Ziel und darauf haben sie sich konzentriert«, erklärte sie noch einmal, ging in den Flur und schob die Tür des Kinderzimmers auf. Es war ein mädchenhafter, doch nicht übertrieben verspielter Raum und abgesehen von der zerbrochenen Fensterscheibe und dem aus dem Sonnensystem herausgerissenen Planeten ziemlich ordentlich.

»Melodys Hände waren bis zum Schluss gefesselt, doch die Fesseln an den Füßen hatte er ihr vor dem Gang auf die Toilette abgemacht. Hat er vergessen, sie ihr wieder anzulegen und sie dann ans Bett zu binden, oder wollte er, dass sie aufstehen kann?«

»Sie ist ein Kind. Deswegen dachte er, dass sie ihm nicht gefährlich werden kann. Und als sie hatten, was sie wollten, hat er vielleicht gar nicht mehr darüber nachgedacht, wie es jetzt weitergehen soll, denn schließlich war er nicht der Boss.«

Eve nickte zustimmend. »Genau. Der Kerl, der sich um sie gekümmert hat, war nicht der Boss. Deswegen war er nachlässig und hat dem Kind die Fußfesseln nicht wieder angelegt. Das heißt, dass er vielleicht für Kinder eine Schwäche hat. Doch Melody ist alles andere als dumm und wusste sich zu helfen, als mit einem Mal die Polizei im Garten stand. Vielleicht ist ihnen ja egal, dass wir sie derart schnell gefunden haben, denn schließlich hätten wir sie früher oder später sowieso entdeckt. Vielleicht macht eine Stunde früher oder später keinen Unterschied für sie.«

Sie trat an das zerbrochene Fenster. »Weil ihr fettes Leben schließlich schon um neun Uhr angefangen hat.«

»Was ganz bestimmt nicht heißt, dass sie erst mal ins Restaurant gegangen sind«, bemerkte ihre Partnerin.

»Was hat dieses fette Leben mit dieser Bombe, mit dem Tod des Chefs der Marketingabteilung und des Chefs von Quantum und dem fehlgeschlagenen Meeting zum Zusammenschluss mit Econo zu tun?«

»Das fragen Sie am besten Roarke.«

»Genau, das mache ich. Da kommt die Spurensicherung«, bemerkte Eve, als sie zwei Vans vorfahren sah. »Am besten nehmen wir sie an der Haustür in Empfang und sagen ihnen, was sie machen sollen.«

3

Da Iris Kelly in der Nähe ihrer Arbeitgeber wohnte, beschloss Eve, mit ihr zu reden, ehe sie ins Krankenhaus zu den Verletzten fuhr. Sie schloss die Haustür mit dem Generalschlüssel, den sie in ihrer Tasche hatte, auf und ging mit schnellen Schritten durch den kleinen Flur.

Zwei Frauen, die sich auf Spanisch unterhielten, stiegen aus dem Lift. Sie beide trugen Taschen in der Größe kleiner Elefanten in den Händen und die Jüngere der beiden schob ein kleines Kind in einem Buggy, an dem neben anderen Tieren auch ein kleiner Elefant aus Stoff befestigt war. Selig nuckelte das Kind am Daumen und verwundert fragte Eve: »Was haben sie davon? Ein Daumen schmeckt jawohl nach nichts.«

»Es geht dabei ums Saugen, nicht um den Geschmack«, erklärte Peabody. »Um Trost und orale Befriedigung.«

»Dann blasen sich die lieben Kleinen also selbst einen?«

Peabody rang nach Luft. »Das … kann ich unmöglich beantworten, wenn es nicht schmuddelig und seltsam werden soll.«

Achselzuckend drückte Eve den Knopf des dritten Stocks. Das Haus war durchaus anständig und ziemlich gut gesichert, überlegte sie. Ein grundsolides Haus, in dem kein Müll im Flur, dem Fahrstuhl und den Korridoren lag.

Sie klingelte an Kellys Tür und durch die Gegensprechanlage fragte jemand: »Ja?«

»Lieutenant Dallas und Detective Peabody.« Eve zückte ihre Marke und hielt sie vor den Spion. »Von der New Yorker Polizei. Wir würden gern mit Ihnen sprechen, Ma'am.«

Iris entriegelte und öffnete die Tür, ihre bleiche Miene und die stark geröteten, verquollenen himmelblauen Augen zeigten, dass sie bereits wusste, was geschehen war. Sie trug ihr blondes Haar in einem langen Pferdeschwanz und sah mit ihrer schwarzen Hose, einer schlichten schwarzen Strickjacke und einer blauen Bluse ziemlich bieder aus.

»Ich weiß es aus dem Fernsehen. Ich habe den Bericht über den Anschlag in den Nachrichten gesehen. Paul ... und Cecily geht schon den ganzen Morgen nicht ans Telefon. Ich kann sie nicht erreichen. Bitte.«

»Dürfen wir hereinkommen, Ms. Kelly?«

»Tut mir leid. Natürlich, kommen Sie rein. Ich habe heute ausgeschlafen«, meinte sie und trat einen Schritt zurück. »Das tue ich an meinen freien Tag immer. Vor dem Einkauf habe ich die Wohnung aufgeräumt und nebenher die Nachrichten im Fernsehen gehört. Ich kann die Familie nicht erreichen. Cecily ... und Melly. Oh Gott, bitte.«

»Ms. Greenspan ist mit ihrer Tochter auf dem Weg zu deren Großmutter in New Rochelle.«

»Oh. Oh.« Iris ließ sich in einen Sessel fallen, warf

sich die Hände vors Gesicht und brach in Tränen aus. »Gott sei Dank. Ich dachte schon … ich hatte fürchterliche Angst … das alles ist doch vollkommen verrückt. Sie haben gesagt, Paul hätte sich und all diese anderen Menschen in der Firma umgebracht. Das hätte er niemals getan, aber das haben sie in den Nachrichten gesagt. Und Cecily war nicht erreichbar.«

»Soll ich Ihnen ein Glas Wasser holen?«, fragte Peabody.

»Danke. Danke. Ich verstehe nicht, warum sie sagen, Paul hätte sich selbst und all die anderen Menschen umgebracht. Er ist ein guter Mensch und könnte nicht mal einer Fliege was zuleide tun.«

»Wir glauben, dass man ihn dazu gezwungen hat.«

»Gezwungen«, wiederholte Iris fassungslos.

»Ms. Kelly, hat irgendjemand Sie angesprochen und nach der Familie, dem Haus oder nach Mr. Rogans Arbeit ausgefragt?«

»Nein. Nein. Ich meine, ja, natürlich rede ich mit meinem Mann, mit meinen Freunden, meiner eigenen Familie über sie. Wobei sie ebenfalls Familie für mich sind. Sie haben mich zu einem Teil ihrer Familie gemacht.«

Sie wischte sich die Tränen fort und wiegte sich noch immer leise schluchzend hin und her. »Ich war schon da, als sie zum ersten Mal mit Melly heimgekommen sind, als sie noch ein kleines rosa Bündel war. Und ich erzähle gern, wie gut sich Melly beim Ballett und in der Schule macht oder wenn Paul was Lustiges gesagt hat oder was ich selbst und Cecily gemacht haben. Wie man das eben macht.«

»Ich meine, haben Sie jemand anderem als Freunden

und Verwandten etwas erzählt?«, präzisierte Eve, als Peabody mit einem Glas Wasser aus der Küche kam. »Einem Lieferanten oder Handwerker, der da war, während Melly in der Schule und die Eltern bei der Arbeit waren. Oder sonst jemandem.«

»Nein, ich schwöre, dass da niemand war. Natürlich rede ich auch mit den Leuten in den Läden, wo ich immer einkaufe. Sie fragen mich, wie es mir selbst und der Familie geht. Dann gebe ich manchmal etwas mit Melly an, weil sie beinah so was wie eine eigene Tochter für mich ist. Vielleicht erzähle ich, wie gut sie in der Schule ist und dass sie Astronomin werden will. Oder wenn ich vor der Schule auf die Kleine warte, unterhalte ich mich mit den anderen Nannys und den Müttern dort. Cecily muss manchmal länger in der Schule bleiben, an diesen Tagen hole ich dann Melly aus der Schule ab.«

»Hatten Sie bei irgendwem ein ungutes Gefühl? Bei irgendwem, mit dem Sie mal gesprochen oder den Sie bei dem Haus gesehen haben?«

»Da fällt mir niemand ein. Ich kenne einige der Nachbarn und die Leute, die für die Familien arbeiten. Wenn ich sie auf der Straße treffe, plaudern wir kurz. Auch meinen Johnny habe ich getroffen, während er im Nachbarhaus beschäftigt war. Er hat den Spacers eine neue Küche eingebaut und während einer seiner Pausen kamen wir ins Gespräch.«

»Wann war das?«

»Das ist jetzt schon fast vier Jahre her.«

»Sie haben den Zugangscode zum Haus.«

»Das stimmt.« Sie riss entsetzt die Augen auf. »Ich …«

»Haben Sie den irgendwem gegeben?«

»Nein. Den kennt nicht mal mein Mann. Denn schließlich ist es ein Vertrauensbeweis, dass Cecily ihn mir gegeben hat.«

»Haben Sie sich diesen Code irgendwo aufgeschrieben?«

»Nein.«

»Wie merken Sie ihn sich dann?«

»Das ist ganz leicht. Es sind die Initialen aller unserer Vornamen, in der Reihenfolge unseres Alters. PCIM – und dann die Stellen des Alphabets, wo die Buchstaben stehen. Also sechzehn, das heißt, eins, sechs, drei, neun, drei, zehn. Aber warum wollen Sie das wissen? Ist etwas im Haus passiert?«

Das hatten sie anscheinend noch nicht in den Nachrichten gebracht, erkannte Eve. »Zwei Männer sind dort eingebrochen und haben vorher die Alarmanlage lahmgelegt, aber wir glauben bisher nicht, dass sie den Code hatten.«

»Aber Sie haben gesagt, es würde Cecily und Melly gut gehen. Sie haben gesagt …«

»Die beiden werden wieder ganz gesund werden. Ms. Greenspan ist verletzt, aber ihr Zustand ist nicht kritisch und wenn wir hier fertig sind, können Sie sie gerne über ihre Mutter kontaktieren.«

»Und was ist mit der Kleinen?« Iris ballte ihre Fäuste über ihrem Herzen und wiegte sich schneller hin und her. »Haben sie auch Melly wehgetan?«

»Sie ist nur leicht verletzt. Gehen Sie bei Ihrer Arbeit dort im Haus auch mal ans Telefon?«

»Ja. Bitte, ich muss mit den beiden reden.«

»Melly hat den Jupiter benutzt, um ihre Fensterscheibe einzuschlagen, als die Polizei gekommen ist«, erklärte Peabody in sanftem Ton und lächelte das Kindermädchen an. »Sie ist ein mutiges und aufgewecktes Kind und sie ist wirklich nur ganz leicht verletzt.«

»Das ist sie«, pflichtete Iris ihr bei und wischte sich die nächsten Tränen aus dem Gesicht. »Dann sind die beiden also okay.«

»Gab es im letzten halben Jahr dort wiederholte Anrufe von unbekannt? Meinungsumfragen oder so?«

»Nicht dass ich wüsste, nein.«

»Denken Sie an den Dezember. War da was Besonderes los?«

»Wir haben alles für die Feiertage vorbereitet und obwohl die Kleine inzwischen nicht mehr an den Weihnachtsmann glaubt, war sie wie jedes Jahr entsetzlich aufgeregt. Wie jedes Jahr haben wir zusammen die Wohnung dekoriert. Das ist für uns immer ein Fest. Schließlich sind da natürlich noch die Einkäufe. Ich kaufe immer was für Paul und Cecily. In diesem Jahr vor allem für Paul, denn er hat wirklich hart gearbeitet. Außerdem gehe ich noch mit Melly shoppen und wir packen heimlich die Geschenke für die Eltern, Großeltern und Freundinnen ein.«

»Dann war also nichts ungewöhnlich?«

»Da fällt mir nichts ein … das heißt, für mich war etwas ungewöhnlich, aber das hat sicher nichts mit alledem zu tun.«

»Ich wüsste trotzdem gerne, was das war.«

»Sie haben mir mein Link und meinen Geldbeutel geklaut, direkt aus meiner Handtasche. Und das, obwohl ich in New York geboren und aufgewachsen bin und wissen sollte, dass man immer auf der Hut sein muss.«

»Wie und wann ist das passiert?«

»Auf meiner Einkaufstour mit Melly, als wir noch zusammen etwas essen waren. Das war an einem Sonnabend. Da arbeite ich schon seit Längerem nicht mehr, außer in den Sommerferien oder wenn es einen besonderen Anlass gibt. Wir waren mit Einkäufen bepackt und ich war leicht erschöpft, deswegen habe ich nicht aufgepasst. Wir standen auf dem Bahnsteig in der U-Bahn, dort war es furchtbar voll und laut, Melly war entsetzlich aufgeregt. Deswegen habe ich sie an der Hand gehalten, dann kam der Zug und alle haben nach vorn gedrängt. Ich denke, da ist es passiert, denn als wir oben durch das Drehkreuz gingen, hatte ich mein Link auf alle Fälle noch. Als wir wieder aus dem Zug stiegen und ich mein Link aus der Tasche ziehen wollte, um bei Johnny anzurufen und zu sagen, dass ich uns ein Curry mitbringen würde, war es nicht mehr da und auch mein Geldbeutel war weg.«

»Haben Sie den Diebstahl angezeigt?«

»Das habe ich, weil Paul und Cecily darauf bestanden haben, auch wenn das aus meiner Sicht im Grunde völlig sinnlos war. Ich hatte keine Ahnung, wer die Sachen aus der Handtasche gezogen hatte, und nur eine ungefähre Vorstellung, wo ich bestohlen worden war. Das bisschen Bargeld, das sie mir gestohlen haben, hat nicht wirklich wehgetan, aber nach dem Diebstahl musste ich meine Kreditkarte und die verschiedenen Apps auf meinem Smartphone sperren lassen und vor allem hat mich der Verlust der Fotos, die ich immer mit mir rumgetragen habe, sehr geschmerzt.«

»Aber den Code für die Alarmanlage hatten Sie sich nicht notiert und dann in Ihren Geldbeutel gesteckt?«

»Nein. Detective ... tut mir leid, ich habe Ihren Namen vergessen.«

»Lieutenant Dallas.«

»Tut mir leid, Lieutenant, aber ich schwöre Ihnen bei allem, was ich liebe, dass Paul Rogan ein grundanständiger, warmherziger Mensch war. Wenn er getan hat, was sie in den Nachrichten behaupten, dann nur, weil er dazu gezwungen worden ist. Wobei das Wort gezwungen meiner Meinung nach nicht reicht. Ich weiß kein anderes Wort, aber gezwungen reicht nicht aus. Bitte, kann ich jetzt versuchen, Cecily und Melly zu erreichen?«

Eve stand auf. »Okay. Falls Ihnen sonst noch etwas einfällt, kontaktieren Sie uns auf dem Hauptrevier. Was auch immer es ist.«

»Das tue ich auf jeden Fall. Ich werde alles tun, was Ihnen vielleicht hilft, herauszufinden, wer der armen Cecily den Mann und Melly ihren Dad genommen hat.«

»Dezember«, sagte Peabody, als sie mit Eve wieder nach unten fuhr.

»Vor Weihnachten, da hatten sich die Kerle noch nicht in die Anlage des Hauses reingehackt. Wahrscheinlich dachten sie, Kelly hätte den Code auf einem Zettel aufgeschrieben oder in ihrem Link gespeichert, aber das war nicht der Fall, deshalb haben sie angefangen, sich von außen ins System zu wühlen. Wir müssen herausfinden, wann die Fusion zwischen den beiden Läden spruchreif wurde und wer im Dezember bereits wusste, dass sie dieses Jahr zusammengehen wollen. Und besorgen Sie uns diese Anzeige, die Kelly wegen des gestohlenen Geldbeutels und ihres Telefons erstattet hat. Überprüfen Sie auch Kellys Ehemann, denn schließlich weiß man nie …«

Sie traten in die kalte Luft hinaus und Peabody schlug ihren Jackenkragen hoch. »An einer Pinnwand in der Küche hängen Zeichnungen von der Kleinen und Valentinskarten von dem Mädchen und von ihrem Ehemann.«

»Er ist wahrscheinlich nicht in den Fall verwickelt, trotzdem werden wir auf Nummer sicher gehen. Obwohl er den Code in ihrem Geldbeutel und auf dem Smartphone hätte suchen können, wenn sie mal nicht hingesehen hätte, statt der eigenen Frau das Link und Portemonnaie zu klauen. Aber vielleicht hat er ja im Auftrag eines anderen gehandelt oder er hat einen Kollegen oder Kumpel, der die Abkürzung zu dem ersehnten fetten Leben nehmen wollte. Also sollte Johnny ihm den Zugangscode zum Haus besorgen und als das nicht funktioniert hat, hat er vielleicht das System gehackt.«

Sie überlegte. »Jetzt fahren wir ins Krankenhaus. Aber lassen Sie uns vorher gucken, ob vielleicht bereits jemand entlassen worden ist. Falls einer dieser Leute auf dem Weg wohnt, nehmen wir uns den im Vorbeifahren vor.«

Bis sie das Krankenhaus erreichten, hatten sie bei drei Personen, die bereits behandelt und entlassen worden waren, Halt gemacht. Sie alle hatten ungefähr das Gleiche ausgesagt: Paul Rogan – ein Familienmensch, loyaler Angestellter und ein kreativer Marketingdirektor – hatte »neben sich gestanden« oder »seltsam« oder »krank« gewirkt, als er auf Derrick Pearson und auf Willimina Karson zugegangen war.

Und *bumm*.

Eve hätte gern mit Karson angefangen, aber die Econo-Präsidentin lag im Koma auf der Intensivstation. Also gingen sie weiter zu dem Zimmer, in dem Rogans Assistent mit rot schimmernden Brandwunden auf Stirn und Wangen, einem eingegipsten rechten Arm, einer genähten Wunde oberhalb des linken Ohrs, Hämatomen, Kratzern und Verbrennungen unter einem dünnen, praktisch durchsichtigen Kittel lag.

»Mr. Roe, ich bin Lieutenant Dallas und das hier ist meine Partnerin, Detective Peabody.« Eve steckte ihre Marke wieder ein und trat zu ihm ans Bett.

Der Raum und der Patient rochen durchdringend nach dem süßen grünen Gel, das die Ärzte auf die Wunden aufgetragen hatten, und in seinen bläulich-schwarz verfärbten Augen stiegen Tränen auf.

»Ich weiß nicht, was passiert ist. Keine Ahnung, was das war.«

Sie müsste ihn erst mal beruhigen, dachte Eve, und fragte sanft: »Um wie viel Uhr kam Mr. Rogan heute Morgen ins Büro?«

»Viertel vor neun. Ich war in Sorge, weil er eigentlich spätestens um halb neun da sein wollte, denn heute war der große Tag, deswegen wollten wir die Kernpunkte seiner Präsentation noch mal zusammen durchgehen. Übers Wochenende hatte ich noch ein paar Themen, über die er sich mit Willimina Karson hätte unterhalten können, für ihn notiert.«

»Haben Sie ihm die geschickt?«

»Ich habe ihm nur eine kurze Textnachricht geschickt, um ihn an ein paar Dinge zu erinnern, die er nicht vergessen sollte.«

»Hat er auf Ihre Nachricht reagiert?«

»Er hat mir nur zurückgeschrieben, dass ich mich entspannen soll. ›Immer mit der Ruhe, Rudy. Wir haben das Ziel erfasst.‹«

»Das Ziel erfasst?«

»Genau. Das habe ich auch nicht gleich kapiert, aber wahrscheinlich wollte er damit nur sagen, dass er alles im Auge hat.«

»Dann hat er sich also normalerweise anders ausgedrückt?«

»Zumindest habe ich die Wendung vorher nie aus seinem Mund gehört.«

Der Ausdruck kam vom Militär. Den hätten ihre Täter nicht verwenden sollen, dachte Eve.

»Wie hat er auf Sie gewirkt, als er zur Arbeit kam?«

»Müde und abgelenkt. Es kam mir vor, als hätte er das ganze Wochenende über seiner Arbeit zugebracht, aber er hat gesagt, dass ich mir keine Sorgen machen soll.« Jetzt brach sich eine erste Träne Bahn. »Ich wollte ihm noch meine Aufzeichnungen geben, aber er ging gleich in sein Büro und meinte noch, ich sollte keine Anrufe nach hinten durchstellen. Dann hat er von innen abgeschlossen. Das hat er sonst nie gemacht. Das heißt, ich hätte wissen müssen, dass etwas nicht stimmt.«

Peabody drückte Rudys unverletzte Hand. »Das konnten Sie nicht wissen.«

»Es ging ihm eindeutig nicht gut und sein Verhalten kam mir seltsam vor, aber um kurz vor neun kam er dann wieder heraus, blieb kurz an meinem Schreibtisch stehen und sagte mir, ich hätte einen guten Job gemacht und wäre ein Gewinn für ihn und Quantum Air. Das hat mich ziemlich stolz gemacht. Wobei er es jedes Mal gesagt hat, wenn er mit der Arbeit, die jemand geleistet hat, zufrieden war. Dann ging er weiter in den Konferenzraum, ich habe noch kurz etwas erledigt und bin dann in sein Büro gegangen, wo ich ihm ein paar Unterlagen auf den Schreibtisch legen wollte. Dabei sah ich sein Tablet und ich wusste, dass er das bei der Besprechung braucht. Also habe ich es mir geschnappt und bin so schnell wie möglich gerannt. Schließlich kam ich zur Tür und vielleicht habe ich sie selber aufgemacht. Das weiß ich nicht mehr so genau. Dann ist etwas explodiert und alles wurde laut und heiß und ich flog durch die Luft. Danach weiß ich nichts mehr, bis ich die Schreie hörte und jemand mich aus dem Raum gezogen hat. Zumindest glaube ich, dass es so war. In meinem Kopf geht alles durcheinander.«

»Kein Problem. Hatte Mr. Rogan auf der Arbeit irgendwelche ungewöhnlichen Kontakte, die Ihnen aufgefallen sind? Termine, Schreiben, Anrufe?«

»Nein, Ma'am, wirklich nicht. Paul hätte nie getan, was ihm jetzt vorgeworfen wird. Er hätte das niemals getan.«

Da er in Trauer und verletzt war, ließ Eve ihm die Ma'am durchgehen. »Hatte irgendjemand in dem Unternehmen ein Problem mit ihm?«

»Nein, Ma'am. Ich meine, sicher gibt es manchmal Diskussionen, weil jemand anderer Meinung ist, während der Kampagne und bei den Verhandlungen war die Atmosphäre außerdem manchmal ziemlich angespannt. Doch böse Worte fielen dabei nie. Ich habe es geliebt, für ihn zu arbeiten. Ist er wirklich tot?«

»Es tut mir leid.«

»Vielleicht war es ja jemand anderes«, überlegte er und starrte an die Wand. »Vielleicht war es ja jemand, der so ausgesehen hat wie er. Oder ein Klon. Ich bin total erschöpft.«

»Falls Ihnen noch etwas einfällt, rufen Sie mich an«, bat Eve und auf ihr Zeichen legte Peabody ihm eine Karte mit der Nummer auf den Tisch und sah ihn fragend an.

»Haben Sie jemanden, der Ihnen hier Gesellschaft leisten kann?«

»Meine Mom steigt in den nächsten Flieger und bringt meinen Bruder mit.« Als eine junge Frau den Raum betrat, hellte sich seine Miene auf. »Kimmi.«

Sie hatte offenbar geweint, doch in den Händen hielt sie einen bunten Blumenstrauß.

»Wir beide sind von der New Yorker Polizei«, wandte sich Eve an sie.

»Oh. Ich kann auch später noch mal wiederkommen, wenn es jetzt nicht passt.«

»Nicht nötig, denn wir wollten gerade gehen. Sind Sie eine Verwandte?«

»Nein, wir arbeiten zusammen.«

»Peabody, am besten nehmen Sie die Blumen und bleiben noch kurz hier bei Mr. Roe. Können wir einen Moment draußen sprechen?«, wandte Eve sich an die junge Frau, nahm ihren Arm und zog sie auf den Flur.

Die zierliche Brünette mit den Augen eines Rehs verschränkte unglücklich die Hände und bevor Eve etwas sagen konnte, meinte sie: »Ich war nicht einmal dort. Ich meine, ich saß hinter meinem Schreibtisch, als … dann hörte ich die Explosion, nur klang sie nicht wie eine Explosion. Ich schätze, das lag daran, dass mein Schreibtisch relativ weit weg vom Konferenzraum steht. Aber dann hörte ich die Rufe und die Schreie und die Leute fingen an zu rennen und der Alarm ging los.«

»Haben Sie Mr. Rogan heute früh gesehen?«

»Nur einen kurzen Augenblick, als er an meinem Arbeitsplatz vorbeigegangen ist. Er hat kein Wort gesagt. Normalerweise sagt er immer irgendwas, doch heute Morgen nicht.«

»Wie oft hatten Sie in Ihrem Job mit ihm zu tun?«

»Paul hat den Kontakt zu allen gepflegt. Das war einfach sein Führungsstil.«

»Und persönlich?«

»Ich bin erst seit einem guten Jahr bei Quantum, aber ich war auf der Weihnachtsparty, die er jedes Jahr bei sich zu Hause gibt. Das alles ergibt einfach keinen Sinn.«

»Was haben Sie bei dem Unternehmen für eine Position?«

»Ich bin Lia Berkells Assistentin.« Kimmi kniff die Augen zu. »Das heißt, ich war. Sie … ist bei dieser Explosion gestorben. Sie haben mir gesagt, dass sie nicht mehr am Leben ist. Sie hat das digitale Marketing gemacht, weshalb sie auch bei diesem Meeting heute Morgen war. Sie, Rudy und ich selbst haben bei dieser Kampagne eng mit Paul zusammengearbeitet. Wobei es nicht nur um die Arbeit ging.«

Sie wischte sich die Tränen aus dem Gesicht. »Wir waren ein echtes Team. Wir waren immer füreinander da. Als in meine Wohnung eingebrochen wurde, hat Lia mich zum Beispiel bei sich wohnen lassen, bis meine Mitbewohnerin zurückkam, damit ich nicht alleine war.«

»Wann war das?«

»Im Dezember. Meine Mitbewohnerin war auf Geschäftsreise und ich hatte ein Date. Als ich heimkam, sah ich, dass in unsere Wohnung eingebrochen worden war.«

»Und was wurde mitgenommen?«

»Mein Computer, mein Ersatz-Link, mein privates Tablet, Fernseher, die Armbanduhr, die meine Eltern mir zum Abschluss meines Studiums geschenkt hatten, und etwas Bargeld, das dort für den Notfall lag. Die Polizei meinte, wahrscheinlich hätte einfach jemand auf die Schnelle etwas Kohle machen wollen, die Wohnung sah bei meiner Heimkehr wie ein Schlachtfeld aus, das hat mir Angst gemacht. Aber im Grunde ist das jetzt egal.«

»Hatten Sie auf dem Computer Sachen von der Arbeit abgespeichert?«

»Sicher, aber der Computer war gesichert und daneben hatte ich noch alles auf Diskette abgespeichert und die habe ich, wenn ich das Haus verlasse, immer in der Handtasche dabei. Das heißt, dass nichts verloren war.«

»Hatten Sie auch Infos über die Fusion auf dem Computer? E-Mails oder irgendwelches anderes Zeug?«

»Ja. Deswegen kam man nur mit einem Passwort an die Sachen ran.«

Mit einem Passwort, das sich sicher hatte knacken lassen, dachte Eve.

Auf ihrem Weg zurück zur Intensivstation erzählte sie der Partnerin von dem Gespräch.

»Dezember, haben Sie gesagt?«

»Genau. Und zwar am achtzehnten – nachdem der Nanny Portemonnaie und Telefon gestohlen worden waren. Wir brauchen ihre und die Anzeige von dieser Kimmi. Vielleicht steht da ja noch was drin, was den beiden bei dem Gespräch mit uns nicht mehr eingefallen ist.«

»Ich werde sie besorgen«, sagte Peabody ihr zu. »Also, die Verhandlungen zwischen Quantum und Econo gingen im November in die letzte Phase und nur ein paar Wochen später wurde Rogans Angestellter Geldbeutel und Link gestohlen und einer jungen Frau aus Rogans Team wurden der Computer, ein Tablet und das zweite Telefon geklaut. Ich glaube nicht, dass das ein Zufall ist.«

»Ganz sicher nicht. Es ging bei diesem Anschlag um den Deal, nicht um die Leute, die gestorben sind. Am besten folgen wir also der Spur des Geldes und versuchen herauszufinden, wer etwas durch die geplatzte Übereinkunft zu gewinnen oder zu verlieren hat.«

Inzwischen hatten sie die Intensivstation erreicht. Der Pfleger, der den Wachhund spielte, blickte argwöhnisch in ihre Richtung und die Leute, die dort auf den Stühlen saßen wie der Mann, der Brandsalbe auf seiner linken Wange, einen Gips um seinen rechten Knöchel und den rechten Arm in einer Schlinge hatte, wirkten ausnahmslos erschöpft.

Eve trat auf den Wachhund zu und klatschte ihre Marke auf den Tisch. »Wie geht es Willimina Karson?«

»Erst mal muss ich Ihre Marke überprüfen.«

»Tun Sie das.«

Er las die Marke ein und plötzlich wirkte seine bisher abweisende Miene nur noch streng. »Ich hatte bereits jede Menge Journalisten hier. Ms. Karsons Zustand ist noch immer kritisch, aber falls Sie Einzelheiten wissen wollen, reden Sie am besten mit dem Arzt. Wobei es etwas dauern kann, bis er zu sprechen ist. Hier ist nämlich die Hölle los.«

»Das kann ich nachvollziehen. Es wäre nett, wenn Sie mich informieren würden, sobald sich ihr Zustand ändert«, meinte Eve.

»Das schreibe ich mir auf.«

»Wie viele Opfer dieser Explosion sind noch auf der Intensivstation?«

»Mit Ms. Karson jetzt noch zwei. Am Anfang waren sie zu dritt, aber die Dritte hat es nicht geschafft.«

Zwölf Tote, dachte Eve und wandte sich dem Mann mit Gips und Schlinge zu.

Mitte sechzig, schlank und trotz der Jogginghose und des schlabbrigen I-love-New-York-T-Shirts, die nicht zu seinen schicken schwarzen Schuhen passten, durchaus elegant.

»Am besten reden wir einmal mit ihm«, erklärte sie der Partnerin, trat auf ihn zu und wies sich aus. »Liegt jemand, den Sie kennen, hier auf der Intensivstation?«

Er sah sie argwöhnisch aus seinen blutunterlaufenen Augen an. »Willimina Karson. Ich bin ihr Berater und ich arbeite als Anwalt für EconoLift.«

»Das heißt, dass Sie bei diesem Meeting dabei waren. Ich leite die Ermittlungen, dies ist meine Partnerin, Detective Peabody.«

»Ich kenne Sie. Das ist ein leichter Fall für die mit

Abstand beste Mordermittlerin der Stadt, denn schließlich haben Sie den Killer schon. Oder zumindest das, was von dem Hurensohn noch übrig ist.« Er ballte die gesunde Hand zur Faust und schlug sich selbst damit aufs Knie. »Bei Gott, ich wünschte mir, er hätte diesen Anschlag überlebt, damit ich mir hätte vorstellen können, wie er bis an sein Lebensende im Gefängnis schmort.«

»Peabody, gucken Sie, ob's hier einen Raum gibt, in dem wir reden können. Ihr Name, Sir?«

»Loren Able. Und ich lasse Willimina sicher nicht allein.«

»Nein, Sir, aber trotzdem müssen wir mit Ihnen reden und Sie über ein paar Dinge aufklären.«

Peabody fand einen kleinen Pausenraum mit einem Tisch, vier Stühlen, zwei Getränkeautomaten und einem uralten AutoChef. Und sie trieb – typisch Peabody – auch noch ein kleines Kissen auf.

»Der Pfleger hat gesagt, Sie sollten Ihren Fuß ein bisschen hochlegen«, erklärte sie und legte ihm das Kissen auf den vierten Stuhl.

»Das ist sehr nett von Ihnen.« Seufzend packte er sein Bein und legte den Fuß behutsam auf dem Kissen ab.

»Kann ich Ihnen ein Wasser holen oder einen Tee?«

»Wenn ich einen Erstgeborenen hätte, gäbe ich den jetzt für einen anständigen schwarzen Kaffee hin.«

»Ich werde sehen, ob ich einen Kaffee für Sie besorgen kann.«

Als Peabody den Raum verließ, klappte er kurz die Augen zu. »Sieht aus, als hätte Nadine Furst Ihre Kollegin in dem Buch über den Icove-Fall sehr gut getroffen. Sie haben wirklich Glück mit Ihrer Partnerin, Lieutenant.«

»Das habe ich.«

»Sie haben gesagt, Sie wollen mich über verschiedene Dinge aufklären. Schießen Sie los.«

»Die Öffentlichkeit wird davon erst einmal nichts erfahren«, bemerkte Eve. »Zumindest nicht, solange die Ermittlungen nicht abgeschlossen sind.«

»Ich bin seit neununddreißig Jahren Anwalt, Lieutenant, ich weiß, wann ich die Klappe halten muss.«

»Es geht um Paul Rogan«, fing sie an und wieder klappte er die Augen zu, doch als sie ihm erzählte, wie es zu der Tat gekommen war, nahm die Röte seiner Wangen noch zu.

Er schwieg, als sie zum Ende kam, dann aber schlug er seine Augen wieder auf und stellte fest: »Sie sagen, diese Kerle hätten Rogan vor die Wahl gestellt? Sein Leben und die Leben von uns anderen in dem Raum gegen die Leben seiner Frau und seines Kindes?«

»Bisher deutet alles darauf hin.«

Er atmete tief ein. »Mich selber hat's mit ein paar blauen Flecken und gebrochenen Knochen nicht so schlimm erwischt, wogegen eine Frau, die ich schon ewig kenne, um ihr Leben kämpft. Eine Frau, die für mich fast so was wie eine Tochter ist. Wäre ich vorgewarnt gewesen, hätte ich versucht, sie mit meinem eigenen Körper abzuschirmen. Und wenn sie stirbt, verfluche ich mit meinem letzten Atemzug den Tag, an dem Paul Rogan auf die Welt gekommen ist. Auch wenn er diese Bombe, wie es aussieht, unter Zwang gezündet hat und ich an seiner Stelle vielleicht ebenfalls die Menschen, die ich mehr als alles andere liebe, hätte retten wollen.«

»Wie gut haben Sie ihn gekannt?«

»Ich habe ihn bei diesem Meeting überhaupt zum ersten Mal gesehen.« Er blickte auf, als Peabody mit einem Tablett, auf dem drei Tassen standen, wiederkam. »Sie sind sehr findig«, lobte er und fügte noch hinzu: »Der Kaffee riecht tatsächlich durchaus anständig.«

»Ich hoffe nur, dass er auch halbwegs schmeckt.«

»Danke.« Er trank einen ersten Schluck und wandte sich dann wieder seinem eigentlichen Thema zu. »Ich hatte mit Paul Rogan nicht direkt zu tun. Ich hatte nur Kontakt zum Anwalt von Quantum. Der liegt auch hier und ich hoffe, er kommt durch. Auch Derrick Pearson habe ich in den vergangenen Monaten ein bisschen besser kennengelernt. Ein wirklich guter Mann, gewieft, doch immer fair. Das kam mir sehr entgegen, denn mir ging's vor allem darum, den für meine eigene Firma besten Deal herauszuholen.«

»Ist Ihnen das gelungen?«

»Ich denke schon.«

»Was wird jetzt aus diesem Deal?«

»Ohne Derrick und mit Willi auf der Intensivstation steht er auf wackeligen Füßen. Die Verträge hätten heute nach dem Meeting unterschrieben werden sollen. Dann hätte auch das Marketing begonnen. Gedanklich war die Sache bereits letzte Woche unter Dach und Fach.«

»Wobei bisher nichts unterschrieben ist.«

»Genau. Ein paar Leute aus dem Vorstand beider Unternehmen kriegen jetzt wahrscheinlich kalte Füße, aber Derricks Kinder werden weiter auf die Unterzeichnung drängen, denn das hätte Derrick so gewollt und Quantum würde von dem Deal tatsächlich profitieren.«

»Und Econo? Wie wird's dort weitergehen, wenn Ms. Karson nicht mehr für das Unternehmen sprechen kann?«

»Dann hätte ich die Aktienmehrheit, denn dann würden ihre Anteile am Unternehmen unter mir, ihrem Halbbruder und ihrer engsten Freundin, die sie seit der Kindheit hat, aufgeteilt.«

»Wo sind der Bruder und die Freundin jetzt?«

»Javier – der Sohn von ihrer Mutter und von deren drittem Ehemann – lebt in Barcelona und studiert dort Medizin. Er und Williminas Mutter sind schon unterwegs und treffen morgen hier ein. Auch Juliette ist bereits auf dem Weg hierher. Sie lebt mit ihrer Tochter und mit ihrem Mann in Santa Fe und bekommt bald ihr zweites Kind. Ich habe ihr deshalb gesagt, sie sollte erst mal abwarten, aber sie hat gleich einen Flug gebucht.«

»Und wenn Sie selbst bei diesem Anschlag umgekommen wären? Wer hätte Ihre Anteile bekommen?«

»Das ist eine interessante Frage. Willi, aber wenn sie mir vorausgegangen wäre, hätten meine Schwester und mein Bruder sich die Aktien geteilt.«

»Können Sie mir die Namen und Kontaktdaten von allen diesen Leuten geben?«, fragte Peabody.

»Ich denke, dafür kontaktieren Sie am besten mein Büro. Ich gebe dort Bescheid, dass Sie die Infos kriegen sollen, denn ich habe mein Notizbuch sowie alle anderen Unterlagen bei der Explosion verloren. Ich musste sogar einen Pfleger bitten, mir etwas zum Anziehen zu besorgen. Alles außer Schuhen.« Er blickte stirnrunzelnd auf seinen hochgelegten Fuß. »Nur meinen Schuhen ist nichts passiert.«

Sie halfen Able zurück in den Warteraum und Eve beschloss, dass es jetzt an der Zeit war, aufs Revier zurückzukehren. Sie müsste eine Akte anlegen, die Tafel aufstellen und nachdenken.

»Sprechen Sie mit Baxter und mit Trueheart und besorgen Sie einen Besprechungsraum für uns. Ich brauche etwas Zeit, um alles aufzuschreiben und um dem Commander zu berichten«, sagte sie zu Peabody.

»Könnten wir uns vielleicht vorher noch etwas zu Essen aus der Krankenhauskantine holen?«

»Sie wollen Essen aus dem Krankenhaus?«

»Ich brauche einfach irgendwas im Bauch.«

»Meinetwegen«, meinte Eve und hielt ihr ein paar Münzen hin. »Dann gehe ich schon mal zum Wagen und Sie holen sich irgendwas.«

Auf diese Weise hätte sie etwas Zeit, um ihre Aufzeichnungen durchzugehen.

Es gab zahlreiche Mitspieler, dachte sie. Und jede Menge Räder, die's bei diesem Spiel zu drehen, sowie Aktien, die es zu verteilen galt.

Anscheinend wollte irgendjemand mehr als seinen gerechten Anteil an dem Kuchen haben.

4

Ein paar Minuten später schob sich Peabody auf ihren Sitz und hielt Eve einen Becher hin.

»Kraftbrühe mit Fleisch und mit Gemüse.«

Skeptisch tauchte Eve die Nase in den Becher und nahm einen vorsichtigen Schluck, bevor sie aus der Tiefgarage fuhr. Die lauwarme Brühe roch nach Pfeffer, aber der Geschmack erinnerte an überwürzten flüssigen Karton. »Was für ein Fleisch soll das denn bitte sein?«

»Das habe ich sie lieber nicht gefragt.« Auch Peabody nahm einen Schluck aus ihrem Becher und stieß hustend aus: »Das schmeckt ja grauenhaft. Ich hätte doch die kleinen Beerentörtchen nehmen sollen.«

»Sie hatten Beerentörtchen und Sie haben das mysteriöse Flüssigfleisch gewählt?«

»Und Gemüse.« Heldenhaft trank Peabody noch einen zweiten Schluck. »Ich habe mir gesagt, ich sollte mich am Tresen anstellen und an meine lockeren Hosen denken. Ist das etwa Wild? Es schmeckt nach Wild. Igitt.«

»Es könnte Ratte sein. Verflüssigte Ratte, deren Geschmack der Pfeffer übertönen soll.« Ohne noch mal zu probieren, drückte Eve der Partnerin auch ihren Becher in die Hand.

»Das ist ein Krankenhaus! Da tischen sie den Leuten doch ganz sicher keine Ratten auf.«

Eve hielt an einem Mülleimer. »Na los, entsorgen Sie das Zeug.«

»Das ist ganz sicher keine Ratte«, protestierte Peabody erneut, drückte dann aber die Tür des Wagens auf, trat an den Mülleimer, entsorgte dort die Reste des Gebräus und nahm traurig wieder Platz. »Kriege ich eine Limo aus dem AutoChef?«

»Ich glaube kaum, dass der Geschmack von Rattensuppe sich so einfach runterspülen lässt.«

»Es war ganz sicher keine Ratte, sondern irgendetwas anderes.« Neben der Kirschlimo für sich bestellte Peabody noch eine Pepsi für die Partnerin. »Der Anwalt kam mir durchaus ehrlich vor, aber wenn er und Karson heute früh gestorben wären, würden jetzt jede Menge Aktien von Econo an andere Personen gehen. Und nach dem Tod von Pearson werden auch die Quantum-Karten neu verteilt.«

»Wir sehen uns alle Leute, die etwas bekommen hätten oder kriegen, an. Nur käme mir ein so drastisches Vorgehen, um etwas zu erben, ziemlich seltsam vor. Riskant und übertrieben kompliziert. Was, wenn Rogan doch der Mut verlassen hätte oder wenn die größten Aktionäre ungeschoren davongekommen wären? Vielleicht wacht Karson ja noch mal aus dem Koma auf.«

»Und warum eine Bombe?«, griff Peabody den von Eve gesponnenen Faden auf. »Warum hätten statt konkreter Zielpersonen wahllos irgendwelche Menschen sterben sollen, falls es tatsächlich um ein Erbe ging?«

»Das ist ein gutes Argument«, pflichtete Eve ihr bei.

»Also haben wir's wahrscheinlich eher mit jemandem zu tun, der etwas gegen diese Unternehmen oder eins der Unternehmen hat. Mit jemandem, der davon profitiert, wenn dieser Deal jetzt nicht zustande kommt. Man stürzt beide Firmen ins Chaos und man sabotiert den angestrebten Deal, weil sich die neue Führung jetzt erst mal um andere Dinge kümmern muss.«

»Aber was gibt es zu gewinnen, wenn aus diesem Zusammenschluss nichts wird oder dieser Vertrag erst später unterschrieben wird?«

»Das fragen wir am besten unseren zivilen Berater Roarke.«

»McNab und ich haben ihn übrigens gefragt, ob er zehn Riesen für uns investiert.«

»Im Ernst?«

»Ich habe ihn vor ein paar Wochen darauf angesprochen und jetzt haben wir die Kohle fast zusammen. Jeder von uns beiden spart fünf Mille und die geben wir dann Roarke.«

Eve wurde schlecht. »Bei dem, was Sie verdienen, ist das jede Menge Geld, das auch verloren gehen kann.«

»Wir wollen uns eines Tages vielleicht eine eigene Wohnung kaufen und wem würden Sie, wenn Sie etwas investieren wollten, dieses Geld am ehesten anvertrauen?«

»Da ich von solchen Sachen keine Ahnung habe, Roarke.«

»Genau.«

»Er hat übrigens gerade eine Farm gekauft.«

»Was hat denn das damit zu tun?«

»Das zeigt, dass man ihm doch nicht immer trauen

kann. Ich habe irgendwas gesagt, wovon er sich herausgefordert fühlte, deshalb hatte er einfach in Nebraska eine Farm gekauft, und zwar auf *meinen* Namen.«

»Sie wollen nach Nebraska ziehen, auf eine Farm?«

»Meine Güte, Peabody, hat diese Rattensuppe Ihr Gehirn vergiftet oder was? Er wird was damit machen, auch wenn ich natürlich keine Ahnung habe, was. Er wird was daraus machen oder sie verkaufen oder sonst etwas. Es ist ein halb verfallenes Haus mit jeder Menge anderer halb verfallener Gebäude irgendwo im Nirgendwo, wo niemand leben will.«

»Und das gehört jetzt Ihnen.«

»Sieht ganz so aus.« Das nervte und verblüffte sie und sie nahm an, dass Roarke wahrscheinlich vor allem deshalb die verdammte Farm gekauft hatte. »Ich will damit nur sagen, dass das Geld, das er dafür bezahlt hat, einfach Spielgeld für ihn ist. Er hat die Farm einfach zum Spaß gekauft, weil er mich ärgern wollte. Wenn er am Ende Miese damit macht, tut er die Angelegenheit einfach mit einem Achselzucken ab. Aber mit Ihrer Kohle würde er so etwas niemals machen. Ihre Kohle würde er auf jeden Fall in etwas investieren, was einen Gewinn abwirft.«

»Das ist mir klar. Trotzdem ist die Vorstellung ein bisschen furchteinflößend, aber irgendwie auch aufregend. Es war sicher keine Rattensuppe. Auch wenn vielleicht eine minimale Chance besteht, dass es ein Eichhörnchen war.«

Eve lenkte ihren Wagen in die Tiefgarage des Reviers. »Wo ist da der Unterschied?«

»Eichhörnchen sind süß und kuschelig. Und sie haben eine eigene Persönlichkeit.«

Eve schaltete den Motor aus und drehte sich auf ihrem Sitz zu Peabody herum. »Eichhörnchen sind Plüschratten und wenn Sie einem in die Augen sehen, erkennen Sie, dass sie vollkommen irre sind.«

Sie öffnete die Tür und als ihr Smartphone schrillte, zeigte ihr ein Blick auf das Display, dass es die Sekretärin des Commanders war.

»Dallas.«

»Der Commander möchte Sie so schnell wie möglich sehen.«

»Ich bin gerade angekommen und komme sofort rauf.« Sie legte wieder auf und wandte sich erneut an ihre Partnerin. So viel dazu, dass sie erst einmal in Ruhe überlegen wollte, wie die Ermittlungen am besten anzugehen wären. »Besorgen Sie den Konferenzraum und bestellen Sie Baxter und Trueheart für ein Briefing ein. Dann fangen Sie mit der Überprüfung all der Leute an, die vielleicht von dem Anschlag profitieren«, fuhr sie auf dem Weg zum Fahrstuhl fort. »Wir müssen auch noch bei den elektronischen Ermittlern fragen, ob sie irgendetwas rausgefunden haben, und vor allem gucken, ob es vielleicht schon mal ähnliche Verbrechen gab.«

Im Fahrstuhl ging sie noch die vielen anderen Dinge, die sie machen müssten, durch und als er hielt, um weitere Beamte aufzunehmen, stieg sie wieder aus und nahm ein Gleitband in das obere Geschoss.

Vor ihrer Ankunft in der oberen Etage kontaktierte sie noch Roarke und bereits nach dem zweiten Klingeln füllte sein von Göttern fein gemeißeltes Gesicht mit den unglaublich blauen Augen ihren Bildschirm aus. »Sieht aus, als hättest du nicht gerade alle Hände voll mit dem Erwerb eines Planeten oder so zu tun.«

»Ich hatte gerade ein Geschäftsessen«, erklärte er, wobei ein zauberhafter Hauch von Irland in der dunklen Stimme schwang, und lächelte sie an. »Wie steht's bei dir, Lieutenant? Hast du etwas gegessen?«

»Rattensuppe.«

»Das klingt ziemlich abenteuerlich.« Er zog die Brauen hoch, die so schwarz wie seine Haare waren.

»Ich hätte Pizza vorgezogen, aber deshalb rufe ich nicht an. Ich brauche jemanden, der sich mit großen Unternehmen und Fusionen auskennt.«

»Das bedeutet, dass es um das Bombenattentat bei Quantum geht.« Sein Lächeln schwand. »Bisher gibt es zwölf Tote, haben sie gesagt. Ist Willimina Karson noch am Leben?«

»Als ich in der Klinik war, war sie es noch. Ihr Zustand ist zwar kritisch und sie liegt im Koma, aber bisher hat sie überlebt. Kennst du die Frau?«

»Nur flüchtig. Derrick Pearson kannte ich ein bisschen besser, aber auch nicht wirklich gut. Trotzdem tut mir das alles furchtbar leid. Sie haben in den Nachrichten gesagt, dass es ein unzufriedener Angestellter war. Ich nehme an, das stimmt nicht ganz?«

»Das kommt der Sache nicht mal nahe. Hast du heute Abend vielleicht etwas Zeit? Es könnte etwas dauern, alles mit dir durchzugehen.«

»Natürlich, aber warum komme ich nicht einfach zu dir auf die Wache oder dorthin, wo du gerade bist? Wobei das ein, zwei Stunden dauern kann.«

»Wahrscheinlich bin ich dann noch hier auf dem Revier. Das wäre wirklich nett. Ich komme nicht ans Eingemachte, wenn ich keine Ahnung habe, wie ich den verdammten Deckel aufbekommen soll.«

»Dann komme ich und öffne ihn für dich, wenn ich hier fertig bin. Und bis dahin guck, dass meine Polizistin etwas Besseres als Rattensuppe in den Bauch bekommt.«

»Okay. Bis dann.«

Sie legte auf und klopfte an die Tür von Whitneys Vorzimmer.

»Gehen Sie gleich durch, Lieutenant«, bot ihr die Sekretärin an. »Er wartet schon auf Sie.«

Eves Vorgesetzter stand, die Hände auf dem Rücken, vor der breiten Fensterfront seines Büros und blickte auf die Skyline von New York. Er hatte kurz geschnittenes, grau meliertes schwarzes Haar und seine breiten Schultern waren wie geschaffen für die Last, die er als Commander trug.

»Bevor Sie mir Bericht erstatten, sollen Sie wissen, dass meine Frau und Derrick Pearsons Frau seit über zwanzig Jahren befreundet sind«, erklärte er und wandte Eve bei diesen Worten weiterhin den Rücken zu.

»Dann tut es mir für Ihre Frau und Sie, Commander, ganz besonders leid.«

»Danke. Sie stehen sich sehr nahe und auch wenn ich selber Rozilyn und Derrick stets als gute Freunde angesehen habe, sind die beiden Frauen fast so was wie Schwestern. Deshalb ist dies ein sehr schwerer Tag für meine Frau.«

Jetzt drehte er sich zu Eve um und sah sie ernst aus seinen dunklen Augen an. »Ich möchte noch hinzufügen, dass Anna sehr erleichtert war, als sie von mir erfuhr, dass Sie diese Ermittlungen leiten, und dass sie gesagt hat, dass es auch für Rozilyn tröstlich sei, dass die beste Mordermittlerin der Stadt die Antworten auf dieses schreckliche Verbrechen sucht, damit ihr Mann Gerechtigkeit erfährt.«

Statt hinter seinem Schreibtisch Platz zu nehmen, blieb er weiter vor dem Hintergrund der Türme und der Wolkenkratzer von Manhattan, die hoch in den blauen Himmel ragten, stehen. »Was haben Sie bisher herausgefunden?«

»Sie wissen von dem Einbruch in das Haus von Mr. Rogan und seiner Frau?«

»Der Bericht der Streife, die zuerst vor Ort war, liegt bereits auf meinem Tisch.«

»Zwei Männer – Frau und Tochter waren sich sicher, dass die Einbrecher zwei Männer waren – sind Freitagnacht dort eingedrungen. Detective Callendar sieht sich die Alarmanlage zwar noch mal genauer an, doch wie es aussieht, hat sich seit Dezember immer wieder irgendwer dort reingehackt. Im Dezember, in der letzten Phase der Verhandlungen zwischen Quantum und Econo, wurden der Hausangestellten der Familie und der Einzigen, der außer der Familie der Zugangscode zum Haus bekannt war, Geldbeutel und Telefon geklaut. Sie hat den Diebstahl damals angezeigt.«

»Ah.«

»Genauso wurde im Dezember in die Wohnung einer Assistentin aus der Marketingabteilung eingebrochen, als sie nicht zu Hause war. Unter den Dingen, die gestohlen wurden, war auch der Computer, auf dem Daten von der Arbeit abgespeichert waren.«

Whitney nickte. »Rogan war der Chef der Marketingabteilung, oder? Die genauen Vertragsbedingungen der Fusion oder Einzelheiten der Verhandlungen waren ihm nicht bekannt.«

»Nein, Sir, aber er und seine Leute haben die Marketingkampagne für den Deal entwickelt und die hätte er bei diesem Meeting präsentieren sollen. Commander, sie haben ihn, die Ehefrau und seine achtjährige Tochter über achtundvierzig Stunden lang gefoltert, haben ihn gezwungen, zuzusehen, als sie seine Frau geschlagen haben, und ihm angedroht, die Frau und selbst das Kind zu vergewaltigen und umzubringen, wenn er ihre Anweisungen nicht befolgt. Dann haben sie das Kind in seinem Zimmer und die Frau im Keller eingesperrt und dort Kameras aufgestellt.«

»Ich kann verstehen, unter welchem Druck der Mann gestanden haben muss, aber er ist ganz allein in den Besprechungsraum gegangen und jetzt sind zwölf Menschen tot.«

»Ich weiß nicht, ob er wirklich ganz allein war, Sir. Ein paar Zeugen haben ausgesagt, es hätte so gewirkt, als würde er mit jemandem sprechen, und die Tochter hat gesagt, sie hätten sie gezwungen, in ein Telefon zu schreien, dass er ihr helfen soll.«

»Das haben sie wahrscheinlich aufgenommen«, warf Whitney ein. »Und ihm durch einen Knopf in seinem Ohr dann immer wieder vorgespielt.«

»Ja, Sir. Wahrscheinlich haben sie ihm selbst auch einen Rekorder mitgegeben.«

»Um ihm abermals zu drohen, falls er den Knopf nicht drückt oder versucht, die Polizei zu kontaktieren.«

»Ich nehme an, dass es so war. Commander, ich behaupte nicht, er hätte keine Wahl gehabt, aber er selbst hat das offenbar geglaubt. Er hat den Knopf gedrückt, daran besteht kein Zweifel, aber bisher sieht es aus, als hätte er die Bombe hochgehen lassen, damit seiner Frau und seiner Tochter nichts geschieht.«

Whitney atmete geräuschvoll aus. »Ich habe Rogan nicht gekannt, aber Derrick hat ihn häufiger erwähnt. Ich weiß, dass Derrick viel von ihm gehalten hat und dass er ihm und der Familie sehr zugetan war.«

»Er hatte eine Feier für sein Team geplant, Commander. Hatte ein Büfett bestellt und wollte zwei von seinen Assistenten einen Bonus zahlen. Auf dem Weg nach Hause wollte er noch Blumen für seine Frau und Tochter kaufen, als Dankeschön, weil sie ihm all die Überstunden nachgesehen haben. Er hat Quantum Freitagabend nicht verlassen, um am Montag eine Bombe bei dem Meeting hochgehen zu lassen. Bisher gibt es keinen Hinweis darauf, dass er sich mit Sprengstoff ausgekannt hat oder wusste, wie man einen Sprengstoffgürtel baut.«

Whitney nickte. »Was wissen wir über die beiden Männer, die bei ihm zu Hause eingebrochen sind?«

»Die SpuSi war noch dort, als ich das Haus verlassen habe, aber ich erwarte nicht, dass sie etwas finden, was uns wirklich weiterbringt. Die Männer sind vorsichtig. Sie haben diesen Einbruch schon seit Monaten geplant. Ich glaube, dass zumindest einer von den beiden mal beim Militär oder der Polizei war. Ich neige eher zum Militär und wenn Salazar und ihre Leute die Fragmente dieser Bombe untersuchen, werden sie wahrscheinlich feststellen, dass der Erbauer von dem Ding ein Profi war.«

Sie sprach von den Vernehmungen, den Spuren, die sie bisher hatten, dem bevorstehenden Briefing und von ihrer bisherigen Theorie.

»Ich habe Roarke gebeten, mich in dieser Sache zu beraten«, fügte sie hinzu. »Mit Wirtschaftsangelegenheiten und Fusionen kenne ich mich nicht wirklich aus. Wenn dies ein ganz normaler Terroranschlag wäre, hätte sich inzwischen irgendwer dazu bekannt. Und für einen Racheakt gegenüber einem oder mehreren der Leute, die bei diesem Meeting waren, war das Vorgehen der Täter viel zu kompliziert.«

»Dann ging es also gegen eins der Unternehmen oder gegen die Fusion.«

»Solange nichts in eine andere Richtung weist, gehen wir erst mal davon aus. Pearsons Frau, die Tochter und der Sohn erben seine Anteile an Quantum. Das bedeutet, dass ich sie vernehmen muss.«

»Das kann ich nachvollziehen und habe es bereits erwartet.«

»Sir, hat Pearson Ihnen von dem Zusammenschluss erzählt?«

»Ich habe ihn seit Weihnachten nicht mehr gesehen, obwohl ich weiß, dass Anna sich seither des Öfteren mit Roz getroffen hat. Aber über unsere Arbeit haben wir kaum jemals geredet, Lieutenant, die hat uns bei unseren Treffen nur am Rande interessiert. Ich kenne seine Kinder. Anna kennt sie besser, doch ich selbst habe den Eindruck, dass sie beide aufgeweckt und wirklich an Quantum interessiert sind. Ich kann den Weg für die Gespräche mit den Dreien für Sie ebnen. Morgen früh, in ihrem Haus?«

»Das würde passen, Sir.«

»Dann melde ich Sie an. Halten Sie mich weiter auf dem Laufenden, Lieutenant. Ich werde Ihnen bei Ihrer Arbeit nicht in die Quere kommen«, sagte ihr der Commander zu.

»Direkt nach unserem Briefing bekommen Sie auch einen Bericht von Baxter und von Trueheart und wenn ich mit Roarke gesprochen habe, kriegen Sie auch den Bericht so schnell wie möglich zugeschickt.«

Er nickte. »Weidmannsheil, Lieutenant. Sie können gehen.«

Mit diesen Worten wandte er ihr abermals den Rücken zu und blickte durch das Fenster auf die Stadt.

Auf dem Weg in ihr Büro beschloss sie, bei den elektronischen Ermittlern vorbeizuschauen. Obwohl sie unterwegs an ein paar Elektronerds vorbeikam, deren schrille, wild gemusterte Klamotten ihr die Tränen in die Augen trieben, ging sie direkt ins Labor.

Wie immer standen Feeneys Haare wirr in alle Richtungen um seinen Kopf und hoben sich mit ihrem leuchtenden Karottenton von seinen beigen Hemdsärmeln und der kackbraunen Hose ab.

Am Arbeitsplatz zu seiner Linken stand McNab. Sein langer blonder Pferdeschwanz fiel auf den Rücken eines T-Shirts in der Farbe einer explodierten Apfelsine und wippte im Takt der schmalen Hüften, die in einer bunt gestreiften Schlabberhose steckten, hin und her. Rechts vom Captain hockte Callendar in ihrer roten Cargohose und in einem pink getupften Hemd auf einem Rollhocker, ihre violetten Haare wippten ebenfalls, als sie den Kopf und gleichzeitig die Schultern kreisen ließ.

Eve wandte sich kurz ab, doch dann riskierte sie ihr Augenlicht und öffnete die Tür.

Obwohl Callendar und Ian mit den Hüften und den Schultern wackelten und Feeney mit den Füßen in den festen Polizistenschuhen wippte, war es überraschend still im Raum. Wahrscheinlich hatten sie Musik im Kopf, doch was zum Teufel hörten sie?

Als Feeney sie bemerkte, hob er einen Finger in die Luft und gab mit seiner anderen Hand etwas in den Computer ein.

Dann stöhnte er und wandte sich ihr zu.

»Habt ihr etwas für mich?«

»Wir haben alles Mögliche.« Er rieb sich kurz die Augen, deren Blick so traurig wie der eines alten Bassetts war. »Aber wahrscheinlich kaum etwas, was dich weiterbringen wird. Also, Callendar, schießen Sie los.«

»Okay, es ist so, wie ich bereits im Haus vermutet habe. Ich habe mich in die Alarmanlage reingehackt, auch wenn das alles andere als einfach war, denn sie ist wirklich gut. Sie haben die verschiedenen Schichten eine nach der anderen abgeschmirgelt, bis sie drinnen waren. Ich würde sagen, seit Dezember haben sie vielleicht zwanzig Stunden im System verbracht. Wer macht so was bei einem normalen Haus? Selbst wenn's so schön wie das dieser Familie ist?«

»Jemand, der unbedingt dort reinwill«, meinte Eve.

»Wahrscheinlich haben Sie recht. Wobei das jede Menge Arbeit war und jede Menge Zeit gekostet hat. Die Computer und die Telefone in der Bude haben sie so geschaltet, dass zwar Nachrichten dort angekommen, aber keine herausgegangen sind.« Sie schaute auf ihren Bildschirm.

»Falls einer von den Dreien an ein Smartphone gekommen wäre. Das war echt schlau. Dass sie weiter Anrufe bekommen konnten, war genauso schlau. So haben sie mitbekommen, wer etwas von Rogan oder Greenspan wollte, um zu reagieren, bevor sich jemand wundert, warum niemand drangeht, und nachschauen kommt. Genauso haben sie's gemacht. Am Samstag haben sie der Mutter von der Frau zurückgeschrieben, dass sie selber und das Kind ins Kino und danach noch shoppen gehen würden, weil der Ehemann den ganzen Tag lang über seiner Arbeit sitzt. Rogan selbst bekam zwei Nachrichten, bei denen es um seine Arbeit ging. Auf die von seinem Assistenten haben sie geantwortet – wahrscheinlich, weil es klang, als riefe er sonst an. Sie haben ihm geschrieben, dass …«

»Er chillen soll«, griff Eve den Faden auf. »Und dass Rogan selbst das Ziel erfasst hätte. Das hat er mir erzählt.«

»Genau. Noch vor der zweiten Nachricht hatten sie die Anlage so programmiert, dass automatisch eine Antwort an den Anrufer gegangen ist. Es hieß darin, dass Rogan übers Wochenende nicht erreichbar sei, und am Sonntagabend haben sie über das Telefon der Frau die Leiterin von deren Schule informiert, dass die Tochter krank geworden sei und sie selbst deshalb am Montag ebenfalls nicht kommen könne.«

»Damit sich niemand in der Schule wundert, wenn sie nicht erscheint, und vielleicht jemand nachschauen kommt. Die Hausangestellte hat am Wochenende und am Montag immer frei, das heißt, dass es an dieser Front nichts zu befürchten gab. Nur mussten sie das alles wissen, damit es auch funktioniert. Das heißt, sie haben das Haus beobachtet und sich mit der Routine der Familie vertraut gemacht. Wie sieht's mit den Computern aus?«

»Die hat McNab sich angesehen.«

»Genau.« Er pflanzte seinen knochigen Arsch auf einen Rollhocker und drehte sich damit zu Eve. »Auf dem der Frau sind jede Menge Sachen aus der Schule abgespeichert. Elternbriefe, Rundschreiben an Lehrer, anderer Verwaltungskram. Es ist total erschreckend, was für Zicken manche Mütter sind. Womit sie super umgegangen ist. Daneben hat sie auch mit der Familie und mit Freundinnen kommuniziert, doch das sind alles ganz normale Mails. Sie hat offenbar ein Haushaltsbuch geführt – in dem mir ebenfalls nichts Besonderes aufgefallen ist. Auf seinem Computer sind überwiegend Daten von der Arbeit, vor allem in Bezug auf den für heute früh geplanten tollen Deal. Werbeslogans, digitale Anzeigen, ein kurzer Werbefilm. Der ist echt cool. Korrespondenz mit dem Büro, Terminkalender für die Arbeit und privat, in die er jede Menge Sachen eingetragen hat. Dazu sind auf seinem und auf ihrem Computer unzählige Fotos abgespeichert, hauptsächlich von Festen und von Urlauben mit der Familie. Daneben war die Frau in den sozialen Medien aktiv, er aber nicht.« McNab drehte sich auf seinem Hocker.

»Und auf der Kiste von der Kleinen sind die Hausaufgaben und daneben ein paar Spiele, aber offenbar haben ihre Eltern den Zugang kontrolliert. Auf dem Tablet hat sie jede Menge Bücher abgespeichert, das bedeutet, dass sie eine kleine Leseratte ist, die gern Science-Fiction oder Bücher über Physik, Chemie oder die Sterne liest. In den sozialen Medien ist sie nicht und Textnachrichten gehen über die Accounts von ihren Eltern raus und rein. Ich werde zwar noch tiefer graben, aber bisher heißt's ANUNZS – alles normal und nichts zu sehen.«

»Schicken Sie mir alles, was in Zusammenhang mit der Fusion steht – die Anzeigen, die Aufzeichnungen und die Mails«, bat Eve.

»Okay.«

»Feeney?«

»Bei Rogans elektronischen Geräten auf der Arbeit sieht's genauso wie auf dem Computer, den McNab sich angeschaut hat, aus. Es geht vor allem um den Zusammenschluss der beiden Unternehmen. Es gibt dort nichts, was seltsam wäre, keine auffälligen Textnachrichten oder Mails. Hast du in den Kalender, der auf seinem Schreibtisch lag, geschaut?«

Eve nickte knapp.

»Dann weißt du also, dass er mit dem Team noch feiern, Blumen für die Frau und Tochter kaufen und mit ihnen übers Wochenende wegfahren wollte. Der Kerl ist nicht am Freitagabend heimgefahren, um sich selbst am Montag in die Luft zu jagen.«

»Nein. Genau das habe ich auch schon gesagt, als ich eben bei Whitney war.«

»Nichts weist darauf hin, dass jemand sich in den Computer hacken wollte. Da diese Kiste also nichts ergeben hat, habe ich mir auch noch den Computer seines Assistenten angesehen. Der Junge braucht ein Leben und er sollte wirklich mal ein Date mit dieser Kimmi machen, denn die hat ihm offenbar total den Kopf verdreht.«

»Ach ja?«

»So was kommt vor und trotzdem bringt er fast die ganze Zeit mit seiner Arbeit und Gedanken über seine Arbeit zu. Es gibt nur wenige private Mails – an ein paar Freunde und an seine Mom –, in denen er fast jedes Mal von Kimmi schreibt, auch wenn's selbst dabei vor allem um die Arbeit geht. Er hat nicht ein einziges Spiel und nicht mal Fotos oder so etwas. Andauernd geht's um irgendwas, woran er seinen Boss erinnern muss, obwohl sein eigener Kalender und auch der von Rogan sowie sämtliche Kontakte seines Chefs auf seinem Computer abgespeichert sind. Wobei er auch einen Kalender mit Geburtstagen von Freunden und Familie hat. Nichts deutet darauf hin, dass jemand in die Kiste eingedrungen ist, und die Kontakte, die er hat, sind alle ganz normal. Dazu hat er vermerkt, dass er am Wochenende Blumen für Kimmi sowie eine Flasche Wein für Rogan kaufen wollte, um ihn zum Erfolg seiner Kampagne zu beglückwünschen. Wenn du mich fragst, ist er fast zu gut, um wahr zu sein. Ich finde, dass er wirklich dringend auch ein Leben außerhalb der Arbeit braucht.«

»Kimmi hat ihn im Krankenhaus besucht und hatte andersherum einen Blumenstrauß für ihn dabei.«

»Vielleicht traut er sich dann ja endlich, sie mal einzuladen oder so. Wie dem auch sei, ich habe auch mit dem Computer des Big Boss begonnen, auch wenn ich bisher kaum etwas darüber sagen kann.«

»Ich arbeite daran, dass ihr auch die Geräte von den Leuten von Econo bekommt.«

Der Chef der elektronischen Ermittler blies die Backen auf. »Dann brauche ich mehr Leute. Denkst du, es war der Job eines Insiders?«

»Ich gehe einfach allen Spuren nach. Jetzt muss ich zu einem Briefing. Roarke kommt auch gleich – aber nicht zu euch«, schränkte sie eilig ein. »Ich brauche jemanden, der mir was über den Zusammenschluss von großen Unternehmen erzählen kann.«

»Falls er danach noch etwas spielen will, schick ihn einfach vorbei. Ich bringe dich noch raus«, bot Feeney an und fragte seine Nerds: »Wie sieht's mit Limo aus?«

»Ja, gern«, erklärten ihm die beiden wie aus einem Mund und er marschierte los.

Als ihn die anderen nicht mehr hören konnten, sagte er zu Eve: »Du denkst noch an die Preisverleihung, oder?«

»Was für eine Preisverleihung?«

Feeney raufte sich das drahtige, wirre Haar. »Meine Güte, Dallas, an die Oscar-Preisverleihung, was denn sonst?«

»Und was soll damit sein?« Tatsächlich aber hatte sie – ganz hinten – irgendwo im Kopf, dass der Termin irgendwie sie betraf.

»Heißt das, du fliegst nicht hin?«

Sie schüttelte den Kopf.

»Aber der Icove-Film ist mehrfach nominiert. Und du willst nicht dabei sein, wenn Nadine den Oscar für das beste Drehbuch kriegt?«

»Auf keinen Fall. Da muss man sich entsetzlich aufbrezeln und blöden Small Talk mit den ganzen anderen Leuten machen, die genauso aufgebrezelt sind. Alles das auch noch in New LA, wo einen die Journalisten in die

Zange nehmen und einem schwachsinnige Fragen stellen, zum Beispiel über Kleidung.«

»Das stimmt. Ich würde da ganz sicher auch nicht hinwollen, nur haben Freundschaften nun einmal ihren Preis. Du weißt, dass Ian und Peabody auch dazu eingeladen sind.«

»Ach was.« Eve war tatsächlich mehr als überrascht. »Bist du dir sicher? Wenn sie dazu eingeladen wären, hätte Peabody seit Wochen schon kein anderes Thema mehr.«

»Ich bin mir sicher, obwohl ich es bisher nur von Callendar erzählt bekommen habe, weil auch Ian kein Wort darüber verloren hat. Ich nehme an, sie labern uns damit nicht voll, weil sie gerade erst fünf Tage Urlaub hatten und du ihnen obendrein noch euer Haus in Mexiko für eine Woche überlassen hast. Deswegen halten sie sich jetzt bedeckt, weil sie nicht undankbar und gierig wirken wollen.«

»Okay.«

Feeney trat vor den Getränkeautomaten, um die Limos für sein Team zu holen, und stellte traurig fest: »Noch einmal: Freundschaft hat ihren Peis. Und diesen ganz besonderen Preis kannst du bestimmt nur einmal zahlen. Ich bin bereit, McNab für die Preisverleihung freizustellen, wenn du Peabody dorthin gehen lässt.«

»Aber wir haben gerade einen Fall hereinbekommen, bei dem's zwölf Tote gab. Verdammt! Wann findet diese blöde Preisverleihung statt?«

»Am Sonntag.«

»Welchen Sonntag? Nächsten Sonntag?«

»Ja. Doch wie gesagt, es ist ein Sonntag und wenn sie das Wochenende dort verbringen würden, wären sie, wenn der Fall bis dann nicht abgeschlossen ist, am Montag wieder da. Ansonsten Dienstag, weil die Sache Sonntag sicher ziemlich lange gehen wird. Es stimmt generell, was ich über den Jungen aus Rogans Team gesagt habe. Man braucht auch noch ein Leben neben seinem Job. Sag erst mal nichts. Denk einfach drüber nach.«

»In Ordnung«, knurrte sie, als er die Limodosen aus dem Automaten zog. »Auch wenn ich Roarke, wenn ich sie fliegen lasse, obendrein noch bitten muss, das passende Transportmittel bereitzustellen.«

»Darüber sprich am besten mit Nadine. Vielleicht kann sie die beiden ja mitnehmen, denn sie fliegt auf alle Fälle hin.«

»Kann sein. Verflucht noch mal. Als wäre es nicht bereits schlimm genug, dass sie das Buch über den Icove-Fall geschrieben hat, jetzt hat sie mir auch noch das Manuskript zum Fall des Roten Pferds geschickt.«

»Ach ja? Und wie ist es geworden?«

»Wirklich gut«, erklärte Eve, wobei sie ihre Schultern sinken ließ. »Ich *hasse* das. Jetzt muss ich allmählich wirklich los.«

Oscars, dachte sie und stapfte wütend los. Wie sollte sie an diese doofen Oscars denken, während sie zwölf Tote hatte, die in Einzelteilen auf den Stahltischen im Leichenschauhaus abgeladen worden waren?

Am besten erst mal gar nicht, dachte sie und wandte sich auf dem Weg in ihre eigene Abteilung in Gedanken wieder ihrer Arbeit zu.

Sie blinzelte, als sie ihr Dezernat betrat und Jenkinsons Krawatte sah. Dort schwamm ein bunter Fisch mit großen Glubschaugen auf einem leuchtend blauen Untergrund. Eilig lief sie weiter, bis sie von den tröstlich langweiligen Farben ihres eigenen Büros umgeben war.

Da der Schluck Rattensuppe ihr noch immer schwer im Magen lag, schloss sie die Tür von innen ab, trat vor den AutoChef und gab den Zahlencode für den Alfalfa-Power-Smoothie ein, der ihr geheimes Passwort für die Schokoriegel, die ihr ein ums andere Mal gestohlen wurden, war.

»Verdammter Hurensohn!«, entfuhr es ihr, als sie tatsächlich einen Alfalfa-Power-Smoothie in den Händen hielt. »Verdammter Schokoriegeldieb!«

Außer dass der Schuft die Schokolade hatte mitgehen lassen, hatte er sich obendrein die Zeit genommen und die Süßigkeiten durch das auf der Speisekarte angegebene eklige Gesöff ersetzt.

Für dieses Vorgehen zollte sie ihm fast Respekt.

Wenn sie den Schweinehund erwischte, würde sie ihn nackt aus ihrem Fenster hängen.

Aber mit Respekt.

Jetzt schloss sie die Bürotür wieder auf, bestellte einen schwarzen Kaffee, stellte ihre Tafel auf und ging noch einmal die Aufzeichnungen durch.

Dazu beantragte sie die Erlaubnis zur Beschlagnahmung der Links, der Tablets und Computer der an diesem Deal beteiligten Vertreter von EconoLift und der privaten elektronischen Geräte Willimina Karsons, da sie schließlich Präsidentin dieses Unternehmens war.

Als sie fertig war, kam Peabody in ihr Büro gestapft. »Wir sind so weit.«

Eve sammelte die Unterlagen, die sie brauchen würde,

ein und wandte sich zum Gehen. »Der Mann der Nanny ist nur einmal aufgefallen, als er sechzehn war. Auf einer Party, wo die Kids so dämlich waren, erst zu saufen und dann solchen Krach zu machen, dass die Nachbarin die Polizei gerufen hat. Davon abgesehen ist er sauber und seit zwölf Jahren bei derselben Firma angestellt. Die beiden leben im Rahmen ihrer Verhältnisse und Loren Ables Überprüfung hat ergeben, dass tatsächlich alles stimmt, was er behauptet hat.«

Sie gingen in den Besprechungsraum und Eve blickte zufrieden auf die Tafel, die von Peabody schon vorbereitet worden war.

Die beiden anderen saßen bereits am Tisch und während Trueheart, eine Dose Ginger Ale neben dem Ellenbogen, eifrig noch einmal seine Aufzeichnungen durchging, lehnte Baxter sich mit einer Tasse Kaffee in der Hand auf seinem Stuhl zurück und schaute sich die Bilder an der Tafel an.

»Das sind ganz schön viele Leute, Lieutenant.«

»Bald kommen noch jede Menge anderer Namen dazu. Ich hole gerade die Erlaubnis ein, dass sich die elektronischen Ermittler auch die elektronischen Geräte von den Leuten von EconoLift und die in Karsons Haus ansehen dürfen. Pearsons Ehefrau, die Tochter und der Sohn werden uns morgen für Gespräche zur Verfügung stehen. Whitney hat mich gerade informiert, dass seine Frau und die von Pearson eng befreundet sind.«

Baxter fuhr zusammen. »Das ist nicht gut.«

»Was haben Sie?«

»Mach du den Anfang, Partner«, forderte er Trueheart auf.

»Wir haben die Aussagen von dreiunddreißig Mitarbeitern und Mitarbeiterinnen von Quantum aufgenommen. Das Unternehmen erstreckt sich über drei Etagen des Gebäudes, in dem der Anschlag stattgefunden hat, aber bei unserer Ankunft waren die meisten der Büros bereits geräumt. Die Leute, die wir dort vernommen haben, waren entweder noch da, um den Verwundeten zu helfen, oder waren in der Zwischenzeit zurückgekehrt; die Vernehmungen der anderen holen wir noch nach.«

»Wir haben uns erst mal auf Ground Zero konzentriert«, fuhr Baxter fort. »Die meisten, die am Morgen nicht im Konferenzraum waren, sind schnurstracks abgehauen, was ich ihnen nicht verdenken kann, aber aus Loyalität oder aus Neugier kamen einige wieder zurück. In der ersten Runde ist uns niemand aufgefallen, aber Trueheart hat schon mal mit einer Standardüberprüfung aller Angestellten angefangen und sobald wir Resultate haben, sehen wir uns einzelne Personen noch mal genauer an.«

»Wenn Sie wüssten, dass in dem Gebäude eine Bombe ist und dass das Individuum, das sie bei sich trägt, unter extremem Stress steht, wären Sie dann vor Ort?«

»Ich würde absichtlich zu spät zur Arbeit kommen«, räumte Baxter unumwunden ein.

»Dann lassen Sie uns herausfinden, wer heute Morgen nicht in dem Gebäude war. Wer heute früh zu spät gekommen ist, sich krankgemeldet, einen freien Tag genommen oder sich einfach so nicht hat blicken lassen. Und gucken Sie, ob irgendwer von Econo zu spät gekommen oder dem Meeting ferngeblieben ist.«

Jetzt baute Eve sich vor der Tafel auf. »Wir suchen nach zwei Unbekannten, höchstwahrscheinlich männlich, mittelgroß und fit. Eine bessere Beschreibung haben wir bisher nicht, aber aufgrund der Formulierung einer Antwort, die von Rogans Smartphone an den Assistenten ging, ist davon auszugehen, dass zumindest einer von den beiden mal beim Militär war. Falls dem so ist, ist weiter davon auszugehen, dass er dort auch an Sprengstoff ausgebildet worden ist. Dazu kann einer oder können beide funktionierende Sprengstoffwesten bauen oder kennen irgendwen, der so was kann.«

»Salazar ist gut«, warf Baxter ein. »Sie sollte in der Lage sein, ein paar Bestandteile des Dings zu identifizieren. Jeder Bombenbauer hat seinen ganz eigenen Stil, so was wie eine Signatur.«

»Hoffen wir, dass es so ist.« Sie wandte sich an Peabody und meinte nickend: »Sie sind dran.«

5

Peabody schaltete ihr Notepad ein. »Ich habe nachgesehen, ob es in der Datenbank des IRCCA schon ähnliche Verbrechen gibt. Meistens werden solche Westen für politisch motivierte Anschläge benutzt, aber ein paar Mal wurden sie auch bei normalen Banküberfällen eingesetzt. Der Fall, der unserem am nächsten kommt, ist die Entführung eines Bankangestellten, die vor zwei Jahren in Chicago stattgefunden hat. Die Entführer haben ihm einen Sprengstoffgürtel angelegt und ihn gezwungen, in die Bank zu gehen. Der Angestellte hatte einen Knopf im Ohr, aber die Weste wollten die Entführer über eine Fernbedienung zünden. Auf einen stummen Alarm hin hat die Polizei die Bank umstellt, der Angestellte hat von den Entführern ausgerichtet, falls jemand versuchen würde, das Gebäude zu verlassen, ginge der gesamte Laden in die Luft.«

»Was waren ihre Forderungen?«, fragte Eve.

»Zweihundertfünfzig Millionen auf ein Nummernkonto. Als nach vier Stunden immer noch nicht abzusehen war, wie man unbeschadet aus der Sache rauskommen kann, hat die Bank die Überweisung durchgeführt. Unter anderem, weil der Angestellte, der die Sprengstoffweste trug, der Schwiegersohn und Vater zweier Enkel des Direktors war. Nach erfolgter Überweisung haben die Kerle den Verhandlungsführer direkt kontaktiert, sich bei dem Mann bedankt und ihm erklärt, dass das Sprengstoffkommando die verdammte Weste jetzt unschädlich machen darf.«

»Sie haben also niemanden in die Luft gejagt«, warf Baxter ein.

»Nein, allerdings sind sie auch nicht mit der Sache durchgekommen. Der Angestellte dieser Bank hatte zwar Todesangst, hat aber trotzdem aufgepasst. Sie hatten Masken auf, aber statt Handschuhe zu tragen, hatten sie sich ihre Hände mit Versiegelungsspray besprüht und am linken Handgelenk des Kerls, der ihm die Weste angezogen hat, ist ihm eine Tätowierung aufgefallen.«

»Da hätte ihm der Kerl auch einfach seinen Ausweis zeigen können«, stellte Baxter grinsend fest.

»Genau. Es war ein Knast-Tattoo. Obwohl der zweite Typ nicht viel geredet hat, hat der Banker seine Stimme wiedererkannt. Er war ein Angestellter dieser Bank, dessen Bruder mal gesessen hat. Den dritten Mann – den Bombenbauer – haben sie an einem Strand in Mexiko ausfindig gemacht. Er hat sich durch die Art verraten, wie er dieses Ding gebastelt hat.«

»Das heißt, dass es abgesehen von der Verwendung einer Sprengstoffweste und dem Kidnapping kaum Ähnlichkeiten zwischen beiden Fällen gibt. Obwohl sie diesen armen Kerl auf dem Weg zur Arbeit abgefangen und wie Rogan und die Ehefrau gefesselt und verdroschen haben, damit er tut, was man ihm sagt.«

»Aber sie sind damit nicht durchgekommen«, wiederholte Eve und schaute sich die Bilder an der Tafel an.

»Nur Idioten lernen nichts aus ihren oder aus den Fehlern anderer. Das Mädchen und die Frau haben nichts gesehen, womit man unsere Täter identifizieren könnte, und eine direkte Verbindung zu Paul Rogan gab's anscheinend auch nicht. Sie haben ihn verantwortlich gemacht und wollten sichergehen, dass die Bombe explodiert. Gibt's auch noch andere Fälle, die dem Fall von heute Morgen ähnlich sind?«

»Tja nun, auch in zwei anderen Fällen haben die Schweinehunde jemanden mit einem Sprengstoffgürtel losgeschickt. Vor zwanzig Jahren hier in New York, wobei die Bombe bereits während der Verhandlungen wegen eines defekten Schalters hochgegangen ist. Und dann noch einmal in Vegas, wo die Bombe explodiert ist, als ein Passant sich auf den Kerl geworfen hat, der mit dem Sprengstoffgürtel auf der Straße stand. Natürlich gab es auch politisch motivierte Attentate, doch in allen anderen Fällen ging's um Geld und immer ging am Ende irgendetwas schief.«

»Interessant.« Eve stapfte vor der Tafel auf und ab. »Wir wissen bisher nur, dass es zwei Männer sind. Vielleicht sind es noch mehr und nur die beiden waren im Haus, aber am besten bleiben wir erst mal bei zwei. Ein Täterpaar ist schlau, weil das die Chance verringert, dass es zu Rivalität oder zu Fehlern kommt oder dass einer irgendwas verrät. Und sie haben niemanden in eine Bank geschickt, obwohl die Täter damals auch nicht dumm waren und jemanden genommen haben, der dem Bankdirektor wichtig war. Sie haben nichts überstürzt. Sie haben sich die Familie geschnappt, Rogan und die Frau gefesselt und dann losgelegt. Sie haben sich Zeit gelassen, ihren Opfern Angst gemacht und diese Angst dann immer weiter anschwellen lassen, weil der Auslöser der Bombe, die sie zünden wollten, in der Hand des Opfers lag.«

»Was, wenn er den Knopf nicht hätte drücken können?«, fragte Trueheart. »Was, wenn er das Ding nicht hätte zünden können, obwohl er wusste, dass es dann der Frau und Tochter an den Kragen geht?«

»Dann hätten sie sich diese Arbeit zwar umsonst gemacht, aber wahrscheinlich hätten wir sie nicht erwischt. Das heißt, sie mussten ihn verkabeln, um zu wissen, was er tut.«

Eve wandte sich erneut der Tafel zu und tippte dort das Bild von Rogans Tochter an. »Die Kleine hat gesagt, sie hätten ihr befohlen zu schreien, dass er ihr helfen soll. Wahrscheinlich haben sie das aufgenommen und ihm dann immer wieder vorgespielt. Wenn er die Bombe trotzdem nicht gezündet hätte, hätten sie sich aus dem Staub gemacht. Ich weiß nicht, ob sie Frau und Tochter vorher noch getötet hätten, doch auf alle Fälle hätten sie den Plan dann aufgegeben und sich aus dem Staub gemacht.«

Darüber dächte sie am besten später noch einmal genauer nach.

»Jetzt zu dem, was Peabody und ich bisher herausgefunden haben.«

Sie sprach von den Vernehmungen, den bisherigen Beweisen, ihren vorläufigen Theorien.

»Dann sind sie also seit Dezember an der Sache dran«, rechnete Baxter nach. »Sie hatten Rogan seit Dezember im Visier. Vielleicht gab's auch noch andere Kandidaten, doch am Ende haben sie ihn gewählt.«

»Ich gehe beinah sicher davon aus, dass es noch andere Kandidaten gab«, pflichtete Eve ihm bei. »Aber am Ende passte Rogan ihnen am besten in den Kram.«

»Wenn sie hätten abhauen müssen, hätten sie im Grunde kaum etwas verloren. Die investierte Zeit und das, was sie für diese Bombe oder für den Bombenbauer und die elektronischen Geräte ausgegeben haben. Aber das war sicher nicht so viel.«

Sein Partner sah ihn fragend an. »Aber weswegen haben sie das Geld und all die Arbeit investiert? Geht es dabei um Inlandsterrorismus oder was?«

Als Trueheart nichts mehr sagte, forderte Baxter ihn auf: »Na los, mein junger Meister, fahren Sie fort.«

»Nun, Quantum ist ein großes Unternehmen, dessen Kunden überwiegend reiche Leute sind. Vielleicht hat deshalb eine Splittergruppe einer sozialistischen Gruppierung dieses Attentat verübt, bevor das Unternehmen mit einer Firma, deren Kundschaft eher aus der Mittelschicht besteht, zusammengeht. Es ist ja wohl ein Terrorakt, wenn jemand eine Bombe im Hauptfirmensitz von Quantum, während dessen Präsident und andere hohe Tiere dort versammelt sind, hochgehen lässt. Da überlegen sich in der nächsten Zeit wahrscheinlich viele, ob sie einen Flug bei Quantum buchen sollen. Das bringt das Unternehmen sicher erst mal aus dem Gleichgewicht.«

»Dasselbe gilt für Econo«, griff Peabody den Faden auf. »Dessen Präsidentin ist zwar noch am Leben, aber das ist reines Glück und bisher können wir nicht sagen, ob sie es tatsächlich schaffen wird. Das heißt, dass beide Unternehmen erschüttert sind.«

»Vielleicht wollte irgendwer den Leuten von Econo

dafür, dass sie jetzt plötzlich auch für reiche Pinkel da sein wollten, auf die Finger klopfen.«

»Das könnte durchaus sein«, erklärte Eve. »Aber warum hat dann bisher niemand die Verantwortung für diesen Anschlag übernommen? Um ein Statement abzugeben, muss man schließlich auch zu seinen Taten stehen.«

»Da haben Sie natürlich recht«, gab Trueheart unumwunden zu.

»Das schließt als mögliches Motiv das große Geld nicht aus«, bemerkte Peabody. »Geld für die Leute, an die jetzt die Aktien der Verstorbenen gehen. Wobei man mit dem Anschlag gleichzeitig dem eigenen Unternehmen, das einem dieses Geld einbringen soll, geschadet hat.«

»Wahrscheinlich werden manche ihre Anteile jetzt abstoßen. Das ist ein ganz natürlicher Reflex«, mischte sich Baxter ein.

»Die Leute, die die Aktien erben?«

»Eher die anderen Aktionäre. Das bedeutet, dass der Wert der Aktien beider Unternehmen erst mal runtergehen wird oder wahrscheinlich schon im Sinkflug ist. Was Quantum sicher überstehen wird, wenn sie es schaffen, in den nächsten Tagen eine neue Führungsriege aufzustellen. Wie Econo wirtschaftlich dasteht, weiß ich nicht, aber es heißt, dass Quantum diesen Deal bei Weitem nicht so dringend braucht wie sie.«

Eve bedachte ihn mit einem interessierten Blick. »Haben Ihnen das die Mitarbeiter von Quantum während der Befragungen vor Ort erzählt?«

»Nein. Ich interessiere mich einfach für dieses Zeug.«

Baxter stand auf und schenkte sich den nächsten Kaffee ein.

»Also werden die Aktionäre und die Leute, die jetzt Aktien erben, nicht vom Tod der Präsidenten und verschiedener anderer hohen Tiere beider Unternehmen und einem Nichtzustandekommen des Zusammenschlusses profitieren?«

»Ich wüsste nicht, was ihnen das bringen sollte.«

»Aber was hat jemand durch den Tod von diesen Leuten zu gewinnen? Außer es geht nicht um den Gewinn, sondern darum, reichen Leuten eine reinzuwürgen, oder darum, dass sich irgendwer an irgendwem für irgendetwas rächen will. Und so fühlt sich's für mich nicht an.«

Mit den Händen in den Hosentaschen lief Eve wieder vor der Tafel auf und ab. »Am besten sehen wir uns vor allem die Angestellten von Quantum oder Leute, die mal bei dem Unternehmen waren, genauer an. Sie haben Rogan ganz bestimmt nicht ohne Grund gewählt. Sie haben ihn genommen, weil sie ihn kannten oder genug über ihn herausgefunden hatten, um ihn ins Visier zu nehmen. Vielleicht gab es auch Stress bei Econo. Also werden wir auch gucken, ob dort irgendjemand wegen dieses Deals verärgert war. Außerdem müssen wir herausfinden, ob irgendjemand außerhalb der beiden Unternehmen wusste, wann und wo genau das Abkommen unterzeichnet werden sollte. Wurde das öffentlich gemacht, Baxter?«

»Alles, was ich darüber gelesen habe, war, dass die legalen Hürden jetzt genommen worden wären und der Vertrag wahrscheinlich irgendwann in dieser Woche unterschrieben werden sollte.«

»Also war nichts darüber in den Medien, aber diese Unternehmen haben jede Menge Angestellte und da Leute nun mal gerne reden, wusste sicherlich der eine oder andere Bescheid. Die beiden wussten ganz genau, wie viel Zeit sie für die Vorbereitung dieses Anschlags hatten, wussten, dass am Montagmorgen alle dort versammelt wären, und haben einfach drauf gewettet, dass Paul Rogan tut, was man ihm sagt. Und wenn er diese Bombe doch nicht hätte hochgehen lassen, wären sie einfach abgetaucht.«

»Lieutenant?« Trueheart hob die Hand vom Tisch, als wollte er sich so wie in der Schule melden. »Hätte nicht bereits die Drohung – dieser Einbruch, der Überfall auf die Familie und dass Rogan mit der Sprengstoffweste ins Gebäude gelangt ist – die Unternehmen erschüttert, ohne dass er diese Bombe tatsächlich hochgehen lässt? Dann wäre vielleicht niemand umgekommen, aber die Unternehmen hätten trotzdem negative Schlagzeilen gemacht.«

»Da haben Sie recht, Detective. Falls sie nur die Unternehmen treffen wollten und falls stimmt, was der Finanzexperte Baxter uns erzählt, hätten sie ihr Ziel auf jeden Fall erreicht. Nicht mit einem Paukenschlag wie jetzt, aber für ein paar negative Schlagzeilen hätte es auf jeden Fall gereicht. Jetzt finden wir erst mal heraus, wer heute Morgen nicht zur Arbeit kam – selbst wenn es jemand von der Putzkolonne war. Peabody, das übernehmen Sie. Und Sie, Baxter und Trueheart, fahren noch mal los und sprechen mit den Leuten, die bisher noch nicht vernommen worden sind.«

Sie wandte sich der Tafel zu. »Das heißt, Moment. In

solchen Unternehmen tauchen regelmäßig irgendwelche Essens- und Getränkelieferanten auf, nicht wahr? Selbst wenn es dort eine Kantine und Getränkeautomaten gibt. Und sie kriegen doch bestimmt auch irgendwelche Sachen per Kurier geliefert. Einige der hohen Tiere nutzen sicher einen Fahrdienst, sitzen dann im Fond und telefonieren. Um diese Sachen kümmere ich mich selbst.« Sie nickte.

»An die Arbeit, Leute. Peabody, Sie reservieren diesen Raum, bis die Ermittlungen abgeschlossen sind, denn vielleicht brauchen wir ihn ja noch einmal.«

Nachdem die anderen gegangen waren, rief Eve die Klinik an und ließ sich dort zu Rudy Roe durchstellen.

»Äh, Lieutenant Dallas?«, fragte er, wobei ihm die Erschöpfung deutlich anzuhören war.

»Genau. Ich habe eine Frage. Hat Paul Rogan oder jemand anderes aus der Abteilung sich in seinen Arbeitspausen etwas zu essen liefern lassen und wenn ja, von wem?«

»Paul mochte Quick 'n Tasty. Die haben eine Zweigstelle im Erdgeschoss, jeden Tag um zehn hat Elsa ihm den jeweiligen Tages-Muffin heraufgebracht.«

»Elsa?«

»Ja. Sie hat es mir nie erzählt oder zumindest weiß ich nicht mehr, wie sie weiter heißt, aber sie ist für die meisten Lieferungen an Quantum zuständig.«

»Hat sie ihm diese Muffins direkt ins Büro gebracht?«

»Meistens hat sie die Bestellung einfach vorne bei mir abgegeben, aber manchmal kam er dann aus seinem Büro oder rief sie nach hinten durch, hat kurz mit ihr geplaudert und gefragt, wie es ihr geht. Normalerweise aber hat sie mir die Sachen einfach hingestellt.«

»Okay. Was für einen Fahrdienst hat Ihr Boss benutzt?«

»All Trans. Ich habe jedes Mal darum gebeten, dass Herbert ihn fährt.«

»Hat er auch heute früh All Trans benutzt?«

»Das … weiß ich nicht, aber ich frage gerne nach.«

»Schon gut. Ich rufe einfach selbst dort an. Und wenn mal irgendwelche Lieferungen kamen, welcher Kurier hat die gebracht?«

»Wenn wir etwas verschicken, nehmen wir immer Global Express. Wenn was gebracht wird, kommt's drauf an, welchen Kurierdienst der, der uns was schickt, benutzt.«

»Vielen Dank, das hilft mir sehr.«

»Sissle. Tut mir leid, aber jetzt ist mir gerade wieder eingefallen, wie Elsa weiter heißt. Sie heißt Sissle, Elsa Sissle.«

»Vielen Dank, das hilft mir ebenfalls. Und jetzt ruhen Sie sich aus, Rudy.«

Eve rief bei Quick 'n Tasty an, doch Elsa brachte gerade die Bestellung eines Kunden weg und ehe sie mit jemandem bei Global sprechen konnte, erschien Roarke.

»Peabody hat gesagt, du wärst vielleicht noch hier.« Er schaute sich die Bilder an der Tafel an und legte dabei eine Hand auf ihren Rücken. »Du hast mal wieder einen ganz schön harten Tag.«

»Ich habe lieber einen harten Tag, als nie mehr was zu tun so wie die zwölf da.«

»Du hast Paul Rogans Foto neben die der anderen elf gehängt.«

»Er ist genauso tot wie sie.«

»Deshalb bist du für ihn genauso zuständig wie für die anderen.«

»Das bin ich, weil er ebenfalls ein Opfer ist.«

»Ach ja?«

»Am besten gehen wir in mein Büro, weil es dort echten Kaffee gibt.«

»Hast du nach deiner Rattensuppe noch was Richtiges gegessen?«, fragte er im Gehen.

»Ich wollte noch was anderes essen, nur hat der gottverdammte Schokoriegeldieb mein neuestes Versteck entdeckt.«

»Wobei ein Schokoriegel ja wohl kaum was Richtiges zu essen ist.«

»Du isst doch selber Schokoriegel. Sie schmecken wirklich gut.«

Sie gingen durch das Dezernat in ihr Büro und Roarke trat vor den AutoChef und programmierte ihn auf Hühnersuppe und Kaffee.

»Seit wann gibt es hier Hühnersuppe?«

»Seit jemand, der seine Polizistin liebt, beschlossen hat, dass sie vielleicht auch gerne mal was Anständiges in den Bauch bekommt. Am besten siehst du dir die Speisekarte deines AutoChefs mal näher an.«

»So wie der blöde Schokoriegeldieb? Ich frage mich, wie er darauf gekommen ist, dass die Alfalfa-Smoothies keine Smoothies, sondern Schokoriegel waren.«

»Weil niemand, der dich kennt, jemals auf den Gedanken kommen würde, dass du so was wie Alfalfa-Smoothies trinkst.«

Da hatte er natürlich recht, deswegen ließ sie sich in ihren Schreibtischsessel fallen, aß die Suppe und erzählte ihm die Höhe- und die Tiefpunkte des aktuellen Falls.

»Das heißt, er hat sich selbst und noch elf andere umgebracht, weil er seine Familie retten wollte? Aber woher wussten diese Typen, dass er so weit gehen würde?«

Gute Frage, dachte Eve, obwohl von Roarke nichts anderes zu erwarten war. »Darüber muss ich noch mit Mira reden. Meiner Meinung nach haben sie sich eingehend mit ihm befasst. Wobei es sicher auch noch andere potenzielle Zielpersonen gab. Sie haben sich Zeit genommen, um ihn und die Familie zu quälen, ihn vor die Wahl gestellt und ihn gefragt, was er zur Rettung seiner Frau und seines Kinds bereit wäre zu tun. Sie haben ihm so lange zugesetzt, bis er gebrochen war.«

»Die Alarmanlage kommt aus einem meiner Unternehmen«, meinte Roarke. »Deswegen würde ich sie gerne ansehen und hören, was Callendar herausgefunden hat. Nach allem, was du mir bisher erzählt hast, waren die beiden nicht gut genug und kannten niemanden, der die erforderlichen Fähigkeiten hatte, um sie ohne Zeit und Mühe auszuschalten, trotzdem haben sie's geschafft.«

»Aber sie haben dafür zwei Monate gebraucht«, erinnerte Eve ihn. »Das heißt, sie hatten Rogan bereits im Dezember oder vorher ausgewählt. Ich weiß, an wen die Firmenanteile der Verstorbenen gehen, aber nach allem, was ich bisher weiß, hätten sie von dem Zusammenschluss der beiden Unternehmen finanziell viel eher profitiert.«

»So sollte es zumindest sein.«

»Warum hast du nicht selbst mit Econo fusioniert?«

Vorsichtig setzte Roarke sich auf den harten Stuhl, der vor Eves Schreibtisch stand. »Ich habe schon ein Unternehmen, das mit Econo konkurriert. Sie aufzukaufen, wäre durchaus interessant gewesen, doch wahrscheinlich hätte das Kartellamt da nicht mitgespielt.«

»Stand denn das Unternehmen zum Verkauf?«

»In letzter Zeit nicht mehr.« Achselzuckend trank er einen Schluck Kaffee. »Aber vor vielleicht einem Jahr hatte Econo ein ernsthaftes Liquiditätsproblem, was vielleicht unter anderem daran lag, dass sich der Präsident aus dem Geschäft zurückgezogen hat. Durch die Fusion hätten sie das Problem gelöst.«

»Also hätte Econo von dem Deal stärker als Quantum profitiert?«

»Zu Anfang ja, doch Quantum hätte sich durch den Zusammenschluss einen Geschäftsbereich erschlossen, in dem das Unternehmen bisher nicht sonderlich erfolgreich war.« Genauso sachte, wie er Platz genommen hatte, lehnte Roarke sich auf dem unbequemen Stuhl zurück. »Quantum ist bisher im Grunde nur für Leute, die sich Luxusflüge leisten können, attraktiv. Doch diese Exklusivität ist gleichzeitig auch ihre Schwäche, weil der Durchschnittsbürger vielleicht gern mit ihnen reisen würde, sich die Tickets aber schlicht nicht leisten kann.«

»Und wer hat etwas zu gewinnen, wenn aus der Fusion jetzt doch nichts wird?«

»Tja nun, ich selbst und andere Unternehmen, die in derselben Branche tätig sind – zumindest kurzfristig.«

»Warum nur kurzfristig?«

»Weil der Vertrag sicher trotz der Tragödie heute

unterschrieben werden wird. Sie arbeiten seit beinah einem Jahr an diesem Deal.«

»Und woher weißt du das?«

»Es ist mein Job, darüber auf dem Laufenden zu sein. Im letzten Winter habe ich zum ersten Mal etwas davon gehört und nachdem die Mühlen der Bürokratie bekanntlich langsam mahlen, haben sie die Anträge bereits vor Monaten bei den Behörden eingereicht.«

»Wusstest du auch, dass heute Morgen unterschrieben werden sollte?«

»Ja, das wusste ich.«

»Wer hat dir davon erzählt? Erzähl mir nicht, dass es dein Job ist, dass du solche Dinge mitbekommst.«

»Natürlich ist es das, vor allem aber spricht sich so etwas einfach herum. Der Sohn von Pearson leitet das Büro in London, ein paar der Infos kamen von dort. Die Tochter ist vor einer Woche nach Italien, genau gesagt nach Rom geflogen, denn dort haben sie ebenfalls Büros. Gleichzeitig kamen alle Mitglieder des Vorstands nach New York. Angeblich, weil die Marketingkampagne ihnen heute früh vorgestellt werden sollte, aber mir war klar, dass es dabei in Wahrheit um die Unterzeichnung des Vertrages ging.«

»Okay, dann hätte also der normale Durchschnittsmensch die Einzelheiten nicht gekannt, doch jemand aus der Branche oder ein Angestellter der beiden Unternehmen hätte einfach zwei und zwei zusammenzählen müssen und Bescheid gewusst.«

»Auf jeden Fall. Zumindest hätte man sich nach den Dingen, die sie in den letzten Wochen an die Presse haben durchsickern lassen, denken können, dass es heute früh zur Unterzeichnung des Vertrages kommt. Auch wenn sie die Details zurückgehalten haben, damit das Abkommen heute Morgen möglichst hohe Wellen schlägt. Falls Karson überlebt, was ich natürlich hoffe – und selbst wenn sie sterben sollte –, wird der Deal, wenn ihre Erben und die Leute, die an Pearsons Stelle treten, keine Vollidioten sind, auf jeden Fall über die Bühne gehen, denn schließlich gelten all die Gründe, die für diese Übereinkunft sprechen, immer noch. Die Verhandlungen sind abgeschlossen; das Einzige, was jetzt noch fehlt, sind die Unterschriften unter dem Vertrag.«

»Warum zur Hölle also hätte irgendwer den Abschluss des Vertrages heute früh verhindern sollen? All das, um Rogan oder Pearson umzubringen, ergibt nicht den geringsten Sinn, denn schließlich hätte man den beiden auch einfach ein Messer in den Rücken rammen können oder so was.«

»Da hast du recht. Ich denke auch, dass es um mehr als um den Tod von einem dieser Opfer ging.«

»Nur worum ging es dann? Was hat man durch den Anschlag zu gewinnen, wenn der Vertrag am Ende trotzdem unterzeichnet wird?«

»Man stört den Ablauf«, klärte Roarke sie auf. »Und zwar auf eine Art, dass überall davon berichtet wird. Woran denken wir zuerst, wenn es um Bomben und um Selbstmordattentäter geht?«

»An Terrorismus.«

»Ja, genau. Und wenn's um Terrorismus geht …«

»… bricht erst mal Panik aus.«

»Exakt. Und nicht nur Menschen werden panisch, sondern auch die Märkte, deshalb sind die Aktien der beiden angegriffenen Unternehmen heute früh auch sofort abgestürzt.«

»Das heißt, sie sind jetzt nicht mehr so viel wert.«

»Bedeutend weniger als heute früh vor neun, denn in Panik stoßen Leute ihre Aktien ab und wenn die Aktien runtergehen, löst das eine Gruppenpanik und dadurch hervorgerufene weitere Verkäufe aus. Und die Leute, die mit Margin-Darlehen spielen, haben ein Problem, wenn ihre Aktien in den Keller gehen.«

Bisher konnte Eve ihm halbwegs folgen, aber jetzt hob sie die Hand. »Was heißt das genau?«

»Ich spreche von den Leuten, die sich für die Aktienkäufe Geld geliehen haben und dadurch ein großes Wagnis eingegangen sind. Wenn sie Aktien für zehn Dollar kaufen, haben sie sich vorher fünf Dollar dafür geliehen. Und wenn die Aktie auf fünfzehn steigt, haben sie einen hundertprozentigen Gewinn gemacht. Doch wenn sie runtergeht, verlieren sie im schlimmsten Fall ihr eigenes und das geliehene Geld und müssen obendrein noch Zinsen für das Darlehen, das sie aufgenommen haben, zahlen.«

»Ich finde, das ist eine ziemlich dumme Art, am Aktienmarkt zu spielen.«

»Aktienkäufe mit geliehenem Geld sind wirklich ein riskantes Spiel, bei dem man aber auch durchaus gewinnen kann. Und man kann das Fremdkapital benutzen, wenn man einen Leverage-Effekt erzielen will.«

»Und das ist gut?«

»Das kann es durchaus sein. Auch wenn man dafür erst mal Schulden machen muss.«

Eve raufte sich das Haar. »Wer sollte denn freiwillig

Schulden machen? Die Leute wollen ihre Schulden doch eher loswerden.«

»Nicht, wenn sich mit den Schulden ein Gewinn erzielen lässt.« Als ihre Augen glasig wurden, fuhr er lächelnd fort: »Das ist der Grund, warum es Kreditunternehmen gibt. Sie leihen einem Geld, mit dem man einen Gewinn erzielen soll. Seriöse Investoren gucken immer, wie viel fremdes Kapital in einem Unternehmen steckt. Nach diesem Attentat werden die kleinen Investoren panisch und verkaufen, statt die Aktien zu behalten und zu warten, wie es weitergeht.«

Eve runzelte verwirrt die Stirn. »Die Leute stoßen also ihre Aktien ab, wodurch der Preis nach unten geht. Dann sehen andere, wie der Preis nach unten geht und stoßen ihre Aktien ebenfalls ab. Aber davon profitieren weder die, die jetzt die Anteile der Opfer übernehmen, noch sonst jemand, der Aktien dieser Unternehmen hat. Was also hat all das für einen Sinn?«

»Die Aktien, die die Leute jetzt verkaufen, kaufen andere auf. Innerhalb von ein paar Stunden kriegen sie für fünfzig Dollar Aktien, deren Wert vor Stunden noch bei hundert Dollar lag. Sie kaufen sie für fünfzig, warten, bis die Aufregung sich legt und Quantum mit EconoLift zusammengeht, und verkaufen sie danach wieder für hundert oder mehr.«

»Wobei sie fünfzig Dollar oder, wenn sie Geld für ihren Aktienkauf geliehen haben, mehr verlieren, wenn doch nichts mehr aus dem Zusammenschluss der beiden Unternehmen wird.«

»Das stimmt, doch das wird nicht passieren. Ich gehe jede Wette ein, dass jede Menge hoher Tiere beider Firmen noch heute oder morgen vor die Presse tritt und erklärt, dass die Sache trotzdem durchgezogen wird. Dieses Zeitfenster nutzt jemand aus, der es womöglich absichtlich geöffnet hat, weil er auf diese Art in kurzer Zeit viel Geld verdienen kann.«

Sie sprang aus ihrem Schreibtischsessel auf und zeigte auf die Tafel mit den Bildern der zwölf Menschen, die an diesem Morgen umgekommen waren. »All das, weil jemand Geld am Aktienmarkt verdienen will?«

»All das – falls es tatsächlich darum geht –, weil jemand innerhalb von kurzer Zeit viel Geld am Aktienmarkt verdienen will.«

»Wie viel? Ich brauche eine ungefähre Zahl.«

»Ich habe keine Ahnung, wie viel diese Leute investieren können, aber nach dem tiefen Absturz dieser Aktien schlagen sie mit hunderttausend Dollar Einsatz locker eine Million oder mehr heraus.«

»Das heißt, wir gehen der Spur der Investoren nach und gucken, wer etwas in diese Aktien investiert, während sie im Keller sind.«

»Da wünsche ich dir viel Glück, denn beide Unternehmen agieren global und haben auch Investoren auf der ganzen Welt. Vor allem kommt man an diese Infos nicht so leicht heran und vielleicht tarnen sich die Aktienkäufer ja und schicken einen Strohmann vor. Wenn sie es so machen, stellen sie es wirklich clever an.«

»Das wäre dann nichts anderes als Betrug.« Zumindest damit kannte sie sich aus. »Das wäre ein beschissener Betrug und dafür hätten sie zwölf Menschen umgebracht, acht weitere verletzt und eine Mutter und ihr Kind traumatisiert.«

»Warum haben sie die Mutter und das Kind nicht auch getötet?«, überlegte sie. »Weswegen haben sie die Zeuginnen nicht umgebracht? Obwohl die beiden uns die Täter nicht beschreiben können, sind sie für sie eine Gefahr. Und wenn sie seine Frau und Tochter töten wollten, falls Rogan diese Bombe nicht gezündet hätte, warum haben sie sie leben lassen, nachdem sie hochgegangen ist?«

Sie bedachte Roarke mit einem nachdenklichen Blick. »Es sei denn, sie hätten niemals vorgehabt, sie umzubringen. Das könnte sein. Oder sie sind so arrogant zu denken, wir bekämen sowieso nichts aus der Frau und aus dem Mädchen raus. Verdammt, das könnte beides sein. Ich muss mit Mira sprechen.«

Sie sah durch das winzig kleine Fenster hinter ihrem Schreibtisch auf die Skyline von New York. »Was du gesagt hast, deine Theorie ... Sie ist plausibler als die Möglichkeiten, die mir selbst bisher durch den Kopf gegangen sind. Sie ist eiskalt und hässlich und ergibt tatsächlich einen Sinn. Wie lange, glaubst du, wird es dauern, bis die Aktien wieder hochgehen?«

»Das kommt darauf an.«

Sie wandte sich ihm wieder zu und schüttelte den Kopf. »Ach, red doch keinen Quatsch. Du kennst dich doch mit solchen Sachen aus. Wenn du dieses Spiel spielen würdest, wann wolltest du Kasse machen?«

»Die Aktien werden wieder steigen, wenn's ein offizielles Statement gibt, dass der Zusammenschluss der Unternehmen durchgezogen wird. Es ist zu spät am Tag, als dass die Aktie sich vor Börsenschließung vollständig erholen wird, doch wenn die Unternehmen diese

Statements abgeben und Pearsons Frau, der Sohn oder die Tochter selbst vor die Presse treten – worauf meiner Meinung nach der Vorstand drängen wird –, wird Quantum sich recht schnell von diesem Schock erholen. Genauso ist's bei Econo. Wenn dann der Zusammenschluss tatsächlich stattgefunden hat, werden sich die Aktien genauso schnell erholen, wie sie gefallen sind. Der Aktienmarkt basiert nun mal zum Großteil auf Gefühlen.«

»Dann hätten unsere Täter also innerhalb von vierundzwanzig Stunden einen riesigen Gewinn gemacht.«

»Genau. Es sei denn, das alles wäre Schwachsinn und jemand aus einem der beiden Unternehmen hätte einen schlichten Racheakt verübt und einen Weg – der mir bisher nicht eingefallen ist – entdeckt, wie der Zusammenschluss sich noch verhindern lässt.«

»Daran habe ich auch schon gedacht, deswegen schließen wir die Möglichkeit noch nicht zur Gänze aus. Ich muss das alles erst einmal verarbeiten und dabei fallen mir bestimmt noch jede Menge Fragen zu dem Thema ein. Warum sprichst du nicht erst einmal mit Callendar?«

»Das würde ich tatsächlich gern machen.«

»Sie ist oder sie war mit Feeney und mit Ian im Labor. Die zwei – und vielleicht ein paar andere Elektronikfuzzis – sehen sich mit ihr zusammen die unzähligen elektronischen Geräte, die wir aufs Revier geholt haben, an.«

»Ich könnte ihnen etwas helfen, bis du heimfahren willst.«

»Feeneys Augen haben schon geleuchtet, als er nur gehört hat, dass du auf die Wache kommst. Er wird sich über deine Hilfe freuen. Genau wie ich.«

Erleichtert, weil er nicht mehr auf dem harten Stuhl zu sitzen brauchte, stand er wieder auf, trat auf sie zu und umschloss mit den Händen ihr Gesicht. »Die Toten lasten schwer auf dir. Und zwölf auf einen Schlag sind ganz besonders hart.«

»Umso größer wird die Freude sein, die Kerle einzusperren. Gegen dich und mich zusammen haben sie nicht die geringste Chance.«

Lächelnd küsste er sie auf den Mund. »Ich gehe jetzt mit meinen Freunden spielen, bis wir nach Hause fahren.«

Das sah ihm ähnlich, dachte sie, als er den Raum verließ. Er brachte seine freie Zeit mit Polizisten zu und stand ihr bei, wenn sie mit ihren Toten im Gepäck nach Hause kam. Was ihr privates Wunder war.

In der Absicht, Mira anzurufen, nahm sie wieder hinter ihrem Schreibtisch Platz, rief dann aber zunächst die eingegangenen Mails auf ihrem Computer auf.

»Habe ich es doch gewusst. Der Kerl hat einen Hintergrund beim Militär.«

Sie rief im Vorzimmer der Psychologin an, stritt mit dem Drachen, der dort Wache hielt, bis sie zumindest einen dreiminütigen Gesprächstermin bekam. Auf dem Weg dorthin hielt sie noch kurz am Schreibtisch ihrer Partnerin an.

»Salazars Leute haben einzelne Bestandteile der Bombe identifiziert. Bisher weist alles darauf hin, dass einige davon fürs Militär gefertigt worden sind.«

»Genau wie Sie vermutet haben.«

»Und jetzt haben wir die Bestätigung dafür. Ich schaue kurz bei Mira rein und bin gespannt, was sie zu all dem sagt.«

»Ich habe eine Liste Angestellter beider Unternehmen, die heute früh entweder krank oder im Urlaub waren. Keiner sollte an dem Meeting teilnehmen, aber ich sehe sie mir trotzdem alle an.«

»Okay und setzen Sie noch eine Elsa Sissle auf die Liste. Sissle arbeitet bei Quick 'n Tasty unten im Gebäude und hat Rogan jeden Morgen einen Muffin raufgebracht. Außerdem noch einen Chauffeur mit Namen Herbert von All Trans, denn der hat Rogan immer herumkutschiert. Und die Kuriere, die für Global Express Sachen für ihn herumgefahren haben. Wenn das zu viel wird, übernehme ich es, nachdem ich bei Mira war. Roarke hat im Übrigen eine bestimmte Theorie. Baxter! Trueheart!«, brüllte sie und winkte sie heran.

Die beiden Männer kamen zu ihr, Baxter lehnte sich gegen den Schreibtisch ihrer Partnerin.

»Die Aktien von Econo und von Quantum sind im Keller, seit die Bombe hochgegangen ist.«

»Was meiner Meinung nach nicht anders zu erwarten war. Ich habe selbst eben nachgeguckt, sie sind immer noch am Fallen. Wahrscheinlich gehen heute jede Menge Leute pleite und die Unternehmen selbst verlieren ebenfalls an Wert. Anscheinend hat irgendwer es entweder auf eine oder beide Firmen abgesehen.«

»Roarke hat da eine andere Theorie. Er denkt, dass jemand diese Bombe hat hochgehen lassen, damit die Aktien in den Keller gehen und er sie billig kaufen kann.«

»Das wäre ein enormes Risiko. Es könnte ewig dauern, bis die Unternehmen sich von diesem Schock erholen.«

»Roarke ist davon überzeugt, dass der Vertrag noch

unterzeichnet wird und dass die Aktien morgen oder vielleicht schon heute Abend wieder hochgehen. Sobald die hohen Tiere beider Läden offiziell verkünden, dass sie fusionieren, gehen die Zahlen wieder hoch. Zumindest geht er davon aus, dass es so kommen wird.«

»Moment, er denkt, die Schweinehunde hätten all das inszeniert, damit sie billig kaufen und zu einem höheren Preis verkaufen können?« Mit einem halben Lachen fuhr sich Baxter über das wie immer sorgfältig frisierte Haar. »Verdammt, das ist brillant. Eiskalt, aber brillant.«

»Wir müssen dieser Spur auf alle Fälle nachgehen. Am besten sehen wir uns also erst mal die Finanzen von den Leuten an, die heute früh nicht bei der Arbeit waren. Und die der Angestellten, die besonders dick mit Rogan, Pearson oder Karson waren, denn Roarke hat mir erzählt, er hätte schon vor einem Jahr Gerüchte über eine mögliche Fusion gehört.«

»Da haben sie sich aber lange sehr bedeckt gehalten und den Tätern gleichzeitig genügend Zeit gegeben, sich zu überlegen, wie sie's angehen sollen.«

»Mindestens einer von den beiden war beim Militär und kennt sich offenbar von dort mit Sprengstoff aus. Beziehen Sie das in Ihre Überlegungen mit ein. Ich höre mir jetzt erst mal an, was Mira mir zu all dem sagen kann.«

6

Eve gratulierte sich zu ihrem Glück, als sie das leere Vorzimmer und die schon offene Tür des Sprechzimmers der Psychologin sah. Mit sanft gewelltem Haar, in einem eleganten, gut geschnittenen pfirsichfarbenen Kostüm und grün-blauen Schuhen mit nadeldünnen Absätzen stand Dr. Charlotte Mira vor dem AutoChef in ihrem Büro. Sie drehte den Kopf, als Eve den Raum betrat, und lächelte sie warm aus ihren sanften blauen Augen an.

»Na, das ging aber schnell. Wie wäre es mit einem Tee?«

»Nein danke. Danke, dass Sie mich dazwischennehmen.«

»Ich hatte heute Morgen alle Hände voll zu tun, aber der Nachmittag ist ziemlich ruhig. Setzen Sie sich doch.«

Die Top-Profilerin der Polizei nahm selbst in einem der geschwungenen blauen Sessel Platz und stellte ihre zarte Porzellantasse und -untertasse vorsichtig auf ihren schlanken Knien ab. »Ich hatte einen vollen Vormittag und weiß von diesem Bombenattentat bei Quantum bisher nur, dass ein hochrangiger Angestellter eine Sprengstoffweste trug, als er zu einem Meeting mit Vertretern von Econo in den Konferenzraum kam. Es heißt, zwölf Menschen wären tot und mehrere verletzt.«

»Ich werde Ihnen selbstverständlich auch noch die Berichte schicken, aber es geht schneller, wenn ich kurz für Sie zusammenfasse, wie es abgelaufen ist.«

»Natürlich.«

»In der Nacht zum Samstag sind zwei Männer in das Haus von Rogan eingedrungen«, fing Eve an und Mira hörte schweigend zu, bis sie zum Ende kam.

»Die beiden unbekannten Männer haben Rogan und die Ehefrau also misshandelt und gedroht, die Frau und Tochter umzubringen, wenn er nicht tut, was man ihm sagt. Soweit Sie wissen, hatten diese Männer Rogan, seit die Nachricht über eine mögliche Fusion der beiden Unternehmen durchgesickert war, doch mindestens schon seit Dezember im Visier, doch bisher kennen Sie keinerlei Verbindung zwischen Rogan und den beiden und anscheinend hat er nicht freiwillig bei dem Anschlag mitgemacht.«

»Genau.«

»Der Inhalt seines Schreibtischs, sein Zuhause, sein Kalender und die Aussagen der Frau und Tochter, der Kollegen und der Untergebenen zeigen, dass er ein loyaler, engagierter Angestellter und ein angenehmer, fairer Teamleiter, vor allem aber ein Familienmensch und ganz vernarrt in seine Frau und seine Tochter war. Das hat ihn zur perfekten Zielperson gemacht, doch es war keine Garantie dafür, dass er die Bombe zündet und sich selbst und anderen das Leben nimmt.«

»Sie haben die Möglichkeiten abgewogen und beschlossen, dieses Wagnis einzugehen.«

»So sieht es aus, doch schließlich hatten sie auch kaum etwas zu verlieren. Sie hatten Zeit und Mühe investiert, aber wenn Paul Rogan sich geweigert hätte mitzuspielen, wären sie einfach abgehauen und hätten diese Sache abgehakt.« Die Psychologin nippte nachdenklich an ihrem Tee. »Einer von den beiden war der Wortführer und hat die Frau misshandelt, doch der andere, der sich um das Mädchen kümmern sollte, hat sich eher zurückgehalten und dem Kind zwar Angst gemacht, doch ihm nicht wirklich wehgetan.«

»Sie hat gesagt, er hätte ihre Fesseln an den Handgelenken etwas lockerer gestellt, aber der andere hätte an ihren Haaren gerissen, bis sie laut geschrien hat.«

»Damit die Eltern, die in einem anderen Zimmer saßen, ihre Schreie hören und wissen, dass etwas mit ihr passiert. Sie hätten ihr und selbst der Frau noch stärker wehtun können, aber sie haben sich darauf beschränkt, damit zu drohen, damit der Mann und Vater weiß, was ihnen blüht, wenn er nicht tut, was man von ihm verlangt.«

»Die Frau hat ausgesagt, der Mann, der bei ihr auf dem Bett gesessen hätte, hätte Rogan ein ums andere Mal gefragt, was er bereit wäre zu tun, um seine Frau und Tochter zu beschützen. Statt ihre Namen zu benutzen, sprach er immer nur von Rogans Frau und seiner Tochter oder seinem Kind.«

»Auf diese Weise haben sie ihn daran erinnert, dass er die Verantwortung für beide trägt und sich entscheiden muss, ob er ihr nachkommt oder nicht. Das war genauso eine Art der Folter wie die Frau von ihm zu trennen und in einen Kellerraum zu sperren, um ihm zu zeigen, dass sie ihnen hilflos ausgeliefert war. Sie wussten, was sie taten, oder wenigstens der Dominantere der beiden wusste es genau. Vielleicht hat er schon mal Gefangene verhört und unter Druck gesetzt, denn ich denke wie Sie, der Mann hat einen Hintergrund beim Militär.«

»Ich habe Roarke hinzugezogen, denn er kennt sich mit Fusionen und solchen Sachen aus, er hat eine bestimmte Theorie. Seit dem Anschlag sind die Aktien beider Unternehmen kaum noch etwas wert und er hat mir erklärt, der Aktienhandel wäre eigentlich vor allem eine Sache des Gefühls.«

»Ach ja? So habe ich das bisher nie gesehen.«

»Also ist der Markt nach diesem Attentat in Panik ausgebrochen und wenn jetzt die Aktien der Unternehmen im Keller sind, kaufen unsere Täter jede Menge von den Dingern auf und warten, bis die beiden Unternehmen offiziell erklären, dass sie zusammengehen oder der Vertrag tatsächlich unterzeichnet wird.«

»Dann gehen die Aktienkurse wieder hoch und sie verdienen jede Menge Geld.«

»Roarke sagt, dass sich damit richtig gut verdienen lässt. Das kann ich nachvollziehen, doch das ist eine riskante, komplizierte und brutale Vorgehensweise, auf dem verdammten Aktienmarkt zu spielen.«

Mira stellte ihre Tasse fort und lehnte sich zurück. »Der Spaß dabei liegt hauptsächlich im Spiel, nicht wahr? Vor allem, wenn man nichts zu verlieren hat und das Geld für seinen Einsatz zur freien Verfügung hat. Sie brauchen Geld, das sie riskieren können, und das haben sie sich auf die eine oder andere Art beschafft. Sie wissen, wie die Märkte funktionieren, das heißt, sie kennen sich mit Wirtschaft aus und wussten zeitig genug über die Fusionspläne Bescheid, um dieses Attentat zu planen. Dabei haben sie Geduld bewiesen, denn sie haben Monate gebraucht, um in das Haus zu kommen, und sich dann dort zwei Tage Zeit genommen, um Rogan zu bearbeiten.«

»Der brutale Umgang mit der Frau war nur Mittel zum Zweck. Genau wie der Umstand, dass das Kind statt bei den Eltern ganz allein in seinem Zimmer eingeschlossen war. Sie brauchten ihm nicht wehzutun, die Trennung von den Eltern und die Aufnahmen haben schon gereicht. Auch wenn der Dominantere der beiden durchaus eine Neigung zur Gewalt hat, sieht er sie vor allem als Mittel zur Erreichung seiner Ziele an.«

»Wahrscheinlich sind die beiden Soziopathen«, fuhr die Psychologin fort. »Nicht mehr ganz jung, mit einem Hintergrund beim Militär, mit Sprengstoff und psychologischer Kriegsführung vertraut. Wahrscheinlich haben sie ein Profil der Zielperson erstellt. Sie sind intelligent, vertrauen einander und der Dominantere der beiden kennt sich mit Taktik aus. Sie kennen sich schon länger und haben eine enge Bindung oder sind vielleicht sogar verwandt. Auf jeden Fall vertrauen sie einander und sie kennen sich mit Familien aus. Sie kennen die besondere Bindung, die es in Familien gibt, und kennen sich auch mit Vaterliebe aus. Das heißt, dass vielleicht einer von den beiden oder beide selbst Väter sind. Außerdem sind sie Spieler und bereit, ein Wagnis einzugehen.«

»Sind sie auch arrogant?«, erkundigte sich Eve und beugte sich in ihrem Sessel vor. »Sie haben die Frau und Tochter leben lassen, obwohl das ein Wagnis war. Nur haben sie das offenbar nicht so gesehen, denn ihrer Meinung nach waren sie zu clever, um den beiden Hinweise darauf zu geben, wer sie sind. Aber das Kind hat ein Gespräch der beiden belauscht und mir davon erzählt. Auch die Frau hat sich ein Bild von ihren Angreifern gemacht und dieses Bild mit mir geteilt. Sind die beiden also nur zu arrogant oder zu selbstbewusst, um diese beiden Zeuginnen aus dem Verkehr zu ziehen, oder wollten sie sich nicht noch zusätzlich die Hände schmutzig machen?«

»Die letzte Überlegung wäre durchaus interessant, nicht wahr? Dann hätten sie in dieser Hinsicht wieder die Verantwortung auf Rogan abgeschoben. Eine interessante Möglichkeit.«

»Es ist eine Sache, einen Typ mit einer Bombe loszuschicken, aber etwas anderes, eine Frau und deren Tochter umzubringen, während sie vollkommen hilflos sind.«

»Dann würde es persönlich, während alles andere völlig unpersönlich war. Der ganze Rest war nur ein Spiel für die beiden.«

»In Ordnung. Danke.« Eve stand wieder auf. »Sie könnten mehrere Millionen mit der Sache machen. Vielleicht ist das wirklich alles, worum es den Kerlen geht. Sie spielen ein Spiel und bisher sieht es aus, als ginge ihre Taktik auf.«

Nickend legte Mira statt des linken auf das rechte Bein jetzt das rechte auf das linke Bein. »Wahrscheinlich wollen sie also noch einmal ihr Glück versuchen und den Markt manipulieren. Egal, mit welchem Ziel. Der Spaß liegt für die beiden hauptsächlich im Risiko.«

»Wenn die Aktien von Econo und Quantum wieder raufgehen, haben sie noch mehr Geld für den nächsten Einsatz als beim ersten Mal.«

»Da fällt mir noch etwas ein.« Nachdenklich klopfte Mira mit dem Zeigefinger auf ihr Knie. »Nach allem, was wir bisher haben, denke ich, die beiden sind verwandt. Vielleicht Brüder oder Vettern, wobei meiner Meinung nach der Dominantere ein bisschen älter und erfahrener und vor allem skrupelloser als der andere ist.«

»Weil er das Mädchen an den Haaren gerissen und der andere ihre Fesseln etwas lockerer gestellt hat, damit sie keine Schmerzen leiden sollte.«

»Genau. Der Dominantere der beiden wäre sicher nicht das Wagnis eingegangen, ihre Fußfesseln zu lösen, sodass sie zum Fenster gehen und um Hilfe rufen konnte. Natürlich wäre früher oder später sowieso die Polizei ins Haus gekommen, aber eben nicht so schnell. So haben sie die beiden eher entdeckt, weil einer unserer Täter einfach nachlässig war.«

»So sehe ich das auch. Brüder«, überlegte Eve. »Oder vielleicht auch Freunde, die sich so nah wie Brüder stehen. Das wäre eine Möglichkeit. Noch einmal vielen Dank.«

Auf ihrem Weg zurück zum Dezernat ging ihr die Frage durch den Kopf, ob ihre Täter außer an der Börse vielleicht auch mit Karten oder am Roulettetisch spielten oder Geld auf Sport- und Pferdewetten setzten oder etwas Ähnliches.

Zwei Männer, die sich nahestanden, gern riskante Spiele spielten und geduldig, skrupellos und clever genug waren, um möglichst viel dabei herauszuholen.

Sie kontaktierte ihre Partnerin. »Kommen Sie noch einmal mit den beiden anderen in den Besprechungsraum. Ich habe ein paar neue Theorien.« Sie legte wieder auf, dann aber sprach sie auch noch kurz mit Roarke und lud ihn ebenfalls zum Briefing ein. »Wobei ich dir auch später noch erzählen kann, worum es geht, falls du weiter im Labor beschäftigt bist.«

»Ich habe hier zwar noch zu tun, aber ich wäre trotzdem gern dabei. Das heißt, ich komme zu euch runter und fahre im Anschluss hier mit meiner Arbeit fort.«

»Okay.«

Statt erst in ihr Büro ging sie direkt in den Besprechungsraum und brachte dort die Tafel auf den neuesten Stand.

»Dallas«, erklang hinter ihr die Stimme ihrer Partnerin. »Karson ist wieder bei Bewusstsein und hat über ihren Assistenten gleich ein Statement abgegeben, das zu dem der Pearsons passt. Sie alle haben ihr Bedauern, Mitgefühl und ihre Trauer kundgetan und dann ging es um die Fusion. Die Unterzeichnung des Vertrags soll morgen stattfinden, und zwar im Krankenhaus.«

»Das ging ja wirklich schnell. Kontaktieren Sie das Krankenhaus und sagen Sie, dass ich Karson dringend sprechen muss.«

»Das mache ich. Die beiden anderen schließen gerade irgendeine Arbeit ab, aber sie haben gesagt, sie wären in zwei Minuten da.«

»Das reicht, Roarke ist auch noch auf dem Weg.« Eve wandte sich erneut der Tafel zu. »Er wird uns sicher sagen können, was für Auswirkungen diese Statements auf die Aktienmärkte haben. Laufen Sie noch mal zurück in mein Büro und holen uns eine Kanne richtigen Kaffee.«

»Juhu.«

»Ich helfe Ihnen«, bot Trueheart an und folgte ihr, als Baxter vor die Tafel trat.

»Brüder. Von Geburt oder vielleicht auch einfach, weil sie beste Freunde oder Waffenbrüder sind. Das könnte durchaus sein. Auch dass sie Soziopathen sind, steht ja wohl fest, und Spieler? Das ist interessant und passt vor allem ebenfalls ins Bild.«

»Wenn Roarke und Mira – zwei Experten – dieses Wort verwenden, tun sie das bestimmt nicht ohne Grund.«

»Die Aktien beider Unternehmen stehen so tief wie nie zuvor. Das habe ich vor einer halben Stunde noch mal überprüft. Der Anstand hat es mir verboten, meinen Broker anzurufen und zu sagen, dass er Anteile an beiden Läden für mich kaufen soll, aber – leck mich am Arsch – für einen Augenblick war die Versuchung ziemlich groß.«

»Und wie viel hätten Sie in diese Aktien investiert?«, erkundigte sich Eve in neugierigem Ton.

»Wenn ich nicht wüsste, was genau da heute Morgen abgelaufen ist? Vielleicht jeweils fünf Große. Aber jetzt, wo ich es weiß, locker das Doppelte.«

»Im Ernst? Sie sind Detective der New Yorker Polizei und haben zwanzig Riesen, die Sie einfach so verzocken könnten?«

»Ich weiß eben, wie ich mit meinem Geld umgehen muss.« Als Roarke den Raum betrat, fragte er ihn: »Was hätten Sie vor einer Stunde für Econo- und Quantum-Aktien hingelegt?«

»Tja nun, wenn meine Polizistin mir deshalb nicht gram gewesen wäre, jeweils ein paar Hunderttausend, denn ich kenne einige der Spieler gut genug, um sicher davon auszugehen, dass sich damit sehr gut verdienen lassen wird. Und …«

Er rief den aktuellen Kurs auf seinem Smartphone auf. »… nachdem die Aktien beider Unternehmen bereits wieder steigen, hätte ich schon jetzt recht gut daran verdient.«

»Das war's dann wohl mit meiner Chance auf schnelles Geld«, stieß Baxter seufzend aus.

»Sie gehen jetzt schon wieder rauf?«, erkundigte sich Eve.

»Nach den Statements von vor einer Viertelstunde gehen sie langsam wieder hoch und bis die Märkte schließen, werden sie wahrscheinlich sogar höher als vor ihrem morgendlichen Absturz sein«, gab Roarke zurück. »Ich habe dir doch schon erklärt, dass es dabei vor allem um Gefühle geht. Manche werden denken, dass die Chefs der Unternehmen stark und mutig sind, und andere sehen es einfach nur als Chance. Das heißt, dass einige, die heute Morgen billig an die Aktien rangekommen sind, verkaufen werden, während andere jetzt erst richtig wild auf Aktien dieser zwei soliden, starken Unternehmen sind.«

»Es ist ein Spiel«, bemerkte Eve und als die beiden anderen mit dem Kaffee und mit einem Tablett mit Bechern, Milch und Zucker wiederkamen, bat sie ihn: »Fass bitte noch mal kurz zusammen, worum es ging.«

Beim Sprechen rief er abermals den aktuellen Börsenkurs auf seinem Handcomputer auf und stellte fest: »Die Aktien steigen immer noch. Wenn sie so richtig Kasse machen wollen, warten sie wahrscheinlich noch bis kurz vor Börsenschluss und bringen dann die Aktien auf den Markt. Das würde ich auf jeden Fall an ihrer Stelle tun.«

»Lassen die Verkäufe sich zurückverfolgen?«, fragte Eve.

»Nur wenn die beiden Idioten sind, aber nach allem, was an dieser Tafel steht, sind sie das offenkundig nicht.«

»Wie verschleiert man so einen Verkauf?«

»Mit Nummernkonten an verschiedenen Orten entweder hier auf der Erde oder wegen der noch größeren Anonymität extraterrestrisch, nur gehen Transaktionen dann nicht ganz so schnell. Deswegen würde ich an ihrer Stelle Nummernkonten in verschiedenen Steuerparadiesen auf der Erde nehmen, wenn sie ganz besonders schlau sind, haben sie diese Konten dann noch zusätzlich versteckt.«

»Könntest du sie trotzdem finden?«

»Früher oder später«, meinte er und lächelte sie an.

Es würde schneller gehen, wenn er für die Suche die nicht zugelassenen Geräte nutzen könnte, wusste Eve, doch wenn sie etwas, was er fände, vor Gericht verwenden wollten, nähme er am besten einen offiziellen Weg.

»Peabody, besorgen Sie uns die Erlaubnis eines Richters, die Verkäufer dieser Aktien zu suchen.«

Schade, dachte Roarke. Das hieße, die nicht registrierten Kisten blieben erst mal aus.

»Bis dahin suchen wir zwei Männer«, meinte Eve. »Entweder beide oder einer war wahrscheinlich mal beim Militär und hatte dort mit Sprengstoffen zu tun. Die beiden sind vielleicht verwandt oder haben zusammen gearbeitet. Auf jeden Fall vertrauen sie einander blind, auch wenn der eine etwas älter und vor allem dominanter als der andere ist. Sie sind Spieler, Soziopathen und sie haben die notwendige Geduld, um einen genauen Plan zu machen und Paul Rogan und das Haus seiner Familie auszuspionieren. Dazu kennen sie sich mit Wirtschaft und den Aktienmärkten aus.«

»Sie investieren ganz sicher nicht zum ersten Mal«, warf Baxter ein. »Ich wette, sie haben so etwas wie heute vorher schon mal ausprobiert.«

»Wahrscheinlich«, stimmte Eve ihm zu. »Vielleicht haben sie ja selbst mal am Markt gearbeitet. Vielleicht sind sie Finanzberater oder Broker oder interessieren sich für Aktien so wie Sie.«

»Da ich mich für Aktien interessiere, denke ich wie Roarke, dass sie mit einem oder mehreren geheimen Offshore-Nummernkonten irgendwo agieren.«

Roarke nickte. »Wahrscheinlich haben sie mehr als eins. Das kostet zwar ein bisschen mehr, doch fällt man dadurch nicht so schnell mit größeren Einzeltransaktionen auf.«

»Hm«, meldete Trueheart sich zu Wort. »Wie viel könnten sie mit diesem Coup verdienen?«

Noch einmal sah sich Roarke die Zahlen auf seinem Handcomputer an. »Tja nun, wenn sie die Aktien auf dem tiefsten Stand gekauft haben ... und ich an ihrer Stelle hätte stets ein Auge auf dem Markt und das andere auf den Medien gehabt, um alle Kursbewegungen und Statements mitzukriegen ... und sie bis zum Höchststand halten, könnten sie den Einsatz mühelos verzehnfachen. Das ist ja wohl nicht schlecht.«

»Trueheart, suchen Sie nach Angestellten und nach

früheren Angestellten beider Unternehmen, denen gekündigt worden ist. Börsenfachmann Baxter, gucken Sie nach Spielern an der Börse, die dort schon vorher Risiken eingegangen sind. Und schauen Sie, welche dieser Spieler irgendwann beim Militär oder beim Paramilitär gewesen sind. Dann beziehen Sie noch in Ihre Überlegungen mit ein, dass einer oder beide Schweinebacken Rogan vorher schon mal irgendwo begegnet sind. Nicht so intensiv oder offen, dass Rogan sich etwas dabei gedacht hätte. Vielleicht waren sie im selben Fitnessstudio oder auf demselben Golfplatz oder so – zumindest in der Phase, als sie ihn gestalkt haben. Sobald wir einen Namen mehr als einmal finden, sehen wir uns den Typ genauer an. Noch Fragen?«, fragte Eve.

»Die kommen sicher, wenn wir angefangen haben.« Baxter blickte Trueheart an. »Wir haben viel zu tun, mein junger Lehrling, also packen wir es an.«

»Ich selbst und Peabody fahren noch mal los«, erklärte Eve und wandte sich an Roarke. »Wie steht's mit dir?«

»Ich fahre noch mal zu den elektronischen Ermittlern rauf. Gib mir Bescheid, wenn du zurück bist, damit ich mit dir zusammen heimfahren kann.«

»Das mache ich. Na los, Peabody, holen Sie Ihr Zeug.«

Sie ging in ihr Büro, um dort ihre eigenen Sachen zu packen, und holte ihre Partnerin auf dem Weg nach unten wieder ab. »Können wir Karson sprechen?«

»Eine Viertelstunde, und das auch nur, weil sie selbst darauf bestanden hat. Dem Statement ihres Assistenten nach ist sie nicht nur verletzt, sondern vor allem angepisst.«

»Wären Sie das an ihrer Stelle etwa nicht?« Eve wechselte vom Gleitband in den Lift, der in die Tiefgarage fuhr. »Sie leitet ein erfolgreiches Familienunternehmen und steht kurz vor Abschluss eines Deals, der diesem Unternehmen zusätzlichen Schwung verleihen soll. Und gerade als sie unterschreiben will, fällt sie durch eine Bombenexplosion ins Koma und wacht auf der Intensivstation des Krankenhauses wieder auf. Da wäre ich an ihrer Stelle ebenfalls in höchstem Maße angepisst.«

»Wahrscheinlich haben Sie recht.«

Eve nahm hinter dem Lenkrad ihres Wagens Platz. »Gleich werden wir sehen, ob ihr Ärger aufgesetzt oder echt ist. Sie kennt sich schließlich in der Branche und deshalb bestimmt auch mit den Aktienmärkten aus.«

»Glauben Sie im Ernst, sie hätte etwas mit dem Attentat zu tun? Sie hätte diesen Deal dadurch versüßen wollen, dass sie sich selbst ins Koma bomben lässt?«

»Es ist ein Spiel.« Eve fädelte sich in den fließenden Verkehr. »Vielleicht ist das etwas weit hergeholt, aber wir werden sehen. Und, verdammt, am besten sehen wir uns auch noch Pearsons Krankenakte an. Ich glaube nicht, dass dabei irgendwas herauskommt, aber trotzdem sehen wir sie uns an. Vielleicht war er todkrank und dachte, dass er seinen Erben so das meiste hinterlassen kann. Vielleicht hat er auf diese Art ja seinen Selbstmord inszeniert. Auch die Wahrscheinlichkeit ist eher gering, aber die Möglichkeit besteht, denn schließlich waren seine Frau und seine Kinder nicht persönlich bei dem Meeting, sondern in Sicherheit.«

Sie trommelte mit ihren Fingern auf das Lenkrad, während sie wie allzu häufig in New York fuhr und bremste, fuhr und wieder auf die Bremse trat. »Ich halte es für unwahrscheinlich, dass noch eine andere Partei in dieses Attentat verwickelt ist. Weder die Frau noch Rogans Tochter haben mitbekommen, dass einer von den Männern noch mit jemand anderem gesprochen oder jemanden angerufen hat. Das heißt, sie sind zu zweit. Brüder durch Geburt oder weil sie sich aus anderen Gründen nahestehen. Oder … vielleicht sind sie auch ein Paar. Das könnte sein. Vielleicht sind sie ein Paar.«

Mit dem Gedanken bog sie in die Tiefgarage, die zum Krankenhaus gehörte, ein, in der sie erst nach langem Suchen eine freie Lücke fand.

»Wir werden auch noch nach den anderen Patienten sehen, die bei dem Meeting waren und hier gelandet sind. Wobei ich zuerst mit Karson sprechen will.«

»Sie liegt inzwischen nicht mehr auf der Intensivstation. Ihr Zustand ist zwar weiter ernst, aber sie ist stabil. Ihr Assistent, ein Anson Whitt, der offenkundig eine Schwäche für sie hat, hat mir erklärt, dass sie Verbrennungen, eine Gehirnerschütterung, Schürfwunden im Gesicht, zwei gebrochene Rippen, eine ausgerenkte Schulter und dazu noch eine tiefe Wunde in der Seite hat, in die ein Splitter von dem Konferenztisch eingedrungen ist.«

Sie fanden die Station, auf der die Firmenchefin lag, und wiesen sich bei einer Schwester aus.

»Der Zustand von Ms. Karson ist noch immer ernst. Sie braucht jetzt erst mal Ruhe, deshalb wäre es am besten, wenn Sie morgen wiederkommen würden, wenn es ihr ein bisschen besser geht.«

»Vielleicht, aber jetzt sind wir nun mal hier und ihre Ärzte haben das Gespräch erlaubt.«

»Das sehe ich, aber wenn die Patientin schläft, wecke ich sie bestimmt nicht auf.«

Mit strenger Miene ging die Schwester, eine zierliche Person mit schokoladenbrauner Haut, voran, doch in der Tür des exklusiven Einbettzimmers, das man Karson zugewiesen hatte, wurde ihre Miene überraschend weich.

»Die Polizei ist hier, Liebes. Falls Sie sich noch nicht in der Lage fühlen, Besucher zu empfangen, schicke ich sie wieder weg.«

»Danke, Jeannie. Lassen Sie sie bitte rein. Ich warte schon auf sie.«

»Fünfzehn Minuten«, rief die Schwester Eve mit wieder strenger Stimme in Erinnerung. »Sie brauchen nur zu klingeln, wenn Sie etwas benötigen oder wollen«, wandte sie sich noch einmal Karson zu und glitt gespenstisch lautlos aus dem Raum.

»Ms. Karson.«

Eve trat an das Bett, in dem die Frau mit Gelverbänden im Gesicht und einer frisch genähten Wunde, die sich von der linken Schläfe bis zu ihrem Ohr erstreckte, lag. Eve sah die fahle Blässe unter ihren Wunden, die stabilisierte Schulter und die Kabel, die sie mit dem Monitor verbanden, dessen leises, gleichmäßiges Piepsen auch akustisch deutlich machte, dass sie sich im Krankenhaus befand.

»Lieutenant Dallas. Und Detective Peabody«, gab

Karson ernst zurück. »Man sagte mir, Sie wären schon mal hier gewesen, als ich … nicht zu sprechen war.«

»Wir wissen es zu schätzen, dass Sie jetzt für uns zu sprechen sind.«

»Fünf Menschen, die ich kannte und die mir vertraut haben, sind tot. Ich will, dass sie Gerechtigkeit erfahren, und die werden sie bekommen, obwohl Gerechtigkeit für die, die sie geliebt haben, nur ein schwacher Trost sein wird.«

Sie schloss seufzend ihre leuchtend blauen Augen. »Ich habe gerade meine älteste und beste Freundin – sie ist extra aus New Mexico gekommen – in mein Haus geschickt, damit sie ein paar Sachen für mich holt. Aber Anson, mein Assistent, muss irgendwo hier sein. Er hat sich strikt geweigert heimzufahren und ist bestimmt gleich wieder da. Wenn er auftaucht, kann er Ihnen ein Wasser, einen Kaffee oder sonst was holen.«

»Vielen Dank, aber wir brauchen nichts. Der Verlust all dieser Menschen tut uns leid.«

»Mir auch. Natürlich macht diesen Verlust nichts jemals wieder wett, aber die Schweinehunde werden nicht gewinnen. Das lasse ich nicht zu.«

»Was werden welche Schweinehunde nicht gewinnen?«

»Die Drahtzieher des Attentats. Sie werden nicht verhindern, dass es zur Fusion der beiden Unternehmen kommt.«

»Sie glauben, jemand wollte mit dem Anschlag die Fusion verhindern?«

»Was sonst? Weswegen sollte sonst jemand zu dieser Zeit an diesem Ort diesen verdammten Sprengsatz zünden?«

»Wer hätte ein Motiv, die Unterzeichnung des Vertrags zu stören?«

»Ich wünschte mir, das wüsste ich. Vielleicht ein Irrer oder irgendwer, der Anteile an anderen Unternehmen in der Branche hat.«

»Hat Ihnen irgendjemand wegen der Fusionspläne gedroht?«

»Nein. Darüber habe ich auch mit Loren diskutiert, dem Sie hier schon begegnet sind. Am Ende habe ich ihn dazu überredet, endlich heimzufahren. Ich musste mich richtig aufregen«, gab sie mit einem schmalen Lächeln zu. »Das mache ich normalerweise nicht, aber in diesem Fall bin ich so laut geworden, dass er schließlich heimgefahren ist. Was mir bei Anson leider nicht gelungen ist. Er hat einen gebrochenen Arm, Verbrennungen und Schnittwunden, deswegen ist es vielleicht sogar besser, wenn er bleibt, falls er noch mal behandelt werden muss.«

Sie streckte ihren Arm nach einem Wasserbecher aus und fuhr zusammen.

»Moment.« Peabody hielt ihr vorsichtig den Becher mit dem Strohhalm an den Mund.

»Danke. Gott, es geht mir furchtbar auf die Nerven, hier herumzuliegen, auch wenn das wahrscheinlich undankbar und schrecklich klingt.« Die faszinierend blauen Augen füllten sich mit Tränen, doch sie drängte sie mit reiner Willenskraft zurück. »Ich bin am Leben und ich werde wieder ganz gesund, dafür sollte ich von Herzen dankbar sein. Ich habe keine Drohungen erhalten, tut mir leid.«

»Kannten Sie Paul Rogan?«

»Ich kannte ihn von den Fusionsverhandlungen. Sein Marketingkonzept und die Ideen, die er hatte, sind wirklich gut. Wann hat er dieses Ding gezündet – heute früh? Mein Gott.«

Sie atmete tief durch und trank den nächsten vorsichtigen Schluck. »Als ich wieder zu mir kam und hörte, was passiert ist, konnte ich es gar nicht glauben, denn ich mochte Rogan und ich habe ihn und seine Arbeit respektiert. Ich war unglaublich wütend, aber dann hat Loren mir von seiner Frau, seinem Kind und was die Kerle ihnen angetan haben, erzählt. Trotzdem wäre ich auf Rogan gerne weiter wütend, doch das kann ich einfach nicht. Ich sehe immer sein Gesicht, wie bleich es war, die Augen voller Tränen und das Zittern seiner Hand. Das alles ist mir wieder eingefallen. Und, mein Gott, dass Derrick direkt auf ihn zugegangen ist, die Hand auf seinen Arm gelegt und ihn gefragt hat, ob ihm etwas fehlt. Ich selbst habe einen Schritt zurück gemacht – ich bin zurückgetreten, denn er war Derricks Mann aus dessen Unternehmen, da wollte ich nicht stören. Wenn ich …«

»Hat Rogan etwas gesagt?«

»Es kam mir vor, als hätte er gesagt: ›Es tut mir leid. Ich habe keine andere Wahl.‹ Ich kann es nicht beschwören, aber ich glaube, dass das seine letzten Worte waren. Dann wurde der ganze Raum in gleißend helles Licht getaucht und ich flog durch die Luft. Ich spürte einen fürchterlichen Schmerz …« Sie griff sich an die Seite, wo der Splitter in sie eingedrungen war. »… und danach nichts mehr. Bis ich auf der Intensivstation des Krankenhauses wieder zu mir kam.«

»Haben Sie im letzten Jahr jemanden an die Luft gesetzt, der vielleicht etwas von den Fusionsplänen mitbekommen hat?«

»Die ernsthaften Gespräche fingen erst im Sommer an. Wobei die Planung selbstverständlich eher, vor bestimmt einem Jahr, begonnen hat. Wir haben unsere Fühler ausgestreckt, die Zahlen und die rechtlichen Bestimmungen überprüft. Doch richtig ernst wurde es erst im Juli, obwohl natürlich ein paar Sachen durchgesickert sind, wusste bis Herbst im Grunde kaum jemand Bescheid. Natürlich hätte trotzdem jemand etwas von unseren Plänen mitbekommen können, der das Unternehmen in der Zwischenzeit verlassen hat.«

»Fällt Ihnen da jemand ein?«

»Ich kümmere mich nicht um jede Personalie bei Econo«, klärte sie Eve mit einem neuerlichen halben Lächeln auf. »Wahrscheinlich haben manche Leute in der Firma das Gefühl, ich mischte mich in alles ein, in Wahrheit aber haben die Leiter der verschiedenen Abteilungen die Freiheiten, die man als Chef einer Abteilung nun mal braucht. Nicht alle meine Leute waren von Anfang an von der Fusion begeistert, doch inzwischen haben wir sie überzeugt. Wenn ich denken würde, irgendjemand, den ich kenne, wäre in der Lage, so ein Attentat wie heute früh zu planen und durchzuziehen, hätten Sie den Namen längst von mir gehört. Haben Sie schon einen möglichen Verdächtigen?«

»Wir gehen allen Spuren nach.«

Die Firmenchefin holte zischend Luft. »So reden Firmensprecher, wenn sie nichts enthüllen wollen.«

»Trotzdem ist es so, wie ich sage.«

Ein trotz Verbrennungen, einer Schlinge um den Arm und einem erschöpften Ausdruck in den großen braunen Augen attraktiver Mann von höchstens dreißig erschien in der Tür des Raums.

»Was machen diese Leute hier, Willi?«

»Schon gut, Anson. Die beiden sind von der Polizei.«

Er trat neben das Bett und drückte ihr die Hand. »Ich kann auch gerne draußen mit den beiden reden, wenn du willst.«

»Wenn wir hier fertig sind.«

»Jeannie hat gesagt, ich sollte ihnen ausrichten, die Viertelstunde wäre um.«

»Sie ist wirklich streng. Warum lässt du nicht deinen Charme spielen, damit sie uns noch fünf Minuten gibt?«

»Schon gut«, erklärte Eve. »Für heute reicht's. Falls Ihnen noch etwas einfällt oder falls Sie irgendwelche Fragen haben, rufen Sie uns einfach an.«

»Halten Sie mich bitte auf dem Laufenden. Wenn ich schon an den Gedenkfeiern nicht teilnehmen kann, muss ich zumindest wissen, wie es weitergeht.«

»Das machen wir.« Eve blickte Anson an. »Warum gehen wir nicht auf den Flur?«

»Lassen Sie mich Ihnen ein Glas frisches Wasser holen«, wandte Peabody sich Karson zu.

»Danke. Das heißt, vielleicht könnten Sie ja Jeannie dazu überreden, dass sie mich ein Tässchen Kaffee trinken lässt. Oder zumindest einen Kräutertee, auch wenn der einfach eklig schmeckt. Ich hätte einfach gerne irgendetwas mit Geschmack.«

»Ich werde es versuchen«, sagte Peabody ihr zu und trat vor Eve und Anson auf den Flur. Der Assistent stellte sich so, dass er vom Bett aus nicht zu sehen war, und fuhr sich mit den Händen durchs Gesicht.

»Sagen Sie mir, wie ich Ihnen helfen kann. Ich dachte, Willi wäre tot. Ich konnte nichts für sie und einen meiner besten Freunde tun, der jetzt nicht mehr am Leben ist. Ich musste zusehen, was passiert, und konnte nichts für diese Menschen tun.«

»Wie lange sind Sie jetzt schon Karsons Assistent?«

»Seit gut drei Jahren. Erst war ich der Assistent von ihrer Assistentin und als Marcia in Rente ging, bekam ich ihren Job.«

»Das heißt, Sie wussten von Beginn an über die Fusionspläne Bescheid?«

»Ja.«

»Wie fanden Sie die Idee?«

»Willi – Ms. Karson – ist die cleverste Geschäftsfrau, die mir je begegnet ist. Vor allem interessiert sie sich nicht nur für unser Unternehmen, sondern auch oder vor allem für die Menschen, die dort tätig sind. Das ist der Grund, weshalb Econo derart gut zu Quantum passt. Weil Mr. Pearson, wenigstens aus meiner Sicht, dieselben Eigenschaften aufgewiesen hat.«

»Gibt's Leute, die das anders sehen?«

»Natürlich gab es ein paar Zweifler oder Leute, die mit ihren Plänen nicht einverstanden waren, doch deren Stimmen wurden immer leiser, je konkreter es geworden ist. Ich habe keine Ahnung, was der Grund für diesen grauenhaften Anschlag heute Morgen war. Ich kenne beim besten Willen niemanden, der in der Lage wäre, so etwas zu tun. Und jedem, einfach jedem, der für Willi arbeitet und Willi kennt, ist klar, dass sie den

Deal nach diesem Attentat erst recht durchziehen wird.« Nach einer kurzen Pause fügte er hinzu: »Ich würde jetzt gerne wieder zu ihr gehen.«

»Nur einen Augenblick noch. Als ihre rechte Hand sehen Sie doch die Termine Ihrer Chefin und die Post, die sie bekommt. Kam Ihnen dabei irgendetwas bedrohlich vor?«

»Nicht dass ich wüsste, nein.«

»Und auf privater Ebene? Hätte ihr da irgendjemand wehtun wollen?«

»Ihr Ex ist zwar ein Arschloch, aber nein. Er käme nie auf die Idee, ihr etwas anzutun. Auch wenn die beiden nicht mehr die besten Freunde sind, glaube ich nicht, dass er jemals gewalttätig war. Er ist einfach ein elender Opportunist, dem es um seinen eigenen Vorteil geht.«

»Ich brauche seinen Namen.«

»Mist. Verdammt. Aber okay. Der Kerl heißt Jordan Banks. Ein Trust-Fund-Typ, der in der Gegend herumstolziert und tut, als hätte er beruflich irgendetwas mit Kunst zu tun.«

»Sie scheinen ihn nicht unbedingt zu mögen.«

»Nicht mal ansatzweise, aber so etwas hätte er niemals getan.«

»Wie steht's mit Ihnen – haben Sie selbst eine privatere Beziehung zu Ms. Karson?«

»Sicher, ich – oh nein, so ist das nicht. Ich meine, sicher habe ich sie gerne, aber nicht auf diese Art. Ich habe eine Freundin, obwohl ich sie bisher noch nicht gebeten habe, meine Frau zu werden, werde ich das jetzt so schnell wie möglich tun. Seit heute Morgen weiß ich, was im Leben wirklich wichtig ist. Natürlich liebe ich auch Willi, aber eben nicht auf diese Art. Das wäre irgendwie ... verkehrt. Ich arbeite für sie und, nun, der Altersunterschied ...«

Eve sah, dass Peabody mit einem Becher wiederkam, und wandte sich ein letztes Mal dem Assistenten zu.

»Falls Ihnen noch was einfällt ...«

»Hoffentlich. Ich kann im Augenblick nicht richtig denken, aber hoffentlich fällt mir noch etwas ein. Ich konnte nicht verhindern, dass mein bester Freund vor meinen Augen in der Luft zerrissen wurde, Lieutenant. Wir haben uns gestern Abend noch das Knicks-Spiel angesehen und jetzt ... ich kriege den Gedanken einfach nicht mehr aus dem Kopf.«

Eve ließ ihn gehen und wartete, bis Peabody aus Karsons Zimmer kam.

»Mir kam es nicht so vor, als hätte sie den Ärger nur gespielt«, bemerkte ihre Partnerin.

»So ging es mir bei Anson auch. Im Übrigen hat Karson einen Ex mit Namen Jordan Banks. Der Assistent kann ihn nicht ausstehen und obwohl er sich nicht vorstellen kann, dass der Ex etwas mit unserem Fall zu tun hat, sehen wir ihn uns einmal genauer an. Und fragen bei der Schwester vorne, ob sie uns die Namen und die Zimmer von den anderen Verletzten nennen kann.«

»Sie hätte fast gelächelt, als ich ihr von Karson ausgerichtet habe, dass sie gern einen Kaffee oder Tee hätte. Sie hat mir zwar nur einen Kräutertee gemacht, aber zumindest hat sie nicht mehr ganz so streng geguckt.«

»Dann reden Sie mit ihr.«

7

Sie drehten ihre Runde durch die Klinik, ohne dass sie irgendetwas Neues erfuhren, was ihnen weiterhalf.

»Wir brauchen auch die Aussagen der anderen Zeugen, die bereits entlassen oder überhaupt nicht eingeliefert worden sind«, bemerkte Eve, als sie mit Peabody zu ihrem Wagen zurücklief. »Auch wenn es unwahrscheinlich ist, dass irgendwer uns etwas wirklich Wichtiges erzählen kann.«

»Ich kann mir überhaupt nicht vorstellen, dass irgendwer sich wissentlich an diesem Attentat beteiligt hat und dann vor Ort war, als die Bombe hochgegangen ist.«

»Vielleicht gibt es jemanden, der einen von den Tätern unwissentlich kennt. Vielleicht hat ein Mitarbeiter oder eine Mitarbeiterin ja einfach arglos irgendwo ein bisschen aus dem Nähkästchen geplaudert und die Typen so auf die Idee zu diesem Coup gebracht.«

»Die meisten Menschen geben gerne an«, pflichtete Peabody ihr bei. »Wow, wir planen gerade diesen Riesendeal. Oder sie beschweren sich über all die zusätzliche Arbeit, die es wegen der geplanten Übereinkunft gibt.«

»Oder irgendwer beschwert sich gegenüber einem Kumpel oder einer Freundin über all die Überstunden, die der Mann oder die Frau seit Wochen leisten muss.

Außerdem kann man bei Unternehmen dieser Größe sicher davon ausgehen, dass im letzten Jahr jemand gekündigt hat oder jemandem gekündigt worden ist. Auch diese Leute sehen wir uns an. Und da es bisher keinen Hinweis darauf gibt, dass Pearson eine Freundin hatte, der er vielleicht irgendwas verraten haben könnte, kümmern wir uns diesbezüglich erst einmal um Karsons Ex.«

Im Wagen gab Eves Partnerin den Namen des Ex in ihren Handcomputer ein.

»Jordan Lionel Banks. Vierundvierzig, weiß, einmal verheiratet, wobei die Ehe nicht einmal ein Jahr gehalten hat.«

»Das heißt, dass diese Ehe gar nicht richtig zählt.«

»Vor allem, weil sie kinderlos geblieben ist. Die Ex-Frau heißt Letitia Alison Argyle. Die Erbin eines Telekommunikationsimperiums, das seinen Firmensitz in Großbritannien hat. Sie ist mit fünfunddreißig deutlich jünger als ihr Ex und erwartet momentan das zweite Kind von ihrem zweiten Ehemann, mit dem sie vor drei Jahren den Bund fürs Leben eingegangen ist.«

Sie scrollte etwas weiter, bis sie weitere Infos über Karsons Ex-Freund fand. »Auch Banks Familie schwimmt in Geld. Sie sind seit vier Generationen in der Nachrichten- und Entertainment-Branche und sind dick mit Medien, Filmen, im Digitalbereich und sogar in der Theaterbranche im Geschäft. Falls es Sie interessiert – der Icove-Film tritt bei den Oscars in der Sparte bester Film gegen ihren Blockbuster *Five Secrets* an.«

Eve stöhnte nur.

»Jordan Banks hat eine Wohnung in der Upper West Side und dazu noch eine Villa in den Hamptons. Das

Stadthaus, in dem sie in London lebten, hat Letitia ihm bei der Scheidung abgekauft. Außerdem hat er noch eine Yacht und schippert auf dem Ding im Sommer gerne übers Mittelmeer. Auch die Arbeit klingt recht angenehm.«

»Der Kerl hat einen Job?«

»Tja nun, er hat hier in der Upper West Side eine eigene, nach ihm benannte Galerie. Den offiziellen Infos nach ist er 1,2 Milliarden schwer. Wobei …«

»Wobei?«, erkundigte sich Eve auf ihrer Rückfahrt zum Revier.

»Die Klatschspalten der Zeitungen sagen etwas anderes. Angeblich hat sich seine Ex-Frau von ihm losgekauft, die Villa in den Hamptons soll vermietet sein und seine Galerie steht kurz vor dem Bankrott. Er treibt sich gern auf Partys rum und flattert dort von einer reichen Frau zur nächsten, die er ausnehmen kann. Im Gegensatz zu seinen Geschwistern, den Cousinen, den Cousins und den älteren Banks bringt er sich trotz des durchaus üppigen Gehalts, das er bezieht, im Grunde kaum ins Unternehmen der Familie ein, was sie ihm deshalb durchgehen lassen, weil er sowieso die meiste Zeit nur Scherereien macht.«

»Das heißt, er wird dafür bezahlt, dass er den anderen keinen Ärger macht«, schloss Eve.

»Sieht ganz so aus. Wahrscheinlich besitzt er nicht einmal die Hälfte von der Kohle, die ihm angedichtet wird, doch das ist immer noch viel Geld. Auch wenn das offenbar für seinen Lebensstil nicht reicht.«

»Ich fahre nachher auf dem Heimweg kurz mit Roarke bei ihm vorbei«, erklärte Eve. »Das schüchtert diesen reichen Heuchler sicher ein.«

Inzwischen hatte sie die Tiefgarage des Reviers erreicht und sah auf ihre Uhr. »Okay, Sie können Ihren Teil der Arbeit mit nach Hause nehmen oder warten, bis McNab mit seiner Arbeit fertig ist. Ich schreibe schnell noch den Bericht zu dem Besuch im Krankenhaus und danach schnappe ich mir Roarke und schaue auf einen Sprung bei diesem Banks herein.«

»Warum lassen Sie mich nicht den Bericht schreiben?«, bot Peabody ihr an. »Bei Ian dauert es bestimmt noch länger als bei Roarke.«

»Okay. Sie melden sich, sobald es irgendwelche Neuigkeiten gibt. Ich fahre jetzt zu Banks und setze meine Arbeit dann zu Hause fort.«

Die Partnerin stieg aus und Eve schrieb eine kurze Textnachricht an ihren Mann.

Ich bin in der Garage, falls du fertig bist.

Ein paar Sekunden später ging die Antwort ein.

Ich mache mich gleich auf den Weg.

Sie nahm sich ihre Aufzeichnungen vor, dann aber seufzte sie und kontaktierte Nadine Furst, von der sie im Verlauf des Tages immer wieder angerufen oder angeschrieben worden war, und bereits nach dem ersten Klingeln tauchten deren telegene Züge auf dem kleinen Bildschirm des Smartphones auf.

»Na endlich! Geben Sie mir schnell ein Interview zu diesem Bombenattentat.«

»Auf keinen Fall. Wir stehen schließlich noch am Anfang der Ermittlungen.«

»Ein kurzes Statement reicht.«

»Selbst das wäre zu viel. Ich mache mich gleich wieder auf den Weg und kann bisher nur sagen, dass auch Rogan selbst ein Opfer ist.«

»War es ein Terroranschlag?«

»Rogan war kein Terrorist und auch kein Mitglied einer Terrororganisation. Er selbst, seine Frau und seine Tochter wurden gegen ihren Willen von zwei unbekannten Individuen übers Wochenende festgehalten und gefoltert, damit er sich diese Weste anzieht und die Bombe hochgehen lässt.«

»Wie haben die Täter ihn ins Visier genommen? Was waren ihre Forderungen? Weswegen ...«

»Das ist erst mal alles, was Sie von mir kriegen, denn das ist ein hochsensibler Fall. Vor allem rufe ich Sie wegen einer völlig anderen Sache an. Sie müssen ...«

Nadine sah sie durchdringend aus ihren grünen Katzenaugen an. »Dann soll ich Ihnen also einen Gefallen tun, wogegen Sie ...«

»Genau. Es geht um Peabody und um McNab. Ich weiß zwar noch nicht sicher, ob ich sie am Wochenende hier nicht brauche, aber könnten die beiden mit Ihnen nach Hollywood zur Oscarverleihung fliegen, falls ich ihnen Urlaub geben kann?«

»Auf jeden Fall. Natürlich können sie das. Und Sie und Roarke ...«

»Ich fliege sicher nicht nach Hollywood, aber wenn möglich geben ich und Feeney Peabody und ihrem Schätzchen dafür frei.«

»Ich habe einen Shuttle gechartert und die beiden sind herzlich eingeladen mitzufliegen, wenn sie wollen.

Außerdem habe ich vor Ort eine Suite, in der genügend Platz für alle ist, das heißt, dass es auch eine Möglichkeit zum Übernachten für sie gibt. Für die Verleihung sind für Peabody und McNab Plätze reserviert, direkt neben mir selbst. Sie brauchen also nur noch etwas zum Anziehen für das Event.«

»Perfekt. Bis wann müssen Sie wissen, ob die beiden mitkommen?«

»Ich fliege Freitag, hoffentlich am frühen Nachmittag.«

»Dann kriegen Sie auf alle Fälle rechtzeitig Bescheid.«

»Ich wünschte mir, Sie kämen ebenfalls mit, denn auch wenn wir dort nichts gewinnen, ist das ein ganz besonderer Moment.«

»Ich werde mir im Fernsehen ansehen, wie man Ihnen den Oscar überreicht. Also … das Buch über das Rote Pferd. Es ist echt gut.«

Nadine sah sie aus argwöhnisch zusammengekniffenen Augen an. »Sie haben es ganz durchgelesen?«

»Fast, es ist wirklich gut. Es ist – verdammt, ich habe keine Ahnung, aber vielleicht ist es sogar noch besser als das über den Icove-Fall.«

Jetzt kniff die Journalistin kurz die Augen zu. »Das sollte es auch werden und es ist mir wirklich wichtig, dass es Ihnen gefällt.«

»Das sollte Ihnen schnuppe sein, aber nachdem Sie meine Meinung unbedingt hören wollen: Das haben Sie wirklich gut gemacht.«

»Natürlich will ich Ihre Meinung hören. Und da wir schon bei diesem Thema sind – die Schauspieler und auch der Regisseur haben die Verträge für den Film schon unterschrieben, obwohl wir dieses Mal gezwungenermaßen eine andere Peabody bekommen, sind alle anderen wieder an Bord. Sie haben sogar schon nach einem dritten Buch gefragt, dann würde es so was wie eine Trilogie. Wobei ich noch nicht weiß, auf welchem Ihrer Fälle dieses Buch basieren soll.«

»Das dürfen Sie mich nicht fragen. Verraten Sie Peabody nicht, dass sie vielleicht mit Ihnen zu den Oscars fliegen kann. Ich habe nämlich keine Lust auf ihren Hundeblick.«

»Ich werde schweigen wie ein Grab.«

»Nehmen Sie auch Ihren Rockstar mit?«

»Natürlich nehme ich auch meinen Rockstar mit, denn schließlich wird das eine ganz besondere Nacht. Sie sollten sich noch einmal überlegen, ob Sie nicht doch mitkommen wollen.«

»Ganz sicher nicht. Jetzt muss ich dringend mit einem Arschloch sprechen.«

»Warum nennen Sie mir keinen Namen? Arschlöcher gehen nämlich immer gut.«

»Falls er was mit dem Fall zu tun hat, hören Sie das früh genug.«

Eve legte auf und ging noch einmal die von Peabody geschickten Infos über das der Journalistin gegenüber nicht genannte Arschloch durch, bis Roarke erschien.

»Ich kann auch gerne fahren, damit du weiter deine Arbeit machen kannst«, bot er ihr lächelnd an.

»Nicht nötig. Wie war's oben im Labor?«

»Wir haben jede Menge Daten ausgegraben, aber bisher nichts, was mit dem Anschlag in Verbindung steht. Wo geht's denn hin?«

»Zu Karsons Ex. Was weißt du über Jordan Banks?«

Roarke schob den Sitz des DSL ein Stück zurück, damit genügend Platz für seine langen Beine war. »Außer dass er ein blöder Wichser ist?«

»Das bestätigt alles, was Karsons Assistent von diesem Typen hält und was Peabody in ihren heißgeliebten Klatschspalten gelesen hat.«

»Im Grunde kenne ich ihn kaum, aber ich kann bestätigen, dass er ein blöder Wichser und ein Schwachkopf ist. Seine Familie schwimmt im Geld, aber die meisten anderen Familienmitglieder tragen irgendetwas Sinnvolles zum Unternehmen bei«, erklärte er, als sie aus ihrer Lücke fuhr. »Eine der Cousinen kannte ich mal näher.«

»Ach.«

»Eine intelligente Frau mit Stil und somit das genaue Gegenteil von ihm. Aus meiner Sicht hat Jordan so viel Grips wie ein Brot, aber er ist recht gewieft und er hat einen gewissen glatten Charme, mit dem er andere dazu bringt, in seine Unternehmungen zu investieren oder ihm Geld zu leihen.«

»Hat er das auch bei dir versucht?«

»Ein Mal. Ich war damals geschäftlich in Madrid. Als ich zufällig auf die Cousine traf, hatte die einen Spanier am Start und lud mich ganz spontan zu ihrer Hochzeit ein. Natürlich war auch Jordan dort und hat vollkommen übertrieben mit irgendeinem Unternehmen, das er gründen wollte, angegeben, bis ich irgendwann gesagt habe, dass er verduften soll. Aber die Hochzeit selbst war, soweit ich mich entsinne, wirklich nett.«

»Dann hattest du also geschäftlich nie mit ihm zu tun?«

Er sah sie beinah vorwurfsvoll aus seinen unglaublichen blauen Augen an. »Mit blöden Wichsern habe ich geschäftlich nur sehr selten etwas zu tun.«

»Hast du ihm damals Angst gemacht?«

»Weswegen hätte ich das machen sollen?«

Augenrollend kämpfte sie sich durch den wieder einmal ätzenden Verkehr. »Ist er damals verduftet oder hat er sein Glück noch einmal bei dir versucht?«

»Ich glaube, dass er ziemlich eilig Land gewonnen hat«, gab Roarke mit einem leisen Lächeln zu.

»Genau das habe ich gemeint. Ich denke deshalb, dass es reicht, wenn du den höflich-kalten Roarke herauskehrst, wobei du ihm zur Not auch gern ein bisschen Angst einflößen darfst. Ich weiß nicht, ob er überhaupt in diesen Fall verwickelt ist, aber ich hoffe, dass er mir als Ex von Karson irgendwas erzählen kann.«

»Ich helfe immer gern.« Jetzt blickte er sie forschend an. »Du hattest einen langen Tag, Lieutenant.«

»So lang war er gar nicht, es macht mir nur zu schaffen, dass es bei all diesen Toten und bei der Misshandlung der Familie einfach um ein Spiel und Geld gegangen sein soll. Um blanken Eigennutz und einen dummen Plan, der jetzt tatsächlich aufgegangen ist. Natürlich sind den Tätern Fehler unterlaufen. Dass sie Frau und Tochter leben lassen haben und sich vor dem Mädchen unterhalten haben, war nicht gerade schlau. Aber sie haben mit Paul Rogan haargenau den Richtigen für ihren Plan gewählt. Wie weit würdest du gehen, um die beiden Menschen, die du mehr liebst als dich selbst, vor Schaden zu bewahren?«

Roarke drückte ihre Hand. »Ich würde alles tun.«

»Aber du hättest diese Bombe nicht gezündet.«

»Nein?«

Sie schüttelte den Kopf. »Du, das heißt, wir beide hätten einen Weg gefunden, dass du sie nicht zünden musst. Wir wären schlauer, gemeiner und durchtriebener gewesen als die beiden. Auch Rogan wäre unter anderen Umständen wahrscheinlich schlauer als die Täter gewesen, aber er war nicht durchtrieben und vor allem nicht gemein, genau darauf haben sie gebaut.«

»Du fragst dich, ob sie es noch einmal versuchen werden, stimmt's?«

»Vielleicht war es ja eine einmalige Sache. Könnte zumindest sein.«

»Aber das glaubst du nicht.«

Sie schüttelte erneut den Kopf. »Selbst wenn, würden sie jetzt kassieren und feiern und dann später irgendwann auf den Gedanken kommen, dass dieser Coup nach einer Wiederholung schreit. Denn schließlich haben sie gewonnen. Schließlich hat es funktioniert. Und falls sie von Beginn an eine Wiederholung eingeplant haben, haben sie wahrscheinlich längst die nächste Zielperson und einen neuen Plan.«

»Das ist mir selbst und Feeney auch schon durch den Kopf gegangen, aber Fusionen dieser Größenordnung kommen nicht alle Tage, noch nicht mal alle Jahre vor.«

»Also wirst du mir helfen herauszufinden, wie der Aktienmarkt sich sonst noch manipulieren lässt.«

Sie hielten vor einem Turm aus Silber und aus Glas, der wie ein schlankes Schwert die anbrechende Dunkelheit durchstach.

»Ich kümmere mich um den Türsteher«, erklärte Eve

und trat entschlossen vor den Mann in klassisch schwarzer Uniform. Bevor sie jedoch etwas sagen konnte, lächelte der Kerl sie freundlich an.

»Wie kann ich Ihnen helfen, Lieutenant? Sir.«

Inzwischen stand Roarke neben ihr, doch Eve kam ihm zuvor und sagte: »Jordan Banks.«

»Natürlich. Er ist erst vor einer guten Viertelstunde heimgekommen, also sollte er zu Hause sein.«

Er ging voran durch eine breite Glastür in die tiefe Eingangshalle, die mit ihrem Silber, dem Schwarz und den roten Blumen mindestens so elegant wie die Fassade des Gebäudes war. Der Duft der Blumen und die durchdringende Stille ließen Eve an eine Kirche denken, als sie über schwarze Marmorfliesen zum Empfangstisch ging.

»Roarke und der Lieutenant wollen zu Jordan Banks«, erklärte der livrierte Türsteher dem Mann, der ebenfalls in Uniform hinter dem langen Tresen stand.

»Natürlich.« Nickend wandte sich der Mann an Roarke. »Sir, soll ich Sie oben anmelden?«

»Das ist nicht nötig«, antwortete Eve.

»Fünfzigster Stock, Apartment 5100. Ihnen beiden einen angenehmen Aufenthalt in unserem Haus.« Er drückte einen Knopf und lautlos öffnete sich eine Fahrstuhltür.

»Danke.«

Auf dem Weg zum Lift bemerkte Eve: »Du hättest mir auch gleich sagen können, dass das Gebäude dir gehört.«

»Jetzt weißt du's ja.«

»Du wolltest also kein Geschäft mit diesem blöden

Wichser machen, aber dass er eine Wohnung von dir mietet, ist für dich okay?«

»Ich nehme an, dass jede Menge blöde Wichser irgendwelche Wohnungen von mir gemietet haben, denn diese Leute brauchen schließlich auch ein Dach über dem Kopf.«

Die Fahrstuhldecke griff den Silberton der Türen auf und Eve bemerkte: »Auch wenn dieses ganz besondere Dach bestimmt nicht billig ist.«

»Es ist recht hübsch geworden, findest du nicht auch?« Er neigte seinen Kopf und trotz Eves argwöhnischem Blick in Richtung Überwachungskamera gab er ihr einen Kuss. »Und falls du Hunger hast, gibt's direkt nebenan ein wirklich nettes Restaurant.«

»Ich esse lieber was zu Hause.«

»Das kann ich verstehen.«

Der Fahrstuhl trug sie lautlos in die fünfzigste Etage, wo am Ende eines ebenfalls mit roten Blumen und mit Bildern an den silberfarbenen Wänden hübsch geschmückten, breiten Korridors die Eingangstür der Wohnung 5100 lag.

»Die Tür ist ordentlich gesichert«, meinte Eve, als sie die Kamera, das Handlesegerät und die verschiedenen Schlösser sah. Dann drückte sie den Klingelknopf und trat einen Schritt zurück, bis nur noch Roarke zu sehen war.

Wie nicht anders zu erwarten, machte Banks ihnen im Handumdrehen persönlich auf.

»Na, das ist aber eine Überraschung«, meinte er und als er Eve entdeckte, zog er anerkennend die Brauen hoch.

Er war auf jungenhafte Weise attraktiv, mit wild zerzaustem, von der Sonne oder vom Frisör mit goldenen Strähnen durchwirktem braunem Haar und einem schlanken Körper, der in dem blassgoldenen Kaschmirpulli und der gut geschnittenen dunkelbraunen Hose vorteilhaft zur Geltung kam, offensichtlich hielt er selbst seinen beifälligen Blick aus welpenbraunen Augen und sein Lächeln für charmant.

Er war gut eins achtzig groß und so gebaut, wie ihr die Täter von Paul Rogans Witwe und dem Kind beschrieben worden waren.

»Lieutenant Dallas von der New Yorker Polizei.«

Obwohl sie ihre Marke zückte, blickte er ihr weiter ins Gesicht. Wahrscheinlich hätten das die meisten Frauen schmeichelhaft gefunden, aber sie war eben anders als die meisten Frauen.

»Ja klar, Sie sind Roarkes Frau. Ich habe Sie im Fernsehen gesehen und jede Menge über Sie gelesen. Bitte kommen Sie doch herein. Schön, Sie zu sehen, Roarke.«

Roarke schüttelte mit kühler Höflichkeit die ihm gebotene Hand. »Der Lieutenant ist im Rahmen polizeilicher Ermittlungen hier.«

»Das klingt bedrohlich«, stellte Jordan immer noch mit einem breiten Lächeln fest. »Nehmen Sie doch Platz. Ich hoffe, die Ermittlungen halten Sie nicht davon ab, etwas zu trinken.«

»Doch – wobei Sie selbst natürlich trinken können, was Sie wollen.«

Vom Wohnbereich aus sah man durch eine Wand aus Glas auf eine riesige Terrasse, die in das weiche, abendliche Licht getauchten Wolkenkratzer und den Fluss.

Jordan wies auf eine in Schwarz-Weiß gehaltene Sitzgruppe, die Eve an ein Schachbrett denken ließ. Entlang der Wand erstreckte sich ein schmaler, länglicher Kamin. Darüber hingen eine Reihe Kohle- sowie Bleistiftstudien von nackten Menschen beiderlei Geschlechts, und aus unsichtbaren Lautsprechern drang leise, perlende Musik.

»Ich trinke vor dem Abendessen immer einen Aperitif«, erklärte er und griff nach einem bereits mit einer goldenen Flüssigkeit gefüllten Glas. »Sie selbst trinken meistens schwarzen Kaffee, stimmt's? Ich kann der Hauswirtschaftsdroidin sagen, dass sie Ihnen einen machen soll.«

»Nein danke.« Langsam reichte es ihr mit dem höflichen Geplänkel, deshalb meinte Eve: »Sie und Willimina Karson waren mal liiert.«

»Das stimmt. Aber vor ein paar Wochen haben wir uns getrennt. Wobei wir selbstverständlich weiter gute Freunde sind.«

Er machte es sich auf der Couch bequem.

»Sie wissen, dass Ms. Karson heute früh bei einem Bombenanschlag auf dem Firmensitz von Quantum Air schwerwiegende Verletzungen davongetragen hat?«

Sein plötzlich ernstes, trauriges Gesicht wirkte auf Eve genauso unecht wie die Kohlestudien an der Wand. »Ich habe in den Nachrichten davon gehört. Entsetzlich. Alle diese Menschen, die dort umgekommen sind. Und das durch einen Angestellten von Quantum? Was in aller Welt treibt einen solchen Menschen an? Gott sei Dank, dass Willi noch am Leben ist und sich von den Verletzungen vollständig erholen wird.«

»Wer hat Ihnen das erzählt?«

»Das ... weiß ich aus den Nachrichten. Ich habe fast den ganzen Tag hier vor dem Fernseher geklebt, denn ich war außer mir vor Angst um sie. Trotz allem kommt es jetzt zu der Fusion und sie ist bereits auf dem Weg der Besserung. Ich kann gar nicht in Worte fassen, wie erleichtert ich deswegen bin! Wissen Sie schon, warum der Mann, dieser Verrückte, die Bombe hat hochgehen lassen?«

»Sie hätten vielleicht einen anderen Klebstoff nehmen sollen, wenn Sie nicht mitbekommen haben, dass Paul Rogan ebenso ein Opfer wie die anderen Toten und Verletzten ist. Wussten Sie, dass Econo und Quantum schon seit Monaten wegen der Fusion verhandelt haben?«

»Ja. Natürlich wusste ich Bescheid. Willi hat einen erstaunlichen Geschäftssinn und obwohl ich selbst eher in der Welt der Kunst zu Hause bin, hat sie mir Einzelheiten dieses Deals erzählt, als wir zusammen waren.«

Er prostete Eve lässig zu und wieder huschte das aus seiner Sicht charmante Lächeln über sein Gesicht. »Wie ich dem Buch und Film über den Icove-Fall entnommen habe, bekommt Roarke von Ihrer Arbeit ebenfalls das eine oder andere mit.«

»Kannten Sie die Einzelheiten des Vertrags?«

Er beugte sich ein wenig vor und seine Miene wurde wieder ernst. »Für Econo und Willi wird sich viel durch die Fusion verändern, aber sie ist alles andere als impulsiv und legte den größten Wert nicht nur auf Zahlen und Bilanzen, sondern hört sich auch sehr gern die Ratschläge und Meinungen von anderen an.«

»Dann hat sie sich also bei Ihnen Rat geholt?«, erkundigte sich Roarke und zog die Brauen hoch. »Bezüglich dieses großen Deals?«

Jordan hob eine Hand. »Auch meine eigene Familie führt ein großes Unternehmen. Wir führen Verhandlungen, wir kaufen und verkaufen und wir schließen permanent Verträge ab, und zwar im großen Stil. Natürlich hat sich Willi deshalb Rat bei mir geholt, so wie es Ihre Frau bei Ihnen macht.«

»Hat sie Ihre Ratschläge befolgt?«, erkundigte sich Eve.

»Sie hat sie sorgsam abgewogen und natürlich habe ich ihr zugeraten, den Zusammenschluss mit Quantum zu forcieren. Quantum hat Stil und es ist einfach so, dass Econo ein bisschen Schliff gebrauchen kann. Kannten Sie Pearson?«, wandte Jordan sich erneut an Roarke. »Ein wundervoller Mann. Es ist eine Tragödie. Ich habe seiner Frau, der Tochter und dem Sohn sofort mein Beileid ausgedrückt. Ich finde, dass Liana, seine Tochter, Willi geradezu verblüffend ähnlich ist. Sie sind beide faszinierende Persönlichkeiten und erfolgreiche Geschäftsfrauen mit jeder Menge Stil.«

»Und jeder Menge Geld«, griff Roarke den Faden auf und lächelte so kalt, dass Jordan auf dem Sofa festzufrieren schien.

»Wer hat sich noch für Ihren Rat und Ihre Meinung zum Zusammenschluss der beiden Unternehmen interessiert?«, erkundigte sich Eve.

»Ich weiß nicht, was Sie damit sagen wollen.«

»Wem haben Sie von den Vertragsverhandlungen erzählt?«

Er verzog beleidigt das Gesicht. »Die Dinge, wegen

derer Willi mich um Rat gebeten hat, waren vertraulich, ich hätte ihr Vertrauen niemals derart missbraucht.«

»Schwachsinn«, stellte Roarke mit ruhiger Stimme fest. »Sie nutzen das, was andere Ihnen anvertrauen, schamlos aus. Ich weiß noch allzu gut, wie Sie mich auf der Hochzeit Ihrer Cousine dazu bringen wollten, mich an irgendeinem Unternehmen, das Sie aufziehen wollten, zu beteiligen und um mir diese Sache zu versüßen, haben Sie mir jede Menge *vertraulicher* Einzelheiten aufgetischt.«

»Ich kann mich nicht erinnern …«

»Aber ich. Und ich kann Ihr Gedächtnis gern ein bisschen auffrischen, falls uns der Lieutenant einen Augenblick alleine lässt.« Jetzt beugte Roarke sich drohend zu ihm vor. »Wie sieht es aus?«

»Ich habe Sie ganz sicher nicht hereingebeten, damit Sie mir drohen und mich beleidigen.«

»Ich habe keine Drohungen gehört.« Eve lehnte sich bequem zurück. »Was zwischen Ihnen und Roarke auf dieser Hochzeit war, ist mir auch vollkommen egal, solange Sie sich dran erinnern, wem Sie Einzelheiten des geplanten Deals verraten haben, weil Sie damit was verdienen oder Eindruck schinden wollten.«

»Ich habe Willi nur aus Zuneigung beraten«, klärte Jordan sie mit spröder Stimme auf. »Im Grunde haben mich die Gespräche über den Zusammenschluss von irgendwelchen Unternehmen niemals wirklich interessiert, denn, wie ich bereits sagte, interessiere ich mich mehr für Kunst. Falls das also alles wäre, ich habe gleich noch einen Termin.«

»Wenn Roarke behauptet, dass sie nichts für sich behalten können, ist das so. Das heißt, Sie denken besser noch mal nach«, empfahl Eve ihm. »Zwölf Menschen sind bei diesem Attentat gestorben und die Frau, mit der Sie mal zusammen waren, liegt schwer verletzt im Krankenhaus. Trotzdem haben Sie dort garantiert bisher nicht angerufen und gefragt, wie es ihr geht. Und das, obwohl Sie bis vor Kurzem noch liiert waren und angeblich immer noch befreundet sind.«

Die leichte Röte, die ihm ins Gesicht stieg, zeugte eher von Ärger als von Scham.

»Sie denken also wirklich besser noch mal drüber nach, wem Sie von der Fusion erzählt haben oder wer Sie darauf angesprochen hat. Jemand, der gerne zockt, sich für die Aktienmärkte interessiert und vielleicht mal beim Militär gewesen ist.«

Er stellte sein erst halb geleertes Glas stirnrunzelnd auf dem Couchtisch ab. »Ich kenne jede Menge Leute, die gern spielen und sich für die Aktienmärkte interessieren …«

»Ach ja?«

Er griff erneut nach seinem Glas und gönnte sich den nächsten großen Schluck. »Ich selbst habe Finanzberater, die sich ihre Köpfe über solchen Kram zerbrechen, denn, wie ich schon sagte, interessiere ich mich mehr für Kunst.«

»Trotz dieser Umstände hat die Präsidentin von Econo sich bei Ihnen unternehmerischen Rat geholt?«

»Bettgeflüster«, tat er ihre Frage ab. »Schließlich neigen Frauen naturgemäß dazu, sich bei erfahrenen Männern Rat zu holen. Ehrlich gesagt, hat Willis Arbeit mich im Grunde nie besonders interessiert und ich habe ihr ganz bestimmt nicht vorsätzlich Details entlockt. Vor allem hatte ich jetzt schon seit Längerem nichts mehr mit ihr zu tun. Wenn Sie mich also jetzt bitte entschuldigen.«

Eve stand auf. »Sie denken trotzdem besser noch mal gründlich nach, denn wenn bei den Ermittlungen herauskommt, dass es doch eine Verbindung zwischen Ihnen und den Drahtziehern des Anschlags gibt, kriege ich Sie wegen Beihilfe dran und das wird Ihnen sicher nicht gefallen.«

Jetzt ließ er die charmante Maske fallen. »Das ist doch einfach lächerlich! In meinem ganzen Leben habe ich noch keinem Menschen wehgetan und wenn Sie jetzt nicht endlich gehen, bin ich gezwungen, den Wachdienst anzurufen, damit er Sie aus dem Haus entfernt.«

Auch Roarke erhob sich jetzt von seinem Platz. »Das hier sind mein Haus und mein Wachdienst, du Idiot. Du tätest gut daran zu tun, was dir der Lieutenant sagt. Und eins noch: Aufgeblasene Wichte, wie du einer bist, haben bei Liana keine Chance.« Er wandte sich an Eve. »War's das?«

»Für heute, ja.« Sie wandte sich zum Gehen, rief Jordan über ihre Schulter zu: »Denken Sie noch mal nach«, und freute sich, als sie die wutverzerrte Miene sah.

Perfekt.

»Du hast ihm wirklich Angst gemacht«, bemerkte sie auf dem Weg zum Lift.

»Genau wie du. Das war mal wieder gute Teamarbeit«, gab Roarke zurück und küsste ihre Hand.

»Er denkt auf alle Fälle noch mal darüber nach, denn sicher kriegt er diese Sache erst mal nicht mehr aus dem Kopf. Vielleicht kommt dabei ja etwas raus, denn ich weiß ganz genau, dass er andauernd von den Plänen für die Fusion gesprochen hat. Wahrscheinlich wollte er sich einfach damit wichtigmachen, dass er alle diese Infos hat. Was das für Karson und den Deal vielleicht für Folgen haben könnte, war ihm dabei vollkommen egal.«

Sie atmete tief durch, ließ ihre Schultern kreisen und bat Roarke: »Lass uns nach Hause fahren, was essen und dann weiterarbeiten. Du könntest herausfinden, wer die Finanzberater dieses blöden Wichsers sind – und ob er vielleicht selbst Aktien von Econo oder Quantum hat.«

»Es wird mir ein Vergnügen sein.«

Sie ließ ihn fahren und fasste für ihr Team zusammen, was bei dem Gespräch herausgekommen war.

»Ich frage mich, weswegen Karson, eine kluge und patente Frau, mit einem nichtsnutzigen Typen wie Banks zusammen war. Okay, er sieht nicht übel aus, doch wenn es darum ging, hätte sie einfach mit ihm in die Kiste springen können und das war's.«

»Das Herz will eben, was es will, und sieht nur, was es sehen muss.«

»Das Herz ist nur ein Muskel ohne jeglichen Verstand.« Sie wandte sich ihm zu und unterzog ihn einer kurzen Musterung. »Du siehst gut aus«, erklärte sie, was ihrer Meinung nach die Untertreibung des Jahrhunderts war. »Das ist nicht schlecht und vielleicht wäre ich deshalb mit dir auch dann ins Bett gesprungen, wenn du irgendein nichtsnutziger Typ gewesen wärst, doch mehr auch nicht.«

»Wenn ich mich recht entsinne, war ich ein Verdächtiger in einem Mordfall, als du etwas mit mir angefangen hast.«

»Ich wusste damals schon, dass du's nicht warst, doch wenn ich falschgelegen hätte, hätte ich dich trotzdem festgenommen. Vielleicht wäre ich dann noch ein letztes Mal mit dir ins Bett gegangen, aber danach hätte ich dich in den Knast gebracht.«

»Das klingt echt süß und ... aufregend.«

»Auf alle Fälle kommt mir Karson viel zu clever und zu bodenständig vor, um auf den Schwachsinn von dem Kerl hereinzufallen.«

»Er kann durchaus charmant sein, wenn er ein bestimmtes Ziel verfolgt. Er ist nicht dumm und er kann reden«, klärte Roarke sie achselzuckend auf. »Im Grunde seines Herzens ist er ein Betrüger, aber eben durchaus talentiert. Selbst die bodenständigsten und klügsten Frauen können auf Betrüger reinfallen, vor allem, wenn es dabei um Gefühle geht. Sie sagen sich, bei mir meint er es ernst oder ich bin die Einzige, die diesen Menschen ändern kann.«

Stirnrunzelnd sah sie aus dem Fenster, als sie in die Einfahrt ihres Grundstücks einbogen, an dessen Ende sie ihr wundervolles, einladendes Heim in den abendlichen Himmel ragen sah.

»Ich wollte sagen, niemand wechselt einfach ohne guten Grund sein Hemd, aber wir beide sind das beste Beispiel dafür, dass das manchmal durchaus möglich ist. Du bist mit einem Cop verheiratet und ich lebe in einem urbanen Schloss.«

Er parkte vor der Tür, drehte sich zu ihr um und gab ihr einen Kuss. »Um sich zu verändern, muss man nicht aus seinem Hemd, sondern aus seiner Haut heraus«, verbesserte er sie.

»Dann müsste man sich ja das sprichwörtliche Fell über die Ohren ziehen lassen, aber das ist ja wohl wieder etwas anderes.«

»Das stimmt. Also belassen wir's dabei, dass wir das Hemd gewechselt haben, ja?«

»Genau, aber ein Typ wie Banks trägt andauernd dasselbe Hemd.«

»Wahrscheinlich hast du recht. Wie es aussieht, hat auch Willimina das erkannt und deshalb mit ihm Schluss gemacht.«

»Aber erst, nachdem sie ihm von den Fusionsplänen und den Verhandlungen erzählt hat und er sich mit diesem Wissen wichtigmachen konnte. Denn ich bin mir sicher, dass es so gelaufen ist.«

Sie stiegen aus und gingen zur Tür.

»Auch wenn das mit dem Hemd tatsächlich besser passt, heißt's trotzdem, niemand kann aus seiner Haut.«

»Aber man wird mit seiner eigenen Haut geboren und die trägt man, bis man stirbt, mit sich herum.«

»Genau das ist es, worum es in diesem Sprichwort geht.«

»Warum braucht man ein Sprichwort für etwas, was offensichtlich ist? Das ist doch reine Wortverschwendung. Wenn die Leute keine blöden Sprichwörter für etwas, was offensichtlich ist, benutzen würden, könnten sie sich jede Menge Spucke sparen.«

Sie trat in die Eingangshalle ihres eigenen urbanen Schlosses. Wie jedes Mal, wenn sie nach Hause kam, saß ihr fetter Kater Galahad zu Füßen des wie stets von Kopf bis Fuß in Schwarz gehüllten Butlers ihres Mannes.

Er war so knochig und kadavergleich wie eh und je

aus seinem Winterurlaub heimgekehrt, aber die Farbe, die die für gewöhnlich kreidebleichen Wangen während seines Aufenthalts in der Karibik abbekommen hatten, brachte sie ein wenig aus dem Gleichgewicht.

Was noch schlimmer war, war die Frage, die ihr durch den Kopf ging, ob nämlich auch der Rest des skelettartigen Körpers Sonne abbekommen hatte, weil er während seines Urlaubs statt im Anzug nur in einer Badehose oder vielleicht sogar nackt herumgelaufen war.

»Fast pünktlich«, stellte er mit der gewohnt herablassenden Stimme fest und zog die Brauen hoch. »Obendrein noch zusammen und ohne sichtbare Blessuren.«

»Der Tag ist ja noch jung.« Sie zog den Mantel aus und ließ ihn über das Geländer fallen, als der Kater auf sie zu getrottet kam und sich an ihren Beinen rieb. »Im Gegensatz zu Ihnen.«

Roarke blieb noch unten stehen und tauschte ein paar Nettigkeiten mit dem Butler aus, sie aber nahm, gefolgt von Galahad, die Treppe in den ersten Stock, um schnellstmöglich mit ihrer Arbeit fortzufahren.

8

Sie ging gleich in ihr Arbeitszimmer, stellte die Tafel auf und bis ihr Mann in Hemdsärmeln und ohne Schlips erschien, hatte sie schon die meisten Bilder aufgehängt.

Nachdem sie selbst sich wieder einmal nicht die Zeit dafür genommen hatte, machte er erst einmal ein Feuer im Kamin.

»Ich habe selbst noch kurz zu tun, aber in einer Viertelstunde können wir essen, wenn du willst.«

»In einer halben wäre besser.«

»Alles klar.«

Als Roarke in seinem eigenen Arbeitszimmer was auch immer machte, hängte sie die letzten Bilder auf, bestellte eine Kanne Kaffee und ging erneut ihre Aufzeichnungen durch.

Dann legte sie die Füße in den Stiefeln auf den Schreibtisch, lehnte sich mit dem Kaffeebecher in der Hand auf ihrem Schreibtischstuhl zurück und streichelte den Kater, der ihr auf den Schoß gesprungen war.

Zum ersten Mal seit heute Morgen hatte sie ein bisschen Zeit zum Nachdenken und schloss die Augen.

Verdächtige gab es bisher nicht; zwar hatten die Täter ihre Infos vielleicht von dem blöden Wichser, mit dem Karson mal zusammen gewesen war, doch das war noch kein zielführender Hinweis. Sie hatten einen unschuldigen Mann als Waffe eingesetzt und seine Tochter und die Frau traumatisiert. Zwölf Menschen waren umgekommen und die Aktien zweier gut gehender Unternehmen waren abgestürzt.

Die Täter spielten auf dem Aktienmarkt und wollten dort richtig Kasse machen.

»Sprengstoff«, murmelte sie vor sich hin und schlug die Augen wieder auf, als Roarke aus seinem Arbeitszimmer kam. »Man nimmt Sprengstoff, wenn man nicht nur töten oder fremdes Eigentum zerstören, sondern obendrein noch Panik schüren will.«

»Und?« Er blieb vor ihrer Tafel stehen und schaute sich die Bilder an.

»Man kann den Markt doch sicher auch auf andere, weniger zerstörerische oder mörderische Art manipulieren. Es interessiert die Täter nicht, ob wir herausfinden, dass Rogan nicht der Täter, sondern nur ein Werkzeug war. Sie wollten einfach Panik schüren. Wer und wie viele Menschen bei dem Anschlag sterben, hat sie nicht die Bohne interessiert. Ob einer oder ein Dutzend, spielt im Grunde keine Rolle, weil alleine das Ergebnis zählt. Sie sind ein großes Wagnis eingegangen, aber trotzdem hatten sie die ganze Zeit ihr Ziel im Blick. Sie haben mit Gewalt die Kurse zum Sinken gebracht, um sich zu holen, was sie kriegen konnten, und es wieder zu verkaufen, wenn sich der größtmögliche Gewinn damit erzielen lässt.«

Sie richtete sich wieder auf und Galahad sprang auf den Boden, lief zu ihrem Schlafsessel und machte es sich dort bequem.

»Es könnte einfach nur ein Spiel für sie sein.« Auch sie stand auf und trat zu Roarke. »Aber ich glaube nicht, dass es so ist, denn sicher haben sie nicht so viel Zeit und Mühe investiert, eine unschuldige Frau geschlagen, ihrer kleinen Tochter Angst gemacht und eine willkürliche Zahl von Menschen umgebracht, wenn sie nicht denken würden, dass es dabei etwas für sie zu gewinnen gibt. Gewinne sind natürlich relativ. Für Peabody ist ein anständiger Profit was anderes als für dich.«

»Das Zehnfache von dem, was sie gesetzt haben, oder vielleicht noch mehr, ist meiner Meinung nach auf jeden Fall ein sehr solides Plus. Wenn Peabody zum Beispiel heute Morgen für fünftausend Dollar Aktien von Econo erstanden hätte und sie jetzt verkaufen würde, hätte sie jetzt locker fünfundvierzigtausend Dollar mehr.«

»Das habe ich verstanden. Auch wenn ich natürlich keine Ahnung habe, ob die Typen eher auf ihrem oder auf deinem Level spielen. Wahrscheinlich irgendwas dazwischen. Übrigens hat Peabody erzählt, dass du für sie und für McNab zehn Riesen investieren sollst.«

»Wenn sie das Geld zusammenhaben und es wirklich wollen. Machst du dir deshalb Sorgen?«

»Nein. Vielleicht. Das heißt, eher nicht.« Sie stapfte vor der Tafel auf und ab und meinte mit mehr Nachdruck: »Nein, denn schließlich ist es ihr Geld und ich weiß, dass du es vorsichtiger als dein eigenes Geld anlegen wirst.«

Stirnrunzelnd blieb sie stehen, bevor sie weiterlief. »Das ist es.«

»Was?« Er öffnete den Weinschrank und wählte eine Flasche Rotwein aus.

»Sie könnten dieses Geld auch sparen und dann selbst investieren, aber sie haben keinen blassen Dunst vom Aktienmarkt. Sie könnten auch zu einem Broker gehen, damit der sie berät, doch weshalb sollten sie das tun, wenn du genauso gut ihr Geld vermehren kannst?«

Nachdenklich trank sie den ersten Schluck von dem ihr eingeschenkten Wein. »Das heißt, sie sind nicht dumm. Sie bitten dich, ihr Geld zu investieren, weil es bei dir in guten Händen ist.«

»So sieht es aus.«

»Das heißt, die beiden geben dir ihre schwer verdiente Kohle, weil sie dir blind vertrauen können und sicher sind, dass mehr draus wird, wenn du sie investierst.« Sie zeigte auf die Tafel. »Genauso machen die es auch. Sie spielen mit gezinkten Karten. Selbst wenn die Sache trotzdem schiefgeht, haben sie geschummelt, um die Gewinnchance zu erhöhen.«

»Bis jemand etwas davon mitbekommt«, griff Roarke den Faden auf, »haben sie ihre Gewinne eingestrichen und sind abgehauen. Jetzt werden wir erst mal etwas essen«, fügte er hinzu, »und danach fahren wir mit der Arbeit fort. Ich glaube, nach so einem Tag brauchen wir anständiges Fleisch.«

Sie setzten sich zu Steaks, zu winzig kleinen goldenen Kartoffeln und zu zarten Spargelspitzen an den Tisch und nach dem ersten Bissen war Eve sicher, dass Roarke recht hatte. Nach einem solchen Tag brauchte sie anständiges Fleisch.

»Als du noch ein Verdächtiger in meinem Mordfall damals warst, hast du mich dazu überredet, hier mit dir zu essen. Genau wie heute Abend gab es Steak.«

»Das weiß ich noch.«

»Das war das zweite Mal in meinem Leben, dass ich echtes Steak gegessen habe. Steak von einem echten Rind.«

Er brach ein Brötchen durch und hielt ihr eine Hälfte hin. »Das hast du mir noch nie erzählt. Wer hat dir dein erstes Steak serviert?«

»Als ich Lieutenant wurde, hat Feeney mich abends ausgeführt. Ich konnte mir bis dahin gar nicht vorstellen, dass es auch noch etwas anderes gibt, als das Zeug, das ich mir für gewöhnlich reingeschoben habe.« Sie schnitt ein Stück von ihrem Fleisch ab, sah es sich an und schob es genüsslich in den Mund. »Und plötzlich findest du heraus, dass es tatsächlich Sachen gibt, mit denen du den Kram, den du bisher gegessen hast, beim besten Willen nicht vergleichen kannst. Wann hast denn du dein erstes Steak probiert?«

»Mit acht. Ich habe es aus einem großen Haus in einem schicken Dubliner Stadtteil geklaut. Als anständigem Dieb war mir schon damals klar, dass viele Leute ihre Wertsachen im Kühlschrank aufbewahren.«

»Oder zwischen der Unterwäsche«, stimmte Eve ihm feixend zu. »Doch jetzt zurück zu deinem ersten Steak.«

»Mick, Brian und ich haben es gebraten, bis es zäh wie Juchtenleder war, trotzdem hat mir niemals mehr etwas so gut geschmeckt.«

Sie lächelte, als sie von dem erlesenen Rotwein nachgeschenkt bekam, und ebenfalls mit einem leisen Lächeln fuhr er fort: »Als Summerset mich bei sich aufgenommen hat, gab's auch ein-, zweimal Steak, bei der Gelegenheit habe ich gelernt, wie so was schmecken soll. Und trotzdem kam mir dieses Stück verbranntes Fleisch in unserem Unterschlupf wie eine Speise für die Götter vor.«

»Sie sind ganz sicher nicht wie wir. Die beiden«, wandte Eve sich wieder ihren Tätern zu. »Wenn man es als Kind so schwer hat wie wir beide, kann's passieren, dass man als Erwachsener selbst so bösartig und so brutal wie seine Eltern wird. Oder aber man erinnert sich auch Jahre später noch an irgendwas Besonderes, was man mal gekostet hat. Aber so sind die beiden nicht.«

»Auch nicht brutal und bösartig?«

»Natürlich sind sie das, doch das ist kalkuliert und sorgfältig geplant. Sie schlagen nicht einfach um sich, wollen sich nicht rächen, wollen nicht einfach überleben oder so. Genauso wenig brauchen sie sich daran zu erinnern, falls es während ihrer Kindheit oder Jugend irgendwas besonders Schönes gab. Ich nehme an, sie haben beide einen durchaus anständigen Hintergrund. Ich wette, dass die beiden auf guten Schulen waren und gut ausgebildet sind.«

Wie immer fasziniert von ihren Gedankengängen, schnitt Roarke ein Stück von seinem Steak ab und fragte sie: »Warum?«

»Tja nun, es gibt drei Gründe dafür, dass man spielt. Einfach zum Spaß, wobei man es sich leisten kann, zumindest den Einsatz zu verlieren. Aus Verzweiflung oder weil man süchtig danach ist, was heißt, dass man sogar verliert, wenn man gewinnt, weil man das Geld dann früher oder später sowieso verzockt. Oder einfach, weil man gierig ist. Bei unseren beiden tippe ich auf reine Gier. Zumindest nach den Dingen zu schließen, die ich bisher weiß.«

Sie spießte eine winzige Kartoffel mit der Gabel auf. »Genauso wette ich, dass du mir sagen kannst, wo man hier in New York um größere Beträge spielen kann.«

Er hob sein Weinglas an den Mund und sah sie unter hochgezogenen Brauen hervor an. »Vielleicht.«

»Das wäre möglicherweise eine Spur. Dir gehören mehrere Casinos«, fügte sie hinzu. »Aber du selbst spielst weder am Roulettetisch noch mit Karten noch mit sonst etwas.«

»Am Ende ist es immer das Haus, das die Gewinne macht, deswegen ist es besser, selbst das Haus als dort zu Gast zu sein. Natürlich habe auch ich selbst schon hier und da gespielt. Das ist ein durchaus netter Zeitvertreib, mit dem man sogar was gewinnen kann. Doch mir ging es vor allem um den Spaß oder darum, mir die anderen Spieler anzusehen und zu gucken, ob bei ihnen vielleicht was zu holen ist.«

»Für dich war jeder Einbruch oder Raub ein Spiel«, bemerkte Eve.

»Das stimmt, aber es war auch eine Leidenschaft oder Berufung, wenn ich das so nennen darf. Am Anfang ging's dabei ums nackte Überleben, danach wurde es ein Lebensstil und irgendwann ein reiner Spaß.«

»Auch Richard Troy hat gern gespielt«, bezog sich Eve auf ihren alten Herrn. »Rückblickend betrachtet ist mir klar, dass es bei ihm genauso eine Krankheit wie das Trinken und der Missbrauch war. Und Patrick Roarke hat ebenfalls gespielt.«

Roarke nickte knapp. »Wobei es bei ihm genauso wie bei deinem Vater war. In dieser Hinsicht gab es zwischen diesen beiden Schweinehunden keinen Unterschied.«

»So sind die beiden Kerle, die wir suchen, nicht. Sie sind ganz einfach nicht die Typen, die sich hoffnungslos besaufen und sich dann an einem Kind vergehen. Je mehr ich darüber nachdenke ... im Grunde lief es geradezu erschreckend glatt für sie. Okay, sie brauchten Zeit, sie mussten etwas investieren und sie sind ein gewisses Wagnis eingegangen, aber als die Sache erst mal lief, ging es nur noch um den Gewinn. Das heißt, sie werden weitermachen wollen. Wenn Leute eine Serie haben, hören sie nicht plötzlich auf zu spielen.«

»Weshalb am Ende jedes Mal das Haus gewinnt.«

»Weißt du von anderen geplanten, größeren Fusionen oder Veränderungen bei irgendwelchen Unternehmen, die man nutzen könnte, um den Markt wie heute Morgen zu manipulieren?«

»Irgendwas ist immer irgendwo im Busch.«

»Hier in New York. Ich gehe beinah sicher davon aus, dass es ein Unternehmen hier betrifft. Sonst müssten diese Kerle reisen und bräuchten mehr Zeit, um diese Sache durchzuziehen. Man muss ein Ziel gut kennen, wenn man es treffen will. Aber wollten sie es noch mal ganz genauso machen? Würden sie das tatsächlich riskieren? Scheiße. Ich muss nachdenken.«

»Iss erst mal auf.«

»Genau.« In der Hoffnung, einen klaren Kopf zu kriegen und hervorzuholen, was irgendwo in einer Ecke ihres Hirns verborgen war, schnitt sie das nächste Stück von ihrem Steak. Dabei fielen ihr andere, persönlichere Dinge ein.

»Wie dem auch sei. Ich weiß, dass Sonntag diese Preisverleihung ist.«

Er prostete ihr zu. »Du überraschst mich einfach immer wieder.«

»Tja, im Grunde wusste ich es nicht, aber dann kam die Sprache darauf, deshalb weiß ich es jetzt. Ich weiß, dass du tatsächlich Spaß an solchen Sachen hast, aber ...«

»Du hast jetzt gerade einen Fall, außerdem hast du selbst keinen Spaß an so etwas.«

»Trotzdem.«

Manchmal wünschte sie, er wäre weniger vernünftig und verständnisvoll, denn das rief Schuldgefühle in ihr wach. Wobei er gelegentlich auch alles andere als vernünftig war, was ihr genauso auf den Zeiger ging.

Also.

»Wahrscheinlich könnte ich's so drehen, dass wir in einem deiner schicken Flieger rüberjetten, aber es ist einfach so ...«

Halb amüsiert und halb gespannt verfolgte Roarke, wie seine Liebste mit sich rang.

»Die ganze Sache geht mir einfach furchtbar auf den Keks. Nicht nur, weil ich mich in ein blödes Outfit zwängen, mir irgendwelche Sachen ins Gesicht schmieren und mit lauter Leuten Small Talk machen müsste, die genauso blöde Outfits tragen und genauso angemalt sind wie ich selbst. Das kriege ich inzwischen halbwegs hin, denn schließlich habe ich das jetzt schon häufig genug gemacht.«

»Das hast du und das finde ich wirklich nett.«

»In Ordnung, aber das hier? Das verdammte Buch und dieser blöde Film? Wenn ich jetzt meine Arbeit mache, gibt es immer wieder irgendwelche Zeugen oder selbst Verdächtige, die mir erklären, dass sie das Buch gelesen haben oder von dem Film total begeistert waren oder sonst etwas. Es würde mich kein bisschen überraschen, wenn ich irgendwann mal irgendwo ein Arschloch über seine Rechte aufklären und er darauf sagen würde: ›Mann, der Icove-Film war echt der Hit.‹«

Roarke lachte und sie schob sich grimmig einen Bissen ihres Essens in den Mund. »Das ist mein Ernst.«

»Ich weiß.«

»Wobei selbst das noch nicht das Schlimmste ist. Das Schlimmste ist, dass ich das Buch über das Rote Pferd gelesen habe, weil Nadine mir deshalb ständig in den Ohren lag. Es ist wirklich gut. Verdammt, es ist echt gut und das musste ich ihr sagen, weil sie schließlich eine Freundin ist. Selbst wenn ich gelogen und gesagt hätte, es tut mir leid, das Buch ist totaler Mist, würden sie's veröffentlichen und verfilmen, sie haben sogar schon ein drittes Buch und einen dritten Film geplant. Für eine Trilogie.«

Sie atmete geräuschvoll aus und Roarke stellte behutsam fest: »Geliebte Eve, ich hätte wirklich gerne Mitgefühl mit dir, denn offensichtlich setzt dir das tatsächlich furchtbar zu.«

»Natürlich tut es das.«

»Aber es ist nun einmal so, dass die Person, die diese Bücher und die Drehbücher geschrieben hat, eine mehr als gute Freundin ist und du deswegen schwerlich etwas gegen diese Bücher und die Filme unternehmen kannst.«

»Verdammt«, murmelte sie. »Aber zu dieser blöden Oscarverleihung fliege ich auf keinen Fall.«

»Denn schließlich musst du auch in dieser Sache Position beziehen.«

»Bei meinem Glück gewinnt sie dort wahrscheinlich noch.« Eve starrte grüblerisch in ihren Wein. »Wie dem auch sei, Feeney und ich haben ausgemacht, dass Peabody und Ian mit Nadine zu dieser Preisverleihung fliegen können, wenn der Fall bis dahin abgeschlossen ist. Sie lieben solchen Scheiß und schließlich soll Nadine nicht ganz allein dort sitzen, auch wenn sie ihren Rockstar eingeladen hat.«

Schweigend stand er auf, kam um den Tisch herum, zog sie von ihrem Stuhl und gab ihr einen weichen Kuss.

»*A ghrá,* du bist einfach ein wunderbarer Mensch.«

»Ich …«

Er gab ihr einen zweiten Kuss und zog sie eng an seine Brust. »Ich liebe dich so sehr, dass ich es nicht in Worte fassen kann.«

»Weil ich nicht zu dieser blöden Preisverleihung will?«

»Auch deswegen. Soll ich ein Shuttle für die anderen bereitstellen und eine Suite auf ihren Namen reservieren?«

Auch wegen dieses Vorschlags liebte sie ihn mindestens genauso wie er sie. »Das wird nicht nötig sein. Nadine hat bereits einen Flieger reserviert und nimmt sie gerne mit. Aber ich werde Peabody noch nichts verraten, denn sobald sie weiß, dass sie zu der Preisverleihung fliegt, kann ich wahrscheinlich nichts mehr mit ihr anfangen.«

»Wir rufen trotzdem besser Leonardo an.«

»Warum denn das?«

»Das Mädchen braucht auf jeden Fall ein Kleid, in dem es zu der Oscarverleihung gehen kann. Genau wie Schuhe und wie eine Handtasche. Den Schmuck kannst du ihr vielleicht leihen.«

Jetzt machte Eve sich von ihm los. »Aber …«

»Auch für McNab wird er was finden, was zu ihrem Outfit passt. Natürlich ist nicht mehr viel Zeit, aber er kriegt das sicher trotzdem hin – vor allem, wenn es für die beiden ist.«

»Mein Gott, als hätten sie nichts anzuziehen.«

»Zerbrich dir darüber nicht deinen hübschen Kopf.« Roarke tätschelte ihr sanft den Arm. »Ich kümmere mich um diesen Teil. Das wird mein Beitrag sein. Warum räumst du nicht das Geschirr weg und ich rufe schnell bei Leonardo an? Danach konzentrieren wir uns wieder auf den Fall.«

»Mein Leben war erheblich einfacher, als es nur um die Arbeit ging.«

»Aber inzwischen trägst du nun einmal ein anderes Hemd, nicht wahr?« Er gab ihr einen letzten Kuss und während er sein Smartphone aus der Tasche zog, sammelte sie brummelnd die inzwischen leeren Teller ein.

»Leonardo«, hörte sie ihn sagen. »Wie geht's dir und deinen Mädels?«

Zufrieden, weil sie sich nicht über Mode unterhalten musste, räumte sie die Spülmaschine ein. Als sie eine Kanne frischen Kaffees holte, steckte Roarke sein Smartphone wieder ein.

»Er hilft uns gern, das heißt, dass du daran nicht mehr zu denken brauchst.«

»Das habe ich auch so schon nicht getan. Und jetzt kümmer dich um Jordan Banks.«

»Mit Freuden«, sagte er und als er wieder in sein eigenes Arbeitszimmer ging, war ihr bewusst, dass es ihm wirklich Freude machte, die Finanzen dieses Typs durchzugehen.

Sie selbst rief die Berichte ihres Teams auf dem Computer auf, suchte nach den Leuten, denen in den letzten Monaten gekündigt worden war, und nach Verbindungen zur Finanzwelt oder zum Militär und schrieb die Namen zweier Angestellter heraus, die von einem der beiden Unternehmen zum anderen gewechselt hatten, um sie sich noch genauer anzusehen.

Während die beiden bei der Arbeit waren, fiel Jordan Banks tatsächlich etwas ein. Er hatte den Befehl des blöden Bullenweibs, noch einmal in Ruhe nachzudenken, ignoriert. Er konnte es nicht leiden, wenn ihm jemand drohte oder er sich unbehaglich fühlte, deshalb hatte er sein Unbehagen kurzerhand verdrängt und war zu einer Party aufgebrochen, wo es jede Menge Cocktails, Pillen, Musik und schöne Frauen gab. Der Quickie mit der Frau eines Kumpels in der Abstellkammer, das Gelächter und der Tratsch waren die beste Ablenkung und da sich mit den meisten Klatschgeschichten früher oder später gutes Geld verdienen ließ, schrieb er sie sich gern auf.

Mehr als ein bisschen high ging er ins Bad, um sich dort aufzuschreiben, in welchen Familien es Streit gab, wer Spielschulden bei irgendwelchen zwielichtigen Typen hatte und wer wen mit wem betrog. Man wusste schließlich nie, wann sich aus diesen Infos Nutzen ziehen ließ.

Und plötzlich fiel ihm etwas ein.

Natürlich hatte er, wenn auch subtil, auch Willi Infos über die Fusionspläne entlockt. *Du wirkst total gestresst, mein Schatz. Komm her, damit ich dich massieren kann, und dann erzähl mir, was dir auf der Seele liegt.*

Tatsächlich hatte sie ihm einiges erzählt und was sie

ihm verschwiegen hatte, hatte ihr Computer ihm verraten, während sie im Bad war. Auf diese Weise hatte er genug erfahren, um seinen Broker anzuweisen, Quantum Air im Auge zu behalten, und um auf Festen so zu klingen, als wüsste er genau Bescheid.

Genug, um etwas Geld für ein paar Infos einzusacken, als er wieder einmal klamm gewesen war.

Doch das war ewig her. Wenn er es genau bedachte, hatte er im Grunde kaum etwas erzählt. Doch jetzt, nach dem Besuch des aufgeblasenen Iren und des blöden Bullenweibs, ergaben diese Dinge plötzlich einen völlig anderen Sinn.

Wer hätte das gedacht!

Zu seiner Ehrenrettung sollte erwähnt werden, dass er kurz bereute, auf das Angebot des Typen eingegangen zu sein. Doch sein Bedauern hielt nicht lange an, denn schließlich war er nicht verantwortlich dafür, dass diese Bombe hochgegangen war. Im Grunde war er selbst ein Opfer, denn das Arschloch hatte ihn nach Kräften ausgenutzt.

Er hatte schon als Kind gelernt, sich selbst als Opfer anzusehen. Das hatte ihm oft genutzt.

Jetzt rechnete er eilig nach und überlegte, wie sich Kapital aus dieser Sache schlagen ließ.

Er hockte auf dem breiten Rand der rosa Badewanne, die genügend Platz für vier Personen bot, zog ein ums andere Mal an seinem mit Erotica versetzten Joint und dachte nach. Natürlich könnte er daran verdienen, dass auch er ein Opfer dieses Typs war.

Entschlossen zerrte er sein Smartphone aus der Tasche und gab eine Nummer ein.

»Hallo.« Er lächelte vergnügt. »Ich dachte mir, ich rufe dich mal wieder an.«

Als Roarke zurückkam, drehte Eve sich mitsamt ihrem Schreibtischsessel zu ihm um.

»Ich habe hier zwei Leute, die ich zur Vernehmung aufs Revier holen will. Zwei Männer, beide in den Vierzigern, die beide bei Econo und bei Quantum gearbeitet haben. Der eine war acht Jahre bei der Navy und der Vater von dem anderen ist bei der Marineinfanterie. Mit Sprengstoff haben sie beide nichts zu tun, aber als ITler und als Buchhalter kennen sie sich mit Computern und Finanzen aus.«

Sie schenkte sich den nächsten Kaffee ein und Roarke stellte ihr seinen Becher hin.

»Wo arbeiten die beiden jetzt?«

»Der ITler von der Navy hat vor zwei Jahren von Econo zu Quantum gewechselt, wo er immer noch beschäftigt ist, und der Buchhalter hat nach fünf Jahren bei Quantum zu Econo gewechselt, wo er ebenfalls fünf Jahre war, bevor er dann zu ROAR, einem Tierschutzverein, gegangen ist.«

»Das klingt natürlich kriminell.« Roarke nahm gemütlich auf der Kante ihres Schreibtischs Platz.

»Der Typ hat ein paar Vorstrafen, wobei es jedes Mal um irgendwelche nicht genehmigten Protestaktionen ging. Die größte war im Zoo der Bronx, während einer dieser Aktionen haben sie die Wände eines Pelzlagers verschmiert, wofür er dann tatsächlich eingefahren ist. Unser Navy-Mann stand zweimal vor Gericht, einmal wegen ungebührlichen Benehmens unter Alkoholeinfluss und einmal wegen einer Rauferei.«

»Was hast du herausgefunden?«, fragte sie, bevor sie einen Schluck aus ihrem Kaffeebecher nahm.

»Dass Jordan Banks ein echter Schlingel ist.«

»Ein Schlingel.«

»Er macht in seiner Galerie nicht einen Finger krumm, trotzdem zahlt er sich dort monatlich ein ziemlich üppiges Gehalt aus. Dagegen kriegen seine Angestellten einen Hungerlohn dafür, dass er sie ihre eigenen Werke ausstellen lässt. Falls sich eins davon verkauft, sackt er als Galerist siebzig Prozent des Geldes ein. Nebenher vermietet er die Räumlichkeiten noch für Privatpartys.«

»Auf dem Papier bringt ihm der Laden keinen Penny ein, aber ich gehe davon aus, dass er dort einiges mit Geldwäsche verdient. Am besten schickst du das, was ich herausgefunden habe, an deine Kollegen von der Wirtschaftskriminalität.«

»Wessen Kohle wäscht er dort?«

»Das kann ich dir erst sicher sagen, wenn du mich gewisse Grenzen überschreiten lässt. Aber ich nehme an, der größte Teil des Geldes kommt von irgendwelchen Pokerspielen mit hohen Einsätzen, denn daran nimmt er selbst gerne teil. Auf jeden Fall hat er Verbindungen in diese Szene.«

»Wusste ich es doch.«

»Vielleicht kommt ein anderer Teil des Geldes aus der Welt der Kunst. Egal, wie schlecht er seinen eigenen Laden führt, hat er Connections und Kontakte dort. Mitunter zahlen die Leute irgendwelche Bilder bar und Bargeld ist das Geld, das sich am besten waschen lässt, wobei vielleicht ein weiterer Teil des Geldes noch aus anderen Bereichen stammt. Auf alle Fälle wäscht er Geld und sogar dabei stellt der Blödmann sich echt dämlich an.«

Eve schüttelte den Kopf. »Anscheinend stört dich seine Dummheit mehr als seine kriminellen Machenschaften.«

»Ja, natürlich tut sie das. Er ist ein Trottel, der ganz einfach nicht mit Geld umgehen kann, obwohl er zwei zumindest halbwegs gut versteckte Konten mit jeweils ein paar Millionen hat. Er zahlt keine Miete für die Galerie, weil das Gebäude seiner eigenen Familie gehört, trotzdem führt er unter den Ausgaben auch Mietzahlungen an, die er dann in die eigene Tasche steckt.«

»Ich brauche einen Keks.«

Er lief in Richtung Küche, aber Eve erklärte: »Es sind keine Kekse da«, und sah ihn fragend an. »Hat er auch einen Teil von seiner Kohle investiert?«

»Er ist Klient bei Schulz und Buckley, aber seit acht Jahren pflegt statt des Chefs ein Angestellter sein Portfolio, denn offenbar ist Banks privat nicht wohlhabend genug, dass einer der Big Bosse selbst die Arbeit für ihn macht.«

Als Roarke mit einem Teller mit zwei Riesen-Schokoladencookies aus der Küche kam, bemerkte Eve: »Das sind keine Kekse, sondern Cookies.«

»Heißt das, dass du keinen willst?«

»Jetzt gib schon her.«

Sie schnappte sich einen Cookie, biss hinein und stellte anerkennend fest: »Der ist sogar noch warm.«

»Wirklich fein, nicht wahr? Inzwischen kümmert sich Schulz' Enkel durchaus kompetent und, wie es aussieht, auf legale Art um das Portfolio. Obwohl der junge

Mann die eigentliche Arbeit offensichtlich ausgelagert und an eine andere Firma übergeben hat. Wobei ich die besagte Grenze überschreiten müsste, damit ich das sicher sagen kann.«

»Mach einfach weiter wie bisher.«

»Okay. Vor einem Vierteljahr hat unser Junge Quantum-Aktien im Wert von fünfzigtausend kaufen lassen, aber heute Morgen sofort nach dem Anschlag die Verkaufsorder erteilt.«

»Das heißt, dass er in Panik ausgebrochen ist.«

»Das ist er, aber gerade noch im Rahmen der von dir gezogenen Grenze bin ich zufällig auf eine Mail gestoßen, in der ihm sein Broker angeraten hat, die Aktien zu behalten, weil er kaum noch etwas zu verlieren hätte und er sicher davon ausgehen würde, dass die Aktie nicht mehr tiefer fallen wird.«

»Hat er auf ihn gehört?«

»Auf seine Art. Soll ich dir sagen, was er ihm zurückgeschrieben hat? *Leck mich, Tad. Mach, was du willst.* Ich habe das Gefühl, dass er sich sehr schnell langweilt, aber seine erste Reaktion lässt mich vermuten, dass er nicht an diesem Attentat beteiligt war.«

»Kann sein, aber vielleicht ist dieser Tad ja in die Sache involviert. Vielleicht wusste Jordan gar nicht, dass er in die Angelegenheit verwickelt war. Vielleicht ist er nicht nur ein blöder Wichser, Schlingel und Idiot, sondern selbst der Betrogene. Auf alle Fälle hat er Dreck am Stecken. Geldwäsche wird nun einmal nicht gern gesehen.«

»Was wirklich schade ist, weil dieses Geld am Ende schließlich sauber ist.« Genüsslich schob er sich den

Rest seines Cookies in den Mund. »Übrigens hat Wilmina Karson in seiner Galerie ein bisschen mehr als dreißigtausend für ein Bild bezahlt. Ihre Firma hat für irgendwelches Zeug von dort fast hunderttausend auf den Tisch gelegt.«

»Von denen siebzig Prozent an ihn gegangen sind. Ich werde morgen früh noch einmal mit ihr reden und versuchen herauszufinden, was Banks über die Fusionspläne von ihr erfahren hat. Auch mit ihm selbst werde ich in die zweite Runde gehen. Die zwei Männer, die bei beiden Unternehmen waren, bestelle ich für die Vernehmungen aufs Revier. Wahrscheinlich wissen beide, wer Paul Rogan war, und hätten eine Möglichkeit gehabt, ihn auszuspionieren.«

Sie stieß sich aus dem Schreibtischsessel ab und baute sich vor ihrer Tafel auf. »Man brauchte Insiderinformationen für diesen ganz besonderen Coup. Natürlich gab's Gerede wegen der Fusion, aber auf den Einzelheiten haben sie bis zum Abschluss der Verhandlungen den Deckel draufgehalten. Trotzdem wussten unsere Täter offenbar genau Bescheid. Sie haben Monate für ihre Vorbereitungen gebraucht, das heißt, sie wussten besser als der Durchschnittsmensch und selbst die Geldleute Bescheid. Wahrscheinlich kannten sie nicht sämtliche Details, aber genug für die Entwicklung ihres Plans.«

Sie wandte sich an Roarke. »Liege ich falsch?«

»Wenn man wüsste, was, wie und wen man fragen muss, könnte man solche Details herausfinden. Dann sind da auch noch Bürokraten und Politiker, die in den Vorgang involviert waren. Da kann man praktisch davon ausgehen, dass hier und da etwas von den Plänen durchgesickert ist.«

»Also hat vielleicht der Assistent von irgendeinem Assistenten gegenüber seinen Kumpels in der Kneipe mit der Riesensache angegeben, die in seiner Firma oder der Behörde, wo er angestellt ist, gerade vorbereitet wird.«

»So könnte es durchaus gewesen sein.«

»Das hatte ich mir schon gedacht.« Sie fuhr sich mit den Händen durchs Gesicht. »Okay. Im Grunde ist das hier ein Raub.« Sie ließ die Hände wieder fallen. »Damit kennst du dich aus, genauso wie mit Geld, mit Wirtschaft und mit großen Deals. Stehlen und betrügen kannst du auch.«

Nachdenklich nahm Roarke wieder auf der Kante ihres Schreibtischs Platz. »Das nehme ich als Kompliment.«

»Es geht also um Raub, aber vor allem um Betrug. Auch damit kennst du dich gut aus. Du hast zwar niemals unschuldige Leute ausgenommen oder umgebracht, doch mit Betrug kennst du dich aus.«

»Auch das betrachte ich als Kompliment.«

»Wie würdest du das angehen? Wenn du ein Soziopath wärst, dem egal ist, wenn er eine Spur von Leichen hinterlässt. Wie würdest du die Sache vorbereiten und wie lange würdest du für diese Vorbereitung brauchen?«

Mit einem leisen Seufzer stieß er sich jetzt von der Schreibtischkante ab. »Warum setzen wir uns nicht aufs Sofa am Kamin?«

»Ich will ...«

»Ich hätte gerne einen Brandy«, meinte er und schenkte sich entschlossen einen ein. »Wir können es uns genauso gut gemütlich machen, wenn ich einen Coup mit jeder Menge Toten planen soll.« Er packte ihre Hand und zog sie Richtung Couch.

Der Kater glitt vom Schlafsessel und streckte sich auf ihren Schößen aus.

»Das ist ungemein gemütlich«, meinte Roarke und wandte sich dann ihrem eigentlichen Thema zu. »Ich könnte an verschiedenen Stellen anfangen, was es für dich nicht gerade leichter macht. Vielleicht bin ich in einem der beiden Läden angestellt oder mit einem oder einer Angestellten dort bekannt. Vielleicht erfahre ich auch aus den Medien oder auf der Straße, dass die beiden Unternehmen zusammengehen wollen, oder ich bin beim Kartellamt oder einem Unternehmen aus dem Finanzbereich. Auf alle Fälle müsste ich genug über die Pläne wissen, um auf die Idee zu kommen, dass sich damit jede Menge Geld verdienen lässt.« Er nahm einen Schluck Brandy.

»Indem ich dafür sorge, dass die Aktien beider Unternehmen fallen, um sie dann billig aufzukaufen und zu warten, bis sie wieder in die Höhe gehen.«

»Genau. Wenn dir Menschenleben schnuppe wären, würdest du dir sagen, dass du diese Aktien am ehesten zum Absturz bringst, indem du Blut vergießt und Panik schürst.«

»Durch eine Bombenexplosion, denn in der allgemeinen Verwirrung und der Panik kommt ganz sicher erst mal niemand darauf, worum es mir in Wahrheit geht.« Er nickte.

»So, wie's auf der Welt inzwischen läuft, gehen die Leute in solchen Augenblicken immer gleich von einem

Terroranschlag aus und auch die Märkte reagieren prompt. Wenn ich also Geld mit diesem Anschlag machen wollte, bräuchte ich genaue Daten, Zeiten, Namen, denn wenn die Unternehmen sich nicht erholen würden, könnte ich an dieser Sache nichts verdienen.«

Er nippte vorsichtig an seinem Glas und rechnete kurz nach. »Wobei ich gar nicht sicher wissen muss, dass es bei diesem Meeting heute Morgen um die große Marketingkampagne und die endgültige Unterzeichnung der Fusionsverträge geht.«

»Ich glaube nicht, dass das ein Zufall war.«

»Ich auch nicht«, stimmte er ihr zu, »aber im Grunde reicht es, wenn ich weiß, dass dieses Meeting wichtig ist. Es reicht zu wissen, dass die beiden Unternehmen fusionieren wollen und kurz vor Abschluss des Vertrages stehen. Aber ich brauche eine Zeit und einen Ort. Ich könnte mich mit einem Assistenten oder kleinen Angestellten aus einem der Läden anfreunden. In einer Bar oder in einem Fitnessstudio. Ich könnte ein Gespräch beginnen und ihn nach ein paar Treffen mal auf einen Drink einladen und von meinem Job erzählen.«

»Dabei jammerst du ein bisschen herum oder gibst an.«

»Das geht normalerweise Hand in Hand. Es reicht, wenn diese andere Person mir dann erzählt, dass es an einem bestimmten Tag ein großes Meeting geben wird, damit ich weiß, wann ich zuschlagen muss. Oder vielleicht hake ich im Plauderton nach, wie man es eben macht, wenn man am Feierabend ein bisschen herumquatscht.«

Nachdenklich fuhr er fort. »Vielleicht fände ich dabei ja sogar heraus, dass Pearsons Erben und die Nachfolger von Karson nicht zu diesem Meeting kommen und die Weiterführung beider Unternehmen selbst nach einem Attentat gesichert ist. Nur ein paar andere hochrangige Leute werden dort um neun Uhr auf der Matte stehen. Zur Präsentation und offiziellen Vorstellung des Deals, bevor er später unterschrieben werden soll. Das heißt, ich bräuchte noch die Namen der Leute, die um neun Uhr vor Ort sind, weil das der mit Abstand beste Zeitpunkt für den Anschlag ist. Denn wenn man später zuschlägt, bringt man vielleicht zu viele von den hohen Tieren um.«

»Die beiden höchsten Tiere waren dort«, bemerkte Eve.

»Für mich wäre es nicht weiter schlimm, wenn die zu Schaden kämen, denn wenn die Köpfe beider Läden abgeschlagen würden, wüchsen schließlich sofort neue nach. Doch wenn zu viele von den hohen Tieren sterben, kann es Wochen dauern, bis die Aktien sich erholen.«

Sie nickte zustimmend. »Die Explosion war schlimm, aber auf einen Raum und auf die Leute, die dort waren, begrenzt. Die etwas weiter weg gestanden haben, hatten zwar Verbrennungen, Schnittwunden und Knochenbrüche, aber davon werden sie sich innerhalb von kurzer Zeit erholen.«

»Das heißt, die Explosion war zwar eher klein, doch wirkungsvoll, falls du mir folgen kannst. Nachdem Rogan diesen Anschlag sowieso nicht überleben wird, kann ich mich ihm ruhig annähern. Geschäftlich oder auch privat. Vielleicht im Park beim Joggen oder irgendwo im Supermarkt. Auf eine Art, dass die Verbindung zwischen uns im Dunkeln bleibt. Falls ich ihm nicht ganz so nahekommen möchte, mache ich mich vielleicht an die Frau, die Tochter, seinen Assistenten oder jemand anderen aus seinem Büro heran.«

Wieder nahm er einen Schluck aus seinem Glas. »Ich an seiner Stelle würde mehr als eine Quelle anzapfen. Vielleicht in einer Bar, wo jemand nach der Arbeit einen trinken geht, in der Sauna eines Fitnessstudios oder in einem Club. Wenn man weiß, wie diese Dinge laufen, reichen ein paar kleine Infos, die die Leute einem geben, völlig aus. Wenn ich dann genug Informationen zusammenhabe, sehe ich mir Rogan und seine Familie näher an.«

»Weil er der Schlüssel ist«, griff Eve den Faden auf. »Doch falls du selbst zu Econo gehörst, warum suchst du nicht jemanden, der auch dort ist? Okay, wahrscheinlich wäre das zu nah. Doch du musst Rogan *kennen* und musst sicher wissen, dass er diese Bombe zünden wird. Wer ist dein Komplize?«

»Tja nun, da wird es schon ein bisschen schwieriger.« Nachdenklich schwenkte Roarke den Rest seines Brandys in dem fein geschliffenen Glas. »Am liebsten würde ich die Sache ja allein durchziehen, nur gibt es eben Jobs, für die man noch jemanden braucht. Doch gerade wenn es blutig wird, so wie heute Morgen, muss ich wissen, dass ich mich auf meinen Partner blind verlassen kann. Wenn ich den Plan entwickelt habe, wähle ich jemanden aus, den ich gut kenne und der die erforderlichen Fähigkeiten hat. Wenn mich jemand anderes in seinen Plan mit einbeziehen würde, müsste ich genauso sicher sein, dass ich ihm blind vertrauen kann.«

»Hast du jemals mit Sprengstoff gearbeitet?«

»Tja nun.« Er nahm den nächsten Schluck aus seinem Glas. »Ich habe auch schon früher ein gewisses raffiniertes Vorgehen vorgezogen, aber manchmal …«

»Hast du deine Bomben selbst gebaut?«

Er streifte die Schuhe ab und legte seine Füße auf den Tisch, der vor dem Sofa stand. »Man sollte sämtliche Bereiche seiner Arbeit kennen, findest du nicht auch, Lieutenant? Ich fand es immer ziemlich grob, Löcher in Dinge zu sprengen, aber manchmal blieb mir keine andere Wahl. Und da mir meine eigene Haut genauso wichtig war wie die Glitzersachen, die ich haben wollte, kamen bei besonders großen Löchern Partner oder Fachleute ins Spiel. Doch das hier ist was anderes, denn auch wenn eine Bombe immer eine Bombe ist, gibt es sie in verschiedenen Formen und einen Sprengstoffgürtel oder eine Sprengstoffweste habe ich noch nie gebaut.«

»Dafür habe ich Salazar. Ich wollte ein Gesamtbild von dir haben und das hast du mir gemalt. Sie brauchten also Infos eines Insiders, um diese Sache durchzuziehen. Sie brauchten diese Infos, brauchten jemanden wie Rogan, brauchten Kenntnisse vom Aktienmarkt und das erforderliche Geld für den geplanten morgendlichen Aktienkauf. Der Sprengstoffgürtel – an den ein normaler Dieb und ein normaler Börsenheini nicht so einfach kommen – rundet dieses Bild noch ab.«

Stirnrunzelnd sah sie sich die Fotos an der Tafel an. »Okay.«

Bevor sie aufstehen konnte, setzte Roarke den Kater auf die Couch und schob sich schwungvoll über sie.

»Ich bin am Arbeiten.«

»Du drehst dich ja wohl eher im Kreis und außerdem verlange ich jetzt den Lohn für die von mir geleistete Beratertätigkeit.«

»Reich erst mal deine Rechnung ein.«

»Das mache ich.«

Sie musste einfach lachen und als er sie küsste, schlang sie ihm die Beine um die Hüften und die Arme um den Hals und fragte ihn: »Wie schnell kriegst du das hin?«

Er glitt mit einer seiner Hände erst an ihrem Leib herauf und dann wieder herab. »Soll ich eher schnell oder eher gründlich sein?«

»Ich kenne dich und weiß, dass du das mühelos verbinden kannst.«

»Willst du mich etwa auf die Probe stellen?«

»Ich weiß, dass du der Aufgabe gewachsen bist.«

Begehrlich reckte sie sich ihm entgegen und mit einem leisen Lachen presste er ihr abermals die Lippen auf den Mund, bevor er seine Hände und vor allem seine Finger schnell und effizient an ihr herunterwandern ließ. Die ruhigen Hände und die flinken Finger des geübten Taschendiebes raubten ihr den Atem und bevor sie wieder Luft bekam, lag sie schon bis zur Hüfte nackt und unbewaffnet unter ihm.

»So weit, so gut«, stieß sie mit rauer Stimme aus.

Dann aber stockte ihr erneut der Atem, als er seinen Mund auf eine ihrer Brüste presste. Eilig zerrte sie an seinem Hemd.

Das Feuer im Kamin verströmte Licht und Wärme und als sich der Kater wütend auf den Boden fallen ließ, um murrend aus dem Raum zu stapfen, konzentrierte Roarke sich auf die straffen Muskeln und die sanften

Rundungen, die ihn so erregten und erschaudern ließen wie bei ihrem allerersten Mal. Mit jedem Keuchen und mit jedem Seufzer, den er ihr entlockte, spürte er die wilden Trommelschläge ihres Herzens und als sie die langen, schlanken Hände über seinen Körper gleiten ließ und ihn von seiner Hose befreite, drang er stöhnend in sie ein und füllte sie auch körperlich mit seiner Liebe aus.

Sie sahen einander in die Augen und sie hob die Hand an sein Gesicht, bevor sie die Finger fest mit seinem Haar verwob und gierig seinen Mund zurück auf ihre Lippen zog.

Er nahm sie hart und schnell. Taub und blind für alles andere passte sie das Tempo ihrer Hüften an sein Tempo an.

Als sie sich mit einem Aufschrei zurückfallen ließ, hielt er sie fest und folgte ihr.

9

Im grauen Licht der Dämmerung wurde Eve allein und nackt in ihrem Bett vom Schrillen des Telefons geweckt.

Sie tastete nach dem Gerät, befahl: »Video aus«, und nahm den Anruf entgegen.

Hier Zentrale, Lieutenant Dallas.
In der Achtundsechzigsten beim
Jacqueline Kennedy Onassis Reservoir
gibt es einen ungeklärten Todesfall.
Das Opfer ist ein Jordan Banks.

»Verdammt.« Sie atmete geräuschvoll aus. »Verstanden. Kontaktieren Sie auch Detective Delia Peabody.«

Sie rollte sich herum, stand auf und ging ins Bad.

»Mit wem hast du geredet, Trottel? Wem hast du etwas erzählt?«, murmelte sie, als sie unter der kochend heißen Dusche stand. Dann sprang sie in den Trockner, ließ die heiße Luft um ihren Körper wehen, schnappte sich einen Morgenrock und ging zurück ins Schlafzimmer, in dem inzwischen auch ihr Mann und Galahad erschienen waren.

»Du solltest noch ein bisschen schlafen«, bemerkte Roarke.

»Sie haben Banks tot aufgefunden.«

»Wenn das so ist, werde ich dir erst mal einen Kaffee holen.«

Dankbar tauchte sie in ihren Schrank. »Was zur Hölle hat der Kerl im Central Park gemacht?« Mit Hose, Hemd und Jacke kam sie wieder heraus. »Und was beim JKO?«

»Dem Reservoir?«

»Das ist alles, was ich bisher weiß. Und dass es garantiert eine Verbindung zu dem Anschlag gestern Morgen gibt. Es ist kein Zufall, dass die Bombe gestern Morgen hochgegangen ist, wir gestern Abend bei ihm waren und er heute früh tot aufgefunden worden ist.«

In schwarzer Hose und weißem Hemd ging sie zum Sofa in der Sitzecke, ließ die Jacke auf die Lehne fallen und riss Roarke den Kaffeebecher aus der Hand.

»Danke.«

»Soll ich mitkommen?«, fragte er und ging zum Schrank.

»Das wird nicht nötig sein.« Sie stopfte sich die Sachen, die auf der Kommode lagen, in die Taschen und als Roarke mit einem blassgrauen Pullover und mit grauen Schnürsenkeln gebundenen, kniehohen schwarzen Stiefeln für sie kam, schüttelte sie verständnislos den Kopf. »Ich bitte dich.«

»Die Sachen sehen zwar auch gut aus, aber vor allem sind sie praktisch«, klärte er sie lächelnd auf. »Die Temperaturen sind über Nacht noch einmal gesunken und ich möchte, dass du für den kalten Wind und für den Schneeregen gewappnet bist.«

»Hört dieser Winter nie mehr auf?« Sie zog den Wollpullover und die Stiefel an.

In einem seiner schicken Maßanzüge, die er für die Arbeit trug, ging Roarke noch einmal zurück zum AutoChef.

»Ich habe keine Zeit für ein Frühstück.« Eilig legte sie ihr Waffenholster an.

»Für das hier reicht sie ganz bestimmt noch aus.«

Sie blickte auf das dicke, warme Fladenbrot. »Was soll das sein?«

»Genau das Richtige, wenn ich dich auf die Schnelle satt bekommen will.«

Feixend biss sie in das Brot und schmeckte Eier, kross gebratenen Speck und etwas wie … Spinat.

»Gib mir Bescheid, sobald du etwas weißt, denn schließlich waren wir gestern beide dort.«

»Das mache ich.« Sie trank den Rest ihres Kaffees, aß das Brot, zog die Jacke an und Roarke nahm sie zum Abschied in den Arm und gab ihr einen Kuss.

»Pass gut auf meine Polizistin auf.«

»Das mache ich auch.« Sie streichelte noch kurz den Kater, richtete sich wieder auf und wandte sich zum Gehen. Dann aber blieb sie noch einmal stehen und fragte: »Waffeln oder Haferbrei?«

»Wie bitte?«

»Wenn ich weg bin, gibt's dann Waffeln oder Haferbrei?«

»Ich esse gerne Haferbrei.«

Kopfschüttelnd lief sie los, hüllte sich unten noch in ihren Mantel, die Mütze und den von der Partnerin gestrickten Schal und fuhr zu ihrem nächsten Treffen mit dem Tod.

Der elendige Wind blies schwere weiße Flocken gegen

die Windschutzscheibe und die nassen Straßen glänzten schwarz im Licht der Scheinwerfer.

Sie überholte einen Maxibus, in dem sie eine Ladung von der Nachtschicht müder Passagiere an den Fenstern lehnen sah, bog in die Achtundsechzigste und hielt dort hinter einem Streifenwagen an.

Bevor der Beamte, der dort Wache hielt, sie verscheuchen konnte, wies sie sich mit ihrer Marke aus und fragte ihn: »Was gibt's?«

»Tja nun, wir haben zwei College-Jungs im Streifenwagen sitzen, die betrunken durch den Park gestolpert sind. Dann haben sie die Leiche auf dem Wasser treiben sehen und sind über den Zaun geklettert, um sie herauszuholen. Zwei Droiden, die hier Streife liefen, haben uns verständigt. Damit die Jungs sich nicht verkühlen, haben wir sie in den Fond gesetzt und die Heizung ordentlich aufgedreht.«

»Dann rede ich zuerst mit den beiden Jungs.«

Eve öffnete die Tür, ging in die Hocke und sah sich die beiden jungen Männer, die dort zitternd unter dicken Decken saßen, an.

»Ich bin Lieutenant Dallas und ich wüsste gerne, was hier los war.«

»Oh Mann, wir waren nur spazieren, okay?«

»Okay.«

Der erste Junge hatte glatte schokoladenbraune Haut, die momentan etwas blasser als gewöhnlich war, sah sie aus riesengroßen braunen Augen an und roch nach Angst, Wasser und dem Billigfusel, den er in sich hineingeschüttet hatte, ehe er zu einem nächtlichen Spaziergang aufgebrochen war.

»Sie heißen?«

»Marshall. Marshall Whitier. Wir haben einen draufgemacht und wollten dann zu Fuß nach Hause gehen. Wir haben auf dem Weg ein bisschen rumgeblödelt und sind einmal um den See gejoggt. Dann haben wir jemanden auf dem Wasser treiben sehen und Richie hat gesagt: ›Verdammt‹, ich habe gesagt: ›Das gibt's doch nicht.‹ Dann sind wir in den See gesprungen und haben ihn herausgeholt.«

»Ich habe versucht, ihn wiederzubeleben, und Mund-zu-Mund-Beatmung ausprobiert«, erklärte ihr der zweite junge Mann.

»Und Sie sind?«

»Richie. Richie Lieberman.« Er musste schlucken und die Sommersprossen, die er auf der Nase hatte, hoben sich genauso stark wie die orangefarbenen Haare mit den blauen Spitzen und das blau gefärbte Ziegenbärtchen von der kreidigen Gesichtshaut ab.

»Ich, äh, ich bin zum Rettungsschwimmer ausgebildet, deshalb weiß ich, wie das geht. Aber, Mann, ich konnte nichts mehr für ihn tun. Er war schon tot. Also haben wir die Polizei gerufen.«

»Haben Sie irgendjemanden gesehen, als Sie hier herumgeblödelt haben oder bis die Polizei erschienen ist?«

»Außer uns war hier kein Schwein. Das heißt, da war ein Obdachloser, aber das war in der Fünften außerhalb des Parks. Und …«

»Und?«

»Auch die Droiden von der Streife haben wir gesehen, deswegen sind wir hierher abgehauen.«

»Haben Sie Pillen zum Ausnüchtern dabei?«

Die beiden sahen einander an und wandten sich verlegen ab.

»Hören Sie zu, im Augenblick ist mir Ihr Alkoholkonsum total egal.«

»Da war diese Party ...«

»Mir egal«, erklärte Eve noch einmal. »Ich brauche noch Ihre Kontaktinformationen und dann werden die Beamten Sie – wo wohnen Sie überhaupt?«

»Wir sind am Berkeley College und wir haben uns ... heimlich wegen dieser Party rausgeschlichen und ...«

»Das interessiert mich nicht. Wir bringen Sie auf jeden Fall dorthin zurück.« Denn schließlich wollten sie, obwohl sie alkoholisiert waren, ein Leben retten. »Wie groß ist die Chance, sich wieder reinzuschleichen, ohne dass es jemand mitbekommt?«

Wieder sahen sich die beiden an und Richie meinte: »Ziemlich groß.«

»Sehr gut. Dann schleichen Sie sich rein, trocknen sich ab und trinken etwas Heißes ... ohne Alkohol. Es gibt nur eine Sache, die mir wichtig ist: Sie haben versucht zu helfen und als Sie nicht helfen konnten, haben Sie die Polizei geholt.«

»Dann wollen Sie uns also nicht verpfeifen?«

»Ich verpfeife Sie ganz sicher nicht. Wenn es mit dem Reinschleichen aus welchem Grund auch immer doch nicht klappt, soll sich die Person, die Sie erwischt, bei Lieutenant Dallas melden. Alles klar?«

»Ja, Ma'am.«

»Das Ma'am gibt einen Punktabzug.« Sie schloss die Tür und bat den Streifenpolizisten, der sie in Empfang genommen hatte: »Fahren Sie die beiden auf den Campus und sehen Sie zu, dass sie ins Haus gelangen, ohne dass jemand es mitbekommt.«

»Was für Idioten«, meinte er und schüttelte den Kopf. »Aber sie haben wirklich Mumm. Der hat sie jetzt zwar erst einmal verlassen, aber trotzdem haben sie Mumm bewiesen, als sie in den See gesprungen und dann hiergeblieben sind, bis wir zur Stelle waren.«

Mit einem zustimmenden Nicken holte sie ihr Untersuchungsset aus dem Kofferraum und joggte Richtung See.

Inzwischen kämpfte sich die Sonne durch die Wolkenwand und tauchte alles in ein schmutzig graues Licht. In diesem Licht sah Eve die beiden männlichen Droiden von der Streife links und rechts des Leichnams stehen. Sie waren beide muskulös, mit ernsten, kantigen Gesichtern, und da sie Droiden waren, machten ihnen anders als ihr selbst die Nässe und der Wind nichts aus.

»Erstatten Sie Bericht«, verlangte sie und wies sich bei den beiden aus.

Abgesehen von den genauen Zeiten konnten ihr die beiden nichts erzählen, was ihr nicht bereits von den beiden College-Kids berichtet worden war, deswegen sah sie sich zunächst den Toten an.

Er lag mit dem Gesicht nach oben, die blauen Flecken unter seinem Kinn und auf der einen Seite seines Halses sowie die Neigung des Kopfes legten die Vermutung nahe, dass ihm das Genick gebrochen worden war.

Obwohl die Droiden von der Streife durch das Scannen des Gesichts bereits herausgefunden hatten, wer er war, identifizierte Eve ihn erneut offiziell mit ihrem Identifizierungspad und las die Daten sowie den genauen Todeszeitpunkt von dem kleinen Bildschirm ab. »3.20 Uhr. Um 4.55 Uhr ist der Notruf bei der Polizei eingegangen. Das heißt, dass er nur kurz im Wasser lag. Er hat keinen Mantel, keine Uhr und keine Schuhe an.«

Sie krempelte die Hosentaschen um. »Auch Brieftasche und Telefon sind weg. Es soll aussehen wie ein Raub, aber das war es nicht. Ich glaube nicht, dass es ein Raub war.«

Im Licht der Taschenlampe sah sie sich die Hämatome an. »Die stammen nicht von einem Schlag. Vielleicht von einem Sturz oder …« Sie schaute sich auch noch die linke Hälfte des Gesichts genauer an und richtete sich wieder auf, als Peabody in ihren schweren Winterstiefeln angetrottet kam.

»Drehen Sie sich mal kurz um.«

»Wie bitte?«

»Drehen Sie sich einfach um.«

Stirnrunzelnd wandte die Partnerin ihr den Rücken zu und eilig legte sie von hinten die rechte Hand unter ihr Kinn, drückte die linke Hand gegen Peabodys linke Wange und verdrehte ruckartig – aber behutsam – ihren Kopf.

»He!«

»Schon gut.« Eve trat einen Schritt zurück. »Er wurde schnell und lautlos umgebracht. Er hat sich nicht gewehrt, das heißt, dass er den Angriff nicht erwartet hat. Er kannte die Person und hatte keine Angst vor ihr, sonst hätte er ihr nicht den Rücken zugewandt. Vielleicht war sie bewaffnet oder hat ihn erst betäubt, aber dann hätte sie es sich auch sparen können, ihm das Genick zu brechen, ehe sie ihn in den See geworfen hat.«

Peabody rückte ihren Schal um den Hals zurecht. »Ist das nicht Karsons Ex, bei dem Sie gestern Abend noch vorbeigefahren sind?«

»Der Kerl hat mich kackdreist belogen. Das war mir schon gestern Abend klar.«

»Heißt das, dass er in unseren Fall verwickelt ist?«

»Ich weiß nicht, ob er wusste, dass er in den Fall verwickelt war, aber er war's, weshalb man ihn als potenziellen Zeugen vorsorglich aus dem Verkehr gezogen hat.«

Jetzt schaute sich auch Peabody den Toten näher an. »Ihm wurde also das Genick gebrochen. Das kriegt man tatsächlich mit bloßen Händen hin?«

»Wenn man die notwendige Kraft hat und die Griffe kennt. Das heißt, der Mörder hat auf jeden Fall einen Bezug zum Militär.«

Sie schob die Hände in die Taschen ihres langen Ledermantels und starrte die graue Skyline vor dem grauen Himmel an. »Aber wie zum Teufel haben sie ihn hierhergelockt? Um drei Uhr in der Früh. Sie haben sich hier mit ihm getroffen oder ihn vielleicht auch hergebracht. Es gibt keine Spuren eines Kampfes, also war er offenbar freiwillig hier. Kam er zu Fuß? Er hat auf mich nicht wie der Typ gewirkt, der so weit läuft. Am besten hören wir uns bei den Taxiunternehmen nach Fahrten zwischen zwei und halb vier morgens von seiner Adresse bis hier in diese Gegend um.«

Sie beleuchtete die Rasenfläche und den Weg. »Bestellen Sie den Leichenwagen und die SpuSi, ich schließe in der Zeit die Untersuchung unseres Leichnams ab.«

Am Ende wurde ihre Leiche abgeholt und Eve bat die

Droiden von der Streife, den Tatort zu bewachen, bis die SpuSi käme, ehe sie mit Peabody zurück zu ihrem Wagen lief und ihr erzählte, was bei dem Gespräch mit den zwei College-Kids herausgekommen war.

»Das Wasser muss eiskalt gewesen sein.«

»In dem Alter und betrunken, wie sie waren, haben sie das wahrscheinlich kaum gemerkt.« Eve öffnete die Wagentür und bat die Partnerin: »Bestellen Sie uns zwei Kaffee aus dem AutoChef.«

»Au ja.« Begeistert gab Peabody die Bestellung auf und stellte fest: »Falls Banks in unseren Fall verwickelt ist, ist das zumindest eine erste Spur.«

»Er hat auf jeden Fall damit zu tun, das heißt, dass es jetzt noch einmal zu Karson geht.«

»Sie wollen um diese Zeit zu ihr ins Krankenhaus?«

»Im Gegensatz zu Banks kann man sie schließlich wecken oder etwa nicht?«

Eve kümmerte sich um die Schwester, die zwar eine andere als am Vortag war, aber fast so streng wie die Kollegin und von ihrem quasi nächtlichen Erscheinen wie von Peabody vorhergesehen alles andere als begeistert war. Am Ende schaffte sie es, sich den Weg ins Krankenzimmer zu erzwingen, und als sie durch die Tür trat, sah sich Karson schon die morgendlichen Nachrichten im Fernsehen an.

Die Schwester trat zu ihr ans Bett, klopfte die Kissen aus und blickte prüfend auf den Überwachungsmonitor.

»Ich hätte wirklich gerne einen Kaffee, Lilian.«

»Ich werde Ihnen gleich das Frühstück bringen lassen.« Lächelnd tätschelte die Schwester ihre Hand und segelte dann wieder aus dem Raum.

»Der Kaffee hier ist schrecklich. Ich weiß, dass ich mich nicht so anstellen sollte, aber Gott, ich kann es nicht erwarten, hier herauszukommen. Haben Sie Neuigkeiten?«

»Tut mir leid, Ms. Karson, aber ich muss Ihnen mitteilen, dass Jordan Banks nicht mehr am Leben ist.«

»Wie bitte?« Sie versuchte, sich mit dem gesunden Arm vom Bett zu stemmen, fuhr zusammen und ließ ihn wieder fallen. »Jordan? Wie ist das passiert? Mein Gott.«

»Er wurde heute in den frühen Morgenstunden umgebracht.«

»Umgebracht? Wie kann ... was haben sie mit ihm gemacht? Und wo? Mein Gott, ich brauche einen Augenblick für mich.«

Sie warf sich beide Hände vors Gesicht und wiegte sich vor und zurück. »Ermordet. Tot. Ich kann ... ich habe ihn verabscheut. Habe ihn am Schluss verabscheut und mich gleichzeitig dafür geschämt, dass ich mich über Monate von ihm zur Närrin habe halten lassen wie wahrscheinlich vor mir bereits jede Menge anderer Frauen. Und jetzt erfahre ich, dass er nicht mehr am Leben ist.«

Sie ließ die Hände wieder sinken, doch die Tränen, die in ihren Augen glänzten, brachen sich nicht Bahn. »Wir waren ungefähr acht Monate zusammen, vor ein paar Wochen habe ich dann Schluss gemacht.«

»Ich weiß.«

»Natürlich wissen Sie das schon. So was zu wissen, ist Ihr Job. Ich kann einfach nicht denken. Kriege keinen klaren Gedanken hin.«

»Ich kann Ihnen ein Wasser holen, wenn Sie wollen«, erbot sich Peabody.

»Ich hätte wirklich gerne etwas zu trinken, aber irgendetwas, was dröhnt. Ich hätte gerne einen Augenblick, in dem nicht alle diese Leute, die ich kannte, umgekommen sind.« Sie schloss ihre Augen wieder und atmete tief durch. »Wie wurde er ermordet? Können Sie mir sagen, wie er umgekommen ist?«

»Die offizielle Todesursache wird erst bei der Autopsie ermittelt«, antwortete Eve und wog die Möglichkeiten, die sie hatte, ab. »Aber ich glaube, dass jemand ihm das Genick gebrochen hat.«

»Dann hatte Jordan also eine Schlägerei? Aber das kann nicht sein. Er hätte nicht gewusst, was er mit seinen Fäusten machen soll.«

»Oh nein, er hatte keine Schlägerei. Wie viel haben Sie ihm von den Fusionsplänen erzählt?«

»Ich ... viel zu viel.« Ihr Atem stockte abermals und sie umklammerte die Bettdecke mit ihrer Faust. »Wollen Sie damit sagen, Jordan hätte was mit diesem Bombenattentat zu tun gehabt?«

»Das kann ich noch nicht sicher sagen. Haben Sie ihm denn Details genannt?«

»Ich dachte, dass ich Jordan liebe, und ich dachte, dass er mich genauso liebt wie ich ihn. Die Banks sind Unternehmer und sie kennen sich mit solchen Sachen aus. Nur Jordan interessiert sich mehr für Kunst, wobei auch das nicht wirklich stimmt. Vor allem interessiert er sich für Frauen, für reiche Frauen, und dafür, wie er sie ausnutzen kann. Aber ich dachte, dass er sich für mich und deshalb auch für meine Arbeit interessiert, und habe deshalb meine Überlegungen, Pläne und damit verbundenen Hoffnungen mit ihm geteilt. Seine Ratschläge waren manchmal wirklich gut. Vor allem aber hat er zugehört und mich in allen Belangen unterstützt. Ich war so naiv zu denken, dass er's wirklich ehrlich meint.«

»Sie waren nicht naiv«, erklärte Peabody. »Sie haben ihn geliebt und dachten, dass er Sie genauso liebt. Sie haben ihn auf privater Ebene als Partner angesehen.«

»Das habe ich. Ich dachte ... ich war tatsächlich so dumm, mir einzubilden, dass wir eine Zukunft haben.«

»Es ist menschlich und total natürlich, dass wir unsere Partner in die Dinge, die uns wichtig sind, mit einbeziehen. Dass wir mit ihnen reden, dass sie zuhören und uns Ratschläge erteilen.«

»Ich hoffe, dass ich eines Tages selbst wieder so empfinden kann, wenn ich einen Menschen finde, dem ich tatsächlich vertrauen kann. Doch jetzt ... ich habe ihn verabscheut und das ist nicht einfach so dahergesagt. Trotzdem kann ich mir nicht vorstellen, dass er an den Dingen, die geschehen sind, beteiligt war. Eltern und ihr Kind in Angst und Schrecken zu versetzen, Menschen zu ermorden und dass ich nach diesem Anschlag hier im Krankenhaus gelandet bin. Wir haben über Monate das Bett geteilt und fast zusammengelebt.«

»Warum haben Sie Schluss gemacht?«, erkundigte sich Eve.

Sie seufzte abgrundtief. »Er wollte Geld von mir. Natürlich nur geliehen, am Anfang habe ich mir nichts dabei gedacht. Es ging um ein paar Tausender in bar, doch dann beim zweiten Mal haben die Alarmglocken bei mir geschrillt. Er hatte mir das erste Darlehen nicht zurückgezahlt und wollte es anscheinend auch niemals zurückzahlen. Also habe ich ihm nichts mehr gegeben, er wollte auch nicht noch einmal etwas von mir haben. Doch dann kam ich dahinter, dass er was mit einer anderen angefangen hatte. Einer, wie nicht anders zu erwarten, wohlhabenden und in dem Fall noch verheirateten Frau. Als ich ihn drauf angesprochen habe, hat er es mit einem Achselzucken abgetan. Einfach nur mit einem gleichmütigen Achselzucken«, erklärte sie und ihre Augen glitzerten vor Wut.

»Er meinte nur, es wäre meine eigene Schuld, denn da ich ihm kein Geld geben wollte, hätte er eben eine andere Quelle angezapft.«

»Wie dreist.«

»Ich hätte ihm für diese Frechheit in die Eier treten sollen. Stattdessen habe ich ihn vor die Tür gesetzt, doch das hat ihn nicht sonderlich gestört. Im Gegenteil, er hat mir sogar noch erklärt, er hätte sowieso ausziehen wollen.«

»Dass Sie ihn dafür nur verachtet haben, kommt mir recht harmlos vor«, bemerkte Eve und Karson lächelte sie an.

»Nicht wahr? Trotz all dem ist er nicht gewalttätig. Er ist ein fauler Hund, nutzt andere schamlos aus, er ist ein nichtsnutziger Hurensohn und ein Opportunist, aber ein Mörder ist er nicht.«

»Womöglich hat er einen gekannt.«

»Oh Gott, das weiß ich nicht. Wie spät ist es?« Sie warf einen Blick auf ihre Uhr. »Auf alle Fälle noch zu früh, um Juliette anzurufen. Meine beste Freundin. Sie ist immer für mich da.«

»Erzählen Sie mir von seinen Freunden und Bekannten.«

»Einige waren durchaus nett. Einnehmend, witzig, interessant. Wogegen ein paar andere eher bissig und vor allem aufs Partymachen und auf Abenteuer aus waren. Auf den Partys wurden immer jede Menge Drogen konsumiert, und da ich einen Ruf zu wahren habe, sind wir dort am Ende kaum noch hingegangen. Ich wollte meinen Namen und den Namen meines Unternehmens ganz bestimmt nicht in Zusammenhang mit irgendeiner Party, auf der sie Erotica und Buzz wie Kanapees anbieten, in der Zeitung lesen.«

»Haben diese Leute auch gezockt?«

»Natürlich. Meist legal, doch meiner Meinung nach gelegentlich auch illegal. Die meisten dieser Leute konnten es sich leisten, Geld beim Spielen zu verlieren.«

»Hat einer von denen sich für Ihre Arbeit und für die Fusionspläne von Ihrem Unternehmen interessiert?«

»Lieutenant, diese Typen und vor allem die, die Jordan mochte, interessieren sich nicht für Arbeit oder irgendwelche Unternehmen. Sie machen Party und sie jetten durch die Gegend. Obwohl ich vielleicht hin und wieder beiläufig den Namen meines Unternehmens habe fallen lassen, kann ich mich beim besten Willen nicht daran erinnern, dass sich irgendwer danach erkundigt hätte oder ehrlich daran interessiert war.«

»Wussten Sie, dass Jordan in seiner Galerie Geld gewaschen hat?«

Karson atmete vernehmlich aus. »Ach ja? Natürlich hat er das. Das hätte ich mir denken sollen. Wie konnte ich nur so dumm sein, das nicht sofort zu sehen? Ich sollte für die Bilder, die ich dort erstanden habe, bar bezahlen, aber das habe ich natürlich nicht gemacht. Ich habe einige Gemälde für die Firma und im Namen der Firma eingekauft, für solche Käufe gibt es natürlich feste Regeln. Auch für die Gemälde, die ich für mich selbst haben wollte, habe ich Belege verlangt.«

»Ich habe ihm zu viel erzählt«, stieß sie mit dumpfer Stimme aus. »Ich habe ihm zu sehr vertraut und er hat mein Vertrauen auf verschiedene Art missbraucht. Für Geld und um sein Ego aufzublähen, hat er Dinge, über die er niemals hätte sprechen dürfen, jemand anderem erzählt, deshalb sind jetzt all diese Menschen tot. All diese Menschen sind gestorben, weil ich mich an jemand anlehnen wollte und mir eingeredet habe, dass er dieser Jemand ist.«

»Sie sind nicht verantwortlich für dieses Attentat«, erklärte Eve ihr barsch. »Und Banks hat einen hohen Preis bezahlt, falls er darin verwickelt war. Aber Sie sind nicht schuld an dem, was gestern Morgen vorgefallen ist. Und Sie sind sicher nicht die Einzige, die jemandem, dem sie vertraut hat, Einzelheiten dieses Deals verraten hat. Das haben die Männer, die Paul Rogan diese Bombe zünden ließen, schamlos ausgenutzt.«

Sie wandten sich zum Gehen, während Karson durch den Wald von Blumen vor dem Fenster müde auf den grauen Himmel sah.

Das dreistöckige Haus der Pearsons in der Upper East Side war ein würdevoller roter Backsteinbau, die großen Fenster aber sahen durch den Regen, der inzwischen statt des Graupels niederging, wie leere, ausdruckslose Augen aus.

»Wir sind etwas zu früh«, bemerkte Peabody, als sie mit Eve unter das Vordach der aus teurem Holz gefertigten zweiflügeligen Haustür trat.

»Damit kommen sie schon zurecht.« Eve drückte auf den Klingelknopf und sah sich die diskrete, aber ausgezeichnete Alarmanlage an.

Guten Morgen, grüßte die Stimme des Computers sie in neutralem, doch nicht unfreundlichem Ton. *Wegen eines Todesfalls in der Familie empfangen die Pearsons momentan keinen Besuch.*

»Lieutenant Dallas«, begann Eve, während sie ihre Marke vor den Scanner hielt. »Und Detective Peabody von der New Yorker Polizei. Wir werden erwartet.«

Einen Augenblick bitte.

Der Scanner las die Marke ein und die zu Anfang rote Linie wurde grün.

Ihre Marke wurde überprüft, Lieutenant. Der Familie wird Bescheid gegeben, dass Sie angekommen sind. Bitte gedulden Sie sich einen Augenblick.

Die rechte Tür ging auf und eine Frau in Schwarz begrüßte sie. »Es tut mir leid, dass ich Sie habe warten lassen. Bitte kommen Sie herein.«

Die Frau von vielleicht fünfzig hatte einen glatten schwarzen Bob und dunkle Augen, die vom Weinen leicht verquollen und gerötet waren. Jetzt trat sie höflich einen Schritt zurück und fragte: »Darf ich Ihnen die Mäntel abnehmen?«

»Nein danke.«

»Wenn Sie mir dann bitte folgen würden.« In vernünftig flachen Schuhen lief sie vor den beiden über einen dicken Teppich in verblasstem Blau und Rot, auf dem ein großer runder Tisch mit einer großen Vase voller weißer Blumen stand, zu einer Bogentür und weiter in den Wohnraum, der genügend Platz für gleich drei Sitzgruppen und einen Kamin aus mit Schwarz und Grau durchbrochenem weißem Marmor bot.

»Nehmen Sie doch Platz. Die Herrschaften sind auf dem Weg.«

»Wie lange arbeiten Sie schon für die Pearsons, Ms. …?«

»Mrs. Stuben. Dreiunddreißig Jahre. Wenn Sie mich bitte entschuldigen. Ich sehe nur schnell nach dem Kaffee und dem Tee.«

Sie wandte sich zum Gehen, doch in der Bogentür kam ihr ein Mann entgegen, der gut dreißig Zentimeter größer als sie war. Er legte ihr die Hände auf die Schultern, küsste ihren schwarzen Bob und flüsterte ihr etwas ins Ohr, worauf sie seine Hand drückte, bevor sie eilig weiterging.

Mit großen Schritten kam er in den Raum. In seinem schwarzen Wollpullover und der schwarzen Hose sah er wie ein Ofenrohr auf Beinen aus und sein Gesicht, das hager wie der Rest des Körpers war, wirkte erschöpft, als hätte er die ganze Nacht kein Auge zugemacht.

»Lieutenant, Detective. Ich bin Drew Pearson. Meine Mutter und die anderen kommen gleich dazu. Bitte nehmen Sie doch Platz.«

»Unser Beileid zu Ihrem Verlust, Mr. Pearson. Sie und Ihre Familie durchleben gerade eine schwere Zeit.«

»Wir sind am Boden zerstört. Ich dachte bisher immer, dass das klingt, als ob ein Glas zu Boden fällt, aber inzwischen ist mir die Bedeutung dieser Worte klar.«

Er nahm in einem eleganten blauen Sessel mit demselben Rosenmuster wie auf dem Sofa Platz und klappte dabei seinen Körper so zusammen wie jemand anderes einen Regenschirm.

»Dringender als alles andere müssen wir erfahren, wer hinter diesen Morden steckt und was der Grund für diesen Anschlag ist. Wir müssen diesen und die nächsten Tage überstehen, aber wie soll das gehen, solange wir nicht wissen, wer die Täter sind und warum all diese Menschen umgekommen sind? Mein Vater … Das macht ihn nicht mehr lebendig, doch wie sollen wir diese Tage überstehen, solange wir uns außer mit der Trauer noch mit diesen Fragen quälen?«

»Die Polizei wird alles tun, um Antworten zu finden«, sagte Eve ihm zu. »Sie selbst waren gestern früh in London.«

»Ja. Ich leite oder leitete den Firmensitz in Großbritannien.«

»Aber die Verhandlungen wurden hier geführt und auch die Unterzeichnung des Vertrages sollte hier stattfinden.«

»Das stimmt. Deswegen war ich in den letzten Monaten auch ständig unterwegs, obwohl der größte Teil der Arbeit telefonisch oder über Videoschalte lief.«

»Sie waren für den Zusammenschluss von Quantum und Econo.«

»Ich hatte selbst die Idee dazu und habe dementsprechend meine Fühler ausgestreckt. In den letzten grauenhaften vierundzwanzig Stunden habe ich mich ein ums andere Mal gefragt, ob die Idee und ihre Umsetzung womöglich am Tod meines Vaters schuld sind.«

»Das sind sie nicht. Die Leute, die Paul Rogan die Sprengstoffweste angezogen und ihn dann gezwungen haben, sich selbst und andere in die Luft zu jagen, haben Ihren Vater und die anderen umgebracht.«

»Sie sind sich vollkommen sicher, dass nicht Paul ... dass er an diesem Anschlag nicht von Anfang an beteiligt war?«

»Das wissen wir genau. Haben Sie ihn gekannt?«

»Sogar sehr gut. Erst konnte und dann ... wollte ich nicht glauben, dass er dieses Ding gezündet haben soll.« Er kniff sich in die Nase und verschränkte dann die Hände fest im Schoß. »Cecily und Melly – seine Frau und seine Tochter –, geht es ihnen gut?«

»Eines Tages wird es ihnen wieder gut gehen.«

»Wir haben es bisher nicht über uns gebracht, die zwei zu kontaktieren. Meine Mutter ...«

Ehe er den Satz beenden konnte, kamen drei Frauen, alle ganz in Schwarz gekleidet, Arm in Arm beziehungsweise Hand in Hand herein und er stand eilig wieder auf.

»Mom.« Er nahm die Hand der Frau, die in der Mitte ging, und führte sie zu Eve und Peabody, die vom Sofa aufgestanden waren. »Das hier sind Lieutenant Dallas und Detective Peabody. Meine Mutter, Rozilyn Pearson.«

»Mrs. Pearson, danke, dass Sie uns empfangen. Unser tief empfundenes Beileid zu Ihrem Verlust.«

Sie sah sie aus verweinten und von den Beruhigungsmitteln trüben Augen an, bevor sie sich aufs Sofa sinken ließ. »Mein Mann ist tot«, erklärte sie mit einer Stimme, die so grau klang wie der Tag.

Die beiden anderen Frauen flankierten sie und die Frau rechts, wahrscheinlich ihre Tochter, ergriff ihre Hand. Auf alle Fälle hatten sie die gleichen zarten Züge und dieselben dunkelbraunen Augen, auch wenn in den jüngeren Augen eher heiße Wut als Trauer lag.

»Meine Schwester Liana und Sybil, meine Frau.« Drew blickte seine Schwester an. »Was ist mit Brad?«

»Der kommt, sobald er kann. Mein Mann«, wandte Liana sich an Eve und Peabody. »Er kümmert sich um seine und um Sybils Kinder und um unseren Sohn. Noah ist erst sechs, auch die anderen Kinder sind noch jung. Wobei sich Noah und mein Vater ganz besonders nahestanden und er nicht begreift, dass sein Opa jetzt nicht mehr da sein soll.«

»Wir werden Sie nicht lange aufhalten«, erklärte Eve, als Stuben einen Tisch mit einem Kaffee- und mit einem Teeservice hereinrollte.

Eilig stand Sybil auf. »Lassen Sie mich Ihnen helfen, Bessie. Rozilyn, du trinkst jetzt erst einmal einen Tee.« Der ausgeprägte britische Akzent passte hervorragend zu ihrem blassen Teint und dem zu einem Pferdeschwanz gebundenen kastanienbraunen Haar. »Lieutenant?«

»Ich hätte gerne einen schwarzen Kaffee. Vielen Dank.«

»Und Sie, Detective?«

»Weiß und süß.« Als Sybil nicht verstand, erklärte sie: »Kaffee mit etwas Sahne oder Milch und mit zwei Stücken Zucker. Danke.«

Froh, etwas zu tun zu haben, schenkte Sybil ihnen

ein und Eve gab allen die Zeit, um sich zu fassen, bis sie fragte: »Mrs. Pearson, wissen Sie, ob jemand Ihrem Mann oder dem Unternehmen schaden oder die Fusion verhindern wollte?«

»Nein. Nein. Er ist ein guter Mensch, ein treusorgender Vater und ein wundervoller Ehemann. Auch seinen Angestellten gegenüber ist er stets loyal, alle lieben ihn. Nicht wahr, Liana? Alle lieben deinen Vater.«

»Ja, natürlich tun sie das.«

»Er hat Paul wie einen *Sohn* behandelt!« Plötzlich drückten auch die bisher trüben Augen Zorn und grenzenlose Trauer aus. »Paul und Cecily waren hier stets willkommen und unsere Enkel haben oft mit Melody gespielt. Trotzdem hat er meinen Derrick umgebracht.«

»Mom, Mom.« Liana wollte einen Arm um ihre Schulter legen, aber Rozilyn schob sie fort.

»Erzähl mir nicht, dass Paul ein Opfer ist! Erzähl mir nicht, dass jemand ihn gezwungen hat. Dieser *Mörder* hat entschieden, den Knopf zu drücken. Hat entschieden, deinen Vater umzubringen. Meinen Derrick. Meinen Ehemann.«

Bei den letzten Worten wurde ihre Stimme schrill und dann brach sie in Tränen aus.

»Sie schafft das nicht«, sagte Liana und stand auf.

»Ich werde sie nach oben bringen.« Stuben beugte sich zu Rozilyn herunter, zog sie hoch und wandte sich mit ihr zum Gehen. »Lassen Sie uns nach oben gehen, Miz Roz. Kommen Sie mit rauf.«

»Was sollen wir nur tun, Bessie? Was sollen wir tun?«

»Am besten ruhen Sie sich erst einmal ein bisschen

aus«, erklärte Stuben ihr und schob sie sachte aus dem Raum.

»Sie kann ihm nicht …«, begann Liana, wandte sich dann aber eilig ab und rang um Fassung, während Sybil lautlos weinend ihre Hand ergriff.

»Meine Eltern …«, ergriff Drew das Wort und räusperte sich kurz, bevor er weitersprach. »Sie waren neununddreißig Jahre lang verheiratet. Sie kannten sich schon, als sie Kinder waren. Meine Mutter ist einfach noch nicht in der Lage für so ein Gespräch.«

»Das kann ich nachvollziehen. Falls wir ein anderes Mal wiederkommen sollen, weil auch Sie anderen …«

»Nein, bitte. Gott, am besten bringen wir es einfach hinter uns.« Liana presste ihre freie Hand ans Gesicht. »Bringen wir's einfach hinter uns. Ich habe mit Cecily gesprochen.«

»Du hast … wann?«, erkundigte sich Drew.

»Vorhin, sofort nachdem ich aufgestanden bin. Ich musste einfach mit ihr sprechen, obwohl es uns beiden furchtbar schwergefallen ist. Wir waren Freundinnen oder zumindest wirklich gut bekannt«, wandte Liana sich an Eve. »Ihre Tochter ist ein bisschen älter als mein Sohn, aber sie hat des Öfteren mit ihm gespielt, genau wie mit Drews Kindern, wenn sie hier waren, auch wir Eltern kamen prima miteinander aus. Es war sehr hart, aber sie hat am Telefon erzählt, was sie mit ihr, mit Paul und Melody gemacht haben. Meine Mutter kann das nicht verstehen und das, was Paul getan hat, nicht verzeihen. Das werde ich auch nicht von ihr verlangen, aber ich kann und muss verstehen und verzeihen. Ich habe schließlich selbst ein Kind. Genau wie du und Sybil«, rief sie ihrem Bruder in Erinnerung. »Wolltest du deine Familie nicht auch um jeden Preis beschützen?«

Sie atmete tief durch. »Ich bin unglaublich wütend, aber obwohl ich es wollte, kann ich nicht auf Paul, Cecily und dieses kleine Mädchen wütend sein. Wo soll ich jetzt hin mit diesem Zorn? Wer hat den armen Mann gezwungen, die Sprengweste zu zünden, wer hat uns das angetan?«

»Wir arbeiten daran herauszufinden, wer das war. Hatte Ihr Vater Feinde?«

»Konkurrenten wie zum Beispiel Ihren Mann. Konkurrenten und Rivalen, aber Feinde? Jemand, der ihn töten wollte? Ihn und all die anderen Menschen, die in diesem Konferenzraum umgekommen sind? Auf keinen Fall.«

»Sie arbeiten hier in New York, das heißt, dass Sie oft in der Nähe Ihres Vaters waren. Gab es Meinungsverschiedenheiten wegen der Fusion?«

»Natürlich gab es die. Das ist ein großer Schritt und eine riesige Veränderung, aber am Ende werden alle davon profitieren. Paul selbst war am Anfang nicht begeistert, doch am Ende haben wir ihn überzeugt.«

»Warum waren Sie nicht bei der Präsentation dabei?«

»Dad wollte, dass jemand aus der Familie in Rom ist. Drew ist in London, Jean-Philippe, unser Cousin, ist in Paris und ich sollte nun einmal nach Italien. Auch Willimina hat in allen größeren Städten hochrangige Leute eingesetzt.«

»Weil die Präsentation weltweit Schlagzeilen machen sollte«, fügte Drew mit einem unglücklichen Lächeln an.

»Wurde vorher irgendwer aus der Familie bedroht?«

»Nein.« Drew schaute seine Frau und seine Schwester fragend an und als sie kopfschüttelnd verneinten, meinte er: »Das Attentat kam ohne Vorwarnung.«

»Mit wem haben Sie über diesen Zusammenschluss gesprochen? Außerhalb des Unternehmens«, fragte Eve.

»Seit ein paar Wochen immer wieder mal mit Journalisten in Europa«, antwortete Drew und schränkte ein: »Obwohl das meistens Sybil übernommen hat.«

»Ich bin die Leiterin der Marketingabteilung für Europa und bin extra früher aus dem Mutterschutz zurückgekommen, damit ich diese Aufgaben übernehmen kann.«

»Das heißt, Sie haben Infos an die Medien durchgestochen?«

»Kleinigkeiten, die strategisch wichtig waren. Natürlich haben wir dichtgehalten, bis wir die Geschichte bringen durften, aber um Interesse an dem Deal zu wecken, haben wir immer wieder einmal irgendwelche Andeutungen gemacht. Doch Einzelheiten haben wir nie genannt.«

Statt näher darauf einzugehen, wandte Eve sich unvermittelt einem anderen Thema zu. »Wie gut kannten Sie Jordan Banks?«

Sibyl riss kurz die Augen auf, bevor sie vor sich auf den Boden sah, sie strich nervös mit einer Hand über ihr Haar.

10

Liana runzelte die Stirn. »Der Name sagt mir irgendetwas. Wo habe ich den nur schon einmal gehört?«

»Es tut mir leid. Mir sagt er nichts«, erklärte Drew und Sybil schüttelte den Kopf.

»Der Ex-Freund von Ms. Karson«, meinte Eve.

»Genau, das war's. Das schwarze Schaf der Kommunikations- und Entertainment-Banks.«

Jetzt runzelte auch Drew die Stirn. »Ich glaube nicht, dass ich ihm je begegnet bin. Aber ich kenne Morgan Banks. Ist das sein Bruder?«

»Ich glaube, ja.« Liana schien sich langsam zu beruhigen und trank einen Schluck des Kaffees, der ihr bisher völlig gleichgültig gewesen war. »Ich bin ihm ebenfalls noch nie begegnet, doch ich habe einiges über ihn gehört. Ich glaube, irgendwer hat mir erzählt, dass Willimina mal mit ihm zusammen war. Sie kannte ich natürlich wegen der Fusionsverhandlungen, aber ... Augenblick, ich bin ihm *doch* einmal begegnet. Irgendwann im Herbst auf einer Dinnerparty. Weshalb interessieren Sie sich für ihn?«

»Er ist tot.«

Sybil erstarrte und ihr Mann beugte sich vor und fragte: »Hat sein Tod etwas mit dem Attentat zu tun?

War Jordan Banks auf irgendeine Art in diesen Anschlag involviert?«

»Das könnte sein.«

»Aber Willimina wurde bei dem Anschlag auch verletzt!« Krachend stellte Liana ihre Tasse wieder auf der Untertasse ab. »Sie hätte sterben können und wurde schwer verletzt. Sie wollen uns doch sicher nicht erzählen, er wollte sich mit diesem Anschlag dafür rächen, dass sie mit ihm Schluss gemacht hat.«

»Wir denken nicht, dass das der Grund für den Anschlag war, aber wir gehen davon aus, dass Banks direkt oder vielleicht auch indirekt in dieses Attentat verwickelt war.«

»Er galt als ausgemachter Frauenheld, aber dieses Attentat war böse. Einfach böse. Hat er Paul gekannt?«

»Bisher deutet nichts auf eine Verbindung zwischen den beiden hin«, erklärte Eve Liana, konzentrierte sich aber in Wahrheit ganz auf deren Schwägerin.

»Mehr kann ich Ihnen im Augenblick nicht dazu sagen«, fuhr sie fort. »Wir wollen Sie auch nicht länger aufhalten, aber es wäre hilfreich, wenn wir kurz mit jedem einzeln sprechen könnten.«

»Einzeln?«, fragte Drew.

»Das würde uns bei den Ermittlungen helfen, danach wären Sie uns wieder los.«

»Ich wollte sowieso nach Brad und nach den Kindern sehen«, meinte Liana und stand auf. »Ich könnte meinen Mann herunterschicken und bei Noah bleiben, falls Sie ihn auch sprechen wollen.«

»Das wäre gut. Mr. Pearson, falls Sie uns den Raum hier überlassen, sprechen wir zuerst mit Ihrer Frau und wenn wir fertig sind, kann sie Sie holen. Wir stellen Ihnen allen noch ein paar letzte Fragen, dann verschwinden wir.«

»In Ordnung.« Er stand auf, strich seiner Frau über das Haar und folgte seiner Schwester aus dem Raum.

Eve wartete, bis sie verschwunden waren, und wandte sich dann Sybil zu.

»Jetzt spucken Sie's schon aus.«

»Verzeihung?« Sybil blinzelte verwirrt.

»Sie kannten Banks. Zwölf Menschen sind bei diesem Anschlag umgekommen und jetzt hat's auch ihn erwischt. Also erzählen Sie mir, was ich wissen muss. Doch vorher kläre ich Sie über Ihre Rechte auf.«

»Oh Gott, mein Gott.«

Sie schlang sich die Arme um den Bauch und Eve belehrte sie und fragte: »Hatten Sie etwas mit Jordan Banks?«

»Nein! Oh nein, so war das nicht. Ich meine, es war nur ein … Flirt. Ich habe nie … wir haben nie … ich könnte Drew niemals betrügen. Es ist nur einfach so, dass ich …«

»Haben Sie ihn in London kennengelernt?«, mischte sich Peabody mit sanfter Stimme ein.

»Ja. Vor über einem Jahr. Das Baby war erst drei Monate alt. Jacey war drei Monate und unser Junge, Trey, war gerade zwei geworden, denn wir wollten immer, dass die Kinder altersmäßig möglichst eng zusammen sind.«

Sie verschränkte ihre Hände abermals im Schoß. »Drew und Liana stehen sich unglaublich nahe und da wir das auch für unsere Kinder wollten, sollten sie sich auch vom Alter nahe sein. Aber ich …«

»Zwei Kinder unter drei.« Eves Partnerin bedachte sie mit einem mitfühlenden Blick. »Das ist sehr anstrengend.«

»Das ist es. Obwohl ich natürlich Hilfe hatte. Meine Mutter und dazu noch eine Nanny, aber ich …« Sie warf sich unglücklich die Hände vors Gesicht. »Es gibt keine Entschuldigung für das, was ich getan habe. Drew war wegen des Zusammenschlusses permanent in irgendwelchen Meetings oder in den Staaten, um mit seinem Vater und dem Vorstand irgendwelche Einzelheiten durchzugehen. Ich war vollkommen erschöpft und fühlte mich vernachlässigt und … unbegehrt. Was furchtbar egoistisch von mir war, denn schließlich hatte ich zwei wundervolle Kinder, einen Mann, den ich von ganzem Herzen liebe und der mich und unsere Babys liebt. Ich habe mich in Selbstmitleid geaalt, weil er zur Arbeit ging und ich zu Hause saß.«

»Sie waren in Mutterschutz, im Grunde aber waren Sie es gewohnt, auch selbst einer Arbeit nachzugehen und Teil des Unternehmens zu sein«, bemerkte Eve.

»Vielleicht litt ich auch unter einer kleinen postnatalen Depression. Ich weiß es nicht. Das ist keine Entschuldigung, nach Trey war ich sofort wieder die Alte, doch nach der Geburt von Jacey ging's mir einfach schlecht.«

»Wo haben Sie ihn kennengelernt?«, kam Eve wieder auf Banks zurück.

»Bei einer Vernissage, die Drew mit mir besuchen wollte. Er hatte mir versprochen, endlich wieder einmal mit mir auszugehen. Wir wollten seit Langem wieder einen Abend ohne Fläschchengeben, Windelnwechseln, Gutenachtgeschichte nur für uns alleine haben. Ich war auf lächerliche Weise aufgeregt und hatte mich extra zurechtgemacht, dann rief er mich an und meinte, es täte ihm leid, aber es gäbe ein Problem, um das er sich noch an dem Abend kümmern muss.«

Mit einem verständnisvollen Nicken meinte Peabody: »Sie waren traurig und enttäuscht.«

»Im Grunde war es lächerlich, doch ich war fix und fertig, denn ich hatte bereits unsere Nanny für den Abend einbestellt und mir vor allem extra für die Vernissage ein neues Kleid gekauft. Deswegen dachte ich, was soll's. Ich kann auch ohne Drew zu dieser Vernissage gehen, wenn er mich nicht begleiten will.«

»Dort haben Sie Banks kennengelernt«, schloss Eve.

»Er war auf der Vernissage und irgendwie kamen wir dort ins Gespräch. Er war unglaublich aufmerksam und sehr charmant, ich habe mit ihm geflirtet, teilweise aus Wut auf Drew, aber vor allem, weil sich endlich wieder mal jemand für mich zu interessieren schien.«

»Nach zwei Schwangerschaften in den letzten Jahren wollten Sie sich wieder einmal wie ein Mensch, wie eine Frau und nicht nur wie die Mutter zweier kleiner Kinder fühlen«, griff Peabody das Thema auf.

»Gott, ja. Natürlich war das falsch, doch nach der Vernissage habe ich mich noch von ihm auf einen Drink einladen lassen und wir haben uns über Kunst, Literatur und das Kino ausgetauscht. Wir haben einfach nur geredet und am Ende hat er mich zum Taxistand gebracht und mir die Hand geküsst. Er hat mir nur die Hand geküsst, aber gesagt, er wäre nur noch kurz in London, ob ich mich nicht mal mit ihm zum Mittagessen treffen wolle, weil er nicht gern alleine isst.«

»Also habe ich am nächsten Tag die Kinder mit der Nanny losgeschickt, ihn zum Lunch getroffen und mit ihm geflirtet. Am nächsten Nachmittag haben wir uns dann noch einmal auf einen Drink getroffen und ich fühlte mich auf wundervolle Art verrucht. Nach diesem Drink hat er mich geküsst und ich habe es geschehen lassen. In der Bar seines Hotels. Dann hat er gefragt, ob ich nicht noch mit in seine Suite raufkommen will.«

Sie warf sich beide Hände vors Gesicht. »Ich hätte beinah Ja gesagt. Ein Teil von mir wollte tatsächlich mit ihm auf das Zimmer gehen. Aber der Rest von mir war vollkommen entsetzt. Was tat ich da? Was tat ich da mit diesem Mann, den ich im Grunde gar nicht kannte, während Drew das Geld für die Familie verdiente und die Kinderfrau nach unseren Babys sah? Ich sagte Nein und bat ihn um Verzeihung, weil ich niemals derart mit ihm flirten sollte. Dann bin ich gegangen und habe ihn nie mehr gesehen. Das schwöre ich.«

»Was haben Sie ihm über die Fusion erzählt?«

»Im Grunde haben wir kaum …«

»Sie tragen einen Ring und haben ihm doch bestimmt von Ihrem Ehemann erzählt. Hatte er Mitgefühl und hat er Ihnen geschmeichelt, als Sie ihm etwas vorgejammert haben, weil Ihr Mann andauernd auf der Arbeit war?«

»Ich … wahrscheinlich. Ja. Er hat gesagt, wenn er so eine schöne, strahlende Frau zu Hause hätte, könnte er sich niemals auf die Arbeit konzentrieren. Er hat mich gefragt, was denn so wichtig an der Arbeit meines Mannes ist, dass er kaum je nach Hause kommt.«

»Da haben Sie ihm von der Fusion erzählt.«

»Ich habe ihm …« Sie presste eine Hand vor ihren Mund. »Das habe ich, auch wenn es eigentlich nur darum ging, dass meinem Mann aus meiner Sicht das Unternehmen der Familie wichtiger als die Familie selbst war, dass er derart mit dem Econo-Deal beschäftigt war, dass er kaum noch nach Hause kam.«

»Das heißt, Sie haben Econo erwähnt?«

»Das habe ich. Genau, das habe ich.«

»Hat er Sie nach Details gefragt?«

»Vielleicht. Das heißt, natürlich hat er das. Ich habe herumgejammert und ein attraktiver, sehr charmanter Mann hat mir sein Ohr geliehen und hatte Mitgefühl mit mir.«

»Was haben Sie ihm erzählt?«

»Im Grunde gab es kaum etwas zu erzählen, weil die Verhandlungen noch nicht weit gediehen waren. Zum Beispiel, dass Drew, sein Vater und ein paar der anderen hohen Tiere sich mit Willimina Karson und ein paar von ihren Leuten treffen würden und dass Drew deswegen ständig nach New York zu irgendwelchen Meetings muss. Ich habe das gehasst, wahrscheinlich auch, weil ich nicht in den Deal miteinbezogen war. Inzwischen ist mir klar, wie egoistisch und wie dumm ich war, doch Einzelheiten hätte ich ihm nicht erzählen können, denn die waren mir nicht bekannt. Ich habe also wirklich keine Ahnung, wie er in den Anschlag gestern Morgen involviert sein sollte.«

Das wusste Eve genau, doch sie ließ Sybil kommentarlos gehen und sprach der Form halber auch noch mit ihrem Mann, dem Schwager und der Schwägerin.

Auf dem Weg zurück zum Wagen meinte Peabody: »Was für ein Scheiß. Glauben Sie, dass sie versteht, dass sie den Ball ins Rollen gebracht hat?«

»Vielleicht. Auf jeden Fall hat Banks den Ball, den sie ihm zugespielt hat, an Karson weitergegeben und danach aus Geldgier oder einfach nur, um anzugeben, jemand anderem zugeworfen, der am Ende einen Volltreffer damit gelandet hat.«

»Glauben Sie, dass Banks die Frau auf dieser Vernissage absichtlich angesprochen hat?«

»Er konnte ganz unmöglich wissen, dass sie an dem Abend dort allein auftauchen würde. Also hat er meiner Meinung nach einfach sein Glück bei einer attraktiven, wohlhabenden Frau gesucht, denn dass sie Geld hat, hat der Ring, den sie am Finger trägt, gezeigt. Diesem Ring nach war sie zwar gebunden, aber trotzdem ist sie dort alleine aufgetaucht. Also hat er das Gespräch mit ihr gesucht und festgestellt, dass sie verletzlich und in ihrer Ehe offenbar nicht glücklich war«, erklärte Eve und fädelte sich in den fließenden Verkehr. »Das hat er dann schamlos ausgenutzt. Wahrscheinlich dachte er, er könnte mit ihr in die Kiste springen und sie dazu bewegen, dass sie etwas Kohle lockermacht, wenn er nicht ihrem Mann davon erzählen soll, doch dann erzählt sie ihm von der Fusion.«

»Da forscht er ein bisschen nach«, griff Peabody den Faden auf und starrte auf den Regen, der noch immer auf die Windschutzscheibe fiel. »Und stößt dabei auf Willimina Karson – eine attraktive, ungebundene Frau, die ihm weitere Infos liefern kann. Er arrangiert ein Treffen, fängt was mit ihr an und holt so viel wie möglich aus ihr raus. Wahrscheinlich dachte er, dass er mit diesen Infos etwas Geld verdienen kann, und hat den falschen Leuten gegenüber mit den Dingen angegeben, die er herausgefunden hat. Zum Schluss haben diese Leute ihren Informanten umgebracht.«

»So könnte es gewesen sein«, pflichtete Eve ihr bei. »Meiner Meinung nach hat der Idiot sie gestern Abend selbst kontaktiert und ihnen erzählt, er wüsste, dass sie hinter diesem Anschlag stecken, und er wollte am Gewinn beteiligt werden. Vielleicht war er sogar so dämlich, ihnen zu drohen, sie zu verpfeifen. Doch es hätte schon gereicht, dass er etwas von der Kohle haben wollte. Deswegen haben sie ihn kaltgemacht.«

Eve ballte eine Hand zur Faust und drehte sie dann ruckartig herum.

»Sie haben ihm das Genick gebrochen und das war's.«

»Ich glaube also nicht, dass unsere Täter aus einem der Unternehmen kommen«, fuhr sie fort. »Denn diese Leute hätten sowieso gewusst, was Banks herausbekommen und womit er sich gebrüstet hat. Aber er kannte beide oder zumindest einen Täter gut genug, dass er ihnen die Infos vielleicht gegen eine kleine Summe oder gegen einen kleinen Gefallen angeboten hat. Auf alle Fälle kannte er sie gut genug, um zu dem Treffen mitten in der Nacht im Central Park zu gehen.«

»Leute wie Banks sind derart glatt, dass sie sich offenbar nicht vorstellen können, dass jemals irgendwas an ihnen hängen bleibt. Wahrscheinlich dachte er, er hätte diese Typen in der Hand.«

»Genau. Jetzt fahren wir zu Morris, damit der uns erzählt, wie ihm die Sache aus der Hand geglitten ist.«

Als Eve den weißen Gang des Leichenschauhauses hinunterstapfte, war der Regen abgeebbt. Das gleichförmige Tröpfeln, das jetzt noch vom Himmel fiel, war jedoch so beständig, dass sie die Befürchtung hatte, dass der lecke Hahn über den Wolken sich nur noch mit einer riesengroßen Rohrzange zur Gänze schließen ließ.

Es roch nach chemischer Zitrone, nach Tod und im Sektionssaal erklang leiser Blues. Unter seinem durchsichtigen Umhang trug der Pathologe einen mit goldenen Nadelstreifen aufgepeppten dunkelgrünen Anzug über einem goldenen Hemd und einem dunkelgrünen Schlips; selbst das Band, das seinen langen dunklen Zopf zusammenhielt, griff diese beiden Farben auf.

Er lächelte die beiden Frauen an, als er Banks' Leber aus dem aufgeschnittenen Körper zog, und stellte fest: »An einem solchen Morgen sollte man am besten gar nicht aufstehen, aber wenn ich schon nicht liegen bleiben kann, höre ich zumindest Blues, der ebenfalls zu diesem Wetter passt.«

»Der Regen lässt allmählich nach«, bemerkte Eve. »Inzwischen nieselt es nur noch.«

»Das heißt, es könnte schlimmer sein.« Er wischte sich das Blut von seinen eingesprühten Händen ab. »Es könnte beispielsweise schneien, davon habe ich nach diesem Winter erst einmal genug.«

»Ich ziehe schon mal ein paar Osterglocken in der Küche vor«, erzählte Peabody. »Auf diese Weise überstehe ich die Zeit, bis es endlich Frühling wird.«

»Das muss ich auch mal ausprobieren.«

»Dem Toten ist wahrscheinlich schnuppe, ob es regnet oder schneit oder was eine Osterglocke ist«, bemerkte Eve.

»Eine wirklich hübsche Blume, die dazu noch einen wunderbaren Duft verströmt«, klärte sie Morris auf. »Ein Vorbote des Frühlings – aber wie auch immer wurde unser Toter von zwei jungen Burschen aus dem JKO gefischt, die dank des Alkohols in ihrem Blut immun gegen das widerliche Wetter und das kalte Wasser waren.«

»Die beiden sind jung und dumm, doch wenn sie nicht so jung und dumm wären, hätte Banks bestimmt noch ein paar Stunden dort im Wasser herumgelegen, weil bei diesem Wetter morgens niemand joggen geht.«

»Der Killer brauchte einiges an Muskelkraft, um Banks über den Zaum zu hieven.«

»Meiner Meinung nach waren sie zu zweit.«

»Dann hätten sie es einfacher gehabt. Aber auch um einem Menschen mit den bloßen Händen das Genick zu brechen, braucht man neben dem erforderlichen Können jede Menge Kraft.«

»Ich nehme an, der Täter hat eine Ausbildung beim Militär.«

»Das wäre eine Möglichkeit. Auf alle Fälle stand er direkt hinter Banks und müsste Rechtshänder sein. Der verstorbene Mr. Banks hat sich anscheinend nicht gewehrt, denn er weist keine anderen Verletzungen auf. Er hatte einiges an Rotwein intus, ein paar Cracker, etwas Brie, zwei gefüllte Taubeneier, ein paar Löffel Kaviar, ein paar Oliven, etwas Gänsestopfleber sowie das eine oder andere Glas Absinth.«

»Das heißt, dass er auf einer exklusiven Cocktailparty war.«

»Wobei er den Absinth sowie die Leber weniger als eine Stunde vor dem Tod zu sich genommen hat.«

»Das wiederum heißt, dass er direkt von der Party in den Park gegangen ist. Vielleicht waren auch die Killer auf der Party«, überlegte Eve und schaute sich die Leiche an. »Oder sie haben ein Treffen arrangiert. Auf alle Fälle hat er sie gekannt und ihnen erzählt, dass ich ihm hinterherschnüffle. Also …« Sie drehte ihre Hände in der Luft. »… hat einer von den Kerlen ihm die Gurgel umgedreht. Haben Sie auch schon den Tox-Bericht?«

»Die Blutproben sind im Labor. Ich denke also, dass es nicht mehr lange dauert. Er hat auf dieser Party mehr als nur gegessen und getrunken.« Morris zeigte auf den kleinen Plastikbeutel, der ein leuchtend rotes Haar enthielt. »Das Schamhaar habe ich aus seiner Schambehaarung herausgekämmt und schicke es an Harvo ins Labor.«

»Es ist wahrscheinlich von einer Frau, denn bisher gibt es keinen Hinweis darauf, dass er auch auf Männer stand. Vielleicht bekommen wir ja eine DNA.«

»Falls die Besitzerin des Haares im System ist, findet unsere Königin der Haare und der Fasern das auf alle Fälle heraus. Zu ihm kann ich noch sagen, dass er ein paar Kleinigkeiten im Gesicht und an verschiedenen Stellen seines Körpers hat machen lassen. Wie Sie sehen, hat er auch sein Schamhaar ordentlich rasiert.«

Eve blickte auf die schmale Haarlinie in Höhe seines Unterleibs. »Weshalb das rote Haar wahrscheinlich kaum zu übersehen war.«

»Das stimmt. Bisher weist alles darauf hin, dass er angenehm gesättigt, angenehm berauscht und sexuell befriedigt starb. Aber wahrscheinlich tröstet ihn das nicht.«

»Mich auch nicht, denn ich wollte ihn als Helfershelfer unserer Täter hinter Gitter bringen. Danke, Morris.«

»Immer wieder gern.«

Als sie den Raum verließen, folgte ihnen das Schluchzen eines Saxophons.

»Er war also auf einer Party und er hatte Sex«, bemerkte Eve im Gehen. »Versuchen Sie herauszufinden, ob er mit dem Taxi in den Central Park gefahren ist, danach sprechen wir mit seinem Broker, denn es ist schließlich möglich, dass der selbst nicht ganz sauber ist.«

Sie fuhr nach Osten und bis sie die schmalen Straßenschluchten des Finanzbezirks erreichte, hob die Partnerin zum Zeichen, dass sie etwas gefunden hatte, eine Hand.

»Genau. Können Sie mich zu dem Fahrer durchstellen? Kein Problem. Er hat ein Rapid Cab genommen«, sagte sie zu Eve. »Von der Ecke Sechsundneunzigste West und Zweiundzwanzigste bis zur Siebenundachtzigsten West. Oh ja, ich bin noch dran.«

Eve lauschte dem Gespräch mit halbem Ohr und lenkte ihren Wagen durch die Schatten, die das Meer der hohen Gebäude auf die Straße warf. Ein paar der eleganten Häuser stammten aus den goldenen Jahren des vorigen Jahrhunderts, während andere nach den Innerstädtischen Revolten hochgezogen worden waren, deshalb wechselten sich schlanke Türme mit den reich geschmückten, hohen Palästen hinter den vom Regen nassen Bronzepollern, die zum Schutz vor Autobomben links und rechts der Fahrbahnen errichtet worden waren, ab.

Weniger aus Sorge, andere Fahrer zu verärgern, als aus Unlust, kilometerweit durch den noch immer fallenden Nieselregen zu marschieren, ging sie, statt den Wagen einfach in der zweiten Reihe abzustellen, in die Vertikale, als sie in der zweiten Ebene eine winzig kleine Lücke unweit des Gebäudes, in dem Banks' Finanzberater saßen, fand.

»Sie haben die Rechnung für die Fahrt gefunden«, klärte Peabody sie auf. »Banks hat die Tour bezahlt und der Fahrer wusste noch, dass er alleine war. Er meint, der Kunde wäre ziemlich high oder vielleicht auch alkoholisiert gewesen und dass er mit irgendwem am Telefon gesprochen hat. Worum es ging, hat er nicht mitgekriegt oder vergessen, doch er weiß noch, dass Banks gesagt hat, er wäre gleich da. Er hat ihn in der Sechsundneunzigsten West 743 abgeholt, zwei Minuten nach der Ankunft seines Taxis kam Banks aus dem Haus.«

Die beiden Frauen stiegen aus und nahmen die Eisentreppe Richtung Bürgersteig.

»Banks hat die Fahrt mit seinem Telefon bezahlt, stieg aus und ging.«

»Okay. Nach dem Gespräch mit seinem Broker nehmen wir uns seine Wohnung vor. Er hatte sicher ein Adressbuch, also lassen Sie uns gucken, wo er gestern war. Dann können wir noch mit den anderen Partygästen sprechen, danach fahren wir in seine Galerie. Am besten sprechen wir uns aber vorher noch mit Baxter und Trueheart ab.«

Sie hatte die beiden beauftragt, Banks' Familie über seinen Tod zu informieren.

»Ich will von ihnen hören, wie die Familie reagiert

hat, weil ich dann vielleicht auch noch mit diesen Leuten reden muss.«

Sie schwammen mit dem Touristenstrom, der durch die Wall Street zog, und Eve roch den Kaffee und die dampfenden Soja Dogs, die es am frühen Mittag an den Schwebegrills zu kaufen gab. Sie wich den Demonstranten aus, die ihre Schilder schwenkten und mit ernsten, wütenden Gesichtern gegen den Kapitalismus wetterten, und machte einen großen Bogen um die Leute, die sich um den Wall-Street-Bullen drängten, denn ein Bulle – ob aus Fleisch oder Metall – war ihrer Meinung nach nichts anderes als eine Kuh mit einem Schwanz.

Dann trat sie in die elegant gewölbte, ganz in Gold gehaltene Eingangshalle des Gebäudes in der Beaver Street, wies sich mit ihrer Marke aus und nahm zusammen mit ihrer Partnerin den Fahrstuhl in das dreiundvierzigste Geschoss.

Statt Gold gab es bei Schultz und Buckley jede Menge Plüsch. Und Leute, die mit wichtigen Gesichtern die Berichte von der Börse und die Wirtschaftsnachrichten auf den verschiedenen Monitoren ansahen.

Sie gingen zum Empfang und einer der drei Angestellten dort sah sich Eves Marke an. »Es tut mir leid, doch Mr. Schultz ist heute nicht im Haus und kommt erst morgen wieder ins Büro. Soll ich seinen Assistenten bitten, einen Termin für Sie zu machen?«

»Am besten spreche ich selbst mit dem Assistenten.«

»Ich werde sehen, ob er zu sprechen ist.«

Ein paar Minuten später kam der Assistent nach vorn.

Ein Mann von vielleicht Anfang dreißig, proper wie der junge Trueheart und trotz Maßanzug und blank polierter Schuhe, die ihm den bei Bankleuten erforderlichen Schliff verleihen sollten, sah er mit den faltenlosen roten Wangen und den Rehaugen im Grunde fast noch wie ein Schulkind aus.

»Lieutenant, Detective. Bitte kommen Sie mit. Ich bin Devin Garrison, der Assistent von Mr. Schultz.« Er führte sie an mehreren Büros vorbei, in denen andere Anzugträger sich in einer Sprache über Geld austauschten, die Eve mindestens so fremd wie das Gefasel der Elektronikfuzzis war.

Dann bog er in ein anderes, etwas größeres, gut ausgestattetes Büro, das seiner Lage nach anscheinend jemandem gehörte, der im Unternehmen etwas höher angesiedelt war, und schob die Tür hinter sich zu.

»Ich … Mr. Schultz ist heute nicht im Haus. Ich habe … gerade in den Nachrichten von Mr. Banks gehört. Von Mr. Jordan Banks. Ich kannte ihn und kann nicht glauben …«

»Kannten Sie ihn gut?«

»Oh, im Grunde nur vom Telefon, wenn er hier angerufen hat. Oder wenn ich einen Termin in einem Restaurant für ihn und Mr. Schultz gemacht habe. Ich bin ihm nie begegnet, weil er nie hierhergekommen ist. Wenn nötig, hat Mr. Schultz ihn bei ihm zu Hause aufgesucht.«

»Wann hat Mr. Banks ihn das letzte Mal bei sich zu Hause einbestellt?«

»Dürfte ich kurz nachsehen?«

»Klar.«

Er trat hinter den Schreibtisch und rief einen Kalender auf dem Bildschirm des Computers auf. Der wenigen freien Spalten an den meisten Wochentagen nach hatte der werte Mr. Schultz anscheinend mehr als gut zu tun.

»Am achtzehnten Februar war der letzte monatliche Lunchtermin. Mitte des Monats wollten sich die beiden wieder treffen.«

»Wann haben die beiden Ihres Wissens zum letzten Mal telefoniert?«

»Erst gestern. Mr. Banks hat das Büro am frühen Morgen kontaktiert. Es ging um … wurde Mr. Banks tatsächlich umgebracht?«

»Er wurde wirklich umgebracht.«

»Am besten sprechen Sie mit Agatha, denn wissen Sie, auch wenn auf dem Papier noch immer Mr. Schultz ihn finanziell beraten hat, war eigentlich Agatha Lowell für das Konto zuständig.«

»Wo finden wir die Frau?«

Er führte sie zu einem der kleineren Büros, in dem eine – rothaarige – Frau mit einem Tablet in der einen und einem Smartphone in der anderen Hand hinter dem Schreibtisch saß. Auf einem großen Wandbildschirm sah Eve dieselben hoffnungslos verwirrenden Symbole, die sich Roarke beim Frühstück in dem Fernseher in ihrem Schlafzimmer ansah.

Jetzt hob die Frau den Kopf und blickte sie verärgert und verwirrt aus blauen Augen an.

»In Ordnung. Alles klar. Die Sache ist gebongt. Ich rufe Sie nachher noch einmal zurück.«

Sie beendete ihr Telefongespräch und schnauzte Devin ungeduldig an: »Was gibt's? Ich habe alle Hände voll zu tun.«

»Die beiden Frauen sind von der Polizei. Es geht um Mr. Banks … er wurde umgebracht!«

»Wann ist das denn passiert?« Noch immer mehr verärgert als schockiert hob sie die Brauen an.

»Heute in den frühen Morgenstunden«, sagte Eve und wandte sich noch einmal Devin zu. »Danke. Falls wir Sie noch einmal sprechen müssen, finden wir Sie.«

»Okay. Soll ich bei Mr. Schultz anrufen und ihm sagen, was passiert ist, Aggie?«, fragte er die rothaarige Frau.

»Am besten schickst du ihm eine kurze Textnachricht.« Sie lenkte ihren Blick zurück auf Eve und fragte, als ihr Smartphone wieder schrillte: »Können wir uns vielleicht möglichst kurzfassen? Ich habe wirklich viel zu tun.«

»Offenbar geht Ihnen der Tod des Klienten wirklich nah.«

»Im Grunde kannte ich ihn kaum, denn eigentlich war er Klient bei Mr. Schultz. Es tut mir immer leid, wenn jemand stirbt, doch das passiert nun mal und ich habe zu tun.«

»Devin hat gesagt, Sie waren für Banks' Finanzen zuständig.«

Seufzend blies sie sich den roten Pony aus der Stirn. »Moment.«

Sie tippte ein paar Zahlen in ihr Smartphone ein. »Cheryl, nehmen Sie vorübergehend meine Anrufe entgegen, ja? Ich habe im Moment keine Zeit.« Sie tippte wieder etwas in ihr Link und legte es dann fort.

»Banks war ein Arschloch, alles klar? Der alte Mr. Schultz hat ihn bei seinem Enkel abgeladen und Tad hat ihn dann zu mir geschoben, obwohl er sich offiziell auch weiterhin um ihn gekümmert hat, weil Banks der Ansicht war, dass Frauen nur auf der Welt sind, um gefickt zu werden und gut auszusehen.«

»Banks wusste also nicht, dass Sie für ihn zuständig waren.«

»Wenn ich ihn kontaktieren musste, habe ich getan, als wäre ich Tad Schultz. Ich bin ihm ab und zu begegnet, aber bei den Treffen hielt ich mich, so gut es ging, im Hintergrund.«

»Hatten Sie was mit ihm?«

»Ganz sicher nicht.« Als Eve die Brauen hochzog, seufzte sie und blickte auf ihr Telefon. »Bei unserem ersten Treffen hat er sich an mich herangemacht, aber ich habe ihm erzählt, ich wäre lesbisch, auch wenn das gelogen war. Wir Frauen wimmeln Kunden oder auch die hohen Tiere aus dem Unternehmen einfach leichter ab, indem wir tun, als würden wir gar nicht auf Männer stehen. Auf diese Art bleibt das Gesicht des Kerls, den man zurückweist, gewahrt.«

»Wann hatten Sie zum letzten Mal Kontakt mit Banks?«

»Erst gestern. Selbstverständlich wollte er mit Tad oder Schultz senior sprechen, aber er wurde zu mir durchgestellt. Er denkt – er dachte –, dass ich eine kleine Sekretärin oder etwas in der Richtung bin. Also habe ich ihm einfach eine Mail als Tad geschickt. Er wollte nach dem Bombenanschlag seine Quantum-Aktien verkaufen und ich habe ihm als Tad erklärt, dass Quantum immer noch solide ist und dass die Aktien sicher wieder raufgehen. Auf diese Weise habe ich den Kerl davor bewahrt, ein mittleres Vermögen zu verlieren, auch wenn ihn das jetzt nicht mehr interessieren wird.«

»Hatten Sie auch noch andere Klienten, die verkaufen wollten?«

»Einige, eine Handvoll war so dämlich, nicht auf mich zu hören, und hat deshalb jede Menge Geld verloren. Im Gegensatz zu ihnen haben die, die auf meine Empfehlung Aktien gekauft haben, jede Menge Geld verdient.«

»Wann haben Sie Banks zum letzten Mal gesehen?«

»Vor einem Vierteljahr. Tad wollte, dass ich den Klienten übernehme, deshalb hat er mich zu einem ihrer monatlichen Mittagessen mitgenommen – die er auch weiter arrangiert hat, um den Typ zu besänftigen. Bei diesem Treffen hat er Banks erklärt, ich würde in dem Unternehmen noch groß rauskommen, weil ich echt clever bin – was selbstverständlich stimmt –, damit mich Banks sein Konto führen lässt. Doch es war klar, dass Banks in mir im Grunde nur ein süßes, kleines Ding gesehen hat, deshalb hat Tad beschlossen, so zu tun, als würde er das Konto weiterführen, womit ich einverstanden war.«

»Warum?«

»Weil ich tatsächlich clever bin und in dem Unternehmen noch groß rauskommen will. Ich arbeite mich hoch und wenn ich dieses Konto für die beiden Schultzes führe, bringt mich das voran. War's das?«

»Beinah. Wo waren Sie heute Morgen zwischen eins und drei?«

»Im Bett – alleine.«

»Und davor?«

»Ich war bis gegen halb acht hier. Um acht war ich

mit einem Klienten abendessen und um kurz nach zehn bin ich nach Hause gegangen, wo ich noch mit meiner Mitbewohnerin über den Tag gejammert habe, bis ich dann ins Bett gefallen bin.«

»In Ordnung, vielen Dank.«

Noch ehe Eve die Tür erreichte, sprach Agatha wieder in ihr Telefon. »Ich bin jetzt wieder da, Cheryl.«

»Sie hat zwar rote Haare, aber sie war sicher nicht mit ihm im Bett«, bemerkte Peabody im Flur.

»Wahrscheinlich nicht. Am besten sehen wir sie uns trotzdem noch genauer an, denn vielleicht hatte sie ja doch etwas mit ihm und hat die Infos über die Fusion genutzt, um andere Klienten zu beraten und vor ihrem Boss gut dazustehen.«

Während Eve den Wagen durch den unaufhörlich fallenden Nieselregen lenkte, gab die Partnerin Agatha Lowells Namen in ihr Tablet ein.

»Mein Gott! Die Frau ist wirklich schlau! Sie hat ihr Studium in Yale als Jahrgangsbeste abgeschlossen und sie spricht vier Sprachen, sogar Mandarin. Einzelkind, alleinstehend, keine Vorstrafen. Mein Gott, sie ist erst fünfundzwanzig und sie spricht vier Sprachen. Ich wünschte mir, ich hätte ebenfalls ein solches Sprachtalent.«

»Sie sprechen neben dem normalen Englisch noch das Englisch von uns Cops. Das reicht doch wohl. Diese Frau passt halb ins Bild. Sie ist detailversessen, zielorientiert und als Finanzberaterin auch eine Spielerin. Okay, sie ist nicht groß und stark genug, um Banks mit bloßen Händen das Genick zu brechen, aber gibt's in der Familie vielleicht irgendwen beim Militär?«

»Nein. Die Mutter war als Botschafterin in Italien,

deshalb hat sie dort als Kind drei Jahre lang gelebt. Kein Wunder, dass sie Italienisch kann. Der Vater ist politischer Berater und die Eltern leben heute in East Washington, haben aber auch noch eine Wohnung in New York. Beim Militär war keiner von den beiden und auch von den Großeltern, die alle vier noch leben, war anscheinend niemand dort. Aber Moment, sie hat einen Cousin, der ein paar Jahre bei der Army war. Er war dort Sanitäter, inzwischen ist er Arzt, er hat vor ein paar Jahren eine eigene Praxis in Atlanta aufgemacht.«

Inzwischen hatten sie Banks' Haus erreicht. Wieder war der Türsteher, obwohl es nicht derselbe wie am Vortag war, so ehrerbietig wie am Tag vorher, als Eve mit Roarke dort vorgefahren war.

»Lieutenant, Detective, kann ich Ihnen behilflich sein?«

»Es geht um Jordan Banks. Wir müssen in die Wohnung von dem Mann.«

»Natürlich. Schrecklich, was mit ihm passiert ist. Es kam gerade in den Nachrichten.«

»Hat heute Morgen irgendwer nach Mr. Banks gefragt?«

»Mich nicht.«

Er ging voran ins Haus, wo diesmal eine Frau in einem schwarzen Anzug hinter dem Empfangstisch stand.

»Rhoda, Lieutenant Dallas und Detective Peabody müssen in die Wohnung von Mr. Banks.«

»Ich lasse Ihnen sofort aufschließen. Was passiert ist, hat uns allen furchtbar zugesetzt.«

»Haben Sie sonst jemandem seine Wohnungstür geöffnet?«

»Nein. Ich habe bereits nachgesehen. Der Nachtportier hat aufgeschrieben, dass Mr. Banks sich um kurz vor neun ein Taxi hat kommen lassen und danach nicht zurückgekommen ist. Ich kann das Taxiunternehmen kontaktieren, um zu fragen, wohin er sich hat fahren lassen, falls Ihnen das weiterhilft.«

»Das wird nicht nötig sein. Auch die Tür der Wohnung kriegen wir alleine auf.« Sie ging mit Peabody zum Fahrstuhl und stieg ein.

»Gehört das Haus hier Roarke?«

Eve runzelte die Stirn und nickte knapp.

»Es ist echt schön.«

Achselzuckend stopfte Eve die Hände in die Manteltaschen und dann waren sie oben angekommen, liefen durch den immer noch von einem süßen Blumenduft erfüllten Flur zur Wohnungstür von Jordan Banks und sie schob den Generalschlüssel ins Schloss.

Nach einem kurzen Blick ins Innere der Wohnung zückten beide Frauen ihre Waffen, steckten sie dann aber in dem Wissen, dass sie sie nicht bräuchten, wieder ein.

»Verdammt und zugenäht«, murmelte Eve, denn wer auch immer vor ihnen hier gewesen war, um die teure Wohnung auf den Kopf zu stellen, war längst nicht mehr da.

11

»Wir sehen uns kurz um, dann fahren wir wieder runter und holen uns Kopien der Aufnahmen der Überwachungskameras. Außerdem will ich die Leute sprechen, die von gestern Abend sieben Uhr bis neun Uhr heute früh an der Tür und am Empfang im Dienst waren.«

Sie sahen sich in den beiden Stockwerken der Wohnung um, in der in aller Eile Schubladen herausgerissen und die Bilder von den Wänden abgenommen worden waren.

Eve schüttelte den Kopf. »Sie waren schlampig, aber offenbar sehr gründlich. Peabody, Sie fragen nach den Bildern aus den Überwachungskameras und ich bestelle die Kollegen von der SpuSi ein.«

»Wenn das Gebäude Roarke gehört, wird es hervorragend gesichert sein.«

»Bestimmt, trotzdem hat hier jemand alles auf den Kopf gestellt. Wenn Sie gleich runterfahren, bringen Sie unsere Untersuchungsbeutel mit.«

Nachdem die Partnerin gegangen war, bestellte Eve die SpuSi ein, ging in die Küche und von dort aus weiter in die kleine Kammer, in der die Alarmanlage stand. Daneben standen noch zwei Hauswirtschaftsdroiden – selbstverständlich Frauen –, doch deren Festplatten hatte der verdammte Einbrecher genauso wie die Festplatten der Überwachungskameras vorsorglich ausgebaut.

Nirgends in der Wohnung stand noch ein Computer oder anderes elektronisches Gerät, das sie mit auf die Wache nehmen könnte, um es sich genauer anzusehen.

Sie ging zurück zur Wohnungstür und betrachtete die Schlösser, während sie ihr Smartphone aus der Tasche zog.

»Lieutenant«, grüßte Roarke. »Du rufst genau zwischen zwei Meetings an.«

»Tja nun, ich bin in Banks' Apartment, aber jemand war schon vor mir hier. Sie haben alles auf den Kopf gestellt und seine elektronischen Geräte und die Festplatten seiner Alarmanlage eingesackt.«

Der Blick der blauen Augen wurde hart. »Jemand ist dort gewaltsam eingedrungen?«

Eve sah sich in der eleganten Küche um, in der alle Schranktüren geöffnet und die Schubladen herausgerissen waren.

»Sieht ganz so aus.«

»Ich mache mich umgehend auf den Weg.«

»Das habe ich mir schon gedacht«, bemerkte sie, obwohl sie bereits wieder aufgelegt hatte.

Sie beschloss, sich noch einmal gründlich in der oberen Etage umzusehen. Schlaf- und Gästezimmer, Arbeitszimmer, Wäscheschrank. Beim Anblick der herausgerissenen Handtücher und Laken wählte sie die Nummer ihrer Partnerin.

»Finden Sie heraus, von wem der Mann die Wohnung putzen lassen hat.«

Sie ging ins Schlafzimmer, denn das war für die meisten Menschen ein besonderer Zufluchtsort, oft versteckten sie dort irgendwelche Sachen, die ihnen besonders wichtig waren.

Das breite Bett wies goldene Pfosten auf, die Sessel waren mit goldenem Stoff bezogen, die Gemälde an den Wänden hatten goldene Rahmen und selbst die Vorhänge, die vor den Fenstern hingen, und das Bettzeug, das in einem Haufen auf dem Boden lag, hatten einen goldenen Glanz. Die dicke Gelmatratze hing über den Rahmen des Bettgestells, die Schubladen der Nachttische waren herausgerissen und die Büsten und Skulpturen auf den Tischen waren umgekippt.

In einer nicht geleerten Lade eines Nachtschranks fand Eve eine große Sammlung Pillen und Sexspielzeug, in einem der beiden großen Schränke hingen Dutzende von teuren Anzügen mit umgedrehten Taschen über Dutzenden von teuren Lederschuhen, im zweiten Schrank stieß sie auf Golf- und Tennisschläger, Tauch- und Klettersachen, Ausrüstungen für Wintersport und für Wasserski und ein Gewehr.

Sie fragte sich, ob das Gewehr wohl angemeldet war, doch selbst wenn nicht, bekäme sie Banks deshalb nicht mehr dran.

Als jemand in die Wohnung kam, ging sie zurück zur Treppe und erkannte ihre Partnerin und Rhoda vom Empfang.

»Hier oben«, rief sie ihnen zu, doch Rhoda blickte sich entgeistert um und stellte fest: »Wie grauenhaft. Schockierend und entsetzlich. In den vier Jahren, seit ich hier bin, ist so was noch nie passiert.«

Als die beiden Frauen zu ihr in die obere Etage kamen, nahm Eve der Partnerin den mitgebrachten Untersuchungsbeutel ab, sprühte sich die Hände ein und nahm sich nacheinander alle Kleidungsstücke, die im Schrank hingen, vor. »Ich brauche schnellstmöglich Kopien der Aufnahmen der Überwachungskameras.«

»Die werden gerade angefertigt, Lieutenant, aber erst mal informiere ich am besten Roarke. Er muss erfahren, was hier …«

»Er ist schon unterwegs. Können Sie mir sagen, wer hier sauber macht?«

»Die Putzkolonne des Gebäudes.«

»Wie kommen die hier rein?«

»Ich mache ihnen auf. Sie haben keinen Zugangscode, deswegen kommen sie nur über den Empfang oder den Bewohner direkt rein.«

»Hat irgendwer nach Mr. Banks gefragt oder sollte ihm in den vergangenen vierundzwanzig Stunden irgendwas geliefert werden?«

»Nicht während meiner Schicht und im Besucherprotokoll ist nichts vermerkt.«

»Gab's Lieferungen für andere Wohnungen?«

»Bestimmt. Doch ohne die Erlaubnis der Bewohner kommt niemand in die Apartments rein. Falls ein Bewohner nicht zu Hause ist, wenn ihm etwas geliefert wird, nehmen wir die Sachen für ihn an. Auch Besucher kommen ohne Schlüsselkarte oder die Erlaubnis der Bewohner weder in die Lifte noch ins Treppenhaus.«

»In einem Gebäude dieser Größe tauchen doch wahrscheinlich jede Menge Leute auf.«

»Das stimmt. Doch der Komfort, die Sicherheit und die Privatsphäre von unseren Bewohnern sind uns wichtiger als alles andere.«

»Wenn jemand eingelassen wird, hält ihn dann irgendetwas davon ab, in einer anderen Etage auszusteigen als in der, die er bei Ihnen angegeben hat?«

»Das ginge nur mit einer Schlüsselkarte. Wenn ich jemanden in die zwanzigste Etage schicke, geht die Fahrstuhltür in keinem anderen Stockwerk auf.«

»Aber die Bewohner kommen in alle Stockwerke.«

»Das stimmt.«

»Und falls es irgendwo ein Feuer oder einen anderen Notfall gibt?«

»Dann gehen alle Lifte und die Türen automatisch auf. Doch das ist nicht passiert. Das wäre sonst vermerkt. Genau wie jede andere Störung, die länger als fünf Sekunden währt. Wir sind ein Fünf-Schlösser-Haus, das ist die beste Sicherheitsbewertung, die es gibt.« Sie sah sich traurig um und stellte fest: »Ich weiß beim besten Willen nicht, wie jemand hier hereingekommen ist.«

»Es gibt kein Haus, in dem nicht eingebrochen werden kann«, bemerkte Eve. »Vielleicht hat sich ja jemand seine Schlüsselkarte klauen lassen oder heimlich eine für eine Geliebte oder sonst wen nachgemacht. Kennen Sie alle Leute, die hier wohnen, vom Sehen und namentlich?«

»Natürlich.«

»Echt?«

»Das ist mein Job. Das Haus ist momentan zu dreiundneunzig Prozent belegt. Die Zahl unserer Bewohner mitsamt der im Haus lebenden Angestellten beläuft sich im Augenblick auf 1816 und daneben sind hier noch über dreihundert Leute entweder in Voll- oder in Teilzeit angestellt. Wobei die Saisonkräfte, Subunternehmer und die Leute, die das Marketing betreiben, noch nicht eingeschlossen sind.«

»Aber hallo. Wer wohnt in dem Apartment, das Banks' Wohnung gegenüberliegt?«

»Mr. Simston und Ms. Yuri und Ms. Yuris Mutter, Mrs. Yuri, die verwitwet ist und einen Yorkshireterrier namens Georgie hat. Sie sind jetzt gerade in Aruba, morgen Nachmittag kommen sie zurück.«

»Apartment 3100.«

Mit einem Hauch von einem Lächeln im Gesicht erklärte Rhoda: »Mr. Howard und Ms. Karlin. Sie sind frisch verheiratet. Die Hochzeit war im Herbst. Bis vor vier Jahren war Ms. Karlin noch die Frau von Mr. Olsen, dem bei ihrer Scheidung, kurz nachdem ich meine Arbeit hier begonnen habe, sehr zu ihrem Leidwesen das Sorgerecht für ihre Perserkatze Yasmine zugesprochen worden ist. Gestern Abend fand in ihrer Wohnung eine Dinnerparty statt, für die das Essen angeliefert worden ist.«

»Wie viele Gäste waren dort?«

Rhoda schloss kurz die Augen. »Das Essen war für zwanzig Leute. Cocktails gab es um halb acht. Das Essen kam von Jacko's und es wurde um Punkt sechs gebracht. Die Blumen von Urban Gardens kamen um halb fünf, vielleicht waren es ein paar Minuten früher oder später.«

»Roarke hat eindeutig ein Händchen für die Auswahl seiner Leute.«

»Allerdings«, erklärte er aus Richtung Tür.

»Sir.« Rhoda wandte sich ihm zu. »Es tut mir leid, was hier geschehen ist.«

»Sie brauchen sich nicht zu entschuldigen, aber ich hätte gern, dass Sie alle Ihnen unbekannten Leute auf den Aufnahmen der Überwachungskameras von letzter Nacht markieren. Dazu braucht der Lieutenant eine Liste sämtlicher Bewohner, Angestellter, Gäste, Lieferanten und wer sonst noch hier im Haus war. Sie wissen sicher, was ich haben will.«

»Ja, Sir. Ich bereite Kopien der Aufnahmen für Sie und für den Lieutenant vor.«

»Die habe ich bereits bestellt. Brauchst du Rhoda noch?«, wandte er sich an Eve.

»Eins noch. Haben abgesehen von den Frischverheirateten auch noch andere Leute gestern Abend hier gefeiert?«

»In sechs Apartments wurde Essen angeliefert und in drei der Wohnungen haben die Bewohner ihre Gäste selbst bekocht. In verschiedenen anderen Wohnungen tauchten spontan Besucher auf. Ich schreibe Ihnen all die Namen gerne auf.«

»Okay. Dann lasse ich Sie erst mal Ihre Arbeit machen.«

»Sir. Vielleicht verlieren wir bei der Bewertung jetzt ein Schloss.«

»Darüber machen wir uns dann Gedanken, wenn es dazu kommt«, erklärte er und schob sie sachte aus dem Raum.

Als sie gegangen war, schaute er Eve bei der Durchsuchung der Klamotten ihres jüngsten Opfers zu.

»Hier hängen fast so viele Sachen wie in deinem Schrank«, bemerkte sie. »Hinten in dem Schrank ist noch ein Safe. Die Tür steht offen, aber ich kann nicht erkennen, ob sie aufgeschlossen oder aufgebrochen worden ist.«

Roarke trat neben sie, ging in die Hocke, zog ein Werkzeug aus der Tasche und las irgendwelche Sachen damit ein.

»Es ist ein simples Schloss und sie haben den achtstelligen Zahlencode gescannt. Ein Typ wie Banks hatte sich den verdammten Code wahrscheinlich irgendwo notiert, damit er sich die Zahlen nicht merken musste, aber sie haben sie eingescannt. Sie haben in den Nachrichten noch nichts zur Todesursache gesagt.«

»Sie haben ihm mit bloßen Händen das Genick gebrochen und ihn in den See geworfen, wo die Leiche von zwei College-Kids gefunden worden ist. Sein Mantel, die Schuhe, die Wertsachen und auch das Link waren weg. Wahrscheinlich haben sie gehofft, wir dächten, dass er wegen dieser Dinge überfallen worden ist.«

»Warum haben sie dann nicht auch so getan, als hätten sie die Wohnung ausgeraubt? Hier in dem Safe liegen sein Schmuck und sein Pass, für den man auf dem Schwarzmarkt durchaus etwas kriegt. Auch die Bilder und die anderen Kunstwerke hier in der Wohnung könnte man problemlos loswerden. Anscheinend haben sie nur das Bargeld eingesackt, das sicher ebenfalls hier im Tresor gelegen hat, weil man das nicht zurückverfolgen kann.«

»Du bist ganz sicher nicht der Einzige, der angefressen ist. Aber offensichtlich kommt man selbst in einem Haus wie diesem ziemlich mühelos in eine Wohnung rein, vor allem, wenn man weiß, dass der Bewohner nicht mehr lebt oder bald sterben wird. Kannst du mit diesem Spielzeug, das du in der Hand hast, herausfinden, ob die Tür der Wohnung aufgebrochen wurde oder ob jemand sie einfach aufgeschlossen hat?«

»Natürlich kann ich das.«

Er ging zur Tür. Als er wiederkam, stand sie im zweiten Kleiderschrank.

»Sie haben die Codes der Schlösser gescannt.«

Eve sah ihn aus zusammengekniffenen Augen an. »Dann haben sie also nicht gewartet, bis sie seine Codes und seine Schlüsselkarte hatten, sondern waren erst hier und haben ihn dann später umgebracht. Wahrscheinlich, weil es leichter war, vor Mitternacht durch das Foyer zu einem von den Liften zu gelangen, als um drei Uhr in der Früh. Um zehn oder um elf Uhr abends gehen hier bestimmt noch jede Menge Leute ein und aus. Weil sie auf einer Party eingeladen sind, noch etwas trinken gehen, vom Abendessen kommen oder so. Hier im Gebäude fanden gestern Abend eine Reihe Partys statt und mit den Caterern, den anderen Lieferanten und den Gästen war beinah durchgehend Hochbetrieb.«

»Dallas – hey, Roarke«, grüßte Peabody ihn, als sie den Raum betrat. »Im Gäste- und im Arbeitszimmer gibt es nicht mal einen benutzten Memowürfel oder so etwas.«

»Das zeigt, dass sie in Eile, aber trotzdem gründlich waren. Nehmen Sie sich noch das Badezimmer vor.«

Eve schob die Hand in eine Skijacke. »Er hat das Gebäude gegen neun verlassen und ist mit dem Taxi weggefahren. Dem Mageninhalt nach war er auf einer schicken Cocktailparty, wo er es auch noch mit einer rothaarigen Frau getrieben hat.«

»Woher weißt du das?«

»Morris hat in seinen Schamhaaren ein fremdes rotes Haar entdeckt. Von der Party ist er dann mit einem anderen Taxi Richtung Central Park gefahren. Der Todeszeitpunkt war um kurz nach drei, das heißt, dass er den Killer oder eher die Killer dort getroffen hat. Einer von den beiden hat die erforderlichen Fähigkeiten, um ihm mit den bloßen Händen das Genick zu brechen, dann haben sie ihn zusammen über den Zaun, der um den See verläuft, gehievt, wo er zwei Stunden später von zwei jugendlichen Saufkumpanen gefunden worden ist.«

Sie griff nach einem Neoprenanzug und tastete ihn ab.

»Die Täter haben Banks die Wertsachen und elektronischen Geräte abgenommen, damit wir nicht zurückverfolgen können, mit wem er abends noch am Telefon gesprochen hat. Das heißt, sie sind nicht dumm.«

»Ich habe was!« Mit einem Tablet, das in einer wasserdichten Tüte steckte, kehrte Peabody ins Schlafzimmer zurück. »Im Wassertank des Klos – ein echter Klassiker.«

»Aus gutem Grund«, bemerkte Roarke, als Eve das Tablet aus der Tüte nahm.

»Passwortgeschützt.«

Roarke streckte eine Hand nach dem Computer aus.

»Sprüh erst mal deine Hände ein.«

Mit einem Seufzer kam er ihrer Bitte nach, nestelte ein paar Sekunden an dem Tablet und erklärte: »Hier, jetzt sind wir drin und … ah. Sieht aus, als hätte er Buch über die Geldwäsche in seiner Galerie geführt.«

»Stehen da auch Namen drin?«, erkundigte sich Eve.

»Sieht nicht so aus. Er hat nur Zahlen eingegeben. Was wann reinkam und was später wieder rausgegangen ist. Seine Gebühren, sein Gewinn. Im Grunde ist es eher ein kleiner Merkzettel als eine echte Buchhaltung.«

»Wenn er hier irgendwelche Unterlagen dazu hatte, sind sie nicht mehr da«, schloss Eve. »Vielleicht ist ja in der Galerie noch irgendwas. Vielleicht können sie uns dort auch irgendwelche Namen nennen.« Entschlossen nahm sie Roarke das Tablet wieder ab und packte es in eine Asservatentüte, die sie ordentlich beschriftete und verschloss.

»Wenn sie das hier übersehen haben, haben sie ja vielleicht noch irgendetwas anderes übersehen. Peabody, rufen Sie Baxter an und schicken ihn und Trueheart in die Galerie. Sie sollen sich dort gründlich umsehen, mit den Angestellten sprechen, sich die Namen und Kontaktinfos von anderen Angestellten geben lassen und die elektronischen Geräte auf die Wache holen.«

»Ich fahre erst mal wieder runter und checke mit Rhoda die Security«, erklärte Roarke.

Kaum dass er sie verlassen hatte, tauchten die Kollegen von der SpuSi auf und Eve bat sie, sich zuerst in der oberen Etage umzusehen, bevor sie selbst mit Peabody nach unten ging.

Kaum hatten sie begonnen, sich dort gründlich umzuschauen, rief Baxter sie auf ihrem Smartphone an.

»Wir sind jetzt in der Galerie. Banks hatte wirklich eine Pechsträhne. Erst wurde in der Wohnung eingebrochen, dann wurde er umgebracht und jetzt waren sie auch noch in seiner Galerie.«

»Verdammt.«

»Ich hätte es nicht besser formulieren können«, stimmte er ihr zu. »Auf jeden Fall sind der Computer und die anderen elektronischen Geräte nicht mehr da. Die heiße Künstlerin, die heute Dienst hat, meint, sie machen dienstags immer erst um ein Uhr mittags auf, aber als sie mitbekommen hat, dass der Boss ermordet worden ist, hat sie gedacht, sie käme besser mal vorbei, um nachzusehen, ob hier alles in Ordnung ist, und vielleicht auch den anderen, die hier ausstellen, Bescheid zu geben, was geschehen ist. Bei unserer Ankunft hatte sie noch die Zentrale in der Leitung, bei der sie den Einbruch melden wollte.«

»Was ist mit den Bildern und der anderen Kunst?«

»Sie glaubt nicht, dass etwas fehlt, aber sie geht die Listen noch einmal durch. Außerdem haben sie noch Kunstgegenstände im Lager und da der Computer mit der Inventarliste verschwunden ist, muss sie aus dem Gedächtnis sagen, ob etwas fehlt. Was etwas schwierig werden dürfte, nachdem Banks des Öfteren irgendwelche Sachen nach Hause mitgenommen hat.«

»Er hat die Bilder dort geklaut?«

»Wenn ihm etwas gefiel, hat er es offenbar in seine Wohnung mitgenommen, dort eine Zeit lang aufgehängt und dann wieder zurückgebracht. Sie meint, dass er sich immer ziemlich schnell gelangweilt hat. Also hat er sich hier öfter irgendwelche Sachen ausgeliehen, in seiner Wohnung aufgehängt und sie dann gegen andere Sachen ausgetauscht. Für seine eigene Sammlung hat er nie etwas gekauft. Er nannte dieses Vorgehen Marketing und sagte, dass er diese Bilder nur in seine Wohnung hängen würde, damit Freunde sie dort sehen. Doch manche Sachen kamen nicht zurück und da sie selbst in seiner Wohnung ein paar Werke aufgehängt hat, konnte sie mir sagen, dass die Bilder, die nicht mehr zurückkamen, auch nicht mehr in seiner Wohnung waren.«

»Sie hat versucht, auf ihrem eigenen Handcomputer

Buch zu führen, obwohl sie bei den vielen Tauschmanövern kaum noch mitgekommen ist.«

»In Ordnung, bringen Sie alles, was Sie finden, mit und schicken Sie die Kollegen von der SpuSi in die Galerie. Lassen Sie sich die Kontaktinformationen der anderen Künstler und der anderen Angestellten geben und bestellen Sie die elektronischen Ermittler, damit die versuchen herauszufinden, wie die Kerle in den Laden hineingekommen sind.«

»Die Aufnahmen der Überwachungskameras sind nicht mehr da.«

»Das habe ich mir schon gedacht. Sie sollen herausfinden, um wie viel Uhr dort eingebrochen worden ist. Wenn Sie fertig sind, bringen Sie die Frau hierher. Sie soll sich hier die Bilder und Skulpturen ansehen und mir sagen, ob aus ihrer Sicht was fehlt.«

Nach Ende des Gesprächs lief Eve durchs Wohnzimmer und schaute sich die leeren Wände an.

»Peabody!«

Die Partnerin kam eilig aus dem Nebenraum.

»Was haben sie hier anders als im Arbeits-, Gäste- und Schlafzimmer gemacht?«

»Tja nun …«

»Sie haben oben nicht die Bilder von den Wänden abgenommen so wie hier. Hier unten könnte man den Eindruck gewinnen, dass sie dachten, vielleicht wäre irgendetwas hinter einem Bild versteckt. Warum haben sie das oben nicht gedacht?«

Sie stapfte durch den Raum. »Warum? Vor allem hingen hier jede Menge Bilder, aber ich kann nirgends Löcher in den Wänden oder Haken sehen.«

»Die Bilder waren hier an dieser Leiste aufgehängt. Das nennt man eine Bilderschiene, man hängt die Bilder entweder mit unsichtbarem Draht oder an hübschen Ketten daran auf. Auf diese Weise kann man die Gemälde immer wieder austauschen und umhängen, ohne dafür irgendwelche Nägel in die Wand zu hauen.«

»Okay. Das heißt, wir können nicht sagen, welches dieser Bilder wo gehangen hat und ob noch alle da sind, stimmt's?«

»Am besten fordern wir bei der Versicherung die Liste aller Bilder an.«

»Ich glaube nicht, dass er das Zeug versichert hatte, denn anscheinend hat er immer wieder irgendwelche Bilder aus der Galerie hier aufgehängt und sie, sobald sie ihn gelangweilt haben, gegen andere ausgetauscht. Einige der Bilder hat er offenbar unter der Hand verkauft und den Gewinn dann einfach eingesackt.«

Sie hockte sich vor eine der Figurenstudien, die von der Wand gerissen worden waren. »Haben sie ein, zwei der Bilder mitgenommen? Und wenn ja, warum? Er hatte teure Armbanduhren und Manschettenknöpfe in dem aufgebrochenen Safe, aber die haben sie nicht interessiert. Haben sie vielleicht irgendwelche Bilder eingepackt? Dachten sie vielleicht, die würden gut in ihre Wohnung passen? Vielleicht. Am besten finden wir es heraus.«

Ein letztes Mal sah Eve sich um. »Bei dieser ganzen Sache geht es nur um Gier. Sie ist der Grund für diesen Bombenanschlag und dafür, dass Banks ermordet worden ist. Jetzt fahren wir zunächst wieder runter, um zu sehen, was Roarke mithilfe unserer Gedächtniskünstlerin herausgefunden hat.«

Sie fanden ihn und Rhoda in dem Nebenraum, in dem ein kleiner Mann mit Mausgesicht vor der natürlich hochmodernen Alarmanlage saß. Obwohl er ganz in Grau gekleidet war, wies ihn das Wippen seines Kopfs als Elektronikfuzzi aus.

»Rhoda hat die Kopie für euch«, erklärte Roarke. »Wir gehen die Aufnahmen noch mal zusammen durch und Rhoda schreibt euch sämtliche Bewohner, Gäste, Lieferanten und Angestellten, die darauf zu sehen sind, auf.«

»Das wird uns eine große Hilfe sein.«

»Bingley hier durchforstet das System nach möglichen Anomalien, die bisher nicht aufgefallen sind.«

»Am besten sehen Sie sich zuerst die Bilder aus den Fahrstühlen und den Treppenhäusern an.«

»Das mache ich. Das mache ich. Das mache ich«, sang Bingley vor sich hin und wackelte im Rhythmus seines Singsangs mit dem Kopf.

Er war knapp eins fünfundsechzig groß, wog vielleicht fünfundsiebzig Kilo und sein wirres Haar und dünner Bart waren genauso grau wie seine Aufmachung. Die knubbeligen Finger aber huschten so geschickt über die Monitore und die Tastatur, dass Feeney vor Begeisterung außer sich gewesen wäre.

Eve wandte sich den Monitoren zu. Die Bilder waren dem Zeitstempel zufolge kurz vor neun am Vorabend entstanden und inmitten all der Leute, die das Haus betraten oder gingen, sah sie auch die Crew von Jacko's, die in Richtung Ausgang lief. Sie kannte ihn und seine Leute noch von einem anderen Fall; ihr war klar, dass sie in diese Sache nicht verwickelt waren. Genauso wenig wie das Paar, das in warme Pelze eingehüllt und mit sexhungrigen Blicken Richtung Fahrstuhl eilte, oder wie der Teenie, der in Boots, moderner Flakweste und Ohrenklappenmütze einen vierbeinigen Wischmopp an der Leine durch die Eingangshalle zog.

Als Nächstes kam ein Mann von Ende dreißig, der mit grimmigem Gesicht und wild flatterndem Mantel einen kleinen Rollkoffer zum Fahrstuhl zerrte und vielleicht in Frage käme, doch bevor sie Rhoda nach dem Namen fragen konnte, blökte Bingley: »Aber hallo, aber hallo, leck mich doch am Arsch!«

Neugierig beugte Roarke sich über seine Schulter und erklärte nickend. »Stimmt.«

»Was stimmt?«, erkundigte sich Eve.

»Blink, Blink, das Licht geht aus und dann geht alles weiter wie bisher.«

»Was soll das heißen?«

»Irgendjemand hat die Aufnahme zurückgesetzt«, erklärte Roarke. »Sie sind ein Stück zurückgegangen und nach einer kurzen Pause wieder vor. Das ist echt schlau.«

»Die ham's echt drauf«, stimmte Bingley ihm zu.

»Auf jeden Fall. Normalerweise wäre das niemals als Störung aufgefallen.«

Am liebsten hätte Eve auf irgendetwas eingedroschen oder sich das kurze, sowieso schon wild zerzauste Haar gerauft. »Verdammt, was wäre nicht als Störung aufgefallen?«

»Die kurze Unterbrechung. Es sind weniger als drei Sekunden.«

»Zwei Komma sechs, mein junger Freund.«

»Genau. Die Kamera in Fahrstuhl vier. Sie haben dort

kurz das Licht gelöscht, die Kamera zurück- und danach wieder vorgefahren und da es derart schnell ging, wurde diese Störung nicht notiert. Wie lange war es dunkel, Bingley?«

»Etwas unter zehn Sekunden.«

»Habe ich es mir doch gedacht.« Roarke trat vor einen anderen Computer und rief dort das Störungsprotokoll für diesen Zeitraum auf. »Ein kurzer, einmaliger Lichtausfall um 22.19 Uhr. Das System hat ihn zwar angezeigt, doch da die Lichter sofort wieder angesprungen sind, galt er noch nicht als echter Zwischenfall.«

»In welches Stockwerk fuhr der Lift?«

»Ins fünfzigste, ein bisschen oberhalb von Banks. Wenn sie die Kameras nicht sofort wieder eingeschaltet hätten, hätte es Alarm gegeben, aber wenn das Licht mal kurz nicht geht? Darum kümmert sich der Hausmeister und da die Lichter sofort wieder angegangen sind, brauchte er nichts zu tun.«

»Wie und wann sind sie dann wieder ins Foyer runtergekommen?«

»Es gibt keinen zweiten Aussetzer der Kamera und auch die Lichter bleiben an, mein junger Freund«, erklärte Bingley Roarke.

»Das sehe ich. Das heißt, sie haben es nicht noch einmal so gemacht. Tatsächlich wurde in Banks' Stockwerk heute früh um acht zum ersten Mal wieder ein Lift benutzt.«

»Von wem? Wo sind die Aufnahmen?«

»Ist sie öfter derart auf Krawall gebürstet?«, wandte Bingley sich an Roarke.

»Auf jeden Fall.«

»Da haben Sie aber wirklich Glück.« Mit einem leisen Lachen holte er die Aufnahmen auf den Monitor.

»Rhoda?«

»Das ist Mr. Clarke aus der 5203 mit seinen Kindern und mit deren Kindermädchen. Sie gehen morgens oft zusammen aus dem Haus, weil er zur selben Zeit zur Arbeit fährt, zu der sie die zwei Kinder in die Schule bringt.«

Auf Eves Drängen sahen sie sich die Aufnahmen aus der Etage, dem Foyer, den Fahrstühlen und den Treppenhäusern noch bis Mittag an, doch Rhoda konnte alle Leute, die darauf zu sehen waren, identifizieren.

»Ich sehe niemanden, der hier nicht hergehört. Es tut mir leid.«

»Wir werden trotzdem alle überprüfen«, meinte Eve, doch ihr war selbst klar, es passte einfach nicht. »Auf irgendeinem Weg müssen die Kerle schließlich runter und dann wieder aus dem Haus gekommen sein.«

»Vielleicht sind sie geflogen«, schlug Bingley ihr grinsend vor. »Flatter, Flatter. Warum nicht?«

Nach einem bösen Blick in seine Richtung machte sie entschlossen auf dem Absatz kehrt, marschierte aus dem Raum und rief nach ihrer Partnerin.

Mit einem mitleidigen Grinsen stellte Bingley fest: »Mit der haben Sie's echt nicht leicht, mein junger Freund.«

»Ich habe die Herausforderung immer schon geliebt.«

Auch Roarke lief los und holte Eve kurz vor dem Fahrstuhl ein. »Sie sind ganz sicher nicht geflogen, aber …«

»… trotzdem sehen wir uns die Terrassen seiner Wohnung genauer an. Vielleicht war unser Einbrecher ja wirklich kaltblütig genug und hat sich wenigstens ein paar Etagen abgeseilt.«

Sie stiegen in den Lift und während sie nach oben fuhren, fragte Eve: »Weswegen nennt der Kerl dich seinen jungen Freund?«

»Er denkt, dass ich zwar clever bin, aufgrund meines Alters aber noch viel lernen muss. Er ist ein bisschen seltsam, aber mit der Arbeit, die er für mich macht, kennt er sich wirklich aus.«

Sie überlegte, wie der Einbruch und die Flucht aus dem Gebäude vielleicht abgelaufen waren. »Es wäre durchaus praktisch, aber meiner Meinung nach wohnt unser Einbrecher nicht hier im Haus. Er hätte sich auch einfach unter die Besucher oder Lieferanten mischen oder eine falsche Lieferung zu einer anderen Wohnung bringen und dann sagen können, tut mir leid, ich frage noch einmal bei der Zentrale nach, ob sie mir einen falschen Namen durchgegeben hat. Dann wäre er schon mal im Haus gewesen und wenn er nach einer halben Stunde einfach wieder ins Foyer gefahren und gegangen wäre, hätte niemand sich etwas dabei gedacht. Und selbst wenn wir uns dann die Aufnahmen der Kameras von gestern Abend angesehen und ihn darauf gefunden hätten, hätten wir dafür wahrscheinlich eine halbe Ewigkeit gebraucht.«

Sie stiegen aus, gingen wieder in Banks' Wohnung und durchs Wohnzimmer bis zur Terrassentür.

»Weswegen hätte er die obere Terrasse nehmen sollen, die schließlich noch ein Stockwerk höher liegt?«

Obwohl ihr Magen sich zusammenzog und sie die Zähne aufeinanderbeißen musste, beugte sie sich vor, um sich die Mauer der Terrasse auch von außen anzusehen, bevor sie einen Kollegen von der SpuSi rief.

»Vielleicht hat sich das Arschloch abgeseilt. Gucken Sie nach, ob es hier irgendwelche Spuren gibt.«

Sie ging ein Stockwerk höher, wiederholte den Prozess und als sie nirgends etwas fand, ging sie noch einmal ins Schlafzimmer. »Wenn er nicht außen heruntergekommen ist, muss er durchs Haus gekommen sein und wäre dann auf einer Aufnahme aus einem Lift oder dem Treppenhaus zu sehen. Aber das ist er nicht. Vielleicht ... ist er ja unbemerkt durchs Treppenhaus fürs Personal in einen anderen Stock gelangt.«

»Falls jemand anderes als das Personal die Nebentreppe nehmen würde, gäbe es Alarm. Wenn jemand versuchen würde, die Alarmanlage auszuhebeln, müsste er das außerhalb des Treppenhauses tun und bräuchte wirklich gutes Werkzeug und vor allem jede Menge Zeit.«

»Verdammt noch mal, du weißt genauso gut wie ich, dass der Kerl nicht geflogen ist.«

»Vielleicht hatte er ja einen Fallschirm?«, schlug die Partnerin ihr vor. »Ich weiß, das klingt total verrückt, aber vielleicht ist er ja tatsächlich mit einem solchen Ding von einer der Terrassen hier heruntergehüpft.«

»Wir sind zwar in New York, aber wenn hier irgendwer mit einem Fallschirm auf der Straße landen würde, würde das bestimmt von irgendwem gefilmt. Er hätte also ... Augenblick. Moment. Die Wohnung direkt gegenüber. Die Bewohner sind erst morgen wieder da. Überprüf die Schlösser«, bat sie Roarke. »Guck, ob die Tür der Wohnung in den letzten achtzehn Stunden aufgeschlossen oder aufgebrochen worden ist.«

Roarke tat, wie ihm geheißen, sah sie wieder an und stellte fest: »Auch wenn du manchmal ziemlich ungenießbar bist, bist du einfach mein oberschlauer Schatz. Die Schlösser dieser Tür wurden tatsächlich letzte Nacht geknackt.«

»Was ein Verbrechen ist, das heißt, dass ich dort nach dem Rechten sehen darf. Und du, mein junger Freund, kriegst diese Tür doch sicher so problemlos wie das Arschloch gestern Abend auf.«

Mit einem halben Lachen sperrte er ihr auf.

Durch eine Wand aus Glas fiel trübes Märzlicht in den Raum.

»Seltsamer Platz für so ein Ding.« Eve zeigte auf den leeren Bilderrahmen, der auf einem bunten Teppich lag. »Die Terrassentür steht einen Spalt weit auf.«

Sie öffnete sie ganz, trat in den feinen Nieselregen und bemerkte: »Offenbar hat er gewusst, dass die Bewohner dieser Wohnung nicht zu Hause sind. Das heißt, er kennt das Haus. Er wohnt oder er arbeitet in dem Gebäude oder kannte Banks so gut, dass er hier öfter zu Besuch war. Er erledigt seine Arbeit gegenüber, bringt das Bild mit her, holt's aus dem Rahmen und rollt es auf, weil es so einfacher zu transportieren ist.«

Sie brauchte keine SpuSi, denn die Einkerbungen in der Mauer waren nicht zu übersehen.

»Der Kerl hat wirklich Mumm«, bemerkte sie. »Fünfzigster Stock, trotzdem hat er sich hier einfach abgeseilt.« Sie richtete sich wieder auf, beugte sich vor und zwang sich, sich die Mauer auch von außen anzusehen.

»In seine eigene Wohnung, die eines Komplizen oder eine Wohnung, die genau wie diese leer steht.«

»Er hat die Sicherungshaken wieder abgemacht, das heißt, die Ausrüstung ist wirklich gut«, erklärte Roarke. »Meiner Meinung nach hat er sich zwischen den Terrassen abgeseilt, denn schließlich sollte niemand was von seiner Klettertour bemerken. Mit der passenden Ausrüstung kann man sich auch horizontal bewegen, ganz, wie man es braucht. Er könnte also tatsächlich in eine andere leer stehende Wohnung eingebrochen und von dort aus abgehauen sein.«

»Anscheinend kennst du dich mit solchen Klettertouren aus.«

Er lächelte sie einfach freundlich an.

»Ich brauche alles, was Rhoda mir geben kann, und danach muss ich auf die Wache und die anderen briefen«, meinte Eve.

»Ich werde dir besorgen, was du brauchst.«

»Danke. Peabody, Sie sagen den Kollegen von der SpuSi, dass sie rüberkommen sollen. Ich fahre von der Wache aus nach Hause, nehme mir dort die Bewohner dieses Hauses vor und Sie fangen schon mal mit der Überprüfung aller Gäste, Lieferanten und Besucher gestern Abend an.«

Eve atmete geräuschvoll aus. »Auf geht's.«

12

Baxter hatte eine Liste aller Kunstwerke dabei, die der heißen Künstlerin zufolge von Banks aus der Galerie mit heimgenommen worden waren. Sie war zwar unvollständig, weil die junge Frau nicht immer alles mitbekommen hatte, doch zumindest war es eine erste Spur.

Eve brachte ihre Tafel und Notizen auf den neuesten Stand, schrieb einen Bericht, schickte Kopien an Mira und an ihren Boss und hob den Kopf, als sie tänzelnde Schritte aus dem Flur vernahm.

Im nächsten Augenblick wirbelte Mavis Freestone durch die Tür. Sie trug einen langen pinkfarbenen Mantel, über den elektrisch blaue Blitze zuckten, über einem pinkfarbenen Miniminirock, gestreiften Strumpfhosen und leuchtend blauen, schenkelhohen Stiefeln. Der Turm aus goldenem Haar mit blauen und pinkfarbenen Streifen endete in einem pinkfarbenen Pferdeschwanz.

Sie hüpfte fröhlich durch den Raum und schlang Eve die Arme um den Hals.

»Hi«, krächzte Eve, als ihr der Duft von einem süßen Kirschlutscher entgegenschlug.

»Hallo. Ich bin wegen deines geheimen Peabody-McNab-Vorhabens hier. Du bist einfach der Hit, Dallas.«

»Das ist ja wohl keine große Sache.«

Die Freundin machte wieder einen Schritt zurück und blitzte sie aus heute pflaumenblauen Augen an.

»Natürlich ist es das. Warte, bis du das Kleid siehst, das Leonardo für sie umgeändert hat. Er macht es selbst, denn er ist ebenso ein Schatz wie du. Hast du kurz Zeit?«

»Ja klar.«

»Bella unterhält im Augenblick noch deine Truppe, aber sie hat dir was mitgebracht.«

»Okay.«

»Kannst du vielleicht …«, fing Mavis an und zeigte auf die Tafel, die hinter dem Schreibtisch stand.

»Richtig.« Eilig deckte Eve die Fotos ab.

»Perfekt. Sekunde.«

Mavis rannte raus und als sie wiederkam, hatte sie Bella, die in einem mit Regenbogen übersäten pinkfarbenen Regenmantel über einem Rüschenrock und Boots mit jeder Menge bunter Schleifen steckte, auf dem Arm.

Die Kleine brabbelte vergnügt, entwand sich lächelnd Mavis' Armen und juchzte: »Das, Das, Das!«

Dann warf sie sich der Patentante derart schwungvoll und aus solcher Höhe in den Arm, als übte sie in ihrem Alter bereits für die Meisterschaft im Turmspringen.

Da ihr nichts anderes übrig blieb, zog sie die Kleine an die Brust und sagte: »Hi.«

»Das!« Mit einem irren Lachen, das die blonden Locken, die von rosa Einhornclips aus dem bezaubernden Gesicht gehalten wurden, wippen ließ, warf sie ihren Kopf zurück.

Sie nahm Eves Gesicht zwischen ihre Hände, schüttelte den Kopf und seufzte glücklich: »Das, Das, Das.«

»Wir haben ihr nichts von der geheimen Mission erzählt, damit sie nichts verrät, aber ich bin mir ziemlich sicher, dass sie trotzdem weiß, dass du der Grund für etwas Schönes bist, das bald passieren wird.«

»Das bin ich nicht. Ich habe nur …«

Jetzt lehnte Bella sich zurück, gab ihrer Patentante einen feuchten Wangenkuss, begrabschte brabbelnd ihr Gesicht, zog eins der Einhörner aus ihrem wild gelockten Mopp und schob es in Eves kurzes Haar.

»Oh he, ich glaube nicht …«

»Hübsch! Das hübsch!«, stellte das Kind mit einem sonnenhellen Lächeln fest und gab ihr einen zweiten Kuss.

»Meine Bellamina, das ist wirklich süß und großzügig. Sie lernt zu teilen, was wirklich wichtig ist«, erklärte Mavis Eve und bedachte sie mit einem geradezu erschreckend harten mütterlichen Blick.

»Genau.« Weil die Kleine teilen lernen musste, trug sie selbst jetzt ein pinkfarbenes Einhorn auf dem Kopf.

»Dabei ist das noch gar nicht ihr Geschenk. Ich nehme an, dass das ein kleines Extra ist. Bellissima, möchtest du Dallas das Geschenk geben?«

»Das!« Sie zappelte so wild, dass Eve sie auf die Erde stellte, und das Kind erklärte: »'schenk für Das. Von Bella. Hübsch!«

Mavis zerrte eine hübsche mit einem Band geschmückte dicke Rolle aus der Tasche, hielt sie Bella hin, und lächelnd drückte Bella Eve die Rolle in die Hand. »Bella 'macht. Für Das.«

Eve zog die Schleife auf, entrollte das Papier und sagte: »Wow!«, als sie die bunten Tupfen, Wirbel, Punkte und zittrigen Linien sah.

»Sie malt inzwischen furchtbar gern, vor allem mit Fingerfarben. Als sie gehört hat, dass wir heute zu dir fahren, hat sie dir extra dieses Bild gemalt.«

»Ein wirklich tolles Bild.« Das Eve an Jenkinsons Krawatten denken ließ.

Da Eve inzwischen wieder saß, schwang Bella sich auf ihren Schoß und nahm entschlossen ihre Hand.

»Das. Ork. Somshit. Gah-ad. Das Ork Hau.«

»Sss«, fügte ihre Mutter lächelnd an.

»Ork Hau-s. Ork Sch…«

»Loss.«

»Ork Sch-loss.«

»Genau«, erklärte Eve ein wenig überrascht, dass sie, obwohl sie immer noch nur Linien und Punkte sah, verstand, worum es ging. »Das hast du wirklich toll gemacht.«

Das Kind bedachte sie mit einem hoffnungsvollen Blick, doch ihre nächsten Worte konnte Eve beim besten Willen nicht verstehen und blickte hilfesuchend Mavis an.

»Sie hofft, dass du es aufhängen wirst.«

»Dass ich … Ja, sicher, klar. Ich … werde es mit heimnehmen, um es Roarke zu zeigen, und dann hängen wir es auf.« Auch wenn sie noch nicht wusste, wo.

»Und Somshit?«

»Ja, dem auch.«

»Und Gah-ah?«

»Klar. Es ist echt schön«, erklärte sie noch einmal, weil das Gemälde ihr aus welchem Grund auch immer tatsächlich gefiel. »Ich danke dir.«

Selig seufzend legte Bella den Kopf an Eves Schulter.

»Wir müssen gehen, meine Süße. Dallas hat hier noch zu tun.«

»Will Das.«

»Wir werden Dallas bald noch einmal besuchen, aber jetzt müssen wir nach Hause fahren und für unsere Reise packen.«

»Wusch!«, erklärte Bella Eve und lachte brüllend auf.

»Es gibt für sie nichts Schöneres, als zu fliegen und mit uns zusammen unterwegs zu sein.«

»Wo geht's denn hin?«

»Nach New LA. Wir fliegen zu den Oscars, falls du es vergessen hast«, erklärte Mavis und nahm ihre Tochter auf den Arm.

Die blöden, blöden Oscars, dachte Eve, doch sie sagte nur: »Ich wusste nicht, dass ihr auch dorthin fliegt.«

»Natürlich tun wir das, denn schließlich trete ich dort auf.« Obwohl sie für gewöhnlich nichts und niemand jemals aus der Ruhe brachte, wirkte Mavis plötzlich mehr als eine Spur nervös. »›Hold on Tight‹ ist nominiert, deswegen haben sie gefragt, ob ich den Song dort singen kann. Er wird ganz sicher keinen Oscar kriegen, denn der beste Song ist meiner Meinung nach eindeutig ›Take Your Rest‹, aber, meine Güte, Dallas, ich soll bei der Oscarverleihung singen, der Gedanke macht mir eine Heidenangst.«

»Du wirst die Bühne rocken, denn ich kenne keine größere Rampensau als dich.«

»Ampen-au«, sprach Bella ihrer Patentante nach.

»Entschuldigung.«

Statt sie zu rüffeln, nickte Mavis nur. »Natürlich, du hast recht. Wer hätte das gedacht? Wer hätte je gedacht, dass ich mal bei der Oscarverleihung singen würde? Das und alles andere, was ich je erreicht habe, verdanke ich nur dir.«

»Ach, red doch keinen Schei…benkleister.«

»Da hast du die Kurve aber gerade noch im rechten Augenblick gekriegt. Doch es stimmt. Du selbst und Roarke habt mir die Tür geöffnet, das werde ich euch nie vergessen. Also guck dir die Verleihung wenigstens im Fernsehen an.«

»Das mache ich auf jeden Fall.«

»Sieh sie dir an«, befahl die Freundin Eve ein zweites Mal. »Denn auch wenn ich die Bühne für gewöhnlich hauptsächlich für meine Bellamina hier und meinen Honigbären rocke, tue ich das dieses Mal vor allem für dich und Roarke. Doch jetzt müssen wir wirklich gehen, denn wir fliegen heute Abend los. Sag Dallas tschüss, Baby.«

»Schüss, Das!«

»Bis dann. Ciao ciao«, verabschiedete sich auch Mavis und das Kind warf seiner Patentante über ihre Schulter beim Hinausgehen noch einen Luftkuss zu.

Eve blickte auf das Fingerfarbenbild, auf dem ein schlossähnliches Haus, sie selbst, Roarke, ein fetter Kater und, in Ordnung, Somshit abgebildet waren.

Man wusste eben nie, wohin das Leben einen führte.

Oder auch der Tod.

Sie sammelte die Sachen, die sie brauchen würde, ein und auf dem Weg zur Tür des Dezernats hielt sie, obwohl die leuchtend gelben Blumen und der grüne Untergrund seiner Krawatte ihr Tränen in die Augen trieben, an Jenkinsons Schreibtisch an.

»Ich arbeite zu Hause weiter. Melden Sie sich, falls Sie

was hereinbekommen, was ich wissen muss. Den Rest erledigen Sie ohne mich, okay?«

»Ja sicher, Boss.«

»Was ist?«, erkundigte sich Eve, als sie ihn feixen sah.

»Sie meckern immer über meinen Schlips, aber laufen selbst mit einem rosa Einhorn auf dem Kopf herum.«

»Ich ... Mist!« Sie riss sich die verdammte Klammer aus den Haaren. »Das war keine Absicht. Aber Sie kommen vorsätzlich mit diesen Schlipsen aufs Revier.«

Da sie den Haarclip schwerlich einfach auf den Boden fallen lassen konnte, steckte sie ihn in die Tasche und schlug möglichst würdevoll den Weg zum Ausgang ein.

Auf ihrer Heimfahrt legte Eve sich einen Arbeitsplan zurecht, doch als sie durch die Haustür trat, traf sie erst einmal auf Summerset, der gerade aus der oberen Etage kam.

Er zog gespielt verblüfft die Brauen hoch. »Gab's eine Alieninvasion? Wird unsere Stadt vielleicht von Zombies heimgesucht?«

»Es gibt nur einen Zombie hier und der sind Sie.« Sie zog sich den Mantel aus und ließ ihn wie gewohnt über den Treppenpfosten fallen, bevor sie das Gemälde ihrer Patentochter aus der Aktentasche zog. »Das hier soll ich Ihnen zeigen.«

Sie entrollte vorsichtig das Bild und hielt es hoch. »Mavis hat mich mit der Kleinen auf dem Revier besucht und dies ist ihre Arbeit – die der Kleinen, nicht die von ihrer Mom.«

Mit einem unheimlichen Lächeln auf den Lippen meinte er: »Verstehe. Ein sehr farbenfrohes Bild.«

»Das ist das Haus und … wir.« Eve wies auf einen Fleck. »Sie hat gesagt, das wären Sie. Somshit.«

Sein Lachen war noch unheimlicher als sein Lächeln, merkte Eve. »Ich fühle mich geschmeichelt.«

»Wie dem auch sei.« Entschlossen rollte sie das Bild wieder zusammen und stellte fest: »Sie hat gesagt, dass ich es aufhängen soll.«

»Natürlich. In sehr vielen Familien ist es Tradition, die Kunstwerke der Kinder an der Tür des Kühlschranks auszustellen.«

»Warum das denn?«

»Die Küche gilt oft als das Herz des Hauses, deshalb hängen Sie das Bild aus meiner Sicht am besten in der Küche neben Ihrem Arbeitszimmer auf.«

»Okay.« Sie wandte sich zum Gehen, doch als er noch etwas sagte, blieb sie wieder stehen.

»Die bedingungslose Liebe eines Kindes ist ein kostbares Geschenk.«

»Das ist mir klar.«

»Ich war mir sicher, dass Sie es ihm sagen würden, doch das haben Sie nicht getan.«

Auch ohne ihn zu fragen, wusste Eve, wovon er sprach. »Ich hatte keinen Beweis«, setzte sie an und als er schwieg, fügte sie noch hinzu: »Vor allem, was hätte es ihm schon gebracht zu hören, dass vielleicht der Mann, den er als seinen wahren Vater ansieht, Patrick Roarke getötet hat?«

»Ich dachte trotzdem, dass Sie es ihm sagen würden, nicht nur wegen unserer privaten … Spannungen, sondern auch, weil Sie ihm gegenüber stets loyal sind und sich obendrein als Cop verpflichtet fühlen, für Recht und Ordnung einzustehen.«

»Genau aus diesen Gründen habe ich ihm nichts davon erzählt.«

»Ich kann Sie einfach nicht verstehen.«

»Wahrscheinlich nicht.« Sie tat den nächsten Schritt, blieb dann aber noch einmal stehen. »Okay, ich werde Ihnen sagen, wie es ist, damit das Thema abgeschlossen werden kann. Ich glaube absolut an Recht und an Gesetz, wenn man Gerechtigkeit erlangen will, dieser Glaube macht mich aus. Doch damals waren die Umstände und Zeiten anders und als ein verfluchtes Monster Ihre Kinder foltern, vergewaltigen und töten wollte, hat niemand sich ihm in den Weg gestellt. Sie konnten nicht darauf vertrauen, dass irgendjemand Ihnen hilft, deswegen haben Sie den Kerl allein gestoppt. Sie haben Patrick Roarke gestoppt und so das Kind beschützt, das Roarke zu jener Zeit war. Er hat es Ihnen zu verdanken, dass er noch am Leben ist, das reicht mir als Grund zu schweigen aus.«

»Zu jener Zeit an jenem Ort gab's keine Cops wie Sie.«

»Die Zeiten ändern sich. Also vergessen Sie die Angelegenheit.«

»Vielleicht kann ich das jetzt.«

Sie wollte gerade eine Stufe nehmen, blieb aber nochmals stehen und fügte hinzu: »Wobei Sie keine Punkte dafür kriegen, dass er unter Ihrer Anleitung ein noch besserer Dieb geworden ist.«

Zum zweiten Mal seit ihrer Heimkehr sah der Butler sie mit einem unheimlichen Lächeln an. »Dieses besondere Talent ist meiner Meinung nach eher angeboren.«

»Da haben Sie wahrscheinlich recht«, räumte sie achselzuckend ein, bevor sie endlich in ihr Arbeitszimmer ging.

Als Roarke zwei Stunden später heimkam, hatte sie drei zusätzliche Tafeln aufgestellt und sich mit einer Tasse Kaffee in der Hand mit den Füßen auf dem Tisch auf ihrem Schreibtischstuhl zurückgelehnt.

»Ich habe zwar die Augen zu, aber ich schlafe nicht.«

»Okay. Ich sehe, dass du schon sehr fleißig warst.«

Sie schlug die Augen auf und schaute sich mit ihm zusammen die unzähligen Namen an den neuen Tafeln an. »Eine ist für die Bewohner, eine für die Angestellten und die dritte für Besucher, Caterer und Lieferanten, die zur Tatzeit dort im Haus waren.«

»Ich hoffe doch, dass du nicht ganz alleine fast dreitausend Menschen überprüfen willst.«

»Peabody übernimmt die Angestellten und nach ihrer Rückkehr aus der Galerie übernehmen Trueheart und Baxter die Besucher, Lieferanten und Caterer. Ich sehe mir die Bilder einfach an und hoffe, dass ich dabei schon einmal die meisten Leute streichen kann.«

Sie wandte sich ihm zu. »Ich habe deinen Terminkalender heute ganz schön durcheinandergebracht.«

»Das warst nicht du, sondern der Kerl, der in die Wohnung eingebrochen ist, aber nachdem wir herausgefunden haben, wie er das geschafft hat, und die Schwachstelle behoben haben, hätte ich jetzt gerne ein Glas Wein und etwas zu essen.«

»Ich muss auch noch den Kater füttern. Er ist kurz nach mir hereingekommen und hat ein endloses Nickerchen gemacht, das heißt, dass er von Summerset noch nichts bekommen hat.«

Mit einem leisen Seufzer stand sie auf und wandte sich den Tafeln zu. »Die meisten der Bewohner konnte ich schon streichen. Kinder, alte Leute, Frauen. Die Mutter und die Tochter sind sich sicher, dass die Täter beide Männer sind. Dazu sind mehrere Bewohner momentan verreist und ein paar andere haben wasserdichte Alibis.«

»Hier, nimm. Ein Gegenmittel gegen all den Kaffee, den du sicher schon getrunken hast.« Er reichte ihr ein Glas und küsste sie aufs Haar. »Nach dem Abendessen übernehme ich die Hälfte von den Leuten, die noch übrig sind.«

»Sie haben das Sicherheitssystem nicht ausgehebelt.«

»Aber fast.«

Sie ging mit ihm zusammen in die Küche und der Kater, der die Abendessensglocken läuten hörte, schloss sich ihnen an. »Sie können nicht jedes Mal einen Alarm auslösen, wenn mal kurz ein Licht ausgeht.«

»Das stimmt.« Er sah sich das Gemälde an der Tür des Kühlschranks an. »Das ist ein … interessantes Bild.«

»Mavis hat mich mit Bella im Büro besucht und Bella hat mir dieses Bild geschenkt, sie wollte, dass ich's aufhänge. Summerset hat mir erklärt, dass man solche Bilder an den Kühlschrank hängt.«

»Ah. Die Farben und die Textur sind ziemlich kühn. Anscheinend wurde sie von Pollock inspiriert.«

»Das ist das Haus.« Eve klopfte auf das Bild. »Und das sind du, ich, Galahad und Summerset.«

Roarke schaute sich die Kleckse aus der Nähe und dann aus der Ferne an und fragte sie verblüfft: »Das kannst du sehen?«

»Du etwa nicht?« Lachend holte sie das Katzenfutter aus dem Schrank. »Die Kleine hat es mir erklärt. Hast du gewusst, dass Mavis bei der Oscarverleihung einen Auftritt hat?«

Mit schräg gelegtem Kopf betrachtete er abermals das Bild. »Oh ja, das wusste ich.«

»Weshalb wusste ich das nicht? Das ist für sie ein Riesending, deswegen hätte ich es wissen sollen.«

»Du achtest nicht auf solche Dinge, das erwartet sie auch nicht. Aber du hast das Bild von ihrer Tochter aufgehängt, meiner Meinung nach ist das viel wichtiger.«

»Wobei die Küche hier nicht unbedingt das Herz des Hauses ist, nicht wahr?«

Er wandte sich ihr zu und streichelte ihr Kinn. »Dies ist ein Haus mit vielen Herzen, oder nicht?«

Bei diesen Worten hellte ihr Gesicht sich wieder auf. »Da hast du recht.«

Während Galahad sein Trockenfutter und das Stückchen Lachs, das es zum Nachtisch gab, verschlang, nahmen sie und Roarke am Ende eines trüben Tages vor zwei großen Tellern Hühnersuppe Platz.

»Wie wärst du dort reingekommen? Ich meine, in Banks' Wohnung, ohne dass du selbst in dem Gebäude lebst?«

»Wahrscheinlich hätte ich den Einbruch sorgfältig geplant und deshalb ganz verschiedene Optionen gehabt. Wobei der Kerl in diesem Fall spontan eingebrochen ist.« Er schob sich einen Löffel Suppe in den Mund und dachte nach.

»Ich hätte es nicht noch verkompliziert, indem ich erst das Licht und dann die Kamera im Lift ausschalte, denn auch so hast du bereits nach kurzer Zeit herausgefunden, wann er raufgefahren ist.«

»Aber ich habe immer noch kein Bild von ihm.«

»Trotzdem kennst du seine Fähigkeiten und sein Vorgehen und du weißt, dass er auf ganz normalem Weg ins Haus gekommen ist. Das heißt, dass er auf alle Fälle einer von den Leuten dort an deinen Tafeln ist.«

»Okay, wie hätte er es anders machen können?«

»Indem er außen hochklettert.«

»Bis in die fünfzigste Etage?«, fragte sie entsetzt. »Ich bitte dich!«

Mit einem gleichmütigen Achselzucken meinte Roarke: »Die Höhe ist kein echtes Hindernis, wenn man die passenden Geräte hat. Mit Elektronikhandschuhen und -stiefeln kommt es nur noch auf den rechten Zeitpunkt an und darauf, dass man links und rechts der Fenster klettert, damit niemand einen sieht. Ich selbst wäre erst nach Mitternacht gestartet und das Öffnen der Terrassentüren wäre dann das reinste Kinderspiel gewesen, weil die lange nicht so gut wie die Wohnungstüren gesichert sind.« Er überlegte.

»Wenn ich drin gewesen wäre, hätte ich die Wohnung nicht so schlampig wie der Kerl durchsucht. Weshalb sollten die Cops, sobald sie reinkommen, sehen, dass sie nicht die Ersten sind? Ich hätte in der Wohnung alles so gelassen, wie es ist, mich aber gründlich umgeschaut, denn schließlich hätte ich gewusst, dass der Bewohner, den ich sowieso in ein paar Stunden umbringen werde, nicht nach Hause kommt. Ich hätte alles, was ich bräuchte, und das Bargeld, das ich dort gefunden hätte, mitgenommen, weil sich die Kohle nicht zurückverfolgen lässt. Mit einem Gemälde hätte ich mich sicher nicht belastet, zum Schluss hätte ich mich wieder auf den Weg gemacht.«

Er prostete ihr zu. »Mir selbst würde es in einer solchen Wohnung einzig um die Wertsachen, die ich mitgehen lassen könnte, gehen. Das heißt, ich würde alles einsacken, was mich interessiert, doch die Methode wäre gleich.«

»Bist du tatsächlich schon einmal an einem Wolkenkratzer raufgeklettert?«

»Nun, die Dunkelheit, die Luft, das Leben unter einem und innerhalb der Mauern, die man gerade überwindet, ohne dass es jemand weiß – all das ist ungemein belebend und im Gegensatz zu dir hat mir die Höhe nie etwas ausgemacht.«

Sie dachte über seine Worte nach. »Sie sind keine professionellen Einbrecher. Das wusste ich schon vorher, aber du hast mir jetzt noch bestätigt, dass sie das nicht sind. Sie haben ihr Vorgehen spontan geplant. Es hat geklappt, doch du hast recht. Die Namen stehen hier an einer dieser Tafeln. Zwischen Tausenden von anderen Namen, aber sie stehen hier.«

»Bevor sie in die Wohnung gegangen sind, um rauszuholen, was Banks vielleicht mit ihnen in Verbindung bringen würde, hattest du noch gar keine Verdächtigen.«

»Das stimmt.« Sie schob sich einen letzten Löffel Suppe in den Mund. »Jetzt weiß ich zumindest, wo ich suchen muss.«

Mit konzentrierter Arbeit schloss sie weitere zweihundert Bewohner und nach den Berichten ihrer Leute auch diverse Namen an den beiden anderen Tafeln aus und fing mit der Erstellung einer Liste aller, die einmal beim Militär oder beim Paramilitär gewesen waren oder dort Verwandte hatten, an.

Roarke half ihr, bis er einen schon seit Längerem geplanten Anruf aus Hawaii entgegennehmen musste. Als er zurückkam, hatte sie den Kopf auf ihrem Schreibtisch abgelegt.

Sie war total erledigt, dachte er und wies ihren Computer an, allein mit der Erstellung der Liste fortzufahren.

Sie murmelte: »Ich bin okay«, als er sie sanft aus ihrem Schreibtischsessel zog.

»Vor allem bist du abgrundtief erschöpft.«

»Ich habe achtzehn Namen auf der Liste, doch es werden sicherlich noch mehr.«

»Du kannst mit dieser Liste später weitermachen, erst mal brauchst du ein paar Stunden Schlaf«, bestimmte er und trug sie in ihr Schlafzimmer.

»Inzwischen bin ich ihnen näher.«

»Das wirst du morgen auch noch sein.«

Er setzte sie aufs Bett, auf dem bereits der fette Kater lag, zog ihr die Stiefel aus und machte Feuer im Kamin.

»Was, wenn dich ein starker Windstoß von dem Haus geweht hätte?«

Die Sache ließ ihr einfach keine Ruhe, merkte er. »Das hätte ich sehr ärgerlich gefunden.«

»Nein, ich meine …« Müde streifte sie ihr Waffenholster ab. »Hattest du zur Vorsicht einen Fallschirm oder so dabei?«

»Das kam auf den jeweiligen Einsatz an.«

Sie legte ihre Kleider ab und zog ein Schlafshirt an. »Wer war noch mal der Typ …« Sie wackelte mit ihren Fingern und tat so, als kletterte sie eine Wand hinauf.

»Ich schätze, du meinst Spider-Man.«

»Genau. Der ist echt gut und wirklich schlau. Zumindest bist du nicht an irgendwelchen Spinnennetzen zwischen den verschiedenen Wolkenkratzern hin- und hergeschwungen.«

Sie krabbelte ins Bett und als er einfach lächelte, erklärte sie: »Auf keinen Fall. So dicke Spinnennetze gibt es schließlich nicht.«

»Das stimmt, doch es gibt Zugsysteme und so dicke Kabel, dass man … aber das erzähle ich dir besser später mal.«

Er schob sich neben sie ins Bett, schlang einen Arm um sie und zog sie eng an seine Brust. »Jetzt schlaf.«

»Das hast du sicher nicht hier in New York gemacht, denn davon hätte ich gehört.«

»Nicht wenn es niemand mitbekommen hätte«, meinte er und küsste ihren Hals.

Als sie am Morgen ihre Augen wieder aufschlug, saß er schon mit einem Kaffee und dem Kater auf der Couch und sah sich die Berichte von der Börse an.

»Es war kein Spider-Man-Kostüm«, erklärte sie und richtete sich auf.

»Ach nein?«

»Das Ding war schwarz, auch wenn er selbst wahrscheinlich auch noch einen schwarzen Anzug hat. Aber egal. Statt dieses Spider-Man-Symbols stand auf dem Ding, das du getragen hast, ein R. Du bist an verschiedenen Gebäuden raufgeklettert, zwischen ihnen hin- und hergeschwungen und dann kam dieser starke Wind. Ich hatte Todesangst um dich. Mach das bloß nicht noch mal.«

»Ich werde der Versuchung widerstehen, obwohl die

Träume, die du hast, mich einfach immer wieder faszinieren.«

Sie riss ihm seinen Kaffeebecher aus der Hand, trank einen großen Schluck und ging ins Bad.

Bei ihrer Rückkehr standen eine frische Kanne Kaffee und das Frühstück auf dem Tisch, Galahad lag schmollend vor dem Kamin.

Sie war nicht wirklich überrascht, dass es, weil der verdammte Winter immer noch kein Ende nehmen wollte, wieder einmal Haferbrei geworden war, zumindest aber hatte Roarke ihr heute früh nur eine kleine Schüssel hingestellt und ihn mit kross gebratenem Speck und Eiern aufgemotzt.

»Der Tag wird windig, aber deutlich freundlicher als gestern«, klärte er sie lächelnd auf.

Sie dachte an die Wirtschaftsmeldungen im Fernsehen und fragte ihn: »Gab's irgendeine Meldung, die die Typen vielleicht interessiert?«

»Natürlich gibt es immer irgendwelche interessanten Sachen, aber etwas wirklich Großes steht nicht an.«

»Aber du kaufst ständig irgendwelche Unternehmen oder irgendwelches Zeug.«

»Du hast Angst, als Nächstes hätten sie's vielleicht auf einen meiner Läden abgesehen. Wir haben bereits Vorsichtsmaßnahmen ergriffen und ich weiß, wo alle meine Leute gerade sind.«

»Aber du hast jede Menge Leute.«

»Trotzdem weiß ich oder wissen ihre Vorgesetzten, wo sie alle sind. Vor allem habe ich hier in New York im Augenblick nichts vor. Ein, zwei Übernahmen in Übersee, aber hier nichts.«

»Du fliegst selbst in den nächsten Tagen nicht nach Übersee?«

»Im Augenblick sind keine Dienstreisen geplant.«

»Falls sich das ändert …«

»Kriegst du umgehend Bescheid.« Er küsste ihr die Hand. »Mach dir meinetwegen keine Sorgen, denn ich setze mich ganz sicher nicht freiwillig irgendeiner starken Böe aus.«

»Okay.« Sie aß ihr Frühstück und stand auf, um sich für die Arbeit anzuziehen.

Da er sich einen Kommentar zu ihrer Kleiderwahl verkniff, schienen die braune Hose, braune Jacke und der dunkelblaue Pulli hinzuhauen.

»Ich fahre erst mal aufs Revier. Ich muss mich noch um den Papierkram kümmern, den ich gestern schon machen wollte, dann will ich noch weitere Leute streichen oder auf die Liste setzen, um zu sehen, wen ich alles vernehmen muss.«

»Ich werde in die Firma fahren. Falls du denkst, dass es womöglich zwei von meinen Leuten waren, gib mir Bescheid.«

»Es werden keine deiner Leute sein.« Sie füllte ihre Jackentaschen mit dem Kleinkram, den sie immer bei sich trug. »Ich muss sie überprüfen, aber ich weiß jetzt schon, dass sie nicht die Täter sind. Vielleicht gehören sie zu einem Zulieferbetrieb, aber sie sind nicht bei dir angestellt. Nicht mal die nationalen Sicherheitsbehörden überprüfen ihre Leute so eingehend wie du.«

»Trotzdem.« Er stand auf, zog sie an seine Brust und gab ihr einen Kuss. »Pass gut auf meine Polizistin auf.«

Sie legte ihm die Hände ans Gesicht und küsste ihn

zurück. »Und du kletter nicht an irgendwelchen Wolkenkratzern hoch.«

»Wenn ich irgendwo raufmuss, nehme ich die Treppe.«

»Gut.« Sie stapfte los, dann aber sah sie noch mal über ihre Schulter und erklärte: »Dieser Anzug steht dir wirklich gut.«

Sie nahm sein Grinsen mit, als sie in ihren Wagen stieg, und während sie durch Wind und Sonne Richtung Wache fuhr, dachte sie noch einmal über seine Worte nach.

Er selbst hätte aus Banks' Wohnung mitgenommen, was er brauchte, aber ganz bestimmt kein Bild.

Genau, das Bild ergab auch für sie keinen Sinn. Weswegen hatte es der Einbrecher zwar mitgenommen, aber gleichzeitig versucht, den Diebstahl zu vertuschen, indem er den Rahmen in der Nachbarwohnung hatte liegen lassen statt direkt vor Ort? Im Gegensatz zu Roarke war er bei der Durchsuchung des Apartments geradezu erschreckend schlampig vorgegangen, aber den verdammten Bilderrahmen hatte er erst nebenan entsorgt.

Warum?

Weil dieses Bild ihm wichtig war. Roarke hatte ihr erklärt, *er würde nur die Dinge mitnehmen, die er bräuchte,* und anscheinend hatten diese Kerle oder einer von den beiden dieses Bild gebraucht. Weil ihnen oder ihm das Ding aus welchem Grund auch immer wichtig war.

Sie rief bei Baxter an.

»Hallo?«

»Holen Sie die coole Künstlerin auf das Revier.«

Er grinste breit. »Ich mag es, wenn der Tag schon heiß beginnt.«

»Ich hoffe nur, Sie lassen Ihre Hose zu. Sie muss noch einmal die Liste durchgehen, auch wenn sie unvollständig ist. Dann vergleichen Sie die Liste mit den Aufnahmen der Gemälde, die im unteren Geschoss der Wohnung hingen, als wir gestern Nachmittag dort eingelaufen sind. Eins fehlt und ich muss wissen, welches Bild das ist, wer es gemalt oder gezeichnet hat und wie Banks daran gekommen ist.«

»Ich habe eine offizielle Liste mit den Bildern, die er aus der Galerie mit heimgenommen hat. Sie hat noch ein paar andere Bilder draufgesetzt, die er anscheinend heimlich mitgenommen hat, aber natürlich ist ihr klar, dass das nicht alle waren.«

»Sie soll die Liste trotzdem noch einmal durchgehen und sich dabei vor allem auf die Figurenstudien konzentrieren. Die Landschaftsbilder und Porträts und so sind erst einmal egal. Es geht um die Schwarz-Weiß-Studien von nackten oder praktisch nackten Männern oder Frauen.«

»Sie meint, wenn der Computer nicht gestohlen worden wäre, würden jetzt wahrscheinlich nicht so viele Bilder auf der Liste fehlen.«

»Genau deswegen ist die Kiste weg. Wir müssen einfach darauf bauen, dass sie sich an das Bild, um das es geht, erinnern kann. Sie und Trueheart helfen ihr, die Liste mit den Bildern aus der Wohnung abzugleichen und zu gucken, welches Bild verschwunden ist. Das Bild, das nicht mehr da ist, ist das Einzige, um das es geht.«

»Dann fahre ich bei ihm vorbei, sammele die coole

Braut mit ihm zusammen ein und bringe beide aufs Revier.«

»Sobald Sie etwas haben, kriege ich Bescheid.«

Nach Ende des Gesprächs verbrachte sie den Rest der Fahrt damit zu überlegen, wo zum Teufel die Verbindung zwischen Mord aus Geldgier und der Zeichnung eines nackten Menschen war.

13

Sie ging direkt in ihr Büro und zwang sich, die Tafel erst einmal zu ignorieren. Zwar gönnte sie sich zuerst einen Kaffee, aber danach ging sie eine halbe Stunde lang die offenen und abgeschlossenen Fälle ihrer Leute durch, las Berichte, unterschrieb diverse Anträge und hakte so zumindest einen Bruchteil ihrer administrativen Pflichten ab.

Dann stand sie endlich auf und ging nach vorn, denn für die Sachen, die sie nicht erledigt hatte, wäre später auch noch Zeit.

An ihrem Schreibtisch wickelte sich Peabody aus einem der würgeschlangengleichen Schals, die sie so gerne trug. Ein möglichst kurzer Blick, um ja nicht zu erblinden, zeigte Eve, dass weder Jenkinson mit einer der grässlichen Krawatten noch sein Partner Reineke in den grauenhaften Socken saßen, wo sie hätten sitzen sollen.

»Sie haben gerade einen Fall hereinbekommen«, klärte ihre Partnerin sie auf. »In der Zehnten hat ein Bautrupp eine Leiche aus einem der Müllcontainer auf der Baustelle gezerrt. Ich hätte nicht gedacht, dass Sie so früh schon auf der Wache sind.«

»Papierkram«, antwortete Eve und übergab ihr einen Stick. »Das ist Ihre Hälfte möglicher Verdächtiger. Überprüfen Sie sie alle ein zweites Mal und gucken Sie, ob Sie noch ein paar der Leute streichen können oder irgendwer aus Ihrer Sicht verdient, ihn sich besonders gründlich anzusehen. Baxter und Trueheart kommen mit der Frau, die gestern in der Galerie war, aufs Revier.«

»Ist sie verdächtig?«

»Bisher nicht. Ich will, dass sie die Liste mit den Bildern, die Banks ihres Wissens mit heimgenommen hat, mit den Bildern abgleicht, die noch in der Wohnung waren. Welche der Figurenstudien haben die Kerle mitgehen lassen? Wer hat sie gezeichnet und warum hat gerade diese Zeichnung die Täter besonders interessiert?«

»Ich dachte mir, sie hätten vielleicht gern ein Andenken gehabt, das obendrein noch ziemlich wertvoll ist.«

»Warum haben sie dann den Rahmen nicht direkt vor Ort entfernt? Warum sind sie extra in die andere Wohnung gegangen, um ihn abzumachen?«

»Vielleicht ... ist dem Täter erst in der anderen Wohnung aufgegangen, dass es sicherer und leichter wäre, nur die Zeichnung mitzunehmen statt des ganzen Dings.«

»Das könnte sein. Es könnte sein, dass er so dumm und impulsiv ist.«

»Aber Sie denken, dass er Zeit geschunden hat.«

»Warum hat er sich nicht direkt aus Banks' Apartment abgeseilt? Warum ist er erst in eine andere Wohnung eingebrochen, um von dort aus abzuhauen, nachdem er diese Zeichnung aus dem Rahmen geholt hat, den er dann in der anderen Wohnung liegen lassen hat?«

»In einer leeren Wohnung«, stimmte Peabody ihr zu. »In einer Wohnung, deren Bewohner laut Rhoda erst heute Abend aus dem Urlaub kommen, weshalb wir eigentlich erst morgen gemerkt hätten, dass dieses Bild verschwunden ist.«

»So sieht es für mich aus. Ich glaube, dass er alles mitgenommen hat, was er bei diesem Einbruch mitnehmen wollte. Die elektronischen Geräte, alles, was ihn selbst und seinen Partner mit Banks in Verbindung bringt, und eben dieses Bild.«

Eves Partnerin nahm hinter ihrem Schreibtisch Platz und warf den Ball zurück. »Als Galeriebesitzer hatte Banks mit Künstlern und mit Künstlerinnen zu tun. Vielleicht ist ja einer unserer Täter Künstler oder gut mit einem bekannt. Vielleicht hat er das Bild selbst gemalt und wollte es zurückhaben.«

»Behalten Sie das im Kopf, wenn Sie die Liste durchgehen. Detectives Carmichael und Santiago«, wandte Eve sich den Kollegen zu. »Die nächste Leiche gehört Ihnen, denn Baxter ist mit Trueheart unterwegs.«

Sie ging zurück in ihr Büro, schloss die Tür von innen ab und sah sich suchend um. Das Zimmer war so klein, dass es nur wenige Verstecke bot, was aber für ihr aktuelles Vorhaben durchaus von Vorteil war.

Sie zog den von zu Hause mitgebrachten Schokoriegel aus der Tasche, stellte sich auf ihren Schreibtisch, nahm eine der Deckenplatten ab und schob die Süßigkeit in das auf diese Art entstandene Loch. Dort würde der Schokoriegeldieb sie problemlos finden, aber …

Sie befestigte noch einen Alarmknopf an der Platte. Wenn das verdammte Arschloch sie nur minimal verschöbe, würde er, wenn die Sirene anfing zu heulen, vor Schreck hintüberfallen und bekäme obendrein noch eine Ladung blauer Tinte ins Gesicht.

Diese Form der Rache wäre mindestens so süß wie die von ihm gestohlenen Schokoriegel, dachte sie, sprang gut gelaunt vom Tisch und sperrte die Bürotür wieder auf.

Bewaffnet mit dem nächsten Kaffee nahm sie wieder hinter ihrem Schreibtisch Platz, nahm sich ihre Listenhälfte vor und verschob verschiedene Namen in eine zweite Liste *eher Unverdächtiger* und eine dritte mit Personen, die *nicht ausgeschlossen werden konnten*, doch nach über einer Stunde blieben immer noch über sechzig Leute übrig, die weiterhin verdächtig waren.

Das waren zu viele, trotzdem würde sie sie alle zur Vernehmung vorladen.

Sie las noch einmal den Tox-Bericht zu Banks, der, bevor er sich wie ein Idiot alleine nachts um drei mit diesen Kerlen im Central Park getroffen hatte, alkoholisiert und dazu mit Erotica und Zoner vollgepumpt gewesen war.

Die junge Frau, die Rogan morgens seine Muffins ins Büro geliefert hatte, und den Fahrer hatte sie inzwischen ausgeschlossen, obwohl der am Vormittag des Bombenanschlags nicht im Dienst gewesen war.

Trotzdem blieben jetzt noch sechzig Leute und die heiße Künstlerin, von der sie einfach hoffen musste, dass sie in der Lage wäre, das verschwundene Bild zu identifizieren.

Als Harvo bei ihr anrief, hätte sie die Videofunktion am liebsten ausgeschaltet, denn der Anblick der zu grell orangefarbenen Stacheln aufgestellten kurzen Haare machte sie fast blind.

»Ich brauche einen Namen«, herrschte sie die Laborantin an.

»Ihnen ebenfalls hallo.«

»Hallo. Ich brauche einen Namen.«

»Delores Larga Markin. Sonst noch was?«

»Geben Sie mir alles, was Sie haben.«

»Als Königin der Haare und der Fasern habe ich natürlich alles herausgefunden, was es rauszufinden gibt.« Als Harvo ihren Blick auf den Computerbildschirm lenkte, fiel Eves eigener Blick auf einen herzförmigen blauen Glitzerstein, den Harvo im linken Nasenflügel trug. »Weiblich, von Natur aus rothaarig und achtundzwanzig Jahre jung. Ich schicke Ihnen die Adresse und Kontaktinformationen zu. Sie ist die jüngere der beiden Töchter von Carlotta Larga, die die ungekrönte Kaiserin der Schuhwelt ist.«

»Ich wusste gar nicht, dass es eine eigene Schuhwelt gibt.«

»Wahrscheinlich haben Sie als Frau von diesem heißen, reichen Kerl diese Schuhe schon getragen, während ich selbst nur eine Kopie davon habe. Wie dem auch sei, unsere Kaiserin ist die Frau von Philippe Larga, mit dem sie schon eine Ewigkeit zusammen ist. Die Tochter – unser Rotschopf – ist Designerin bei Largas zweiter Linie *Alores*, die den Namen von Alora und Delores, Largas beiden Töchtern trägt. Sie alle sind stinkreich und unser Rotschopf ist die Ehefrau von Hugo Markin, einem Spross – ein wirklich cooles Wort – von Roger Markin, dem Casinokönig.«

»Als Casinokönig macht der Mann sein Geld mit Spielern«, meinte Eve.

»Dreht die Räder, lasst die Würfel rollen und hofft auf euer Glück. Nur um das Eheglück des Sprosses ist es offensichtlich nicht so gut bestellt, denn wenn Delores eins von ihren Haaren in Banks' Intimbereich verloren hat, ist davon auszugehen, dass sie auch mit ihm intim gewesen ist.«

»Sieht ganz so aus. Danke. Sie sind wirklich schnell.«

»Das war ja auch das reinste Kinderspiel. Ich hoffe, dass der nächste Auftrag etwas anspruchsvoller wird.«

Eve legte auf und während sie die Namen des Rotschopfs und des Markin-Sprosses in ihren Computer eingab, ging ein zweiter Anruf – dieses Mal von Trueheart – für sie ein.

»Baxter kümmert sich noch um Ms. Kelsi, Ma'am. Sie kann's zwar nicht beschwören, aber sie denkt, dass das verschwundene Bild von einem von drei Künstlern ist.«

»Von drei?«

»Auch da ist sie sich nicht ganz sicher, aber offenbar hat Banks die Namen aus den Büchern herausgehalten, weil er ihre Bilder sofort mitgenommen hat. Wir sind mit ihr in seine Wohnung gefahren, damit sie sich dort umsehen konnte, aber sie hat nicht eins der Werke von den drei Künstlern dort entdeckt. Sie muss noch einmal in der Galerie nachsehen, doch sie ist sich ziemlich sicher, dass das Bild von einem dieser Künstler ist. Angelo Richie, Selma Witt und Simon Fent. Alle Bilder in Banks' Wohnzimmer waren, tja nun, Figurenstudien.«

»Zeichnungen von nackten Menschen.«

»Ja, Ma'am. Es sind Schwarz-Weiß-Studien, Kohle- oder Bleistiftzeichnungen, solches Zeug. Sie weiß, dass diese, nun, besondere Form und dieses ganz besondere Medium auch bei einem Teil der Werke dieser drei Künstler zur Anwendung gekommen sind.«

»Dann bringen Sie sie wieder in die Galerie und hören, ob sie sich auf einen von den dreien festlegen kann. Wenn ihr das gelingt, besorgen Sie mir weitere Infos über die Person. Wenn nicht, besorgen Sie mir Infos und vor allem die Kontaktdaten von allen dreien.«

»Zu Befehl, Ma'am.«

Da war etwas, sagte sie sich und legte wieder auf. Sie würde diese Markins überprüfen und dann würde sie sich überlegen, was das war.

Sie ging die Infos über Markin senior und den Spross auf ihrem Computer durch, stand auf, nahm ihren Mantel und marschierte los. »Sie kommen mit, Peabody«, forderte sie ihre Partnerin auf ihrem Weg nach draußen auf.

Den Mantel in der Hand und ihren langen Schal bereits zur Hälfte um den Hals, lief Peabody ihr hinterher. »Zehn Leute habe ich gestrichen. Ich kann nachvollziehen, weshalb sie auf der Liste standen, aber ...«

»Das hat erst mal Zeit. Harvo hat den Rotschopf identifiziert.«

»Den Rot... ach, *die.*«

»Delores Larga Markin.«

»Markin? Hat die etwas mit dem Schuhimperium zu tun? Largas sind Kunstwerke für die Füße, wie ein Lied oder wie ein Gedicht.«

»Ich gehe davon aus, dass es vor allem Schuhe sind.«

»Sie sind das Dollste, was es auf dem Schuhmarkt gibt.« Peabody hüpfte in den Lift und hüllte sich in ihren pinkfarbenen Mantel ein. »Wenn ich jemals fünf-, sechshundert Dollar übrig hätte, würde ich mir ein Paar kaufen, aber selbst die zweite Linie ist unerschwinglich, selbst im Ausverkauf. Aber vielleicht ...«

»Vielleicht könnten wir uns mal auf etwas anderes als Schuhe konzentrieren. Der Rotschopf ist verheiratet, und zwar mit einem Hugo Markin, der der Sohn des amerikanischen Casinokönigs ist. Ich bin mir sicher, dass die Täter im Casino spielen. Außerdem hat sich herausgestellt, dass mehrere Verwandte dieses Markin bei der Army sind oder es waren. Und da die Frau ihr rotes Haar kurz vor Banks' Tod auf dieser Party an den Kerl verloren hat, hat wahrscheinlich auch Markin Banks gekannt.«

Zur Abwechslung herrschte kein Hochbetrieb im Lift, weshalb sie auf direktem Weg in die Garage fuhren. »Die Markins wohnen im selben Haus, wo auch die Party stattgefunden hat. Das heißt, wir können zwei Vögel mit nur einem Pfeil erlegen und erst mit den Leuten von der Party reden und danach mit ihm und seiner Frau.«

Peabody öffnete die Wagentür und kletterte auf ihren Sitz. »Man schlägt zwei Fliegen mit einer Klappe und erschießt kein Vogelpaar mit einem Pfeil.«

»Ich finde, Pfeil und Bogen sind erheblich cooler, als wenn man mit einer Fliegenklatsche durch die Gegend rennt.«

»Aber Vögel sind im Gegensatz zu Fliegen einfach süß.«

»Stellen Sie sich doch einen Raubvogel statt einer kleinen Meise vor. Der diese arme kleine Meise fressen will.«

»Trotzdem«, murmelte die Partnerin.

»Baxter und Trueheart fahren mit der Galeriefrau noch mal in die Galerie. Sie hat die Namen von drei Künstlern genannt, die die Zeichnung angefertigt haben könnten, die der Täter hat mitgehen lassen«, erklärte

Eve, als sie mit ihrem DSL aus der Garage auf die Straße schoss.

»Im Grunde ist es nur ein blödes Sprichwort.«

»Was?«

»Egal. Soll ich die Künstler überprüfen?«

»Das macht Trueheart schon und wenn es Kelsi gelingt, zu präzisieren, welcher von den dreien das Bild gezeichnet hat, sparen wir Zeit.« Während über ihr die Werbeflieger blökten und um sie herum die Maxibusse furzten, dachte Eve, am besten brächte sie es einfach hinter sich.

»Nadine nimmt ihren Rockstar mit nach Hollywood.«

»Ich weiß«, stimmte Peabody ihr mit einem breiten Grinsen und mit übertriebenem Augenrollen zu. »Denn schließlich ist er wirklich heiß und fährt voll auf sie ab.«

»Es interessiert mich nicht, wie heiß er ist und wie heiß sie wahrscheinlich aufeinander sind.«

»Das habe ich gar nicht damit gemeint. Obwohl ... aber wie dem auch sei, es ist für sie wahrscheinlich eine ganz schön große Sache, dort mit ihm als Partner hinzugehen.«

»Was auch immer, sie nimmt ihn auf alle Fälle mit, aber sie hat trotzdem noch genügend Platz in ihrem Flieger und in ihrer Suite.«

Peabody fuhr auf ihrem Sitz zu Eve herum und klatschte in die Hände. »Also fliegen Sie jetzt doch! Das heißt, Sie werden zu den Oscars fliegen, um über den roten Teppich aller roten Teppiche zu schreiten und ...«

»Verdammt, natürlich nicht. Ich wollte damit sagen, dass sie Platz für Sie und Ian hat. Nachdem Feeney einverstanden ist, können Sie am Freitagnachmittag hier losfahren und melden sich dann Dienstagfrüh wieder zum Dienst.«

Peabody sagte keinen Ton. Sie starrte reglos geradeaus.

»Was ist?«

»Ich habe gerade aufgehört zu atmen. Ich bekomme frei, damit ich zu der Oscarverleihung fliegen kann? Nadine nimmt uns mit und lässt uns bei sich wohnen? Bei ihr und Jake, dem Gott des Rock?«

»Sie hat genügend Platz.«

Doch Peabody sah weiter geradeaus. »Aber wir haben einen offenen Fall.«

»Ich bin ja nicht allein. Baxter und Trueheart bleiben schließlich hier. Obwohl das für Sie vielleicht ein bisschen seltsam klingt, habe ich auch Fälle abgeschlossen, bevor Sie zu mir gekommen sind. Vor allem hätten Sie im Grunde sowieso das nächste Wochenende frei und wenn Sie nicht zur Arbeit kommen, brauche ich Ihnen keine Überstunden zu bezahlen.«

»Das ist ... ich weiß nicht, was ich sagen soll. Ich kann im Augenblick nicht richtig denken, deshalb fällt mir einfach keine Antwort ein. Ich habe mir die Oscars, all die wunderschönen Kleider und die Leute, seit ich denken kann, im Fernsehen angesehen.«

»Sie haben als Hippie Hollywood geliebt?«

»Wir sind schließlich keine Mönche oder Nonnen und ich wette, sogar Mönche oder Nonnen sehen sich die Oscarverleihung an. Bei meiner Granny findet sogar immer eine riesengroße Oscar-Party statt und wenn ich's schaffe, gucke ich mir die Verleihung immer noch mit ihr und mit den anderen an. Dann sitze ich zwar meist vor meinem eigenen Fernseher, aber ich schalte die Familie über mein Tablet zu, dann sehen wir uns das Event zusammen an. Wenn jemand etwas Blödes trägt, ist meine Granny echt brutal. Dann schreien wir uns immer alle weg. Und jetzt werde ich … oh, Gott, was soll ich dort nur anziehen? Ich habe nichts zum Anziehen, was der Oscars würdig ist.«

»Roarke hat bereits bei Leonardo angerufen, der etwas für Sie beide macht.«

»Ich …« Jetzt drehte Peabody den Kopf und starrte Eve aus großen Augen an. »Ich werde bei den Oscars Leonardo tragen?«

»Nicht ihn selbst, sondern nur ein Kleid von ihm. Mein Gott. Mein Gott, wenn Sie jetzt anfangen zu heulen, ist der Deal vom Tisch.«

Trotz dieser Drohung brachen sich die Tränen Bahn. »Ich kann nicht anders. Nur ganz kurz. Ich weiß, dass das für Sie die reinste Folter ist. Aber für mich? Für mich ist das die Erfüllung eines Traums. Ich werde nicht mal sagen, dass ich wünschte, dass Sie mitkämen, denn ich weiß, für Sie ist so was eine Qual. Daran sehen Sie, wie viel es mir bedeutet, dass ich zu den Oscars fliegen darf.«

»Warum haben Sie mir nicht eher gesagt, dass Ihnen das so wichtig ist?«

»Wir waren schließlich gerade erst in Mexiko. Sie haben McNab die Chance gegeben, seine Batterien wieder aufzuladen, als er vollkommen erledigt war. Ich hätte meinen Lieutenant, meine Partnerin und meine Freundin also ganz bestimmt nicht gleich noch einmal um einen weiteren riesigen Gefallen gebeten.«

Sie wischte sich die Tränen fort und atmete geräuschvoll aus. »Vor allem wäre ich niemals auf die Idee gekommen, dort wirklich hinfliegen zu können, im Grunde habe ich noch immer nicht begriffen, dass das wirklich möglich ist.«

»Trotzdem fliegen Sie jetzt hin.«

Vor dem Parkplatz des Gebäudes wies sich Eve mit ihrer Marke aus, folgte der Beschilderung in den Bereich, der für Besucher vorgesehen war, und stellte ihren DSL in einer freien Lücke ab.

»Jetzt konzentrieren Sie sich wieder auf den Job.«

»Das mache ich.« Doch vorher legte Peabody die Hand auf ihren Arm. »Ich wollte immer Polizistin werden. Habe Sie studiert und wollte Polizistin werden, in New York. Ein Cop wie Sie.«

»Um Himmels willen.«

»Nur einen Augenblick, okay? Als Sie mich angefordert haben, war das der größte Augenblick in meinem Leben, auch wenn es natürlich noch andere große Augenblicke gab, wie als McNab Detective wurde und ich helfen durfte, Oberman aus dem Verkehr zu ziehen. Natürlich auch die ganzen anderen Verbrecher, doch vor allem sie, weil sie das Gegenteil von allem ist, wofür wir beide stehen. Vielleicht ist dies kein Augenblick, durch den mein Leben sich in Zukunft grundlegend verändern wird, doch er ist trotzdem etwas ganz Besonderes. Also vielen Dank.«

»Sie fliegen mit Nadine und nicht mit mir.«

»Natürlich werde ich mich auch bei ihr bedanken und bei Leonardo und bei Roarke. Aber Sie kommen als Erste dran.«

»In Ordnung, meinetwegen. Aber damit ist die Sache dann auch abgehakt.«

Sie stiegen aus und liefen Richtung Lift. »Nur eins noch.«

»Falls Sie jetzt noch versuchen wollen, mich zu küssen, setzt es was«, drohte Eve ihr mit kalter Stimme an.

»Ich werde Sie nicht einmal in Gedanken küssen. Daran sehen Sie, wie viel es mir bedeutet, dass ich zu den Oscars fliegen darf. Aber ich muss ...«

Sie warf die Arme in die Luft, den Kopf zurück und schrie so laut, dass das Geräusch, das von den Wänden abprallte, Eves Ohren klingeln ließ.

»Okay. Das war's. Jetzt konzentriere ich mich wieder ganz auf meinen Job.«

»Sämtliche Hunde im Gebäude bellen. Die Fenster sind gesprungen und die kleinen Kinder sind vor lauter Panik unter ihren Betten abgetaucht.«

»Vielleicht.« Peabody drückte auf den Fahrstuhlknopf. »Aber das musste einfach raus, damit ich mich jetzt wieder auf die Arbeit konzentrieren kann.«

»Dann tun Sie das gefälligst auch«, fuhr Eve sie an, wies sich im Lift mit ihrer Marke aus und drückte auf den Knopf des Stockwerks, in dem Markins Wohnung lag.

Der für Besucher vorgesehene Lift, den sie genommen hatten, hielt inmitten eines breiten Flurs, von dem aus es zu vier luxuriösen Eck-Apartments mit je einem privaten Fahrstuhl ging. Die Wohnung der Personen, die sie sprechen wollten, ging nach Süden und nach Westen. Als Eve die Klingel drückte, bat eine Computerstimme:

Bitte nennen Sie Ihre Namen und den Grund Ihres Besuchs.

»Lieutenant Dallas und Detective Peabody von der New Yorker Polizei. Wir müssen mit Mr. oder Mrs. Markin sprechen«, antwortete Eve genauso knapp und kühl und wies sich abermals mit ihrer Marke aus.

Ihre Marke wird gescannt ... Überprüfung abgeschlossen. Bitte nennen Sie den Grund Ihres Besuchs.

»Den nennen wir Mr. oder Mrs. Markin selbst. Jetzt mach endlich auf, wenn wir die beiden nicht mit auf die Wache nehmen sollen.«

Einen Augenblick.

»Warum zum Teufel sind Computer immer derart neugierig?«

Es dauerte zwar etwas länger, doch am Ende wurde ihnen von einer Frau um die vierzig aufgemacht, die ihrer schwarzen Kleidung und der strengen Haartracht nach die Haushälterin der Familie war.

»Lieutenant, Detective, bitte warten Sie, bis Mrs. Markins Assistentin kommt. Ich habe ihr Bescheid gegeben, sie ist schon unterwegs.«

Mit diesen Worten ließ die Frau sie einfach stehen. Rechts von ihnen war die hinter einer hübschen Gitterwand versteckte goldene Tür des nur für die Bewohner vorgesehenen Lifts und linkerhand war die Garderobe hinter goldenen Schiebetüren versteckt.

Durch eine offene Flügeltür sah man den Wohnraum in der Größe eines Ballsaals, dessen bodentiefe Fensterfront den nur den Superreichen vorbehaltenen Ausblick auf die Stadt, den wundervollen Park sowie an klaren Tagen so wie heute auf den Hudson bot.

Links und rechts der Fenster führten elegant geschwungene Treppen in das obere Geschoss und über einem Kamin aus blank poliertem, leuchtend blauem Stein, in dem ein heimeliges Feuer brannte, war ein riesengroßer Spiegel mit einem wahrscheinlich handgeschnitzten goldenen Rahmen aufgehängt.

Die Sofas, Canapés und Sessel spiegelten den Schwung der Treppen und die Farben der Umgebung wider, aber die blassblauen und die dunkelroten, beinah schwarzen Blumen, die in einer durchsichtigen Vase voller blauer Steine auf dem weißen Flügel unterhalb der rechten Treppe standen, hoben sich sehr deutlich davon ab.

Der Kronleuchter, der an der hohen Decke prangte, war mit Hunderten Kristalltropfen bestückt und wenn er je herunterfiele, brächte er mit einem Schlag wahrscheinlich locker an die fünfzig Leute um.

Noch während Eve dies dachte, tauchte eine Frau von vielleicht Anfang dreißig auf der rechten Treppe auf. Sie hatte dunkle Haut, gelocktes dunkles Haar mit Bronzespitzen und sie trug ein mohnrotes Kostüm, das ihre üppige Figur hervorragend zur Geltung kommen ließ. Sie war nicht wirklich schön, doch faszinierend, als sie ihr in Stöckelschuhen mit blauen und roten Kringeln auf mohnrotem Untergrund entgegenkam.

»Lieutenant, Detective, ich bin Amelia Leroix«, erklärte sie mit einem kaum hörbaren Akzent. Sie kam anscheinend aus Europa, dachte Eve, während sie die ihr angebotene Hand ergriff. Wahrscheinlich aus Paris.

»Mrs. Markin arbeitet zwar heute von zu Hause aus, doch sie ist noch in einem Meeting, deshalb hoffe ich, dass ich Ihnen helfen kann.«

»Wir werden einfach warten, bis sie aus dem Meeting kommt.«

»Verstehe. Darf ich Ihnen dann vielleicht Ihre Mäntel abnehmen?«

»Nicht nötig.«

»Oder Ihnen einen Kaffee oder Tee anbieten?«

»Warum sorgen Sie nicht einfach dafür, dass wir Mr. oder Mrs. Markin sprechen können?«, fragte Eve zurück

»Ich werde Mrs. Markin wissen lassen, dass Sie warten, der Terminkalender ihres Mannes ist mir nicht bekannt. Ich glaube, dass er heute auch von hier aus arbeitet, aber ich müsste nachsehen, ob es tatsächlich so ist.«

»Dann tun Sie das.«

»Bitte kommen Sie doch erst einmal herein und nehmen Platz. Ich brauche einen Augenblick.«

Mit einem leicht resignierten Blick wandte Amelia sich der linken Treppe zu.

Die Eheleute saßen also in verschiedenen Teilen der Wohnung, dachte Eve. Nur für die Arbeit oder generell?

Peabody wanderte zur Fensterfront. »So einen Ausblick hat man in New York nicht oft. Und wenn das Wetter gut ist, bietet die Terrasse jede Menge Platz.«

»Die Herstellung von Knöchelbrechern lohnt sich offenbar.«

»Haben Sie die Schuhe von der Frau gesehen? Ich wette, die sind aus der handbemalten Kollektion.«

Während die Partnerin die Aussicht auf die Stadt genoss, sah Eve sich in dem Zimmer um. Ein paar gerahmte Fotos – aber keins, auf dem das Ehepaar zusammen abgebildet war. Die anderen Bilder an den Wänden waren geschmackvoll, doch nicht wirklich ungewöhnlich, aber das war sicher nicht verkehrt; ansonsten war es ein zwar großer, aber durchaus komfortabler und zumindest ansatzweise einladender Raum.

Sie wandte sich der Treppe zu, als Hugo Markin dort erschien. Der silber-blaue Pulli passte zu der Farbe seiner Augen, seine schwarze Hose war zwar lässig, aber gut geschnitten und die Sneakers in der Farbe des Pullovers sahen alles andere als billig aus. Sein dichtes, sanft gewelltes blondes Haar betonte noch die makellosen Züge des Gesichts und mit einem charmanten Lächeln auf den Lippen gab er Eve die auffällig mit einem Ring mit einem blauen Stein geschmückte Hand.

»Lieutenant Dallas, was für eine Freude. Ich bin einer Ihrer größten Fans. Tatsächlich habe ich für Sonntag bereits einen Platz im Highland Center reserviert, um mir dort anzusehen, wie man Ihnen Ihren Oscar überreicht.«

»Selbst wenn's einen Oscar geben sollte, wird er ganz bestimmt nicht mir gehören.«

»Die Antwort zeigt, dass Ihnen Ihr Erfolg anscheinend nicht zu Kopf gestiegen ist. Das ist sehr anerkennenswert. Ah, und Detective Peabody, wie schön. Lassen Sie uns Platz nehmen, einen Kaffee trinken und erzählen Sie mir, was Sie zu mir führt.«

»Es geht um Jordan Banks.«

»Das war ein unglaublicher Schock!« Er führte sie zur Sitzgruppe vor dem Kamin. »Wissen Sie, dass ich am Abend seines Todes noch mit ihm gesprochen habe? Auf der Party, die hier im Gebäude stattgefunden hat. Aber natürlich wissen Sie das schon. Was kann ich Ihnen erzählen, was Ihnen weiterhilft?«

»Wie gut kannten Sie Mr. Banks?«

»Nicht wirklich gut. Wir haben manchmal zusammen Golf gespielt, uns auf den Partys von gemeinsamen Bekannten oder Freunden irgendwo getroffen und mitunter waren wir zur selben Zeit in einem der Casinos, die meiner Familie gehören.«

»War er dort oft zu Gast?«

»Das weiß ich nicht.« Lässig legte Markin einen Arm über die Rückenlehne der von ihm gewählten Couch. »Ich kann mich nur erinnern, dass ich ihm dort ein-, zweimal begegnet bin. Ich glaube, er hat gern Roulette gespielt, doch das ist auch schon alles, was ich weiß.«

»Wann haben Sie die Party letzte Nacht verlassen?«

»Das muss gegen eins gewesen sein.«

»War Banks noch dort?«

Markin tat, als ob er überlegen würde, doch das amüsierte Blitzen seiner Augen zeigte, dass ihm die Befragung Spaß zu machen schien. »Ich bin mir nicht ganz sicher, denn die Wohnung ist sehr groß. Zwar nicht so groß wie diese, aber trotzdem alles andere als klein. Es war eine ... festliche Zusammenkunft mit jeder Menge Leute überall. Die Wohnung hat zwar nur zwei Stockwerke, nicht drei, wie unsere hier, aber trotzdem konnte man sich gut verteilen oder sich auch mal zurückziehen, wenn Sie wissen, was ich damit sagen will. Ich glaube, dass sich Jordan in der Nacht vor seinem Tod vorübergehend mit meiner Frau zurückgezogen hat.« Er lächelte.

»Da kommt unser Kaffee.«

Ein Mann im schwarzen Anzug eines Butlers rollte einen Tisch herein.

»Schwarz für den Lieutenant und für den Detective mit zwei Stücken Zucker und mit Milch«, wies Markin seinen Angestellten lächelnd an. »Ich habe Ihnen ja gesagt, dass ich ein Riesenfan von Ihnen beiden bin.«

Bevor sie den Kaffee serviert bekamen, tauchte auch Delores Larga Markin auf. Ihr luxuriöses rotes Haar ergoss sich auf die Schultern eines hochgeschlossenen grauen Hosenanzugs, der wie eine Uniform geschnitten und mit zwei Reihen Silberknöpfen auf der Jacke ausgestattet war.

Zu diesem Anzug trug sie silberfarbene Stiefeletten mit stecknadeldünnen Absätzen und rotem Flechtwerk an den Seiten, in ihren Ohren funkelten zwei viereckige Diamanten, davon abgesehen trug sie keinen Schmuck.

»Da kommt meine wunderschöne Frau. Darf ich dir Lieutenant Dallas und ihre treue Partnerin, Detective Peabody, vorstellen? Renaldo, bitte bringen Sie noch eine Tasse.«

»Danke, nein, Renaldo. In ein paar Minuten fängt mein nächstes Meeting an. Es tut mir leid, ich habe heute alle Hände voll zu tun«, wandte sie sich an Eve.

»Für interessante Gäste hast du doch wahrscheinlich trotzdem etwas Zeit. Das wäre alles, Renaldo. Na komm, Dello, nimm Platz.« Er klopfte neben sich. »Ich habe unseren Gästen gerade von der Party und von dir und Jordan Banks erzählt. Bestimmt warst du die Letzte, die vor seinem Tod mit ihm gevögelt hat.«

Delores sah ihn einfach an und als sie sich aufs Sofa setzte, behielt sie dort einen möglichst großen Abstand zu ihm bei. »Warum lässt du uns nicht allein, Hugo? Du kannst ja später wiederkommen, falls Lieutenant Dallas noch mal mit dir sprechen muss, denn schließlich hast du jede Menge freie Zeit.«

»Okay.«

»Bevor Sie gehen, habe ich noch ein paar Fragen, Mr. Markin«, meinte Eve. »Wo waren Sie von Freitagnacht bis Montagvormittag?«

»Das ist ein ziemlich langer Zeitraum. Und vor allem, wurde Jordan nicht erst in der Nacht zum Dienstag umgebracht?«

»Können Sie uns sagen, wo Sie letztes Wochenende waren?«

»Wenn's sein muss. Ich war auf der Tour durch die Casinos, die unserer Familie in Mississippi, Georgia und Florida gehören, und habe es mit Müh und Not geschafft, rechtzeitig für die Party bei Delvinia und Thad zurück zu sein.«

»Sie haben mehrere Verwandte, die beim Militär sind oder waren.«

»Ach ja?« Er trank den ersten Schluck seines Kaffees. »Wahrscheinlich haben Sie recht, denn schließlich nennen wir meinen Großvater selbst heute noch den General.«

»Sie selbst interessieren sich nicht fürs Militär?«

»Nicht die Bohne. Ich bin weniger ein Kämpfer als ein Liebender. Nicht wahr, Dello?«

Sie würdigte ihn keines Blicks. »Du bist ein Taktiker, Hugo, nur hast du leider keine klare Strategie.«

»Trotzdem habe ich's geschafft, dich zu erobern, oder etwa nicht? Ich bin oben, falls ihr mich noch mal braucht. Lieutenant, Detective, dass ich Sie jetzt endlich persönlich kennenlernen durfte, hat mir meinen Tag versüßt.«

Als er nach oben ging, sah Delores ihm seufzend hinterher.

»Sie sind wegen Jordan hier, nicht wahr?«

»Auf alle Fälle fangen wir bei ihm an.«

»Es tut mir leid, dass er ermordet worden ist. Es wäre dumm von mir zu leugnen, dass ich Montagabend auf Delvinias und Thads Party Sex mit Jordan hatte, nachdem Hugo schon so offen war, es Ihnen zu erzählen.«

»Er wirkte nicht besonders überrascht oder betroffen wegen der Beziehung zwischen Ihnen und Jordan Banks.«

»Ich würde eine schnelle Nummer nicht Beziehung nennen, aber Sie haben recht, mein Mann war deshalb weder überrascht noch hat ihm diese Sache auch nur ansatzweise zugesetzt. Wir waren schon seit über einem Jahr nicht mehr intim, unsere Ehe besteht eigentlich nur noch auf dem Papier.«

Sie saß mit kerzengeradem Rücken und gefasster Miene auf der Couch, doch wenn man näher hinsah, sah man hinter der gelassenen Fassade, dass sie alles andere als glücklich war.

»Wir leben jeder unser eigenes Leben«, fuhr sie fort. »Falls Sie denken, Hugo hätte meinen Liebhaber aus Eifersucht ermordet – das ist sicher nicht der Fall. Ein Mann wie Hugo würde sich ganz sicher nicht die Mühe machen, meine Liebhaber aus dem Verkehr zu ziehen, vor allem, wenn mir selbst solche Typen wie Jordan nicht mal sonderlich sympathisch sind.«

»Sie hatten trotzdem Sex mit Banks.«

»Das stimmt. Im Grunde war ich nur auf dieser Party, weil Delvinia mir sympathisch ist, ich etwas Dampf ablassen wollte und ich keine Ahnung hatte, dass Hugo auch kommen würde, denn den hatte ich seit einer halben Ewigkeit nicht mehr gesehen.«

»Ist das normal?«

»Wie ich schon sagte, leben wir schon länger jeder unser eigenes Leben und gehen uns so gut wie möglich aus dem Weg. Deswegen war ich auch so sauer, als ich ihn auf dieser Party sah. Also habe ich spontan ein kurzes, aber ausnehmend befriedigendes Nümmerchen mit Banks geschoben, bevor ich gegangen und hierher zurückgekommen bin.«

»Und Hugo?«, fragte Eve.

»Ich weiß nicht, wann er heimgekommen ist und ob er da alleine oder in Gesellschaft war. So läuft es eben zwischen uns.«

»Warum?«, erkundigte sich Peabody. »Sie scheinen Ihren Mann nicht sonderlich zu mögen. Warum wohnt er dann noch hier?«

»Weil meine Eltern nicht mit einer Scheidung einverstanden wären. Sie wären zwar auch nicht begeistert, wenn sie wüssten, dass ich Sex mit anderen Männern habe, aber eine Scheidung wäre noch enttäuschender für sie. Es war ein Fehler, dass ich Hugos Frau geworden bin, aber damit muss ich jetzt nun einmal leben. Da Hugo weiß, dass eine offizielle Trennung für mich nicht in Frage kommt, hat er mich in der Hand.«

»Wie gut kannte er Jordan Banks?«

»Relativ gut. Wenn ich mich nicht irre, hatte Jordan es vor allem, weil ich die Frau von einem Freund war, auf mich abgesehen. Die beiden waren sich ziemlich ähnlich, sie beide haben sich für Sport, für Reisen, für das Zocken und für Frauen interessiert.«

»Auch für den Aktienmarkt?«

Sie hob verwirrt die Brauen an. »Den Aktienmarkt?

Ob Jordan sich für Aktien interessiert hat, weiß ich nicht, aber Hugo würde sich ganz sicher nicht die Mühe machen, selber auf dem Aktienmarkt zu investieren, wenn er andere dafür bezahlen kann.«

»Und wie steht es mit Kunst?«

»Natürlich war die Jordans ganz besonderes Steckenpferd. Doch auch wenn Hugo relativ gebildet ist und sich darüber unterhalten kann, ist das kein Thema, das ihn wirklich interessiert. Er ist ein fauler Hund, dem's immer nur um sein Vergnügen geht, auch wenn er das sehr gut verstecken kann. Ich weiß nicht, wo er war, als Banks ermordet worden ist, aber jemanden aus Eifersucht zu töten, wäre Hugo viel zu anstrengend.«

»Wo waren Sie am Wochenende?«

»Die Einzelheiten kann Ihnen Amelia nennen. Meine Mutter, meine Schwester und ich sind mit unserem Stab am Freitag nach Paris geflogen und waren erst Montagmorgen wieder hier.« Sie seufzte.

»Ich hoffe, dass Sie Jordans Mörder finden werden, doch ich kannte ihn nicht gut genug, als dass ich Ihnen dabei helfen könnte, außerdem fängt jetzt gleich mein nächstes Meeting an. Es tut mir leid.« Mit diesen Worten stand sie wieder auf, Eve erhob sich ebenfalls und sah sie fragend an.

»Kennen Sie die Familie Ihres Mannes?«

»Größtenteils. Die meisten sind nicht so wie Hugo und bei unserer Hochzeit hat sein Großvater, der ›General‹, zu mir gesagt, er würde hoffen, dass mit meiner Hilfe endlich was aus seinem Enkel wird.«

Mit einem bitteren Lächeln fügte sie hinzu. »Wie's aussieht, wurde er enttäuscht.«

»Steht er seinen Verwandten nahe?«

»Schwer zu sagen. Hugo pflegt Beziehungen, solange sie ihm nützlich sind, doch wenn ihm irgendjemand nichts mehr bringt, lässt er ihn eiskalt fallen.«

»In Ordnung. Vielen Dank, dass Sie sich Zeit für das Gespräch genommen haben. Können Sie uns sagen, ob die Gastgeber der Party heute früh zu Hause sind?«

»Eher nicht. Der Grund für ihre Party war, dass sie gleich heute früh in die Türkei geflogen sind. Sie haben dort eine Yacht und schippern bis zum Sommer damit auf dem Mittelmeer herum.«

14

»Sie schippern also bis zum Sommer auf dem Mittelmeer herum.« Kopfschüttelnd bestieg Eve den Lift, der sie zurück in die Garage trug.

»Hat Roarke auch eine Yacht?«, erkundigte sich Peabody. »Auch wenn Sie beide sicher niemals bis zum Sommer ziellos durch die Gegend schippern würden.«

»Weder noch. Er ist kein großer Fan von Booten.«

»Wobei man eine Yacht wohl kaum mit einem Boot vergleichen kann. Wie dem auch sei, dieser Hugo ist ziemlich widerlich.«

»Ein Arsch, wie er im Buche steht. Genauso stelle ich mir unsere Täter vor. Er interessiert sich nur für sich und er hat seine Frau bei dem Gespräch mit uns absichtlich in Verlegenheit gebracht. Wir sollten gucken, ob er übers Wochenende wirklich unterwegs war. Es ist echt praktisch, dass er rechtzeitig zu diesem Fest, auf dem auch Jordan war, zurückgekommen ist. Ich glaube nicht, dass das ein Zufall ist.«

»Wahrscheinlich ist es trotzdem so, wie sie behauptet. Wahrscheinlich wäre er sogar für einen Mord zu faul.«

»Vielleicht war er dabei. Ich glaube auch nicht, dass er Jordan eigenhändig das Genick gebrochen hat, aber er hätte sicher kein Problem damit gehabt, dabeizustehen und zuzusehen. Genauso wenig hätte er wahrscheinlich ein Problem damit, eine Familie einzusperren, damit jemand anderes eine Bombe für ihn hochgehen lässt, wenn er sich irgendwas davon verspricht. Amüsement und Kohle – das ist meiner Meinung nach das Einzige, wofür er lebt.«

»Was zeigt, dass er ein widerlicher Mistkerl ist.«

»Genau. Wir brauchen diese Leute mit der Yacht. Vielleicht waren ja beide Killer auf der Abschiedsparty dieses Paars. Im Grunde glaube ich das nicht, aber wer weiß?«

Eve fuhr aus der Garage auf die Straße und da sie am Weg lag, hielt sie auf der Fahrt zurück zur Wache noch bei Jordans Galerie.

»Mal sehen, ob hier noch irgendwas zu finden ist.«

Sie parkte in der zweiten Reihe, ignorierte das Gehupe und die Flüche der anderen Autofahrer und stieg aus.

»Es wird bestimmt nicht lange dauern«, meinte sie und lief zur Tür der schicken kleinen Galerie, die zwischen schicken kleinen Cafés und verschiedenen ebensolchen Läden lag.

Trotz des Geschlossen-Schildes in der Tür waren die Lichter eingeschaltet und Eve klopfte laut gegen das dicke Glas.

Als Trueheart sie entdeckte, schloss er ihnen auf und trat höflich einen Schritt zurück.

»Wir haben nicht erwartet, dass Sie selbst noch kommen, Lieutenant.«

»Wir waren gerade in der Gegend. Haben Sie etwas gefunden?«

»Maisie – ah, Ms. Kelsi ist noch einmal ihre Aufzeichnungen und die Websites der Künstler durchgegangen und hat jetzt einen vierten Namen, der vielleicht in Frage kommt.«

»Lassen Sie mich mit ihr reden.«

Trueheart führte sie vorbei an jeder Menge Stellwände, die voller Bilder hingen, die teilweise zwar durchaus hübsch, aber zum Teil für Eve auch völlig unverständlich waren. Trotz seiner eindeutigen Vorliebe für nackte Menschen hatte Banks auch Stillleben und Landschaftsbilder ausgestellt. Der Name Landschaftsbilder war plausibel, aber waren nicht alle Bilder still?

Sie gingen in ein Büro, das mit einem großen Sofa, einem breiten Sessel, einem riesengroßen Schreibtisch, einem ordentlich bestückten AutoChef und jeder Menge Bilder nackter Menschen mindestens genauso edel wie die Räumlichkeiten vorne und vor allem äußerst komfortabel eingerichtet war.

Baxter saß auf einem Stuhl mit Rollen neben einer, wie es angesichts kilometerlanger nackter Beine aussah, ziemlich großen, gertenschlanken Frau mit leuchtend grünen Augen und so wild zerzaustem weizenblondem Haar, wie man es hatte, wenn man gerade aus dem Bett gestiegen war.

»Ich glaube, ja … das heißt, vielleicht«, stieß sie mit atemloser, so erregter Stimme aus, dass Baxter sicher an sich halten musste, um nicht gleich über sie herzufallen.

Dann sah sie auf und blinzelte verwirrt. »Oje, es tut mir leid, aber wir haben geschlossen.«

»Maisie, das sind Lieutenant Dallas und Detective Peabody.«

»Verstehe.« Sie stand auf und ihre Beine in dem kurzen schwarzen Rock waren wirklich kilometerlang. »Es tut mir leid, dass ich wegen des Kunstwerks nicht ganz sicher bin. Jordan …« Sie zögerte.

»Ich weiß auch, dass man nicht schlecht von Toten sprechen soll«, erklärte Baxter sanft. »Aber du musst uns bitte trotzdem alles sagen, wenn wir seine Mörder finden sollen.«

»Natürlich, du hast recht. Er hat einfach Bilder mitgenommen, wenn ihm danach war, meistens hat er sie nach ein paar Wochen wieder in die Galerie zurückgebracht. Mitunter hat er diese Vorgänge nicht in die Bücher eingetragen, doch er meinte, dass er Werbung für die Bilder machen würde, indem er sie im privaten Rahmen potenziellen Kunden zeigt. Nur war das nicht der wahre Grund und eigentlich war ihm egal, wenn jeder in der Galerie das mitbekommen hat.«

Obwohl die Frau mit atemloser Puppenstimme sprach, war sie nicht dumm.

»Hat er auch Ihre Werke mitgenommen?«

»Ja. Natürlich hätte ich ihm sagen können, dass ich das nicht will, aber ich habe diesen Job gebraucht und wollte, dass er meine Bilder potenziellen Kunden zeigt. So ging's den meisten anderen auch, die hier ausgestellt haben. Zwar hat er einen höheren Prozentsatz des Erlöses als die meisten anderen Galeristen eingestrichen, aber dafür hat er auch oft neue Künstler oder Künstlerinnen angenommen, die sonst nirgends untergekommen sind. Das heißt, es war eine Win-Win-Situation.«

»Hat er vielleicht trotzdem irgendjemanden verärgert?«

»Das kam sogar regelmäßig vor«, gab sie mit einem schmalen Lächeln zu. »Doch als Motiv für einen Mord hätte das sicher nicht gereicht, vor allem, weil keiner von uns einen Vorteil davon hat, wenn dieser Laden jetzt geschlossen wird.«

»In Ordnung. Können Sie mir zeigen, welches Bild der Einbrecher vielleicht aus seiner Wohnung mitgenommen hat?«

»Ich habe extra noch mal meine alten Unterlagen durchgesehen. Ich habe mal Bürokauffrau gelernt, deswegen hat Jordan mich überhaupt angestellt. Aber egal. Auf alle Fälle habe ich so gut wie möglich selbst Buch über die Bilder hier geführt und meine Listen mit den Websites der Künstler abgeglichen, deren Werke er mit heimgenommen hat.«

»Sehr gut.«

»Die Sache ging mir einfach nicht mehr aus dem Kopf. Sie ging mir nicht mehr aus dem Kopf, sag ich Ihnen, und dann fielen mir die Unterlagen, die ich noch zu Hause hatte, ein. Ich wollte gerade David informieren, als er mich angerufen hat …« Sie warf die Hände in die Luft, dann fuhr sie fort.

»Neben den drei Künstlern gestern ist mir heute noch ein vierter eingefallen. Nicht alle Künstler haben ein Talent für das Geschäft oder fürs Marketing, deshalb sind ihre Websites eher schlecht organisiert. Außerdem war ich schon seit Monaten nicht mehr in Jordans Wohnung und seither hat er die Bilder, die er mitgenommen hat, öfter ausgetauscht. Aber dieses hier …«

Von ihrem Tablet schickte sie das Bild, um das es ging, auf einen Wandbildschirm.

»Das ist die *Ruhende Frau* von Selma. Selma Witt. Sie arbeitet vor allem mit Acryl, aber auch ihre Kohle- und Pastellzeichnungen sind wirklich gut. Ich weiß, dass Jordan diese Zeichnung Ende letzten Sommers mitgenommen hat, doch ein Verkauf ist nirgendwo vermerkt und dieses Bild ist auch nicht in die Galerie zurückgekehrt. Was ziemlich ungewöhnlich ist, weil er die Bilder sonst immer nur kurz behalten hat.«

Eve schaute sich die Zeichnung an. Sie zeigte eine Frau in einem Bett auf einem zerwühlten Laken und an einen Berg von Kissen angelehnt.

Dann schloss sie die Augen, kehrte im Geiste zurück in Banks Apartment und versuchte, sich die Bilder, die dort an der Wand gehangen hatten, vorzustellen.

Sie hätte sie sich besser ansehen sollen, dachte sie. Im Grunde hatten alle geradezu erschreckend ähnlich ausgesehen.

»Zeigen Sie mir ein anderes Bild.«

»Die Arbeit ist von Simon Fent. Er ist … tja nun, er ist nicht ganz so gut wie Selma, aber er hat eindeutig Talent. Die Zeichnungen zeigen noch das Zögern eines Schülers und die Angst, sich der Vision vollkommen zu ergeben, aber Jordan hat das Bild gefallen. Es ist das Einzige, das er von Simon angenommen hat.«

»Machen Sie weiter.«

Maisie rief die nächste Zeichnung auf und Eve hob eine Hand. »Moment.«

Sie wandte sich kurz ab, versuchte, sich die blöde Wand und die Schwarz-Weiß-Zeichnungen in den schwarzen Rahmen vorzustellen, und schaute sich die Studie wieder an.

»Das hier. Ich weiß, dass es in Jordans Wohnung hing.«

»Das ist eine von Angelo Richies frühen Zeichnungen. Jordan hat mir erzählt, er hätte sie von ihm als Dankeschön geschenkt bekommen, nachdem er einen Kunden für sein erstes Bild gefunden hatte. Sogar diese frühe Zeichnung zeigt, wie talentiert er ist. Die Menschen, die er zeichnet, atmen und bewegen sich. Die zwei hier sind ein Liebespaar und man kann sehen, dass sie glücklich sind. Es heißt *Wiedervereint*. Die beiden treffen sich nach einer langen Trennung wieder und …«

»Okay. Ich brauche die Kontaktdaten von diesem Künstler.«

»Er und Jordan hatten vor zwei Jahren Streit und Angelo hat alle seine Werke aus der Galerie geholt. Er soll dann erst einmal zum Malen nach Italien gezogen sein, aber inzwischen ist er wieder in New York. Ich weiß nicht, wo er wohnt, aber es heißt, er würde kurz vor seinem großen Durchbruch stehen. Wobei er es im Grunde bereits geschafft hat, weil er im Augenblick in aller Munde ist und man ab heute Abend seine Werke im Salon – einer der Topadressen der New Yorker Kunstszene – bewundern kann.«

»Sie sind sich sicher, dass es dieses Bild war, Lieutenant?«, hakte Baxter nach.

»So sicher ich mir sein kann«, klärte Eve ihn knurrend auf.

»Angelo Richie. Wohnhaft in SoHo. Der Salon, in dem die Vernissage stattfindet, ist in Greenwich«, meinte Peabody.

»Ich schätze, sie bereiten gerade alles vor«, mischte sich Maisie wieder ein. »Ich kannte Angelo zwar nicht so gut, aber ich weiß, dass er beim Aufhängen seiner Bilder garantiert dabei sein will.«

»Vielen Dank, Sie waren uns eine große Hilfe. Baxter, fahren Sie Ms. Kelsi wieder heim.«

»Das Bild oder die Skizze hat mir gut gefallen«, bemerkte Peabody, als sie mit Eve zum Wagen zurücklief. »Es ist romantisch und geht einem wirklich nah.«

»Ich wage zu bezweifeln, dass die Killer diese Studie haben mitgehen lassen, weil sie so romantisch ist. Am besten fragen wir den Künstler, was aus seiner Sicht der Grund für diesen Diebstahl ist.«

Kaum dass sie ihren Wagen aufgeschlossen hatte, klingelte ihr Autotelefon.

»Dallas.«

»Hier Santiago, Lieutenant. Mir ist klar, dass wir die nächste Leiche übernehmen sollen, aber die Sache hier hat eindeutig etwas mit Ihrem Fall zu tun.«

»Von was für einer Sache reden Sie?«

»Von einer Bombenexplosion, bei der's fünf Tote einschließlich des Mannes mit der Sprengstoffweste gab.«

»Wo?«

»In einer wirklich schicken Galerie mit Namen …«

»Salon.«

Er sah sie aus zusammengekniffenen Augen an. »Können Sie jetzt auch noch hellsehen oder was?«

»Sichern Sie den Tatort. Wir sind unterwegs.« Sie schaltete in aller Eile die Sirenen ein und fädelte sich in den fließenden Verkehr. »Haben Sie den Toten mit der Weste identifiziert?«

»Wayne Denby. Einer von den drei Besitzern und Direktor dieser Galerie.«

Noch während Peabody den Gurt anlegte, schoss Eve um die erste Kurve und im Zickzack an den anderen Fahrzeugen vorbei. »Schicken Sie Kollegen von der Streife zu der Wohnung des Mannes. Jetzt gleich. Wahrscheinlich sind dort irgendwelche hilflosen Personen eingesperrt. Sie sollen die Tür aufbrechen und den Leuten erste Hilfe leisten, wenn es nötig ist. Schicken Sie auch Baxter die Adresse. Er und Trueheart sollen sofort hinfahren. Los, Santiago, worauf warten Sie?«

Statt abzuwarten, bis der Fahrer eines SUV auf Blaulicht und Sirenen reagierte, ging sie in die Vertikale und flog über ihn hinweg.

»Verdammt, verdammt, verdammt.«

Um sich von ihrer Angst vor einem Crash in einem Fahrzeug, das mit neunzig Meilen in der Stunde unterwegs war, abzulenken, tippte Peabody den Namen Denby in ihr Tablet ein.

»Wayne Denby, achtunddreißig und Miteigentümer des Salon. Seit acht Jahren verheiratet mit Zelda Este Denby, vierunddreißig, ein Sohn, Evan, fünf.«

»Dasselbe Muster.« Eilig überholte Eve ein Taxi, dessen junger Fahrgast grinsend filmte, wie der DSL an ihm vorüberschoss.

»Ein grundsolider, treusorgender Ehemann und Vater«, überlegte sie und drückte auf die Hupe, als zwei lebensmüde Fußgänger die Straße überqueren wollten. Die beiden stolperten erschrocken auf den Bürgersteig zurück.

»Wahrscheinlich leben sie in einem eigenen Haus, das gut gesichert ist«, fügte sie auf dem Weg ins Village noch hinzu.

Dann trat sie auf die Bremse und blieb schlingernd vor der Absperrung und den dahinter aufgereihten Gaffern stehen.

»Ich bringe unsere Untersuchungsbeutel mit«, bot Peabody ihr an, bevor sie aus dem Wagen sprang.

Eve bahnte sich mit ihren Ellenbogen einen Weg durch das Gedränge, an der Absperrung vorbei und wies sich bei den beiden Droiden, die die Menge kontrollieren sollten, aus, bevor sie zu dem eleganten Sandsteineckhaus, in dem sich die Explosion ereignet hatte, weiterging.

Im Fenster des Salon lag das Gemälde einer Frau mit langem dunklem Haar in einem knöchellangen roten Kleid, die mit erhobenen Armen eine Pirouette drehte und dabei ekstatisch das Gesicht verzog.

Die Fensterscheibe war gesprungen und das Gemälde war so unsanft von der Staffelei gefallen, dass ein Teil des Rahmens abgebrochen war. Die Signatur des Künstlers aber war noch gut zu sehen.

Angelo Richie.

Hatte sie es doch gewusst.

»Lieutenant.« Ein Kollege von der Streife öffnete die Tür. »Sie sind dort hinten links hinter der Bogentür.«

Sie roch den Rauch, das Blut, den beißenden Gestank verbrannten Gipses, Holzes, Fleischs.

Der einmal weiße Türbogen war grau und blutverspritzt, doch statt sofort hindurchzutreten, sah sich Eve erst mal die Überreste der fünf Menschen auf dem Boden vorne an. Was einmal Muskeln, Knochen, Fleisch gewesen waren, war jetzt in schwarzen Klumpen zwischen den verbrannten Fetzen der Gemälde, die hier an den Wänden hängen sollten, überall im Raum verteilt.

Auch Teile von den Wänden waren schwarz vom Feuer und vom Rauch, der Feuerlöschschaum, der noch immer von der Decke tropfte, hatte die herumgeflogene Asche aufgeweicht und das herausgerissene Stück einer Eisenleiter hatte eins der Opfer regelrecht durchbohrt.

Mit ausdruckslosen Polizistenmienen markierten ihre Leute Leichenteile und nahmen die Umgebung auf.

Vorsichtig bahnte sich Carmichael einen Weg zu Eve. »Wir schätzen, dass das Ihre Täter waren.«

»Auf jeden Fall.« Eve nahm ihr Untersuchungsset von der Partnerin entgegen, sprühte sich die Hände und die Schuhe ein und forderte Carmichael auf: »Erzählen Sie mir, was Sie haben.«

»Für heute Abend war hier eine Vernissage mit Werken von Angelo Richie anberaumt. Sie waren gerade dabei, die Bilder aufzuhängen, die beiden Galeriebesitzer waren hier. Joe Kotler hinten im Büro und die Frau mit einer ihrer Assistentinnen hier vorn. Wir haben sie alle ins Büro geschickt, aber die beiden Frauen haben ausgesagt, dass Denby reinkam und gesagt hat, dass sie bleiben sollten, wo sie sind. Die Partnerin – Ilene Aceti – meint, sein Aussehen und sein Ton hätten sie so geschockt, dass sie wie angewurzelt stehen geblieben ist. Als sie dann von Denby wissen wollte, was das heißen sollte, hat es plötzlich *bumm* gemacht. Sie war ihm nah genug, dass sie nach hinten flog und sich dabei den Arm gebrochen hat. Ihre Assistentin ist gestürzt, doch abgesehen von ein paar Abschürfungen und blauen Flecken ist sie unversehrt.«

Carmichael zerrte eine Wasserflasche aus der Tasche, trank und fuhr mit ausdrucksloser Stimme fort. »Trotz des gebrochenen Arms hat sich Aceti sofort wieder aufgerappelt und ist losgerannt. Bis dahin brannte es bereits. Sie hat der Assistentin zugerufen, dass sie Feuerwehr und Rettungswagen alarmieren soll, und rannte selbst nach hinten, während Kotler gleichzeitig nach vorne kam. Die Feuermelder und die Sprinkler haben nicht funktioniert, deswegen haben sie das Feuer mit den Feuerlöschern, die sie für den Notfall haben, gelöscht.«

»Die Sprinkler und die Feuermelder blieben also aus?«

Jetzt tauchte auch Santiago auf. »Genau. Woran das lag, haben wir noch nicht überprüft. Wir waren gerade wegen eines anderen Notrufs knapp sechs Blocks von hier entfernt. Ein Todesfall, der aber nicht verdächtig war«, erklärte er. »Also sind wir hergekommen, als der Anruf kam. Bei unserem Erscheinen hatte sich der Rauch noch nicht gelichtet, aber trotzdem waren wir uns sofort sicher, dass das Ihre Täter waren.«

»Wir haben Salazar Bescheid gegeben, weil sie auch bei Quantum war. Sie ist mit zwei von ihren Leuten unterwegs.«

»Sehr gut.«

»Nachdem das Feuer aus war, haben wir die Feuerwehr gebeten, erst einmal zu warten, bis wir fertig sind. Sie wissen selbst, wie ein Tatort aussieht, wenn die Feuerwehr dort war.«

»Das weiß ich allerdings. Haben wir auch die Namen von den anderen Toten?«

»Angelo Richie, der hier seine Bilder ausstellen wollte, Trenton Bean und Loden Modele, die hier angestellt waren, und Kotlers Neffe, Dustin Greggor, der als Praktikant hier gearbeitet hat. Ein junger Mann von neunzehn Jahren; vor allem sein Tod hat den armen Kotler völlig umgehauen.«

»Fünf Tote und dazu noch zwei Verletzte«, meinte Eve.

»Was beinah noch so was wie Glück im Unglück ist«, stellte Carmichael düster fest. »Acetis Assistentin hat gesagt, dass zu der Vernissage heute Abend fast zweihundert Leute eingeladen waren. Warum also haben die Schweinehunde ihre Bombe nicht erst ein paar Stunden später hochgehen lassen? Schließlich hätten sie dann noch viel mehr Leute erwischt.«

Eve schaute sich die Überreste der Gemälde an. »Ich glaube, sie haben auch so ihr Ziel erreicht. Kontaktieren Sie die elektronischen Ermittler, Peabody. Ich brauche einen Elektronikfa… schon gut«, bemerkte sie, als Roarke den Raum betrat. »Wir haben schon einen vor Ort.«

Er packte ihre Hände und die kaum verwundene Panik war ihm deutlich anzusehen.

»Was ist? Aber vor allem, was machst du hier?«

»Ich war geschäftlich in der Gegend, dann gab es den Alarm hier aus der Galerie und als ich in die Straße bog, sah ich deinen Wagen hier stehen und wusste nicht, ob du während der Explosion im Haus gewesen bist.«

Er atmete erleichtert auf, fuhr mit der einen Hand über ihr Haar und legte einen Finger seiner anderen auf das Grübchen in der Mitte ihres Kinns. »Du hättest hier sein können.«

»Aber das war ich nicht. Im Gegensatz zu den fünf Leuten, die hier umgekommen sind. Der Mann mit der Sprengstoffweste war verheiratet und Vater eines kleinen Jungen.«

»Was ist mit der Frau und mit dem Sohn?«

»Zu denen sind schon eine Streife, Baxter und der junge Trueheart unterwegs.«

Er blickte durch die Tür der Galerie und stellte fest: »Ich sehe keinen Wasserschaden. Sind die Sprinkler denn nicht angesprungen?«

»Nein. Es gab auch keinen Alarm.«

»Soll ich mir das mal ansehen?«

»Gern. Sie sollten heute Abend eine große Vernissage hier haben. Der Künstler heißt Angelo Richie und hat auch die Studie gezeichnet, die bei Banks verschwunden ist.«

»Richie? Das ist eine Schande. Er war wirklich talentiert.« Roarke legte eine Hand auf ihren Arm, als bräuchte er noch immer den Kontakt zu ihr. »In einem unserer Gästezimmer hängt ein Bild von ihm. Die *Frau im Mondschein*.«

»Echt?«

»Oh ja. Ich habe es vor vielleicht einem Jahr bei einer Reise nach Italien entdeckt.«

»Er selbst und ein Großteil seiner Bilder waren vorhin hier, auch wenn inzwischen kaum noch etwas von ihm selbst und den Gemälden übrig ist.«

»Verstehe.«

»Davon bin ich überzeugt. Weshalb jagt man einen

aufstrebenden Künstler und den Großteil seiner Bilder in die Luft?«

Roarke lenkte seinen Blick zurück auf sie. »Du lernst sehr schnell, Lieutenant. Was könnte das Motiv für dieses Attentat sein?«

»Finanzieller Gewinn.«

»Genau. Ein junger, aufstrebender Künstler kommt bei einem brutalen Anschlag kurz vor der Eröffnung seiner ersten großen Ausstellung hier in den Staaten um, auch die meisten seiner Werke werden bei dem Attentat zerstört.«

»Weshalb der Preis der Werke, die es jetzt noch von ihm gibt, wahrscheinlich durch die Decke gehen wird.«

»Auf jeden Fall. Jeder, der ein solches Werk gekauft – oder geklaut – hat, macht bei einem Verkauf einen erklecklichen Gewinn.«

»Das heißt, sie hatten diesen Bilderklau schon vor dem Mord an Banks geplant.«

»Auch davon bin ich überzeugt.« Noch einmal nahm er ihre Hand. »Dann sehe ich mir jetzt einmal die Feuermelder an.«

Bevor er sich zum Gehen wandte, klingelte ihr Link.

»Dallas. Wann?« Sie kniff die Augen zu. »Wie schlecht geht es der Frau? Verstehe. Sagen Sie den elektronischen Ermittlern, dass sie sich dort alles ansehen sollen. Und sagen Sie der Frau vom Jugendamt, dass sie sich um den Kleinen kümmern soll, bleiben Sie auch selbst dort, Baxter.« Mit diesen Worten steckte sie ihr Smartphone wieder ein und wandte sich den anderen Detectives zu. »Der Junge war nur leicht sediert. Er ist ein bisschen dehydriert und völlig panisch, aber unverletzt. Dagegen hat die Mutter zwei gebrochene Finger, ihr wurde immer wieder ins Gesicht geschlagen, obwohl sie im dritten Monat schwanger ist.«

»Diese Schweine.« Wütend trat Santiago gegen den verrußten Türbogen.

»Den Sanitätern nach ist sie stabil, aber sie bringen sie für weitere Untersuchungen ins Krankenhaus. Den Jungen hatten sie in seinem Zimmer an das Bettgestell gefesselt und die Frau im Hauswirtschaftsraum eingesperrt. Der Einbruch ist der Frau zufolge Dienstagmorgen zwischen vier und fünf erfolgt.«

»Da waren sie aber wirklich schnell«, bemerkte Roarke.

»Das stimmt. Erst haben sie Rogan zugesetzt, damit er Montagfrüh die Bombe bei dem Quantum-Meeting hochgehen lässt, dann haben sie die Gewinne eingesackt, danach die elektronischen Geräte und das Bild bei Banks geklaut, ihn umgebracht und sich sofort die Zielperson für ihren nächsten Anschlag vorgeknöpft.«

Sie drehte eine Runde durch die Galerie. »Der Mord an Banks war nicht geplant, aber sie haben ihn noch eingeschoben, damit er sie nicht bei uns verpfeift, bevor sie bei den Denbys eingebrochen sind.«

Es roch im ganzen Raum nach Tod, nach den fünf Leben, die von einem auf den anderen Augenblick erloschen waren.

»Inzwischen haben wir achtzehn Tote, aber um die Zahl der Opfer geht es ihnen nicht. Wenn die sie interessieren würde, hätten sie den Laden hier erst in die Luft gejagt, wenn heute Abend all die Kunstliebhaber hier gewesen wären.«

Sie sah auf die verkohlten Überreste der fünf Menschen, die an diesem Ort gestorben waren. »Es geht nicht um die Leute, sondern nur um den Profit. Der ist das Einzige, was zählt. Wir sollten erst mal mit den Zeugen sprechen, Peabody. Carmichael und Santiago, Sie warten auf Salazar.«

Sie gingen nach hinten ins Büro und befragten dort zuerst die Assistentin, die noch immer leise schluchzte und so fertig war, dass Peabody bei ihrer Mitbewohnerin anrief und sie anschließend nach Hause bringen ließ.

»Als Nächstes würden wir uns gern mit Ihnen unterhalten, Ms. Aceti«, sagte Eve.

»Ich lasse Joe ganz sicher nicht allein.« Mit ihrer unverletzten Hand umklammerte sie seinen Arm.

»Okay. Dann unterhalten wir uns einfach hier.« Eve nahm den beiden gegenüber Platz. Die Frau trug den gebrochenen Arm in einer Schlinge, hatte ein paar Kratzer im Gesicht und ihre Bluse und die Hose waren rußverschmiert. Sie hatte sich die langen rabenschwarzen Haare mit den kupferroten Strähnen aus dem kreidigen Gesicht gebunden und die tiefliegenden braunen Augen funkelten Eve zornig an.

Ihr Partner saß benommen und mit verweinten Augen neben ihr. Er hatte kupferbraune Haut, die Eve genau wie seine unzähligen, kompliziert geflochtenen Zöpfe an den Mann ihrer Freundin Mavis denken ließ, seine schwarzen Jeans mit Silbernieten und der schwarze Rolli rochen stark nach Rauch.

»Ich weiß, Sie stehen noch unter Schock, noch einmal mein Beileid zu Ihrem Verlust.« Eve sah kurz auf, als ihre Partnerin von vorne kam. »Aber wir müssen Ihnen ein paar Fragen stellen.«

»Ich habe selbst jede Menge Fragen«, regte sich Aceti auf. »Und nur damit eins klar ist. Nie im Leben hätte Wayne uns etwas angetan, es sei denn ... Wir alle kennen uns schon seit der Collegezeit. Wir haben uns geliebt, verstehen Sie das?«

»Das tue ich. Wir müssen trotzdem ...«

»Es ist wie bei Quantum. Wir haben in den Nachrichten gesehen, dass irgendjemand Frau und Tochter dieses Manns bedroht hat, bis er ... bis er diese Sprengstoffweste hat hochgehen lassen. Genauso muss es hier gewesen sein. Wir müssen wissen, wie es Zelda und dem Jungen geht. Ich werde Ihnen kein Wort sagen, bis wir wissen, wie es Zelda und dem Jungen geht. Sie ist schwanger.«

Ihre Lippen fingen an zu zittern und sie wiederholte: »Sie ist schwanger.«

»Und stabil. Die Sanitäter habe sie vor Ort behandelt und danach ins Krankenhaus gebracht.«

»Was ist mit dem Baby?«

»Auch das Baby ist, soweit wir wissen, unversehrt.«

»Und Evan? Er ist noch ein kleines Kind.«

»Er wurde nicht verletzt. Er ist verängstigt, aber nicht verletzt. Sie müssen mit mir reden, alle beide.«

»Sie wollten gestern früh verreisen und erst heute Abend wiederkommen. Wir kamen hier auch ohne Wayne zurecht, deswegen wollten sie mit Evan zwei Tage nach Disneyland fahren und ihm erzählen, dass er einen kleinen Bruder oder eine kleine Schwester kriegt. Sie wussten selbst noch nicht, was es wird. Abgesehen von mir, Joe und ihren Eltern hatten sie noch niemandem etwas davon erzählt. Sie wollten es erst Evan sagen und wir dachten, dass sie es sich gut gehen lassen, während sie …«

Sie beugte sich fast drohend vor und stieß mit aggressiver Stimme aus: »Es ist nicht seine Schuld. Sie haben Wayne gezwungen, das zu tun.«

»Das stimmt. Vielleicht können Sie uns bei der Suche nach den Leuten helfen, deren Schuld es ist.«

»Wir beide, Joe und ich, waren seine Trauzeugen, wir haben mit ihm zusammen diese Galerie eröffnet und zu dem gemacht, was sie jetzt ist. Wie kann es also sein, dass Wayne nicht mehr am Leben ist?« Acetis Aggression verflog und müde lehnte sie sich an die Rückenlehne ihres Stuhls.

»Erzählen Sie mir, was passiert ist.«

»Er sollte eigentlich erst später kommen. Wir hatten alles vorbereitet und wir wollten noch die letzten Bilder aufhängen. Wir hatten vorher festgelegt, wo alles hängen soll. Ich war mit Cista vorne, um zu überlegen, wo die Bar hinkommen soll. Angelo, der Künstler, kam mit Dustin, Trent und Loden aus dem Lagerraum. Sie hatten dort die Bilder, die hier sonst hängen, hingebracht, damit genügend Platz für seine Werke war. Joe war hinten im Büro.«

»War die Galerie in dem Moment für Publikumsverkehr geöffnet?«

»Wir haben mittwochs zu, denn mittwochabends finden meistens unsere Vernissagen statt. Die Ausstellung läuft einen Monat, doch die meisten Kunstliebhaber, Kritiker und Journalisten tauchen immer schon am ersten Abend auf. Inzwischen sind die Vernissagen, die hier mittwochabends stattfinden, berühmt. Aber egal. Auf jeden Fall kam Wayne herein.«

Mit einem leichten Zittern in der Stimme fuhr sie fort. »Er kam herein und wirkte blass und krank. Ich wollte etwas zu ihm sagen, aber er hat mich gleich angeschnauzt. In einem Ton, in dem er nie zuvor mit mir gesprochen hat. Er hat gesagt: ›Bleibt, wo ihr seid. Cista und du, bleibt, wo ihr seid.‹«

Sie atmete vernehmlich aus. »Ich war total geschockt von seinem Aussehen und von seinem Ton, deswegen blieb ich einfach stehen. Aber ich war auch wütend. Was zum Teufel bildete der Kerl sich ein? Dann machte ich einen Schritt nach vorn, da kam es mir vor, als würde ich von einer riesengroßen, heißen Welle hochgerissen und zurückgeschleudert, schließlich spürte ich den grauenhaften Schmerz in meinem Arm und sah, dass Cista ein Stück weiter auf dem Boden lag. Ich konnte auch das Feuer sehen und riechen, ich hatte fürchterliche Angst. Ich schrie sie an, sie sollte loslaufen und Hilfe holen und rannte selber los, um Joe aus dem Büro zu holen.« Sie heulte auf.

»Dann kam Joe nach vorn. Die Sprinkler waren nicht angegangen und er sagte, dass wir erst einmal das Feuer löschen müssten, und lief wieder los. Wir haben Feuerlöscher im Büro, damit hat er den Brand gelöscht. Er kam nach vorn und hat den Brand gelöscht. Aber …«

»Es war zu spät«, griff er in rauem Ton den Faden auf. »Es war zu spät. Ich wusste nicht, dass Wayne … das hörte ich erst von Ilene. Dustin, mein Neffe. Mir war klar, dass Dustin … Er war doch erst neunzehn und er wollte nach der Schule etwas Geld verdienen. Dustin.«

Abermals brach er in harsches Schluchzen aus und mit dem gesunden Arm um seine Schulter gelegt fing Aceti ebenfalls zu weinen an.

Eve ging mit Peabody zur Tür.

»Versuchen Sie, noch etwas aus ihnen herauszukriegen. Ob sie bereits Werke dieses Künstlers hier verkauft haben, und falls ja, an wen. Sie wissen, was für Fragen Sie den beiden stellen sollen.«

Sie ging nach vorn und atmete die Luft, die nicht nach Trauer schmeckte, ein.

Als Roarke sie vor der offenen Tür der Galerie entdeckte, schob er seinen Handcomputer in die Tasche und trat auf sie zu.

»Sie haben die Sprinkler und den Feueralarm heute Morgen gegen fünf Uhr ausgeschaltet, aber mehr auch nicht. Die Schlösser und die Kameras sind noch intakt.«

Er sah in Richtung des Büros, aus dem noch immer lautes Schluchzen drang. »Nichts bringt das Leben derart aus dem Gleichgewicht, als wenn jemand, der einem nahesteht, brutal ermordet wird.«

»Das stimmt. Jetzt spreche ich noch mit Salazar.«

Sie ging zurück in Richtung Bogentür, wo ihr die Brandermittlerin entgegenkam. »Das Leichenschauhaus sammelt die Überreste der Opfer und wir sammeln die der Bombe ein. Wobei ich Ihnen jetzt schon sagen kann, dass es derselbe Bombenbauer war. Das heißt, wir haben jetzt seine Signatur.«

»Können Sie die Bauteile zurückverfolgen?«

»Einen Versuch ist es zumindest wert, nur ist der Schwarzmarkt für so Zeug ein echtes Labyrinth. Falls der Bombenbauer auch nur einen Hauch von Grips hat, hat er bei verschiedenen Quellen eingekauft. Ich gehe trotzdem allen Spuren nach. Wissen Sie, was so fatal am Bombenbauen ist?«

»Dass diese Dinger explodieren?«

»Das auch, doch gerade, dass sie explodieren und dass man jedes Mal Gefahr läuft, selbst mit in die Luft zu gehen, macht den besonderen Kick des Bombenbastelns aus. Das heißt, dass man auf Dauer süchtig danach werden kann, weswegen unser Bombenbauer jetzt bestimmt nicht einfach aufhört.«

»Das hatte ich mir schon gedacht, denn dafür hat er zu viel Spaß und macht dazu mit diesem ganz speziellen Hobby auch noch jede Menge Geld.« Mit einem letzten harten Blick auf die Kollegen, die die Überreste der fünf Opfer in die Leichensäcke packten, fügte sie hinzu: »Aber sein Glück wird nicht von Dauer sein. Das schwöre ich bei Gott.«

15

Wie nicht anders zu erwarten, hatte Wayne mit Frau und Sohn in einem Einfamilienhaus gelebt.

Bei Eves Erscheinen im West Village sah sich schon die Spurensicherung in allen drei Etagen um.

Statt eines Kellers gab es einen großen Hauswirtschaftsbereich, in dem die schwangere Ehefrau geschunden und verängstigt an die freiliegenden Rohre unter einem Waschbecken gefesselt worden war.

Eve ging in die Hocke und betrachtete die Blutspuren an den Rohren und die frischen Kratzer am Verbindungsstück, bevor ihr Blick auf einen ebenfalls mit Blutspuren übersäten Schraubenzieher auf dem Boden fiel.

»Irgendwie hat sie das Ding hier in die Hand gekriegt.« Neugierig zog Eve eine Lade in dem alten Schrank neben dem Spülstein auf. »Wahrscheinlich aus diesem Schrank, denn schließlich liegt hier auch noch anderes Werkzeug herum. Sie hat den Schraubenzieher herausgeholt und versucht, damit das Rohr zu durchtrennen.«

»Falls ihre Hände an das Rohr gefesselt waren, hat sie wahrscheinlich einen oder beide Füße eingesetzt«, bemerkte Peabody.

Eve richtete sich nickend wieder auf. »Sie hat den

Schraubenzieher aus der Schublade geangelt und zu sich herangezogen, bis sie mit den Händen drangekommen ist. Was sicher eine Ewigkeit gedauert hat und ziemlich anstrengend und schmerzhaft war.«

Kaum waren sie in der Küche, trat der Chef der elektronischen Ermittler, Captain Ryan Feeney, durch die Tür.

»Sie haben mir gesagt, dass du hier unten wärst.«

»Und mir haben sie gesagt, die Elektronikfuzzis wären schon da. Dass du persönlich hier bist, hat mir aber keiner erzählt.«

Der Blick der treuen Hundeaugen wurde hart. »Die Sache macht mich derart wütend, dass ich selbst gucken wollte, ob ich helfen kann.«

»Erzähl mir erst mal, was du herausgefunden hast.«

»Sie haben sich wie bei Rogan ins System gehackt. Es war zwar nicht so gut wie das des Quantum-Mannes, aber auch nicht schlecht. Das heißt, sie haben Geld für wirklich gutes Werkzeug hingelegt und jemanden, der dieses Werkzeug noch verbessern kann. Oder sie wissen selbst, wie man solches Werkzeug baut.«

»Aber sie sind trotz allem keine professionellen Einbrecher.« Sie ging mit ihm und Peabody durchs Haus. »Hier liegen jede Menge Schmuck und andere Wertsachen herum. Oben stehen bereits gepackte Koffer und noch ein paar Sachen, die sie erst im letzten Augenblick vor ihrer Reise einpacken wollten. Aus dem Safe im Schlafzimmer haben wir Bargeld und verschiedene andere Schmuckstücke herausgeholt.«

»Stand er schon offen, als ihr angekommen seid?«

»Nein. Inzwischen bin ich ziemlich gut im Knacken

von Tresoren, also habe ich ihn aufgemacht. Wobei das Ding im Grunde auch nicht wirklich schwer zu knacken war. Die Kunstwerke im Haus waren sicher teurer als der Schmuck hier im Tresor, wahrscheinlich ist der aber durchaus auch was wert. Doch selbst das Bargeld haben die Kerle liegen lassen, weil es ihnen um etwas anderes geht.«

»Professionelle Diebe brechen einfach ein, holen sich die Sachen, die sie haben wollen, und hauen so schnell wie möglich wieder ab«, bemerkte Peabody. »Aber diese Typen haben Spaß daran, den Menschen wehzutun und ihnen Angst zu machen, bis der Vater das verlangte Opfer bringt.«

Stirnrunzelnd fragte Eve. »Das Opfer?«

»Was denn sonst? Schließlich geht der Mann am Schluss freiwillig in den Tod.«

»Ja, ja.« Sie stapfte durch den Wohnraum und sah sich die Fotos und Gemälde an den Wänden und das Spielzeug auf dem Boden an. »Er ist der Held, der die Familie rettet und sich selbst opfert. Vielleicht ist das ja so ein Mira-Ding, aber … vielleicht hat einer von den beiden einen Vater oder eine andere Autoritätsperson, die sich geopfert hat.«

»Oder auch nicht«, warf Feeney ein.

»Oder auch nicht. Am besten gehen wir die Militärakten aus dem Verwandtenkreis von Markin und die von den anderen Leuten auf den Listen durch. Falls Markin nichts mit diesen Anschlägen zu tun hat, dann auf alle Fälle jemand anderes, der auf einer dieser Listen steht. Wir müssen diese Schweinehunde kriegen, bevor es zu einem dritten Selbstmordanschlag kommt.«

»Sie glauben wirklich, dass sie es noch einmal versuchen werden?«, fragte Peabody entsetzt, doch Feeney nickte nachdrücklich.

»Auf jeden Fall, denn schließlich macht es ihnen Spaß, diese Familien zu quälen.«

»Vor allem haben sie auf jeden Fall noch eine andere Familie im Visier, denn falls sich Rogan oder Denby nicht von ihnen hätten zwingen lassen, diese Selbstmordattentate zu verüben, hätten sie bestimmt noch jemand anderen in der Hinterhand gehabt.«

»Wir nehmen die elektronischen Geräte mit und gucken, ob wir darauf irgendjemanden finden, der auch in Kontakt mit Rogan stand. Falls es eine Verbindung gibt, finden wir die auf jeden Fall.«

»Sie kannten beide gut genug, um dieses Spiel zu spielen. Das heißt, dass sie sich irgendwo schon mal über den Weg gelaufen sind.«

Der Aktienmarkt, Zusammenschlüsse zwischen Unternehmen, Kunst, das Militär und Sprengstoff, dachte Eve auf ihrer Fahrt zu Richies Loft und fragte sich, was die Verbindung zwischen diesen Punkten war.

»Ich will im Grunde gar nicht auf das Thema eingehen, aber nach dem zweiten Anschlag ist mir klar, dass ich unmöglich zu den Oscars fliegen kann. Genauso wenig wie McNab. Wir müssen zusehen, dass wir diese Kerle kriegen.«

»Hören Sie auf.«

»Ich will damit nur sagen, dass der Job natürlich wichtiger als alles andere ist. Und jetzt … rufe ich Baxter an und frage, wie's der Mutter und dem Jungen geht.«

»Genau.« Eve würde nicht überlegen, ob sie Peabody tatsächlich Urlaub geben könnte, denn wie hatte ihre Partnerin gesagt? Der Job war wichtiger als alles andere.

»Banks war ein Bindeglied. Er hatte was mit Karson und er kannte Richies Arbeiten durch seine Galerie. Das heißt, er ist der Dreh- und Angelpunkt in beiden Fällen. Womit hatte er noch zu tun?«

»Die Frau und auch der Fötus sind stabil«, verkündete die Partnerin. »Sie bleibt noch vierundzwanzig Stunden zur Beobachtung im Krankenhaus und ihre Eltern kümmern sich so lange um das Kind. Baxter und Trueheart haben noch ein paar Aussagen von Zeugen eingeholt und fahren jetzt wieder aufs Revier.«

»Sagen Sie den beiden, dass sie vorher noch in Richies Wohnung kommen sollen. Er hat gespielt. Was eine weitere Verbindung ist, diesmal zwischen Banks und Markin. Im Grunde ist das alles nur ein großes Spiel, auch auf dem Aktienmarkt und in der Kunstwelt wird gezockt. Vielleicht wollen sie's beim nächsten Mal ja ganz direkt angehen.«

»Indem sie ein Casino in die Luft jagen?«

»Ich weiß nicht, wie man dabei etwas gewinnen kann.« Eve riss schockiert, doch gleichzeitig beglückt die Augen auf, als sie direkt vor Richies Haus auf eine freie Lücke stieß.

Im Grunde war es eine Ladezone, aber das war ihr egal.

»Vielleicht sind sie ja Konkurrenten«, überlegte sie. »Wobei man damit auf die Schnelle nicht das große Geld einsacken kann. Am besten überprüfen wir zuerst die Leute, die ein Werk von Richie haben, und hören uns dafür bei Kunsthändlern und Galerien oder wem auch immer, über die er seine Werke an den Mann gebracht hat, um.«

Sie stieg aus dem Wagen und sah sich das würfelförmige Gebäude an.

Es war ein vierstöckiger, grün gestrichener Bau, der aus Betonblöcken errichtet war. Wahrscheinlich eine ehemalige Fabrik, stabil genug, um selbst die Innerstädtischen Revolten halbwegs unversehrt zu überstehen.

Sie öffneten das Tor des Vorgartens und nahmen den mit gelbem Gras gesäumten Weg zum Haus.

»Falls Richie eine Zeit lang in Italien war …«

»Hat er bestimmt auch dort etwas verkauft, weshalb die Suche nach Besitzern seiner Werke länger dauern wird«, griff Eve den Faden auf und fügte stirnrunzelnd hinzu. »Auch Roarke hat in Italien ein Bild von ihm gekauft.«

»Ach ja?«

»Er sagt, dass es in einem unserer Gästezimmer hängt.« Sie sah sich erst die fünfzehn Klingelknöpfe und danach die billige, erbärmliche Alarmanlage an. »Irgendwas mit … *Mondschein.*«

»Oh! Das kenne ich! Ich wusste bisher nicht, wer es gemalt hat, aber es hängt in dem Zimmer, in dem wir manchmal übernachten«, klärte Peabody sie auf. »Es ist echt schön und mit den ganzen Blau- und Silbertönen sieht es ungeheuer mystisch aus.«

Als Eve nach einem Blick auf den schon ziemlich altersschwachen Lastenaufzug Richtung Treppe ging, marschierte Peabody ihr in dem Wissen, dass es gut für ihren Hintern wäre, klaglos hinterher.

»Wie auch immer, er hat eins von seinen Bildern, was bedeutet, dass er uns wahrscheinlich bei der Suche nach den anderen Käufern helfen kann. Vor allem, da diese Schweinehunde sicher nicht nur ein Gemälde haben, sondern mehrere.«

Im Grunde hatten sie damit gerechnet, dass in einem so verwahrlosten Gebäude weggeworfene Kondome in Erbrochenem auf dem Boden schwimmen würden und die Wände mit obszönen Schmierereien verunziert wären, deshalb rissen sie beim Anblick der gemalten Parklandschaft mit ihren wunderschönen Märchenschlössern, den hübschen Brunnen, die man beinah plätschern hören konnte, und den feuerspeienden Drachen, die dort neben nackten Elfen in der Sonne tanzten, überrascht die Augen auf.

»Sieht aus, als wäre das hier eine Künstlerkolonie«, bemerkte Peabody.

»In diesem Stockwerk gibt es nur zwei Wohnungen«, erklärte Eve im vierten Stock. Aus der Wohnung rechts von ihnen drang hämmernde Musik, Eve aber wandte sich nach links und öffnete die Tür von Richies Loft mit ihrem Generalschlüssel.

Sie hatte ihre Waffe bereits in der Hand, als sie den Raum mit seiner breiten Fensterfront betrat und die zerstörten Bilder auf dem Boden liegen sah.

»Am besten sichern wir die Wohnung erst einmal.«

Sie sahen sich eilig in dem großen Atelier, dem Schlafzimmer, dem Bad sowie der kleinen Küche um.

»Sie haben versucht, so viele Arbeiten wie möglich zu zerstören.« Angewidert steckte Eve die Waffe wieder ein. »Denn dadurch geht der Wert der Bilder, die es jetzt noch gibt, weiter rauf.«

»Natürlich ist das Schlimmste immer noch die Menschen, die die zwei auf dem Gewissen haben, aber, Dallas, es ist trotzdem ein Verbrechen, wenn man vorsätzlich die Kunst von jemandem zerstört. Als echte Kunstliebhaber hätten sie das niemals über sich gebracht. Für sie ist Kunst anscheinend einfach etwas …«

»… womit sich Geld verdienen lässt, hier haben sie die Gewinnspanne noch um ein Vielfaches erhöht. Wir müssen wissen, wann sie hier hereingekommen und wann sie wieder abgehauen sind, denn wenn sie extra in Banks' Wohnung eingebrochen sind, um dort eins von Richies Werken zu stehlen, haben sie auf jeden Fall auch hier etwas mitgehen lassen und den Rest zerstört. Wann ist Richie heute früh in den Salon gefahren und wann haben sie Denby losgeschickt? Wir haben Denbys Ankunftszeit und wissen, wann die Bombe hochgegangen ist, wann also waren sie noch hier?«

»Wir brauchen unsere Untersuchungsbeutel, Peabody.«

Sie kehrte in den Flur zurück und drückte auf den Klingelknopf des Lofts, der Richies Wohnung gegenüberlag.

Die Tür schwang auf und vor dem Hintergrund der lärmenden Musik fuhr eine junge Frau sie an: »Hör zu, Lollie, ich habe dir doch schon – oh, tut mir leid. Ich dachte, Sie wären jemand anderes.«

Sie war knapp eins sechzig groß mit muskulösen Armen und einer Meerjungfrauentätowierung auf dem linken Bizeps, die unter dem schwarzen Tanktop nicht zu übersehen war. Sie hatte ein geblümtes Kopftuch auf dem dunkelblonden Haar, trug eine graue Cargohose über Boots mit Stahlkappen, um ihren Hals hing eine Brille und sie schwenkte einen bedrohlich aussehenden Meißel in der Hand.

»Ich bin von der New Yorker Polizei.«

»Okay.« Sie schob den Meißel in den kurzen Lederwerkzeuggürtel, den sie um die Hüfte trug. »Warum?«

»Kennen Sie Angelo Richie?«

»Sicher. Er wohnt im selben Flur wie ich. Noch mal, warum?«

»Er lebt nicht mehr.«

Mit einem ungläubigen Lachen fragte sie: »Was reden Sie da für einen Unsinn? Er ist drüben im Salon und hängt dort seine Bilder für die Vernissage heute Abend auf.«

»Nicht mehr.«

Zum ersten Mal lag in den sanften braunen Augen eine Spur von Angst und ihre Stimme wurde scharf. »Wovon zum Teufel reden Sie?«

»Wie gut haben Sie ihn gekannt?«

»Erzählen Sie mir erst, worum es geht.«

»Im Salon gab's eine Explosion, bei der Angelo Richie und vier andere Menschen umgekommen sind.«

»Ist eine von den Gasleitungen in die Luft gegangen oder was? Ich verstehe nicht ... Moment, Moment.« Sie wandte Eve den Rücken zu und zerrte sich das Kopftuch von den Haaren, die wie ein blonder Wasserfall auf ihre Schultern fielen.

Eve folgte ihr und sah, dass ihre Wohnung spiegelbildlich zu der Wohnung ihres Opfers angeordnet war. Nur war der große Raum hier in verschiedene Stationen unterteilt. In einer war jede Menge unbehauener Steine aufgetürmt, in einer anderen stand eine Werkbank, auf der neben einer Reihe Hämmer weitere Meißel und ein halb behauener Stein, der irgendwann mal ein Gesicht darstellen sollte, angeordnet waren, in einer dritten lagen Schweißwerkzeuge und in einer vierten stand ein Arbeitstisch mit einem Berg Metall.

»Könnte ich Ihren Namen haben?«

»Was?« Mit bleicher Miene wandte sich die Frau ihr wieder zu.

»Ich hätte gerne Ihren Namen.«

»Astrid Baretta, aber Astrid reicht. Angelo ist wirklich tot?«

»Waren Sie mit ihm befreundet?«

»Ja, ich schätze, schon. Ich …« Mit einem leisen Schluchzen warf sie sich die Hände vors Gesicht. »Ich habe sein Talent bewundert. Er war wirklich gut. Entsetzlich arrogant und von sich eingenommen, aber warum auch nicht? Wir beide haben unsere Arbeit wirklich ernst genommen. Ich bin Bildhauerin und sollte Ihnen wahrscheinlich sagen, dass ich hin und wieder mit ihm in der Kiste war. Es war nichts Ernstes, aber, tja, es bot sich einfach an.«

»Wann haben Sie ihn zum letzten Mal gesehen?«

»Ich habe letzte Nacht mit ihm geschlafen. Damit habe ich ihm Glück für seine Vernissage gewünscht. Oh Gott, das klingt entsetzlich.« Ihre Augen füllten sich mit Tränen. »So war es nicht gemeint, denn wissen Sie, ich habe mich total für ihn gefreut. Ich bin mit einer Flasche Sekt nach drüben gegangen, habe mit ihm angestoßen, bin mit ihm ins Bett gestiegen und dann hierher zurückgekommen. Heute habe ich den ganzen Tag gearbeitet und ihn deshalb nicht mehr gesehen, bevor er losgefahren ist.«

»Ist das hier eins von seinen Bildern?«, fragte Eve und zeigte auf die Studie einer Frau, die vor einem Hintergrund aus grünen und goldenen Hügeln mit einem Korb am Arm und dem Gesicht der Sonne zugewandt in einem Garten stand.

Mit einem knappen Nicken meinte Astrid: »Ja. Das hat er in Italien gemalt. In der Toskana. Da ich die Gegend liebe, habe ich ihm das Gemälde kurz nach seinem Einzug hier abgekauft.« Mit einem Seufzer fügte sie hinzu. »Ich konnte es mir leisten, so wie diesen Loft. Mit Geld von der Familie. Als Künstlerin benutze ich nur meinen Vornamen, weil ich mir selbst einen Namen machen will. Was sicherlich noch ewig dauern wird.« Sie seufzte.

»Aber Angelo? Er hatte es jetzt fast geschafft. Die Kunstwelt hat sich für ihn interessiert und in den nächsten Jahren hätte man bestimmt noch viel von ihm gehört. Plötzlich soll er nicht mehr am Leben sein? Gerade als es richtig für ihn losgehen sollte? Wegen einem gottverdammten Leck in einer Gasleitung?«

»Es war kein Leck.«

»Aber Sie haben doch gesagt, dass er bei einer Explosion gestorben ist.«

»Würden Sie mal kurz mit rüberkommen?«

Eve führte sie in Richies Loft, wo Peabody schon auf der Suche nach Beweisen war.

Statt hörbar einzuatmen, stieß die Künstlerin ein dumpfes, gutturales Stöhnen aus. »Oh nein, oh nein, oh nein. Wer tut so was? Wer trampelt absichtlich auf seinen Bildern herum? Seine ganze Arbeit. Diese Monster. Diese gottverdammten Monster.«

Beim Anblick der zerstörten Werke ihres Freundes strömten ihr die Tränen über das Gesicht.

»Genau. Wer tut so was?«, erkundigte sich Eve bei ihr.

»Das weiß ich nicht. Ich kenne niemanden, der so was tut.« Noch immer schluchzend ließ sich Astrid auf die Knie fallen und griff nach einem zerrissenen Bild. »Ich hoffe, dass sie dafür in der Hölle schmoren. Vielleicht kann man zumindest einen Teil der Bilder wiederherstellen. Sie werden zwar nicht mehr dieselben sein, doch es gibt ein paar echt gute Restauratoren, vielleicht bekommen die das hin. Das hat er nicht verdient. Das hat er nicht …«

Der Tränenstrom brach ab, als hätte jemand einen Hahn in ihrem Inneren zugedreht, und sie sah Eve mit großen Augen an. »Sie haben gesagt, es wäre keine lecke Gasleitung gewesen. Was für eine Art von Polizistin sind Sie eigentlich?«

»Wir sind beim Mord.«

»Beim Mord.« Sie ballte ihre Fäuste und stand langsam wieder auf. »Heißt das, er wurde umgebracht?«

»Zusammen mit vier anderen.«

»Durch eine Explosion? Das heißt, dass jemand eine Bombe hat hochgehen lassen. Im Salon, wo seine anderen Bilder waren. Sie wurden also ebenso zerstört wie die Bilder hier.«

Der Ausdruck ihrer Augen war so hart wie einer von den Steinen in ihrem Loft. »Verstehe. Alles klar. Dafür kann es nur einen von drei Gründen geben.«

»Und die wären?«

»Das war entweder die Tat von einem Irren oder die von jemandem, der neidisch auf ihn war, oder die von jemandem, der dachte, dass die Arbeit eines toten Künstlers deutlich mehr wert ist, als wenn er noch am Leben ist, vor allem, wenn der größte Teil von seinem Werk vernichtet ist.«

»Fällt Ihnen jemand ein, der ihn aus einem dieser Gründe umbringen wollte?«

»Ganz sicher nicht. Ich würde Ihnen sagen, wenn ich einen Namen hätte, denn ich will, dass der, der das getan hat, hinter Gitter kommt.«

»Wer hatte Zugang zu dem Loft?«

»Nur Angelo. Wie ich schon sagte, habe ich gelegentlich mit ihm gepennt, wobei es nebenher für ihn und auch für mich noch andere gab. Ich musste klingeln oder klopfen, wenn ich ihn besuchen wollte, und soweit ich weiß, haben das auch alle anderen so gemacht. Er hatte keine engen Freunde, doch genauso wenig hat ihn irgendwer gehasst.«

»Hat Richie Ihnen gegenüber jemals einen Jordan Banks erwähnt?«

»Nicht dass ich wüsste, nein.«

»Einen Hugo Markin?«

»Auch nicht. Tut mir leid.«

»Wie steht es mit Wayne Denby?«

»Sicher. Das ist einer der Besitzer des Salon. Tatsächlich habe ich ihn selbst ein-, zweimal getroffen, wenn er Angelo besucht hat, um zu gucken, welche Bilder sie in ihrem Laden zeigen wollen. Für so was hatte er ein besseres Gespür als Angelo und das war Angelo bewusst. Ich hoffe doch, es geht ihm gut?«

Eve schüttelte den Kopf und Astrid stieß mit rauer Stimme aus: »Er hatte einen Sohn. Als ich ihn hier das erste Mal getroffen habe, hat er mir erzählt, er hätte einen kleinen Sohn und dass er sich beeilen müsste, weil er seine Frau und ihn ins … Kasperletheater eingeladen hat.«

»Haben Sie heute jemanden im Haus oder davor gesehen, der hier nicht hingehört? Haben Sie irgendetwas Verdächtiges gehört?«

In Astrids Augen stiegen frische Tränen auf. »Ich höre bei der Arbeit immer laut Musik. Aber – Lollie. Vielleicht hat ja Lollie irgendwas gesehen, denn sie guckt ständig auf die Straße, weil sie denkt, dass sie das inspiriert.«

»Wo wohnt diese Lollie?«

»Wenn Sie wollen, bringe ich Sie zu ihr runter. Bitte, ich muss irgendetwas tun. Ich kann Sie zu ihr runterbringen, wenn Sie wollen.«

»Peabody, Sie halten hier die Stellung.«

»Alles klar. Ich werde Baxter wissen lassen, wo er hinkommen soll. Wahrscheinlich sind sie jeden Moment hier.«

»Auf geht's, Astrid.«

»Die Wohnung liegt im dritten Stock. Ich dachte, dass Sie Lollie sind, als es bei mir geklingelt hat. Sie nervt mich schon den ganzen Tag, weil ich ihr helfen soll, ein Outfit auszusuchen, weil wir heute Abend zu der Vernissage gehen wollten. Die Trennung zwischen ihr und ihrem letzten Kerl war wieder mal total dramatisch, deswegen – mein Gott, ich glaube nicht, dass Sie das interessiert. Ich brabbele einfach vor mich hin, damit ich nicht nachdenken muss.«

»Schon gut.«

Im dritten Stock gab es sechs Wohnungen und Astrid führte Eve zu der, die direkt unterhalb des Ateliers ihres toten Malers lag.

Die Frau, die an die Tür kam, hatte einen farbverspritzten weißen Kittel über schwarzen Leggins an. Sie hatte eine üppige Figur, ein fein gemeißeltes Gesicht mit riesengroßen goldenen Augen und zu bunten Zöpfen aufgedrehtes, langes Haar.

»Na, endlich. Komm und sieh ... oh, tut mir leid. Hallo!«

Sie lächelte Eve strahlend an.

»Lollie, das ist ... Entschuldigung, wer waren Sie noch mal?«

»Lieutenant Dallas.«

»Richtig. Lieutenant Dallas. Sie ...«

»Na klar, wie in dem Film. Noch mal hallo!«

»Aus welchem Film?«

»Dem Film über den Icove-Fall. Den habe ich mir gestern Abend angesehen und eine Riesenpackung Eis dabei geleert, weil ich so traurig und so sauer wegen Franco war. Sie zeigen gerade noch mal alle Filme, die im Rennen um die Oscars sind. Hat Astrid Sie als Model engagiert? Sie haben wirklich ein fantastisches Gesicht.«

»Es geht um etwas anderes. Tut mir leid, Lieutenant.« Entschlossen packte Astrid Lollie bei den Schultern, schüttelte sie sanft und meinte: »Lollie, es ist etwas Schreckliches passiert.«

»Was genau?«

»Es geht um Angelo. Er wurde umgebracht.«

»Ach, red doch keinen Unsinn. Astrid. Er ist drüben im Salon und hängt dort seine Bilder auf.«

»Es ist im Salon passiert.« Astrid führte Lollie rückwärts in ein Zimmer, das erheblich kleiner war als Richies Atelier. Vor einem großen Fenster sah Eve eine Staffelei mit einer Leinwand, neben der ein Betttuch auf dem Boden lag, und während Astrid ihre Freundin sanft in einen durchgesessenen Sessel drückte, sah sie sich die halbfertige Stadtlandschaft genauer an.

»Da hat dir jemand einen bösen Streich gespielt.«

»Das ist kein Scherz. Lollie, werd jetzt bitte nicht hysterisch oder kehr die Dramaqueen heraus. Das muss jetzt erst mal warten, weil die Sache wirklich wichtig ist.«

»Aber ... Angelo.«

»Sprich mit Lieutenant Dallas über Angelo. Ich hole uns jetzt erst mal was zu trinken. Sie wollen wahrscheinlich keinen Wein?«

»Nein«, bestätigte Eve ihr. »Aber Sie können natürlich trinken, was Sie wollen.«

Sie nahm auf einem Hocker Lollie direkt gegenüber Platz. »Wann haben Sie Angelo zum letzten Mal gesehen oder gesprochen?«

»Bevor er zum Salon gefahren ist. Ich war gerade erst aufgestanden, denn ich habe gestern Abend ewig ferngesehen und zu viel Eis gegessen und ich habe keine Uhr. Normalerweise interessiert mich nicht, wie spät es gerade ist, aber ich schätze, dass es gegen Mittag war. Wegen des Lichts.«

»Wo haben Sie ihn gesehen?«

»Ich trank gerade meinen Energiedrink, dabei konnte ich durch das kleine Seitenfenster hier sehen, dass er das Haus verließ. Also habe ich das Fenster aufgemacht und ihm viel Glück für seine Ausstellung gewünscht. Er hat mir einen Luftkuss zugeworfen und dann ist er losgegangen. Jetzt muss ich weinen, Astrid.«

»Kein Problem, aber erspar uns deine Hysterie.« Astrid drückte ihrer Freundin eins der beiden aus der Küche mitgebrachten Gläser in die Hand und trank mit einem Schluck die Hälfte ihres eigenen strohfarbenen Weins.

»Ist Ihnen irgendwer im Haus oder hier in der Gegend aufgefallen, der nicht hergehört?«

»Nein. Ich kann beim Malen durchs Fenster auf die Straße sehen, aber ich habe niemanden bemerkt.«

»Sie malen direkt unter seinem Atelier. Haben Sie oben irgendwas gehört?«

»Nein. Das heißt, die Männer, die gekommen sind, um noch die anderen Bilder abzuholen. Ich habe mitbekommen, wie der Fahrstuhl hinaufgefahren ist.«

»Was waren das für Männer?«

»Tja, ich nehme an, die Galerie hat sie geschickt.«

»Wie sahen diese Männer aus?«

»Das weiß ich nicht, denn wie gesagt, ich war am Malen. Ich habe nur gesehen, wie der Wagen vor der Haustür hielt, und den wollte ich in meinem Bild nicht haben.«

»Was war das für ein Wagen?«

»Ein schwarzer Van. Aber ich habe ihn und auch die Männer ausgeblendet, denn sie hätten das Gleichgewicht in meinem Bild gestört.«

»Waren es alte Männer?«

»Ich … so haben sie sich nicht bewegt. Aber die Gesichter konnte ich nicht sehen. Sie hatten Sonnenbrillen auf, denn schließlich ist es heute ziemlich hell, und Mützen, denn es ist kalt. Aber wie gesagt, ich habe sie so gut wie möglich ignoriert. Danach konnte ich den Fahrstuhl hören. Das Ding macht einen fürchterlichen Lärm.«

»Wie lange war Angelo da bereits weg?«

»Schon eine ganze Weile, denke ich. Es ist noch gar nicht lange her, dass diese Männer hier im Haus waren. Aber ich habe keine Uhr, es tut mir leid«, erklärte sie noch einmal und blickte Eve aus tränenfeuchten Augen an.

»Schon gut.«

»Dann habe ich die beiden in seinem Atelier gehört. Im Grunde hört man hier nicht viel aus anderen Wohnungen, aber zweimal kam es mir so vor, als hätten sie etwas fallen lassen oder träten ganz besonders kräftig auf. Danach hörte ich den Fahrstuhl wieder herunterfahren und sah, wie sie mit einem Bild von Angelo zu ihrem Van gegangen sind. Dabei musste ich an seine Vernissage denken und habe dich angerufen, Astrid, um zu fragen, was ich anziehen soll.«

»Um wie viel Uhr hat sie Sie angerufen?«, wandte Eve sich Astrid zu.

»War das dein erster Anruf, Lollie?«

»Wie oft habe ich denn bei dir angerufen?«

»Seit du aufgestanden bist, viermal.«

»Zum ersten Mal habe ich bei dir angerufen, als ich Angelo das Haus verlassen sah. Also war es vielleicht das dritte Mal. Es tut mir leid.«

»Schon gut.« Die Freundin rieb ihr sanft den Arm. »Ich glaube, das war ungefähr halb drei. Wobei ich es nicht sicher sagen kann. Der erste Anruf kam geben halb zwölf, das heißt, das ist die Zeit, als Angelo das Haus verlassen hat. Der zweite kam um kurz nach eins, als ich in meiner Pause war. Der dritte dann gegen halb drei und der vierte, kurz bevor Sie bei mir aufgetaucht sind, also kurz vor fünf.«

»Das hilft uns weiter. Lolli, können Sie mir sonst noch etwas über die Männer mit dem Van erzählen?«

»Ich wünschte mir, ich hätte besser hingesehen. Ich glaube, sie waren eher jung, weil sie echt schnell gegangen sind. Darüber war ich froh, denn schließlich wollte ich sie nicht in meinem Bild haben. Der Van war neu oder auf jeden Fall sehr sauber, auch das hat mir nicht wirklich in den Kram gepasst.«

»Hatte er Seitenfenster?«

»Nein. Das Ding war durchgehend schwarz und das hätte mein Bild …«

»Stand etwas auf den Seiten drauf?«

»Oh, so etwas wie ein Firmenname? Nein. Der Van war einfach schwarz. Das weiß ich ganz genau.«

»Was ist mit den Mützen? Wie haben die ausgesehen?«

»Ooooh.« Sie gönnte sich den ersten großen Schluck von ihrem Wein und kniff die Augen zu. »Die Dinger hatten Ohrenklappen. Glaube ich. Ich male Landschaften und Stadtlandschaften. Wenn ich Menschen male, male ich keine Details, weil sie nur Teil der Landschaft sind. Ich habe einen besseren Blick für Dinge, weil ich keine Menschen, sondern Dinge male, aber diese Männer waren nicht alt und hatten schwarze Sachen an. Das heißt, sie passten farblich gut zu ihrem Van. Dazu hatten sie Sonnenbrillen auf, das weiß ich ganz genau und bin mir auch fast sicher, dass die Mützen Ohrenklappen hatten, wobei ich das nicht beschwören kann. Es könnte sein, dass sie auch Handschuhe getragen haben, doch ich habe mir die Hände nicht genauer angesehen. Sie waren einfach im Weg und waren sowieso jeweils nur für ein paar Sekunden überhaupt zu sehen.«

»Ich werde Ihnen ein Foto zeigen. Vielleicht können Sie ja sagen, ob der Mann auf diesem Foto einer von den Männern war.« Eve rief ein Bild von Hugo Markin auf und hielt den Namen mit dem Daumen zu.

Lollie biss sich auf die Lippe und betrachtete das Bild. »Ich würde gerne Ja sagen und Ihnen helfen, doch ich weiß es einfach nicht. Ich möchte Ihnen helfen, weil ich öfter mal für Angelo Modell gesessen habe und weil die Bezahlung dafür mehr als angemessen war. Ich habe dieses Geld dann jedes Mal in Farben angelegt. Ich würde Ihnen wirklich gerne helfen. Es tut mir leid.«

»Sie und Astrid haben uns geholfen.«

»Hast du das gehört? Wir haben ihr geholfen.« Schluchzend lehnte Lollie sich an Astrids Schulter.

Eve ging zurück in Richies Loft, wo Peabody mit Baxter und mit Trueheart bei der Arbeit war.

»Die Spurensicherung ist auf dem Weg«, erklärte ihre Partnerin.

»Wir haben einen ungefähren Zeitrahmen. Richie hat das Haus gegen halb zwölf verlassen und der Notruf nach der Bombenexplosion ging um 14.46 Uhr ein, praktisch zur selben Zeit, in der die Killer hier waren. Wir haben eine Zeugin, die sie ungefähr um halb drei hier ankommen und eine Viertelstunde später Bilder in den Van, mit dem sie hier waren, laden sehen hat.«

»Nie im Leben haben sie in einer Viertelstunde alle

diese Bilder hier zerstört und sind dann mit den Bildern, die sie haben wollten, wieder abgehauen.« Baxter schüttelte den Kopf. »Sie mussten schließlich erst mal in die Wohnung, dann alles kaputt machen, die Bilder, die sie haben wollten, einpacken und dann zurück zu ihrem Van gehen.«

»Das stimmt. Wahrscheinlich hatte Denby eine Kamera dabei, damit sie sehen konnten, was er macht. Das heißt, sie haben ihn zu der Galerie geschafft, dort abgesetzt und sind dann auf direktem Weg hierhergefahren. Wahrscheinlich waren sie hier und haben gerade alles, was sie haben wollten, eingepackt, als die verdammte Bombe hochgegangen ist. Danach haben sie den Rest zerstört. Die Arbeit hätten sie sich sparen können, wenn Denby diese Bombe nicht gezündet hätte, doch zumindest hätten sie dann ein paar weitere Bilder von dem aufstrebenden Maler eingesackt und so auf alle Fälle einen Gewinn gemacht.«

»Das Haus ist kaum gesichert«, stellte Baxter fest. »Das heißt, dass sie problemlos in die Wohnung reingekommen sind. Sie brauchten einfach in den Lift zu springen und hinaufzufahren. Verpackungsmaterial liegt hier genug herum. Wahrscheinlich haben sie einen Teil davon benutzt, danach das Chaos angerichtet, von dem wir hier jetzt umgeben sind, und sich dann aus dem Staub gemacht. Sie haben gesagt, sie hatten einen Van?«

»Einen schwarzen, ohne Fenster und Beschriftung an den Seiten. Leider war das alles, was die Zeugin mitbekommen hat. Zwei Männer, ganz in Schwarz, mit Sonnenbrillen und Ohrenklappenmützen, was an einem sonnenhellen, kalten Tag nicht wirklich ungewöhnlich ist. Sie hat im Grunde nicht auf sie geachtet, doch zumindest haben wir jetzt einen schwarzen Van und auch die Zeit, in der sie hier waren.«

»Soll ich Kollegen zu den Nachbarn schicken, um zu fragen, ob sie was gesehen haben?«, fragte Baxter Eve.

»Auf jeden Fall. Trueheart, überprüfen Sie, wer heute einen neueren, fensterlosen schwarzen Van gemietet hat.«

»Zu Befehl, Ma'am.«

»Baxter, was haben Ihnen Denbys Ehefrau und Sohn erzählt?«

»Die Beschreibung stimmt mit der, die wir beim ersten Mal bekommen haben, überein. Schwarze Klamotten und Kapuzen, weiße Masken, schwarze Handschuhe. Die Frau wurde in den frühen Morgenstunden davon wach, dass man sie ins Gesicht geschlagen hat. Der Ehemann war zu dem Zeitpunkt bereits bewusstlos und der eine von den beiden Tätern hat ihr einen zweiten Schlag verpasst, während der andere ihren Ehemann, der schon geknebelt war, ans Fußende des Betts gezerrt und ihn dort festgebunden hat.« Baxter sah in seine Unterlagen. »Sie hat ihnen gesagt, sie sollten alles mitnehmen, was sie haben wollten, während auch sie selbst ans Bett gefesselt worden ist. Dann haben sie dem Ehemann etwas vors Gesicht gehalten, um ihn wiederzubeleben, und als er versucht hat, sich zu wehren, haben sie sie abermals geschlagen und dem Ehemann erklärt, er sollte still sein, wenn sie nicht noch mal geschlagen werden soll. Dann kam der andere mit dem Kind herein, das laut nach seiner Mutter schrie. Es ist wie eine Wiederholung des Geschehens im Haus von Rogan, Dallas. Schließlich haben sie den Kleinen wieder weggebracht und weiter schreien lassen, damit die Eltern ihn hören. Es gab nur einen kleinen Unterschied. Als sie gedroht haben, die Ehefrau zu vergewaltigen, hat sie gesagt, sie wäre schwanger, und sie angefleht, dem kleinen Jungen und dem Baby nichts zu tun.«

Nach einer kurzen Pause fuhr er fort: »Sie hatten bisher kaum jemandem von der Schwangerschaft erzählt. Davon haben die Killer nichts gewusst. Danach haben sie nicht mehr mit Vergewaltigung gedroht und kaum noch auf sie eingeschlagen. Aber …«

Baxter zischte laut. »Das Letzte, was die Schweinehunde zu dem Ehemann gesagt haben, bevor sie mit der Frau verschwunden sind, um sie woanders einzusperren, war, wenn er nicht tut, was sie ihm sagten, schnitten sie dem kleinen Jungen die Kehle durch. Es würde schnell gehen und nicht wirklich wehtun, aber danach schnitten sie auch noch der Ehefrau das Baby aus dem Bauch. Sie würde langsam sterben und das Baby? Tja, das würden sie dann sehen. Dabei haben sie mit einem Messer vor ihm herumgefuchtelt.«

Eve trat ans Fenster, sah hinaus und fragte: »Gibt's eine Verbindung zu Paul Rogan, seiner Frau, dem Kind oder zu Karson?«

»Bisher nicht. Sie kennt diese Leute nicht. Im Übrigen hat mir der Junge noch erzählt, der Mann, der auf ihn aufgepasst hat, hätte ihm ein paar Geschichten vorgelesen.«

»Nicht der, der seiner Mutter angedroht hat, einen Fötus aus ihr herauszuschneiden.«

»Nein, der andere.«

»Das heißt, dass er ein bisschen weicher ist. Der andere hat Spaß an der Gewalt und an der Macht, die er durch sie ausübt. Trotzdem haben sie die beiden leben lassen. Auch wenn das, falls sie weitermachen, sicher nicht so bleiben wird. Dann werden sie die nächste Grenze überschreiten, und zwar bald. Trueheart?«

»Ich habe in New York zwei Leihfirmen gefunden, wo sich jemand einen solchen Van gemietet hat; ich nehme mir auch noch die anderen Verleiher in den Vororten und in New Jersey vor.«

»Gute Idee. Erstellen Sie eine Liste und dann überprüfen Sie die Namen. Peabody, wir beide nerven jetzt noch ein paar Leute, die auf unserer Liste stehen. Baxter, Sie halten die Stellung, bis die SpuSi kommt, und danach gehen Sie mit Trueheart dessen Liste durch.«

Sie wandte sich zum Gehen und bat die Partnerin: »Ordnen Sie unsere Liste geografisch an. Dann nehmen wir uns die ersten beiden Leute auf dem Weg zurück zur Wache vor, danach fahren wir heim, versuchen, diese Liste noch ein wenig einzugrenzen, und fahren morgen dann mit den Vernehmungen der Leute fort.«

Mit einem innerlichen Seufzer dachte Eve, wenn's keinen Durchbruch gäbe, stünden ihnen eine lange Nacht und morgen ein noch längerer Tag bevor.

16

Nach den Vernehmungen, Briefings, dem Papierkram und dem Schreiben der Berichte schleppte Eve sich Richtung Haus, wo wieder einmal der verdammte Majordomus ihres Mannes auf der Lauer lag.

»Sie kommen heute ziemlich spät. Ich nehme an, dass kein Glück ewig währt.«

»Außer bei Ihnen. Sie sind inzwischen doch wahrscheinlich mindestens dreihundert Jahre alt.« Sie schälte sich aus ihrem Mantel, ließ ihn wie gewohnt über den Treppenpfosten fallen und schleppte sich ermattet weiter in den ersten Stock.

Vor ihrem Arbeitszimmer traf sie Roarke, der hinter Galahad aus seinem eigenen Arbeitszimmer kam. »Da ist sie ja.«

»Zumindest das, was von mir übrig ist.« Noch während ihr der Kater um die Beine strich, zog sie bereits die Jacke aus. Nach fünfzehn Stunden hatte sie sich trotz des guten Stoffs und des hervorragenden Schnitts darin so eingeengt wie in einer verdammten Zwangsjacke gefühlt.

Als sie die Jacke einfach auf den Boden fallen lassen wollte, nahm Roarke ihr das Kleidungsstück entschlossen aus der Hand, bevor er eine kleine Pillendose aus der Tasche zog.

Eve runzelte die Stirn, als sie die kleinen blauen Tabletten in der Dose sah. »Hast du dir einen ganzen Vorrat an den Dingern zugelegt?«

»Das hätte ich auf alle Fälle machen sollen, denn schließlich musste ich schon öfter hören, wie dein Schädel dröhnt. Also kümmern wir uns erst mal um dein Kopfweh. Wenn du dich fünf Minuten auf die Couch setzt, wird's dir wieder besser gehen.«

»Die fünf Minuten Pause kann ich wirklich gut gebrauchen«, gab sie widerstrebend zu, warf die Tablette ein und ließ sich Richtung Sofa führen. »Du hast auch noch gearbeitet.«

»Das habe ich, doch vorher habe ich mit Summerset zusammengesessen und mir angehört, wie es in seinem Urlaub war.« Er drehte Eve ein bisschen von sich weg und knetete mit sanften, aber festen Griffen ihre Schultern durch. »Er und Ivanna haben die Zeit anscheinend sehr genossen.«

»Wie soll ich dieses Kopfweh jemals loswerden, wenn ich mir Summerset beim Sex vorstellen muss?«

»Ich habe nichts von Sex gesagt.«

»Ich gehe trotzdem davon aus, dass sie zusammen in der Kiste waren.«

»Wenn du so weitermachst, kriege ich auch gleich Kopfschmerzen und kann diese Knoten, die du in den Schultern hast, bestimmt nicht wegkneten.«

»Ich hatte einfach einen beschissenen Tag.« Weshalb es eine ganz besondere Wohltat war, dass er mit seinen talentierten Händen über ihre Schultern glitt. »Aber zumindest habe ich was in den Bauch gekriegt. Ich habe einfach Roarke gespielt und Pizza für das Team bestellt.«

»Das hast du mir bereits erzählt, als du geschrieben hast, dass du erst spät nach Hause kommen wirst. Dafür bekommst du einen Extrapunkt.« Er küsste zärtlich ihren Nacken und stand wieder auf. »Am besten hole ich dir ein Glas Wein und dann erzählst du mir von deinem Tag.«

»Ich hätte lieber einen Kaffee, aber weil du mir dann garantiert erzählst, dass ich eine Pause brauche, nehme ich ein Bier, denn das ist wenigstens ein Cop-Getränk.«

»Ich bin zwar kein Cop, aber dann hole ich mir trotzdem auch ein Bier. Wir haben noch etwas von dem von Will Banner selbst gebrauten Zeug. Das ist auf jeden Fall ein Cop-Getränk. Ist das für dich okay?«

»Auf jeden Fall. Ich danke dir.«

Inzwischen murmelte es nur noch hinter ihrer Stirn und auch die Knoten in den Schultern hatten sich gelöst.

Auch dafür waren die geschickten Hände ihres Mannes gut.

Als er mit dem Bier zurückkam, schmiegte sie sich wohlig an ihn und schlang ihm die Arme um den Hals.

»Langsam«, bat er sie in sanftem Ton.

»Es ist einfach ein herrliches Gefühl, zu Hause und bei dir zu sein. Ich komme mit den langen und beschissenen Tagen, mit den vielen Toten und dem ätzenden Gefühl, dass ich nach einem dieser langen, beschissenen Tage immer noch am Anfang stehe, klar, solange ich zu dir nach Hause kommen kann.«

Sie legte ihren Kopf zurück, küsste ihn auf den Mund und trank den ersten Schluck von ihrem Bier. »Das Bier ist auch gut.«

»Das ist es. Und ich bin mir sicher, dass du nicht mehr ganz am Anfang stehst.«

»Aber genauso fühlt es sich an. Vor allem nach den Gesprächen mit den Hinterbliebenen. Wobei Baxter mir wenigstens die Frau von Denby abgenommen hat.«

»Wie geht es ihr?«

»Sie hält sich tapfer und sie haben ihr nicht so wie der Frau von Rogan zugesetzt. Sie hat eine gebrochene Nase und dazu noch zwei gebrochene Finger, doch im Grunde haben sie sich auf die Schläge ins Gesicht beschränkt, vor allem, nachdem sie wussten, dass sie schwanger ist. Bei ihnen waren sie viel kürzer als bei der Familie von Paul Rogan. Vielleicht, weil Denby eher bereit war, auf die Forderungen einzugehen, oder vielleicht, weil der Laden in die Luft gehen sollte, noch bevor die Ausstellung eröffnet wurde.«

»Du denkst, sie haben ihn schneller kleingekriegt«, bemerkte Roarke.

»Das tue ich, und zwar wegen der Schwangerschaft seiner Frau. Ich glaube, sie haben ihren Plan geändert und den Anschlag vorgezogen, als sie von der Schwangerschaft erfahren haben. Trotzdem haben sie bekommen, was sie wollten, obwohl sie den Plan deswegen leicht verändern mussten und am hellen Tag in Richies Wohnung eingebrochen sind.«

Sie trank den nächsten Schluck von ihrem Bier. »Aber ich springe hin und her.«

Sie sprach noch einmal davon, wie's im Haus der Denbys abgelaufen war, und kam erst danach wieder auf den Einbruch und auf die Zerstörungen in Richies Atelier zu sprechen.

»Wir überprüfen gerade alle Mieter schwarzer Vans, die aber bisher alle sauber waren. Vielleicht gehört ihnen der Wagen ja oder sie haben ihn sich woanders ausgeliehen oder ihn gestohlen, ohne dass es der Besitzer bisher mitbekommen hat.«

»Lässt du deine Zeugin aus dem Loft mit Yancy oder einem anderen Zeichner arbeiten?«

»Vielleicht, wobei ich mir nicht vorstellen kann, dass uns das weiterbringt. Sie wusste nicht einmal, wie groß die Kerle waren, was für eine Hautfarbe sie hatten oder sonst etwas. Sie wohnt im dritten Stock und hat im Grunde fast nicht hingesehen. Wir können von Glück reden, dass sie überhaupt etwas mitbekommen hat. Der SpuSi nach wurden in Richies Wohnung fünfzehn Bilder vollständig und sieben weitere teilweise zerstört. Niemand außer unserem toten Künstler weiß, wie viele fertige Gemälde noch dort waren.«

»Falls sie von Anfang an die Bilder aus der Wohnung klauen wollten, hatten sie bisher vielleicht noch keinen Bildervorrat angelegt.«

»Das könnte sein. Du kennst doch sicher Leute, die so etwas sammeln, oder andere, die Leute kennen, die das tun.«

»Ich kann mich gern ein bisschen umhören, wenn du willst, und kann dir sagen, dass der Wert der Bilder in die Höhe schießen wird, sobald die Umstände von Richies Tod und der Verlust des Großteils seines Werks bekannt werden. Es gibt gewisse Sammler, die vor allem deshalb deutlich mehr für einen Richie zahlen werden.«

»Das ist doch einfach krank. Aber vielleicht kennst du ja den einen oder anderen kranken Schweinehund, der so was macht.«

»Vielleicht. Wenn sie Richies Bilder jetzt verhökern

wollen, müssen sie zumindest selbst einen solchen Bastard kennen.«

»Allerdings. Das heißt, dass es eine Verbindung in die Kunstwelt gibt. Sie haben also mit dem Aktienmarkt und mit der Kunstszene etwas zu tun und zocken gern. Wobei ich keine Ahnung habe, wie's jetzt weitergehen wird. Sie hatten sicher einen Notfallplan, falls eine ihrer beiden bisherigen Zielpersonen gekniffen hätte, aber selbst nachdem in beiden Fällen die Bombe hochgegangen ist, gibt's für sie keinen Grund, jetzt aufzuhören.«

»Manche hören auch auf zu spielen, bevor die Glückssträhne zu Ende ist«, rief Roarke ihr in Erinnerung, sie aber schüttelte den Kopf.

»Nicht diese beiden. Wenn sie weiter nach dem bisherigen Muster vorgehen, werden sie nicht lange warten, bis sie weiterspielen. Bang, bang, bang. Wie viel hast du für das Gemälde, das in unserem Gästezimmer hängt, bezahlt?«

»Da ich mir bereits dachte, dass du mich das fragst, habe ich schon einmal nachgesehen. Fünfzigtausend Euro, auch wenn ich es für das Doppelte versichern lassen habe, weil ich wusste, dass der Wert sich steigert.«

»Und wie viel wäre dieses Bild jetzt wohl für einen dieser kranken Schweinehunde wert?«

Roarke nippte nachdenklich an seinem Bier und rechnete kurz nach. »Ich nehme an, dass es sich auf legalem Weg jetzt für das Fünffache des Kaufpreises verkaufen ließe, wenn ich noch etwas länger warten würde, bis sich herumgesprochen hätte, dass es kaum noch Richie-Werke gibt, wahrscheinlich sogar für das Zehnfache.«

»Das wäre ein erklecklicher Gewinn in kurzer Zeit,

nicht wahr? Und wenn du mehrere von seinen Werken hättest, die du nicht einmal bezahlen musstest, weil du sie geklaut hast, würdest du damit Millionen machen, oder nicht?«

»Es wäre schlauer zu warten, bis sich die Legende von dem jung und tragisch umgekommenen, talentierten Maler noch verfestigt hat, denn dann ist ein Gemälde wie das unsere sicher mehrere Millionen wert.«

»Dazu fehlt ihnen die Geduld. Als Spieler werden sie vielleicht das eine oder andere Bild zurückbehalten, doch vor allem geht es ihnen um das schnelle Geld. Den schnellen Gewinn. Das heißt, wenn sie die Fühler nicht schon vorher ausgestreckt haben, machen sie das jetzt.«

»Sie haben ihre Aktien sofort auf den Markt gebracht und auch die Bilder werden sie so schnell wie möglich an den Mann oder die Frau bringen wollen. Es geht ihnen allein um den Profit, darauf müssen wir uns konzentrieren. Es ist die Habgier, die sie antreibt. Darauf werde ich mich konzentrieren, solange ich nicht weiß, wie sie als Nächstes auf die Schnelle möglichst viel Kohle machen wollen.«

»Das Problem beim Aufspüren ihrer Aktien sind der Tageshandel, Nummernkonten und die Möglichkeit, vom Ausland aus zu arbeiten. Vielleicht bringen sie die Aktien auch in kleineren Mengen statt auf einmal auf den Markt, weil größere Pakete und das Geld, das man dafür bekommt, erheblich leichter aufzuspüren sind. Was mir inzwischen auch gelungen ist.«

»Warum hast du mir das nicht gleich erzählt?«

»Weil diese Spur ins Leere führt. Genau wie bei den Vans ging es auch bei den Konten überall mit rechten

Dingen zu, das heißt, sie haben nichts mit deinen Ermittlungen zu tun. Da du selbst den ganzen Tag beschäftigt warst, bin ich noch nicht dazu gekommen, dir davon zu erzählen.«

»Das stimmt. Es tut mir leid. Ich danke dir. Das ist mein Ernst.«

»Ich weiß, dass du frustriert und müde bist, aber ich kann auch sehen, dass dir noch etwas anderes auf der Seele liegt.«

»Sind achtzehn Tote nicht genug?«

»Ich weiß, dass da noch etwas anderes ist.«

Sie atmete tief durch. »Ich habe Peabody gesagt, dass Nadine sie und Ian mit zu den Oscars nehmen kann und du und Leonardo dafür sorgt, dass sie was Passendes zum Anziehen hat. Und dann hat sie – mein Gott.«

Sie stellte ihre Flasche auf den Tisch, sprang von der Couch und stapfte auf und ab. »Am Anfang hat sie keinen Ton gesagt und dann hat sie gemeint, dass sie mich mit dem Fall hier nicht alleine lassen kann. Als ich ihr gesagt habe, ich käme auch alleine klar, gab es kein Halten mehr. Sie hat gesagt, von so was wie den Oscars hätte sie ihr Leben lang geträumt. Sie war vollkommen aus dem Häuschen, und zwar so, dass sie sogar den Mund gehalten hat, um mir nicht auf den Keks zu gehen.«

Sie fuhr sich mit den Händen durch das auch schon vorher wild zerzauste Haar. »Dann ging die zweite Bombe hoch.«

»Und jetzt sieht alles anders aus.«

»Mein Gott, natürlich tut es das. Doch statt zu jammern, hat sie einfach nur gesagt, dass die Arbeit wichtiger als alles andere ist.«

»Das ist eben unsere Peabody.«

»Ich habe ihr gesagt, darüber würde ich erst mal nicht nachdenken und dass wir einfach weitermachen sollen. Die Arbeit kommt nun mal zuerst. Wenn wir unsere Täter nicht erwischen oder sie noch mal zuschlagen, kann ich es mir nicht leisten, dass sie zu den Oscars fliegt. Denn ich bin nicht nur ihre Partnerin und Freundin, sondern obendrein ihr Boss und ich muss tun, was richtig ist.«

»Das musst du allerdings.« Auch Roarke stand auf. »Der Job, die Toten und die Opfer kommen vor allem anderen. Das würde sie niemals in Frage stellen. Sie ist ein guter Cop, das heißt, dass auch für sie die Arbeit und die Opfer stets an erster Stelle stehen. Aber …«

»Was soll es da für ein Aber geben?«

»Aber«, wiederholte er, trat auf sie zu und legte seine Hände sanft auf ihren Schultern ab. »Ich übernehme einfach ihren Job, wenn sie in Kalifornien ist.«

»Das ist …«

»Ich bin vielleicht kein Polizist, doch ich verfüge über ganz bestimmte Fähigkeiten und Beziehungen, die dir in diesem Fall bestimmt von Nutzen sind. Diese Fähigkeiten und Beziehungen darfst du gerne nutzen, wenn es nötig ist.«

»Aber du hast doch deine eigene Arbeit.«

»Die auch gut ein bisschen warten kann. Für mich kommt vielleicht nicht dein Job an erster Stelle, aber du. Da mir auch Peabody, Nadine und Mavis wichtig sind und es um achtzehn Tote geht, will ich dir helfen, wenn du tust, was nötig ist. Nachdem Peabody sich nie beschweren würde, wenn sie weiter ihre Arbeit machen müsste, statt sich einen der größten Träume ihres Lebens zu erfüllen, springe ich mit Freuden für sie ein.«

»In ihrem rosa Zaubermantel wirst du ziemlich lächerlich aussehen«, stieß Eve mit rauer Stimme aus.

»Dann ziehe ich am besten einfach meinen eigenen Zaubermantel an und unterstütze dich im Notfall ein paar Tage, damit eine Frau, die uns am Herzen liegt, sich ohne Schuldgefühle einen Lebenstraum erfüllen kann.«

Er drückte ihre Hände, lächelte sie an und fügte noch hinzu: »Die Jagd nach diesen mörderischen, habgierigen Schweinehunden an der Seite meiner cleveren Polizistin wird bestimmt ein Riesenspaß.«

»Was ist mit all den Planeten und mit ihren Satelliten, die du in diesen Tagen kaufen wolltest?«

»Die laufen mir nicht weg. Und falls jemand anderes sie kauft, habe ich jede Menge Geld gespart.«

»Wahrscheinlich wird sie anfangen zu heulen, wenn sie es erfährt.«

»Ich heule nicht so schnell. Das ist ein Vorteil, wenn du mich für sie einspringen lässt.«

»Okay. Aber bevor sie fliegt, kann sie sich bei der Arbeit noch den Arsch aufreißen und muss eben einfach hoffen, dass das dazu beiträgt, dass sie bei den Oscars besser in ihr Kleid reinpasst. Wenn wir es schaffen, diesen Typen bis zu Peabodys Abflug die Ärsche aufzureißen, umso besser«, fügte sie hinzu und wandte sich entschlossen ihrer Tafel zu.

»Das solltest du ihr sagen«, meinte Roarke. »Warum schreibst du ihr keine Mail? Dann schleppst du diese Angelegenheit nicht länger mit dir herum und ihr könnt euch beide wieder ganz auf die Arbeit konzentrieren.«

»Wahrscheinlich hast du recht. Das mache ich und dann schreibe ich meinen Bericht und hänge weitere Bilder an der Tafel auf.«

»Ich erneuere währenddessen die Bekanntschaft mit verschiedenen kranken Schweinehunden in der Welt der Kunst. Da du statt des Biers jetzt wahrscheinlich Kaffee trinken wirst, nehme ich deine Flasche mit.«

Tatsächlich holte sie sich erst mal einen Kaffee und danach verfasste sie die Mail an ihre Partnerin.

Von: Lieutenant Eve Dallas
An: Detective Delia Peabody
Betreff: Urlaub

Hiermit bestätige ich den besprochenen dreitägigen Urlaub, beginnend am nächsten Freitag, 16 Uhr. Ich werde während Ihres Urlaubs bei den aktuellen Ermittlungen und allen anderen Arbeiten, die während dieser Zeit möglicherweise anfallen, von meinem zivilen Berater unterstützt.

Das war's.

Bis zum Beginn Ihres Urlaubs reißen Sie sich noch den Arsch auf und falls ich noch irgendwas zu der Entscheidung höre, trete ich in das, was noch von Ihrem Hintern übrig ist.

Erledigt, dachte Eve und schrieb ihren Bericht.

Erst eine Viertelstunde später kam die Antwort der Partnerin, denn sicher hatte sie erst einmal mit sich gerungen, ob sie wirklich fliegen sollte, und danach geheult.

Von: Detective Delia Peabody

An: Lieutenant Eve Dallas

Betreff: Urlaub

Ma'am, ich bin sehr dankbar für den mir gewährten Urlaub und dafür, dass Ihr Zivilberater ihn dadurch ermöglicht, dass er mich bei den Ermittlungen vertreten wird. Falls die Umstände es nötig machen sollten, meinen Urlaub noch einmal zu streichen oder zu verkürzen, werde ich zur Stelle sein.

Ich danke Ihnen und ich werde mir mit Freuden meinen Arsch aufreißen, bis er Ihrem Knackarsch möglichst nahekommt.

Lächelnd stand Eve auf und brachte ihre Tafel auf den neuesten Stand.

Dann trat sie einen Schritt zurück und schaute sich die neuen Bilder an, als Roarke den Raum betrat.

»Ich habe vielleicht eine – wenn auch schwache – Spur.«

»Schieß los.«

»Einer von den kranken Schweinehunden hat mir gegenüber angedeutet, dass vor ein paar Wochen eine Anfrage an ihn ergangen ist. Im Darknet, das der kranke Bastard frequentiert.«

»Ging es dabei um Richies Bilder?«

»Namen wurden nicht genannt, aber es wurde angefragt, ob dieser kranke Schweinehund Interesse hätte, für ein Bild zu bieten, dessen Maler plötzlich auf tragische Art versterben wird und dessen Werk zum größten Teil im Rahmen der Tragödie vernichtet werden wird.«

»Das ist tatsächlich verdammt vage, aber es trifft haargenau auf Richie zu.«

»Der kranke Schweinehund hat mir erzählt, er wollte Einzelheiten wissen, weil er den Maler und auch das Gemälde kennen müsste, um zu sagen, was er dafür zahlt. Doch ein paar andere Leute hätten sofort ihr Interesse ausgedrückt.«

»Das ist tatsächlich eine kranke Welt voll kranker Schweinehunde«, konstatierte Eve.

»Wo aber würden wir jetzt ohne diese kranken Schweinehunde stehen? Angeblich wollte der Anbieter ihm keine Einzelheiten nennen, aber er hat ihm erklärt, dass er im Frühling ins Detail gehen wird. Er hat dem kranken Schweinehund geraten, sich schon mal zu überlegen, was er bieten will.«

»Diese Anfrage ist jetzt schon ein paar Wochen her? Das heißt, sie wussten damals schon von Richie und von der geplanten Vernissage und hatten sich wahrscheinlich auch schon Denby als Gehilfen ausgesucht. Was bei dem Hype um die geplante Ausstellung nicht wirklich überraschend ist. Auch das Datum für die Vernissage stand damals bereits fest.«

»Wegen des Marketings und damit Richie seine Arbeiten vollenden und die Werke für die Ausstellung zusammenstellen konnte. Und nein, das Meeting wegen der Fusion wurde ganz sicher nicht bereits vor Wochen abgemacht. Wahrscheinlich liefen zwar die Vorbereitungen, doch das genaue Datum und die Uhrzeit haben sie erst auf den letzten Drücker festgelegt.«

»Wahrscheinlich wollten sie erst diese Galerie und danach Quantum ins Visier nehmen, aber um in beiden Fällen abzusahnen, haben sie die Reihenfolge umgedreht.«

Als Roarke ihr den Kaffeebecher abnahm, dachte sie, dass sie ihm etwas schuldig war, und runzelte deshalb nur leicht die Stirn.

»Der klügere, der leichtere und der direkte Weg, um Richie und den Großteil seiner Bilder in die Luft zu jagen, wäre der gewesen, Denby in sein Atelier zu schicken anstatt in die Galerie.«

»Tja nun, das stimmt. Wie aber hätten sie dann einige von seinen Werken stehlen sollen?«

»Sie hätten sie auch kaufen können, aber offenbar hat ihnen das Geld dafür gefehlt. Sie hatten Geld für Aktien, aber keins mehr für einen Bilderkauf. Vielleicht haben sie sich für den Kauf der Aktien Geld geliehen. Das heißt, sie hatten nicht genügend Geld, um in die Aktien und die Kunstwerke zu investieren, deswegen haben sie einen anderen Weg gewählt.«

»Der vielleicht nicht so clever, aber durchaus effizient war.«

»Und mir zugleich verrät, dass sie auf diese Kohle, die sie machen, angewiesen sind. Natürlich sind sie gierig, aber um auf einem derart hohen Level mitzuspielen, mussten sie die Bilder klauen. Und ewig warten, bis die Ausstellung eröffnet wurde und der Termin für dieses Meeting stand.«

Stirnrunzelnd wandte sie sich wieder ihrer Tafel zu. »Das ist nicht viel, doch schon mal etwas.«

»Wobei das noch nicht alles ist. Kam irgendwas bei den Vernehmungen heraus?«

»Die links kommen eher nicht in Frage, aber die drei auf der rechten Seite sehe ich mir noch einmal genauer an. Bei zwei von ihnen kommt wahrscheinlich nichts heraus, aber der dritte hier …«, sie wies auf ein Gesicht, »… hat einen Schwager, der mal bei der Army war, und eine Schwester, die anscheinend in Italien einen Kunsthandel betreibt. Als wir bei ihm waren, ist er meinen Fragen ausgewichen und war unglaublich nervös. Das heißt, dass irgendetwas nicht mit ihm stimmt.«

»William O'Donnell.« Roarke sah sich das Passbild an, trank einen zweiten Schluck Kaffee und meinte: »Hm.«

»Was ist?« Eve schwang zu ihm herum und sah ihn aus zusammengekniffenen Augen an. »Was war das für ein *Hm*? Das war ein, na du weißt schon, ziemlich vielsagendes Hm.«

»Ich muss bei meinen *Hms* anscheinend besser werden, wenn wir beide zusammen sind.«

Eve bohrte ihm den Zeigefinger in die Brust. »Du kennst den Typ?«

»Ich kenne einen Liam Donnelly. In der schlechten alten Zeit in Dublin hatte ich gelegentlich mit ihm zu tun.«

»Dann hat er sich inzwischen also einen falschen Namen zugelegt? Dieser verdammte Hurensohn.«

Noch während sie an den Schreibtisch trat, ergriff Roarke ihren Arm. »Moment.«

»Auch wenn ihr mal befreundet war, muss ich …«

»Wir waren weniger befreundet als Kollegen und ich gebe zu, dass er ein durchaus talentierter Einbrecher war. Er war ein bisschen älter als ich selbst, doch im Verlauf der Jahre haben wir in Dublin ab und zu zusammen…gearbeitet. Wo hast du ihn gefunden?«

»Als William O'Donnell ist er Ingenieur bei Econo.«

»Ach ja? Er hatte immer schon ein Händchen für Mechanik und soweit ich mitbekommen habe, hat er sich aus seinen anderen Unternehmen längst zurückgezogen. Wenigstens zum größten Teil.«

»Wäre er gut genug, um die Alarmanlagen bei den Rogans und den Denbys lahmzulegen? In das Haus von Richie hätte es sogar ein einäugiger Vollidiot geschafft.«

»Um mein System bei Rogan lahmzulegen, hätte er seit damals deutlich besser werden müssen, aber ausgeschlossen ist das nicht. Was ist? Mit Mord oder der Folterung von Frauen oder Kindern hatte er nie etwas zu tun, das heißt, dass er ganz sicher keiner deiner beiden Täter ist.«

»Menschen verändern sich.«

»Was von uns beiden hinlänglich bewiesen worden ist. Aber der Kern bleibt meistens gleich. Er hat mit dieser Sache nichts zu tun. Der Mann hat seine Mom und seine Schwestern abgöttisch geliebt, ich bin mir ganz sicher, dass er das noch immer tut. Ich habe nur einmal erlebt, dass er gewalttätig geworden ist, als ein … Kollege einer jungen Kellnerin in einer Bar eine getafelt hat. Da ist er aufgestanden, hat sich einen Stuhl geschnappt und ihn dem Idioten ins Gesicht geknallt. Wenn ich mich recht entsinne, sind dem Typen dabei ein paar Zähne ausgefallen. Dann hat er ihn wieder hochgezerrt und ihn gezwungen, sich zu entschuldigen. Niemand schlägt eine Frau, wenn Liam Donnelly in der Nähe ist, hat er zu ihm gesagt. Auch wenn er abgesehen von einem Taschenmesser immer unbewaffnet war.«

»Ich muss ihn trotzdem auf die Wache holen.«

Roarke seufzte. »Am besten rede ich mit ihm, wenn's schneller gehen soll.«

»Damit er abhauen kann, bevor …«

»Verdammt.«

Mit zornblitzenden Augen wandte er sich ab und auch in ihrem Innern wogte heißer Ärger auf.

»Wir haben achtzehn Tote und dein alter Kumpel ist verdächtig. Also hole ich ihn aufs Revier.«

»Manchmal geht der verdammte Cop in dir mir mächtig auf den Zwirn.«

»Du wusstest schon, dass ich ein Cop bin, als du mir zum ersten Mal begegnet bist.«

Mit plötzlich kalter Miene wandte er sich ihr jetzt wieder zu.

»Denkst du im Ernst, ein Mann, den ich seit einer halben Ewigkeit nicht mehr gesehen habe, ist mir wichtiger als achtzehn Menschen, die von irgendwelchen gottverdammten Bomben in der Luft zerrissen worden sind? Traust du mir das tatsächlich zu? Wie schaffst du es dann, mit mir zu leben?«

»Ich denke einfach, dass die alten Bande manchmal ziemlich eng sind.«

»Eng genug, um dich zu hintergehen?«

»Ich habe nicht gesagt, dass du mich hintergehst«, stieß sie beleidigt aus.

»Was wäre das denn anderes? Wenn du nicht glaubst, dass ich mit dir zusammen für diese achtzehn toten Menschen einstehe, verdammt, was machen wir dann hier?«

»Jetzt bin ich also wieder mal die Dumme«, stellte sie verbittert fest.

»Was wird aus ihm, wenn du ihn auf die Wache holst und herauskommt, dass er unter falschem Namen in den Staaten lebt? Obwohl ich dir versprechen kann, dass er ganz sicher nichts verbrochen hat? Im besten Fall wird er dann ausgewiesen, doch im schlimmsten Fall kommt er in den Knast, und das nur, weil du mir nicht vertraust.«

»Und wenn er abhaut?«

»Vielleicht ist er ja schon abgehauen, doch damit habe ich dann nichts zu tun. Ich werde mit ihm reden und du kannst ihn währenddessen gerne überprüfen, wenn du willst. Guck einfach nach, ob du noch andere Sachen über Liam findest als das, was du von mir erzählt bekommst. Guck einfach nach, ob er ein Frauenschläger, Kinderschreck und Vatermörder ist.«

»Und was, wenn du dich irrst?«

»Wenn ich mich irre, werde ich ihn jagen und ihn eigenhändig auf die Wache bringen, damit du ihn in die Mangel nehmen kannst.«

»Mach schnell«, fuhr sie ihn an und nahm noch immer kochend hinter ihrem Schreibtisch Platz.

Sie musste Feeneys Kind, das IRCCA, benutzen, bis sie Liam und seine alte Akte fand. Gelegenheitsdiebstähle, ein paar Einbrüche in Autos, aber später hatte er den Bogen raus. Die Diebstähle und Einbrüche in für gewöhnlich leer stehende Häuser konnten ihm nicht nachgewiesen werden, weshalb er auch bei einer seiner beiden späteren Verhandlungen offenbar aus Mangel an Beweisen freigesprochen worden war. Das zweite Mal, mit Ende zwanzig, war er für drei Jahre eingefahren, bevor er von der Bildfläche verschwunden war.

Es gab nicht einen Eintrag, weil der Mann gewalttätig gewesen wäre oder im Besitz irgendeiner Waffe angetroffen worden war.

Die Mutter lebte in der Nähe einer seiner Schwestern und des Ex-Soldaten wie er selbst in Queens, die zweite, ebenfalls verheiratete Schwester lebte in New Jersey und die dritte in Florenz.

Nicht eine der vier Frauen war je mit dem Gesetz in Konflikt geraten; Eve hatte keine Ahnung, ob sie deshalb eher erleichtert oder sauer war.

Als Roarke zurückkam, stieg auf jeden Fall der alte Ärger in ihr auf.

»Er war nervös und ist dir ausgewichen, denn er kennt deinen Ruf«, erklärte er und holte eine Flasche Wein aus der in eine Wand des Arbeitszimmers eingelassenen Bar. »Er hatte Angst, denn schließlich ist er Angestellter bei Econo und er wusste, dass am Montag die Bombe bei dem Meeting hochgegangen war.«

Als Eve auch weiter schwieg, schwenkte er den Wein in seinem Glas und fuhr mit ausdrucksloser Stimme fort. »Er hätte nie gedacht, dass sich die Bullen für ihn interessieren würden, denn er hatte nichts mit diesem Meeting oder irgendjemandem, der daran teilgenommen hat, zu tun. Als du vorhin bei ihm warst, hat ihn das völlig aus dem Gleichgewicht gebracht. Wie dir bekannt ist, hat er eine Ehefrau und drei noch ziemlich kleine Kinder. Er war bereits William O'Donnell, als er seiner Frau vor zwölf Jahren zum ersten Mal begegnet ist. Nach seiner Ankunft in New York, aber bevor er sich … aus dem

Geschäft zurückgezogen hat, was er erst nach der Geburt von ihrem ersten Kind vor elf Jahren getan hat. Vor der Heirat hat er seiner Frau gestanden, wer er wirklich ist, dass er mal im Gefängnis war und auch den ganzen Rest. Trotzdem ist sie seine Frau geworden, aber ihren Kindern haben sie nie etwas davon erzählt.«

Er trank den ersten Schluck seines Weins und sah sie an. »Er hatte Angst, du würdest so tief graben, bis du wüsstest, wer er einmal war, und dass er dann seine Familie verlassen oder sie entwurzeln müsste, um mit ihr zusammen abzuhauen.«

Nachdem Eve weiter schwieg, schlug er vor: »Warum rufst du nicht seine Schwester in Italien an? Er sagt, wenn Richie bald groß herausgekommen wäre, wüsste Colleen das und würde schauen, ob sie dir helfen kann. Er hofft, dass du nicht auch mit seinem Schwager sprechen musst, der nichts von seinem alten Leben weiß, weil das vielleicht zu Spannungen in der Familie führen würde. Er hat versichert, dass er nicht verschwindet, wenn du mit ihm reden musst. Er traut mir immer noch genug, um hierzubleiben, ich habe ihm gesagt, dass du ganz sicher kein Interesse daran hättest, die Familie zu entwurzeln oder ihm eins reinzuwürgen, weil er unter falschem Namen nach Amerika gekommen ist. Er hat sich hier ein Leben aufgebaut und obwohl er deswegen große Angst hat, legt er dieses Leben jetzt in deine Hände, weil ich ihn darum gebeten habe, das zu tun.«

»Und wie steht's jetzt um uns?«, erkundigte er sich und sah Eve fragend an.

»Du hast gesagt, du könntest nachvollziehen, dass

meine Arbeit stets an erster Stelle kommt, doch wenn es dann darauf ankommt, haust du mir dafür eine rein.«

»Und du willst einerseits, dass ich dir helfe, aber wenn ich das auf meine Weise mache, hältst du mir das vor.« Bevor sie etwas sagen konnte, fügte er hinzu: »Obwohl es mir genauso um die Opfer geht wie dir. Wenn du Liam vorgeladen hättest, hättest du nur unnötig Zeit und Energie verloren, auch wenn das jetzt ebenfalls der Fall ist.«

»Es hätte noch mehr Zeit und Energie beansprucht, Jagd auf ihn zu machen, wenn er in den Fall verwickelt wäre.«

»Stimmt, aber das ist er nicht. Du bist eine viel zu gute Polizistin, um nicht bei genauem Hinsehen zu erkennen, dass du bei ihm auf einer falschen Fährte bist. Wir beide wissen, dass man diesen Job auch anders machen kann als dadurch, dass man einen Mann in einem Verhörraum in die Mangel nimmt. Wenn es sein muss oder wenn der jeweils andere es braucht, sind wir bereit, auch über die von uns gezogenen Grenzen hinauszugehen.«

»Was dir erheblich leichter fällt als mir.«

Er legte seinen Kopf ein wenig schräg und sah sie fragend an. »Ach ja?«

Sie atmete geräuschvoll aus. »Zumindest denke ich das gern, denn du hast deine Grenzen schon so häufig mir zuliebe neu gezogen, dass die Waagschale inzwischen völlig aus dem Gleichgewicht geraten ist.«

»Aus meiner Sicht ist sie durchaus im Gleichgewicht. Womit ich allerdings nicht umgehen kann, ist der Gedanke, dass auch dein Vertrauen zu mir Grenzen hat.«

»Die hat es nicht. Verdammt.« Die Wirkung der Tablette war verflogen und sie stützte ihren wieder wehen Schädel zwischen den Händen ab. »Mein Misstrauen galt nicht dir, sondern dem Typen, der, wie du gesagt hast, mal ein Dieb und obendrein aus gutem Grund zunächst verdächtig war und den ich nicht befragen sollte, weil er vor Jahren mal ein guter Kumpel von dir war.«

Er trank den nächsten Schluck von seinem Wein. »Ich gebe zu, dass ich die Grenzen manchmal gern etwas verschiebe, aber ich würde niemals die Ermittlungen in diesem Fall gefährden, weil dieser Mann einmal ein guter Kumpel von mir war.«

»Ich hatte bisher keinen anderen Verdächtigen. Abgesehen von Markin, auch wenn ich bisher nicht weiß, wie er mit dieser Sache in Verbindung steht. Jetzt muss ich auch noch diesen Typ von der Liste streichen, aber trotzdem überprüfe ich zumindest erst noch seine Alibis.«

»Ich würde nichts anderes von dir erwarten. Auch Liam weiß, dass du das musst. Doch jetzt genug davon. Ich werde erst mal wieder rübergehen und ein paar andere Leute, die mir vielleicht etwas zu den Bildern sagen können, kontaktieren. Du trinkst besser erst mal ein Glas Wasser, damit die Tablette besser wirkt.«

»Ich hasse es, wenn du mir einfach in den Kopf guckst«, knurrte Eve.

»Ein Blick in deine Augen reicht vollkommen aus. Ich kenne deinen Blick, wenn dir der Schädel dröhnt. Also trink am besten ein Glas Wasser«, wiederholte er, bevor er wieder in sein eigenes Arbeitszimmer ging.

17

Nach getaner Arbeit kehrte Roarke zurück zu Eve und fand sie schlafend hinter ihrem Schreibtisch vor.

Zum zweiten Mal in Folge war sie abends über der Arbeit eingeschlafen, aber schließlich trug sie schwer an ihren achtzehn Toten und sie würde bis zum Umfallen schuften, bis sie die Mörder fand. Es hätte keinen Sinn, ihr deshalb Vorwürfe zu machen, denn auch das war Teil der Frau, die er von ganzem Herzen liebte, obwohl sie ihn manchmal in den Wahnsinn trieb.

Er sah sich ihre Arbeit auf dem Bildschirm des Computers an. Sie hatte wieder einmal mit den Namen auf der Liste hin und her jongliert, ohne dass etwas dabei herausgekommen war.

Wenn sie den Leuten gegenübersäße und mit ihnen spräche, käme sicher mehr heraus. Sie konnte Menschen lesen und nahm sämtliche Nuancen ihres Tonfalls, ihrer Formulierungen, ihrer Gesten, ihrer Blicke wahr.

Natürlich hatte sie genau wie er auch ein paar blinde Flecken, die ihn jedoch nicht besonders störten … außer wenn es dabei um ihn selbst ging.

Doch obwohl er noch immer sauer auf sie war, zog er sie aus dem Sessel und an seine Brust.

Sie fuhr zusammen und holte aus, bevor sie merkte, wer sie in den Armen hielt.

»Ich war …«

»Über den Punkt hinweg, an dem der Kaffee dich noch wach gehalten hätte«, beendete er ihren Satz.

»Ich bin am Schluss auf Wasser umgestiegen.«

»Gut.«

Im Schlafzimmer lag Galahad schon wie ein überfahrenes Tier, die Beine in die Luft gestreckt, auf ihrem Bett. Roarke setzte Eve auf der Matratze ab und nahm an ihrer Seite Platz, um sich die Stiefel auszuziehen.

Statt ihrer zog er erst einmal seine eigenen Stiefel aus, bemerkte sie. Natürlich war das eine lächerliche Kleinigkeit, doch ihr tat sie trotzdem weh.

Es stimmte, was ihm gerade durch den Kopf gegangen war. Sie nahm selbst winzigste Verhaltensänderungen bei anderen Menschen wahr.

»Wie lange willst du eigentlich noch sauer sein?«

»Ums Wollen geht es dabei nicht.«

»Okay. Dann *bist* du eben weiter sauer, aber dann bin ich das auch.« Sie zog sich selbst die Stiefel aus und pfefferte sie wütend in die Ecke, bevor sie ihr Waffenholster von der Schulter zog.

»Ich habe seinen Namen nicht mehr auf der Liste stehen und werde ihn auch nicht bei den Kollegen melden, weil er unter falschem Namen in den Staaten lebt. Aber trotzdem habe ich ihn jetzt auf dem Radar.« Sie leerte ihre Taschen und ließ deren Inhalt schlecht gelaunt auf die Kommode fallen. »Wenn er nicht so sauber ist, wie du behauptest, oder jemals wieder Lust verspürt, in seinen alten Job zurückzukehren, nehme ich ihn hoch und daran ist dein Freund dann selbst schuld.«

Grimmig stand Roarke wieder auf und zog sich den Pullover aus, den er seit seiner Heimkehr von der Arbeit trug. »Das habe ich ihm schon gesagt.«

»Okay. Sehr gut.« Noch immer wütend zerrte sie den Gürtel aus den Schlaufen ihrer Hose, warf ihn auf den Boden und stieß aus: »Meine Güte, wenn ich dir nicht blind vertrauen würde, würde ich dich sicher nicht in die Ermittlungen miteinbeziehen.«

»Außer wenn du dächtest, dass dir das was nützt.«

Der kalte Ton, in dem er sprach, entfachte ihren glühend heißen Zorn. Auch sie sprang wieder auf, trat auf ihn zu und stieß ihn unsanft an. »Das ist totaler Schwachsinn. Red kein solches Blech.«

»Vorsicht«, warnte er sie mit gefährlich ruhiger Stimme, doch inzwischen sah sie nur noch rot und schubste ihn deshalb noch einmal.

»Ach, leck mich doch am Arsch. Ich habe dir die Tür geöffnet, aber ich kann sie auch wieder schließen, denn als Cop kann ich, verdammt noch mal, bestimmen, wie es laufen soll. Ich habe dir die Tür geöffnet und ich lasse sie, verdammt noch mal, auch weiter offen stehen, *weil* ich dir vertraue. Also geh mir jetzt nicht länger auf den Keks.«

Jetzt blitzte auch in seinen bisher kalten Augen heißer Zorn und froh, dass sie nicht mehr allein am Kochen war, versetzte sie ihm einen dritten Stoß und reckte gleichzeitig herausfordernd das Kinn.

Er packte ihre Hände und als sie versuchte, sie ihm zu entziehen, landeten sie unsanft auf dem Bett. Der Kater sprang erschrocken auf und wich den beiden fauchend aus, doch ohne auf das Tier zu achten, rollten sie sich über die Matratze, bis Eve seine Haare packte und entschlossen seinen Mund auf ihre Lippen zog.

Aus dem brutalen Zusammenstoß von Lippen, Zähnen, Zungen wurde eine wilde Plünderung, angefüllt von zornigem Verlangen zerrte er an ihrem Pullover, riss ihr Tanktop herunter und als er begierig seinen Mund auf eine ihrer Brüste presste, wogten Schmerz, vor allem aber Freude in ihr auf. Ein roter Schleier der Begierde senkte sich vor ihre Augen und sie klammerte sich atemlos an seinen Schultern fest.

Sie war auf wilde Art lebendig und in dem Verlangen nach dem Gefühl und dem Geschmack seiner Haut vergrub sie die Finger tief in seinem Rücken, schlang ihm die Beine um die Hüfte, rollte sich mit ihm herum, zerrte an seinen und an ihren Kleidern, warf sie achtlos hinter sich und nahm ihn in sich auf.

Sie nahm und ließ sich nehmen. Hart und schnell.

Er bäumte sich unter ihr auf, riss ihren Kopf herab und knabberte an ihrem Hals, während er die Hände über ihren langen Kriegerinnenkörper, den er so begehrte wie die Luft zum Atmen, wandern ließ.

Als er mit seinen Fingern in sie eindrang, schrie sie triumphierend auf und da er diesen Schrei noch einmal hören wollte, trieb er sie beharrlich immer weiter an.

In dem wunderbaren Augenblick, als sie erschlaffte, rollte er sie wieder auf den Rücken, trieb sie nochmals an den Rand des Abgrunds, wo die Luft zu dick war, um sie einzuatmen, und sah sie aus arktisch blauen Augen an.

Sie hielt den Blick mit Augen wie geschmolzener Bernstein fest und während sie einander in dem fiebrigen Verlangen, völlig ineinander aufzugehen, noch näher an den Rand des Abgrunds trieben, bis sie ganz im Sturm der Lust verloren waren, hörte sie, dass er etwas auf Gälisch sagte, was sie nicht verstand.

Dann stürzten sie gemeinsam in die Tiefe. Ermattet und erfüllt von einem angenehmen Schwindel lag sie unter ihm und sah jetzt nicht mehr wütend, sondern traurig zu ihm auf.

»Es stimmt nicht, dass ich dir nicht vertraue. Ich vertraue niemandem so wie dir.«

»Du *willst* mir nicht misstrauen«, verbesserte er sie. »Aber manchmal sagen deine Cop-Augen etwas anderes.«

Er rollte sich von ihr herunter. »Manchmal stimmen das Herz und der Verstand einfach nicht überein, nicht wahr? Ich weiß, dein Herz vertraut mir blind, geliebte Eve, aber in deinem Hirn gibt es noch immer ein paar Ecken, die damit nicht einverstanden sind.«

Sie hatten ihre Kleider auf dem Bett verstreut. Er überlegte kurz, ob er sie einfach mit den Füßen auf den Boden schieben sollte, aber da er sich erst einmal beruhigen musste, stand er auf und legte sie auf einen Stuhl.

Als er wieder zum Bett kam, hatte sie sich bereits auf den Bauch gerollt und schlief.

Herz, Verstand und Körper, dachte er, als er Eve betrachtete, sie alle waren wegen dieses Falles abgrundtief erschöpft.

Er schob sich neben sie, deckte sie zu und wartete vergeblich auf den Schlaf.

Es roch nach Rauch, nach Blut und nach verbranntem Fleisch. Sie sah die verkohlten Überreste und die abgetrennten schwarzen Glieder unter der verbrannten Haut. Die mit dem schwarzen Blut bespritzten Wände sahen wie grässliche Gemälde aus, von den Spritzern an der einen Wand hoben sich blendend weiß die Namen all der Toten ab.

Bisher waren es achtzehn, aber es gab Platz für mehr.

Zwei Männer standen in dem Raum. Sie waren schwarz gekleidet, hatten weiße Masken auf und unterhielten sich mit leisen Flüsterstimmen, die sie nicht verstand. Sie wollte ihre Waffe aus dem Schulterholster ziehen, aber sie war nicht da. Genauso wenig wie die zweite Waffe, die sie stets in ihrem Knöchelholster trug. Bereit, es unbewaffnet mit den beiden aufzunehmen, machte sie entschlossen einen Schritt nach vorn.

Doch plötzlich war da eine durchsichtige Wand.

Verzweifelt suchte sie nach einer Tür und als sie keine fand, ging sie ein paar Schritte zurück, lief los und warf sich dann mit voller Wucht gegen das Glas.

Sie prallte davon ab, versuchte es noch einmal und dann noch einmal, trat und trommelte gegen die Wand, bis sie mit ihren Fäusten rote Blutspuren daran hinterließ.

Die Männer sahen ihr einfach durch die schmalen Augenschlitze in den weißen Masken zu, bevor der eine seinem Komplizen lachend auf die Schulter schlug.

»Wie lange hält sie deiner Meinung nach noch durch?«

Der irische Akzent war ausgeprägter als bei Roarke und furchtsam drehte sie sich um.

»Die Fotze war schon immer sturer als ein Esel, also gibt sie sicher nicht einfach auf.«

Jetzt wogte heiße Furcht in ihrem Innern auf und beide Männer zogen die Masken, die sie nicht mehr brauchten, aus.

Es waren Richard Troy und Patrick Roarke, denen sie hier inmitten all der Toten gegenüberstand.

»Der Junge war noch nie für irgendetwas gut«, bemerkte Patrick Roarke. »Aber mit meinem Aussehen hätte er wahrscheinlich trotzdem etwas Besseres kriegen können als einen gottverdammten Cop.«

»Sie ist eine Killerin«, klärte Troy ihn mit einem breiten Lächeln auf. »Ich selbst bin der ermordete Beweis dafür.«

»Genau. Ich habe dich getötet. Du bist tot«, erklärte Eve. »Genau wie Patrick Roarke. Ihr beide seid schon ewig tot.«

»Nur gibt es eben auch noch jede Menge andere wie uns«, rief Troy ihr in Erinnerung. »Wir kommen immer wieder, kleines Mädchen, du wirst uns auch nicht los, wenn du dir deine Fäuste an der Wand da drüben blutig schlägst.«

»Genauso gibt es auch noch jede Menge andere wie mich.«

»Sieh dich doch um. Die Toten türmen sich immer weiter auf und du kannst nichts dagegen tun.« Lachend schenkte Patrick Roarke aus einer Flasche Whiskey in zwei Gläser und die beiden Männer stießen miteinander an.

Sie tranken und Eve sah ein Bett im Zimmer stehen, auf dem sich jemand hin und her wälzte. Sie konnte nur den Schatten sehen, doch sie nahm die Bewegung wahr und hörte die Gestalt hinter dem Knebel schreien.

»Es wird nicht bei diesen Toten bleiben«, meinte Troy und wies mit seinem Glas auf eine andere Wand.

Auch diese Wand war durchsichtig und Eve stockte der Atem, als sie Feeney, Peabody und Mavis und, oh Gott, das Baby sah.

Sie stürzte los und trommelte verzweifelt auf die Glaswand ein.

Nadine, Baxter, Leonardo, Ian und alle anderen, die ihr wichtig waren. Summerset, Whitney, Trueheart, Charles, Louise und Crack. Ihr ganzes Dezernat und Reo und die anderen schlenderten gemächlich durch den Raum, als ob sie dort auf einer gottverdammten Party wären.

Mira, Dennis Mira, Morris.

Mit jedem Blinzeln tauchten weitere Leute in dem Zimmer auf.

Obwohl sie schrie und gegen die verfluchte Glaswand schlug, konnte niemand sie hören oder sehen.

Dort drüben waren alle, die ihr wichtig waren. Außer dem, der ihr noch wichtiger als alle anderen war.

»Verdammt, wo steckst du, Roarke?«

Sie blickte wieder auf das Bett. Oh Gott, oh Gott.

Die beiden Männer saßen jetzt an einem Tisch und zählten einen Haufen Geld.

»Man kann davon niemals zu viel haben, nicht wahr, Paddy?«

»Genau, Richie, genau. Wobei der größte Spaß darin besteht, sich diese Kohle zu holen.«

Sie rief nach Roarke und schwor, ihn zu befreien,

dann aber konnte sie ihn plötzlich nicht mehr sehen. An seiner Stelle lag sie selbst gefesselt und völlig verängstigt auf dem Bett und sah ein rotes Blinklicht wie durchs Fenster dieses grauenhaften Raums, in dem sie einst als Kind in Dallas eingesperrt war.

»So macht es noch mehr Spaß.« Troy zeigte mit dem Daumen auf die nächste Wand. »Sieh nur, wer da kommt.«

Sie stöhnte laut, als Roarke den Raum mit all den anderen Menschen, die ihr wichtig waren, betrat und eine Sprengstoffweste trug.

Mit einem lauten Schrei warf sie sich gegen die verdammte Wand, spürte das Brechen ihres Arms und warf sich abermals gegen die Wand.

»Roarke! Du darfst das Ding nicht zünden, Roarke. Das alles ist eine große Lüge! Sieh mich an!«

Ein Spinnennetz aus Rissen überzog die Wand und als er nach dem Auslöser der Bombe griff, warf sie sich schreiend erneut gegen das Glas.

»Hör auf. Hör auf. Wach auf. Mein Gott, wach endlich auf!«

Sie riss die Augen auf, sah sein Gesicht und schmiegte sich mit einem unterdrückten Schluchzer an ihn. »Das kannst du nicht. Das darfst du nicht. Versprich mir, dass du diesen Knopf nicht drücken wirst.«

»Hör auf. Es war ein Traum. Du hast geträumt.«

»Du darfst – warum bist du so nass? Du blutest doch wohl nicht?« Sie riss den Kopf zurück und tastete ihn eilig ab.

»Natürlich nicht. Das ist nur Wasser«, klärte er sie auf und streichelte sie sanft. »Ich stand unter der Dusche, da hörte ich dich schreien und jetzt tropfe ich dich voll. Lass mich dich zudecken.«

»Halt mich noch etwas fest.« Zitternd schlang sie ihm die Arme um den Hals. »Halt mich noch etwas fest, okay?«

Der Kater stieß sie mit dem Kopf an, doch als sie ihn beruhigend streicheln wollte, hielt das wilde Zittern ihrer Hand sie davon ab.

»Atme erst einmal tief durch. Tief durchatmen, genau. Du hattest einen bösen Traum, mehr nicht. Ich bin ja da. Ich werde nur schnell eine zweite Decke für dich holen. Du bist eiskalt.«

»Nein, nein. Lass mich nicht los.«

»Sieh mir in die Augen. Sieh mich an.« Er schob behutsam ihren Kopf zurück. »Es war ein Traum, okay? Verstehst du mich?«

»Es war total real. Ich konnte spüren, wie …«

Sein Herz zog sich zusammen, als sie nach dem Arm, den sie sich im Traum gebrochen hatte, griff.

»Warst du in Dallas?«

»Nein. Ja. Nicht genau.«

»Am besten wärmen wir dich erst mal auf, dann erzählst du mir von deinem Traum. Hier.« Er wickelte sie in die Wolldecke vom Fußende des Bettes ein.

»Dir ist genauso kalt. Dazu bist du auch noch nass. Es tut mir leid.« Sie setzte sich den Kater auf den Schoß und fuhr ihm mit der Hand über das Fell. »Es tut mir leid.«

»Am besten streichelst du ihn weiter, denn das tut euch beiden gut. Ich hole dir etwas zur Beruhigung.«

»Aber ich will kein Beruhigungsmittel.«

»Warum teilen wir uns das nicht?«

Sie vergrub ihr Gesicht im Fell des vierbeiniges Freundes. »Du musst dich auch aufwärmen.«

»Ich hole mir ein Handtuch aus dem Bad, dann teilen wir uns den Beruhigungsdrink und du erzählst mir deinen Traum.«

Sie nickte, ohne ihre Nase aus dem Katzenfell zu ziehen.

Er machte noch ein Feuer im Kamin und ging zurück ins Bad. Dort drehte er erst mal die Dusche ab, lehnte sich mit seiner Stirn gegen die Glasfliesen und machte den ersten echten Atemzug, seit er Eve hatte schreien hören und eilig losgelaufen war.

Sie hatte so geschrien, als hätte jemand ihr mit einer Axt eins ihrer Beine abgehackt. Sie hatte immer noch geschrien, als er versucht hatte, sie aus den Fängen des Albtraums zu befreien. Selbst als sie irgendwann die Augen aufgerissen hatte, waren ihre Schreie nicht verebbt.

Er fuhr sich mit der Hand durchs nasse Haar, schlang sich ein Handtuch um die Hüften und kehrte ins Schlafzimmer zurück.

Er programmierte ihren AutoChef auf das Beruhigungsmittel, das sie beide brauchten, ging zum Bett, wo sie immer noch mit dem Kater auf dem Schoß und das Gesicht in seinem Fell vergraben saß, und hielt ihr eins der beiden Gläser hin.

»Trink erst mal einen Schluck und dann erzähl.«

Sie hob das Glas an ihren Mund und dann fing sie stockend zu erzählen an. »Am Anfang wusste ich, dass es ein Traum war, aber dann nicht mehr. Ich war am Tatort einer Bombenexplosion, alle achtzehn Toten lagen dort. Die Überreste all der Toten waren überall im Raum verstreut und an einer von den Wänden hatte jemand ihre Namen aufgeschrieben. Alle achtzehn Namen. Ich kannte sie und wusste, dass es ihre Namen waren.«

Er küsste ihr die Hand. »Ich weiß, dass du die Namen kennst.«

»Dann habe ich die beiden dort in schwarzen Sachen und mit weißen Masken stehen und miteinander flüstern sehen, aber ich hatte meine Waffen nicht dabei. Ich hatte keine Waffe, deshalb bin ich unbewaffnet auf sie losgegangen, aber ... dann war da diese unsichtbare Wand. Ich konnte sie durch die verdammte Scheibe sehen, aber kam nicht an sie heran. Sie haben mich auch gesehen und plötzlich konnte ich sie hören und wusste ...« Sie erschauderte.

»Dann haben sie die Masken abgenommen, aber ich wusste schon vorher, dass es unsere Väter waren.«

Er legte traurig eine Hand an ihr Gesicht. »Wir werden sie wahrscheinlich niemals völlig los, nicht wahr?«

Sie schüttelte den Kopf und dann erzählte sie ihm noch den Rest.

»Da war ein zweiter Raum, ein anderer Raum, der voll mit Leuten war. Immer wenn ich hingesehen habe, waren es noch mehr. Aber du warst nicht dort. Ich dachte, dass du mit den beiden anderen in dem andern Zimmer wärst. Als ihr Gefangener. Ich hätte dich dort rausgeholt. Ich hätte einen Weg gefunden und dich rausgeholt.«

»Natürlich.« Ihm brach jedes Mal das Herz, wenn er sie weinen sah, eilig küsste er ihr die Tränen aus dem Gesicht.

»Aber du warst es nicht.« Sie rang erneut nach Luft und kämpfte gegen das Entsetzen, das erneut in ihrem Innern aufstieg, an. »Am Ende konnte ich erkennen, dass ich dort selbst lag. Plötzlich wusste ich, was sie getan hatten. Dann sah ich dich zusammen mit allen anderen, die mir wichtig sind, in diesem anderen Raum. Du hattest eine Sprengstoffweste an.«

Eilig trank sie den letzten Schluck aus dem Glas. »Ich habe dich gerufen, doch du konntest mich nicht hören. Ich habe gegen die verdammte Glasscheibe getrommelt und versucht, sie einzuschlagen, aber als die ersten Risse in der Scheibe waren, hast du schon den Finger auf den Auslöser gelegt. Wenn es mir nicht gelungen wäre, dich zu stoppen … ohne dich hätte mein Leben keinen Sinn. Ich halte alles aus, aber kein Leben ohne dich. Du musst mir schwören, dass du mich nie alleinelässt.«

»*A ghrá,* ich habe diese Bombe nicht gezündet und das wird auch nie passieren. Hatten wir nicht schon besprochen, dass es andere Wege gibt?«

Sie drückte seine Hand so fest, dass er das Weiß ihrer Knöchel sah. »Du musst es mir versprechen. Du musst glauben, dass ich einen Weg gefunden hätte, euch zu retten, und mir schwören, dass du niemals diese Bombe zünden wirst. Na los, versprich es mir.«

»Und wenn ich wirklich der Gefangene gewesen wäre?«

»Hättest du dich irgendwie befreit.«

Er neigte seinen Kopf und gab ihr einen Kuss. »Genau, deswegen kann ich nur noch einmal sagen, was wir vorher schon besprochen haben. Wir finden eine andere Möglichkeit. Ich schwöre dir und du schwörst bitte mir, dass keiner von uns beiden jemals eine solche Bombe zünden wird. Wir finden einen anderen Weg, und zwar, weil wir einander blind vertrauen.«

Sie atmete erleichtert auf. »Ja. Wir finden einen anderen Weg. Das schwöre ich.«

»Ich verspreche dir, dass diese elendigen Schweinehunde und auch alle anderen, die so sind wie sie, niemals gewinnen werden, denn das lassen wir nicht zu.«

Sie lehnte ihren Kopf an seine Schulter und ließ los.

»Du warst schon auf.«

»Ich hatte eine Holo-Konferenz geplant, aber wir sollten noch ein bisschen schlafen, deshalb hole ich die einfach später nach.«

Er würde diese Konferenz verschieben, weil er hoffte, dass sie, wenn er bei ihr bliebe, noch ein wenig schlief.

»Nein, ich stehe besser selbst langsam auf. Es wird mir besser gehen, wenn ich beschäftigt bin, und du ziehst besser langsam einen deiner Weltwirtschaftsführer-Maßanzüge an.« Sie legte eine Hand an seine nackte Brust und spürte dem Herzschlag nach. »Ich schwitze erst mal im Fitnessraum den Rest des blöden Albtraums aus.«

»Okay. Ich nehme an, dass die Besprechung circa eine Stunde dauern wird«, erklärte er und ging zu seinem Schrank.

Während er einen Anzug wählte, saß sie immer noch mit der Decke um die Schultern und dem Kater in den Armen da. »Du bist immer noch ein bisschen angefressen, aber obendrein machst du dir jetzt auch noch Sorgen. Das ist ganz bestimmt nicht leicht für dich.«

Oh ja, sie hatte eine wirklich gute Menschenkenntnis, dachte er und griff nach einem sturmwolkengrauen Hemd. »Ich komme schon zurecht.«

»Weil du sehr gut in Multitasking bist.«

»Auch das«, stimmte er zu und streckte seine Hand nach einer leuchtend blauen Krawatte aus. Während er den Schlips mit einem makellosen Dreiecksknoten band, kam er zurück zum Bett. »Doch abgesehen davon, dass ich immer noch ein bisschen angefressen und in Sorge um dich bin, liebe ich dich mit allem, was ich bin und jemals sein werde.«

In ihren Augen stiegen frische Tränen auf, aber sie drängte sie zurück und sah ihn an. »Auch das.«

Lächelnd neigte er den Kopf und glitt mit seinen Lippen über ihren Mund. Als sie ihm die Arme um den Hals schlang, setzte er sich neben sie, zog sie zu sich heran und bot ihr nochmals an: »Ich kann die Konferenz tatsächlich gern verschieben. Kein Problem.«

Sie schüttelte den Kopf, lehnte sich an ihn und sagte: »Nein, es geht mir wieder gut. Vor allem hast du es in gerade einmal sechseinhalb Minuten hingekriegt, dich herzurichten wie der Gott der Unternehmerwelt.« Sie tippte auf den komplizierten Knoten der Krawatte und erkundigte sich in verständnislosem Ton: »Wie kriegst du so was hin, ohne auch nur hinzusehen?«

»Das ist ein angeborenes Talent.«

»Dann geh jetzt mal mit deinem toll gebundenen Schlips nach nebenan und mach, was so ein Unternehmensgott um diese Uhrzeit macht. Wir sehen uns in einer Stunde oder so.«

»Okay. Bis dann.« Er küsste ihre Stirn und ließ sie dann allein.

Sie sah ihm hinterher und streichelte den Kater, bis er schnurrend seinen Kopf an ihrem Schenkel rieb. Sie hatte Roarke vor allem erzählt, dass sie trainieren würde, damit er sich keine Sorgen machte, aber vielleicht täte ihr die Anstrengung ja wirklich gut.

Mit einem Seufzer stand sie auf, trank einen schnellen Kaffee und zog Laufschuhe, ein Tanktop sowie eine kurze Hose an.

»Es geht mir gut«, erklärte sie, als Galahad mit argwöhnischem Blick verfolgte, was sie tat. »Nach dem Training werde ich auf alle Fälle wieder ganz die Alte sein. Etwas Bewegung würde auch dir nicht schaden, Dickerchen.«

Er blinzelte mit seinen zweifarbigen Augen, doch statt ihr zum Lift und hinunter in den Fitnessraum zu folgen, drehte er sich einfach wieder auf den Rücken und schlief auf der Stelle ein.

Sie wählte eine Laufstrecke am Strand, genoss für einen kurzen Augenblick den Anblick, die Geräusche und das herrliche Gefühl der blauen Wellen und des weißen Sands und lief dann los.

Nach gut zwei Meilen stellte sie das Denken ein und als sie nach drei Meilen angenehm verschwitzt war, trank sie einen halben Liter Wasser und stemmte Gewichte, bis die Muskeln ihrer Arme vor Erschöpfung zitterten.

Sie hätte trotzdem gerne noch auf den Droiden eingedroschen, der ihr Sparringspartner war, wenn Roarke nicht zur Verfügung stand, inzwischen aber war die Stunde, die sie für das Training vorgesehen hatte, um.

»Beim nächsten Mal haue ich dich kurz und klein«,

versprach sie ihm und wandte sich nach ein paar kurzen Dehnübungen zum Gehen.

Bei ihrer Rückkehr hatte Galahad den Schlafplatz auf dem Bett geräumt. Wahrscheinlich war er unten in der Küche und ließ sich von Summerset sein Frühstück geben, dachte sie und ging ins Bad, um dort unter der kochend heißen Dusche noch die letzten Überreste ihres Albtraums fortzuspülen.

Bis Roarke zurückkam, trug sie eine schwarze Hose und ein weißes Hemd, hatte ihr Schulterholster angelegt und Frühstück auf den Tisch gestellt.

»Warst du ein gütiger oder ein rachsüchtiger Gott der Unternehmenswelt?«

»Teils, teils. Ich dachte mir, es wäre gut, wenn ich sie noch im Ungewissen lasse, was genau ich will.« Sie wirkte wieder wie sie selbst, erkannte er. Bereit, den Schurken von New York das Leben schwer zu machen, und so stark, als brächte nichts und niemand und vor allem keine blöden Träume sie je aus dem Gleichgewicht.

Erleichtert schenkte er sich einen Kaffee ein, füllte ihren Becher wieder auf und war nicht wirklich überrascht, als er die Glocken von den Tellern nahm und einen Berg von Waffeln sah.

Mit einem Lächeln auf den Lippen setzte er sich zu ihr auf die Couch. »Womit fängst du heute deine Arbeit an?«

»Ich fahre sofort nach dem Frühstück aufs Revier, bereite dort ein Briefing vor und lege fest, wer mit wem sprechen soll.« Sie ertränkte ihre Waffeln wie gewohnt in so viel Ahornsirup, dass ihr Mann bereits beim Hinsehen Zahnschmerzen bekam. »Mit zwei Teams kriegen wir sicher einen großen Teil der Leute auf der Liste durch. Oder finden jemanden, den ich an die verdammte Tafel hängen kann.«

»Dann hoffe ich auf Letzteres. Was kann ich heute tun?«

»Konzentrier dich einfach darauf, dass niemand dir deine Herrschaft über die weltweite Wirtschaft streitig macht.«

»Das tue ich tagtäglich und mit Freunde, weil es wirklich unterhaltsam und dazu noch profitabel ist. Aber da ich nun einmal ein Talent fürs Multitasking habe, hätte ich daneben gern auch noch was anderes zu tun.«

»Dann folg der Spur des Geldes. Ja, okay, auch das machst du tagtäglich und mit Freuden«, kam sie ihm zuvor und schob sich ein Stück aufgeweichter Waffel in den Mund. »Der Tag fängt einfach heller an, wenn's morgens Waffeln gibt.«

»Bisher ist es noch dunkel.«

»Aber wenn es hell wird, wird es heller sein als sonst. Am besten kümmerst du dich weiter um die Aktien und die Bilder, denn wenn wir nicht langsam irgendwelche Fortschritte erzielen ...« Entschlossen pikste sie das nächste Waffelstück mit ihrer Gabel auf. »Wir haben achtzehn Tote, also setz im Notfall ruhig auch die nicht zugelassenen Computer für die Suche ein.«

»Ich würde sicher eher etwas finden, wenn ich keine Rücksicht auf die dämliche Computerüberwachung nehmen müsste«, stimmte er ihr zu.

»Das glaube ich, denn schließlich hast du diese Kisten schon des Öfteren benutzt. Ich bestelle alle Leute von der Liste zur Vernehmung aufs Revier. Wenn ich der

Ansicht wäre, dass sie durch sind und nicht auch noch einen dritten Anschlag planen …«

»Du würdest sie auch ohne meine Hilfe finden. Vielleicht würde es ein bisschen länger dauern, aber früher oder später wüsstest du, wer deine Täter sind.«

»Nur wäre dieses Später meiner Meinung nach nicht früh genug. Sie hatten einen Notfallplan, falls etwas in einem von den beiden Fällen schiefgelaufen wäre, und den setzen sie jetzt sicher auch noch um.«

»Vielleicht haben sie ja auch von Anfang an drei oder noch mehr Anschläge geplant.«

»Bei Quantum und bei Richie standen sie am Ende zeitlich ziemlich unter Druck, denn dass das Meeting und die Ausstellungseröffnung so dicht nacheinander kämen, hatten sie sicher nicht erwartet. Wahrscheinlich hatten sie mehr Zeit zwischen den Attentaten eingeplant. Und hätten dann noch einmal zuschlagen wollen, denn sie sind Spieler und die meisten Spieler sehen die Drei als eine Glückszahl an, nicht wahr?«

»Wahrscheinlich sieht ein Spieler jede Zahl als Glückszahl an, mit der er etwas gewinnt. Wobei die meisten Spieler wirklich abergläubisch sind und diese beiden haben wahrscheinlich gerade das Gefühl, sie hätten eine Glückssträhne, die es nach Kräften auszunutzen gilt.«

»So sehe ich das auch. Es wäre durchaus logisch, noch einmal auf dem Aktien- oder Kunstmarkt zuzuschlagen, doch ich habe bisher nichts hier in New York gefunden, was für einen dritten Coup in Frage kommt. Wie viele große Unternehmen wollen hier augenblicklich schon zusammengehen und wie viele Künstler kommen hier gerade groß heraus?«

»Wie sieht es an anderen Orten in den Staaten und in anderen Ländern aus? Die Welt ist voll mit Unternehmen, die fusionieren wollen, und mit Künstlern, die am Anfang ihrer Karriere stehen.«

»Das stimmt. Vielleicht versuchen sie beim dritten Mal ja anderswo ihr Glück. Nur müssten sie den Mann, der ihre nächste Bombe zünden soll, und die Familie beobachten, um herauszufinden, ob sie ihn dazu bewegen können, nicht nur eine Reihe Morde, sondern beim Verüben dieser Morde auch noch Selbstmord zu begehen. Es könnte sein, dass einer von den beiden diese Arbeit übernimmt, und der andere erst dazukommt, wenn es die Familie einzuschüchtern gilt, aber ich denke, um sich derart aufzuteilen, hängen sie zu sehr voneinander ab.«

Sie schob sich einen letzten Waffelbissen in den Mund und schenkte sich noch einmal frischen Kaffee nach.

»Wobei der eine von den beiden weicher als der andere ist. Bevor sie bei den Rogans abgehauen sind, hat er das Mädchen nicht noch mal ans Bett gefesselt und dem kleinen Jungen hat er sogar etwas vorgelesen, während er an seinem Bett gesessen hat. Wie also kann der Dominantere der zwei darauf vertrauen, dass der Weichere auch weiter bei der Stange bleibt, wenn er nicht andauernd in seiner Nähe ist?«

»Und wie«, fragte sich Roarke, »schafft es der Weichere, den anderen daran zu hindern, noch brutaler vorzugehen, wenn er ihn irgendwo alleine lässt?«

»Genau.« Kopfschüttelnd stand Eve auf. »Es wäre also zu riskant, wenn sich die beiden trennen würden, und bei einer Ausweitung des Zielgebiets kämen außerdem die Kosten für die Reise und die Unterkunft dazu.

Wenn die beiden eine Arbeit haben, würden sie bestimmt nicht so viel Urlaub kriegen, um so lange unterwegs zu sein. Vor allem ist dies New York und alles, was man braucht, findet man hier.«

Über ihr Waffenholster und das weiße Hemd zog sie noch eine schwarze Stoffjacke mit Lederklappen auf den Taschen und mit schmalen ledernen Manschetten an den Ärmeln an. »Jetzt gilt es herauszufinden, was oder vielleicht auch wen man noch zerstören könnte, um richtig Geld zu machen, und vor allem, welcher treusorgende Ehemann und Vater dieses Mal die Bombe für sie zünden könnte. Am besten streichen wir erst mal die Börse und die Kunstszene und überlegen, was es für andere Ziele gibt.«

Sie füllte ihre Taschen mit dem Kleinkram, den sie immer bei sich trug, und sah Roarke an. »Du spielst auf eine andere Art als sie. Wenn du im Rahmen deiner Arbeit zockst, weißt du genau, wie deine Chancen stehen. Du kennst die anderen Spieler und das Haus, meistens bist du selbst das Haus. Wenn du zum Vergnügen spielst, ist es für dich tatsächlich nur ein Spiel. Aber du spielst auf jeden Fall. Zum Beispiel hast du den Bauernhof in Nebraska nur gekauft, weil es dabei um eine Art von Wette mit mir ging.«

»Es war nicht eine Art von Wette, sondern eine Wette und bisher läuft's ziemlich gut für mich.«

Sie sah ihn aus zusammengekniffenen Augen an. »Der Immobilienmarkt ist auch nichts anderes als ein Spiel.«

»Ach ja?« Er lehnte sich gemütlich auf der Couch zurück. »Natürlich hast du recht.«

Bei dem Gedanken spürte sie ein leises Kribbeln im

Genick. »Was würdest du damit verdienen, diese blöde Farm dort in die Luft zu jagen?«

»Wenn sie gut versichert wäre, was die Versicherung bezahlt, doch so weit würde man nur gehen, um irgendwelche Schulden loszuwerden oder aus einem Vertrag herauszukommen, den man mit irgendwem abgeschlossen hat.«

»Okay, wie ist es mit Häusern in New York?«

»Geht's um ein Haus, das mir gehört?«

»In deinem Fall wahrscheinlich schon. Wobei ich mir in ihrem Fall nicht ganz so sicher bin. Was würden sie dadurch gewinnen, ein Gebäude in die Luft zu jagen oder eine oder mehrere Personen, die mit diesem Haus zu tun haben?«

»Tja nun, das ist ein Puzzle, bei dem noch sehr viele Teile fehlen.«

»Es geht um schnellen Profit.«

»Auch das Gebäude müsste ziemlich gut versichert sein, für die Zerstörung eines ganzen Hauses aber reicht ein Mann mit einer Sprengstoffweste niemals aus. Er könnte es genug beschädigen, dass es an Wert verliert. Dann könnte man es billig kaufen, aber um Profit damit zu machen, müsste man erst in den Wiederaufbau investieren, was heißt, dass dieses Puzzleteil nicht passt. Den Besitzer des Gebäudes zu ermorden, passt aus meiner Sicht genauso wenig in das Puzzle, denn was brächte dessen Tod mir ein?«

»Dir gehören viele Häuser und in deinen Unternehmen gehen Hunderte von Angestellten aus und ein.«

Jetzt stand er auf, trat auf sie zu und legte seine Hände sanft auf ihren Armen ab. »Dort kämen sie niemals rein.«

»Was ist mit den Orten, die du sonst besuchst und die bei Weitem nicht so gut gesichert sind? Für Geschäftsessen und Meetings außerhalb von deinem Firmensitz?«

»Summerset und Caro sind die Einzigen, die immer wissen, wo ich bin«, rief er ihr in Erinnerung.

»Was ist mit den Leuten, die du bei den Meetings triffst? Ich sehe auch noch nicht, was für ein Bild das Puzzle ergibt, wenn es fertig ist, aber nachdem wir ein paar erste Teile haben, könntest du mir einen riesigen Gefallen tun.«

»Und der wäre?«

»Weich von den Terminen, die du heute haben solltest, ab. Ändere die Zeiten, lass noch einmal alle Leute, die in dein Büro gelangen können, überprüfen, und check auch noch einmal alle Leute, die du heute arbeitsmäßig triffst. Und guck, wer heute oder in den letzten Tagen nicht zur Arbeit gekommen ist.«

»Das kann ich tun, vor allem, wenn du dir dann nicht länger unnötige Sorgen machst. Auch das Puzzle nehme ich mir noch mal vor, denn in der Welt der Immobilien kenne ich mich schließlich aus.«

»Sehr gut. Dann fahre ich jetzt aufs Revier und fange schon mal mit der Arbeit an.« Sie gab ihm einen Kuss und bat: »Pass bitte gut auf meinen Gott der Wirtschaft auf.«

»Das mache ich. Pass du andersrum auf meine Polizistin auf.«

Als sie den Raum verlassen hatte, sah er auf die Uhr. Es war noch viel zu früh, um Caro aus dem Bett zu werfen und zu bitten, die Termine, die er heute hätte, zu verlegen, deshalb ging er erst einmal in sein Arbeitszimmer, denn er hatte sowieso noch eine weitere Besprechung von zu Hause aus.

Nach der Konferenz, bevor sein eigentlicher Arbeitstag begänne, würde er sich noch einmal das Puzzle vornehmen.

18

Zum zweiten Mal seit Anfang der Ermittlungen fuhr Eve bereits vor Sonnenaufgang aufs Revier. Sie überlegte, ob sie ihren Körper und ihr Hirn vielleicht darauf trainieren könnte, dass sie sich allnächtlich mit nur vier, fünf Stunden Schlaf zufriedengäben, denn die reichten dem Gehirn und Körper ihres Gatten schließlich auch. Dann käme sie allmorgendlich wie heute dem Berufsverkehr und den verdammten Werbefliegern, die am Himmel einen Höllenlärm machten, zuvor.

Wobei sie nicht öfter nach vier, fünf Stunden schreiend aus einem Albtraum fahren wollte, so wie heute früh.

Er würde auf sich aufpassen, sagte sie sich. Und schließlich waren ihre Träume keine Prophezeiungen. Sie lebte darin einfach ihre düstersten Gedanken und vor allem ihre schlimmsten Ängste aus.

Liebe war der Auslöser. In ihren Träumen und in Wirklichkeit. Wen hatten ihre Täter neben Rogan und Wayne Denby ins Visier genommen, dessen Liebe sich für ihre widerlichen Vorhaben missbrauchen ließ?

Wahrscheinlich einen verheirateten Mann und Vater ihrer Meinung nach nur eines kleinen Kindes, denn je größer die Familie war, umso schwieriger wäre sie zu kontrollieren.

Am besten suchten sie also erst mal nach einem verheirateten Mann mit einem Kind ... von höchstens elf, zwölf Jahren. Der Vater selbst dürfte um die vierzig oder ein paar Jahre drunter oder drüber sein.

Außerdem Eigentümer oder Mieter eines Einfamilienhauses, weil in einem Mehrfamilienhaus die Nachbarn mitbekommen könnten, wenn dort irgendetwas nicht in Ordnung war.

Ein Mann mit einem gewissen Maß an Ansehen und an Macht in seinem Job, ein Mann, bei dem sich niemand wunderte, wenn man ihn dort, wo er die Bombe hochgehen lassen sollte, sah.

Außerdem ging sie jede Wette ein, dass einer oder beide Täter ihren bisherigen Zielpersonen vorher schon einmal irgendwo begegnet waren. Nicht als Freunde oder weil sie direkt in Kontakt gestanden hatten, sondern irgendwo im Fitnessstudio, auf dem Tennisplatz oder beim Golf, in einem Restaurant, im Kino, im Theater oder wenn es um den Kauf eines Paars Schuhe, einer dämlichen Krawatte oder sonst etwas gegangen war.

Sie stellte ihren Wagen in der Tiefgarage ab und auf dem Weg zum Lift dachte sie weiter nach.

Um Denby zu begegnen, hatte ein Besuch in der Galerie gereicht. Als Vertreter, Künstler, Kunstliebhaber oder einfach, um sich dort mal umzuschauen.

Mit dem Gedanken stieg sie in den Fahrstuhl und bemühte sich, die anderen Cops, die kurz vor Ende ihrer Schicht ermattet an den Wänden lehnten, und die Bordsteinschwalbe mit den aufgeschlagenen Knien, dem Veilchen und der aufgeplatzten Lippe, die mit ausdrucksloser Miene vor sich hinstarrte, zu ignorieren.

Nur leider roch die Frau derart nach Sex und Desillusionierung, dass sich Eve fürs Aussteigen entschied und mit dem Gleitband weiterfuhr.

Sie ging direkt in ihr Büro, aktualisierte die Aufzeichnungen und die Tafel, reservierte einen Besprechungsraum, bestellte ihre Leute für das Briefing ein und bat auch Feeney, daran teilzunehmen, falls er nicht mit etwas anderem beschäftigt war.

Da die Wahrscheinlichkeitsberechnung 96,8 Prozent ergab, schrieb sie auch noch an Mira, um zu fragen, wie groß ihrer Meinung nach die Chance war, dass die Täter in New York geblieben waren und einen dritten Anschlag hier verüben wollten.

Sie konnten sich nicht völlig sicher sein, doch wenn die Psychologin ihrer Meinung wäre, hätte das Gewicht.

Dann ging die Sonne auf und als die ersten hellen Strahlen durch das winzig kleine Fenster fielen, machte sie sich noch ein paar Notizen zu den offenen und abgeschlossenen Fällen ihrer Teams, sammelte die Dinge, die sie brauchen würde, ein und machte sich mit den Unterlagen und mit einer Kanne echten Kaffees auf den Weg in den Besprechungsraum.

Sie hängte Bilder an die Tafel, schrieb die Namen und die Daten all der Leute, die sie noch vernehmen müssten, auf, und nahm sich vor, auch Hugo Markin vorzuladen. Nicht nur weil der Kerl ein Arschloch war, sondern weil davon abgesehen irgendetwas nicht mit ihm in Ordnung war. Das spürte sie genau.

Obwohl die Partnerin das schneller hinbekommen hätte, gab sie mühsam selbst alle Daten, die sie auf dem großen Bildschirm haben wollte, ein und gerade als sie damit fertig war, trat Feeney durch die Tür.

»Hättest du nicht eine Viertelstunde früher kommen können?«

»Warum?«

»Schon gut.« Erleichtert, weil sie mit dem Programmieren fertig war, fuhr sie sich mit den Händen durch das Haar. »Du bist früh dran.«

»Warum hast du dann gesagt, ich hätte früher kommen sollen? Ist das da echter Kaffee?«

»Ja.«

Er schenkte sich begeistert ein. »Auf meinem Schreibtisch türmt sich die Papierarbeit und um die wegzukriegen, bin ich heute extra etwas früher aufgetaucht. Aber jetzt habe ich ja einen guten Grund, den Mist noch etwas vor mir herzuschieben, und dazu gibt's auch noch richtigen Kaffee. Das heißt, bisher ist es ein wirklich guter Tag.«

Begierig hob er seinen Becher an den Mund. »Bevor die beiden Turteltauben kommen – gibst du Peabody trotz dieses zweiten Anschlags übers Wochenende frei?«

»Ja. Ich wollte ihren Urlaub canceln, aber Roarke springt für sie ein. Wie konnte es nur dazu kommen, dass ich einen Zivilisten ihre Arbeit machen lasse, damit sie zu den verdammten Oscars fliegen kann?«

»Er ist genau die richtige Zivilperson für diesen Job.«

»Das ist er, aber trotzdem ... Scheiße. Willst du damit sagen, dass du Ian doch nicht fliegen lassen kannst?«

»Nee. Ich habe jede Menge anderer guter Kids, du kannst Callendar bekommen, falls du sie brauchst, denn schließlich kommt sie gut mit dir und deinen Leuten klar. Im Übrigen hat meine Frau gesagt, dass ich mir dieses Jahr die Oscarverleihung mit ihr ansehen muss.« Er starrte grimmig in den Rest seines Kaffees. »Es ist deine Schuld, dass ich mir jetzt all diese Typen in den schicken Kleidern ansehen und mir ihre blöden Reden anhören muss.«

»Meine?«, fragte Eve empört. »Beschwer dich bei Nadine.«

»Das mache ich ganz sicher noch.« Er ging die Namen und Gesichter an der Tafel durch und fragte sie: »Wie sicher bist du, dass die beiden Namen an der Tafel stehen?«

»Zumindest einer von den beiden ist dabei. Das weiß ich ganz genau. Denn niemand kommt in eins von Roarkes hervorragend gesicherten Gebäuden rein, wenn er nicht selbst dort wohnt oder zugangsberechtigt ist. Das heißt, dass einer von den beiden, vielleicht auch beide entweder dort leben oder das Gebäude kennen, denn schließlich kannten sie auch Banks. Ich weiß genau, dass es so ist, und das hier sind die Leute, auf die das Profil der Täter meiner Meinung nach am ehesten passt.«

Auch sie holte sich einen Kaffee und fügte hinzu: »Ich muss mir die verdammte Oscarverleihung auch ansehen.«

»Da bist du selbst schuld.«

»Ich habe einfach meinen Job gemacht«, widersprach sie frustriert. »Nadine hat das verdammte Buch und dann auch noch das Drehbuch für den blöden Film geschrieben und wenn sie jetzt dieses Ding verliehen bekommt, wird es noch schlimmer als bisher. Schon jetzt erklären mir die Leute ständig: Oh, Sie sind der Cop aus diesem Buch oder aus diesem Film! Ich bin ein Riesenfan von Ihnen! Als würde mich das interessieren. Wenn sie jetzt noch diesen blöden Oscar kriegt, wird es bestimmt noch nerviger.«

Bevor sie weiterjammern konnte, tauchte der Commander auf.

»Sir.«

»Lieutenant, Captain. Mir ist Ihre Reservierung dieses Konferenzraums aufgefallen. Ich bin nur kurz auf dem Revier, denn heute findet die Gedenkfeier für Derrick Pearson statt.« Er wandte sich der Tafel zu. »Inzwischen haben wir noch fünf Tote mehr.«

»Die Sache setzt uns allen zu, Commander«, stellte Feeney fest.

»Da haben Sie recht.«

Eve wusste, dass die beiden Männer sich schon ewig kannten, aber sich in diesem Rahmen als Jack und Ryan anzusprechen, hätte einfach nicht gepasst.

»Sind das hier Ihre Hauptverdächtigen?«

»Bisher ja, Sir.«

»Ihrem Bericht nach haben Sie noch keine direkte Verbindung entweder zu Rogan oder Denby ausfindig gemacht.«

»Weder zu den beiden noch zu einem der anderen Opfer, Sir.«

»Also auch nicht zu Derrick«, murmelte ihr Boss. »Falls ich eins der Gesichter auf der Feier sehe …«

»… würde ich es sehr zu schätzen wissen, wenn Sie die Person mit auf die Wache brächten, Sir.«

»Darauf können Sie sich verlassen«, sicherte Whitney

ihr grimmig lächelnd zu. »Ich bleibe noch zum Briefing, bis ich losmuss. Ist das in der Kanne richtiger Kaffee?«

»Ja, Sir.«

Sie schenkte ihm persönlich ein, während ein Stampfen und ein Tänzeln aus dem Flur verrieten, dass die Partnerin und deren Schatz im Anmarsch waren.

»Peabody …« Eve runzelte die Stirn, als sie das wilde Muster des Schals und das Leuchten ihrer Augen sah. »Bevor Sie sich's gemütlich machen, holen Sie noch eine Kanne Kaffee aus meinem Büro.«

»Das mache ich mit Freuden! Guten Tag, Commander! Hallo, Feeney! Ich bin sofort wieder da!« Sie hüpfte fröhlich aus dem Raum und lächelnd hob McNab die schmalen Schultern an.

»Sie ist ein bisschen aufgedreht.«

»Sie ist ein bisschen *was*?«

»Sie hat was eingeworfen, um sich wach zu halten. Natürlich etwas von dem offiziell erlaubten Zeug«, schränkte er eilig ein. »Sie und auch ich sind wirklich dankbar, dass wir zu der Oscarverleihung fliegen können, deshalb haben wir eine Nachtschicht eingelegt. Noch einmal tausend Dank, Dallas.«

»Ich will nicht, dass Sie davon sprechen. Halten Sie den Mund.«

»Okay, aber Sie müssen wissen, dass sie diese Energiepillen nicht wirklich gut verträgt, außerdem hat sie sich noch über unsere Espresso-Notvorräte hergemacht. Wir haben uns dieses Zeug zu Weihnachten geschenkt und ein Vermögen dafür hingelegt. Wie dem auch sei, sie hat auch noch Espresso in sich reingekippt, deswegen ist sie jetzt ein bisschen aufgedreht.«

»Ich hoffe nur, dass Sie sie trotzdem irgendwie unter Kontrolle haben«, warnte Eve.

»Ich werde es versuchen«, sagte er ihr zu.

Sie presste sich die Finger vor die Augen und hoffte, dass Detective Baxter und der junge Trueheart einen Ausgleich für die Hektik schaffen würden, mit der Peabody nach ihrer Rückkehr den Schal und den Mantel durch die Gegend warf. Zumal das Pink des Mantels Eve beinah noch lieber war als die elektrisch blaue Jacke, die die Partnerin zu einem schreiend roten Pulli mit grellrosa Rüschen und, *oh Gott*, zu einer neongrünen Hose mit grellrosa Blumen an den Seiten trug.

»Peabody«, stellte Baxter lachend fest. »Sie sehen wie ein Garten aus.«

»Schließlich fängt bald das Frühjahr an! Kaffee!«

»Sie kriegen keinen!«, schnauzte Eve sie an.

»Au.«

»Sie kriegt nur Wasser«, wandte Eve sich an McNab. »Nur Wasser.«

»Alles klar.«

»Setzen.« Eve nahm Peabody, die, wie sie resigniert bemerkte, nicht nur wie ein Garten aussah, sondern obendrein so roch, die Kaffeekanne aus der Hand. »Ich werde kurz zusammenfassen, wo wir stehen, und dann erläutern, wie es weitergeht. Aber vielleicht gibt's vorher noch irgendetwas, was Feeney uns erzählen kann.«

»Das Vorgehen der Täter bei den Einbrüchen bei Rogan und bei Denby war gleich. Wir haben auf den Daten- und den Kommunikationssystemen beider Männer im Büro und auch zu Hause sowie auf den Geräten ihrer Frauen und Kinder nichts gefunden, was sie mit den Bombenattentaten in Verbindung bringt. Wir stimmen mit den Mordermittlern darin überein, dass die beiden Männer nicht mit unseren Tätern unter einer Decke steckten, sondern zu diesen Anschlägen gezwungen worden sind.« Er räusperte sich.

»Bei Banks sieht es ein bisschen anders aus. Je mehr wir uns mit ihm befassen, umso zwielichtiger kommt der Mann uns vor. Bisher haben wir nichts, was ihn direkt mit diesen Attentaten in Verbindung bringt. Wenn sie ihn nicht ermordet hätten, würde er wegen Betrugs, Veruntreuung, Geldwäsche und verschiedenen anderen Kleinigkeiten hinter Gitter gehen, aber er lebt nun mal nicht mehr. Er hatte ein paar Spielschulden – nicht hoch genug, um irgendwelche Knochenbrecher loszuschicken –, aber vielleicht haben sie ja was mit unserem Fall zu tun. Das hattest du auch selbst schon in deinem Bericht erwähnt«, wandte er sich an Eve.

»Wir gehen der Sache weiter nach«, bestätigte sie ihm.

»Außerdem hat McNab vergangene Nacht noch ein paar Sachen ausgegraben«, meinte er und nickte seinem elektronischen Ermittler zu.

»Wir haben einen eingehenden Anruf auf dem Link in seinem Haus«, begann McNab. »Er hatte in der Speisekammer noch ein Link, das von dem Einbrecher anscheinend übersehen worden ist.«

»Ein Link in seiner Speisekammer?«

»Ja«, bestätigte er Eve. »Ein Mini-Link, das dort vielleicht für seine Hauwirtschaftsdroiden lag. In der Nacht, bevor man ihn ermordet hat, ging dort ein Anruf ein, und zwar um kurz vor Mitternacht. Wobei der Anrufer ihm keine Nachricht hinterlassen hat. Auch auf Denbys

Haus-Link wurde angerufen, zwei Stunden davor. Als jemand dranging, wurde einfach wieder aufgelegt. In Richies Wohnung wurde, nur Minuten bevor im Salon die Bombe hochging, angerufen, und um zehn nach zehn am Abend vor dem Einbruch in das Haus von Rogan ging dort ebenfalls ein Anruf ein, auch als er dranging, wurde einfach aufgelegt.«

Er legte unauffällig eine Hand auf Peabodys wippendes Knie, bevor er weitersprach. »All diese Anrufe hat ein Cloner abgesetzt. Wir können das Gerät nicht finden, doch wir können zurückverfolgen, woher die Anrufe gekommen sind. Den Anruf, der bei Richie einging, haben wir zuerst zurückverfolgt. Er hatte nur dies eine Haus-Link und das hat er kaum benutzt. Der Anrufer muss direkt vor dem Haus gestanden haben.«

»Um sich zu vergewissern, dass tatsächlich niemand in der Wohnung ist«, schloss Eve. »Denn vielleicht hätte Richie ja Besuch von einem Freund oder von einer Frau gehabt, der oder die noch da war, als er selbst in den Salon gefahren ist.«

»So sehen wir das auch. Vor allem, weil es bei Banks genauso war. Auch er lebte allein und hat das Haus-Link kaum benutzt. Wobei in seinem Fall der Anrufer sogar im Haus war.«

»Im Haus?«

»Ja, Ma'am.«

Eve wandte sich der Tafel zu. »Das heißt, dass einer von den beiden entweder dort wohnt, auf einer Gästeliste stand oder Angestellter eines Lieferanten ist. Ich gehe davon aus, dass er dort wohnt. Banks hat die beiden an dem Abend kontaktiert, das Haus ist gut gesichert und ich kann mir irgendwie nicht vorstellen, dass die Killer zufällig am selben Abend einen Job dort hatten oder zufällig auf eine Party in dem Gebäude eingeladen waren. Also siedeln wir die Gäste und die Lieferanten weiter unten auf der Liste an. Natürlich werden wir mit denen, die zum Profil der Täter passen, sprechen, aber erst mal nehmen wir uns die Bewohner vor. Was ist mit den anderen Anrufen?«

»Der Anrufer bei Rogan stand einen Block südlich vom Haus. Den habe ich zurückverfolgt, bevor ich heute Morgen losgefahren bin. In der U-Bahn habe ich mir den bei Denby vorgenommen und wenn Sie mir noch eine Viertelstunde geben, habe ich den auch zurückverfolgt.«

»Dann machen Sie sich wieder an die Arbeit, obwohl ich mir jetzt schon sicher bin, dass sie dort nach dem gleichen Muster vorgegangen sind. Am meisten interessiert mich erst einmal der Anruf, der aus dem Inneren des Gebäudes kam.«

»Okay, dann fasse ich jetzt erst einmal zusammen, wo wir stehen«, begann Eve, doch gleichzeitig stand Whitney auf.

»Ich muss jetzt leider gehen. Detective McNab, das haben Sie sauber hingekriegt.«

»Danke, Sir.«

»Bringen Sie sie zur Strecke, Lieutenant.«

»Ja, Sir.«

Auf dem Weg nach draußen blieb er kurz dort stehen, wo Peabody noch immer strahlend mit den Beinen wippte, und fragte McNab: »Was sie genommen hat, ist tatsächlich legal?«

»Ja, Sir. Absolut, Sir. Es war eben eine lange Nacht.«

»Sorgen Sie dafür, dass sie beim nächsten Mal die halbe Dosis nimmt.«

»Ich bin mir sicher, dass es am Espresso liegt, Commander.«

»Bestimmt.« Kopfschüttelnd wandte Whitney sich zum Gehen.

Peabody sah ihm kichernd hinterher, warf eine Hand vor ihren Mund und murmelte: »Es tut mir leid. Das war nicht witzig.«

Schweigend beschloss Eve, dass sie diesmal selbst die Bilder von den Tatorten und den Beweisen auf den Bildschirm bringen würde, während sie den anderen berichtete, wie weit ihre Ermittlungen gediehen waren.

»Bisher haben wir nichts, was eins der achtzehn Opfer mit diesen Verbrechen in Verbindung bringt. Banks ist der Einzige, der Willimina Karson, also eins der Opfer von dem ersten Anschlag, kannte, der offenbar Kontakt zu unseren Tätern hatte und der als Galerist auch mit dem toten Maler in Kontakt gestanden hat. Also konzentrieren wir uns jetzt zuerst auf die Leute an der Tafel, die im selben Haus wohnen wie Banks.« Sie sah ihre Leute an.

»Sie haben die Profile unserer Täter und ich habe jedem Zweierteam die Leute zugeteilt, mit denen es sprechen soll. Wir müssen davon ausgehen, dass sie noch nicht fertig sind. Sie haben noch ein drittes Ziel. Mit dem haben sie sich bereits ausführlich befasst, deswegen schlagen sie bestimmt bald zu. Suchen Sie nach Verbindungen zu Immobiliengeschäften.«

»Immobilien?«, fragte Baxter überrascht.

»Das wäre eine Möglichkeit. Vielleicht haben sie es

auch auf irgendetwas Neues abgesehen, was bald auf den Markt kommen soll. Zum Beispiel eine neue Technik oder so. Es geht darum, jemanden oder etwas aus dem Verkehr zu ziehen, weil sich dadurch Gewinn erzielen lässt. Um irgendeinen Deal, der gerade in der Mache ist. Um irgendwas, was bald herauskommen soll oder bekannt gegeben wird. Sie haben gerade eine Glückssträhne, wobei es zwar nicht unbedingt wahrscheinlich, aber durchaus möglich ist, dass dieser dritte Anschlag nicht hier in New York stattfinden soll. Behalten Sie die Möglichkeit also im Kopf. Konzentrieren Sie sich auf die Sachen, die hier in der Gegend laufen, aber schließen Sie auch alles andere nicht aus.«

Sie rief die nächsten Bilder auf. »Karson hat Banks von den Fusionsplänen erzählt, also suchen Sie nach familiären oder romantischen Beziehungen. Vielleicht hat irgendwer, wenn auch beiläufig, jemandem etwas erzählt, der eine Verbindung zu den Tätern hat. Oder vielleicht betrügt jemand seinen Partner oder seine Frau und wurde deshalb unter Druck gesetzt, damit er irgendwelche Infos weitergibt. Bedenken Sie auch diese Möglichkeit.«

Sie schaltete den Bildschirm aus. »Auf geht's. McNab, sobald Sie den Ort haben, kriege ich Bescheid.«

»Ich will ein Abschiedsküsschen!«, juchzte Peabody und als sie fordernd ihre Lippen spitzte, lächelte McNab sie selig an.

Dann aber riss er sich zusammen, bedachte Eve mit einem flehenden Blick und rüde raunzte die: »Jetzt ist es aber wirklich gut, Peabody! Wenn Sie sich nicht benehmen, sperre ich Sie höchstpersönlich in die erste freie

Zelle, bis die Wirkung dieser Pille, die Sie eingeworfen haben, nachgelassen hat.«

Der Kussmund wurde zu einem Schmollmund, aber Eve erklärte barsch: »Sie kommen jetzt auf der Stelle ohne Ihr verdammtes Abschiedsküsschen mit!«

Die Partnerin stand auf und tänzelte ihr hinterher. »Es fühlt sich einfach super an! Mein Hirn ist voller Farben! Alles ist so herrlich bunt!«

»Sie selbst sind so bunt, dass ich davon fast blind werde. Bedecken Sie das Zeug mit Ihrem Mantel und dann setzen Sie sich wieder hin und seien vor allem still. Ich muss noch mit den anderen reden, denn neben unseren Tätern bringen auch noch andere Leute andere Leute um.«

»Das macht mich traurig.«

»Dann seien Sie traurig, aber still.«

Da ihre Augen bereits brannten, gab sich Eve die größte Mühe, während der Besprechung der verschiedenen anderen aktuellen Fälle den vollkommen irren Regenbogenschlips von Jenkinson und Reinekes mit lauter aufgeputschten Kätzchen übersätes Sockenpaar zu ignorieren.

Dann ging sie weiter zu Carmichael und Santiago, brachte sie bezüglich der Ermittlungen zu Denby auf den neuesten Stand und wandte sich schließlich deren eigenem, neustem Fall – einem im Battery Park erschlagenen Funky-Junkie – zu.

Dann kehrte sie zurück zu Peabody, die offenkundig ihre Trauer überwunden hatte, denn inzwischen hatte sie sich die Lippen leuchtend rosa angemalt und tänzelte zu einem Lied, das nur sie selbst hörte, hinter ihrem Schreibtisch hin und her.

»Hören Sie auf herumzuhampeln und kommen Sie mit.«

»Na klar!«

Eve stapfte Richtung Tür, machte dann aber zähneknirschend noch einmal kehrt, als ihre Partnerin mit einem breiten Lächeln einfach weiter hinter dem Schreibtisch stand. »Meine Güte, Peabody, jetzt kommen Sie endlich mit.«

»Okey doke!« Sie trottete ihr grinsend hinterher. »Ist Ihnen jemals aufgefallen, Dallas …«

»Nein. Halten Sie den Mund.«

Die Partnerin fing fröhlich an zu summen und Eve nahm freiwillig den überfüllten Fahrstuhl in die Tiefgarage, denn zumindest wurde dort das dämliche Gesumme übertönt.

In ihrem Wagen holte sie tief Luft und herrschte Peabody noch einmal an. »Wenn Sie sich nicht zusammenreißen, sperre ich Sie hier im Wagen ein und führe die Vernehmungen alleine durch.«

»Aber wir sind Partnerinnen und Sie haben selbst gesagt, ich soll mir den Arsch aufreißen, wenn ich Freitag zu den Oscars fliegen will. Ich kann nicht aufhören«, fügte sie mit einem Hauch von Panik in der Stimme noch hinzu, als Eve aus der Lücke fuhr. »Ein Teil von meinem Hirn sagt sich die ganze Zeit, verdammt, was machst du da? Aber der Rest von mir ist einfach glücklich und vor allem ist alles herrlich bunt! Sehen Sie da vorn! Die Frau mit dem kleinen Hund hat rote Stiefeletten an. Ich liebe rote Stiefeletten. Ah, ich wünschte mir, wir hätten einen kleinen Hund. Den würde ich dann Cuddles nennen und – aua!«

Peabody ließ die Schultern sinken und rieb sich den

Arm, auf den sie von Eve geschlagen worden war. »Ich kann einfach nicht aufhören.«

»Versuchen Sie es wenigstens.«

»Wissen Sie, wir haben die ganze Nacht gearbeitet, denn schließlich haben wir diesen Fall und wollen trotzdem mit Nadine nach New LA. Oh, ich hoffe so, dass sie gewinnt! Ich kann es nicht erwarten, sie – aua!«

»Wenn Sie so weitermachen, brauchen Sie wahrscheinlich Ganzkörper-Make-up, wenn man die blauen Flecke, die ich Ihnen noch verpasse, dort nicht sehen soll.«

»Ich wollte eigentlich nur sagen, dass wir kaum geschlafen haben und dass ich mein Gehirn nicht abstellen konnte wegen unseres Falls und weil ich zu den Oscars fliegen darf! In Ordnung, autsch. Nur war ich eben heute Morgen völlig durch den Wind, aber ich wollte trotzdem alles geben. Alles, was ich geben kann. Deswegen habe ich die Energiepille geschluckt, aber die hat nicht funktioniert, mir war noch immer total schwummrig. Dann dachte ich an den Espresso und anscheinend hat der funktioniert, auch wenn ich weiß, dass man nach einer solchen Pille keinen Kaffee trinken soll. Vor allem keinen echten. Den haben ich und Ian uns zu Weihnachten gegönnt. Ich *liebe* meinen Schatz. Er ist der beste Freund der Welt! Und wir – aua!!!«

»Hören Sie auf zu reden. Hören Sie einfach auf. Ich weiß, warum Sie diese Pille eingeworfen haben, nur deshalb suche ich jetzt nicht nach einem stumpfen Gegenstand, mit dem ich Sie verdreschen und dann auf die Straße werfen kann, damit ein blöder Maxibus Sie überfährt.«

»Vielleicht sollte ich eine Ausnüchterungspille nehmen. Ich bin zwar nicht betrunken, aber …«

»Nein. Sie werfen ganz bestimmt nicht noch was anderes ein. Am besten trinken Sie einfach Wasser.« Eve zog eine Flasche aus dem Schlitz des AutoChefs. »Hier, trinken Sie.«

»Ich muss auch so schon Pipi machen.«

»Gut. Je eher das Zeug aus Ihnen raus ist, umso besser.«

»Wo fahren wir denn hin? Gibt's da ein Klo, auf dem ich Pipi machen kann?«

»Auf jeden Fall. Los, trinken Sie. Mikhail Kinski wohnt im selben Haus wie Banks. Sechsundvierzig Jahre, Ex-Soldat, geschieden. Aktenkundig wegen häuslicher Gewalt. Als Wachmann bei Dobb-Pinkerton Financial angestellt.«

Peabody tippte ihre Schläfe an. »Ich habe alles abgespeichert.«

»Gut. Denn wir sind da.«

»Super, weil ich jetzt allmählich wirklich dringend Pipi machen muss.«

Eve stellte ihren DSL in einer Lücke auf dem oberen Parkdeck rechts der Straße ab. »Jetzt machen Sie erst mal Ihr Cop-Gesicht und halten den Mund. Sie werden nur beobachten, sonst nichts. Solange niemand einen Spieß in Ihren Hintern rammt, will ich aus Ihrem Mund nichts hören, hinter das man ein Ausrufezeichen setzen muss.«

»Das würde sicher furchtbar wehtun.«

»Allerdings. Eines können Sie mir glauben: Wenn es sein muss, finde ich so einen Spieß.«

Sie hoffte nur, der kurze Gang, die frische Luft und

das getrunkene Wasser würden ihre alte Partnerin zurückbringen.

Während Peabody beim Anblick der mit Blattgold übersäten Eingangshalle mit den grünen Marmorsäulen die Augen überquollen, ignorierte Eve das üppige Dekor und all die Leute, die in schwarzen Anzügen, mit Knöpfen in den Ohren und winzig kleinen Handcomputern aus den Fahrstühlen stiegen oder auf dem Weg zu einem Fahrstuhl waren.

»Da.« Sie wies auf ein Toilettenschild. »Aber machen Sie schnell.«

»Aye, aye, Ma'am.«

Als Peabody zum Pipimachen lief, trat Eve an den Empfang und wies sich dort mit ihrer Marke aus.

»Mikhail Kinski.«

Eine muskulöse Frau, die so wie alle anderen einen schwarzen Anzug trug, las die Marke ein und wirkte fast etwas enttäuscht, als sie erkennen musste, dass es keine Fälschung war.

»Mr. Kinski arbeitet am Drehkreuz A. Dort kommen Sie nicht alleine hin. Am besten gebe ich ihm kurz Bescheid, dass er Sie abholen soll.«

»Okay.« Eve blickte auf die Tür, durch die die Partnerin entschwunden war, und hoffte nur, sie würde Peabody nicht von dem Spiegel wegzerren müssen, vor dem sie sich, ein gut gelauntes Liedchen auf den frisch geschminkten Lippen, noch mit einer Bürste durch die Haare fuhr.

Zu ihrem eigenen Glück kam Peabody allerdings von selbst zurück. Sie hatte immer noch ein breites Grinsen im Gesicht, zumindest aber sah sie nicht mehr völlig irre aus.

»Die Klos hier sind genauso schick wie das Foyer.«

»Wie schön. Hören Sie trotzdem auf, so blöd zu grinsen, ja?«

Jetzt machte ihre Partnerin ein übertrieben grimmiges Gesicht. Die Wirkung wurde zwar durch den pinkfarbenen Lippenstift geschmälert, aber es war besser als das dumme Grinsen, dachte Eve und blickte auf den Mann, der in dem Augenblick aus einem Fahrstuhl stieg.

Genauso sah Kinski auch auf seinem Passbild aus. Ein gut gebauter Mann mit kurz geschorenem silberblondem Haar, eisblauen Augen und den makellosen, maskulinen Zügen einer Gottheit, die im kalten Norden heimisch war.

Mit festen Schritten kam er auf sie zu, als er abermals um ihre Marken bat, hielt Eve ihm ihre hin und rempelte die Partnerin mit dem Ellenbogen an, bis sie sich ebenfalls auswies.

Mit einem Miniscanner las er die Marken ein und sah sie fragend an.

»Lieutenant, Detective, worum geht es?«

»Wir können hier vorn reden, an Ihrem Arbeitsplatz oder irgendwo, wo wir alleine sind.«

»Das kommt darauf an, worum es geht.«

»Den Mord an Jordan Banks.«

Er machte auf dem Absatz kehrt und führte sie zum Lift.

»Am besten sprechen wir in meinem Büro, doch bitte fassen Sie sich kurz. In einer Viertelstunde führen wir einen Systemcheck durch.«

Er nahm den Lift mit einer Schlüsselkarte und mit seinem Daumenabdruck in Betrieb. Nach kurzer Fahrt gingen die Türen wieder auf und sie betraten einen Flur, an dessen beiden Enden Eve zwei gut gesicherte und obendrein mit Kameras bestückte Flügeltüren sah.

Kinski ging nach links und öffnete mit seiner Schlüsselkarte und mit seinem Daumenabdruck eine Tür zu einem kleinen, spartanisch eingerichteten Büro mit großen Bildschirmen an der Wand. Dort nahm er hinter einem schlichten Schreibtisch Platz und bot den beiden Frauen die Metallstühle, die vor dem Schreibtisch standen, an. »Setzen Sie sich, auch wenn es sicherlich nicht lange dauern wird. Ich kenne nämlich keinen Jordan Banks.«

»Er hat im selben Haus gewohnt wie Sie. Zwei Etagen über Ihnen.«

»Das weiß ich, weil es in der Zeitung stand. In dem Gebäude leben über achtzehnhundert Menschen, Lieutenant. Sie gehen doch bestimmt nicht davon aus, dass ich die alle kenne.«

»Mir geht's ausschließlich um Banks.«

»Ich habe ihn vielleicht mal irgendwann gesehen, seit ich vor achtundzwanzig Monaten dort eingezogen bin, aber das war es dann auch schon. Selbst wenn ich ihn gesehen habe, weiß ich nicht, wer er ist.«

»Sie sind kurz nach Ihrer Scheidung in das Haus gezogen, stimmt's?«

Jetzt sahen seine Augen wie zwei blaue Steine aus. »Das stimmt.«

»Wo waren Sie zwischen 21 Uhr am Montagabend und vier Uhr Dienstagfrüh?«

»Von Montagabend 21 Uhr bis gegen halb sieben Dienstagfrüh war ich zu Hause.«

»Waren Sie dort allein?«

»Ja.«

»Kann das jemand bestätigen?«

»Ich habe das Gebäude hier um 19 Uhr verlassen und bin in die Einundvierzigste ins *Hannigan's* gegangen. Dort habe ich mit einem Freund etwas gegessen, gegen halb neun bin ich von dort zu Fuß nach Hause gegangen, wo ich gegen neun Uhr angekommen bin.«

»Das ist ein ganz schön weiter Weg.«

»Ich laufe gern«, erklärte er in ruhigem Ton. »Danach bin ich bis zum nächsten Morgen nicht mehr aus dem Haus gegangen. Die Alarmanlage meiner Wohnung müsste aufgezeichnet haben, wann ich heimgekommen und wann ich wieder aufgebrochen bin.«

»Sie arbeiten im Sicherheitsbereich. Da haben Sie doch sicher Zugang zu diversem interessantem Spielzeug und haben die erforderlichen Kenntnisse, um damit umzugehen.«

»Dann bin ich also wegen meines Jobs Verdächtiger in einem Mord an einem mir unbekannten Mann?«

»Wenn Sie verdächtig wären, hätte ich Sie bereits über Ihre Rechte aufgeklärt. Sie leiten die Security am Drehkreuz A?«

»Das tue ich.«

»Als Leiter der Security in einem Bankhaus kennen Sie sich doch sicher halbwegs mit Finanzen und den Märkten aus und kriegen manchmal irgendwelche Sachen, die Sie eigentlich nicht wissen dürften, mit.«

Jetzt passte sich auch seine Stimme der kalten Miene an. »Werfen Sie mir jetzt auch noch Insiderhandel oder etwas in der Richtung vor? Allmählich habe ich genug von Ihrer Fragerei. Ein Mann wurde im Central

Park ermordet, seiner Wertsachen beraubt und dann im Reservoir versenkt. Den Medien zufolge war es ein normaler Raubmord, doch zumindest sind Sie nicht so dumm, den Fall als ganz normalen Raubmord abzutun.«

»Weshalb wäre das dumm?«

»In den Berichten hieß es, dass ihm das Genick gebrochen worden ist. Ich wage zu bezweifeln, dass ein durchschnittlicher Straßenräuber weiß, wie man das macht.«

»Aber Sie waren beim Militär und haben die erforderliche Ausbildung dafür.«

»Das stimmt. Außerdem lebe ich im selben Haus, arbeite beim Wachschutz eines großen Unternehmens und habe keine Zeugen dafür, dass ich in der Nacht des Mordes ganz allein zu Hause war.«

»Zudem sind Sie vorbestraft, weil Sie auf Ihre Ex-Frau losgegangen sind.«

Bei diesen Worten stieg ihm eine heiße Zornesröte ins Gesicht. »Ich habe ihr kein Haar gekrümmt. Außerhalb des Trainings oder außerhalb des Kampfs habe ich niemals Hand an eine Frau gelegt. Wenn Sie etwas genauer hingesehen hätten, wüssten Sie, dass meine Ex-Frau ein Problem mit Alkohol und Drogen hat und momentan auf richterliche Anweisung in einer Rehaklinik ist. Damit ist das Thema für mich abgehakt.«

Er stand entschlossen wieder auf. »Ich werde Sie nach unten eskortieren, denn ich habe noch zu tun.«

Auch Eve stand auf, bedeutete der Partnerin, dass sie ihr folgen sollte, und lief hinter Kinski durch den Flur zurück zum Lift.

Erst auf der Fahrt nach unten sah sie wieder in sein

steinernes Gesicht und fragte: »Waren Sie je in einer Galerie mit Namen Salon?«

Sie nahm das kurze Flackern seiner Augen wahr, bevor er sie zusammenkniff und von ihr wissen wollte: »In der Galerie, wo gestern eine Bombe hochgegangen ist? Die einer der Besitzer selbst gezündet hat? Weswegen interessiert Sie das?«

»Sie haben meine Frage nicht beantwortet.«

»Nein.«

»Sie hatten während Ihrer Zeit beim Militär mit Sprengstoffen zu tun.«

Er öffnete den Mund, dann aber presste er die Lippen aufeinander und marschierte kerzengerade durch die offene Fahrstuhltür. »Wenn Sie noch einmal mit mir sprechen müssen, ziehe ich zur Vorsicht einen Rechtsbeistand hinzu.«

»Das ist Ihr gutes Recht«, gab Eve zurück und spürte seinen Blick in ihrem Rücken, als sie durch die Eingangshalle Richtung Ausgang lief.

»Das hat ihn aus dem Gleichgewicht gebracht«, bemerkte sie. »Ohne Frage treffen ein paar Merkmale der Täter auf ihn zu. Ich kann nicht sicher sagen, dass er etwas mit unserem Fall zu tun hat, aber aus dem Schneider ist er deshalb nicht. Ich muss noch überprüfen, ob die Ex-Frau wirklich eine Reha macht.«

»Das übernehme ich«, bot Peabody mit überraschend ruhiger Stimme an und fügte mehr als leicht verschämt hinzu: »Es tut mir so, so leid. Ich fühle mich noch immer total energiegeladen, aber meine Euphorie hat sich gelegt. Es tut mir wirklich leid, Dallas.«

»Vergessen Sie's.«

»Das ist mein Ernst. Das Letzte, was Sie brauchten, war, dass ich vorübergehend völlig von der Rolle war. Das ist mir furchtbar peinlich, doch vor allem tut's mir wirklich leid.«

»Okay. Wenn's Ihnen so leidtut, wischen Sie sich erst mal Ihre Lippen ab.«

»Warum?«

»Der rosa Lippenstift ist einfach lächerlich.«

Inzwischen hatten sie Eves DSL erreicht und Peabody schwang sich auf ihren Sitz, klappte die Sichtblende herunter, blickte in den Spiegel und riss ungläubig die Augen auf.

»Mein Gott! Wo kommt der her? Ich kann mich nicht erinnern, dass ich mich geschminkt habe. Die Farbe ist total verkehrt.« Sie riss ein Feuchttuch aus der Packung, die sie immer bei sich trug. »Ich habe diesen Lippenstift spontan gekauft, aber die Farbe steht mir nicht. An mir sieht die einfach entsetzlich aus. Ich habe dieses Ding bereits vor Wochen in die Schreibtischschublade gelegt.«

»Dann ist also Ihre größte Sorge, dass die Farbe Ihnen nicht steht?«

»Was sonst?« Verzweifelt wischte Peabody an ihrem Mund herum, ballte das Tuch zusammen und zog das Nächste aus dem Pack. »Ich bitte Sie. Ich würde nie mit einem Lippenstift mit Namen Pink Date zum Dienst kommen. Ich bin schließlich ein Cop!«

In diesem Fall fand Eve die Aufregung der Partnerin durchaus berechtigt, deshalb meinte sie: »Wie schön, dass Ihnen das wieder eingefallen ist.«

19

Sie klapperten die Arbeitsplätze von drei weiteren Personen, die auf ihrer Liste standen, ab. Zwei Leute hatten wasserdichte Alibis zum einen für das Wochenende, als die Täter Rogan und seine Familie festgehalten hatten, und zum anderen für den Mord an Banks, der Dritte aber hatte angeblich das Wochenende ganz allein in seiner Wohnung zugebracht. Er behauptete, er hätte eine Grippe auskuriert, und nannte ihnen den Namen der Apotheke, wo er wegen Schmerztabletten, Nasenspray und Hustensaft gewesen war.

»Vielleicht hat er ja die Erkältung nur gespielt«, bemerkte Peabody.

»Das könnte sein. Als Alibi taugt die auf alle Fälle nicht. Das heißt, dass er erst einmal auf der Liste stehen bleibt. Natürlich checken wir auch noch die Alibis der beiden anderen und fragen nach, ob er tatsächlich in der Apotheke war, aber zuerst fahren wir zu dem Haus und klopfen dort bei denen an, die entweder zu Hause waren oder gar nicht arbeiten.«

»Kann ich jetzt einen Kaffee haben? Schließlich habe ich inzwischen literweise Wasser in mich reingekippt«, erklärte Peabody, als Eve sie wortlos anstarrte. »Da ich bei jedem unserer Stopps auf der Toilette war, ist all die

Flüssigkeit und auch das Zeug, das in der Pille war, inzwischen längstens wieder draußen.«

»Wenn Sie noch mal von kleinen Hunden sprechen, kriegen Sie noch einmal eins auf den Arm gehauen.«

»Okay.«

Die Partnerin bestellte zwei Kaffee und überprüfte, während sie genüsslich trank, die Alibis. »Drei Leute können wir auf alle Fälle streichen und ich nehme an, die Alibis der beiden anderen sind ebenfalls okay. Bei Baxter und bei Trueheart sieht es ähnlich aus. Drei Leute haben sie gestrichen und den Vierten haben sie zwar immer noch auf der Liste, aber weiter unten als am Anfang stehen.«

»Kinski ist noch lange nicht vom Haken, nur weil seine Ex ein Junkie ist und eine Reha machen muss«, bemerkte Eve. »Obwohl ich langsam denke, dass er sich wahrscheinlich nur gewehrt hat, als sie selbst auf ihn losgegangen ist, oder sie daran hindern wollte, dass sie etwas einwirft oder weiter trinkt, kann er trotzdem einer unserer Täter sein.«

»Am besten reden wir mit seinen Freunden, seinen Kollegen und mit dem vorgesetzten Offizier beim Militär.«

Eve nickte zustimmend. »Genauso machen wir's. Markin nehmen wir uns auch noch einmal vor, denn irgendetwas stimmt nicht mit dem Kerl. Nach Aussage der Ehefrau ist er ein fauler Hund. Das kann natürlich sein, doch das heißt nicht, dass er nicht einfach zum Vergnügen Straftaten begeht.«

»Weil er sich langweilt und dazu noch eine bösartige Ader hat.«

»Genau.«

Sie hielt vor dem Apartmenthaus, eilig kam der Türsteher herbeigeeilt und öffnete die Wagentür. »Guten Morgen, Lieutenant und Detective. Wie können wir Ihnen behilflich sein?«

»Ich muss mit ein paar Leuten reden.«

»Kein Problem. Rhoda wird das für Sie organisieren.«

Eilig ging die effiziente Rhoda die ihr überlassene Namensliste durch. »Mr. Skinner ist beim Zahnarzt, doch wenn er zurückkommt, während Sie noch hier sind, kriegen Sie von mir Bescheid. Mr. Lorimer ist kurz nach acht zu irgendeinem Geschäftstermin gefahren. Er hat mir nicht gesagt, wann er zurück sein wird, doch auch in seinem Fall bekommen Sie von mir Bescheid, sobald er wiederkommt. Mr. Prinz und Mr. Abbott sind befreundet und zusammen im Fitnessstudio, meistens kommen sie gegen zwei zurück, alle anderen sind meines Wissens im Haus.«

»Sehr gut. Heute Nachmittag kommen zwei Detectives her und legen Ihnen eine weitere Namensliste vor.«

»Ich lese sie dann gerne durch.«

»Das ist sehr nett.«

Im Fahrstuhl sagte Peabody: »Ein wirklich schönes Haus. Klassisch elegant.« Mit einem Achselzucken fügte sie hinzu: »Wie alles, was Roarke macht.«

»Tja nun. Wir fangen oben an und arbeiten uns dann nach unten durch.«

Der erste Mann, bei dem sie klingelten, nahm sie begeistert in Empfang. Clinton Wirely, ein durchtrainierter Mann von um die fünfzig, hatte sich das braune Haar mit Gold- und Silberspitzen aufgepeppt, seinen leuchtend grünen Augen war die Freude über ihr Erscheinen deutlich anzusehen.

»Wahrscheinlich geht es um den unglücklichen Mr. Banks – das klingt ein bisschen wie der Titel eines Buchs. Bitte, nehmen Sie doch Platz.«

»Sie kannten Jordan Banks.«

»Kein bisschen, doch von Ihnen beiden habe ich schon viel gehört. Ich werde Sonntagabend vor der Glotze kleben, denn ich bin ein Riesen-Oscar-Fan und schmeiße deshalb an dem Abend selbst ein kleines Fest für meinen Freundeskreis. Ich bin ein überzeugter Teetrinker und habe deshalb leider keinen Kaffee da. Aber wie wäre es mit einem Papayasaft, bio und dazu noch frisch gepresst? Er schmeckt noch besser, wenn man ihn mit etwas frischem Ingwer mischt.«

Bevor Eve ablehnen konnte, juchzte Peabody: »Ich hätte gern ein Glas.«

»Sehr schön. Machen Sie sich's schon mal bequem. Ich bin im Handumdrehen wieder da.«

In knielangem gestreiftem Pulli über schwarzen Leggins wirbelte er aus dem Raum.

»Es tut mir leid, aber ein Saft täte mir wirklich gut.«

Eve betrachtete das Wohnzimmer. Es war zwar nicht so groß wie das von Banks, aber die Aussicht durch die bodentiefen Fenster war nicht weniger phänomenal. Die Wände waren mit unzähligen bunten Kunstwerken behängt, auf den geschwungenen Sofas lagen Satinkissen in Vogelform verteilt, auf den Tischen und Regalen waren hübsche Staubfänger und frische Blumen arrangiert.

Dann kehrte Wirely mit einem Krug voll frischen Safts mit Eis, drei Gläsern, einem Teller voll dünner, bunt glasierter Plätzchen und Papierservietten in den Raum zurück.

»Falls Sie es sich noch einmal anders überlegen«, sagte er zu Eve. »Ich hatte mich bereits gefragt, ob wohl die Polizei auch die Bewohner noch befragen wird. Ich bin unglaublich aufgeregt, weil Sie das tun, obwohl ich weiß, dass das erschreckend pietätlos ist. Der arme Mann ist schließlich tot. Ich will ganz bestimmt nichts Schlechtes über einen Toten sagen, aber es war allgemein bekannt, dass er ein kleiner Gauner war.«

»Sie haben doch gesagt, Sie hätten ihn gar nicht gekannt.«

»Das habe ich auch nicht, aber ich habe immer wieder einmal irgendetwas über ihn erzählt bekommen. Von anderen Leuten aus dem Haus, mit denen ich befreundet bin. Wir wohnen schließlich hier zusammen und tratschen alle furchtbar gern. Wir haben nur selten über ihn gesprochen, als er noch am Leben war, aber seither ...« Er lenkte seinen Blick zur Decke und stieß aus: »Oje, oje.«

»Was haben die anderen über ihn erzählt?«, erkundigte sich Eve.

»Tja nun.« Mit einem vielsagenden Wackeln seiner Brauen hielt er ihr den Plätzchenteller hin. »Wahrscheinlich wissen Sie das längst, aber er war ein ausgemachter Frauenheld und hatte diese wirklich nette Freundin, der ich mal im Lift begegnet bin. Anfang dieser Woche wurde die arme Frau bei dieser fürchterlichen Explosion verletzt. Willimina Karson. Präsidentin von Econo. Aber wenigstens stand in der Zeitung, dass sie sich von den Verletzungen vollständig erholen wird.«

Er griff sich an die Brust. »Das war natürlich eine riesige Erleichterung für mich, denn wie gesagt, sie ist eine ganz reizende Person. Jetzt haben die anderen mir erzählt, er hätte während seiner Zeit mit dieser netten Frau auch anderen Frauen den Hof gemacht. Einschließlich unserer Ankah – Ankah Si. Ein prachtvolles Geschöpf, das in der Wohnung meiner Wohnung gegenüber lebt. Er hat ihr Blumen geschickt und sie zum Essen eingeladen, während er mit dieser wundervollen anderen Frau zusammen war. Wobei ihm Ankah einen Korb gegeben hat.«

Er winkte lächelnd ab und Eve fielen seine kurzen, sorgsam manikürten Fingernägel auf. »Sie hat, was Männer angeht, einen ausgezeichneten Geschmack. Das weiß ich, denn auf einer meiner kleinen Partys hat sich Ankah furchtbar über sein Verhalten aufgeregt. Nach dem Ableben des unglücklichen Mr. Banks kam heraus, dass Ankah nicht die Einzige war, die er umworben hat.«

Eve ließ ihn weiter über Jordans Frauengeschichten, seine Spielsucht und die Drogen, die er eingeworfen hatte, obwohl sie schlecht für Leib und Seele waren, reden, doch am Ende meinte sie: »Dafür, dass Sie ihn gar nicht kannten, wissen Sie erstaunlich viel über den Mann.«

»Ich halte meine Ohren und Augen eben offen, Schätzchen. Obwohl ich ganz bestimmt nicht alles über sämtliche Bewohner dieses Hauses weiß, habe ich über beinah jeden schon mal irgendetwas gehört. Ich schreibe mit Begeisterung Kurzgeschichten, da baue ich oft irgendwelche Sachen, die die Leute mir erzählen, ein.«

»Ich dachte, Sie wären Anwalt und Sie hätten sich auf Bau- und auf Immobilienrecht spezialisiert.«

»Damit erfülle ich nur meine Pflicht als Erstgeborener eines Anwaltpaars. Ich brenne zwar nicht unbedingt für die Juristerei, aber ich mache meine Sache trotzdem ziemlich gut, selbst wenn das etwas unbescheiden klingt. Daneben nehme ich mir aber noch genügend Zeit für meine wahre Leidenschaft, die Schreiberei.«

»Ihr Bruder ist beim Militär.«

»Mein Gott, Sie wissen wirklich jede Menge über mich. Er ist der zweitgeborene Sohn und ein Marine wie unser Großvater und Onkel, die genauso zweitgeborene Söhne waren. In unserer Familie wimmelt es vor Anwälten und Militärs. Es ist uns nicht gestattet, faul zu sein und uns auf dem Vermögen unserer Familie auszuruhen. Wir müssen unseren Lebensunterhalt verdienen, anders als der unglückliche Mr. Banks.«

Statt etwas zu erwidern, schaute Eve sich um. »Sie besitzen sehr viele Kunstwerke.«

»Auch das ist eine Leidenschaft von mir. Was wäre das Leben ohne Kunst? Langweilig, grau und flach. Ich schätze, dass Sie das genauso sehen«, wandte er sich an die augenblicklich äußerst farbenfrohe Peabody.

»Auf jeden Fall. Banks hatte eine eigene Galerie. Aber das wissen Sie bestimmt bereits.«

»Natürlich weiß ich das, wobei besitzen etwas anderes ist, als dort zu arbeiten, nicht wahr?« Er lächelte gewieft. »Es heißt, er hätte sich in seiner Galerie nicht gerade krummgelegt. Am besten schlendere ich dort mal vorbei und gucke, was ausgestellt ist. Er hatte sicher selbst eine durchaus nette Sammlung, oder nicht? Stimmt es, dass jemand bei ihm eingebrochen ist? Das Gerücht macht hier im Haus die Runde, aber offiziell bestätigt wurde es bisher noch nicht. Die Wohnung soll versiegelt sein. Wie man es von den Tatorten im Fernsehen kennt.«

»Es ist die Wohnung eines Opfers, deshalb müssen wir dort nach Beweisen suchen und währenddessen darf dort niemand rein«, wich Peabody ihm aus.

»Natürlich. Sehr vernünftig«, lobte er.

Auch Peabody sah sich die Bilder an den Wänden an. »Haben Sie auch einen Richie?«

»Oh.« Er schlug sich vor die Brust. »Das ist eine Tragödie. Eine furchtbare Tragödie. Ich wäre fast zusammengebrochen, als ich von dem Bombenanschlag auf die Galerie erfuhr. Ich habe im Verlauf der Jahre eine Reihe von Gemälden im Salon gekauft. Ich hatte überwiegend mit der reizenden Ilene zu tun, weil wir sofort auf einer Wellenlänge waren, aber natürlich kannte ich auch Wayne. Es macht mich einfach krank zu wissen, dass er nicht mehr lebt. Und Angelo, er hatte ein unglaubliches Talent. Ich wollte gestern Abend zu der Ausstellungseröffnung gehen. Mein momentaner Beau ist gerade auf Tournee, deswegen wollte ich mit ein paar Freunden hingehen.« Er lächelte.

»Was ist das nur für eine Welt, in der Menschen einen anständigen Mann und liebevollen Ehemann und Vater wie Wayne Denby quälen? Ehrlich, einem kleinen Jungen eine Waffe an den Kopf zu halten, damit sich sein Vater für ihn opfert und ein Selbstmordattentat auf die eigene Galerie verübt und dabei einen jungen, aufstrebenden Künstler und noch andere tötet und all diese wundervollen Kunstwerke zerstört …«

Er zog ein Seidentaschentuch hervor und tupfte sich

damit die feuchten Augen ab. »Sie haben in den Nachrichten gesagt, dass es der zweite derartige Anschlag innerhalb von einer Woche war. Ein weiterer Vater, der gezwungen wurde, sich und andere umzubringen, um das Leben seiner Frau und seines Kindes zu bewahren. Das ist etwas, was ich beim besten Willen nicht verstehen kann, denn schließlich gibt es so viel Schönes und vor allem so viel Freude in der Welt, die man genießen und mit anderen teilen kann.«

»Da haben Sie recht. Doch jetzt noch einmal zurück zu Banks. Es überrascht mich, dass zwei Kunstliebhaber wie Sie selbst und Banks, die obendrein im selben Haus gewohnt haben, sich nie begegnet sind.«

»Das sind wir trotzdem nicht und jetzt ist diese Möglichkeit vertan.«

»Warum erzählen Sie uns nicht, wo Sie von Montagabend acht bis vier Uhr Dienstagmorgen waren?«

Wieder griff sich Wirely ans Herz und riss die grünen Augen auf. »Bin ich etwa verdächtig? Wunderbar! Ich weiß, ich sollte davon nicht derart begeistert sein, aber das bin ich nun einmal. Dass ich als alte Tunte mal verdächtigt würde, jemanden umgebracht zu haben. Wunderbar. Sollten Sie mich nicht erst einmal über meine Rechte aufklären?«

»Wenn Sie es wollen.«

»Das wäre furchtbar aufregend, aber es muss nicht sein. Ich war zu Hause, auch wenn ich auf einen Sprung bei Milicent und Gary war. Zwei ganz reizende Menschen in der 4904. Ich müsste gegen acht bei ihnen aufgekreuzt sein, wir haben etwas getrunken und geplaudert, um halb zehn war ich wieder hier, weil ich mir eine

Kleinigkeit zu essen machen wollte, um mir dann im Fernsehen das *Tal der Tränen* anzusehen. Ich bin ganz einfach süchtig nach der Serie und habe mir um zehn die erste Folge von der neuen Staffel angeschaut.«

Er klopfte sich mit einem Finger unters Kinn. »Lassen Sie mich überlegen, wie es danach weiterging. Ach ja, genau. Ich habe nach dem Fernsehen noch geschrieben, und zwar ungefähr bis Mitternacht, als mich mein Liebster angerufen hat. Er ist Cellist und momentan mit Ankah auf Tournee. Sie hat ihn mir auch vorgestellt. Er ist ein wundervoller Mensch. Wir haben fast zwei Stunden lang gequatscht, dann bin ich ins Bett gefallen. Dienstag bin ich erst um zwölf Uhr aus dem Haus gegangen. Zum Lunch mit Freunden ins Bistro in der Madison Avenue.«

»Zwei Stunden sind echt lang für ein Gespräch am Telefon.«

»Tja nun, wir haben nicht nur geredet«, räumte er mit einem seidig weichen Lächeln ein. »Ich weiß nicht, wie ich es umschreiben soll. Wir haben uns zwischendurch auch noch auf andere Art vergnügt, denn schließlich ist er über einen Monat unterwegs.«

»Dann brauche ich den Namen dieses Freundes.«

»Nigel Tudor. Wie gesagt, er ist ein wundervoller Mensch und wird bestätigen, dass es so war. Wobei ich das ... Gespräch auch aufgezeichnet habe. Audio und Video. Für all die Nächte, bis er endlich wiederkommt. Die Aufnahme hat einen Zeitstempel, falls Ihnen das hilft, kann ich sie gern kopieren.«

»Es reicht, wenn Sie mir Nigels Nummer geben, vielen Dank.«

Er ratterte sie herunter und fügte hinzu: »Wenn Sie

ihn sprechen, richten Sie ihm bitte liebe Grüße von mir aus.«

»Okay. Und wie sah es am letzten Wochenende aus?«

»Tja nun, am Samstag sind die beiden auf Tournee gegangen, deshalb haben wir ein Abschiedsfest für Nigel und für Ankah ausgerichtet und nachdem die letzten Gäste gegen eins gegangen waren, haben ich und Nigel noch …«

»… gekuschelt«, kam Peabody ihm zuvor und strahlend nickte er ihr zu.

»Genau das haben wir gemacht. Samstag früh um zehn haben Ankah und mein wundervoller Beau sich auf den Weg gemacht und ich war erst mal ziemlich traurig, aber dann ist Pitty mit der lieben Caro bei mir aufgetaucht und um mich aufzumuntern, haben sie mich mit ins Spa geschleppt. Sie sind zwei wunderbare Wesen und wir hatten einen schönen Tag. Danach gab es Cocktails und ein frühes Abendessen in Gesellschaft ein paar anderer Freunde, bevor wir zusammen das Theater besucht haben.«

Erschaudernd meinte er. »Es war ein grauenhaftes Stück. Gehen Sie auf keinen Fall in *Goodbye, Jessica, Goodbye*. Das Stück ist wirklich schlecht. Um unsere Stimmung aufzuhellen, sind wir danach noch ins *Blue Note* gegangen, haben Musik gehört und ein paar Drinks gekippt. Ich glaube, dass ich frühestens gegen drei zu Hause war. Am Sonntag habe ich mich gegen elf zum Brunch ins *Hildago's* geschleppt. Dann kam ich wieder heim und bin nicht noch mal weggegangen. Ich habe ein wenig geschrieben und ein Nickerchen gemacht und mich von Samstagnacht erholt.«

»Okay. Ich danke Ihnen für Ihre Kooperationsbereitschaft.«

»Es war mir ein großes Vergnügen und ich kann es kaum erwarten, mir am Sonntag bei den Oscars Ihre Outfits anzusehen.«

»Dann konzentrieren Sie sich am besten ganz auf meine Partnerin. Ich werde nicht dort sein.«

»Tja nun, Detective Peabody, dann werde ich nach Ihnen Ausschau halten und ganz einfach hoffen, dass wir uns vielleicht im Rahmen der Ermittlungen noch einmal sehen. Denn wenn ich irgendetwas über irgendwen im Haus nicht weiß, kann ich es für Sie herausbekommen, wenn Sie wollen.«

»Das werden wir uns merken«, sagte Eve ihm zu und wandte sich zum Gehen.

Auf dem Weg zurück zum Fahrstuhl fragte Peabody: »Wollen Sie nicht noch mit Milicent und Gary und den ganzen anderen Leuten sprechen, die mit ihm zusammen waren?«

»Das wird nicht nötig sein. Er ist bestimmt kein Killer und viel zu gewieft, um uns ein Alibi zu präsentieren, das sich problemlos auseinandernehmen lässt.«

»Ich mochte ihn.«

»Er ist durchtrieben, er liebt Klatsch und Tratsch und hat sich selbst als alte Tunte tituliert, aber ich fand ihn auch ganz nett.«

Sie suchten noch drei andere Leute von der Liste auf, die alle nicht ansatzweise so gesprächig und so interessant wie Wirely waren, und als sie wieder Richtung Fahrstuhl liefen, meinte Peabody: »Ich brauche etwas … Energie.«

Argwöhnisch beäugte Eve den Riegel, den sie aus der Tasche zog, und fragte sie. »Was ist da drin?«

»Nur Chiasamen, Nüsse, Obst und Leinsamen.«

»Ist Leinsamen nicht das Zeug, aus dem man Bettlaken und Unterwäsche macht?«

»Das nennt man Leinen und ich glaube, dass es wirklich von derselben Pflanze stammt.«

»Sie wollen mir doch wohl nicht erzählen, dass Sie etwas essen, woraus man auch Unterhosen macht?«

Entschlossen schob sich Peabody den ersten Bissen des Riegels in den Mund. »Ich habe schließlich keine andere Wahl, da unsere Zeit mal wieder nicht für eine Mittagspause reicht.«

»Zumindest bleibt auf diese Art Ihr Hintern dünn«, erklärte Eve.

»Da haben Sie recht. Und wenigstens habe ich was zu kauen. Das Ding ist zwar nicht wirklich lecker, doch zumindest habe ich etwas im Mund.«

»Jetzt schlucken Sie den Slip schon runter«, befahl Eve und drückte auf den nächsten Klingelknopf.

»Das ist gar nicht so leicht«, murmelte Peabody, doch Eve sah bereits nach, wie gut die Wohnungstür gesichert war.

Recht gut, erkannte sie. Eine weibliche Computerstimme meinte durchaus freundlich:

Guten Tag, die Damen. Bitte nennen Sie Ihre Namen und den Grund Ihres Besuchs.

»Lieutenant Dallas und Detective Peabody von der New Yorker Polizei. Es geht um polizeiliche Ermittlungen«, meinte Eve, bevor sie ihre Marke vor den Scanner hielt.

Danke. Ihre Marke wurde überprüft und Mr. Iler wird Sie gleich empfangen. Bitte gedulden Sie sich einen Augenblick.

Lucius Iler, dachte Eve. Vierundvierzig, der Enkel eines Mannes, der mit alten Möbeln reich geworden war. Ledig, kinderlos, als Tageshändler zugelassen, ein verstorbener Bruder, einer seiner Onkel, eine Großmutter, zwei Vettern sowie eine Stiefschwester beim Militär.

Er käme als Verdächtiger in Frage, überlegte sie, dann kam Iler an die Tür.

Er war ein schlanker Mann in weißem Kaschmirpulli und in schwarzer Hose. Mit seinem kunstvoll um das kantige Gesicht mit dem Dreitagebart drapierten, sanft gewellten rötlich braunen Haar, türkisfarbenen, schwerlidrigen Augen und dem kleinen Grübchen rechts des feingeschwungenen Mundes sah er wie ein Filmstar aus.

»Wie kann ich Ihnen helfen?«, fragte er und schaute sie mit einem interessierten, neugierigen Lächeln an.

»Wir würden gerne reinkommen und uns mit Ihnen unterhalten, Mr. Iler.«

»Worüber?«

»Über Jordan Banks.«

»Wer soll das sein? Das heißt, natürlich. Allerdings wüsste ich nicht, wie ich Ihnen da helfen kann.«

»Dürfen wir reinkommen?«

»Entschuldigung, na klar.« Er trat einen Schritt zurück. »Ich bin etwas verwirrt. Ich habe nicht damit gerechnet, dass die Polizei vor meiner Tür steht, aber damit rechnet sicher niemand.«

»Außer wenn er etwas verbrochen hat«, erklärte Peabody und die Bemerkung trug ihr abermals ein Lächeln ein.

»Da haben Sie wahrscheinlich recht. Also ... am besten nehmen wir erst mal Platz.«

Wahrscheinlich war es ganz normal, dass das Apartment eines Mannes, dessen Großvater mit alten Möbeln reich geworden war, mit lauter alten Möbeln ausgestattet war. Schließlich bot die große Wohnung auch genügend Platz für einen riesengroßen, sanft verblichenen Teppich, freistehende Schränke und für große Tische, deren Holz genauso glänzte wie der Stoff, mit dem die Sessel und die Couch bezogen waren.

Wie in Banks' Wohnung gab's auch hier einen Kamin, auf dessen Sims Eve schwere Silberkerzenleuchter und dazwischen eine große, sicher handbemalte Vase stehen sah; hinter diesen Gegenständen hing ein holzgerahmter Spiegel an der Wand.

Die Landschaftsbilder an den Wänden sahen europäisch aus und zeigten pittoreske Häuschen, die in Wäldern oder Gärten standen, oder grüne Hügellandschaften in warmem Sonnenlicht.

Er bot den beiden Frauen zwei Sessel, aber nichts zu trinken an, nahm ihnen gegenüber auf dem Sofa Platz, trommelte mit seinen Fingerspitzen aneinander und schaute sie fragend an.

»Wie kann ich Ihnen behilflich sein?«

»Kannten Sie Jordan Banks?«

»Er wurde mir mal vorgestellt. Auf einer Party, ungefähr vor einem Jahr. Es stellte sich heraus, dass wir im selben Haus wohnen und in Delvinia und Thad gemeinsame Bekannte haben, was hier in New York im Grunde allerdings nicht wirklich überraschend ist. Er hat von seiner Galerie erzählt und da ich selbst aus dieser Branche komme, haben wir …«

»Ich dachte, dass Sie Tageshändler sind.«

Wieder trommelten die Finger aneinander und er stellte fest: »Das mache ich im Grunde nur zum Spaß. Meine Familie handelt außer mit Antiquitäten auch mit Kunst, darüber haben wir uns eine Zeit lang unterhalten und Visitenkarten ausgetauscht.«

»Wie ging es dann weiter?«

»Ich verstehe nicht …«

»Kam es zu weiteren Treffen zwischen Ihnen und Banks?«

»Ich war einmal in seiner Galerie, danach waren wir noch was trinken. Er hat hauptsächlich moderne Künstler ausgestellt, wogegen meine Vorliebe den alten Meistern gilt. Trotzdem haben wir uns danach noch ein- oder zweimal auf einen Drink getroffen und geplaudert, wenn wir uns auf einer Party oder einem anderen Event über den Weg gelaufen sind.«

»Waren Sie jemals in seiner Wohnung hier im Haus?«

»Tatsächlich habe ich mir einmal seine Bildersammlung angesehen, genau wie er sich meine. Wir haben beide Kunst geliebt, doch unsere Geschmäcker haben nicht übereingestimmt.«

»Waren Sie am Montagabend auf der Party Ihrer gemeinsamen Freunde hier im Haus?«

»Die habe ich zu meinem Leidwesen verpasst. Ich war geschäftlich unterwegs und als ich abends heimkam, war ich zu erschöpft, um noch mal auszugehen.«

»Sie waren geschäftlich unterwegs?«

»Ich bin bis nach New England raufgefahren, um mir dort ein paar alte Möbel anzusehen.«

»Wie lange waren Sie unterwegs?«

»Das ganze Wochenende und dann habe ich noch den Montag drangehängt. Ich brauchte einfach einmal eine kurze Auszeit, deshalb bin ich in den Norden raufgefahren.« Er breitete die Hände aus. »Ich hatte keinen anderen Plan, als hier und da zu halten und in Antiquitäten- oder Trödelläden zu gehen. Ich kaufe zwar nicht selbst Sachen für das Unternehmen ein, aber trotzdem sehe ich mich öfter mal nach interessanten Gegenständen um. Die meisten unserer Antiquitäten kommen aus Europa, aber wir haben auch Waren, die hier in den Staaten angefertigt worden sind, im Angebot und man weiß nie, auf welche Schätze man in irgendeinem kleinen Laden stößt.«

»Und, sind Sie?«

»Bin ich was?«

»Auf irgendeinen Schatz gestoßen.«

»Diesmal nicht. Doch wie gesagt, im Grunde wollte ich ganz einfach wieder einmal rauskommen und war deshalb unterwegs.«

»Am Montagabend sind Sie wieder heimgekommen.«

»Genau. Wobei ich mir nicht sicher bin, wie spät es war. Ich habe ausgepackt und mich bei einem Drink entspannt.«

»Und dann?«

Etwas verärgert setzte er sich anders hin. »Das weiß ich nicht mehr so genau. Ich habe geduscht, die Wohnung aufgeräumt, etwas gelesen und bin früh ins Bett gegangen. Es ist immer herrlich, unterwegs zu sein, doch man schläft eben nirgends besser als in seinem eigenen Bett.«

»Haben Sie mit irgendwem gesprochen? Sich bei irgendwem zurückgemeldet? Nachrichten beantwortet, die Sie bekommen haben, als Sie unterwegs waren?«

»Nein. Wie ich schon sagte, war ich müde. Und ich verstehe wirklich nicht, weshalb das für Sie von Interesse ist.«

»Jordan Banks wurde in der Nacht zum Dienstag umgebracht.«

»Das habe ich gehört, doch was hat das mit mir zu tun?«

»Sie kannten ihn und er wurde ermordet, nachdem er bei Ihren gemeinsamen Bekannten aufgebrochen ist. Die Fragen, die ich Ihnen stelle, sind Routinefragen, wie es sie bei allen Mordermittlungen gibt.«

»Woher soll ich das wissen? Schließlich wurde ich bisher noch nie im Rahmen von polizeilichen Ermittlungen befragt«, erklärte er ihr kühl. »Ich empfinde diese Fragen als sehr aufdringlich, wenn Sie die Wahrheit wissen wollen.«

»Das glaube ich. Kennen Sie Hugo Markin?«

»Hugo? Ja, ich kenne ihn und seine Frau.«

»Und Willimina Karson?«

»Der bin ich einmal begegnet, als sie irgendwo mit Jordan war. Wobei ich ganz bestimmt nicht so weit gehen würde zu behaupten, dass wir bekannt gewesen wären.«

»Wie sieht's mit Paul Rogan aus?«

Wieder setzte das nervöse Trommeln seiner Fingerspitzen ein. »Der Name sagt mir nichts.«

»Wayne Denby.«

»Nein, ich glaube nicht. Ich treffe ständig irgendwelche Leute, ich präge mir nicht alle Namen ein.«

»Angelo Richie.«

»Nein, ich glaube … warten Sie. Der Künstler. Von dem Mann und seinen Bildern habe ich schon mal etwas gehört. Er wurde ebenfalls ermordet, stimmt's? Das ist eine Tragödie.«

»Für ihn auf jeden Fall«, pflichtete Eve ihm bei. »Aber für jemanden, der seine Arbeiten besitzt, bedeutet dieser Mord, dass sich der Wert der Bilder steigert, oder nicht? Das müssten Sie doch wissen, denn Sie kennen sich schließlich in der Branche aus.«

Wieder nahm er eine andere Haltung ein. »Das ist eine kalte, berechnende Sicht der Dinge.«

»Aber zutreffend?«

»Wahrscheinlich.« Fingertrommelnd lenkte er den Blick an Eve vorbei auf eine Stelle an der Wand. »Was hat das mit dem Mord an Jordan Banks zu tun?«

»Er hatte eine von Richies Figurenstudien in seiner Wohnung hängen.«

»Ach ja? Ich hätte dieses Werk wahrscheinlich nicht einmal erkannt. Aber Sie wollen doch sicher nicht behaupten, jemand hätte Jordan wegen einer Kohlezeichnung eines aufstrebenden Künstlers umgebracht.«

Eve lächelte ihn an. »Die Menschen bringen sich aus den abwegigsten Gründen gegenseitig um. Spielen Sie gerne, Mr. Iler?«

»Ob ich gerne spiele? Ab und zu. Wer tut das nicht?«

»Haben Sie je mit Banks gespielt?«

»Nicht dass ich wüsste. Lieutenant, ich bin diesem

Mann im Lauf der letzten Jahre ab und zu begegnet, aber wir waren keine engen Freunde, wenn das also alles ist, würde ich gern …«

»Nur noch zwei letzte Fragen. Sie haben eine Reihe von Verwandten, die beim Militär waren oder sind.«

Das Zittern seiner Lippen weitete sich auf sein Grübchen aus. »Sie haben meine Familie überprüft?«

»So gehen wir standardmäßig vor. Ich wollte eigentlich nur sagen, dass ich ihnen dankbar für den Dienst bin, den sie an ihrer Heimat leisten, und dass es mir sehr leidtut, dass Ihr Bruder dabei umgekommen ist.«

Er atmete unmerklich auf und Eve nahm einen Ausdruck echter Trauer in den blauen Augen wahr. »Danke. Wir sind stolz auf diese ganz besondere Familientradition und darauf, dass mein Bruder Terry, Captain Terrance James Iler, sein Leben für das Land gegeben hat.«

»Bei einem Terroranschlag auf eine Kaserne in Seoul, in der er stationiert war. Vor vier Jahren, stimmt's?«

»Das stimmt, doch diese Wunde ist noch immer nicht verheilt.« Er wandte sich kurz ab. »Eine Woche später sollte er nach Hause kommen. Er hat mir erzählt – ich habe ihn noch kurz vor seinem Tod gesprochen, da hat er mir erzählt, er wollte seiner Freundin einen Heiratsantrag machen. Doch dazu kam es dann nicht mehr.«

»Seiner Freundin?«, fragte Eve.

»Felicia Mortimer. Die beiden waren schon seit einer halben Ewigkeit zusammen und Terry hat erzählt, er hätte einen Ring für sie gekauft und würde ihr nach seiner Heimkehr einen Antrag machen. Nur kam er eben nicht mehr heim.«

Schluckend wandte er sich wieder ab. »Er hat an dem

Tag noch Leben gerettet. Hat sein Leben hingegeben, weil er andere gerettet hat. Er war ein Held.«

Bevor Eve etwas sagen konnte, hob er abwehrend die Hand. »Es tut mir leid, die Wunde ist noch immer nicht verheilt. Ich nehme an, das wird sie nie. Ich hoffe, jetzt entschuldigen Sie mich.«

Auch Eve stand auf, als Iler sich von seinem Platz erhob. »Nochmals, es tut uns leid, dass er gestorben ist. Vielen Dank, dass Sie uns Ihre Zeit gewidmet haben.« Sie ging zur Tür, blieb dort aber noch einmal stehen. »Eins hätte ich jetzt fast vergessen. Wenn Sie uns noch die Namen von den Orten geben könnten, wo Sie übers Wochenende und am Montag waren, könnten wir die Sache abschließen.«

»Ich wüsste nicht, inwieweit Ihnen das weiterhilft.«

»Das brauchen wir für unseren Bericht.« Sie lächelte ihn an. »Wir müssen eben gründlich sein.«

»Ich habe keine Ahnung. Wie gesagt, ich hatte keinen Plan und habe einfach angehalten, wo es mir gefallen hat. In New England gibt es unzählige süße, kleine B&Bs. Die Namen habe ich mir nicht gemerkt.«

»Sie haben die Übernachtungen doch sicher mit Ihrer Kreditkarte bezahlt.«

Er biss die Zähne aufeinander und stieß knurrend aus: »Ich habe bar bezahlt.«

»Tatsächlich? Wie setzen Sie die Übernachtungen dann von der Steuer ab?«

»Ich habe Ihnen doch schon deutlich zu verstehen gegeben, dass es mehr ein Urlaub als eine Geschäftsreise war.«

»Wie haben Sie an den Tankstellen und in den Restaurants bezahlt?«

»Ebenfalls mit Bargeld. Außerdem haben Sie gesagt, dass Jordan Dienstagnacht ermordet worden ist. Weswegen also wollen Sie wissen, wo ich übers Wochenende war?«

»Ich mag es einfach nicht, wenn's irgendwelche offenen Fragen gibt. Falls Ihnen also doch noch einfällt, wo Sie übernachtet haben, geben Sie Bescheid, damit ich einen Haken hinter diese Frage machen kann. Nochmals vielen Dank für das Gespräch.«

Sie ging mit Peabody zum Lift und stellte fest: »Er ist bei Weitem nicht so clever, wie er denkt.«

»Oh nein, das ist er nicht«, stimmte die Partnerin ihr zu. »Die meisten Antworten sind wahrscheinlich vor dem Spiegel einstudiert.«

»Wobei er's mit dem Üben etwas übertrieben hat. Und im Improvisieren ist er wirklich schlecht. In dem Bemühen, sich kooperativ zu geben, sind die Infos richtiggehend aus ihm herausgesprudelt, doch er hat mit keinem Wort Bedauern über die Ermordung seines kunstliebenden Kumpels ausgedrückt und keine Fragen zu der Tat gestellt. Aber als Soziopath hat er es eben nicht geschafft, eine Verbindung zu uns aufzubauen und zu erkennen, was wir hören müssen, um zu denken, dass er nicht in diesen Fall verwickelt ist.«

»Das stimmt. Woher weiß er, dass Richies Studie in Banks Wohnung eine Kohlezeichnung war?«

Eve lächelte. »Genau das ist der Punkt. Statt zu behaupten, dass er sich die Studie während des Besuchs in Jordans Wohnung angesehen oder Jordan ihm erzählt hat, dass er einen Richie hat, tut er, als wüsste er im Grunde kaum, wer Richie war, und hätte keine Ahnung, dass er einer von Banks' Malern war. Aber er wusste ganz genau, was er am Montag aus der Wohnung hat mitgehen lassen, deshalb ist ihm das mit der Kohlestudie einfach herausgerutscht.«

»Ich habe eigentlich gedacht, dass Sie ihn danach festnehmen würden.«

»Wenn wir ihn in die Mangel nehmen würden, würden wir ihn früher oder später wegen dieser achtzehn Morde und der Folter der Familien und der anderen Sachen dranbekommen, aber wenn er seinen Komplizen nicht verpfeifen würde, käme der vielleicht davon.«

»Wir könnten ihn ja umdrehen.«

Eve schüttelte den Kopf. »Das hängt von seinem Komplizen ab. Jetzt kontaktieren wir erst mal Terrys damaligen Vorgesetzten in Seoul. Wir müssen schließlich sichergehen, dass Terry bei dem Anschlag wirklich umgekommen ist.«

»Mein Gott, Sie denken, dass der tote Bruder vielleicht noch am Leben und Ilers Komplize ist?«

»Wir sollten einfach sichergehen, dass er damals gestorben ist. Danach sprechen wir mit dieser Felicity Mortimer.«

Sie gingen durch die Eingangshalle zum Empfang. »Rhoda, gibt's hier ein Büro, das wir benutzen können?«

»Selbstverständlich – einen Augenblick.« Sie tippte gegen ihren Kopfhörer. »Adam, könntest du mich fünf Minuten an der Rezeption vertreten? Danke. Kommen Sie mit«, wandte sie sich an Eve. »Am besten nehmen Sie mein Büro.«

Sie führte sie nach hinten, aber an der Tür des netten,

kleinen Pausenraums blieb sie kurz stehen und fragte: »Hätten Sie gern etwas zu trinken?«

Da sie einen kühlen Kopf behalten wollte, täte ihr ein Kaltgetränk wahrscheinlich gut, deswegen meinte Eve. »Ich hätte gerne eine Pepsi.«

»Und für Sie, Detective?«

»Bitte eine Pepsi light, wenn es so was gibt.«

»Wir haben auch sehr feine Hühnernudelsuppe und da Sie noch keine Mittagspause hatten, könnte ich …«

»Jetzt klingen Sie wie Roarke«, bemerkte Eve und Rhoda lächelte.

»Da vorn ist mein Büro. Ich bringe Ihnen die Suppe und Getränke gleich vorbei.«

20

Natürlich hatte Rhoda mit der Suppe recht gehabt, erkannte Eve.

Sie löffelte sie in sich hinein und sprach mit Colonel Xavier Unger, während Peabody sich mit Felicia – nicht Felicity – Mortimer unterhielt.

Nach Ende des Gesprächs lehnte sich Eve auf ihrem Stuhl zurück, starrte die Decke an und dachte über alles nach.

Dann hatte auch die Partnerin ihr Telefongespräch beendet und Eve forderte sie auf: »Na los, erzählen Sie.«

»Felicia und Terry kannten sich aus Deutschland, wo er stationiert war, während sie dort ihre Masterarbeit schrieb. Sie hat Sprachwissenschaft studiert und ist als Dolmetscherin bei der UNO angestellt. Sie kamen beide aus New York, waren beide fern der Heimat und verstanden sich auf Anhieb gut. Dann fingen sie was miteinander an und die Geschichte wurde ernst genug, dass sie so lange dortblieb, bis er Urlaub hatte, um mit ihr zusammen heimzufliegen und sie seinen Eltern vorzustellen. Als es dann für ihn nach Südkorea ging, hatten sie eine Fernbeziehung, die gehalten hat. Sie haben sich während dieser Zeit zweimal in Tokio getroffen und immer wenn er Urlaub hatte, kam er heim. Sie hätte seinen Antrag angenommen, nur dass es eben nicht mehr dazu kam.«

»Was hatten Sie für einen Eindruck von der Frau?«

»Sie hat ihn tatsächlich geliebt, sie war bereit, die Frau von einem Militär zu werden, und hat sich darauf gefreut, sich irgendwo ein bisschen abseits der Familien ein Leben aufzubauen. Sie mochte seine Eltern, vor allem seine Mutter, aber seinen Vater fand sie eine Spur zu dominant und distanziert. Vor allem hatte Terry ihr erzählt, dass er im Grunde nur auf Druck von seinem alten Herrn Soldat geworden war.«

»Weil das bei den zweitgeborenen Söhnen der Familie üblich war?«

»Vielleicht. Das könnte sein. Sie hat gesagt, dass unser Kerl – der größere Bruder – früher lange nicht so sportlich und so zäh wie Terry war. Er hätte immer irgendwie gekränkelt, aber seinen kleinen Bruder stets beschützen wollen und ihm Geschichten vorgelesen, wenn es abends Zeit zum Schlafengehen war.«

»Ach ja?«

»Ach ja. Terry Iler war beinah zehn Jahre jünger und die Eltern waren oft verreist, deswegen war er häufig mit seinem großen Bruder und der Kinderfrau allein, wobei der große Bruder seinen Job als großer Bruder offenkundig ziemlich ernst genommen hat. Dann ging Terry zur Armee, weil es von ihm erwartet wurde, doch Felicia zufolge ist er dort erst richtig aufgeblüht. Er hat dort seinen Platz gefunden, weil ihm die Bruder- und die Schwesternschaft anscheinend gut gefallen hat. Er hat die Armee geliebt und war sehr stolz darauf, dass er bereits nach nicht einmal vier Jahren schon Captain war. Mit seinem Tod brach eine Welt für sie zusammen und sie brachte sehr viel Zeit mit seinen Eltern und mit seinem Bruder zu. Sie sagt, dass sie und Lucius Iler sich zu der Zeit eine große Stütze waren. Sie hat auch eine Trauertherapie gemacht und meinte, dass sie am Ende den Verlust verwunden habe. Fast drei Jahre nach dem Tod von Terry hat sie jemand anderen kennengelernt, letzten Sommer haben sie geheiratet.«

»Vielleicht war das der Auslöser. Dass diese blöde Fotze die Erinnerung an den verstorbenen heldenhaften kleinen Bruder nicht in Ehren gehalten, sondern beschlossen hat, nach vorn zu sehen.«

»Ist er denn wirklich tot?«, erkundigte sich Peabody.

»Sieht ganz so aus. Sein Vorgesetzter hat nicht nur die Leiche identifiziert, sondern selbst gesehen, wie Captain Iler andere Verwundete in Sicherheit brachte und dann noch mal losgelaufen ist, bevor er bei der zweiten Explosion selbst in die Luft gegangen ist. Das hat der Vorgesetzte ebenfalls gesehen.«

»Also kann der heldenhafte tote Bruder jetzt nicht der Komplize sein.«

»Aber ich glaube, dass er die Verbindung zwischen den Komplizen ist, denn der Komplize ist auf jeden Fall beim Militär. Iler ist schwach und nicht so clever, wie er denkt. Zwar hat er Geld, kennt sich mit Kunst und mit der Börse aus, doch er hat nie gekämpft, nie für den Kampf trainiert und auch nie irgendwelche Einsätze geplant. Das heißt, dass diese Arbeit der Komplize übernimmt. Der Komplize kennt sich auch mit Sprengstoff aus. Der Bruder ist durch eine Bombe umgekommen und bei dem Anschlag in Seoul sind jede Menge Leute, die an Sprengstoff ausgebildet waren, gestorben.«

»Diese Leute haben alle zu derselben Bruderschaft gehört.«

»Sie sind heute echt gut. Denn wie heißt es so schön? Der Bruder meines Bruders ist mein Bruder. Also bringen nicht nur Gier und Spaß am Spiel die beiden zusammen, sondern auch der kleine Bruder, der bei einem Bombenanschlag umgekommen ist.«

»Wenn der häufig abwesende Vater nicht erwartet hätte, dass der Zweitgeborene Soldat wird, könnte Terry noch am Leben sein.«

»Genau. Das heißt, dass es die Schuld des Vaters ist, dass Terry nicht mehr lebt. Und dass die Mutter nicht versucht hat, Terry zu beschützen, als der Vater ihn gezwungen hat, zum Militär zu gehen. Jetzt wollen sie sehen, ob die von ihnen ausgesuchten Väter anders als der alte Iler die Bereitschaft haben, selbst für die Leben ihrer Kinder in den Tod zu gehen, und wenn sie nebenher noch etwas Kohle machen können, sehen sie das vielleicht als netten Bonus an.«

Eve blickte auf die Uhr. »Ich will das alles noch mit Mira durchgehen. Machen Sie mir einen Termin mit ihr, danach fahren wir mit den Vernehmungen der Leute fort.«

»Aber wir haben den Kerl doch schon.«

»Mit diesem Satz büßen Sie Punkte ein. Es könnte schließlich sein, dass der Komplize ebenfalls auf unserer Liste steht und auch hier wohnt.«

Peabody runzelte die Stirn. »Daran habe ich nicht gedacht.«

»Die Chancen stehen fifty-fifty, also nehmen wir uns noch die letzten Leute auf der Liste vor.«

»Sie haben den Kerl mit Ihren Fragen nach dem Wochenende relativ nervös gemacht, Dallas.«

»Das hatte ich auch vor. Wenn er nervös genug ist, sehen sie ja vielleicht von einem dritten Anschlag ab. Ich stelle Leute zur Bewachung vor das Haus, drinnen haben wir Rhoda und ihr Team. Während ich mit Rhoda spreche und ein Team zur Überwachung des Gebäudes einbestelle, rufen Sie für mich bei Miras Sekretärin an.«

Eve ging nach vorne zum Empfang. »Ich postiere ein paar Leute vor der Tür, die das Gebäude überwachen sollen.«

»Dann gebe ich den Türstehern und der Security Bescheid«, stimmte Rhoda ihr nickend zu.

»Wer übernimmt den Dienst hier vorn, wenn Ihre Schicht vorüber ist?«

»Aaron Vogal.«

»Ist er so gut wie Sie?«

Rhoda lächelte verschmitzt. »Auf jeden Fall. Vor allem, da er von mir persönlich ausgebildet worden ist.«

»Er muss diskret und stressfest sein.«

»Wenn er nicht beides wäre, hätte er diesen Job nicht.«

»Ich muss sofort erfahren, falls Lucius Iler aus dem Haus geht oder jemand ihn besucht.«

»Mr. Iler. Alles klar.«

»Das hoffe ich. Sie werden ihn auf keinen Fall zur Rede stellen oder Ihr Verhalten ändern, falls Sie Mr. Iler sprechen oder sehen. Falls er Besuch bekommt, geben Sie mir direkt Bescheid.«

»Er hat sehr viele Freunde und Geschäftspartner und da er seine Arbeit hauptsächlich von der Wohnung aus erledigt, hat er ziemlich oft Besuch.«

»Es geht um einen männlichen Besucher, auch wenn ich nicht weiß, wie alt er ist. Vielleicht wirkt er wie ein Soldat, denn höchstwahrscheinlich hat er eine Ausbildung beim Militär gemacht.«

»Das grenzt es etwas ein, doch Mr. Iler hat sehr viele Kunden, Freunde und Bekannte, die beim Militär sind oder waren.«

»Okay.« Am besten sähe sie sich selbst noch einmal das Gästebuch des Hauses an, sagte sich Eve. »Falls irgendwer, auf den diese Beschreibung zutrifft, heute zu ihm will, soll die Security die Leute draußen informieren, ich selbst bekomme ebenfalls sofort Bescheid. Ich – Augenblick«, bat sie beim Klingeln ihres Links.

Sie sah auf das Display und stieß mit rüder Stimme aus: »Nicht jetzt, Nadine.«

»Bitte hassen Sie mich nicht.«

»Dann zwingen Sie mich nicht dazu.«

»Sie interviewen mich nachher für *Knight at Night.*«

»Ich gratuliere. Jetzt legen Sie gefälligst wieder auf.«

»Bleiben Sie bitte noch kurz dran! Ich *muss* in diese Sendung, denn ich habe schließlich eine Chefin so wie jeder andere, und die will mich unbedingt in dieser Sendung sehen.«

»Wo ist das Problem? Die Sendung kommt doch aus New York.«

»Normalerweise ja. Doch diese Woche senden sie aus Hollywood, deswegen muss ich heute schon dorthin. Das heißt, ich fliege bereits heute los.«

»Das ist ja wohl ein Witz.«

»Es tut mir leid, aber das ist mein voller Ernst. Vor allem tut's mir leid, weil es unglaublich nett von Ihnen war, Peabody extra freizugeben, damit sie mit mir nach Kalifornien fliegen kann. Nur müssen wir jetzt leider schon in gut zwei Stunden los. Es tut mir wirklich leid!«

Eve kniff die Augen zu und ließ den Kopf auf den Empfangstisch fallen.

»Dallas! Dallas!«

»Halten Sie, verdammt noch mal, für einen Augenblick den Mund.« Eve ließ den Kopf noch einmal auf den Empfangstisch fallen. »Was für ein Scheiß.«

»Ich weiß, ich weiß. Aber die Anprobe von ihren Sachen findet sowieso dort drüben statt. Sie brauchen also kaum etwas zu packen, doch in knapp zwei Stunden müssten sie beim Flieger sein. Es tut mir wirklich leid. Ich will sie nicht im Stich lassen und es ist meine Schuld, wenn sie jetzt doch nicht fliegen kann, aber ...«

»Sie werden pünktlich sein.«

»Oh, Gott sei Dank. Dafür haben Sie bei uns allen was gut.«

»Auf jeden Fall!«, fuhr Eve sie an und legte einfach auf.

Dann wandte sie sich wieder Rhoda zu. »Es tut mir leid.«

»Schon gut. Kann ich Ihnen etwas gegen Ihren Kopfschmerz holen?«

»Ich glaube nicht, dass gegen diese Art von Kopfweh irgendeine Pille hilft.« Eve ging zurück in Richtung des Büros, aus dem Peabody ihr entgegenkam.

»Ich musste kurz mit ihrer Sekretärin streiten, aber

Mira hat in einer halben Stunde Zeit für ein Gespräch in ihrem Büro oder am Link.«

»Sehr gut. Sie müssen los.«

»Soll ich mit Mira sprechen?«

»Nein. Nadine muss bereits heute losfliegen, deswegen müssen Sie sofort zum Flughafen fahren.«

»Aber wir fliegen doch erst morgen.«

»Sollten morgen fliegen, doch jetzt hat sie den Abflug nun mal vorverlegt. Rufen Sie von unterwegs Ian an. Und jetzt hauen Sie ab.«

»Aber, aber, Iler. Ich kann doch nicht einfach …«

»Sehen Sie mir ins Gesicht.« Eve wies auf ihre eigenen Augen und bedachte sie mit einem strengen Blick. »Sie sind ab jetzt im Urlaub, also hauen Sie ab, damit ich weiter meine Arbeit machen kann. Noch ein einziges Wort von Ihnen und ich zerre Sie persönlich aus dem Haus.«

Peabody presste ihre Lippen aufeinander und griff sich ans Herz.

»Jetzt verschwinden Sie, denn ich habe zu tun.«

Peabody stürzte Richtung Tür und als der Abstand groß genug war, dass Eve sie nicht mehr erwischen konnte, rief sie: »Danke, Boss!«, und rannte aus dem Haus.

»Gern geschehen«, knurrte Eve und trat entnervt gegen den Tisch.

Als Erstes rief sie Baxter an.

»Wir kommen gerade von dem dritten Typen hier im Haus, der auf der Liste steht.«

»Dann kommen Sie gleich runter ins Büro des Managers. Rhoda wird Ihnen zeigen, wo das ist.«

»Zehn Minuten«, meinte er und legte auf.

Sie atmete geräuschvoll aus und rief die Sekretärin ihres Mannes an.

»Hallo, Lieutenant.«

»Tut mir leid, Caro.«

Die elegante, effiziente Caro lächelte sie einfach an. »Schon gut. Er ist gerade in einem Meeting, doch er hat gesagt, dass ich Sie sofort zu ihm durchstellen soll.«

»Das ist gar nicht erforderlich. Es reicht, wenn Sie ihm nach dem Meeting ausrichten, dass Peabody schon früher wegfahren musste, dass ich im Haus von Banks bin und die Dinge in Bewegung sind. Er kann mich zurückrufen, wenn's passt.«

»Wird erledigt, Lieutenant«, sagte die Sekretärin ihr zu und meinte noch: »Wir freuen uns alle schon auf Sonntag und wir hoffen, dass Nadine den Oscar kriegt.«

»Ich weiß nicht, ob ich mir das wünschen soll. Aber ich danke Ihnen.«

Eve atmete tief durch, massierte sich die Schläfen, entwarf in Gedanken einen Plan und nahm den nächsten Anruf auf dem Smartphone an.

Der Colonel gab ihr die erbetene Liste aller Militärs, die sich in der Kaserne aufgehalten hatten, als die Bomben hochgegangen waren, durch.

Es waren eine Menge Leute dort gewesen, doch die Frauen, die Toten und Soldaten, die noch im aktiven Dienst waren, schloss Eve aus. Ihr Täter hatte seinen Dienst quittiert – falls er nicht ehren- oder unehrenhaft entlassen worden war.

Er war der Dominantere der beiden und er könnte älter sein als Lucius Iler … falls er kein Ersatz für seinen kleinen Bruder war. Dann wäre er zwar jünger, wäre aber trotzdem der Boss.

Sie lenkte ihren Blick vom kleinen Display des Links auf einen großen Wandbildschirm und ging noch einmal nach vorn, wo Rhoda ihren Dienst versah.

Bis Baxter und der junge Trueheart kamen, saß sie mit einer Kanne Kaffee hinten im Büro und betrachtete die Namen, die sie noch nicht gestrichen hatte, auf dem großen Monitor.

»Ich rieche echten Kaffee«, stellte Baxter fest.

»Rhoda hat einen kleinen Vorrat von dem Zeug.«

»Sie sollten dieses Mädchen heiraten«, schlug Baxter Trueheart vor und schenkte ihnen beiden ein.

»Sie wissen doch, dass ich bereits vergeben bin.«

»Behalten Sie die Freundin, werden Sie aber trotzdem Rhodas Mann.«

»Falls das geklärt ist«, meinte Eve, »haben wir in Lucius Iler aus Apartment 5005 den Finanz- und Kunstexperten unseres Täterduos ausfindig gemacht.«

»Sie haben ihn? Verdammt!« Baxter prostete ihr anerkennend mit seinem Becher zu. »Schafft Peabody ihn gerade aufs Revier?«

»Wir haben ihn noch nicht verhaftet, also müsste er jetzt noch in seiner Wohnung sein. Ich habe zwei Beamte in Zivil vor dem Gebäude stehen und die patente Rhoda vorne in der Eingangshalle, falls er abhauen will. Peabody ist auf dem Weg nach Hollywood.«

»Ach ja?« Ein Lächeln dehnte sich auf Truehearts jungenhaften Zügen aus. »Ich dachte eigentlich, dass sie erst morgen fliegt.«

»Sie sollte auch erst morgen fliegen. Aber jetzt fliegt

sie eben heute schon. Nehmen Sie beide Platz und hören mir zu.«

Kaum dass die beiden saßen, brachte sie sie auf den neuesten Stand.

»Wahrscheinlich hat er seinen Komplizen kontaktiert«, erklärte sie am Schluss. »Was sich wohl kaum verhindern ließ. Vielleicht geht der Komplize jetzt auf Tauchstation, aber ich glaube nicht, dass er das tut, denn schließlich ist der Kerl Soldat.«

Mit einem zustimmenden Nicken führte Baxter aus: »Ein Soldat lässt keinen Mann aus seiner Kompanie einfach zurück.«

»Genau. Die zwei sind Brüder – wenigstens aus Ilers Sicht. Wenn sie abhauen, hauen sie gemeinsam ab. Ich gehe davon aus, dass der Komplize auf der Liste auf dem Bildschirm steht, die Männer waren alle in Seoul in der Kaserne, als dort die zwei Bomben hochgegangen sind. Die Frauen, die Verstorbenen und die, die weiter im aktiven Dienst sind, habe ich gestrichen, denn die beiden haben diese Attentate schon seit Monaten geplant, deswegen dürfte der Komplize bereits vorher aus der Truppe ausgeschieden sein. Trueheart, Sie gleichen diese Namen mit der Liste der Bewohner ab. Falls beide Täter hier im Haus wohnen …«

»Können wir sie uns schnappen und dann auf ein Bier und einen Burger in die Kneipe gehen«, beendete Baxter ihren Satz.

»Wenn wir das schaffen, gehen die Burger und das Bier auf mich. Ich muss jetzt gleich mit Mira sprechen. Die tatsächlich unglaublich patente Rhoda hat alles vorbereitet, damit ich von hier aus mit ihr reden kann. Auf diese Art bekommen Sie alles mit und ich muss Ihnen nicht erzählen, was bei der Unterhaltung rausgekommen ist.«

»Vielleicht sollte ich sie selbst bitten, meine Frau zu werden«, meinte Baxter.

»Dafür ist sie zu schlau.«

»Ich habe die weibliche Klugheit schon des Öfteren mit meinem Charme und meiner Manneskraft außer Gefecht gesetzt.«

»Das stimmt«, erklärte Trueheart, der schon bei der Arbeit war.

»Das ist ein ganz besonderes Talent.«

»Von dem ich nichts mehr hören will, bis wir die Schweine haben«, meinte Eve und fügte noch hinzu: »Im Übrigen ist Roarke inzwischen auf dem Weg hierher.«

»Als würdiger Ersatz für unsere ebenfalls patente Peabody.«

»Genau« stimmte Eve Baxter zu. »Während Trueheart seine Arbeit macht, erzählen Sie mir erst mal von Ihrer Tour durchs Haus.«

»Ich glaube nicht, dass dabei irgendwas herausgekommen ist. Keiner von den Typen, bei denen wir waren, passt zum Profil der Täter und uns kam auch niemand seltsam vor.«

»Der zweite Täter muss trotzdem hier wohnen, wenn ich die Burger und Getränke zahlen soll. Am besten konzentrieren wir uns bei der Suche darauf, wer beim Militär war. Vielleicht hat der Komplize sich ja einen anderen Namen zugelegt.«

»Rhoda wird wissen, falls der Kerl hier wohnt und des Öfteren zu Besuch bei Iler ist.«

»Oder der Türsteher oder Nachtportier. Also brauchen wir Fotos von den Leuten, die noch auf der Liste auf dem Bildschirm stehen.«

Sie blickte auf die Uhr. »Doch vorher rufe ich Mira an.«

Während die Psychologin mit einer Tasse Tee in ihren Händen auf der Wache saß, ging Eve bei dem Videogespräch die Dinge, die sie herausgefunden hatten, ihre Eindrücke und die gezogenen Schlüsse mit ihr durch.

»Der körperlich leicht angeschlagene große Bruder, der auf seinen kleinen Bruder stolz ist und ihn unbedingt beschützen will«, fing Mira an. »Sie beide waren häufig mit dem Personal alleine, während ihre Mutter mit dem dominanten, anspruchsvollen Vater unterwegs war. Der Vater hat, auf jeden Fall aus Ilers Sicht, die Frau und Kinder nie richtig geliebt und wenigstens den schwächeren, unsportlichen älteren der beiden Söhne häufig kritisiert, der Mutter ging es weniger darum, die Kinder zu beschützen, als sich selbst, indem sie ihrem Mann und Vater ihrer Kinder immer seinen Willen ließ.«

»Geht es dabei also um Neid? Nehmen sie deshalb liebevolle Väter ins Visier?«

»Das ist auf alle Fälle ein Motiv. Der jüngere der beiden Brüder erfüllt die Erwartungen des Vaters, wird Soldat und geht bei der Armee neue Bindungen zu neuen Brüdern ein. Dann verliebt er sich auch noch und abermals wird Lucius durch jemand anderen ersetzt. Aber statt selbst andere Beziehungen zu knüpfen, stellt er seinen Bruder weiter in den Mittelpunkt. Weil er sich nicht nur als der große Bruder, sondern eher als Vater sieht.

Nur kann er seinen Bruder nicht mehr schützen, denn der stirbt als Held.«

»Und als Soldat«, bemerkte Eve. »Weil das der Wunsch des Vaters war.«

»Genau. Der Vater hätte den Sohn beschützen sollen. Stattdessen hat er seinen Tod verursacht und fährt dann mit seinem Leben fort, als wäre nichts geschehen. Auch die Frau, der Terry einen Heiratsantrag machen wollte, sieht irgendwann wieder nach vorn und heiratet dann einen anderen Mann. Weil Frauen berechnend sind, schwach und illoyal. Der Einzige, mit dem er Mitleid hat, ist Terry und loyal ist er nur gegenüber seinem Komplizen, der die Stelle des kleinen Bruders übernommen hat.«

»Worin der dominantere Komplize ihn wahrscheinlich noch bestärkt.«

»Auf jeden Fall. Die Väter sollen beweisen, dass ihnen die Leben ihrer Kinder wichtiger als alles andere sind. Bei dem Spiel um den Profit ist es das Wagnis, das sie reizt. Iler war ein schwaches Kind und hat wahrscheinlich hart gearbeitet, bis er die Schwäche überwunden hat. Er ist dabei gesundheitlich ein Wagnis eingegangen, aber als Spieler ist er süchtig nach dem Risiko und der Belohnung, die er einzustreichen hofft.«

»Der Komplize ist als Militär darauf trainiert, Gefahren und Gewalt zu akzeptieren und sein Leben hinzugeben, wenn es nötig ist. Er hat den Anschlag damals überlebt, aber ein Mann, den er bewundert oder respektiert hat, nicht. Sie haben recht, er könnte jünger sein. Wobei er trotzdem dominanter ist. Er dürfte Ilers Untergebener gewesen sein. Ich gehe davon aus, dass Iler sein direkter Vorgesetzter war.«

»Der die Verantwortung für seine Männer trug. Wie ein Vater für seine Kinder.«

»Genau. Dazu hat der Komplize nicht nur Freude an Gewalt, sondern sie ist für ihn genauso eine Sucht wie die Zockerei.«

Als sie zum Ende kamen, betrat Roarke den Raum.

»Ich danke Ihnen für das Gespräch«, erklärte Eve.

»Halten Sie mich bitte weiter auf dem Laufenden«, bat Mira sie. »Wenn Sie einen oder beide zur Vernehmung auf die Wache holen, würde ich gerne zusehen.«

»Ich gebe Ihnen rechtzeitig Bescheid.« Eve legte auf und blickte Trueheart fragend an.

»Ich habe keine Übereinstimmungen gefunden, Lieutenant.«

»Das dürfte es mit unseren Burgern und mit dem Bier gewesen sein«, beschwerte Baxter sich.

»Besorgen Sie die Fotos, Baxter«, befahl Eve und wandte sich an Roarke. »Lass uns nach draußen gehen.«

Sie brauchte die Bewegung und die frische Luft – und Iler dürfte sie und Roarke ruhig auf der Straße sehen.

»Ich muss dir leider mitteilen, dass einer deiner Mieter hier ein Soziopath und Killer ist.«

»So was kommt vor«, gab Roarke zurück.

»Lucius Iler.«

»Aus der Antiquitäten-Dynastie?«

»Genau. Kennst du den Mann?«

»Ich bin ihm nie begegnet, aber im Verlauf der Jahre habe ich das eine oder andere Stück in einem der Geschäfte der Familie gekauft.«

»Der ältere Sohn«, setzte Eve an und unterbrach sich kurz, um Officer Carmichael anzurufen, der aus einem eleganten Teesalon verfolgte, wer das Haus verließ oder betrat.

»Er ist noch oben in der Wohnung, Ma'am. Er war zweimal auf der Terrasse, er wirkte ziemlich aufgeregt. Er hat etwas getrunken, beim zweiten Mal hat er mit jemandem am Link gesprochen und sich dann etwas beruhigt.«

»Bleiben Sie, wo Sie sind.«

Sie selbst ging mit Roarke zurück zum Haus. »Also hat Iler zwei Familien terrorisiert und achtzehn Menschen umgebracht, weil seine eigenen Eltern ihn nicht oft genug umarmt haben, sein Bruder bei der Rettung anderer Menschen umkam und die Freundin des Bruders nicht ihr Leben lang um ihn getrauert hat.«

»Dazu kommen seine Gier, der Spaß am Spiel und Risiko und ein Komplize, der ihn noch in seiner schrägen Sichtweise bestärkt.«

Roarkes Haar und Mantel flatterten im Wind. »Es wird mir ein Vergnügen sein, dir nicht nur dabei zuzusehen, wenn du dir diese beiden Kerle schnappst. Warum ist Peabody schon heute auf dem Weg nach Kalifornien?«

»Wegen Nadine. Sie tritt in Annie Knights verdammter Sendung auf und da die diese Woche wegen der Oscars an der Westküste gedreht wird, musste sie schon heute losfliegen.«

»War das, bevor oder nachdem ihr das mit Iler herausgefunden habt?«

»Danach, doch ich will nicht darüber reden«, meinte Eve. »Und denk nicht mal daran, mir einen Kuss zu geben, während auf der anderen Straßenseite zwei von meinen Leuten sind.«

»Ich wage zu bezweifeln, dass sie aus der Ferne lesen können, was ich denke.«

»Polizistenaugen sehen alles«, antwortete Eve und blieb noch kurz im Wind und Lärm der Straße stehen.

»Was soll ich tun als deine Peabody?«

»Als Erstes muss ich dir noch sagen, dass ich zwar nicht weiß, wie viel du der patenten Rhoda jeden Monat zahlst, sie aber trotzdem zusätzlich noch einen fetten Bonus von dir kriegen sollte, weil sie wirklich super ist.«

»Den kriegt sie«, sagte er ihr zu.

»Je nachdem, wie's läuft, müssen Baxter und Trueheart auch noch mit den letzten Leuten sprechen, die auf ihrer Liste stehen, und sich dabei auf alle, die beim Militär waren, konzentrieren, aber nicht nur das. Vielleicht hat sich der Kerl ja einen anderen Namen und eine andere Vita zugelegt. Ein paar Gespräche übernehme ich, damit es schneller geht, und während ich dabei bin, überprüfst du bitte eingehend die Namen der Leute, die beim Anschlag auf diese Kaserne in Seoul dabei waren.«

»Das kann ich machen.«

»Vielleicht hat der Kerl sich ja inzwischen einen anderen Namen zugelegt, deswegen achte bitte drauf, ob irgendwas mit irgendwem nicht stimmt. Vielleicht war einer von den Leuten nach dem Anschlag psychisch auffällig und wurde krankheitsbedingt oder unehrenhaft entlassen oder so.«

»Hat er eine Sprengstoffausbildung?«

»Ich gehe davon aus, wobei er diese Fähigkeiten auch erst nach dem Attentat entwickelt haben kann. Falls er mal verheiratet war – was ich bezweifle –, dürfte er inzwischen längst geschieden sein. Wahrscheinlich arbeitet der Kerl als Wachmann oder war mal bei der Polizei. Inzwischen aber müsste er dort ausgeschieden sein, denn für die Planung dieser Attentate hat er jede Menge Zeit gebraucht und dazu war die Pause zwischen beiden Anschlägen sehr kurz, so viel Urlaub kriegt ein Polizist höchstens im Krankheitsfall oder wenn er besondere Probleme hat. Obwohl mich der Gedanke sauer macht, bezieh die Möglichkeit, dass er ein Cop ist oder war, in deine Überprüfungen mit ein.«

»Das mache ich. Du willst Iler nicht verhaften und ihn auf der Wache in die Zange nehmen?«

»Das kann ich immer noch. Jetzt sollten wir erst einmal sehen, ob die Überprüfung dieser Leute irgendwas ergibt.«

Sie ging zurück ins Haus und wandte sich dort an den Mann mit würdevollen silbergrauen Haaren, der hinter dem Empfangstisch stand.

»Lieutenant, Sir. Rhoda ist mit den Detectives in ihrem Büro. Mr. Iler ist in seiner Wohnung und bisher wollte niemand ihn besuchen.«

»Sehr gut.«

Während Baxter Aufnahmen der Leute von der Liste auf den Bildschirm brachte, schaute Rhoda sich die Fotos an. Sie wollte aufspringen, als Eve und Roarke den Raum betraten, doch ihr Arbeitgeber winkte ab und Baxter meinte: »Lassen Sie sich Zeit. Sie sehen täglich zahllose Gesichter. Falls Ihnen ein Gesicht hier auf dem Monitor bekannt vorkommt, markieren wir's und sehen es uns später noch mal an.«

»Der nicht«, erklärte sie und Baxter rief das nächste Foto auf.

»Was ist mit dem Gästebuch?«, erkundigte sich Roarke und Trueheart zeigte auf den Laptop, mit dem er am Schreibtisch saß.

»Das gleiche ich mit unserer Liste ab und achte dabei nicht nur auf die Namen, sondern auch darauf, ob's Übereinstimmungen bei den Vor- oder den Nachnamen oder den Initialen der Leute gibt.«

»Machen Sie weiter«, bat Eve ihn und blickte Rhoda an. »Vielleicht hat er inzwischen eine andere Haarfarbe oder Frisur, trägt einen Bart oder hat sich rasiert.«

Am Ende einer langen ersten Runde hatte Rhoda vier Gesichter ausgewählt.

»Ich hoffe nur, ich habe die Gesichter nicht gewählt, weil sie jemand ganz anderem, an den ich mich erinnere, ähnlich sehen.«

»Am besten legen Sie erst einmal eine kurze Pause ein.«

»Aber ich …«

»Wenn Sie ein paar Minuten Pause machen, können Sie sich wieder besser konzentrieren. Baxter, seien Sie doch bitte so charmant und schenken Rhoda einen Kaffee ein. Auf Ihre Manneskraft kommt's dabei nicht so an.«

»Trotzdem bricht die manchmal einfach so aus mir heraus. Wie nehmen Sie Ihren Kaffee, Rhoda?«

»Schwarz, denn schließlich sollte man es genießen, wenn man echten Kaffee hat.«

»Sie sind eine Frau nach meinem Herzen«, stellte Baxter grinsend fest und sah sie fragend an: »Sind Sie verheiratet?«

»Jetzt gerade nicht. Ich finde es sehr nett, dass alle

sich bemühen, mir meine Aufregung zu nehmen, aber das Bewusstsein, dass ich beinah täglich in Kontakt mit einem der Männer stand, die all dies verbrochen haben, bringt mich tatsächlich etwas aus dem Gleichgewicht.« Sie hob den ihr von Baxter angebotenen Kaffeebecher an den Mund und trankt den ersten Schluck.

»Auf mich wirken Sie ziemlich ausgeglichen«, meinte Eve und sah zu Roarke, der bereits mit seinem Handcomputer bei der Arbeit war.

Er war tatsächlich eine exzellente Peabody.

»Lassen Sie mich die Bilder noch mal sehen.« Beim ersten Foto stellte Rhoda fest: »Der nicht. Das ist vielleicht ein bisschen peinlich, doch inzwischen ist mir klar, dass er mich an Scott Trevor in *Galaxy Force* erinnert hat.«

»Sie gucken *Galaxy Force*?«, rief Baxter aus.

»Ich liebe diesen Film.«

»Wir müssen uns auf jeden Fall mal treffen. Sie haben recht. Er könnte Scotts älterer Bruder sein. Was ist mit diesem Typen?«

Sie blickte auf das nächste Bild, klappte die Augen zu und räumte ein: »Ich bin mir nicht ganz sicher. Kann ich mir das später noch mal ansehen?«

»Kein Problem.« Er rief das dritte Foto auf.

»Da ist etwas …« Erneut schloss sie die Augen, dachte nach und schlug sie wieder auf. »Genau. Jetzt weiß ich es. Er hat sich seine Haare abrasiert. Da ist auch noch etwas anderes. Ich bin … die Nase. Seine Nase ist jetzt schmaler und ganz gerade. Auf dem Foto sieht es aus, als hätte er sie mal gebrochen und als wäre sie danach ein bisschen schief geblieben, finden Sie nicht auch? Normalerweise trägt er immer eine Sonnenbrille, selbst wenn es schon dunkel ist. Das ist Mr. Nordon. Oliver Nordon. Er ist häufig Gast bei Mr. Iler, meistens abends, wenn mein Dienst bereits geendet hat. Aber ich kenne seinen Namen aus dem Gästebuch; wenn er tagsüber zu Mr. Iler wollte, hat er bei mir eingecheckt. Mr. Nordon.«

»Alles klar«, mischte sich Trueheart ein. »Ich habe ihn. Sergeant Oliver Silverman war unter Captain Iler in Seoul.«

»Sergeant Oliver Silverman«, las Roarke von seinem Handcomputer ab. »Zur Zeit des Anschlags zweiunddreißig Jahre alt. Er wurde bei der Explosion verletzt – gebrochenes Bein, schwere Verbrennungen am Oberkörper und den Armen, Schrapnellverletzungen an den Genitalien, die zu einer Teilamputation geführt haben.«

»Aua«, stieß Baxter leise aus.

»Die medizinische und die psychiatrische Begutachtung haben zu seiner ehrenhaften Entlassung aus dem Dienst geführt.«

»Das heißt, er war nicht fit genug, um einen anderen Job für ihn zu finden, wie man es normalerweise bei Soldaten, die im Krieg verwundet wurden, macht.«

»Ich kann noch tiefer graben, wenn du willst«, bot Roarke Eve an.

»Später. Haben wir ein aktuelles Passfoto von Silverman?«

»Nachdem sie ihn beim Militär entlassen haben, ist er abgetaucht.«

»Das machen viele Ex-Soldaten«, stellte Trueheart fest. »Ich kenne jede Menge Obdachloser, die mal bei der Army waren.«

»Das stimmt. Doch dieser Mann ist ganz bestimmt nicht obdachlos. Was hast du über Nordon, Roarke?«, erkundigte sich Eve bei ihrem Mann.

»Oliver Nordon, sechsunddreißig, Sicherheitsberater für Privatleute und kleine Unternehmen. Das passt genau, Lieutenant.«

»Wo ist er gemeldet?«

»Sechsunddreißigste West 563.«

»Baxter, Sie besorgen uns die Haftbefehle und dazu noch die Erlaubnis zur Durchsuchung beider Wohnungen. Am besten rufen Sie deshalb bei Reo an, denn die ist wirklich schnell. Trueheart, schicken Sie ein Viererteam in Kampfmontur zu Silvermans Adresse.«

»Zu Befehl, Ma'am.«

»Außerdem brauchen wir zwei weitere Beamte hier«, fügte sie noch hinzu, trat in den Flur und rief bei Feeney an. »Ich brauche Ohren und Augen in der Sechsunddreißigsten West 563. Apartmentnummer, Roarke?«

»Die gibt es nicht. Es ist ein dreistöckiges Haus, in dem er offenbar alleine lebt.«

»Hast du gehört?«

»Ich bin nicht taub«, erklärte Feeney ihr.

»Die Infos über den Verdächtigen bekommst du gleich von ...«

»Schon erledigt«, meinte Roarke.

»Wir gehen sicher davon aus, dass er bewaffnet und verdammt gefährlich ist. Das heißt, die Leute gehen nur in Kampfmontur ins Haus. Ich ziehe auch noch Salazar hinzu, denn sicher hat er dort auch Sprengstoff deponiert.«

»Dann schließe ich mich mit ihr kurz.«

»Die Erlaubnis zur Dursuchung des Gebäudes und zur Festnahme des Typs ist in Arbeit, wir haben schon vier Leute losgeschickt. Zuerst kommen die Sprengstoffleute dort zum Zug. Niemand geht in das Haus, solange es nicht von den Sprengstoffleuten freigegeben worden ist. Die Häuser und Geschäfte links und rechts des Hauses werden vorsorglich geräumt. Wie weit sind Sie, Baxter?«

»Reo ist dabei.«

Entschlossen nahm sie ihm sein Smartphone ab. »Machen Sie schneller, Reo«, herrschte sie die Staatsanwältin an und drückte ihm das Smartphone wieder in die Hand. »Erst nehmen wir Iler fest, dann kommen wir und helfen euch.«

Sie legte auf, sah sich noch einmal das Foto an und wandte sich den anderen zu: »Wir gehen es folgendermaßen an.«

»Sie ist fantastisch«, stellte Rhoda fest und lächelnd meinte Roarke: »Nicht wahr?«

»Die Haftbefehle sind in der Mache. Baxter, Trueheart, nehmen Sie Ihre Positionen ein. Shelby und Carmichael, haben Sie gehört?«

»Wir haben alles mitbekommen, Ma'am.«

»Du kommst mit mir, Roarke, und Sie, Rhoda, sperren die fünfzigste Etage ab«, bat Eve auf ihrem Weg zum Lift.

»Viel Glück«, rief Rhoda ihnen nach, als sich die Tür des Fahrstuhls schloss.

»Ich glaube nicht, dass der Kerl hier uns sonderliche Schwierigkeiten machen wird, doch schließlich weiß man nie.«

»Du machst dir Sorgen wegen Silverman. Das kann ich nachvollziehen. Im Übrigen kann ich dir sagen, dass du auch bei Markin richtiglagst.«

»Ach ja? Steckt er in dieser Sache drin?«

»In dieser nicht, doch heute Morgen habe ich ein bisschen recherchiert und herausgefunden, dass er immer wieder heimlich Gelder von den Konten seiner Ehefrau abzwackt.«

»Ach was.«

»Sie hat bisher noch nichts davon gemerkt, doch früher oder später wird es entweder ihr selbst oder den Leuten, die für sie die Bücher führen, auffallen. Ich frage mich, ob ihre Eltern dann noch immer etwas dagegen haben, wenn sie sich von diesem Typen scheiden lässt.«

»Statt die Kollegen vom Betrug zu informieren, sollte ich ihn vielleicht selbst auf die Wache holen. Das wäre sicherlich ein Spaß.«

Inzwischen standen sie vor Ilers Tür, doch auf Eves Klingeln blieb dahinter alles still. Anscheinend hatte Iler den Computer, der sie morgens in Empfang genommen hatte, zwischenzeitlich ausgestellt.

»Wenn die Tür sauber ist, schließ bitte für mich auf«, wandte sie sich an Roarke.

Er glitt mit einem Scanner über Tür und Schlösser, meinte: »Alles sauber«, und ein paar Sekunden später ließ er ihr den Vortritt in die Wohnung, während Iler ein Bein über das Geländer der Terrasse schwang.

Eve rannte los, doch grinsend rutschte er mit einem großen Rucksack auf dem Rücken sowie einer großen Tasche vor dem Bauch an einem bereithängenden Kletterseil hinab und ließ sich auf den Gehweg fallen.

Wo ihn ein Aufgebot an Cops empfing.

»Das hast du sauber hinbekommen, Lieutenant«, gratulierte Roarke.

»Ich war mir sicher, dass er abhauen wollte, denn schließlich hatte ich ihm wegen des vergangenen Wochenendes ziemlich zugesetzt. Da konnten sich sogar zwei Trottel wie die beiden denken, dass wir wussten, dass der Mord an Banks mit unseren beiden Bombenattentaten in Verbindung stand. Iler hatte für das Wochenende und die Nacht zum Dienstag ein echt jämmerliches Alibi.«

Sie ließ die Schultern kreisen und erklärte: »Jetzt holen wir uns den anderen Kerl.«

21

Roarke fuhr, während sie sich mit ihrem Team besprach.

»Wir nehmen die Augen und die Ohren jetzt in Betrieb«, erklärte Feeney ihr. »Das Haus sieht supergut gesichert aus, die Sichtschutze sind aktiviert, außerdem hat er auch noch andere Filter installiert. Zeigen Sie's ihm, Callendar.«

»Was sonst? Gleich bin ich durch.«

»Was machen die Sprengstoffleute?«, fragte Eve.

»Die sehen sich gerade um. Okay, die Augen sind jetzt durch die Filter durch. Wir fangen unten an und arbeiten uns hoch. Ich rede erst mal mit dem Sprengstoffteam, und Sie, Callendar, machen mich gefälligst weiter stolz.«

»Nachdem der Keller sauber ist, geht es jetzt rauf ins Erdgeschoss. Ich habe übrigens McNab vorhin zum ersten Mal Rad schlagen sehen.«

»Sie haben was?«, erkundigte sich Eve.

»Auf seinem Weg nach Hollywood. Im Erdgeschoss ist auch niemand. Ich habe ihm für die drei Räder eine gute Acht gegeben, weil das dritte etwas wacklig war. Der erste Stock ist auch sauber. Am Sonntag gehen wir mit ein paar Leuten ins *Blue Line* und gucken uns die Oscars dort zusammen an. Das Haus ist leer. Ich finde keine Wärmequelle, also ist der Schuft nicht da. Es tut mir leid.«

»Außerdem hat er tatsächlich einen Sprengsatz an der Tür«, mischte sich Feeney wieder ein.

»Ich hoffe, ihr kommt trotzdem klar.«

»Natürlich tun wir das. Salazar und ihre Leute haben die Sache voll im Griff. Wann seid ihr hier?«

»Genau in diesem Augenblick«, erklärte sie, als Roarke hinter dem Van der elektronischen Ermittler hielt.

Sie fluchte, als sie eine Explosion vernahm, doch als sie durch die Absperrung zu Salazar und ihren Leuten laufen wollte, zerrte Roarke sie wenig sanft zurück.

»Was hast du vor?«, erkundigte er sich und hielt sie weiter fest.

Sie riss ihr Link aus der Tasche und rief hektisch: »Salazar! Wie sieht's bei Ihnen aus?«

»Bei uns ist alles klar. Aber Sie bleiben, wo Sie sind. Wir haben die Sprengfallen an den Türen und Fenstern zwar deaktiviert, aber wir sehen uns auch noch nach Stolperdrähten und nach Blendgranaten um.«

»Ich komme rein.«

»Auf keinen Fall. Das hier ist mein Job, Dallas, und ich will nicht, dass mir dabei irgendjemand in die Quere kommt. Meine Leute können keine Ablenkung gebrauchen, bis die Sicherung des Hauses abgeschlossen ist.«

»Sie haben recht.« Eve lief zurück zum Van. »Was habt ihr drinnen mitgekriegt?«

»Ganz oben gab es eine laute Explosion, aber wir wissen, dass dort niemand war«, erklärte Callendar. »Die Sprengstoffleute waren zwar schon im Haus, aber sie waren noch im ersten Stock.«

Eve zwang sich zu Geduld, denn ihr war klar, dass es tödlich enden könnte, triebe man das Sprengstoffteam zur Eile an. Sie stapfte auf und ab und ignorierte die verdammten Gaffer und Reporter, die hinter der Absperrung versammelt waren.

»Kümmern Sie sich um die Journalisten, Baxter, aber gehen Sie möglichst nett mit ihnen um, denn falls der Kerl sich abgesetzt hat, brauchen wir sie vielleicht noch.«

Dann wartete sie weiter ab, bis Salazar nach einer halben Ewigkeit endlich Entwarnung gab.

»Der blöde Wichser hatte überall in dem Gebäude Sprengfallen und Stolperdrähte angebracht. Wir haben sie alle ausgeschaltet und die Bombe in der oberen Etage ist nur hochgegangen, weil sie mit einem Zeitzünder gekoppelt war. Sieht aus, als hätte er dort oben alle elektronischen Geräte aufgetürmt und in die Luft gejagt. Auch seine Werkstatt dürfte dort gewesen sein, wobei von der jetzt kaum noch etwas übrig ist. Auf alle Fälle wurden die verdammten Sprengstoffwesten dort gebaut.«

Trotz des noch immer kalten Windes rann der Sprengstofffrau der Schweiß in Strömen von der Stirn und eilig zerrte sie am Reißverschluss des dicken Schutzanzuges, den sie trug. »Sieht aus, als ob er alles mitgenommen hätte, denn der Safe ist leer und in dem Schrank im Schlafzimmer liegt nicht einmal mehr ein vergessener Strumpf. Ich nehme an, dass er auch einen Teil von seinem Spielzeug mitgenommen hat. Auf alle Fälle sehen wir uns die Überreste von den Sachen, die noch hier sind, genauer an.«

»Danke. Feeney, guckt euch die Geräte, die er in die Luft gejagt hat, an und schaut, ob vielleicht irgendwas zu retten ist.«

»Das dürfte etwas schwierig werden«, meinte Salazar,

»denn durch das große Loch im Fußboden der Werkstatt sind die Sachen in den ersten Stock runtergefallen.«

Eve trat durch die Haustür in den schmalen, weiß gestrichenen Flur und wandte sich an Roarke. »Wir müssen wissen, wem das Haus gehört.«

»Iler«, meinte Roarke und als er ihren Blick bemerkte, fügte er hinzu: »Das habe ich schon überprüft. Er hat das Haus vor einem guten Jahr gekauft und beim Finanzamt angegeben, dass die Monatsmiete von zweihundert Dollar deutlich niedriger ist als das, was er für den Erhalt und die Sanierung hinlegt. Wobei in dieser Gegend diese Miete für so ein Haus vollkommen lachhaft ist.«

Sie ging ins Wohnzimmer. »Das heißt, er hat das Haus für Silverman gekauft und ihn dann eine minimale Miete zahlen lassen, damit das Finanzamt ihn in Ruhe lässt.«

»Genau.«

Auch hier waren die Wände weiß und ungeschmückt. Die Böden hätten mal geschliffen werden können und vor den Fenstern waren Gitter angebracht.

»Hier unten hat er nicht viel Zeit verbracht«, bemerkte sie. »Ein uralter Tisch, zwei wackelige Stühle, keine Zeitschriften, kein Fernseher, doch dafür jede Menge Staub.«

Sie ging durchs leere Esszimmer in eine Küche und ein kleines Bad, die ebenfalls nur selten in Gebrauch gewesen waren.

Trotzdem würde sie die Leute von der SpuSi bitten, sich genauestens in den Räumen umzusehen.

Dann nahmen sie die Treppe in den ersten Stock und sahen das riesengroße Loch, das in der Decke eines Zimmers prangte und durch das der Schaum der Feuerlöscher auf die Haufen schwarz verbrannten Schrotts, die auf dem Fußboden verteilt waren, troff.

Feeney in seinem kackbraunen Mantel und die junge elektronische Ermittlerin in ihrer leuchtend bunt gestreiften Jacke waren ebenfalls schon da und sahen sich grimmig um.

»Da haben wir aber alle Hände voll zu tun, Cap«, meinte Callendar.

»Es würde an ein Wunder grenzen, wenn aus diesem Haufen Scheiße noch etwas herauszuholen wäre«, antwortete er und plötzlich grinsten sich die beiden fröhlich an.

»Heißt das, dass eurer Meinung nach ein solches Wunder möglich ist?«, erkundigte sich Eve.

»Natürlich wird es dauern und bestimmt nicht einfach werden, aber vielleicht haben wir ja Glück. Wie sehen Sie das, Callendar?«

»Ich wache jeden Tag mit dem Gedanken auf, dass dies bestimmt mein Glückstag wird.«

»Dann laufen Sie jetzt hoffnungsfroh zum Van und holen unser Werkzeug rauf. Wir scannen diese Schrotthaufen hier schon mal ein, danach rufen wir ein paar von unseren Jungs, die alles auf die Wache schleppen sollen.«

Als Callendar den Raum verließ, wandte er sich an Eve. »Es wird nicht schnell gehen und nicht einfach werden«, wiederholte er. »Die Sachen sind erst in die Luft geflogen, dann verbrannt und wurden schließlich auch noch mit diesem blöden Schaum getränkt. Ich könnte Ihre Hilfe brauchen«, sagte er zu Roarke.

»Er ist jetzt gerade meine Peabody.« Eve blickte auf den Haufen Schrott und schüttelte den Kopf. »Tu, was du kannst.«

Der zweite Raum war leer, der dritte aber war möbliert.

»Anscheinend war das hier das Schlafzimmer des Kerls«, bemerkte sie. »Das Bett ist so präzise wie beim Militär gemacht.« Sie zog die Schublade des Nachtschranks auf. »Falls hier drin mal etwas lag, ist es jetzt weg.«

Als Nächstes klappte sie die Truhe, die am Fußende des Betts stand, auf. »Auch die ist leer.«

»Selbst im Bad ist kaum etwas«, erklärte Roarke. »Es ist blitzblank geschrubbt, doch alles, was er hier zurückgelassen hat, sind Putzzeug, ein paar Handtücher und das Stück Seife, das in einer Schale in der Dusche liegt.«

»Rasierzeug, Zahnbürste und alles andere, was er brauchte, hat er bestimmt in einem Toilettenbeutel aufbewahrt«, gab Eve zurück. »Ich würde deinen hübschen Arsch darauf verwetten, dass er seine Flucht schon vorbereitet hatte und mit allen Sachen, die er mitnehmen wollte, sowie dem Inhalt des Tresors verschwunden ist. Es ist echt schlau von ihm, dass er nicht einmal eine Socke hier zurückgelassen hat. Trotzdem werden wir Fingerabdrücke und Haare von ihm finden, denn er hatte keine Zeit, um alles abzuwischen, als er abgehauen ist.«

»Der bescheidenen Einrichtung zufolge legt er keinen allzu großen Wert auf materiellen Besitz.«

»Er hat hier nur geschlafen, geduscht und seine Kleider aufbewahrt«, überlegte Eve. »Die meiste Zeit hat er mit Pläneschmieden und der Vorbereitung seiner Flucht verbracht. Was waren das für Handtücher im Bad?«

Roarke lächelte sie an. »Aus Bio-Baumwolle.«

»Aus dem Zeug ist das Bettzeug auch. Das heißt, dass Qualität ihm durchaus wichtig ist.«

Mit diesen Worten ging sie wieder in den Flur und weiter in den nächsten Stock.

Dort hingen noch immer Rauch und Feuerlöschschaum in der Luft und durch das Loch im Boden sah sie Feeney zwischen den zerstörten elektronischen Geräten stehen. Die weißen Wände waren rußgeschwärzt und wiesen ebenfalls diverse Löcher von herumfliegenden Teilen auf.

»Das hier war seine Höhle, hier hat er gelebt.« Sie blickte auf die Überreste einer Arbeitsbank. »Die Werkbank ist von wirklich guter Qualität. Genau wie seine Handtücher und die Bettwäsche. Er konnte sie nicht mitnehmen. Genauso wenig wie die Schraubzwingen, die hier eben durch den Raum geflogen sind. Aber den Großteil seines Werkzeugs hat er eingepackt. Am besten sieht sich Salazar die Sachen, die er hiergelassen hat, genauer an.«

»Er hat die Bomben hier gebaut«, bestätigte Roarke ihr. »Er hat mit diesen Bomben hier gelebt. Das zeigen mir der große Fernseher, das anständige Ledersofa und der Sessel oder das, was jetzt noch davon übrig ist. Das da vorne waren mal ein teurer Kühlschrank und ein wirklich guter AutoChef.«

Er griff nach einer zwar gesprungenen, aber nicht geborstenen Flasche, um sie sich genauer anzusehen. »Dies ist zwanzig Jahre alter, reiner Scotch. Das heißt, er hat sich was gegönnt.«

»Ich habe Iler absichtlich nervös gemacht, panisch

hat er daraufhin seinen Komplizen kontaktiert. Silverman hat ihn beruhigt, damit er selbst genügend Zeit zum Packen, für das Anbringen der Bomben und für seine Flucht bekommt. Auch Iler hat gepackt, denn beide sind zu dumm, um zu begreifen, dass ich Iler überwachen lasse, aber schlau genug, um heimlich abhauen zu wollen. Sie brauchten etwas Zeit, deswegen dachte Iler, dass es ganz besonders clever ist, wenn er sich außen abseilt, denn nach seinem Einbruch in Banks' Wohnung hat das schließlich auch geklappt.«

»Was mehr als dämlich ist.«

»Das stimmt, doch er ist eben dämlich und ich glaube nicht, dass Silverman viel schlauer ist. Es wäre schlau von Iler gewesen, noch bis heute Nacht zu warten, um sich abzuseilen und zu Silverman in den schwarzen Lieferwagen zu steigen.«

»Vorher hätten sie noch ein privates Shuttle reservieren sollen«, griff Roarke den Faden auf. »Um mit dem Geld, das sie gemacht haben, in ein Land zu fliegen, aus dem sie nicht hierher ausgeliefert werden. Wobei sie das natürlich vorher hätten arrangieren müssen«, fügte er hinzu.

»Dafür sind sie nicht schlau genug, trotzdem sind jetzt achtzehn Menschen tot und bisher habe ich nur einen von den beiden festgesetzt.« Sie trat zurück ans Loch im Boden und rief: »Feeney!«

»Ja?«

»Ich fahre noch einmal zurück in Ilers Wohnung. Er hat seine elektronischen Gerätschaften nicht in die Luft gejagt, vielleicht finden wir darauf ja eine Spur von Silverman.«

»Wir scannen erst mal diesen Haufen Scheiße ein, dann lasse ich ihn abholen und wenn wir damit fertig sind, kommen wir nach.«

»Das reicht.« Sie richtete sich wieder auf und schaute sich noch einmal um. »Wir brauchen diese Spur, denn da ich weder hier noch sonst im Haus die Überreste einer Sprengstoffweste sehe, aber sicher weiß, dass er ein solches Ding in der Mache hatte, hat er es bei sich.«

»Wobei ihr seinen Komplizen festgenommen habt«, rief Roarke ihr in Erinnerung.

»Was ihn nicht daran hindern wird, den dritten Anschlag durchzuziehen. Ohne Iler, der ihn daran hindert, wird er Frau und Kind der nächsten Zielperson ermorden«, stellte Eve mit dumpfer Stimme fest und raufte sich das Haar.

»Er hat gehofft, wegen der Stolperdrähte würden hier ein paar von unseren Leuten in die Luft gehen. Das hat nicht geklappt. Auch die elektronischen Geräte hat er in die Luft gejagt, aber trotzdem ist nicht ausgeschlossen, dass darauf noch irgendwas zu finden ist. Er hatte mit Iler doch sicher einen Treffpunkt ausgemacht und wenn sich Iler dort nicht blicken lässt, wird ihm bestimmt aufgehen, dass wir ihn erwischt haben. Ich kann mir also durchaus vorstellen, dass er die Biege machen will.«

»Auf keinen Fall. Er will die Sache durchziehen. Der Kerl ist unberechenbar. Warum zum Teufel hat er sich die Zeit genommen, das ganze Haus mit Spreng- und Stolperfallen zu versehen? Ich weiß von Salazar, dass diese Dinger überall hier im Gebäude waren. Dabei hätte es doch völlig ausgereicht, die elektronischen Geräte und die anderen Beweise zu zerstören.«

»Er ist eben verrückt.«

»Er ist vollkommen irre und der Bruder seines Bruders sitzt im Knast. Vielleicht bedeutet das, dass er nur noch an einen Teil des Gelds kommt, denn für das Geld war Iler zuständig. Bei seiner Festnahme hatte er jede Menge Bargeld, Zugangscodes für drei verschiedene Konten und die Kohlestudie, die bei Banks geklaut wurde, dabei. Das heißt, dass er den dritten Anschlag unbedingt verüben muss, weil er die Kohle braucht. Hör zu, am besten teilen wir uns auf. Du musst zu Iler fahren und gucken, ob's dort irgendeinen Hinweis auf das Ziel des nächsten Anschlags gibt. Ich hätte ihn zwar lieber noch ein bisschen schmoren lassen, aber dafür reicht die Zeit nicht mehr. Ich muss ihn sofort in die Zange nehmen, denn vielleicht spuckt er ja was aus.«

»Okay. Ich kann mit Feeney fahren.«

»Perfekt. Ich melde mich.«

Als sie nach unten lief, bekam sie eine Textnachricht auf ihr Link.

Sie war von Peabody und ohne stehen zu bleiben, las sie sie sich durch.

Wir sind jetzt hier und es ist jetzt schon echt unglaublich. Trotzdem wollten oder müssen wir Sie fragen – haben Sie sie erwischt?

Im Laufen gab sie eine kurze Antwort ein.

Iler ist verhaftet, ich nehme mir den Kerl gleich vor. Wir wissen, wer sein Partner ist, und sind ihm auf der Spur. Für Einzelheiten ist jetzt keine Zeit.

Nach drei Sekunden kam die Antwort ihrer Partnerin.

Sie werden Iler knacken, denn der Kerl ist eine taube Nuss. Melden Sie sich, sobald Sie den Komplizen haben, ja?

Natürlich würde Eve sie informieren, aber erst mal ginge es darum, die Nuss zu knacken und zu hoffen, dass sie hinter ihrer Schale einen Hinweis darauf kriegen würde, wo die zweite Nuss zu finden war.

Wie nicht anders zu erwarten, hatte Iler einen Rechtsbeistand auf das Revier bestellt. Eve kannte Richard Singa, denn sie hatte sich schon öfter mit dem Strafverteidiger für reiche Leute duelliert.

Als sie mit Baxter den Vernehmungsraum betrat, saß Iler schweigend und mit einem selbstzufriedenen Grinsen da.

»Rekorder an. Lieutenant Eve Dallas und Detective David Baxter vernehmen Lucius Iler in Anwesenheit von dessen Rechtsbeistand zu den Fällen mit den Aktenzeichen M-32019 und M-32024 und Fragen, die mit diesen Fällen in Verbindung stehen.«

Sie nahm den beiden Männern gegenüber Platz und legte ihre Hände auf den mitgebrachten Aktenordnern ab. »Mr. Iler, hat man Sie schon über Ihre Rechte aufgeklärt?«

Singa reckte einen Zeigefinger in die Luft. »Die vorgeschriebene Belehrung ist erfolgt.«

»Mr. Iler, Ihnen werden die Verabredung zu Mord in achtzehn Fällen, Sprengstoffbesitz und dessen Einsatz zur Verursachung körperlicher Schäden, Geiselnahme in sechs Fällen, Beihilfe zur Körperverletzung in vier Fällen, Gefährdung Minderjähriger in zwei Fällen, Einbruch, Steuerhinterziehung und Betrug …«

»Lieutenant.« Singa warf beide Hände in die Luft und blitzte sie aus dunklen Augen über einer breiten Nase an. »Mein Mandant weist alle diese Vorwürfe zurück. Wie wir alle wissen, war er nicht mal in der Nähe, als sich die Tragödien im Firmensitz von Quantum und der Galerie ereignet haben. Wie die Aufnahmen der Überwachungskameras im Haus von Ihrem Mann beweisen dürften, hat sich mein Mandant in seiner eigenen Wohnung aufgehalten, während Jordan Banks ermordet worden ist. Deshalb muss ich darauf bestehen, dass wir diesen absurden Unsinn umgehend beenden.«

»Hat Ihnen Ihr Mandant erzählt, auf welchem Weg er heute Nachmittag versucht hat, der Verhaftung zu entgehen?«

Der Anwalt behielt seine ausdruckslose Miene bei. »Obwohl es ziemlich unvernünftig war, sich von diesem Gebäude abzuseilen, ist das noch lange kein Beweis dafür, dass er versucht hat, der Verhaftung zu entgehen. Mr. Iler hatte keinen Grund, mit seiner Festnahme zu rechnen, weil er nichts verbrochen hat.«

»Wir haben in seinem Besitz die Kohlestudie gefunden, die bei Banks gestohlen worden ist.«

»Dieses Bild hat er von Mr. Banks gekauft.«

»Dann hat ihm Mr. Banks doch sicher eine Quittung ausgestellt.«

»Die beiden waren Freunde und er hat die Zeichnung bar bezahlt.«

»Wann soll der Verkauf der Zeichnung stattgefunden haben?«

»Das ist jetzt schon ein paar Wochen her.«

»Schwachsinn, schließlich habe ich die Studie selbst am Abend vor dem Mord noch in Banks' Wohnung hängen sehen.«

Zum ersten Mal nahm Eve ein leichtes Flackern in den dunklen Augen wahr. »Sind Sie eine Expertin für Figurenstudien, Lieutenant? Oder für Richies Arbeiten? Falls nicht, kann man die Zeichnungen dieser Serie leicht verwechseln.«

»Ich habe einen Zeugen, der Experte für Figurenstudien und für Richie ist und diese Studie ebenfalls dort hängen sehen hat. Neben dieser Studie hatte Ihr Mandant bei seiner Festnahme noch eine halbe Million Dollar, seinen Pass, die Zugangscodes für drei verschiedene Nummernkonten, Kleidung und verschiedene andere private Sachen bei sich.«

»Was wohl kaum verboten ist. Auch wenn wir einräumen, dass mein Mandant mit diesen Nummernkonten ein paar Steuern sparen wollte – doch das tun andere schließlich auch. Wir bewegen uns dabei in einer Grauzone und werden umfänglich kooperieren, um den Vorwurf der Steuerhinterziehung aufzuklären.«

Bei diesen Worten grinste Baxter Iler an. »Hat Ihnen der Anwalt schon erklärt, dass das neben einer Haftstrafe für Sie bedeutet, obendrein den Großteil von der Kohle, die auf diesen Konten deponiert ist, zu verlieren?«

Entgeistert starrte Iler seinen Anwalt an.

»Darüber werden wir uns später unterhalten«, wich Singa ihm aus. »Erst mal bestehen wir auf einer Rücknahme der falschen, schädigenden Anschuldigungen, die man gegen Sie erhoben hat.«

»Ich werde nicht …«

»Später«, schnauzte Singa, bevor Eve die nächste Bombe platzen ließ.

»Sergeant Oliver Silverman.«

Bei der Erwähnung dieses Namens wurde Iler leichenblass.

»Alias Oliver Nordon«, fügte sie hinzu. »Wir haben schon das Haus, das Sie für ihn gekauft haben, untersucht. Sie beide müssen wirklich gute Freunde sein, wenn er dort wohnen darf und nur zweihundert Dollar Miete zahlen muss.«

»Woher … ich …«

»Halten Sie den Mund.« Jetzt packte Singa Ilers Arm.

»Achtzehn Menschen, Iler. Achtzehn. Weil die einzige Person, von der Sie sich in Ihrem ganzen Leben eingeredet haben, sie zu lieben, damals in Seoul ihr Leben für die Rettung anderer Leben hingegeben hat. Weil Sie ein bisschen Spaß haben, Profit aus der Erinnerung an diesen Menschen schlagen und sich auf verdrehte Art und Weise dafür rächen wollen, dass er damals umgekommen ist. Wer hatte die Idee, liebende Väter für den Rachefeldzug zu benutzen, mit dem sich zugleich noch jede Menge Kohle machen ließ? Sie oder Silverman? Das könnte eine Rolle spielen. Ihr Anwalt kann Ihnen erklären, dass es eine Rolle dafür spielen könnte, wie sehr Ihnen diese ganze Sache auf die Füße fällt.«

»Mein Mandant beruft sich auf sein Recht zu schweigen und das Recht auf einen Rechtsbeistand.«

»Okay. Wer kommt als Nächstes dran, Iler? Welche Familie wollen Sie und Silverman nach den Familien von Rogan und von Denby noch zerstören?«

»Ich muss nicht mit Ihnen reden«, fauchte Iler barsch und wandte sich an seinen Rechtsbeistand. »Ich will, dass die Vernehmung aufhört.«

»Geben Sie mir den Namen«, schob Eve entschlossen nach. »Im Augenblick durchkämmen unsere Leute Ihre Wohnung und das Haus von Silverman. Sie werden dort ganz sicher etwas finden, dann gehen Sie bis ans Ende Ihres Lebens in einen extraterrestrischen Knast.«

Inzwischen war er leichenblass und starrte sie mit großen Augen an. »Sie werden dort nichts finden. Werden dort nichts finden und Sie können uns nichts beweisen. Wir waren nicht dort.«

»Seien Sie still, Lucius. Ich muss mit meinem Mandanten reden.«

»Reden Sie mit ihm, so viel Sie wollen, das wird nichts dran ändern, dass er bis ans Lebensende hinter Gitter geht. Und zwar nicht hier, sondern in einer unserer Gefangenenkolonien im All.«

»Sehen Sie sich den Kerl nur an«, bemerkte Baxter lachend, während er sich gleichzeitig mit Eve erhob. »Anscheinend dachte er im Ernst, dass er noch einen Deal aushandeln kann. Wir haben achtzehn Tote und er denkt, er könnte mit uns handeln, weil er Geld für einen teuren Anwalt hat.«

»Wobei den Großteil dieses Geldes das Finanzamt einkassieren wird. Das heißt, dass er so gut wie pleite ist. Ist Ihnen das bewusst, Singa? Sie fordern besser einen ordentlichen Vorschuss ein.«

»Und Ihr Mandant?«, mischte sich Baxter ein. »Der packt am besten schon mal ein paar Thermounterhosen ein, denn in den Knästen dort im All ist es so kalt, dass man sich innerhalb von kurzer Zeit den Arsch abfriert.«

»Das Verhör wird unterbrochen«, sagte Eve. »Rekorder aus.«

Als sie den Raum verließen, erschien Mira aus dem Nebenraum.

»Haben Sie sein Gesicht gesehen, als Sie von einem Knast im All gesprochen haben, Lieutenant?«

»Ja.«

»Das können wir benutzen. Damit kriegen wir ihn klein.«

»Das sehe ich genauso«, stimmte Mira Baxter zu. »Er glaubt nicht, dass er ins Gefängnis gehen wird. Er ist der festen Überzeugung, dass ihm nichts passieren wird, doch bereits der Gedanke, irgendwo auf einem anderen Planeten weggesperrt zu werden, macht ihm eine Heidenangst. Da können Sie ansetzen.«

»Das werden wir. Wobei Singa ihm sagen wird, dass er ihm zukünftig das Reden überlassen soll. Er wusste bisher nichts von Silverman, doch er wird Iler dazu bringen, ihm alles zu erzählen.«

Sie stapfte auf und ab. »Dann wird er behaupten, Silverman hätte den armen Iler angelogen, ihn bedroht und unter Druck gesetzt.«

»Was der totale Schwachsinn ist.«

Eve nickte Baxter zu. »Natürlich ist es das und trotzdem wird er es so drehen. Er wird versuchen, einen Deal zu kriegen oder seinen Mandanten als idealen Kronzeugen zu präsentieren.«

Als Baxter wieder protestieren wollte, kam sie ihm zuvor und sagte selbst: »Was ebenfalls totaler Schwachsinn ist. Aber ich habe vielleicht einen anderen Weg. Ich habe vielleicht einen anderen Hebel, den ich nutzen kann. Baxter, kennen Sie jemanden bei der Steuerfahndung, der kein Arschloch ist?«

»Vielleicht.«

»Dann rufen Sie ihn an.«

»Es ist kein Mann.«

»Das hätte ich mir denken können. Ich will, dass sie ihn wegen dieser Konten drankriegen. Da es gleichzeitig um die Verabredung zu Mord und jede Menge anderer Sachen geht, frieren sie ja vielleicht auch noch seine anderen Konten ein. Ich will, dass er an keins von seinen Konten kommt, bis die Ermittlungen der Steuerfahndung abgeschlossen sind.«

»Das könnte funktionieren.«

»Dann drücke ich bis dahin auch noch einen anderen Knopf.«

Während der Lieutenant und Detective auf der Wache Knöpfe drückten, schauten Feeney, Callendar und Roarke sich Ilers elektronische Geräte an.

»Mit diesem ganzen Zeug hätte der blöde Wichser einen eigenen Handel aufziehen können«, beschwerte Feeney sich.

»Das könnte ihn mir fast sympathisch machen, wenn er kein so blöder Wichser wäre«, meinte Callendar.

»Er ist ein Arschloch«, stimmte Roarke den beiden zu. »Doch er war schlau oder paranoid genug, um jedes einzelne Gerät mit Filtern zu versehen. Am besten bringen wir die Sachen ins Labor, denn selbst wenn wir hier etwas finden würden, bräuchten wir fürs Einscannen und fürs Dekodieren von hier aus eine halbe Ewigkeit.«

»Sie haben recht. Am besten schleifen wir das ganze Zeug aufs Revier.«

»Mein eigenes Labor ist näher«, meinte Roarke und Feeney rieb sich nachdenklich das Kinn.

»Auch da haben Sie recht. Aber wir haben auch noch die tragbaren Geräte, die er bei sich hatte, als er festgenommen wurde, außerdem noch diesen Haufen Scheiße aus dem Haus von Silverman.«

»Sollen wir uns aufteilen, Cap?«, bot Callendar ihm an.

»Ja, verdammt. Ich hasse es, dass ich nicht alles selbst machen kann, aber so ist es nun einmal. Am besten schleifen ein paar meiner Jungs das ganze Zeug zu Ihnen, Roarke, Sie sehen es sich dort an und ich und meine Kleine fahren mit den anderen Sachen aufs Revier.«

»Ich bin genauso groß wie Sie, Feeney«, erklärte Callendar.

»Na und?«

»Wenn Sie mich Ihre Kleine nennen, klingen Sie wie ein perverser alter Mann.«

Mit roten Ohren antwortete er: »Ach, hören Sie doch auf. Sie wissen schließlich selbst, dass alle meine Leute meine Kinder sind.«

Mit diesen Worten zerrte er sein Link aus der Tasche und bestellte, immer noch mit roten Ohren, seine Leute ein.

»Ich habe kein Problem damit, wenn er mich seine Kleine nennt«, wandte sich Callendar an Roarke. »Nur ziehe ich ihn einfach gerne damit auf und liebe es, wenn er dann verlegen wird.« Noch einmal sah sie sich die unzähligen elektronischen Geräte aus der Wohnung an. »Das ist auf jeden Fall ein Riesenberg.«

»Die Arbeit macht nur Spaß, wenn sie ein bisschen knifflig ist«, erklärte Roarke.

»Das heißt, dass wir uns prächtig amüsieren werden.« Grinsend klatschte Feeneys Kleine mit ihm ab und fügte noch hinzu: »Ich hoffe, dass es Dallas beim Verhör mit unserem blöden Arsch genauso geht.«

*

Eve trank Kaffee in ihrem Büro und wartete das Resultat des Knöpfedrückens ab. Sie durften keine Zeit verlieren, dachte sie und starrte durch das Fenster in die anbrechende Dunkelheit. All das, weil dieser teure Anwalt mit dem soziopathischen Mandanten jeden Trick anwenden würde, um zumindest ein paar Punkte zu erzielen.

Dann tauchte Baxter auf, wies auf den AutoChef und als sie nickte, holte er sich auch einen Kaffee. »Zuerst die gute Nachricht. Meine Freundin bei der Steuerfahndung interessiert sich sehr für Iler und holt sich bei ihren Vorgesetzten die Erlaubnis, Ihrem Wunsch entsprechend alle seine Konten einzufrieren.«

»Was ist die schlechte Nachricht?«

»Dass uns Singa mitgeteilt hat, dass für heute Feierabend ist. Sein Mandant ist so erschöpft, dass er jetzt erst einmal die vorgeschriebenen acht Stunden Ruhe braucht.«

»Verdammt. Ich wusste, dass das kommen würde, so ein Scheiß.«

»Das vielleicht Gute an der schlechten Nachricht ist, dass Singa alles andere als glücklich ausgesehen hat. Tatsächlich sah er sogar ziemlich angefressen aus.«

»Das ist nicht gut genug.« Sie trat frustriert gegen den Tisch. »Wahrscheinlich schaltet er jetzt seine eigenen Ermittler ein und wird versuchen, alles, was sie finden, zu benutzen, um für Iler einen Deal herauszuschlagen. Inzwischen könnte Silverman längst auf dem Weg ins gottverdammte Argentinien sein.«

»Das glauben Sie nicht wirklich, oder?«

»Nein. Ich glaube, dass es noch viel schlimmer ist.«

In der Hoffnung, es zum Klingeln zu bewegen, starrte sie das Link auf ihrem Schreibtisch an.

»Vielleicht kann ich Iler ja knacken, aber wenn der jetzt in seiner Zelle sitzt, erst morgen früh. Acht Stunden. Meinetwegen. Aber keinen Moment mehr. Gehen Sie mit Trueheart etwas essen oder so und dann fahren Sie heim. Aber bleiben Sie auch weiter in Kontakt mit Ihrer Steuerfahndungsfrau und geben Sie mir Bescheid, falls sich an dieser Front etwas ergibt. Morgen früh um vier kommen Sie zurück. Um halb fünf holen wir den Kerl wieder in den Vernehmungsraum.«

»Das ist gemein und gerade deshalb eine ausgezeichnete Idee«, stimmte Baxter ihr grinsend zu. »Fahren Sie auch nach Hause?«

»Erst erwarte ich noch einen Anruf. Wenn mein Plan

aufgeht, haben wir Iler spätestens um fünf geknackt.« Sie blickte wieder in die Dunkelheit hinaus. »Ich hoffe nur, das ist früh genug.«

Zumindest brauchte sie sich nicht mit Summerset herumzuärgern, als sie endlich heimkam, und da Roarke ihr eine Textnachricht geschrieben hatte, dass er Ilers elektronische Geräte hier zu Hause untersuchen würde, ließ sie ihren Mantel wie gewohnt über den Treppenpfosten fallen und ging direkt in sein Labor.

Wo er in vollem Arbeitsmodus, mit zu einem kurzen Pferdeschwanz gebundenen Haaren und in einem schwarzen Pulli, dessen Ärmel er bis zu den Ellenbogen hochgeschoben hatte, am Schreibtisch saß.

Wahrscheinlich hatte er die zahlreichen Geräte nach einer gewissen Logik auf dem Schreibtisch aufgereiht, sicher wiesen auch die Bilder, die Symbole und die Codes auf den verschiedenen Wandbildschirmen irgendeine Logik auf.

Der Kater hockte fasziniert auf einem Stuhl und schaute seinem Herrchen bei der Arbeit zu. Als Eve den Raum betrat, sah er sie kurz aus seinen zweifarbigen Augen an und wandte sich dann umgehend wieder der abendlichen Unterhaltung zu.

»Hast du schon etwas herausgefunden?«, fragte Eve.

»Sogar jede Menge«, meinte Roarke und tippte weiter irgendwelche seltsamen Befehle in seinen Computer ein. »Jetzt kriegt ihr ihn auf alle Fälle wegen Steuerhinterziehung dran. Ich habe mir die Unterlagen angesehen, aber weil die jetzt erst mal nicht so wichtig sind, habe ich mich dann anderen Dingen zugewandt.«

»Das stimmt, trotzdem ist es gut, dass du das Zeug gefunden hast.«

»Daneben hat er seine Position als Tageshändler ausgenutzt, um Insidergeschäfte zu betreiben, wobei sein Komplize Hugo Markin war.«

»Auch das ist interessant, nur …«

»… geht es dir erst mal um etwas anderes. Deswegen habe ich auch diese Unterlagen abgespeichert und nach anderem Zeug gesucht.« Er hielt im Tippen inne, ließ die Schultern kreisen und gab unumwunden zu: »Mit Cybersicherheit kennt er sich wirklich aus, denn die Dateien sind derart tief vergraben und so gut verschlüsselt, dass die Suche und Entschlüsselung echt mühsam sind.«

»Nur dass du eben besser bist als er.«

»Natürlich bin ich das. Genau wie du. Auch wenn dein Blick verrät, dass du nicht alles, was du aus dem Kerl hättest herausbekommen müssen, herausbekommen hast. Aber das wirst du noch.«

»Das werde ich und ich weiß auch schon, wie.« Sie griff nach seinem Wasser und trank einen großen Schluck. »Wenig überraschend hat er einen teuren und gewieften Anwalt aufs Revier bestellt. Ich habe ein paar Köder ausgeworfen, doch der Anwalt hat gesagt, dass er die Klappe halten soll. Zumindest hat er eine Heidenangst davor, dass es für ihn in eine unserer Gefangenenkolonien geht. Er fand schon den Gedanken, in den Knast zu gehen, nicht wirklich angenehm, aber die Drohung, dass wir ihn ins All verfrachten, hat ihn völlig aus dem Gleichgewicht gebracht. Das heißt, dass diese Drohung jetzt der Schlüssel ist«, erklärte sie und hob ein zweites Mal Roarkes Wasserflasche an den Mund.

»Er hatte seinem Anwalt bisher nichts von Silverman erzählt. Als der Name fiel, hat der Anwalt mir erklärt, dass er erst mal mit seinem Mandanten sprechen muss, dann hat er gesagt, dass sein Mandant die vorgeschriebene achtstündige Ruhepause braucht. Verdammt, verdammt, verdammt.«

»Ich kann verstehen, dass du darüber alles andere als glücklich bist.«

»Vielleicht kann ich ihn trotzdem knacken, wenn ich weiter damit drohe, ihn ins All zu schicken, wenn er mir nicht Silverman serviert. Wobei es erst mal abzuwarten gilt, bis ich ihn um halb fünf aus seiner Zelle holen lassen kann.«

Lachend holte Roarke sich eine neue Wasserflasche aus dem AutoChef. »Ich glaube nicht, dass diese Uhrzeit ihm und seinem Anwalt sonderlich gefallen wird.«

»Zumindest habe ich dadurch genügend Zeit, um mir den Vater vorzunehmen. Ich muss dem Mann begreiflich machen, dass sein Sohn so oder so einfahren und dass dann Silverman von ihm und seiner Kohle profitieren wird. Ich lasse gerade Ilers Konten einfrieren, aber an die Konten seines Vaters komme ich nicht ran.«

»Das heißt, dass du den Vater dazu bringen musst, den Geldhahn zuzudrehen.«

»Genau. Er soll dem Sohn erklären, dass er nicht einen Cent von ihm bekommt, bis er uns Silverman serviert und uns verrät, wer ihre nächsten Zielpersonen sind. Erst wenn er redet, wird der Geldhahn wieder aufgedreht und Iler kommt in ein Gefängnis, das hier auf der Erde ist.«

»Wo ist da der Unterschied?«, erkundigte sich Roarke.

»Du hättest sein Gesicht sehen sollen. Auch Mira denkt, er hätte vielleicht eine Allphobie. Hast du herausgefunden, ob er je geschäftlich oder zum Vergnügen irgendwo auf einem anderen Planeten war?«

»Darauf habe ich zwar nicht geachtet, aber jetzt, wo du es sagst – ich glaube, nicht.«

»Ich denke, dass ich diese Angst und seinen Vater nutzen kann. Der eine Sohn beschmutzt die Ehre seines anderen, verstorbenen Sohns. Wenn diese Sache vor Gericht geht und die Medien über den Fall berichten, werden er und seine Frau als Lucius' Eltern ebenfalls entehrt. Nur dass der Vater momentan in Frankreich ist. Ich habe seinen Anwalt angerufen und gesagt, dass er ihn kontaktieren soll. Er hat ihn informiert, allerdings meinte Iler senior, dass er erst mal darüber schlafen müsste und, weil sich die blöde Erde dreht, wahrscheinlich erst in ein paar Stunden überhaupt ins Bett gehen wird. Das heißt, ich kriege seine Antwort frühestens, kurz bevor wir Iler junior in den Verhörraum zurückholen.«

Sie warf die leere Flasche achtlos in den Mülleimer. »Verdammt.«

»Wie sieht es mit Pizza aus?«

Die Frage zauberte ihr fast so etwas wie ein Lächeln ins Gesicht. »Sehr gut, obwohl ich vorher noch mit Reo sprechen muss.«

»Du kannst auch essen, während du mit Reo sprichst. Dann fahre ich beim Essen hier mit meiner Arbeit fort.«

»Du isst auch Pizza?«

»Als Zeichen meiner Solidarität«, erklärte er und gab ihr einen Kuss.

22

Sie aß tatsächlich Pizza, während sie mit Reo sprach. Die offenbar sehr gut aussah, weil sich die Staatsanwältin während ihrer Unterhaltung selbst eine Pizza kommen ließ.

Sogar mit zerzausten blonden Haaren, ungeschminkt und trotz des grauen Sweatshirts wirkte sie so zart und wunderschön wie eh und je.

Eve aber wusste ganz genau, wie clever und wie willensstark sie war und dass sie vor Gericht problemlos selbst die starrsinnigsten Zeugen auseinandernahm.

Im Augenblick biss sie genüsslich vom zweiten Stück ihrer saftigen Gemüsepizza ab. »Ich werde – Gott – um vier Uhr auf der Wache sein. Singa hat sich selbst zuzuschreiben, dass er mitten in der Nacht zurückgerufen wird. Er hätte schließlich auch versuchen können, noch ein bisschen Zeit zu schinden, damit die acht Stunden Pause bis zum nächsten Morgen gehen.«

»Silverman hat ihn aus dem Gleichgewicht gebracht. Er muss jetzt erst mal selbst Nachforschungen zu dem Arschloch anstellen und überlegen, wie er Silverman benutzen kann, um seinen nichtsnutzigen Mandanten rauszuhauen.«

»Vielleicht isst er ja gerade Pizza und legt wie wir

beide eine Nachtschicht ein«, stellte sich Reo vor. »Wie dem auch sei, melden Sie sich, falls Daddy Iler Sie noch kontaktiert. Egal, wie er auf Ihre Bitte reagiert, ich kann mit seiner Antwort arbeiten.«

»Das mache ich.«

»Dann sehen wir uns heute Nacht um vier. Wir kriegen diesen Kerl am Arsch, Dallas.«

»Auf jeden Fall.«

Eve rieb sich die Augen und bestellte sich den nächsten Kaffee, als Roarke in ihr Arbeitszimmer kam.

»Ich habe was für dich. Iler hat sich erst vor Kurzem einen schicken schwarzen Van gekauft. Einen Essex Sprinter Kastenwagen, ich habe auch das Nummernschild. Echo-Zulu-Baker fünf-sieben-acht.«

Als sie ihr Link zu sich heranzog, hob er abwehrend die Hand. »Die Suchmeldung kannst du dir sparen, weil er daneben auch eine Garage angemietet hat.« Er gab ihr die Adresse und statt Kaffee schenkte er sich selbst und Eve je ein Glas Rotwein ein. »Da ich bisher keinen anderen Lagerraum gefunden habe und du immer noch die Richie-Bilder, die die zwei gekauft oder gestohlen haben, suchst, benutzen sie ja vielleicht die Garage nebenher auch als Versteck für dieses Zeug.«

Am liebsten wäre sie natürlich selbst losgefahren, um sich dort umzusehen, doch es gab eben Dinge, die noch wichtiger als der verdammte Van und die gestohlenen – oder, wie Roarke herausgefunden hatte, teilweise gekauften – Bilder waren. »Dann schicke ich ein Team zu der Garage und schreibe den Van zur Fahndung aus. Sehr gut.«

Er hörte zu, wie sie mit ihren Leuten sprach, und hielt ihr dann das Weinglas hin.

»Wir beide machen jetzt eine kurze Pause, in dieser Pause kann ich dir erzählen, was Feeney herausgefunden hat.«

»Er hat was rausgefunden?«

»Immer mit der Ruhe, ja? Er, Callendar und zwei von seinen Jungs haben die geschrotteten Geräte erst zerlegt, die Einzelteile sorgfältig gereinigt und sie dann wieder zusammengesetzt. Was ihnen sicher jede Menge Kopfschmerzen bereitet hat. Sie haben sich echt ins Zeug gelegt, aber die Chance, dass sie noch was auf den Kisten finden, ist trotz allem eher gering. Inzwischen haben er und Callendar sich erst einmal für vier Stunden aufs Ohr gehauen, bevor es weitergeht.«

»Okay.«

»Aber sie haben sich auch Ilers tragbare Geräte angesehen, auf denen die Infos über die drei Nummernkonten, sein eigenes Portfolio und solche Sachen sind. Sie haben sich auch sein Smartphone angeguckt. Unter den Kontakten stehen zwar kein Nordon oder Silverman, aber sie haben ein Gespräch mit Banks rekonstruiert.«

»Warum hast du das nicht zuerst erzählt?« Sie sprang von ihrem Stuhl, trat vor die Tafel und erklärte: »Das ist mehr als gut.«

»Er hat das Gespräch gelöscht und ein paar Filter draufgelegt, aber sie haben die Unterhaltung trotzdem wiederhergestellt.«

»Ich muss sie hören.«

»Ich habe sie dir schon geschickt«, erklärte Roarke und rief sie auf ihrem Computer auf.

Iler ging nach dem dritten Klingeln dran und sagte fröhlich: *»Hallo, Jordan. Schön, von dir zu hören.«*

»Hi. Wir müssen reden.«

»Und worüber?«

»Über Econo und Quantum, Aktien und Explosionen.«

Nach kurzem Zögern antwortete Lucius: *»Das ist eine wirklich schlimme Sache, nicht? Angeblich hat ein unzufriedener Angestellter einen Konferenzraum in die Luft gejagt. Auch deine Ex wurde dabei verletzt, nicht wahr?«*

»Erspar uns diesen Blödsinn, Lucius. Die Bullen waren bei mir und haben sich gefragt, ob ich die Infos, die ich selbst von Willi hatte, mit irgendwem geteilt habe.«

»Hör zu, Jordan …«

»Nein, du hörst zu. Ich war ganz cool und habe ihnen erklärt, ich hätte niemandem ein Wort erzählt. Aber ich kann den Bullen natürlich auch erzählen, was du von mir erfahren hast, Lucius.«

»Für diese Infos habe ich bezahlt.«

»Doch leider nicht genug. Wenn ich auch weiter meine Klappe halten soll, hätte ich gerne einen Anteil am Gewinn. Sagen wir hundertfünfzigtausend. Als Versicherung.«

»Das ist vollkommen lächerlich, denn du kannst schließlich nicht beweisen, dass du überhaupt mit mir gesprochen hast oder dass ich in das, was dort geschehen ist, verwickelt bin.«

»Willst du, dass dich die Bullen unter die Lupe nehmen, Lucius? Ich habe dich gedeckt und werde dich auch weiter decken. Aber das hat seinen Preis.«

»Ich hatte nichts …«

»Das interessiert mich nicht. Zahl den geforderten

Versicherungsbeitrag, Lucius, und zwar in bar, wenn du dir keine Sorgen machen willst.«

»Wir müssen über diese Sache reden. Aber nicht am Link.«

»Mit Freuden. Ich bin gerade auf Delvinias und Thads Abschiedsfete. Komm doch einfach kurz vorbei.«

»Um Himmels willen, das ist ganz sicher kein Gespräch, das ich auf einer Party führen will. Lass mich kurz nachdenken. Ich rufe dich zurück.«

»Jetzt kommt das zweite Telefongespräch«, erklärte Roarke.

»Du hast dir ganz schön Zeit gelassen«, sagte Banks.

»Ich brauchte Zeit zum Nachdenken. Und brauchte Zeit, um an das Geld zu kommen. Ich kann dir hundert geben, aber das nur, damit die Bullen mir nicht auf die Nerven gehen. Ich mag es ganz und gar nicht, dass du mich erpresst, Jordan.«

»Die hundert Riesen nehme ich als Anzahlung. In einer Woche kriege ich den Rest. Komm mit der Kohle auf die Party.«

»Sicher nicht. Ich muss das Geld erst noch besorgen und ich will garantiert nicht, dass irgendjemand uns zusammen sieht. Wir zwei sind keine Freunde mehr, Jordan. Triff mich um drei im Central Park. Beim Reservoir.«

»Wie dramatisch! Aber das gefällt mir gut. Dann sehen wir uns dort und bring den Zaster mit. Oh, und Lucius? Du warst noch nie mein Freund.«

»Idioten«, sagte Eve und schüttelte den Kopf. »Der eine wie der andere. Banks droht Iler an, ihn zu verpfeifen, trotzdem trifft er ihn dann mitten in der Nacht in einem verdammten Park. Und Iler ist zu dämlich, um mit einem Hammer auf sein Link zu hauen und es dann in den Fluss zu werfen oder so.«

»Es ist ein wirklich teures Link und obendrein mit einer Platinschutzhülle versehen. Dafür hat er wahrscheinlich mindestens zehn Riesen hingelegt.«

»Was ihn genauso zum Idioten macht. Mit den Gesprächen kriegen wir ihn dran, zumindest für den Mord an Banks.« Noch während sie dies sagte, schickte sie der Staatsanwältin die Kopie der zwei Gespräche zu.

»Wobei du auch schon vorher wusstest, dass du Iler knacken und dazu bewegen wirst, dass er dir Silverman serviert. Aber du machst dir Sorgen, dass du Silverman vielleicht nicht rechtzeitig erwischst und es nicht bei den Bildern, die schon an der Tafel hängen, bleiben wird.«

»Bis sich die Erde weit genug gedreht hat, komme ich bei Iler senior nicht voran. Aber wir haben das Nummernschild des Vans, wissen, wo die Garage ist, und finden dort ja vielleicht irgendwas, was uns verrät, welche Familie noch von ihnen ins Visier genommen worden ist oder ob es überhaupt noch eine weitere Familie gibt.«

»Das sagst du nur, um mich nicht unter Druck zu setzen«, meinte Roarke und presste kurz die Lippen auf ihr wirres Haar. »Aber ich fahre trotzdem langsam mit der Arbeit fort.«

»Hör zu, ich habe keinen blassen Schimmer von dem ganzen Elektronikkram, aber ich kann Anweisungen befolgen. Hier kann ich erst mal nichts mehr tun.« Sie schaute sich frustriert in ihrem Arbeitszimmer um. »Falls sie den Van oder was anderes in der Garage finden, kriege ich Bescheid und bis es so weit ist, helfe ich eben dir.«

»Ich hielte es für besser, wenn du dich aufs Ohr haust, aber mir ist klar, dass du das sowieso nicht machst. Also, okay, wenn ich es hinbekomme, deine Peabody zu sein, geh du mir meinetwegen drüben andersrum zur Hand.«

Natürlich gab Roarke ihr nur ein paar kleine Aufträge, um sie vom Grübeln abzulenken, doch zumindest hatte sie auf diese Art zu tun und vielleicht sparte er mit ihrer Hilfe ja zumindest etwas Zeit.

Sie merkte immer, wenn es schwierig für ihn wurde, denn dann murmelte und fluchte er auf Gälisch vor sich hin.

Sie selber scannte einfach irgendwelche Codes, die Roarke ihr überlassen hatte, ein und wartete darauf, dass der Computer irgendwelche Übereinstimmungen oder Muster fand.

Wenn das passierte, schickte sie die Codes an Roarke. Sie hatte keine Ahnung, was er weiter damit machte, aber hin und wieder zeigten die Geräusche, die er machte, dass er gut voranzukommen schien.

Sie schickte Roarke die nächsten Codes und während sie sich fragte, ob das Hirn vor lauter Langeweile seinen Dienst quittieren konnte, murmelte er vor sich hin: »Oh ja, das könnte durchaus nützlich sein. Auf diese Weise hebeln wir das Miststück noch ein bisschen weiter auf. Du bist echt schlau, aber eben nicht schlau genug, nicht wahr?«

Inzwischen hatte Eve tatsächlich einen Punkt erreicht, an den sie ihres Wissens noch nie gekommen war. Die Vorstellung, noch einen Kaffee in sich hineinzukippen, rief zum ersten Mal in ihrem Leben ein Gefühl des Ekels in ihr wach.

Sie ging zum Kühlschrank und kam mit zwei Wasserflaschen für sich selbst und Roarke zurück.

»Habe ich dich erwischt, du gottverdammter, schielender Hurenbock.«

Halb im Koma und deswegen praktisch taub für sein Gemurmel hielt sie Roarke die eine Wasserflasche hin.

»Nicht jetzt. Ich habe sie. Er hat sie zwischen jeder Menge unwichtigem Blödsinn auf der Festplatte versteckt. Klienten sind das nicht, oh nein, Klienten sind das nicht.«

Jetzt hörte sie, dass er nicht mehr verbissen und frustriert, sondern begeistert und fast triumphierend klang. »Wen hat er dort versteckt?«

»Sei still. Ich bin noch nicht ganz durch. Wenn ich dem Zeug zu nahe komme, ist es weg, aber das lasse ich nicht zu. Es ist ein ganz normaler Standardvirus. Den muss ich kurz killen und dann … da haben wir's.«

»Was haben wir?«, erkundigte sich Eve und eilig schickte er, was er gefunden hatte, auf den Wandbildschirm.

»Paul Rogan«, las er vor. »Zusammen mit seiner Frau und seine Tochter und dazu noch jede Menge Infos über alle drei. Bei Wayne Denby sieht es ganz genauso aus.«

»Das ist die Liste mit den Zielpersonen. Mein Gott. Sie haben noch zwei andere Männer ausgewählt. Tyber Chenowitz, verheiratet, ein sechsjähriger Sohn. Sie wohnen …«

»… praktisch um die Ecke.«

»Schick den zweiten Namen … Filbert Miller in der

Lower East Side … Baxter. Jetzt, jetzt, jetzt. Wie schnell sind wir mit Augen und mit Ohren bei diesem Chenowitz?«

»Ich habe alles, was du brauchst, hier im Labor.«

»Dann hol das Zeug und los.«

Als Roarke die Infos Baxter schickte, zerrte Eve bereits ihr Link aus der Tasche und rief die Zentrale an. »Alarmieren Sie Lieutenant Salazar. Wir brauchen Sprengstoffteams an zwei verschiedenen Orten, und zwar möglichst schnell.« Im Laufen gab sie die Adressen durch und während sie sich den Mantel anzog, rief sie auch noch selbst bei Baxter an.

Er sparte sich die Mühe, erst die Videofunktion zu sperren, bevor er seinen blanken – durchaus wohlgeformten – Hintern aus der Kiste schwang.

»Ich habe die Adresse, ich bin in fünf Minuten auf dem Weg.«

»Bestellen Sie auch Trueheart ein. Und rufen Sie Feeney an, dass er mit Augen und Ohren kommen soll. Ich habe selbst noch eine andere Adresse, um die ich mich kümmern muss. Salazar ist informiert. Ziehen Sie Schutzwesten und Helme an. Ich alarmiere auch noch eine Streife. Gucken Sie, ob dort ein neuer schwarzer Essex Sprinter Kastenwagen steht. Echo-Zulu-Baker fünf-sieben-acht. Betreten Sie das Haus erst, wenn es von den Sprengstoffleuten freigegeben ist. Das ist ein Befehl. Und jetzt fahren Sie los.«

Sie wandte sich an Roarke, der mit ihrem Untersuchungsset von oben kam.

»Ich habe Augen, Ohren und einen Sprengstoffscanner eingepackt.«

»Sehr gut.« Sie rannte los und sprang in den Wagen, der schon in der Einfahrt stand. »Wir müssen schnell, doch möglichst unauffällig sein, denn falls er dort ist und uns hört, würde er sonst vielleicht einen Schlussstrich unter alles ziehen. Wenn er so irre ist und weitermacht, obwohl wir Iler haben und ihm auf den Fersen sind, ist er wahrscheinlich auch verrückt genug, um die Familie umzubringen, wenn er sie nicht als Schutzschild nutzen kann.«

Statt zu warten, bis das Tor der Einfahrt aufging, ging Roarke mit dem Wagen in die Vertikale und schoss darüber hinweg.

»Wenn ich mich nicht irre, kenne ich das Haus. Es steht etwas zurückgesetzt auf einem eingezäunten Grundstück. Da er zur Vorsicht sicher die Alarmanlage wieder eingeschaltet hat, muss ich die irgendwie umgehen.«

In weniger als zwei Minuten hatten sie ihr Ziel erreicht und Roarke parkte den Wagen so, dass er von keiner der Kameras am Tor zu sehen war.

»Ich schalte die Alarmanlage nur so lange aus, bis wir über den Zaun sind, dann stelle ich sie wieder an.«

Als er sich draußen an die Arbeit machte, wies Eve die Zentrale telefonisch an, den Streifenpolizisten, die sie zur Verstärkung schickte, auszurichten, dass sie auf der Straße warten sollten, bis das Tor geöffnet war.

»Geschafft.« Roarke schwang sich wieder auf den Fahrersitz des DSL, überflog das Tor und stellte die Alarmanlage wieder an.

Das dreistöckige Haus hatte ein flaches Dach, auf dem Eve kleine Bäume wachsen sah. Sie hatte diesen

Dachgarten schon mal vom Wintergarten auf dem Dach ihres eigenen Hauses aus gesehen. Ein Wasserfall ergoss sich über eine Wand und in einer Ecke stand ein hübscher Schuppen, in dem das erforderliche Werkzeug für die Hochbeete mit all den bunten Pflanzen, die im Frühjahr und im Sommer darin wuchsen, lag. Wenn es warm war, standen Sonnenschirme, Stühle, Tische auf dem Dach, das einen wunderbaren Blick auf den Garten und die Umgebung bot. Die Bäume, die Eve sah, standen in großen bunten Töpfen und an den Spalieren, die im Boden steckten, rankten sich im Sommer blühende Schlingpflanzen herauf.

Im Augenblick jedoch lagen das Dach und das Erdgeschoss in vollkommener Dunkelheit, doch hinter ein paar Fenstern in der mittleren Etage brannte Licht.

»Ich kann neben dem Haus die Chromstoßstange eines Wagens blitzen sehen. Kümmer dich um die Alarmanlage und nimm deine Augen und Ohren in Betrieb. Ich gehe schon mal etwas näher ran und gucke mich ein bisschen um.«

Sie stieg geräuschlos aus, drückte die Tür genauso leise zu und rannte mit gezückter Waffe in gebückter Haltung Richtung Haus.

Der schwarze Van stand so, dass man ihn von der Straße aus nicht sah. Sie kontrollierte kurz das Nummernschild und lief zurück zu ihrem eigenen Wagen und zu Roarke.

»Er ist im Haus. Zeig mir mit deiner Kamera, wo er und die Familie sind.« Erneut griff sie nach ihrem Link und kontaktierte Salazar.

»Kommen Sie her. Sein Van steht hier neben dem

Haus und in der mittleren Etage sind die Lichter an. Ich habe einen Elektronikmann mit Augen und Ohren hier.«

»Bin unterwegs. Sie gehen erst rein, wenn wir es sagen.«

»Wir haben einen Sprengstoffscanner und er hat drei Geiseln. Was ist Ihre ungefähre Ankunftszeit?«

»Zehn Minuten.«

»Kommen Sie erst aufs Grundstück, wenn Sie grünes Licht von uns bekommen. Kontaktieren Sie Baxter und richten ihm aus, dass er mit Trueheart hierherkommen soll.«

»Zehn Minuten, Dallas.«

Eilig steckte Eve ihr Smartphone wieder ein und fragte: »Roarke?«

»Anscheinend sind sie alle in dem Zimmer, wo die Lichter brennen. Der Größe nach ist einer von den vieren ein Kind. Einer der Erwachsenen sitzt, der zweite liegt und der dritte läuft im Zimmer auf und ab.«

»Bring uns ins Haus.«

»Erst gucke ich nach Sprengstofffallen, denn wenn es welche gibt, kommen wir dort ganz bestimmt nicht leise rein. Die Tür ist sauber und … Moment, gleich habe ich auch noch den Rest gescannt.«

»Mach dich bereit. Wir gehen … leise … rauf. Wenn ich es schaffe, ihn außer Gefecht zu setzen, ohne die Zivilpersonen zu gefährden, werde ich das tun. Bleib du erst mal im Hintergrund, falls mir das nicht gelingt, denn es ist besser, wenn er denkt, dass ich alleine bin. Falls ich meine Waffe sinken lasse, ist das das Signal für dich zu schießen. Ich hoffe, dass du deine Chance dann nutzen wirst.«

»Okay, wir können rein, zur Vorsicht lasse ich den Scanner an, denn vielleicht hat er hier ja Sprengstofffallen wie in seiner eigenen Bude angebracht.«

Roarke aufrecht und sie selbst in gebückter Haltung sprangen durch die Tür, sofort gingen im Flur die Lichter an.

Sie schwenkten ihre Waffen durch den Raum, doch er war menschenleer.

»Bewegungsmelder«, raunte Roarke ihr zu. »Verdammt. Die haben mit der Alarmanlage nichts zu tun. Die Lichter gehen von selbst an, falls jemand spät nach Hause kommt oder im Dunkeln noch mal rausgehen will.«

»Wenn er das Licht hier unten sieht …«

Ein schmerzerfüllter Schrei zerriss die Luft und während Eve zur Treppe stürzte, flehte eine Frau mit schriller Stimme: »Nein! Mein Baby! Bitte, tun Sie ihm nicht weh!«

Dann hörte sie die Stimme eines Mannes und die jämmerlichen Rufe eines Kindes, das nach seiner Mutter weinte.

Eve hörte schnelle Schritte, Kinderschluchzen, schwang nach rechts und fand das Schlafzimmer.

Die Frau zerrte verzweifelt an den Kabelbindern, mit denen sie ans Bett gebunden war. Sie hatte Nasenbluten und ihr rechtes Auge war so zugeschwollen, dass sie nur noch mit dem linken etwas sah. Der Mann blutete ebenfalls und robbte auf dem Bauch über den Boden Richtung Bett. Er war an Armen und an Beinen gefesselt, er hatte eine Sprengstoffweste an.

»Helfen Sie uns!«, schluchzte die Frau und riss sich weiter ihre Handgelenke und die Knöchel an den Kabelbindern auf. »Er hat mein Baby. Er hat unseren Sohn. Helfen Sie uns.«

»Bringen Sie sie weg.« Der Mann lag auf dem Boden und sah flehend zu Eve auf. »Bringen Sie meine Frau hier raus und retten Sie unser Kind. Er hat den Zünder, uns läuft die Zeit davon.«

»Bring sie hier raus«, wandte sich Eve an Roarke und gab mit einer kurzen Textnachricht der Sprengstofffrau und ihren Leuten grünes Licht. »Wenn du was wegen dieser Weste machen kannst, mach das. Ansonsten bring die Frau hier raus und warte dann auf Salazar.«

Sie rannte Richtung Treppe und vernahm das Knallen einer Tür. Sie rannte weiter in das obere Geschoss, blieb kurz am Kopf der Treppe stehen und sah nach links und rechts. Die beiden Türen links und auch die Tür zu ihrer Rechten waren alle zu.

Sie holte Luft und hielt den Atem an. Dann spitzte sie die Ohren und blendete dabei das Schluchzen und das Flehen aus der mittleren Etage möglichst aus.

Dann rief der Junge abermals nach seiner Mutter.

Weiter oben, wurde ihr bewusst. Das hieß, sie waren auf dem Dach.

Sie öffnete die erste Tür, sah in ein leeres Bad und rannte weiter bis zur nächsten Tür.

Dahinter führte eine Treppe bis zu einer weiteren Tür.

Sie schlich hinauf und dachte an den Mann, in dessen Hand der Zünder der verdammten Sprengstoffweste lag. Er hatte nichts zu verlieren, denn er würde hier nicht mehr herauskommen, und wenn sie einen Fehler machte, ließe er die Bombe explodieren.

Sie öffnete die Tür und sah ihn durch die kahlen Äste

eines Baums. Das Kind an seine Brust gepresst, schwang er zu ihr herum und hielt dem Jungen ein Messer an den Hals.

»Ich schlitze ihm die Kehle auf. Wenn Sie auf mich schießen, schlitze ich dem Balg die Kehle auf.«

Auch diesmal war er ganz in Schwarz gekleidet, doch die Maske hatte er sich gespart. Weswegen hätte er sich auch die Mühe machen sollen? Er wollte die Familie schließlich sowieso nicht leben lassen.

»Sie kommen hier nicht mehr heraus, Sergeant.«

»Ich kann die Feuerleiter nehmen.«

»Nicht mit dem Kind und mit dem Zünder in der Hand.«

Der Junge hörte auf zu weinen und sich zu wehren, seine Augen wurden glasig, als ein dünner Faden Blut von seinem Hals auf den Oberkörper rann.

»Wenn Sie mich nicht gehen lassen, schlitze ich dem Balg die Kehle auf und die zwei anderen jage ich mit Ihnen zusammen in die Luft. Aber wenn Sie mich zusammen mit dem Kind verschwinden lassen, lasse ich es später frei und zünde auch die Bombe nicht.«

Er war in Kampfmontur und selbst wenn sie mit ihrem Stunner auf ihn schießen würde, zöge sie ihn nicht aus dem Verkehr. Wenn sie trotzdem auf ihn schösse, brächte er den Kleinen um. Das sah sie seinen Augen überdeutlich an.

»Sind das die Werte, für die Captain Iler stand?«

»Er lebt nicht mehr.«

Sie machte einen vorsichtigen Schritt nach vorn und sah ihm weiter ins Gesicht. »Sind das die Werte, für die er sein Leben hingegeben hat?«

»Sein Tod hat weder ihm noch sonst jemandem irgendwas gebracht. Ich habe selbst gedient und wäre selbst fast gestorben, doch wofür? Zum Dank haben sie mich einfach abserviert.«

Sie machte einen zweiten Schritt auf ihn zu und wütend meinte er: »Anscheinend legen Sie's darauf an, dass ich dem Balg die Kehle aufschlitze.«

Sie war schon einmal zu spät gewesen, um ein Kind vor einem Messerangriff zu beschützen. Doch das würde ihr kein zweites Mal passieren. Diesmal würde sie den Jungen retten, und wenn es das Letzte wäre, was sie tat.

Sie hörte die Sirenen, als die Verstärkung kam, er hörte sie auch. Während er den Griff um das verdammte Messer noch verstärkte, zielte sie direkt auf seine Hand.

Der Junge zuckte, als der Strahl ihn streifte, und noch während Silverman versuchte, ihn und seine Messerhand zu kontrollieren, zielte Eve ein zweites Mal.

Er ließ den Jungen fallen, stürzte auf sie zu und warf das Messer von der rechten in die linke Hand. Dann stach er zu, die Klinge aber prallte von dem Futter ihres Zaubermantels ab.

Eve zielte mit dem Stunner geradewegs auf seine Stirn, doch vorher landete er einen linken Haken, der sie in die Knie gehen ließ.

Sie brachte ihn zu Fall und rollte sich mit ihm herum, doch er drosch weiter auf sie ein, bis sie den Stunner fallen ließ. Dann holte er mit seinem Messer aus, doch sie umklammerte sein Handgelenk, bevor er ihr die Klinge durchs Gesicht ziehen konnte, rammte eins von ihren Knien in seinen Unterleib, nutzte den Schwung und rollte sich in aller Eile unter ihm hervor. Er holte wieder mit dem Messer aus, sie aber trat ihm an die Schulter, rappelte sich eilig auf und sprang über ihn hinweg.

Auch er sprang auf und während sie einander drohend umkreisten, lag der Junge zitternd da. Sie schätzte, dass ihr Stunner irgendwo zu ihrer Linken lag, auch an ihren zweiten Stunner in dem Knöchelholster kam sie nicht heran. Wenn sie versuchen würde, ihn zu ziehen, würde Silverman sie wieder umwerfen.

Während er das Messer zwischen seinen Händen hin und her warf, tänzelte sie rückwärts und lockte ihn dadurch von dem Jungen fort.

Mit einem aggressiven Blitzen in den Augen fauchte Silverman sie an. »Sie hätten mich verschwinden lassen sollen. Jetzt steche ich Sie ab, zerschneide Ihre Eingeweide und verteile sie hier auf dem Dach.«

Sie wirbelte herum und sprang über ein Hochbeet, das nach Grün und Erde roch. Bevor sie wieder auf dem Boden aufkam, schnappte sie sich einen Topf, in dem sich eine hoffnungsvolle Pflanze durch die Erde schob, und schleuderte ihn dorthin, wo ihr Widersacher stand. Er machte einen Satz zur Seite, doch der Topf riss seine Wange auf, bevor er krachend auf den Boden fiel und dort zersprang.

Inzwischen kamen die Sirenen immer näher, doch Eve glaubte nicht, dass Silverman ihr Kreischen überhaupt vernahm. Er war im Kampfmodus. Er war jetzt ganz aufs Töten konzentriert.

Sie sprang über das nächste Beet und ihre Füße krachten wie ein Rammbock gegen seinen Bauch, worauf er rückwärtstaumelte und das verdammte Messer fallen ließ. Jetzt hätte sie zumindest eine Chance, aber er rappelte sich sofort wieder auf und ging erneut in Angriffsposition.

Er war ein Veteran, fürs Kämpfen ausgebildet und er war locker fünfunddreißig Kilo schwerer als sie selbst. Er zielte mit der Faust auf ihren Hals, sie aber wich ihm aus, weshalb er statt des Halses ihre Schulter traf.

Ein glühend heißer Schmerz durchzuckte ihren Arm, doch dann nahm sie die Schläge, die sie selbst austeilte und verpasst bekam, gar nicht mehr wahr. Sie wehrte Hiebe ab und schlug zurück, schmeckte ihr eigenes und roch sein Blut. Dann schleuderte der Kerl sie krachend gegen einen Baum, ihr wurde schwindlig und sie sah, dass er den Zünder aus der Tasche riss.

Er grinste, als sie aufsprang, um ihn wieder anzugreifen.

Dann drückte er den Knopf.

Eve sah den Schock in seinem Gesicht, als nichts geschah.

Dann rammte sie ihm ihren Schädel in den Bauch, rang kurz mit ihm und machte einen Satz zurück.

Jetzt, dachte sie, mit dem Geschmack von Blut im Mund. Jetzt oder nie.

Sie trat ihm zweimal mit dem Fuß unter das Kinn und als er rückwärts stolperte, holte sie aus und trat ihm in den Bauch.

Inzwischen blutete er aus dem Mund, kam aber trotzdem wieder auf sie zu. Gleichzeitig erklangen schnelle Schritte auf der Treppe, doch sie ignorierte das Geräusch, entspannte ihre Muskeln, trat ihm gegen Schienbeine und Knie, ballte ihre Fäuste und drosch wie von Sinnen auf seinen Hals, die Augen und die Ohren ein.

Sie war erfüllt von Schmerzen und dem Wunsch, dem Kerl zu zeigen, dass sie besser war als er.

»Guck nach dem Kind«, wies sie den Menschen an, der hinter ihr aufs Dach gekommen war. »Ich komme hier allein zurecht.«

Bevor sie ihrem Widersacher einen letzten Schlag verpassen konnte, lief er zu der Mauer, die den Dachgarten umgab. Sie machte einen Satz nach vorne und umklammerte mit beiden Händen sein vom Schweiß und Blut glitschiges Handgelenk.

Er überwand die Mauer und hing in der Luft, doch auch wenn ihre Armmuskeln vor Schmerzen schrien, hielt sie ihn weiter fest. Sie wollte einfach nicht riskieren, dass er beim Aufprall auf die Erde starb.

»So leicht kommst du mir nicht davon.«

»Dann nehme ich dich eben mit.« Er packte ihren Arm mit seiner freien Hand, doch auch wenn sie ihn nicht mehr länger würde halten können, stemmte sie sich mit den Stiefeln gegen die verdammte Mauer, denn sie würde sicher nicht mit diesem Schweinehund zusammen in den Tod gehen.

Dann war Roarke neben ihr und unterstützte sie mit seinem Gewicht und seiner Kraft. Als Silverman auch weiter an Eve zerrte und sich weiter wehrte, rammte er ihm seine Faust unter das Kinn und hievte ihn, als er erschlaffte, mit Eves Hilfe auf das Dach zurück.

Inzwischen tat ihr jeder Knochen weh und als sie an der Steinmauer heruntерglitt, kniete sich Roarke mit sorgenvoller Miene neben sie.

»Sieh dich nur an«, bemerkte er. »Und das, obwohl ich keine zehn Minuten nach dir auf dem Dach war.«

»Ich finde, er sieht merklich schlimmer aus als ich«, gab sie zurück und wischte sich mit ihrem Handrücken das Blut, das immer noch aus ihrer Nase tropfte, ab.

Tatsächlich lag der Kerl bewusstlos und umrundet von sechs Polizisten mit gezogenen Waffen auf dem Dach.

»Der Junge«, sagte sie, als Baxter vor ihr in die Hocke ging.

»Trueheart bringt ihn gerade zu den Eltern runter. Ihm geht's gut. Er hat nur ein paar Kratzer abbekommen. Ein paar Kratzer und vielleicht noch ein paar blaue Flecken, aber davon abgesehen ist er okay.«

»Ich habe ihn mit einem Schuss gestreift.«

»Es geht ihm gut, Lieutenant. Er ist verängstigt und er steht noch unter Schock, doch davon abgesehen geht's ihm gut. Aber Sie selbst sehen ziemlich übel aus. Es tut mir bereits weh, Sie anzusehen. Wollen Sie die Schweinebacke persönlich festnehmen?«

Sie schüttelte den Kopf und dabei wogte ein Gefühl des Schwindels in ihr auf. »Weswegen machen Sie das nicht? Natürlich müssen noch die Sanitäter nach ihm sehen, aber danach kommt er in eine Zelle, bis ich ihn vernehmen kann. Mein Stunner …«

Baxter drückte ihr die Waffe in die Hand. »Auch das Messer haben wir. Hat der Kerl Sie damit erwischt?«

»Ich glaube nicht. Jetzt nehmen Sie ihn fest, Baxter.«

»Es wird mir eine Freude sein.«

»Mein Zaubermantel«, sagte sie zu Roarke, als sie wieder alleine waren. »Ich glaube, ihm ist nicht mal aufgefallen, dass sein verdammtes Messer durch den Stoff nicht durchgegangen ist.«

Er lehnte seine Stirn an ihre Brauen und da sie selbst

die Berührung brauchte, ließ sie es geschehen. Doch als er sie an seine Brust ziehen wollte, wehrte sie entschlossen ab.

»Du trägst mich nicht von einem Dach, auf dem's vor Polizisten wimmelt.«

»Ich lasse dich nur selbst laufen, wenn du dich dafür im Krankenhaus verarzten lässt.«

»Erst einmal können ja vielleicht die Sanitäter nach mir sehen. Okay?«

»Mit denen fangen wir an.«

23

Sie ließ die Untersuchung, das Auflegen von Eisbeuteln, die Verabreichung von Schmerztabletten und die Anwendung des Heilstabs über sich ergehen, aber gegen die empfohlenen Spritzen und Beruhigungsmittel setzte sie sich heldenhaft zur Wehr.

»Ich muss das hier zu Ende bringen«, erklärte sie. »Das bekomme ich nur hin, wenn ich zumindest halbwegs munter bin.«

»Ich denke, ein Beruhigungsmittel und ein bisschen Schlaf täten dir gut«, erklärte Roarke. »Du hast die beiden Kerle festgenommen, ob du sie jetzt gleich oder nachher vernimmst, macht doch wahrscheinlich keinen Unterschied.«

»Ich muss mit ihnen reden, während sie noch in den Seilen hängen. Wenn sich der Vater bei mir meldet – was er sicher in der nächsten Stunde tun wird –, muss ich Druck machen und diesen Fall zum endgültigen Abschluss bringen, bevor die beiden sich überlegen können, wie sie ihre kranken Köpfe wenigstens in einigen der Punkte vielleicht doch noch aus der Schlinge ziehen.« Sie lächelte. »Danach werde ich auf alle Fälle schlafen können, ohne etwas einzunehmen«, sagte Eve ihm zu. »Du fährst, okay? Auf dem Weg zur Wache kannst du mir erzählen, warum die Bombe dort im Haus nicht hochgegangen ist. Die Aussagen von Chenowitz und der Familie werden von Kollegen aufgenommen, die lese ich mir später auch noch durch.«

Roarke betrachtete Eves immer noch geschwollene Lippe und die beiden Veilchen, deren violetter Farbton der Verfärbung ihres Kinns entsprach.

»Ich sollte mich in dieser Sache durchsetzen.«

»Außer dem Beruhigungsmittel habe ich alles genommen. Das zählt doch sicher auch.«

»Wahrscheinlich.« Auf dem Weg zum Wagen legte er den Arm um sie und übernahm dadurch zumindest einen Teil ihres Gewichts.

»Als er die Bombe hochgehen lassen wollte, hat mein Herzschlag ausgesetzt.« Behutsam schob sie sich auf den Sitz. »Mein Leben war vorbei, denn mir war klar, du hättest Chenowitz niemals allein mit dieser Sprengweste dort sitzen lassen, nachdem du mit der Frau nach draußen gegangen bist.«

»Ich habe sie gar nicht vors Haus gebracht«, erklärte Roarke. »Jolie, die Frau, wollte sofort rauf aufs Dach zu ihrem Sohn rennen, als ich sie losgeschnitten hatte, doch ich habe ihr erklärt, dass du das Kind beschützen würdest und sie es nicht gefährden soll, indem sie plötzlich auch noch auf der Bildfläche erscheint.«

»Das hat du gut gemacht.«

»Also hat sie auch weiter an der Seite ihres Mannes ausgeharrt. Er hat sie angefleht zu gehen, aber davon wollte sie nichts hören. Also hätte ich sie entweder bewusstlos schlagen und nach draußen schleifen oder irgendwie versuchen können, die verdammte Weste zu deaktivieren.

Das war ein bisschen kniffelig, aber lange nicht so kompliziert, wie ich befürchtet hatte«, fügte Roarke hinzu.

»Er hat eben nicht damit gerechnet, dass jemand versuchen würde, das Ding unschädlich zu machen, außerdem wollte er von der Familie sowieso niemanden am Leben lassen«, bemerkte Eve.

»Jetzt ist sie in Sicherheit. Kaum dass ich dem Mann die Weste ausgezogen hatte, tauchte Salazar mit einer Bombenkiste auf und hat sie eingepackt«, schloss Roarke.

»Ohne Iler, der ihm Einhalt gebot, hat er beide Eltern ziemlich übel zugerichtet«, meinte Eve. »Morgens hätte er den Mann dann zu dem Haus geschickt, das er Iler auf seinen Namen hat kaufen lassen, um das Gebäude und das halbe Dutzend Männer in die Luft zu jagen, die dort alles für die angeblich geplante Renovierung vorbereiten sollten. Salazar hat sich auch dort inzwischen umgesehen und weitere Sprengsätze entdeckt, das heißt, die Explosion der Weste sollte eine Kettenreaktion auslösen, damit nicht ein Stein auf dem anderen bleibt.«

»Das bedeutet, sie haben das Haus gekauft und übertrieben hoch versichert, um es zu zerstören und die Versicherungssumme zu kassieren. Ein Klassiker«, bemerkte Roarke. »Der Bauunternehmer Chenowitz sollte dafür sich selbst und seine eigenen Leute umbringen.«

»Zwar hätte Silverman das Geld nicht mehr kassieren können, aber das war ihm egal. Er hätte die Mission erfolgreich durchgeführt, darum ging es ihm. Aus seiner Sicht hat ihn das Militär im Stich gelassen und verraten. Seine Brüder dort haben sich als blaue Falken herausgestellt.«

»Als blaue Falken?«

»Das ist ein Begriff des Militärs. So nennen sie dort Buddy Fuckers oder Kameradenschweine«, meinte Eve und schloss kurz die schmerzenden Augen.

»Aha. Seiner Meinung nach war er der Buddy oder Kamerad, der gefickt oder verraten worden ist.«

»Nach dem Tod von seinem Bruder hat er sich an Iler drangehängt. Der hatte das erforderliche Geld und wusste, was man damit machen kann, und Silverman kennt sich mit Taktik und mit Sprengstoff aus. Beide haben die Erinnerung an einen Helden so verdreht, dass sich Gewinn draus schlagen ließ.«

Sie atmete tief durch. »Ich muss mit Reo und mit Mira sprechen und vor allem Whitney mitteilen, wo wir stehen.«

»Du solltest Peabody kurz schreiben, dass ihr beide festgenommen habt, denn an der Westküste ist es früh und sie ist ganz bestimmt noch nicht im Bett.«

»Ich will jetzt nichts von Zeitzonen und Zeitverschiebung hören.«

Sie rief bei Reo und bei Mira an, schrieb einen Kurzbericht für Whitney und die Textnachricht an Peabody und stieg nach ihrer Ankunft auf der Wache ebenso behutsam aus dem Wagen, wie sie eingestiegen war.

»Es wird wahrscheinlich eine Weile dauern«, sagte sie zu Roarke. »Ich weiß, dass du bei den Verhören zugucken willst, aber such dir vorher erst mal einen Platz, an dem du dir's gemütlich machen kannst.«

»Ich fahre jetzt zu den elektronischen Ermittlern rauf.« Auf ihrem Weg zum Fahrstuhl stützte er sie ebenso wie auf dem Weg vom Haus der Chenowitz' zu ihrem DSL. »Ich kann mir vorstellen, dass Callendar und Feeney hören wollen, was auf Ilers elektronischen Geräten drauf war. Ich gehe nämlich jede Wette ein, dass sie noch immer bei der Arbeit sind.«

»Gute Idee.« Sie lehnte sich kurz an ihn an. »Du bist eine echt gute Peabody.«

»Das ist ein großes Kompliment.« Er schob behutsam ihren Kopf zurück und küsste die Veilchen und das violett verfärbte Kinn. »Ich hätte ihm nicht nur die eine reinhauen sollen.«

»Der eine Fausthieb hat gereicht.« Inzwischen hatten sie den Stock, auf dem ihre Abteilung lag, erreicht und als die Tür des Fahrstuhls aufging, fügte Eve hinzu: »Sag Feeney, dass ich alles haben möchte, was aus diesen Kisten rauszuholen ist.«

»Das mache ich.«

Sie sah in beide Richtungen und als sie niemanden entdeckte, meinte sie noch schnell: »Ich liebe dich.«

Mit einer Hand hielt Roarke die Tür des Fahrstuhls auf. »Komm noch mal rein und sag mir das noch mal.«

»Später.«

Da noch immer niemand in der Nähe war, hinkte sie durch den Flur und durch ihr Dezernat in ihr Büro. Dort holte sie sich einen Kaffee, nahm in ihrem Schreibtischsessel Platz, legte den Kopf auf den Tisch und murmelte erbost: »Dieser verdammte Hurensohn!«

Sie stöhnte mehrmals abgrundtief und stieß dazu vielleicht auch noch ein leises Wimmern aus, dann aber richtete sie sich entschlossen wieder auf, hob den Kaffeebecher an den Mund und schrieb den Bericht.

Dann klingelte ihr Link und sie verzog den Mund zu einem Lächeln, weil der Anruf aus Europa kam.

Endlich, dachte sie und nahm den Anruf an.

»Lieutenant Dallas. Danke für den Rückruf, Sir.«

Reginald Iler war ein attraktiver Mann mit einem harten Blick. Er sah sie forschend an und stellte fest: »Sie sehen aus, als ob Sie sich geprügelt hätten.«

»Stimmt. Mein Gegner war Sergeant Oliver Silverman, der selbst gerade noch behandelt wird, nachdem er wegen der Verabredung zum Mord in achtzehn Fällen und diversen anderen Straftaten von uns verhaftet worden ist.«

»Der Name sagt mir nichts. Dies ist …«

»Ihr älterer Sohn kennt ihn sogar sehr gut. Und Silverman hat unter Ihrem jüngeren Sohn, Captain Terrance Iler, in Seoul gedient. Mr. Iler, Ihr älterer Sohn und Silverman werden bis an ihr Lebensende hinter Gitter gehen. Ich werde dafür sorgen, dass sie beide mehrmals lebenslänglich für die achtzehn Morde kriegen. Ihre Mithilfe ist jetzt nicht mehr erforderlich.«

»Moment.«

Ich habe dir schon zu viel Zeit gegeben, dachte Eve.

»Ich brauche Sie nicht mehr, denn die Beweise reichen völlig aus, außerdem werden beide die von ihnen begangenen Verbrechen umfänglich gestehen. Aber wie ich Ihrem Anwalt bereits sagte, könnte Ihre Kooperationsbereitschaft den Familien der achtzehn Opfer zusätzliches Leid und den Ermittlern und Gerichten Zeit und Arbeit sparen und helfen zu entscheiden, wo Ihr Sohn am Ende seine lebenslange Haftstrafe verbüßen wird. Sie haben die Wahl, Sir, doch Sie müssen sich sofort entscheiden, denn ich lasse Ihren Sohn diesem Moment in den Verhörraum zurückholen.«

Nach dem Gespräch saß sie mit Baxter, Trueheart, Mira und Cher Reo im Besprechungsraum und arbeitete an einer Strategie. Dann aber stand sie etwas mühsam wieder auf, als Whitney und – oh Gott – ein Stückchen hinter ihm auch seine Ehefrau erschienen.

»Wir wollen Sie nicht bei der Arbeit stören«, fing ihr Vorgesetzter an. »Wie lange brauchen Sie hier noch?«

»Wir sind durch, Commander, ich habe gerade angeordnet, dass man die Verdächtigen in zwei verschiedene Vernehmungsräume bringt. Baxter und ich nehmen uns Iler vor, dann gehen ich und Trueheart in den anderen Raum zu Silverman.«

»Warum wartest du nicht im Pausenraum, Anna? Ich lasse dich dort abholen, wenn es so weit ist«, schlug Whitney seiner Gattin vor und wandte sich erneut an Eve. »Sie würde gern bei den Verhören zusehen, falls Sie nichts dagegen haben, Lieutenant.«

»Keine Sorge«, wandte sich Anna jetzt selbst an die Ermittlungsleiterin. »Mit der Sprache, die man bei Verhören spricht, und den Beschreibungen der Gewalt komme ich klar. Ich bin die Frau von einem Polizisten. Es wird mir selbst, Rozilyn und der Familie helfen, wenn sie von mir hört, dass ich bei den Verhören dabei war.«

Sie legte eine Hand auf Whitneys Arm. »Dann gehe ich jetzt mal in den Pausenraum.«

Als Anna aus dem Raum ging, blieb Eve weiter stehen.

»Noch irgendwelche Fragen? Nein? Dann gehen wir's jetzt an.«

Als sie und Baxter den Vernehmungsraum betraten, in dem Iler saß, erklärte dessen Anwalt barsch: »Ich werde mich bei Ihrem Vorgesetzten über Sie beschweren, denn es ist einfach lächerlich, dass mein Mandant zu nachtschlafender Zeit mit Ihnen sprechen soll.«

»Er hatte seine achtstündige Pause, Singa.«

»Aber es ist sicher nicht im Sinne des Gesetzes, ihn um vier Uhr nachts aus seiner Zelle herauszuholen, um ihn weiter zu verhören.«

»Warum wollten Sie dann selbst um acht Uhr gestern Abend diese Pause haben? Sie können sich meinetwegen gerne über mich beschweren, aber erst mal wohnen Sie jetzt bitte dem Verhör mit Ihrem Mandanten bei. Mr. Iler ...«

»Mein Mandant hat Ihnen nichts zu sagen. Also reden Sie mit mir.«

»Stimmt, das hatte ich vergessen. Hoffentlich haben Sie sich bereits einen ordentlichen Vorschuss zahlen lassen dafür, dass Sie Mr. Ilers wegen mitten in der Nacht noch einmal aufs Revier kommen müssen. Wie viel verlangen Sie pro Stunde?«

»Das geht Sie wohl kaum was an.«

»Da haben Sie recht. Das ist alleine Ihr Problem. Deswegen hören Sie sicherlich nicht gern, dass Mr. Iler pleite ist. Er hat kein Geld und keinen Zugriff mehr auf irgendwelches Geld. Die Steuerfahndung hat all seine Konten eingefroren.«

»Nachdem es uns gelungen ist, die Filter auszuschalten und die Codes zu knacken, wären sie uns vor Freude und vor Dankbarkeit am liebsten um den Hals gefallen«, fügte Baxter noch hinzu. »Sie waren ein wirklich schlimmer Finger, Lucius, was bedeutet, dass Sie jetzt der Star der feuchten Träume unserer Steuerfahnder sind.«

»Die Steuerfahndung hat auch alle Gelder eingefroren, die Mr. Iler Ihnen bisher gezahlt hat, Singa, das bedeutet, dass sich das Finanzamt auch bei Ihnen melden wird.«

»Natürlich sehen sie sich dann Ihre Konten ebenfalls genauer an.«

»Auf jeden Fall«, stimmte Eve Baxter lächelnd zu. »Ilers reichen Daddy können Sie vergessen, denn ich hatte ein ausführliches Gespräch mit Reginald.«

»Dazu haben Sie kein Recht.« Verzweifelt zerrte Iler an den Fesseln, die er trug. »Sie haben nicht das Recht, ihn in die Sache hineinzuziehen.«

»Sie haben nicht das Recht, achtzehn Menschen umzubringen und achtzehn Familien zu zerstören. Was meinen Sie, wer von uns beiden größere Schuld auf sich geladen hat?«

»Du bist von deiner Kohle abgeschnitten, Sunny Boy«, erklärte Baxter ihm. »Auch dein Daddy hat den Geldhahn der Familie zugedreht – was alle Anteile betrifft, die du an den verschiedenen Zweigen des Familienunternehmens hast. Das heißt, du bist vollkommen blank.«

»Ich will mit meinem Vater sprechen. Jetzt sofort.«

»Tut mir leid, aber Sie sind verhaftet, deshalb sind uns Ihre Wünsche erst mal schnurz. Wobei Ihr Anwalt Mr. Iler senior selbstverständlich kontaktieren kann. Obwohl ich mir nicht vorstellen kann, das Mr. Iler senior mit ihm reden will. Zumindest nicht, bevor er nicht noch mal mit mir gesprochen hat.«

Mit kaltem Blick und kalter Stimme wandte Eve sich Singa zu. »Doch wenn ich mit ihm spreche und er von

mir hört, dass Ihr Mandant die Taten, die er selbst und Mr. Silverman begangen haben, umfänglich gestanden hat, ist er vielleicht geneigt, die bisher angefallenen Anwaltskosten seines Sohnes zu begleichen. Auch wenn es für mich so klang, als würden die Verhandlungen über die Gebühren ziemlich hart.«

Dann sah sie wieder Iler an. »Denken Sie, dass Singa Sie in einem Fall, in dem Sie achtzehn lebenslange Haftstrafen in einer unserer Gefangenenkolonien im All kassieren werden, kostenlos vertreten wird?«

»Ich gehe nicht ins All. Ich kann nicht in den Weltraum gehen. Das stehe ich nicht durch. Richard, Sie haben gesagt ...«

»Hat er Ihnen erzählt, er würde dafür sorgen, dass man Sie hier auf der Erde lässt? Das wird ganz sicher nicht passieren, du blöder Arsch. In dieser Hinsicht kennt die Staatsanwaltschaft kein Pardon. Falls Ihre psychologische Begutachtung ergibt, dass Sie tatsächlich nicht für einen Flug ins Weltall tauglich sind, werden Sie für den Trip nach Omega sediert. Sie haben nur einen einzigen Versuch, dem Flug noch zu entgehen. Indem Sie umfassend gestehen. Falls Sie mir irgendwas verschweigen, mich belügen oder ausweichen, ist auch diese Möglichkeit vom Tisch.«

Drohend beugte sie sich zu ihm vor. »Von Typen wie dir selbst und deinem Anwalt wird mir schlecht. Aber er macht nur seinen Job, damit komme ich klar. Wogegen du zocken, Geld verdienen und dich an deinem eigenen Vater rächen wolltest, weil er sich zu wenig um den gottverdammten Schwächling, der du immer warst, gekümmert hat. Also, du Stück Scheiße, lüg mich an und ich

werde persönlich dafür sorgen, dass man dich in einen Shuttle setzt.«

»Das dürfen Sie nicht tun.« Mit feuchten Augen blickte Iler seinen Anwalt an. »Sie haben gesagt, dass Sie das regeln würden. Haben gesagt, dass ich ...«

»Seien Sie still, Lucius. Ich muss mit meinem Mandanten reden, Lieutenant.«

»Meinetwegen.« Eve stand wieder auf. »Wobei Sie vorher vielleicht wissen sollten, dass auch Silverman inzwischen hier in einer Zelle sitzt. Wir haben ihn festgenommen, nachdem er in das Haus der nächsten Zielperson auf Ihrer Liste eingebrochen war. Denn wie Baxter schon gesagt hat, haben wir alle Filter auf Ilers Geräten ausgehebelt und uns die Dateien angesehen. Familie Chenowitz geht's gut. Im Gegensatz zu Silverman.«

Sie fuhr sich mit der Hand durch ihr geschundenes Gesicht. »Wir hatten eine kleine Auseinandersetzung, er sieht noch erheblich schlimmer aus als ich. Lassen Sie sich Zeit. Ich plaudere währenddessen schon einmal mit ihm.«

»Lieutenant Dallas und Detective Baxter verlassen den Vernehmungsraum. Rekorder aus.«

Im Flur schlug Baxter ihr begeistert auf den Arm und als sie zischte, meinte er: »Oje, es tut mir leid. Es war nur – Sie waren herrlich selbstgerecht, wobei ich Singas Blick im Grunde fast noch schöner als den Blick von Iler fand. Man konnte praktisch sehen, wie er die ganze Kohle, die er mit dem Fall verdienen wollte, abgeschrieben hat.«

»Vor allem wird er Iler raten auszupacken, seit er weiß, dass er mit ihm nichts mehr verdienen kann. Er

wird ihn damit ködern, dass er, wenn er alles sagt, in ein Gefängnis auf der Erde kommt. Auf diese Weise nimmt er uns schon einmal einen Teil von unserer Arbeit ab.«

»Jetzt machen Sie erst mal eine Pause«, wies sie Baxter an, als Trueheart aus dem Nebenraum, aus dem er zugesehen hatte, kam. »Holen Sie sich einen Kaffee, aber bleiben Sie hier in der Nähe. Los, Trueheart, wir beide treten Silverman jetzt in den Arsch.«

»Ich habe mich erkundigt, was der Kleine macht. Natürlich wollte ich auch wissen, wie's den Eltern geht, aber vor allem wollte ich mich vergewissern, dass das Kind nichts abbekommen hat. Bei meinem Anruf kam er selbst ans Link, um mir zu danken, dass ich ihn zu seiner Mom gebracht habe. Er meinte, dass ihn eine Ninja-Frau gerettet hat. Ich dachte mir, dass Sie das vielleicht freut.«

»Dann bin ich also eine Ninja-Frau.« Eve lachte schnaubend auf und nahm den Schmerz in ihrer angeknacksten Rippe billigend in Kauf.

Sie zog die Tür des anderen Vernehmungszimmers auf und gab die Namen der anwesenden Personen in den Rekorder ein.

Mit stark verquollenem Gesicht und vor der Brust verschränkten Armen saß Silverman am Tisch.

»Leckt mich am Arsch. Ich habe nichts zu sagen, ich warte, bis mein Anwalt kommt.«

Eve lächelte ihn an. »Wahrscheinlich meinen Sie den superteuren Strafverteidiger aus Philadelphia, den Sie angerufen haben, als Sie von uns festgenommen worden sind. Zu schade, dass wir ihm nach seiner Ankunft sagen werden, dass Sie pleite sind.«

»Ich habe Geld. Leckt mich am Arsch.«

»Sie haben nichts, weil Ihre Konten und auch die von Iler eingefroren sind und weil sein Daddy keinen Cent bezahlen wird. Auch die Richie-Bilder sind Sie los. Wir waren nämlich in der von Iler angemieteten Garage und haben die Gemälde konfisziert.«

Sie nahm ihm gegenüber Platz. »Obwohl sie das eigentlich nicht müssen, weil wir bereits alles haben, bauen die elektronischen Ermittler die Computer und die anderen Geräte, die Sie vorsorglich geschrottet haben, wieder ordentlich zusammen, um sich die darauf abgespeicherten Dateien anzusehen. Das heißt, Sie haben ausgespielt. Natürlich haben Sie das Recht auf einen Anwalt und da Sie sich keinen leisten können, bestellen wir einen Pflichtverteidiger, der Sie vertreten wird. Sie können in Ihrer Zelle warten, bis er kommt.«

Er starrte sie aus seinen stark geschwollenen Augen an. »Zur Hölle mit dem Anwalt, den Gerichten und mit euch.«

»Anscheinend hat es seinen Stolz verletzt, dass eine Frau ihn festgenommen hat, Lieutenant.«

Lächelnd wandte Eve sich Trueheart zu. »Glauben Sie? Und das, obwohl die Bombe damals einen Großteil seines Schwanzes und dazu noch eins von seinen Eiern abgerissen hat? Egal, wie viel Testosteron und Steroide der Kerl frisst, macht ihn das Zeug ganz sicher nicht zum Mann.«

»Halt's Maul, du Fotze«, fauchte Silverman sie an, sie sprang auf und beugte sich zu ihm über den Tisch.

»Versuch doch, mich dazu zu zwingen, du elendiger Wicht.«

»Also bitte, Lieutenant.« Trueheart tätschelte beruhigend ihren Arm. »Zumindest hat er seinem Land gedient, als er sich die Verwundung zugezogen hat.«

Achselzuckend setzte Eve sich wieder hin. »Also, wollen Sie jetzt einen Anwalt oder nicht?«

»Habe ich nicht gesagt, dass der verdammte Pflichtverteidiger zur Hölle fahren soll? Hast du was an den Ohren, seit du eine von mir reingehauen bekommen hast?«

»Ich höre immer noch sehr gut. Nur müssen Sie das laut und deutlich sagen, wenn Sie keinen Anwalt wollen.«

»Ich brauche keinen beschissenen Anwalt und ich will auch keinen haben. Ich bin Soldat und stehe für mich selbst ein.«

»Sie waren mal Soldat«, verbesserte Eve ihn. »Jetzt sind Sie ein Mörder. Haben Sie sich deshalb Iler zugewandt? Ich wette, dass sein Bruder oft von ihm gesprochen hat – von seinem großen Bruder, der ihm immer vorgelesen und sich immer gut um ihn gekümmert hat, wenn sie alleine waren. Dachten Sie, dass Sie in Iler selbst einen Bruder finden würden, oder was?«

»Captain Terrance Iler war der beste Mensch, der mir in meinem Leben je begegnet ist, dann haben diese Hurensöhne ihn mit der verdammten Bombe umgebracht. Er hat mich rausgezogen aus dem Höllenloch. Ich habe ihm gesagt, dass er mich liegen lassen soll, aber er hat mich rausgezerrt und ist noch mal zurückgerannt, dann haben sie ihn umgebracht.«

»So ehren Sie ihn also dafür, dass er sich selbst geopfert hat?«, erkundigte sich Trueheart ruhig.

»Zur Hölle damit, dass er sich geopfert hat. Zur Hölle mit dem Militär. Die Hurensöhne haben sich damals selbst in die Luft gesprengt, um uns zu töten, und von diesen Kerlen kommen immer welche nach. Ich wollte selbst weiterkämpfen und die Bastarde aus dem Verkehr ziehen. Sie sagen, dass ich nicht mehr fit genug bin, um zu dienen? Dass mein Gehirn durch dieses Bombenattentat beschädigt worden ist? Sie waren schuld daran, dass ich am Ende auf der Straße saß.«

»Die Entschädigung, die Sie bekommen haben, haben Sie genau wie Ihre monatliche Rente entweder für Drogen rausgehauen oder verzockt«, rief Eve ihm in Erinnerung. »Außerdem haben Sie die Behandlung abgebrochen und die von den Veteranen angebotene Hilfe abgelehnt.«

»Natürlich.« Er verzog so verächtlich das Gesicht, dass seine kaum verheilte Unterlippe wieder riss. »Ihr Mitleid können diese Bastarde sich sparen.«

»Es ist kein Mitleid, sondern Dankbarkeit für Ihren Dienst am Vaterland«, verbesserte Eve ihn erneut. »Doch statt die angebotene Hilfe anzunehmen, haben Sie lieber unschuldige Menschen ins Visier genommen und umgebracht.«

»So was wie unschuldige Menschen gibt es nicht.«

»Ach nein? Was hat denn beispielsweise Rogan sich zuschulden kommen lassen?«

»Wer?«

Eve wurde schlecht, denn offenkundig waren ihm all die Toten vollkommen egal.

»Ihr erstes Opfer«, klärte sie ihn auf. »Der Mann, dessen Frau und Tochter Sie misshandelt haben, bis er irgendwann bereit war, sich und andere im Firmensitz von Quantum in die Luft zu jagen.«

»Dieses gottverdammte Weichei hat die ganze Zeit geheult, gejammert und uns angebettelt, seiner Frau und seiner Tochter nichts zu tun. Aber das, was wir getan haben, nennt man Taktik. Man muss eben Opfer bringen, wenn man siegen will.«

»Also haben Sie Paul Rogan und Wayne Denby für den Sieg geopfert oder was?«

»Es hat funktioniert.« Er breitete die Hände aus und machte ein Geräusch wie eine Explosion. »Die anderen waren Kollateralschäden. Sie denken doch wohl nicht, mir hätte auch nur eins von diesen reichen Schweinen, die in ihren großen Häusern leben, leidgetan? Die waren auch nicht besser als ich.«

Von seiner linken Schläfe schlängelte sich pochend eine Ader bis hinauf auf seinen kahlrasierten Kopf.

»Ich habe jahrelang mein Leben für die Saubande riskiert – und wie haben sie es mir gedankt? Also habe ich mir das geholt, was sie mir schuldig waren.«

»Sie haben die Bomben und die Sprengwesten gebaut, mit denen erst Paul Rogan und danach Wayne Denby losgezogen sind.«

»Ich wüsste nicht, dass jemand ihnen eine Waffe an den Kopf gehalten hat.«

»Sie haben nur ihre Frauen geschlagen und gedroht, die Kinder dieser Männer umzubringen, wenn sie nicht bereit wären, diese Westen anzuziehen. Sie haben die Bomben und die Sprengwesten gebastelt«, wiederholte sie.

»Ich hatte die erforderliche Ausbildung dafür, nur leider wurde ich dann nicht mehr eingesetzt. Aber ich wusste ganz genau, wie so was geht. Als das Militär mich abserviert hat, habe ich mir auch noch ein paar andere Dinge beigebracht. Ich hätte viel mehr Leute sterben lassen können, aber Lucius wollte, dass die Zahl der Toten überschaubar bleibt. Er hat eben ein weiches Herz.«

»Wie haben Sie die Zielpersonen ausgewählt?«

»Was interessiert Sie das?«, hakte er feixend nach. »Sie haben sich selbst und die anderen in die Luft gejagt. Das ist das Einzige, was zählt.«

»Aber dafür waren Vorarbeit und cleveres Vorgehen nötig, oder nicht? Warum erzählen Sie uns nicht, wie clever Sie bei Ihrer Planung vorgegangen sind, Sergeant?«

»Verdammt. Rogan war kinderleicht. Das Arschloch Banks hat Lucius von den Fusionsplänen erzählt, mit denen diese reichen Schweine noch mehr Kohle machen wollten. Ich und Lucius saßen eines Abends rum, haben was getrunken und gequatscht und plötzlich meinte er, dass sich bei dem Zusammenschluss mit Aktien von den Unternehmen sicher jede Menge Kohle machen lässt. Dann haben wir das Ganze in Gedanken durchgespielt und überlegt, wie man es anstellen müsste, wenn man richtig viel verdienen will.«

»Wie müsste man es anstellen? Wie kamen Sie darauf, dass Rogan diese Sprengstoffweste anziehen soll?«

»Lucius wollte einen Vater dafür haben, weil er seinen eigenen Vater hasst. Er wollte sehen, ob's einen Vater gibt, der anders als sein eigener Vater alles täte, um sein Kind vor Schaden zu bewahren. Auch sein Bruder hat sein Leben für die Leben seiner Männer hingegeben und ich wollte selbst sehen, ob auch andere Menschen so was tun. Also haben wir angefangen zu recherchieren und Rogan passte ganz einfach ins Bild.«

»Die Alarmanlage seines Hauses hat dann Lucius ausgehebelt.«

Achselzuckend meinte Silverman: »In solchen Sachen ist er wirklich gut. Er hat zwar eine halbe Ewigkeit gebraucht, doch schließlich waren wir drin.«

»Als Sie drin waren, waren Sie für die Eltern und er für die Tochter zuständig.«

»Den Kindern durfte ich nichts tun. Da war er hart.«

»Aber die Frauen waren ihm egal.«

»Die Männer brauchten einen Anreiz, um die Westen anzuziehen. Die Menschen tun erst dann, was man verlangt, wenn sie erkennen, wie ernst es einem ist.«

»Lucius hat auch die versteckten Konten angelegt und die Aktien gekauft.«

»Mit solchem Kram kennt er sich aus. Von Taktik hat er keinen blassen Dunst, aber mit Geld kennt er sich aus.«

»Wie viel haben Sie mit den Aktien verdient?«

»1,3 Millionen.« Grinsend fuhr er sich mit einer Hand über das Kinn, an dem noch immer etwas Blut herunterlief. »So einen Haufen Kohle hatte ich in meinem ganzen Leben noch nicht gesehen.«

»Trotzdem war es nicht genug. Wollten Sie Banks den Richie von Anfang an stehlen?«

»Lucius meinte, auch wenn wir schon vorher ein paar Bilder hatten und uns noch mehr Bilder aus dem Atelier von diesem Typen holen würden, wenn die Galerie mit einem Großteil seiner Sachen in die Luft gegangen wäre, würde das dem blöden Wichser Banks recht geschehen.«

»Aber dann wollte Banks ein Stück vom Kuchen abhaben und Sie waren gezwungen, ihn aus dem Verkehr zu ziehen.«

Zähnebleckend wrang der Kerl die Hände und machte ein knirschendes Geräusch. »Dir würde es nicht anders gehen, wenn ich dich in die Finger kriegen würde, blöde Fotze, denn sich ungefragt in die Geschäfte anderer Leute einzumischen, ist im höchsten Maße ungesund. Der Blödmann kam tatsächlich ganz alleine in den Central Park. Nachdem ich ihn erledigt hatte, war der arme Lucius zwar ein bisschen zittrig, hat dann aber tatkräftig mit angepackt.«

»Als Sie Banks Leiche in den See geworfen haben.«

»So was nennt man Teamarbeit.«

»Nachdem er wegen dieser Zeichnung in Banks' Wohnung eingebrochen war.«

»Das hat er wirklich sauber hingekriegt.« Die dunklen Augen blitzten vor Bewunderung. »Er wusste, wie er's anstellen muss, damit ihm niemand auf die Schliche kommt. Warum hätten wir uns dieses Bild also nicht holen sollen?«

»Vielleicht, weil es direkt danach zu Denby ging und Sie deshalb etwas in Eile waren?«

»Es hätte nicht so schnell gehen sollen, aber man muss eben flexibel sein, wenn man gewinnen will.«

Statt weiter zu taktieren, gab er jetzt nur noch mit ihren Taten an, erkannte Eve und hakte sofort nach. »Wo haben Sie Lucius hinbestellt, als er Sie angerufen hat, nachdem ich bei ihm war?«

»Er hatte bisher niemals mit der Polizei zu tun und keine Ahnung, was er machen sollte, deshalb sollte er mich erst einmal bei der Garage treffen. Als er nicht erschien, wusste ich gleich, dass irgendetwas schiefgelaufen war.«

»Wusste er auch über Chenowitz Bescheid?«

Mit einem neuerlichen Feixen meinte Silverman: »Das hätte er bei unserer Ankunft dort gemerkt.«

»Wusste er, dass die Familie dieses Mal nicht überleben sollte?«

»Hören Sie, die ersten beiden Male haben wir gemacht, was Lucius wollte, nur deshalb sind wir jetzt am Arsch. Wir haben die Frauen und Kinder leben lassen, Tote reden nicht.«

»Ach nein?«

»Wo hätten Sie denn hingewollt?«, mischte sich Trueheart ein. »Sie wussten schließlich, dass Ihr Partner aufgeflogen war und dass wir Ihnen auf den Fersen waren.«

»Wir haben einen Privatshuttle bestellt. Wir haben das erforderliche Geld, um uns das Schweigen des Piloten zu erkaufen, wir wollten in die Tropen abhauen. Nach Port Salut, denn die liefern hierher nicht aus. Mit all der Kohle hätten wir dort ein fettes Leben geführt.«

»Tja nun, der Tropentraum ist ausgeträumt«, bemerkte Eve und wütend streckte Silverman den Mittelfinger in die Luft.

»Glauben Sie, der Knast macht mir was aus? Verdammt, ich bin Soldat und komme mühelos mit allem, womit Sie mir hier drohen, klar. Sie kriegen mich nicht klein.«

»Ich habe Sie bereits kleingekriegt«, erklärte Eve und stand entschlossen auf. »Lassen Sie den Mann in seine Zelle zurückbringen, Detective. Er ist eine Schande für sein Land und alles, wofür Captain Iler in Seoul gekämpft hat und gestorben ist.«

»Sie haben doch keine Ahnung, wie's dort war.«

»Mag sein, aber ich kenne Typen wie Sie. Ich habe bereits des Öfteren Menschen wie Sie erlebt und habe sicher auch in Zukunft häufiger mit ihnen zu tun. Das heißt, Sie sind ganz sicher nichts Besonderes. Dallas verlässt den Vernehmungsraum.«

Im Flur fuhr sie sich mit den Händen durchs Gesicht. Sie würde sich noch einen Kaffee holen und dann wieder zu Iler gehen.

Bevor sie sich jedoch zum Gehen wenden konnte, tauchte Mira auf und rieb ihr sanft den Arm. Als Eve die Arzttasche in ihrer anderen Hand mit einem argwöhnischen Blick bedachte, meinte sie: »Sie brauchen noch einmal den Heilstab und ein bisschen Eis.«

»Ich brauche einen Kaffee.«

»Den Sie auch problemlos trinken können, während ich nach Ihnen sehe. Ich bin Ärztin, also sparen Sie sich die Zeit und widersprechen mir nicht.« Sie führte Eve in deren Büro. »Sie haben perfekt auf die Gefühle dieses Mannes reagiert. Sie haben seinen Widerwillen, seinen Zorn, sein Männlichkeitsgefühl und Ego ausgenutzt. Vielleicht hat er tatsächlich seit dem Angriff, wegen der Verwundungen, die er davongetragen hat, und nach dem Tod von seinen Kameraden psychische Probleme.«

»Die sind mir vollkommen schnurz. Der Kerl hat ...«

»Augenblick.« Die Ärztin drückte Eve in ihren Schreibtischsessel und klappte die Tasche auf. »Seine potenziellen psychischen Probleme sind keine Entschuldigung für das, was er verbrochen hat. Statt seine Taten zu bereuen, ist er noch immer stolz auf sie. Legen Sie kurz den Kopf zurück«, verlangte sie, bevor sie mit dem Heilstab über Eves geschwollenes Auge fuhr. »Als ihm aufging, dass er Ihnen jetzt nicht mehr entkommen kann, hat es ihm Spaß gemacht, vor Ihnen anzugeben und die Einzelheiten der von ihm begangenen Verbrechen zu erzählen. Er sieht sich selbst als Kriegsgefangenen, das heißt, dass er auf jeden Fall versuchen wird, sich umzubringen, auch wenn er vorgegeben hat, dass er nicht kleinzukriegen ist.«

»Das hatte ich mir schon gedacht. Jetzt brauche ich wirklich dringend einen Kaffee.«

»Moment.« Mira legte ihr auch noch ein Coolpack ins Gesicht, trat vor den AutoChef und drückte Eve den heiß ersehnten Becher Kaffee in die Hand. »Jetzt schließe ich ab und nehme mir noch Ihre anderen Verletzungen vor.«

»Die sind gar nicht so schlimm.«

Statt etwas zu erwidern, schloss die Psychologin einfach die Bürotür ab und forderte Eve auf: »Ziehen Sie Jacke, Hemd und Holster aus, wenn ich Ihrem Commander nicht empfehlen soll, Sie anzuweisen, in ein Krankenhaus zu fahren.«

»Verdammt.« Eve hatte keine Wahl, als die verdammte Jacke auszuziehen, doch wenn sie ehrlich war, tat ihr tatsächlich jeder Knochen weh.

»Am besten bringen wir es einfach hinter uns, damit ich Sie dann weiter Ihre Arbeit machen lassen kann.« Entschlossen streifte Mira ihr die Jacke ab, half ihr noch aus dem Holster und dem Hemd und seufzte, als sie all die Schwellungen und blauen Flecken sah.

»Es ist also nicht weiter schlimm? Verdammt! Das sieht nach mehreren gebrochenen Rippen aus.«

»Die Sanitäter haben gesagt, sie wären nur geprellt.« Eve biss die Zähne aufeinander, als der Heilstab über ihren Oberkörper glitt. »Vielleicht habe ich einen Haarriss in der einen Rippe. Aber nur vielleicht.«

»Wie steht es mit inneren Verletzungen?«

»Nein. Das schwöre ich. Sonst hätte Roarke mich garantiert ins Krankenhaus verfrachtet statt hierher. Aber ich habe Zerrungen und Verstauchungen an Stellen, von denen ich bisher nicht wusste, dass man sich die zerren und verstauchen kann. Dieser verdammte Hurensohn hat wie ein wildes Tier gekämpft.«

»Das haben Sie anscheinend auch.«

Eve kniff die Augen zu und zwang sich, zu entspannen und die Behandlung hinzunehmen, weil ihr, wenn sie keinen Streit mit Mira kriegen wollte, schließlich gar nichts anderes übrig blieb. »Roarke hat mir doch zu Weihnachten das Dojo und das Training mit dem Meister dort geschenkt. Also habe ich den Tiger einfach kommen lassen und mich selbst als gottverdammter Kranich, Schlange und am Schluss als Drache gegen ihn gewehrt. Nur wollte der Kerl am Schluss vom Dach springen und mich mit in die Tiefe reißen.«

»Ich gebe zu, ich hätte diesen ganz besonderen Kampf gern miterlebt. Sie können sich jetzt wieder anziehen, aber in drei Stunden nehme ich Sie mir noch einmal vor.«

»Okay.«

Die Ärztin gab Eve einen Wangenkuss. »Das ist mein Ernst.«

»Ich weiß. Ich muss da sein, wenn Sie nicht zu Whitney gehen sollen.«

»Und zu Roarke.«

»Das habe ich befürchtet«, meinte Eve, doch widerstrebend musste sie sich eingestehen, dass es ihr wirklich etwas besser ging, als sie mit Baxter wieder in Verhörraum A zu Iler ging. Auch Singa saß noch dort, inzwischen aber hatte er sich offiziell zum Pflichtverteidiger bestellen lassen, weil es so zumindest noch ein bisschen Geld für seine Arbeit gab.

»Rekorder an. Lieutenant Dallas und Detective Baxter setzen das Verhör von Lucius Iler fort. Ich will ganz offen sein und Ihnen gleich zu Anfang sagen, dass Silverman Sie als Kameradenschwein bei uns verpfiffen hat.«

»Das würde er niemals tun.«

»Sie denken doch wohl nicht im Ernst, dass dieses Arschloch dichtgehalten hat«, warf Baxter lachend ein. »Sie waren für ihn ein nützlicher Idiot, der ihm jetzt nicht mehr helfen kann.«

»Ich glaube, dass er Lucius durchaus mochte«, meinte Eve. »Und dass er auch gewisse Fähigkeiten dieses Kerls bewundert hat. Zum Beispiel fand er toll, dass Lucius die Alarmanlagen in den Häusern ausgeschaltet hat, während er selbst mit dem Bau der Bomben für die Anschläge beschäftigt war. Aber er weiß, dass er geliefert ist, deswegen interessiert ihn auch nicht mehr, was jetzt aus seinem Kumpel Lucius wird.«

Sie blickte Singa an. »Sie wissen, dass das stimmt. Er hat uns alles ganz genau erzählt, auch wie es angefangen hat, als Lucius von Banks von den Fusionsplänen erfahren hat. Er und Silverman haben herumgesessen, was getrunken, irgendwelchen Scheiß gelabert und«, jetzt wandte sie sich wieder Iler zu, »dann kamen Sie auf die Idee, wie sich viel Geld mit dem Zusammenschluss der beiden Unternehmen machen lässt.«

»Nein, ich …«

»Wenn Sie mich anlügen, war's das für Sie. Vielleicht haben Sie nur herumgeblödelt und es anfangs gar nicht ernst gemeint, doch damit war der Grundstein für das erste Attentat gelegt. Sie brauchen mir nichts zu erzählen, weil ich sowieso schon alles weiß.«

»Was ist mit dem Deal, von dem die Rede war?«, fiel Singa ihr ins Wort.

»Ach ja, der Deal. Die Staatsanwältin meint, wir sollten darauf eingehen, um Zeit zu sparen. Aber eine Lüge und die Sache ist vom Tisch. Habe ich mich deutlich genug ausgedrückt?«

»Auf jeden Fall«, stimmte Singa ihr zu. »Sie müssen mit der Polizei kooperieren, Lucius.«

»Ich habe doch gesagt, dass ich das tun werde.«

Trotzdem saß er weiter schweigend da.

»Wussten Sie, dass Silverman den sechsjährigen August Chenowitz aufs Dach geschleift und ihm ein Messer an den Hals gehalten hat? Nachdem er sowieso von Anfang an die Absicht hatte, ihn zu töten, hat er ihn vorher noch als lebendigen Schutzschild benutzt.«

»Das hätte er niemals getan. Das würde Ollie niemals tun.«

Eve schlug mit beiden Händen auf den Tisch. »Sie wissen ganz genau, dass das nicht stimmt. Sie wissen, dass er diesen Jungen töten wollte. Solange alles lief, wie Sie es wollten, und Sie all die Kohle eingestrichen haben, konnten Sie so tun, als wüssten Sie es nicht. Aber, verdammt, Sie wussten ganz genau, was für ein Typ er ist.«

»Ich würde nie ein Kind verletzen.«

»Aber Kindern Angst machen war für Sie okay.«

»Ich habe dieses Mädchen und den Jungen, so gut es ging, beruhigt. Ich hätte niemals zugelassen, dass er einem dieser Kinder etwas tut.«

»Wie wollten Sie ihn daran hindern?«

»Er hat auf mich gehört. Wir waren ein Team. Wir haben auch niemanden umgebracht.«

»Was ist denn mit den achtzehn Menschen, die bei diesen Attentaten umgekommen sind?«

»Das waren die beiden Männer, die mit den Sprengstoffwesten losgezogen sind. Sie hatten eine Wahl und hätten auch zur Polizei gehen können oder nicht?«

»Das heißt, sie hätten ihre Frauen und Kinder sterben lassen sollen?«

»Oh nein, oh nein, das war doch nur ein Bluff. Ein Bluff, sonst nichts.«

»Ein Bluff.« Eve klappte einen Aktenordner auf und warf die Aufnahmen der verstümmelten, verkohlten Leichen der beiden Attentate auf den Tisch. »Ein Bluff.«

»Sie hatten eine Wahl«, beharrte Iler weiterhin auf seiner Position. »Sie hätten es drauf ankommen lassen können oder nicht? Ich gebe zu, wir sind nicht völlig unschuldig, aber …«

»Sie sind nicht völlig unschuldig?« Jetzt sprang Eve auf und beugte sich über den Tisch. »Sie hatten Rogan extra noch verkabelt und ihm einen Rekorder mitgegeben, damit er auf dem Weg in diesen Konferenzraum seine Frau und Tochter schreien hört. Sie haben die Frauen geschlagen und ihnen mit Vergewaltigung gedroht.«

»Ich habe diese Frauen nicht angerührt. Das schwöre ich. Das schwöre ich. Ich gebe zu, dass Ollie manchmal eine Spur zu weit gehen kann, aber ich habe ihn gebremst.«

»Haben Sie ihn auch gebremst, als er Banks das Genick gebrochen hat? Lüg mich ruhig an, du Arsch. Ich hoffe inständig, dass du jetzt nicht die Wahrheit sagst.«

»Ich … er … Jordan hat mich erpresst.«

»Dafür haben Sie ihn umgebracht.«

»Das war Ollie, denn ich könnte nie …«

»Haben Sie geholfen, Jordans Leiche in den See zu werfen? Lügen Sie mich bitte an.«

»Was hätte ich denn sonst tun sollen?« Inzwischen strömten Tränen über sein Gesicht. »Ich hatte keine Ahnung, was ich machen soll.«

»Sind Sie zusammen bei Paul Rogan, seiner Frau und seiner Tochter eingebrochen, um die drei in Geiselhaft zu nehmen?«

»Ich … ja.«

»Haben Sie selbst und Ihr Komplize die beiden Erwachsenen körperlich misshandelt?«

»Ja.«

»Haben Sie selbst oder Silverman Cecily Greenspan erst geschlagen und ihr dann gedroht, sie obendrein auch noch zu vergewaltigen?«

»Ja, aber …«, stieß er schluchzend aus.

»Haben Sie Paul Rogan zwischen Samstagnacht und Montagfrüh bedroht, misshandelt und sein Kind aus einem anderen Zimmer nach ihm schreien lassen, damit er mit einer Sprengstoffweste zu der Konferenz am Firmensitz von Quantum geht und sich und andere in die Luft jagt, um das Leben seiner Frau und Tochter zu bewahren?«

»Das war doch nur ein Bluff.«

»Haben Sie wiederholt damit gedroht, die Frau und Tochter umzubringen, falls er die Bombe in dem Konferenzraum nicht hochgehen lässt?«

»Ja, ja, aber ...«

»Wollen Sie mir etwa ausweichen? Dann ist der Deal vom Tisch. Ich kann es kaum erwarten, Sie in einem Flieger auf dem Weg in eine unserer Kolonien zu sehen. Im All, in dem man nur so lange atmen kann, wie die Erzeugung der erforderlichen Luft auch funktioniert.«

»Bitte.«

»Haben Sie und Ihr Komplize Jordan Banks am Montagabend in den Central Park bestellt, haben Sie Silverman bei der Ermordung dieses Mannes assistiert?«

»Ja. Bitte hören Sie auf«, bat Iler und warf sich die Hände vors Gesicht.

»Wir hören dann auf, wenn wir fertig sind«, gab Eve zurück und als sie fertig waren, rief sie Mira, damit die dem völlig aufgelösten Iler ein Beruhigungsmittel gab.

»Mir fehlt die Energie, um jetzt mit Ihnen abzuklatschen«, räumte Baxter ein. »Vor allem war er einfach jämmerlich. Ein Jammerlappen, der vor Selbstmitleid vergeht.«

»Fahren Sie heim und hauen Sie sich aufs Ohr. Das haben Sie sich rechtschaffen verdient.«

»Das stimmt. He, Trueheart«, rief er, als sein Partner

aus dem Nebenzimmer kam. »Warum fahren wir nicht in den Diner, wo Sie so gern essen, und ich lade uns zu einem großen, fetttriefenden Frühstück ein? Vielleicht bekomme ich dadurch ja diesen ekligen Geschmack aus meinem Mund.«

»Okay. Wollen Sie mitkommen, Lieutenant?«

»Danke, nein. Auch Sie haben Ihre Sache wirklich gut gemacht, Trueheart.«

Sie machte einen ersten Schritt in Richtung ihres Dezernats, als Anna Whitney, links und rechts von Roarke und ihrem Mann flankiert, den Flur herunterkam.

»Jack ist mir böse, weil ich anders als versprochen bis zum Ende der Verhöre hiergeblieben bin. Aber ich musste einfach sehen und hören, wie es läuft, damit ich Rozilyn davon berichten kann. Ich danke Ihnen, denn Sie haben einem guten Mann Gerechtigkeit verschafft.«

»Ja, Ma'am, das haben wir.«

»Jack.«

»Schon gut, schon gut. Fahren Sie heim, Lieutenant.«

»Ja, Sir, aber vorher schreibe ich noch den Bericht, spreche mit Reo und …«

»Das übernehme ich.«

»Sie schreiben den Bericht? Aber …«

Whitney runzelte die Stirn. »Bezweifeln Sie, dass ich noch weiß, wie man das macht, Lieutenant?«

»Nein, Sir.«

»Also fahren Sie jetzt heim und tauchen aus gesundheitlichen Gründen erst am Montagmorgen wieder auf der Wache auf. Sie sind im Krankenstand. Verstanden?«

»Ja, Sir.«

»Das war wirklich gute Arbeit, Dallas, aber wenn ich

Sie in fünf Minuten noch hier sehe, trete ich Ihnen persönlich in den Arsch.«

Er nahm die Hand seiner Frau und wandte sich zum Gehen.

»Aus meiner Sicht hat er sich klar und deutlich ausgedrückt.« Roarke machte es ihm nach und ergriff ebenfalls die Hand seiner Frau.

»Es ist bestimmt zehn Jahre her, seit er zum letzten Mal einen Bericht geschrieben hat.«

»Na komm, wir holen deinen Mantel, dann fahren wir los.«

»Ich sollte diese Sache selbst durch Schreiben des Berichts zum Abschluss bringen.«

Er küsste ihr die Hand, bevor sie eine Chance hatte, sie zurückzuziehen.

»Du willst doch sicher nicht, dass dir dein Vorgesetzter in den – sicher bereits ziemlich strapazierten – Hintern tritt.«

Sie schüttelte den Kopf, bevor sie sich von Roarke in den Mantel helfen ließ. »Das will ich wirklich nicht.«

»Dann lass uns jetzt nach Hause fahren und ein paar Stunden schlafen. Außer wenn du vorher noch ein großes, fetttriefendes Frühstück haben willst.«

»Ich will nur noch ins Bett. Und, Peabody, auch du hast deine Sache wirklich gut gemacht.«

»Das höre ich natürlich gern.«

Er führte sie zum Lift und weiter bis zu ihrem Wagen. Noch ehe er den Motor angelassen hatte, schlief sie bereits tief und fest.

Epilog

Sie schlief zwölf volle Stunden durch, wachte vollkommen ausgehungert auf und schaufelte ihr Frühstück wie ein Scheunendrescher in sich rein. Da sie noch immer Schmerzen hatte und da Roarke ein Nein nicht akzeptierte, legte sie sich nach dem Frühstück in die Badewanne und ließ eine weitere Behandlung mit dem Heilstab und mit Coolpacks über sich ergehen.

Danach schlich sie sich in ihr Arbeitszimmer, weil sie den Bericht von Whitney lesen wollte, und erkannte, dass er wirklich gut geschrieben war. Sie hätte vielleicht ein paar Kleinigkeiten anders formuliert, aber sicher würden dem Commander die Veränderungen auffallen.

Ehe er ihr dafür in den Hintern träte, ließ sie alles, wie es war.

Sie lungerte mit Roarke zusammen auf dem Sofa, döste mitten in dem Film, den sie sich ansahen, wieder ein und schlief traumlos bis mittags durch.

Sie schwamm, sie döste abermals und rief dann kurz bei Reo an. Zwar stand die psychologische Begutachtung von Iler und von Silverman noch aus, doch es war beinah sicher davon auszugehen, dass Silverman nach Omega verfrachtete würde, während Iler einen Platz in einem Hochsicherheitsgefängnis in Amerika bekam.

Auf alle Fälle würden beide achtzehnmal in Folge lebenslänglich kriegen. Zufrieden unternahmen Eve und Roarke einen Spaziergang durch den ausgedehnten Park rund um ihr Haus. Im Anschluss gab's Spaghetti Bolognese, bevor sie neue Coolpacks aufs Gesicht gelegt bekam.

Am Sonntag atmete sie auf, als Roarke erklärte, dass sie wieder halbwegs munter aussehen würde, und tatsächlich war sie wieder fit genug für eine Runde energiegeladenen Sex.

Und fit genug, um herumzumeckern, als er sich danach mit ihr aufs Sofa setzte, um sich die verdammten Oscars anzusehen.

»Bis zur Verleihung ist es doch noch ewig hin. Weswegen müssen wir uns vorher auch noch all die aufgemotzten Leute, die dort für die Kameras posieren, ansehen?«

»Weil ich auf keinen Fall das Eintreffen von unseren guten Freundinnen und Freunden verpassen will. Vor allem reicht das ganze Popcorn, das wir haben, mühelos für ein paar Stunden aus.«

Okay, das könnte sein.

Doch trotz des Popcorns sah sie einfach keinen Sinn darin, sich extra aufzubrezeln und auf einem Streifen roten Stoffs zu posieren, während irgendwelche aufgemotzten Klatschreporter lahme Fragen stellten und begeistert juchzten, weil man wieder einmal einfach toll aussah.

»Da ist ja unsere Peabody.«

»Was?« Sie hob den Kopf und blickte Richtung Fernseher, in dem die Partnerin – oh Gott – in einem schulterfreien, wie nicht anders zu erwarten pinkfarbenen Glitzerding zu sehen war.

»Warum scheint da die Sonne, obwohl Abend ist?«

»Weil sich die Erde dreht, geliebte Eve. Weil sich die Erde dreht.«

»Okay. Sie sieht nicht übel aus.«

Peabodys für gewöhnlich glattes Haar war sanft gelockt und aufgebauscht, was ihre wundervollen Ohrringe besonders vorteilhaft zur Geltung kommen ließ.

»Woher zum Teufel hat sie diese Klunker?«

»Die sind eine Leihgabe – von dir. Auch McNab sieht klasse aus.«

Der elektronische Ermittler war sich treu geblieben, denn zu seinem dunkelblauen Smoking trug er eine bunt karierte Weste und darüber eine schreiend rote Fliege um den Hals.

Dann fiel Eves Blick auf Mavis, die wahrscheinlich auch die Blicke aller anderen auf sich zog. Der Rock des Kleides fiel in roten und in weißen Bahnen bis auf ihre Knöchel und als sie sich schwungvoll um die eigene Achse drehte, wirbelten die Bahnen wie die Blätter eines Ventilators durch die Luft, sodass man die bis zu den Knien gebundenen Glitzerbänder ihrer roten Schuhe sah. Leonardo war in dem knielangen metallicgrünen Frack nicht weniger beeindruckend als seine Frau.

Er hielt sie an der Hand, während sie sich mit einem der Reporter unterhielt. »Ich kann es nicht erwarten, denn das ist der absolute Traum für mich. Ich bin total nervös und ohne meinen Honigbären hier und unsere Freundinnen und Freunde würde ich wahrscheinlich vollends durchdrehen. Da ist Nadine. Auch sie trägt meinen Honigbären. Nadine!« Sie winkte ihrer Freundin zu. »Sie wollen sicher mit ihr reden, oder nicht? Genauso wie mit Jake. Der Typ ist einfach obermegacool, nicht wahr?«

»Sehr stilvoll«, meinte Roarke, als Nadine zu ihren Freunden trat. »Genauso soll es sein.«

Wahrscheinlich, dachte Eve. Die weich schimmernde Robe hatte einen klassisch-schlichten Schnitt und war mit einer Schleppe wie aus flüssigem Gold versehen. Dazu trug die Reporterin an jedem Handgelenk ein breites Diamantarmband und diamantene Tropfen an den Ohren.

Passend dazu kehrte Jake in einem ledernen Smoking, Stiefeln, einem schlichten weißen Hemd und einem lose um den Hals gebundenen Schlips den eleganten Rocker heraus.

»Sie ist nervös«, bemerkte Eve.

»Das ist sie, obwohl man das nur bemerkt, wenn man sie kennt. Sie hält sich wirklich super, findest du nicht auch?«

»Wahrscheinlich hilft es ihr, dass Mavis den Reporter bestens unterhält.«

»Jetzt fehlen nur noch McNab und Peabody. He, Peabody! Kommt her«, rief Mavis und die Kamera fiel kurz auf Peabodys erschrockenes Gesicht. Dann aber hüpfte Mavis auf sie zu, nahm sie und ihren Liebsten bei den Händen und sprang wieder auf den Journalisten zu.

»Detectives Peabody und McNab von der New Yorker Polizei. Ich glaube nicht, dass es dort bessere Detectives als die beiden gibt. Vor allem haben wir immer eine super Zeit, wenn wir zusammen sind. Na los, wir müssen Roarke und Dallas grüßen. Hallo, Dallas! Hallo, Roarke! Ich kann nur für euch hoffen, dass ihr vor der Glotze sitzt.«

Lachend schlang sie ihre Arme um Nadine und Peabody. »Wie wäre es mit einem Freudenschrei? Na los!«

Urplötzlich wirkte die Reporterin nicht mehr nervös und stimmte lachend in die Juchzer ihrer Freundinnen ein.

»Jetzt könnt ihr sagen, dass ihr uns gesehen und gehört habt, Roarke und Eve.«

»Oh ja, das haben wir.« Eve schob sich eine Handvoll Popcorn in den Mund. »Vor allem brauche ich mich hier auf unserem Sofa nicht so aufzubrezeln, hier ist auch niemand, der mir irgendwelche blöden Fragen stellt. Das heißt, im Grunde habe ich es wirklich gut.«

Vor allem könnte sie bestimmt noch etwas dösen, während all die aufgemotzten Leute auf dem roten Teppich für die Kameras posierten und sich endlos schwachsinnige Fragen stellen ließen, denen sie hier auf der Couch nicht ausgeliefert war.

Der Kater hatte es sich neben ihr bequem gemacht, sie hatte eine Schale voll in Butter und in Salz getränkten Popcorns auf dem Schoss und Roarke an ihrer Seite, um sich an ihn zu kuscheln, während sie die Augen schloss.

Als er sie mit dem Ellenbogen anstieß, riss sie die Augen wieder auf.

»Ich dachte, dass du vielleicht Mavis' Auftritt sehen willst.«

Sie blickte blinzelnd auf den Fernseher. »Jetzt sind ja alle drin.«

»Seit einer guten halben Stunde, aber seither ist nicht

wirklich was passiert. Rück rüber, ja, und schenk uns etwas Rotwein nach.«

Sie füllte ihre Gläser gähnend wieder auf. Plötzlich wurde auf der Bühne alles dunkel und ein dumpfer Trommelwirbel setzte ein, bevor das Licht eines Scheinwerfers auf Mavis fiel.

Statt ihres Kleides hatte sie jetzt einen silber-schwarzen Catsuit über kniehohen silberfarbenen Stiefeln an.

Aus ihrer Kehle drang ein gutturales Knurren, das zu einem schrillen Kreischen wurde, dann fing sie an zu singen, hüpfte auf der Bühne hin und her und jedes Mal, wenn sie den Arm zur Decke reckte, sprang ein weiterer Strahler an und zeigte eine weitere Gestalt, bis sie zusammen mit einem Dutzend Tänzer eine komplizierte Choreografie zum Besten gab.

»Meine Güte«, meinte Eve, als sie den Auftritt ihrer ältesten und besten Freundin sah. »Sie ist echt gut. Seit wann ist sie so gut?«

»Sie hat's nicht nötig zu schockieren, um im Mittelpunkt zu stehen, denn das tut sie auch so. Sie ist fantastisch, auf ihre ganz besondere Art war sie das immer schon.«

Noch immer wie gebannt verfolgte Eve den Auftritt, bis am Ende die zwölf anderen Lichter abermals erloschen und man nur noch Mavis auf der Bühne stehen sah. Sie stieß ein letztes lautes Heulen aus und plötzlich war die Bühne wieder schwarz.

»Hör dir die Leute an. Sie jubeln ihr begeistert zu. Du wusstest immer schon, dass sie es draufhat«, sagte Eve zu Roarke.

»Ich wusste, dass sie das Talent hat, Leute in den

Bann zu ziehen«, erklärte Roarke. »Und wusste, dass ich garantiert kein Minus machen würde, als sie den Vertrag von mir bekommen hat. Aber ich gebe zu, dass sie meine Erwartungen bei Weitem übertroffen hat.« Er wandte sich Eve zu, glitt sachte mit den Lippen über ihren Mund und fragte sie: »Brauchst du ein weiteres Nickerchen?«

»Der Auftritt hat mich vollends wach gemacht. Verdammt. Auf Mavis Freestone«, meinte Eve und prostete ihm zu.

»Am besten machen wir jetzt eine Flasche Schampus auf.«

»Auf jeden Fall.«

Er ging die Flasche und die Gläser holen, schenkte ihnen beiden ein und setzte sich gemütlich wieder auf die Couch. »Dem Haus fehlt noch ein eigener Kinosaal.«

»Hier ist es doch sehr schön.«

»Das stimmt, aber ein eigener Kinosaal wäre wahrscheinlich auch nicht schlecht.« Er kostete ihr Popcorn, richtete sich eilig auf und spülte mit Champagner nach. »Mein Gott. Wann lerne ich endlich, dass dein Popcorn einfach ungenießbar ist?«

»Ich weiß nicht, was du hast. Das schmeckt doch lecker. Wenn du es nicht magst, bleibt mehr für mich«, gab sie zurück und schob sich eine weitere Handvoll Popcorn in den Mund.

»Du würdest sogar Pappe essen, wenn genügend Salz und Butter dran wären.«

»Wobei der Mais mir besser schmeckt.«

»Der Mais wird doch vollkommen von den anderen Sachen überdeckt.« Roarke blickte wieder Richtung

Fernseher und stellte fest: »Gleich kommt Nadines Kategorie.«

»Ach ja?«

»Der Oscar für das beste adaptierte Drehbuch.«

»Stimmt. Ich wünschte mir, es wäre schon vorbei. Wie schätzt du ihre Chancen ein?«

»Die Konkurrenz in beiden Sparten ist angeblich hart.«

»In beiden?«, fragte Eve.

»Original und adaptiertes Drehbuch«, meinte Roarke und zog die Hand, bevor sie wieder in die Schüssel mit dem Popcorn griff, zurück. »Nadine ist in der zweiten Sparte, weil das Drehbuch auf dem Buch, das sie geschrieben hat, basiert.«

»Verstehe. Trotzdem wünschte ich, es wäre vorbei. Wobei es auch schon toll ist, dass sie überhaupt so weit gekommen ist, nicht wahr?«

»Auf jeden Fall. Da kommen die Moderatoren. In ihrer Sparte sind sechs Personen nominiert.«

»Wie … Gott, sie haben sie genannt. Sie sitzt da vorn. Zum Glück ist Mavis wieder da. Auch die anderen sind alle da, also …«

Eve schaute sich die Journalistin aus zusammengekniffenen Augen an. Sie wirkte ruhig, erkannte sie, aber das war sie nicht.

Am besten brächten sie es einfach hinter sich. Warum zum Teufel hörten sie nicht endlich auf zu reden und …

»Der Oscar geht an den *Fall Icove* und an Nadine Furst.«

»Verdammt. Mein Gott, hat sie gewonnen? Hat sie tatsächlich gewonnen?«

»Das ist ein großer Augenblick.«

Benommen verfolgte Eve, wie Nadine einen Kuss von Jake bekam, wie Mavis kreischte und wie Peabody begeistert auf und ab sprang.

Bevor Nadine, gepflegt und elegant wie eh und je, die Stufen auf die Bühne nahm, zwei Leuten, die sie sicher nicht mal kannte, um die Hälse fiel und ihre goldene Statue entgegennahm.

»Oh Gott. Ich bin ... ich hatte mir zwar für den Fall der Fälle etwas aufgeschrieben, aber leider habe ich den Zettel nicht dabei. Also ...«

»Sie weint und redet wirklich schnell«, bemerkte Eve, als die Reporterin mit Tränen in den Augen eine kurze Dankesrede an das Filmteam und an ihre Freundinnen und Freunde hielt.

»Sie hat auch nicht viel Zeit.«

»Und jetzt ... nachdem wir Sie bereits vom roten Teppich aus gegrüßt haben, Roarke und Dallas, grüße ich Sie jetzt noch einmal, denn schließlich würde ich hier ohne Sie nicht stehen. Dallas, auch wenn Sie das hassen werden, gehört dieser Oscar Ihnen genauso wie mir selbst. Ich werde ihn in meine Wohnung stellen, doch dieser unglaubliche Preis gehört zugleich der mutigsten, der engagiertesten und klügsten Polizistin und dem nervtötendsten Menschen, der mir je begegnet ist. Danke! Himmel! Tausend Dank!«

»Das ist für mich die schönste Dankesrede, die es bei den Oscars je gegeben hat«, erklärte Roarke.

»Mein Gott.« Eve fuhr sich mit den Händen durchs Gesicht. »Nach Mavis' Auftritt und nach dieser Rede fange ich wahrscheinlich selbst gleich zu heulen an. Ich freue mich für sie. Als Freundin bleibt mir schließlich keine andere Wahl. Aber, Scheiße, Roarke, als wäre es nicht bereits schlimm genug für mich gewesen, ehe es für den verdammten Film jetzt auch noch einen Oscar gab.«

Lachend nahm Roarke sie in den Arm. »Denk einfach daran, wie ätzend es erst wird, wenn ihr auch noch den Oscar für den besten Film bekommt.«

»Hör auf. Ich wage gar nicht, mir das vorzustellen.«

»Auf Nadine.«

Eve schnaubte, aber schließlich stieß sie mit ihm an.

»Okay, das war es hoffentlich. Ein Oscar reicht. Ein Oscar ist genug.«

»Warten wir's ab.«

Am Ende gab es für den Fall Icove fünf Oscars für das beste adaptierte Drehbuch, für den besten Regisseur, die beste Kameraführung, für die beste weibliche Hauptrolle und – am wichtigsten – den besten Film.

Eve schleppte sich schockiert ins Bett und stellte stöhnend fest: »Jetzt wird es nie mehr aufhören. Nie.«

Mit einem leisen Lachen schmiegte Roarke sich an sie und küsste ihren Hals. »Ich hoffe sehr, dass du es überleben wirst.«

»Ach, leck mich doch.«

Sie schloss die Augen und schlief mit dem tröstlichen Gedanken, dass sie neben ihrer Arbeit sicher keine Zeit mehr fände, um auf die Bemerkungen der Leute zu den blöden Oscars einzugehen, fast auf der Stelle ein.